LUDI WENJI
WENLUN SHICI JUBEN TUZHI

陈南南　陈田田　整理

陆地文集

第五卷

文论　诗词
剧本　图志

广西师范大学出版社
GUANGXI NORMAL UNIVERSITY PRESS
·桂林·

目　录

第二辑 / 40

第三辑 / 181

第二辑 新体诗 / 344

第三辑 断 句 / 365

剧　本 / 377

图　志 / 503

文论

·第一辑·

怎样学文学

文学是什么

有几位年轻朋友同我谈，说是他们都挺喜欢文学。过去读过一些《文学概论》之类的书籍，里边讲到又是古典主义，又是浪漫主义、现实主义……一大串。他们那些个主义对于文学的看法和主张到底是怎样的？究竟是那一种说法才正确？希望我给他们讲讲，并且叫我以后再给讲些关于文学上阅读和写作的常识。

我想，要把文学上几个大派别分开来讲清楚，那是一下子讲不完的。不过为着帮助大家对文学的看法有个正确的概念，在这里就先把各种文学派别的主张稍为提一提，然后我们就把阅读和写作的一些问题，一个一个分开来谈。

现在，我们就来看看文学上几个派别对文学艺术的看法是怎么的吧，他们各派有各派的看法和主张，都不一样的。下面就是他们的说法——

古希腊的亚里士多德在他的《诗学》上说："艺术就是模仿。"意思是说，凡作为艺术作品的文学、美术、音乐、戏曲,都是仿照着自然的形态模写下来的。

浪漫派却认为:艺术必须超越在现实生活之上,它和物质、自然,保持着相当的距离。主张不要真实地模写那实实在在的生活,而是创造出奇异的幻想世界。

颓废派的诗人波特莱尔说:“诗在诗自身以外,毫无目的……除了为着做诗的快乐而做诗之外,绝没有真诗。”另外,他是将丑恶黑暗当作美感来表现的。他的诗集《恶之华》就是表现了他的特征。

英国的唯美派代表者王尔德说:“这个世界,是由‘歌唱的人’替‘梦想的人’所造成的。”他主张,艺术的目的只有艺术,美只有美。即所谓为艺术而艺术。他说:“艺术不是人生的镜,而人生才是艺术之镜。”以为人是模仿艺术而生活的。他还引用了一个例子,说是现在英国人都知道伦敦有雾,但是他们不是因为现实里有雾而知道雾的,而是因为有了诗人和画家把雾写出来了,人们才认识了雾的美。

日本的厨川白村认为“文学是苦闷的象征”,把文学作品看成是作家们苦闷的发泄,是感情的东西。

至于我们中国,古时候有一派文人是主张“文以言志”的,就是说,文章应该是抒写感情的。可是另一派文人如韩愈之流,他跟这相反,主张“文以载道”,以为文章应该宣传孔圣人的道德思想,是讲道理的东西。

章太炎的见解,却以为“凡是白纸上写的黑字都叫做文章”。

一九三二年有一部分人如杜衡之辈,他们提倡“文艺自由论”“永久人性”“自由的灵魂”,自命为“第三种人”。意思是说,他们既不是右翼的反动派,也不属于左翼的进步作家联盟。他们还主张“为艺术而艺术”,不过问政治。可是后来到抗战中期,杜衡却在香港做了汉奸,参加了汪精卫的“政治”了。

其实,上边那些说法,除了亚里士多德讲的基本上还正确外,其余的有的歪曲了真实,有的颠倒了因果,有的貌似是而实非。这是由于各个时代的思想不同,作家各人的阶级立场的不同,影响着他们对世界、对人生的看法就不一样,反映到文学思想当然就有了差别。这点留在后面再另外作详细的讨论吧。

现在我们来谈谈正确的说法。谈到正确的说法上,使我记起了好些个现实主义的理论家、批评家、诗人、革命领袖的话来了。十九世纪俄国有一位卓越的文艺理论家车尔尼雪夫斯基，他指出：“不是生活按着文学的标准而前进，而是文学适应生活的方向而改变。”赶到后来，普列汉诺夫也认为“文学是人类的感情和思想的表现”。就是说一个作家是根据着周围的环境生活影响，而又在自己的内心引起他所经验的感情和思想，然后用一定的人物和故事（形象）把这种感情和思想表现出来，就是文学。

这是说，文学艺术是人生的镜子。是伦敦先有雾，诗人和画家看到了，感觉到了，才能把雾绘写出来。文学艺术一方面是抒写感情，同样也表现着一定的思想。不仅是消极地反映着客观现实生活，主要的应该是积极地指导着现实的前进。这点，苏联最高苏维埃共和国政府主席日丹诺夫说：“文学艺术除了使读者认识人生以外，还教导读者正确地去评判这样或那样的社会现象。”毛泽东同志的《在延安文艺座谈会上的讲话》里也说过：“革命的文艺，应当根据实际生活创造出各种各样的人物来，帮助群众推动历史的前进。”

讲到这，也许有人要问：“哲学家不也是教人认识人生，教导人去评判社会吗？它和文学又有什么区别呢？”

区别是有的，哲学家是借着理论的推理来发表他的意见，文学家却拿人物和故事来表现他的思想。前者是抽象的、概念的，后者是形象的、具体的。比如，同样是批判蒋管区的社会制度不合理，黑暗而腐败，同样是揭露着蒋介石特务政策的凶恶，摧残青年，高崇民、阎宝航、罗淑章等先生是用的口头演讲对我们讲道理；可是，茅盾却写了小说《腐蚀》和剧本《清明前后》。在《腐蚀》里，刻画了赵惠明、小昭、陈主任和小容；在《清明前后》写出林永清、严干臣等人物和故事。这区别就是，茅盾写的是文学作品而不是演讲稿。

文学作品的灵魂（特质）就是形象性和典型。倘若缺乏这些因素，那就等于秋林公司橱柜里的蜡美人，光是空架子，没有血肉。

至于说，怎样去分辨文学作品的好或坏，进步还是反动？那就关乎阅读（欣赏）上的问题了。下一回咱们就开始谈它吧。

阅读为什么要选择

谈到阅读方面,我们就很容易想到中国有句古话:“书中自有黄金屋,书中自有颜如玉。”换成普通的话讲,就是说书本里头有黄金,还有玉一般美貌的女郎,读书的人都会从中得到好处。事实是不是这样呢?那就不一定了。

那么,怎样的看法才合适呢?在这里,我想起“精神食粮”的说法。现在一般人都把书本、音乐、电影和戏剧叫做“精神食粮”。这是很明显了。人们吃东西是为了增长血肉,读文学作品当然是一方面帮助自己认识到悲喜交织的人生,看到光明与黑暗搏斗的图景,从此抉择生活的态度和一生奋斗的目标;另一方面可以从作品中学习写作的技巧,增加文学的滋养。可是也正如吃东西一样,倘不加以选择,饮食时又不注意消化,大吃大喝,那是会败坏胃口,损害健康的。阅读文学作品,如果不批判不挑选,那么,其结果,也会把思想弄糊涂,成了睁眼瞎子,迷失了人生的道路。说到这儿,我记起一个外国的故事,西班牙有一个作家叫做塞万提斯,他写了一部书叫做《唐·吉诃德》。那书里头,写的是十七世纪的一个读书人,他非常喜欢文学。他有一间楼房装满了描写中世纪骑士生活的小说。他日日夜夜不知厌倦,毫无批判地阅读着,盲目地接受了那些思想和感情。他逐渐地从现实里离开,忘记他是在十七世纪商业资本主义已经抬头的时代生活着,却还一味地沉溺在狭窄的书斋里,陶醉和向往小说中的那三四百年以前的封建制度下的骑士生活。最终,他骑了一匹瘦马,带了一个跟班,学了骑士那一套,到处去实行他的骑士式的打抱不平、除暴安良的“英雄”行动了。由于他看不清时代,不了解现实,所以把旅馆当作城堡,把风磨当成了巨人,对它们乱打一阵。结果,闹了好些笑话,吃了不少苦头,狼狈回来,不久就死了。从这个故事里,我们应该得到教训,他这种盲目的、毫无批判的读书而终至招来悲剧的命运,正如说,假使我们今天读《红楼梦》而仿效贾宝玉,为了超脱人生的苦恼而去当和尚,那当然是冤枉得很。

不过,天下也果真还有类似这种在思想上走着冤枉路的人,那就是我们常常听到的被人叫着“书呆子”的人。他们读了不少的书,可是等他一离开书本,走到现实的生活圈子里来,他却显得那样“低能”了。主要是他们读书没有联系到实际,所读的东西,既不是反映着今天现实生活的事情,而自己又不能用今天的新眼光去批判。过去听说有的小孩读了《江湖奇侠传》之类,曾经跑到深山去找神仙。这都是上面说的,读书没有选择,不加批判的结果。

那么,会有人问了:“选读些什么才好呢?”是的,书太多了,到底那些才适合?那些才有益处?这是必须考虑的。等下一回谈。

读些什么好

上一回我们把为什么要选读的道理讲过了,这次该谈谈有人提出的“选读些什么”的问题。这里所谓“选读”,绝不能把它和博览对立起来看的。如果你准备将来作为一个文艺工作者,弄创作或搞理论批评,那对于文学的各方面知识一定得有高深的修养。要达到这高深的境界,起始就必须有广博的开拓。跟掏井一样,头前井口不往宽面开,往后就无从朝深处发掘了。但是,我们所讲的博览的范围,可不是包括街上旧书摊的《月圆花好》《荒江女侠》之类。原因是那些东西,如果说它的内容,那全是一些荒诞、离奇、淫巧和腐朽的故事,与真实的生活不相干,读了并不能从那儿认识到生活的意义,看不到崇高的人生的目标,相反的,它往往玷污或腐蚀了纯洁的心灵和高尚的情操。如果说它的技巧,那也说不上有什么可借鉴的。由于这些作者缺乏真实而鲜活的生活体验,在写作上自然就形成了千篇一律——语言陈腐,结构公式化,读者不会在里边学到写作的技巧的。除了耗费时间与精神,毫无好处。

因此,我的意见以为应该选那些已有定评的,真正反映了现实生活,有着社会意义的优秀作品。这些作品最好不要局限于一二个作家的著作,应该多读几个真正好的作家的东西。这样,才能扩展我们的视野,从优秀的作品中摄取到表现生活的写作技巧,这个说法并不妨碍你对某一个作家的特别喜爱。你尽管挑选一二个你比较喜欢的作家的东西来作主要的研究对象,旁的作家的作品也不妨读一读。多接触几个人吧,只有这样,才能帮助你对于你所喜爱的东西了解得更加深刻。进一步,外国的作品也应该学习,那倒不是叫大家去模仿那些欧化的句子和故事,而是要学习人家怎样地塑造人物,学习人家用什么样的人物和故事来表现正确的思想(主题)。假如说,你就只喜爱着巴金,旁人的东西都不读,这就给自己关闭了知识的门户,把眼光和知识弄成浅近、贫乏了。正如一个人坐在窗口看风景,无论怎的也不会比到公园和江沿去,看到的风景更多、更丰富。

至于说该选些什么样的书,我倒是想了一下,觉得这要视每个人的实际环境而定,这里就比如东北的读者在东北受日本法西斯统治了十四年,和关里的文化隔离了相当长的一段时间,年轻的朋友对关里的社会状况是生疏的。就说抗战八年这时期的情形吧,在蒋政权下面的社会究竟怎么个样子呢?而在共产党的解放区又是出现了怎样的新人物新事情呢?这些,也许大家已经听到过不少的演讲和传说了,但从文学作品里真正感觉到的恐怕是不太普遍吧?为着弥补这个缺憾,我提议读读鲁迅、茅盾等人所著的小说,譬如《一天的工作》等。还有丁玲的《我在霞村的时候》、柳青的《种谷记》、沙汀的《播种者》和《解放区短篇创作选》(一、二集)。假如要研究创作的新方向,学习运用农民语言,表现农民生活的技巧等,那最好的作品就是《小二黑结婚》和《李有才板话》。最后,苏联的《表》《被开垦的处女地》《钢铁是怎样炼成的》《我是劳动人民的儿子》等,也是值得学习的。

东北青年有不少人喜欢巴金的作品,其实比起上边那些作品来,对巴金的作品是不应该花太多的心力放到它上面去的。也许有人说:读巴金的书感到兴趣。这是可能的,因为大伙都年轻,而巴金正好是写些学生知识分子的事情,大家看了当然感到亲切。想起我在中学时候,也曾为着读他的《家》而忘了睡觉。当时我也很推崇着觉慧,好像从他那里分到了力量,对一切现状都采取了反抗、否定的态度。可是后来书读多了,生活经历也丰富了一些,发觉他的书差不多都是写同样的情形,翻来覆去的看得多了,也就腻烦起来。主要的还是他把我鼓动走出了"家",反抗着社会,革命倒是挺革命了,热情也满炽烈。可是,一出了"门槛",路就显得渺茫。到后来我也就慢慢冷淡了他,读旁人的作品去了。

比如茅盾的小说《子夜》什么的，从他所编织的故事和绘写的人物里头，使人们看到了宽广的社会生活。不但认识到中国的面貌，同时也理解到中国的社会性质，找到了不合理的社会的根底。正如一个医生把病症诊断出来了。就算他没有开药方——没有在作品里说明怎样去推翻这个罪恶的旧制度（因为在蒋政权之下，没有宣传真理的自由的），可是比之那些光会凭着感情激动，空喊疾病之可怕，而没有指出疾病的由来，是前进了一大步的。他到底给人增加了更广泛的社会知识，把人从狭小的家庭和学校引到广大的社会上来了。假如你从茅盾的小说理解到相当程度之后，可能又感到他对于人与人之间的微妙关系的解剖，对于不合理社会制度给予各个人的压力，而铸成各种人物的悲观生涯的透视，未能做到精辟的境界。那时，鲁迅的书就能够给你得到比较满意的解答。读鲁迅的书，更能窥探到深邃而丰富的人生。知道什么人有着将来，有着希望，什么人就只剩下过去的回忆，而且表现了那样"彷徨"。他告诉了人说："路是由人走出来的。"同时，他指示人跟着劳苦大众走去。这里边他表示得很确定，没有丝毫迟疑，也没有半点含糊。

当然，人的求知欲望也是无止境的。到一定时间会要求进一步去探讨了。比如懂得了旧社会的病症，看到了应走的道了，但是，道路的尽头倒是什么样的乐土？彼岸倒是什么样的天国呢？这就得从另外的作品去找寻了。在过去的十多年里，我是从外国作品去找的。各个国家的作品都读过一些，总觉得遥远而生疏。到最后，苏联的《毁灭》《被开垦的处女地》等，才使我感到了亲切。这是新的英雄们进行着英雄的斗争，是一个从旧社会的废墟上重新建起的新社会的标本。眼界打开了，仿佛走到了旷野，看到四处是那样丰饶而多彩呵，未来是充满了诱惑的。而这只有走到"旷野"去的人才能体会，坐在窗口的只能看到天边的几片云彩和院里几株盆栽的花木，他会失掉知识的获得，也会失掉可贵的生命。

那么，谁还会迷恋于温静的窗户呢？

该怎样读

作品既然选好以后，剩下的问题就是“怎样读”了。讲得明白一点，就是怎样将作品融会贯通，从中吸收文学的滋养。我们中国在“五四”新文化运动以前，一般士大夫阶层，从来是把小说当着闲书，以为弄这玩意乃是旁门邪道，没有重视。大概是这传统的流毒吧，到今天还常常遇见一些人，把读文学作品作为消遣娱乐的玩意。他们唯一的目的就是想从那些“香艳”的儿女情爱，那些离奇鬼怪的传奇中找寻精神刺激，麻痹心灵。其实，严肃的文学作品，每一篇文章每一部书，都有如人的灵魂一样，包含着一定的思想，说明一定的问题的。

举例来说吧，一部《红楼梦》，里边是以林黛玉和贾宝玉恋爱生活为中心，当中穿插了那一大堆人物，他们是用做生日、祝寿、吟诗、喝酒、品茶、请客、听戏、儿女调情等来消耗他们的生命。看起来是没有《三国演义》那样富于男性的英雄事业的。然而，往深看，大观园不仅是个别家族的事情，实际上它就是当时整个贵族阶级的缩图。在那里，展示了它的繁荣的黄金时代，到后来就透露了它必然崩溃没落的命运。作者曹雪芹他是怀着“一把辛酸泪”的心情，给这个将要衰落下去的阶级写下挽歌。小说中是蕴含着严肃而深刻的主题，也绘写出灿烂而深广的人情世道。作者以贾宝玉这个形象寄寓着他个人对人生和世界的看法。贾宝玉觉得大观园（封建贵族阶级）的虚伪，觉得功名利禄的无聊，而真正的幸福（与林妹妹结婚）被世俗的功利放逐了。因而感到人生社会——大观园里那样的封建社会制度的人生——永远都不会得到满足，永远是那样不合理、残酷。不能满足和残酷无情的苦恼如同影子一样永远尾随着他，要摆脱这人生苦恼的影子，只有当和尚去了。这就是作者在作品里想要表现的思想，对人生提出了问题，同时，错误地解答了问题。

再说另外一个例子吧，记得有人对我说：“鲁迅的《一件小事》那是什么意思呢？写那样一件小事情，没有什么故事，读起来一点味道没有。”我想，这话是有他的道理的。原因是他没有仔细去看，或者他过去读的都是“有趣的故事”，忽然读比较严肃而沉重的东西,还不习惯。因此,他看了没有故事,没有花花草草、男男女女的东西,当然会失望,会发出这样的疑问来的。这好比一个小孩没有剥胡桃的经验,那,比起西红柿来,他当然不会觉得这小硬壳东西还好吃。但是,你要耐心再读,读了再想,再玩味。把外貌剥开,深入里层去探索。那,你会感到鲁迅先生这《一件小事》虽小,却写出了劳苦工人大众的博大而崇高的情操。资产阶级的老爷们,如曹禺在《日出》里所写的潘四爷,他们常常是咒骂那些劳苦工人大众为下流货,以为像他们有钱的才是高贵。其实,有钱人如潘四爷之类,他那种欺骗、压榨,喝他人的血养胖了自己的人,比之这位洋包车夫来,未免过于卑下了吧?鲁迅为了申诉他这个思想,在作品里写道:“觉得他(洋包车夫)满身灰尘的后影,刹时高大了,而且愈走愈大,须仰视才见。”

以上两个例子,说明了凡是严肃的作品,必定有它的一定的思想,绝不是无病呻吟。我们读它时候,一定得拨开它的外表的故事,钻进褶层里去追究其主题。

美国作家辛克莱讲过一句有名的话,说是:“一切文艺作品都是宣传。”是的,宣传!听说有些人很讨厌宣传的东西,这是没有办法的。哪儿去找没有宣传的作品呢?比如说,刚才谈的《红楼梦》吧,看来尽是些哥哥妹妹的事,好像没有宣传了。可是,曹雪芹先生是在宣传他的厌世思想的。而且由于他是一个贵族,因而他的厌世思想流露着矛盾。即便他本身恋爱得不到美好的结果,使他厌倦了世俗的生活,可是阶级的立场同时也规定了他阶级的思想。那就是在作品的最后,他写下了一条光明的尾巴——贾兰中了进士得到皇上的褒奖,暗示了贾府后来的“中兴”。所以说,一个作品一定有它的宣传的目的,而且每一个作家都会是他本阶级的代言人。不管他作的是哀悼的挽歌,还是写的欢喜的颂扬。

阅读的方法

上面讲过的,使我们认识到的,就是凡是反映现实生活的文学作品,当中都有着丰富的生活知识，巨大的社会意义，深远的人类智慧的宝藏。但是，正如一个大仓库，要获取里边的东西，首先得打开这个仓库的门户。打开门户需要钥匙，阅读作品当然也得讲究阅读的方法。

方法应该是怎样的？

当你选好了作品以后，第一步，先弄明白下面几个问题：

1.作者是什么样的人？他生活的时代是个什么样的社会？他的思想对人生和世界的看法究竟怎么样？他做过什么样的社会活动？2.查一查看，这个作品产生的时候是什么年代？那时候的社会背景又是个怎么样？

第二步，读完作品后，把书合上，细细回味。想一想："这是什么意思呢？作者在里边想要表现什么思想呢？"假如还弄不明白这些，可以再读一遍或两遍，等到把这意思都能摸准了，再开始第三步。

第三步，再翻开书来，研究研究看，看人家为了要表现这样一个思想，因此就编了这样的故事，刻画了这样的人物。再追问、推考：这些故事怎样编得那样完整？人物怎样刻画得那样生动？叫人感到那么真实和亲切？要是我自已写，我又怎样写法呢？人家写的真好吗？好在那儿？所有这些疑问，最好都从作品去找到回答。

第四步，又得看书。这回应该一段一段，一句一句的去玩味了。这时候，看看人家是怎样的把同样意思的句子，写成那样符合于人物的身份（不是一个农民满口学生腔），写成那样明快、准确、简洁和美丽。其次，再看看人家是用什么样的动作来塑造一个人物的性格的特点？又看看人家在什么时候，什么情形之下，才描写这样的风景和氛围？同样一个早晨，为什么有人这样写，有人却那样写？同样是一个讲理讨论的群众场面，为什么有的写成简单明了，有的却写得那样混乱？把这些都比较看，是哪种写法才恰当、确实、美丽。

第五步，最好把上面那些问题的解答都记在"读书杂记"上，帮助日后的参考。

为了达到以上五个步骤，使他得到完满的收获，单单靠一个人去摸索，那是不容易做得很好的。因为一个人再怎么聪明也抵不上多几个人看得那样周全。古话说"集思广益"，就是说明了多数人的力量的可贵。也就是现在我们的先进思想所提倡的“集体主义”。在学习的问题上,采用集体的办法,其效果是惊人的。我希望爱好文学的青年朋友,最好在自己学习或工作的学校、机关里找几个比较合得来的朋友组织一个小组。大家商量,订一份学习计划,约定时间阅读选好了的作品。作品读完了,大家就找时间来互相讨论。每个人把阅读的心得,或者有弄不明白的,有什么意见,都要大伙提出来互相交换。如果有闹不清的问题,就请个老师来给解释。

只要能保持这样继续学习下去,那么,进步是很快的,宝贵的时间和精力才不致白费。

写　人

我们把阅读的问题谈过之后,有人就提出写作上的问题来了。有的说:读着人家的作品受感动了,自己也想写,可是不知写什么好?有的说:自己经历过的,看见过的事情都有一些,就是不知道从哪儿写起?另外有的就问:怎样才写得像样,写得动人呢?……总之,没有写作经验的人,只要一拿起笔来,不外乎通常所说的两个问题:“写什么”和“怎么写”。

“写什么”,是就作品的内容讲的,就是说,在作品里头要写些什么样的人物和故事的问题。“怎么写”,那是写作技巧的问题了。就是怎样把人物性格写得突出、生动,把故事安排得恰当、合适,入情入理。

现在,我们就先来谈谈“写什么”的问题吧。

讲到这个问题,也许有人会问:“前面既然说‘文学是现实的反映’,那么,把日常生活里发生的事情照样写下来不就得了吗?为什么还提出这个问题呢?”我想,提出这个问题是必要的,因为文学上的所谓“现实”并不等于偶然的、片面的事实,也不等于实实在在的事实的综合,而是经过作者从现实生活观察所得的素材里头,选取最主要,富于典型的东西把它概括,集中于一个特定的人物身上把主题思想体现出来。正如恩格斯说的“典型环境的典型的性格的精确的表达”。不把这道理弄明白,往往会把通讯当作文学,把相片当成美术了。或者有人会把全篇文章都让给臃肿的风景的描写，和空洞而“美丽”的词句的堆砌，里边既没有鲜明生动的人物性格，也没有引人入胜的情节。他们只记得文学作品必需表现一定的社会意义，于是，先想好一个抽象的概念，然后凭空去捏造出一个故事，想出几个人的姓名来作互相对话，算做一篇文学作品。这不过是纸糊的老虎，不可能令人感动。这种例子相当多。比如，人民大翻身，从奴隶变成了主人，这当然是表现人民时代的中心课题。可惜好些好心的作者他们并不是先从生活中去熟悉了穷苦的农民翻身前后的生活情形，脑子里先有了一些真正农民的形象，也不是曾经观察到恶霸地主吹胡子瞪眼的狰狞面目，对现实生活有了切实的感受之后，使得他不能不写；而是因为他先有一个概念：觉得“从奴隶变成了主人”是个革命思想，因此才编造一个故事，随便想出老赵头或老李头的名字当贫雇农，想出一个外号叫什么“活阎王”当作恶霸地主，于是乎写了好长一篇“作品”。可是，从这个“作品”里，读者并没有看到老赵头或老李头以前怎样受压迫、受剥削的情景，看不到他们当时的心情和行动又是怎么样的。一个恶霸地主对贫农佃户们是凶狠的，可是对强权官吏却是驯顺的。他的那些凶狠，那些驯顺，到底是怎么个样子呢？他的心眼又是怎么想呢？倘若不能把这些形象都描写出来，那么，读者就无从感觉到老赵头他们受压迫时候的痛苦，也感觉不到地主们作恶的可恨。这样，作者的一个好思想只能虚悬着，是个空洞无力的东西，不能富于魅力地感染读者。原因是他写的“人”不像日常里碰到的活人，所以人家就不会觉得真实。

所以说现实主义的作品，它不是毫无意义的描写着风景和琐细的片面的事情，也不是光有抽象的概念的故事和死板的几个人名的凑合。

那么，初学写作的人应该从哪里学起呢？一句话：写人。请大家把读过的作品回想一下吧。想想看，在那些作品里头，到底是什么东西使我们感动？什么东西叫我们留下深深的印象？什么东西令人难以忘怀？根据一般的经验，文艺作品之所以能感动人而影响人的就是那里边的主人公的命运。他们被陷害的死亡，他们失恋的痛苦，他们罪行的可憎，他们为真理而献身的英雄行动令人尊敬……总之，都是书中的主人公的行为使人爱慕或者令人憎恨。而作品本身也是由于它写出了活生生的人物才有了它不朽的生命和伟大的感染力而流传于永恒。例如鲁迅写的阿 Q、孔乙己;《红楼梦》写的林黛玉、王熙凤、刘姥姥;《水浒传》写的李逵、武松;《白毛女》写的喜儿和黄世仁;《日出》写的潘月亭和陈白露;等等。这些“人”,作者不但熟悉他们的外貌,同时也摸准了他们的内心,因而写得很生动。不论是他们的言语笑貌,还是喜怒哀乐的情感,都被刻画得活灵活现,使人感到好像在什么地方曾经见过似的。所以他们的悲喜能够引起我们感情的共鸣。只有通过感情的共鸣,才能从理智上认识到哪些事情该反对,哪些事情该赞成。何况是天地间,发生的事件都是由“人”创造出来的。就说舞台上的戏剧,银幕上的电影,哪一幕不是由“人”来扮演呢?记得我曾经到过一个美术家的工作室,见他满屋悬挂着“人”的素描,有的是画了一个头,有的只画半个脸,有的就光描了眼睛和嘴唇。可见一个画家起初是先作“人”的素描。我以为学写作的人也应该同那位画家一样:要从写人开始。

过去有好些初学写作的人把心力都用颠倒了,他们用了不少的心思去编造一个奇异的故事,对人物的性格特点的观察,没有给以足够的注意,因而写出来的人物都显得平板、模糊。他们只是企图拿奇异的故事来打动人,却不知道没有生动的人做中心,故事的架子也就不可能成立。所以说,正确的做法应该是必须先有人物,然后发生故事,不是先有故事才安上人物。故事是比较容易虚构的,可是人物却必须从现实中经多方面的观察和深切的体验后才能刻画出来。

因此,在“写什么”的大题目下,头一个问题是“写人”,而绝不是先讲究编故事。

至于说“写什么样的人呢”,那是值得讨论的,以后我们再讲。

写什么样的人

那天谈到“写人”,就有人问过“写什么样的人呢”。另外有的人说,他曾经读过好些作品,觉得那里边的英雄(书中的主人公)之所以能成为世界典型,叫人受到感动的,绝大多数都是一些悲剧的角色,例如:中国《阿 Q 正传》的阿 Q、

《红楼梦》的林黛玉，旧俄时代的罗亭，英国的哈姆雷特，西班牙的唐·吉诃德以及德国的浮士德等等。为什么作家们不能写出喜剧的人物？或者说，比起这些悲剧的人物来，正派的人物总是显得平板，打不动人心，是不是暴露黑暗的东西好写呢？道理在什么地方？我想所谓暴露黑暗的“好写”，悲剧容易感动人，其道理是在于有阶级的社会制度下面的必然。我们知道，生活在阶级的社会里，人们为着本身的生存，发展和享受，他就必须时时刻刻想办法增加自己的财富、权力、地位和荣誉。然而人们不全都是采取正义的、合作的办法，不是本着我为人人，人人为我的集体主义的精神，不是面向自然界去作斗争而获得满足。相反，往往是在人与人之间进行不义的剥削、压迫和欺骗。因此，为着利己就不得不损人；为着损人，就不得不时时刻刻习惯地去窥伺着旁人的弱点和短处。有句老话：“好事不出门，丑事传千里。”为什么“好事不出门”呢？因为在“生存竞争，优胜劣败”的阶级社会里，旁人的“好事”，不管怎样，直接或间接，总觉得对自己是一种侵犯或威胁，因而，自然地产生嫉妒、淡漠。反之，凡是“丑事”，因为是别人的事情，好像听了或者讲了别人的缺点，显得自己的高明，所谓“幸灾乐祸”，实质上是阶级社会的一种病态。

人类社会既然普遍地存在着这样可悲的事，人们既然普遍地陷于不幸的渊薮，敏感的作家们透视了这些之后，便给我们揭露这些人类的弱点，以求得反证不合理的社会制度造成这些弱点的罪恶。在读者方面，由于他日常所见所闻也正是可悲的故事和不幸的人们，因而对悲剧性的作品容易发生“共鸣”。

然而，正如现存的社会可以改造一样，人的感情也是可变的。想起我曾经有过这样一个朋友。他爱好文学，而且下了好大的决心，准备把一生的事业献给写作。我问他：为什么对于写作有那样大的兴趣？他说，他看到人与人之间不公平，不合理，虚伪和丑恶的事太多了。而自己的拳头又过于瘦小，不可能成为打抱不平的侠客。因此，他企图用笔杆来代替刀枪，以便戳穿这些丑恶的现实。“我要学果戈理，做讽刺文章。”后来他到延安参加革命了。当中经过几年的学习和工作，特别是听了毛主席在延安文艺座谈会上的讲话以后，他才恍然大悟地说，他要放弃他过去那种写作态度了。说他感到时代是改变了。在革命队伍中，在没有压迫、剥削现象的新社会里，你写暴露黑暗的东西，写悲剧的人物，不一定能那样引起“共鸣”了，倒是那些英雄模范的人物，才是为大家所喜闻乐见的。比方说，在解放区的人，听到了工人赵占魁的增加生产数量和提高生产质量，战士张治国的练兵模范事迹谁不欢欣鼓舞，成了“好事传千里”，如同古人听到自己的亲戚考中了状元一样。把这些喜剧性的英雄人物写出来，无疑会得到欢迎的。

这原因就在于这些英雄模范的智慧和技能，为人类社会创造财富，推动着革命事业向前，对人民大众都有好处。

共产主义思想和道德逐步树立，人的感情就会逐渐地看重旁人的优点和长处，对同志、对人民群众的某些短处和缺点就不会再“幸灾乐祸”了。

当今是人民翻身的时代，新社会制度正在建立、加固，文学创作同样也应该是一个大翻身的年头。衷心希望写作的朋友，认识到今天的人民随着现实的变革，感情生活也就逐渐在转化。那些悲剧的老故事，那些小人物的悲哀，如果不是为了暴露旧社会的罪恶，帮助青年一代认识我们过去的历史，以促使他们对今天的新生活的热爱，那么，它会慢慢地失去吸引读者的魅力的。而真是能够使大家的感情起“共鸣”的，应该是新的英雄们斗争胜利的喜悦，是光辉的业绩。如果用文学的术语说，今天的文艺思潮，其主流该是光明的歌颂，而不再属于哀悼的挽歌了。作品中的主人公该是正面的、集体主义的英雄人物，不会是“多余的人”的典型了。

写工农兵

凡看过电影或戏剧的人都会感到，每一出戏里，不管它有多少个人物在里边活动，其主要是为了表现一二个中心人物的事情。这一二个中心人物，就是所谓的“主角”。如果在文学作品里，我们就叫它做“主人公”或“英雄”。

我们谈论过了，作品的灵魂是人物而不是故事。在写人物当中，我们知道，今天文学的话题“必须观察在旧的腐败物的冒烟的当中，未来的火是怎样地燃烧起来，怎样地越烧越旺”（高尔基语），必须“具有对新的生活的喜悦”（高尔基语),看到那些与大多数人的悲喜有着密切联系的英雄们的事业,我们的话题,应该去歌唱我们的时代英雄,去描写那些喜剧的、代表光明的人物。

然而,谁是咱们的英雄呢?谁是咱们写作者的描写对象?

有人曾经读过,或者将来会读到的,那些能流传下来的世界名著,他一定会觉得:那里边的英雄们是跟随着每一个不同的时代背景就有着他们不同的面貌(身份、性格、思想和感情)而出现的。换句话说,一个时代都有着代表一个时代精神的文学。比如:在上古的希腊氏族社会,由于生产技术低下,缺乏认识客观世界的科学的眼光,人们对于自然界产生一种迷信崇拜心理,在生存斗争中那些获得了胜利的英雄,往往被当作神的化身给予赞美和膜拜。凭这种原始、幼稚的观念,作家们写出了一部《希腊神话》,里头的英雄都是扮演神的角色。伟大的史诗《伊利亚特》和《奥得塞》,其中的英雄都是神勇的化身。

到中世纪,社会进化进入农业经济时代,人们的生存,已经不再是上古时候那样完全俯首听命于自然的支配了,他们多少敢于与自然作斗争。但是,对客观世界的认识,仍然受着历史发展种种条件的限制,未能超脱神的观念。水旱的灾荒,疫病的祸害,都迫使着人们在生存斗争中感到孤立无援。因此,在无可奈何之下,便期待于冥冥之中有着上天的助力。上帝,宗教的迷信,在人们的观念里生了根。人们迷信着自然的运行是由于天上的力(神、圣母玛利亚)之干涉而被破坏,被变更的。这时期的神,成了绝对无上的威力。而人们的思想感情往往寄托于空想、梦幻和上天的境界,对现实的事物和人不感兴趣。这反映在文学作品上的就是涂抹着象征的、神话的色调,上帝和神成了支配一切的英雄。作为代表这个中世纪最伟大的作品就是但丁的《神曲》。另外,这个时期是封建的、军事的农业贵族,成为历史舞台上首要的角色。因而表现在文学作品的另外一部分就是展现骑士和家臣对封建主的忠诚和献媚式的英雄的讴歌。

这以后,到十四世纪,封建性的农业经济解体了,代替它的是商业的勃兴。有产者们把封建主的集团逐出了历史舞台,夺取了统治的权势。随即建起了他们新兴的资产阶级。为着表现这个新的阶级的心境和愿望,文学的内容和形式也就有了新的改革。意大利是商业资本主义发展最早的国度,因而新的文学也就先在那儿成长起来。薄伽丘的《十日谈》就是这新兴文学的代表,他用散文的小说形式代替了但丁“梦的故事”的诗篇。小说里表现了蔑视封建性的贵族，替他本身所属的资产阶级争取“身份”而努力，对生活表示了无比的欢喜。他不再将希望放在神和天使们的身上去了，而是寄托于个人的聪明、能耐和勇敢。他的英雄不是那些冰冷的“僧侣”和修道者，而是有血肉的、富于机智、健康和愉快的人。这时候，同时形成了另一部分知识阶层。这些知识分子正如中世纪的僧侣在封建的社会所扮演的角色一样，为着他们的资产阶级服务。这就是被称为十六七世纪文艺复兴的三大伟人——法国的拉伯雷，西班牙的塞万提斯，英国的莎士比亚。拉伯雷作品中的“格尔耿丘和攀太利尔”，塞万提斯的“吉诃德先生”，莎士比亚的“哈姆雷特”，都是他们为本阶级在作品中塑造的不朽的英雄。通过这些英雄的命运来宣说中世纪封建贵族的死亡，而新的资产阶级必然胜利的远景。在莎氏的许多作品中还表现了商业资本主义在十六七世纪已经具备有“想尽可能地占有多数市场和殖民地的倾向”。

此后，到十七世纪，欧洲许多国家确立了独裁君主政治。表现得特别显著的就在法国。“古典主义”的文学发展到法国就比较完整。莫里哀的喜剧反映了当时法国资产阶级思想意识的东西。作品的主角都是宫廷的贵族和资产阶级的官员，而下层的仆役和农民，只是被当作引起发笑的媒介物，扮演着丑角。

十八世纪以后，工业得到了迅速的发展，自然科学和技术有了巨大的成就。在政治舞台上，工业资产阶级很快就代替了贵族的资产阶级的地位。他们提倡自由竞争，奖励科学发明，强调个性解放。处于这样的社会背景，在文学方面，便掀起了富于革命性的“浪漫主义”的巨潮，法国的维克多·雨果的作品就充分表现了资产阶级的乐观向上的思想情绪。作品中的英雄们都是一些贵族的知识分子，鼓吹着个性解放，宣述着个人主义的感情。

到了十九世纪，工业资本主义愈益发展，对于科学发明的要求更加迫切，大部分知识分子都专心于科学的探讨去了。这现状迫使着文学作家不得不放弃浪漫主义的，以想像、虚构为主的创作的方法，而接受了以观察、研究现实生活及其心理的精确描写为主的“现实主义”。这以后，小市民阶层开始涉足政治舞台；无产阶级的工人运动逐渐增长而且成为摇撼这个社会机构的一股力量了。因此，“现实主义”的作品才开始为这个下层阶级让出位置来容纳了他们。比如法国的左拉就是把工人阶级当作英雄人物写进了他的作品。

回头来看看咱们中国的吧！中国由于长期停滞于封建的农业经济状态，人们也就迷信着神佛的威力。汉唐以来，印度的佛教被接受进来。因此到明朝时，在文学中就产生了《西游记》，作为佛的象征的如来佛变成了作品的英雄。后来虽然经过改朝换代，可是，社会经济基础没有改变，所以换来换去，依然是封建主们成为帝王，贵族的知识阶层仍然是政治舞台的主角。因而《东周列国志》《三国演义》《西厢记》《红楼梦》《儒林外史》等，都只记录着帝王以及贵族、知识阶层的人物。直到“五四”时代，民主和科学的巨流冲缺了封建的堤防。工农兵群众登上了历史舞台，扮演重要的角色，文学才以新的形式和位置来迎接它的新英雄。比如鲁迅等人的作品，就写了先进的知识分子，或写着令人同情的工农群众的命运。

回顾中外文学史，可以认识到：哪一个阶级登上了历史舞台，哪一个阶级的人物就成为文学作品里的主角。

历史发展到了今天，我们认识更加明白了，代表着人民时代的工农兵已经觉醒，形成了不可抗拒的主流，以主要角色的姿态走上了历史的舞台。他们都翻了身，从奴隶变成了主人。如果说，在莫里哀的喜剧里，农民和下层的仆役被写成丑角，那么，今天他们应该得到翻身，成为我们喜剧的主角！这并非出于我们的偏爱，而是从现实中证明了，群众才是真正创造这个繁华世界的主人。他们应该被崇拜，被讴歌！由此，我们写作者描写对象该是工农大众。他们正是这历史时代精神的体现者。

到工农兵中去

有一天，碰见两位同学。我问他们说：“上回谈到要写工农兵。你们觉得怎样？”“讲的道理倒是明白，不过——”一个姓何的同学没有说完，姓刘的同学马上抢过来，幽默地说：“可惜我不是孙悟空！”“什么意思呢？”我诧异起来了。“意思倒不是别的，就是知道写工农兵是主要的，可是我现在是个学生，又不能是个孙悟空一样,一下子变个工人,或战士。那怎么能写得好呢?”“假如我们生来就是个工人、农民就好了!”姓何的同学说。看他们的态度挺郑重,眼光里流露着失望的神情。我说:“那也不一定自己是个农民才能写出农民的作品来的。”“唔,怎么不一定呢?在我们读的书本上不是说‘只写你所深知’的东西吗?如果你不是个农民,你怎么能‘深知’农民的心情和行动呢?”

我想,“只写你所深知”的东西,是正确的,应该是我们每个写作者必须遵守的信条。同样一个意思,有人还说过“一切作品都是作者自传”。

不过,这并不等于说,写强盗的作者,他自己一定是个胡子;也不等于叫你只写“身边琐事”。而是说每个作者对于他所写的事情和人物,必须有若干程度的熟悉。就算他不一定亲身做过那些事情,但至少必须是他观察过、研究过、感动过的东西。

的确,今天的工农兵群众翻身了,写作者应该把这些历史上的新英雄作为主要的描写对象,让他们再现于作品里。然而,今天我们是学生,不熟悉他们的生活。假如马上拿起笔来硬要写,那是会流入概念,不容易写得真实的。可是,且慢因此去异想天开,想学孙悟空的变身法;且慢去叹息生来不是个工人或农民。正因为你今天是个学生,什么事情都可以由你自己去挑选,去学习和创造!比如说,你果真准备献身于文学,那,你今天虽说不是个工人或农民,可是明天,当你出了学校的门槛,你就可以到农村、到工厂、到军队里去参加实际的工作,成为战斗生活里的一员,亲身体验他们的劳作,跟他们共分得甘苦,这样,虽不能跟孙悟空似的,一下子变了人样,但日子久了,你的思想感情会逐渐与工农兵的思想感情打成一片,跟他们有一致的爱憎和悲喜,深知了他们的生活。倘能积蓄了丰富的生活经验以后,你要写作了,就会感到左右逢源,写出来就会是真切感人的东西了。

记得有一次在旁的地方,我把这个意见说了,有一个同学就说:“我现在才读初三,完了我还要上高中哪,几时才能到农村、到工厂去呀?”我看,如果正是学生的时候,那当然不能马上到农村、工厂或军队里去的。然而,倘遇有机会,那倒可以利用的。比如说,你的家是在屯下的,那当你放假回家时候,你就可以有机会接近你的邻居,留心观察农民们的生活状态,设法了解他们的心情,学习他们的语言。大概有人看过《普希金的童年》这部电影片吧？普希金出身是个贵族，但他觉得封建贵族阶级是要崩溃没落了，没有前途，因此，他成了贵族阶级的叛逆。他的思想倾向于民主、进步的事业。他从彼得堡回到故乡，曾经从他的老乳母那儿学习着农民的语言。这些在贵族阶级那里被认为“粗俗”的言语，普希金却把它移植到文学的花园来了。结果，使俄国文学摆脱了西欧文学的影响，创造了俄国自己民族的风格。后来的文学史家称他为“俄国文学之父”。不过，要是你住在城市，而且你的家跟工厂或工人的宿舍离得近，那你就可以多多地接近工人了。倘说，你的家既不在屯下，也不是靠近工厂，那么，下乡工作队、前方服务团那些行动，都是让大家去了解农民和军队生活的好机会。在那样的工作环境里，你一定会有丰富的见闻，有深切的感动，要能够好好把它反映到作品上来，那真是可贵的收获。假如说，下乡工作队和前方服务团，名额有限，要去也去不成，那也不用着急和懊恼，上面所说的写工农兵，那只是说主要的方面，此外，次要的，比如知识分子、青年学生、小市民的东西，当然也可以写的。何况是初学写作的时候，正如学绘画的人写速写、素描一样，可以练习用散记、日记的形式来描绘着周围的生活。话讲到这，我想起另外一位同学曾对我诉苦，说他也记日记，不过，记来记去，天天一个样，不高兴记了。我想，这毛病只怕在于他的生活圈子太狭小了！要是天天接近的老是一二个要好的朋友，和自己小小的“家”，除了上课，旁的什么活动也不肯参加，那当然是没有什么新鲜的事儿可记的了。

古今中外好多伟大的文豪，已经从他们的经验里告诉了我们，创作是离不开生活的。例如，中国写《史记》的司马迁说过，要写好文章，先得“读万卷书，行万里路”。所谓行万里路，就是说生活必须宽广，见识必须丰富的意思。鲁迅也说他写小说的人物，往往是“嘴在浙江，脸在北平，衣服在山西，拼凑起来的角色”。可见要有了广大的生活经历，才能从好多实在的人物身上摄取其特点，集中于一个形象里，读者才能从这形象里感到，仿佛在什么地方见到过这个人。《我的大学》是高尔基写自己的流浪生涯。正因为他经历过这样丰富的生活，所以他的其他好多作品才在世界文坛上放出无比的光彩。为了要使生活丰富起来，就不一定等到离开学校以后再开始的。现在就应该学习，扩大狭小的生活圈子，多多去接触各色各样的人，抛弃个人的癖性，走向集体生活去。比方跳秧歌，参加运动会、晚会等，都是集体活动的场合，只有勇敢地投入集体的巨流里，才能使我们的见识增加，生活经历才丰富。有了丰富的生活就是有了写作的资本了，如果要记日记，也不会感到“天天一个样子”。

也许有人还固执着孤僻、清高的偏见吧？以为我读我的书，我写我的文章，用不着参加集体活动。可是，让我反问一句：那写文章给谁看呢？如果想使更多的人都高兴看，那我劝告你，今天大多数的人民群众所关心的人物和事情都是与大家的利害有关的问题，都是集体的东西，倘若你还陶醉于那些个人的叹息，那是不会引起更多的人的共鸣的了。那正如古话讲的“闭门造车”。这“车”一拿到门外去就拉不动了。因为世界变了，道路也改了样了，你这个不合现实的“车”将会成为废物。

所以，你要是想做个写作者，那就下决心抛弃原来的阶级，努力向工农兵学习，站在人民大众的立场来看世界、想问题。抛弃个人孤僻、清高的性情，参加集体活动，扩大生活范围。

“有了生活经验的人就能写好作品吗？”有人曾经发生过这样的疑问。我们说，有了生活经验的人，当然不一定就能写出好的作品的，正如有着建筑材料的人，不能说他就会建筑成一座好房子一样，因为这里边还得必须具备有建筑技术，也就是“怎样写”的方法问题，这只能留待以后再谈了。

搜集材料的办法

记得今年二三月间，有些同学参加寒假补习班的下乡工作队回来了，我们曾经开了个座谈会，大家都说看到了好些新鲜的事，受了好大的感动，思想都打开了，认识了恶霸地主被清算是应该的，农民应该翻身，应该分到土地……会开过后，我说：“你们把这段生活写出来吧！”有人就说，用嘴巴扯一扯还能对付，写文章得要往细写，可是细微的地方和生动的话什么的，都想不起来了。“为什么不带个本子，把它记一记呢？”“带本子也不顶事，也不知道怎么个记法，记些什么东西好？过去听人说，写作是要凭个人天才的想像、灵感来的，用不着做什么笔记。”……

把写作看作是由于什么天才的想像和灵感的结果，显然是片面的、错误的说法。高尔基说过：“写小说和戏剧等，是非常困难、麻烦、需要慎重的工作，在开始这个工作之前，必须长时间地观察人生的现象，蓄积事实和研究语言。”鲁迅也说：“天才们无论怎样说大话，归根结底，还不能凭空创造。”因此，他主张“作者写出创作来，对于其中的事情，虽然不必亲身经历过，但最好是经历过”。这意思是说写作必须要对客观现实生活有过认真切实的观察和体验，要付出极其艰苦而复杂的劳动，绝不是只要想像力特别发达的人就能办得到。为了要使自己的观察体验和印象能保留下来，作为写作的储备，记笔记，对一个写作的人来说，应该是必不可少的准备工作之一，是应该而且是必要的。这记笔记的外号就叫做“搜集材料”。这并不是新的发明，老早以前的唐朝大诗人李贺，就采取这个办法。他出门时，总是骑上一匹牲口，带上一只口袋，见到什么景色和人物，触动诗兴了，马上把它记下来，往口袋里装。等到晚上回家，再把这些“搜集”来的诗句拼凑起来缀成完整的诗篇。俄国著名小说家契诃夫，他也是常常带着一个本子，把日常里所见所闻都记下来，等到要写作的时候就拿笔记本来翻看，翻到合用的材料就利用它。这好比蜜蜂从许多花蕊里吸取花汁，然后才能酿成甜味的蜂蜜，要建筑楼房就得先准备着砖瓦、木料和水泥一样。

至于笔记该记些什么？“搜集材料”是怎样个办法？那是没有一定的法规的，各人可以按自己的需要和方便，爱记什么就记什么。一般的说，所记的应该是新鲜的印象和感触，是各个阶层、各种人物性格的特点。比如说，一个地主和一个佃户就不一样。不论是他们的房屋、家具和衣饰，不论是他们的爱好和想法，就连他们的端坐和走路，语言和神色，都有其阶级独有的特点。不同阶级、不同身份的人是不能混同的。记笔记时，必须分别出这些特点来。在阶级的共同性里，又有各人不同的性格。比如有的暴躁有的温和，有的怯懦有的勇敢，有的谨慎细心有的冒失大意……这就需要仔细观察和记录。就说暴躁的人吧，在日常生活中他的行动都是个什么样子？当他在斗争恶霸地主的大会上表现的是这个样，但当他在农会小组上又是什么态度呢？他回到家去跟老婆孩子生活时，又是什么样的情形？他干起活来又是什么样？我们必须去跟着不同性格的人，到处跑跑，记录他在各个不同场合、不同对象面前所表现的神色，所做的动作，所讲的话。此外，年轻人和老头子，男人和妇女，除了衣服和外形的不同而外，言语和行动也各有各的特点的。一定得记录这些阶级的、性格的、年岁的、性别的各个不同的特征。遇到特点多一些，性格比较突出的，不妨多加仔细观察记录他在各个方面的表现，拿他作为原型。

在做记录当中，语言是需要特别留意的。原因是民间的口语跟文字不一致，书本上的话和原来的口语往往变了样，也许由于时代久远，有些都变“死”了，比不上劳苦人民的话那样生动、明确。写农民，就得把他讲的话写成像个农民，写工人就像个工人嘴里讲出来的话，有个性有特色，不能擦上了水粉和口红而改变了模样。

人物和环境是有着密切关联的，不能把人物孤立来看。当你观察或记录人物的行为时必须同时考察环境对于人物所发生的影响，或将造成人物命运的原因等情形和事件都记录下来。这里所谓环境是指自然的（周围的景物、气候，时间和地点等）和社会的（风俗习惯、人与人之间的社会关系等）两方面。只有把这些也都记下来了，将来写起文章来才有恰当而和谐的氛围；才能使故事写得近情近理，合乎客观发展的规律，合乎“典型环境的典型性格”的要求。所以说，在搜集材料（记录生活）当中，除了记录人物语言、性格特点而外，也还须要留心研究人物环境，观察他与旁人的互相关联，周围的自然现象对他的影响。另外，那些正在发生着或者被传说着的感动人的故事，也需要记下来，作为将来编写故事的参考和根据。

如果说蜂蜜那样甜，是蜜蜂勤劳的吸吮花汁和经久的酝酿的结果，那么，一篇作品的成功、感人，除了必须经过作者长期间的体验生活，同时还得需要耐心的搜集素材。

表现的形式

假如生活的体验和材料的搜集都有相当分量了，而且经过了思索、酝酿成熟以后,那就如同怀了十个月的胎儿要分娩一样,自然会有写作的要求和冲动。但是当你拿起笔来要写第一句话的时候,你必须反问一下:写给谁看呢?只有把这个问题解决了,你才好决定用什么笔调来写作品。犹如要对人讲话之前,一定先知道你面前的人是大人还是小孩,是工人还是庄稼汉,然后再决定用什么口气来讲话,以便使得对方领会。

过去的旧观点,总是以为文学艺术仅仅是上层的贵族或知识分子的玩物,劳动阶级的工农大众是不能鉴赏的。因而作者要写的时候,他只好考虑怎样去迎合这些少数人的趣味,对绝大多数的劳苦大众就忽视了。但是,我们认为艺术是产生于劳动的。劳动是艺术的祖宗,先有了劳动然后才产生艺术。普列汉诺夫在他的《艺术论》上说:"原始种族中,各种各样的劳动,有它各种各样的歌,那调子常常是极精确地适应着那一种劳动所特有的生产劳作的韵律。"毕歇尔也说:"(艺术)在发达的最初阶段上,劳动、音乐和诗歌是最紧密的结合着的,然而这个三位一体之基础的要素是劳动。"此后他又说:"原始氏族的许多跳舞,它本身只是一定的生产行为之意识的模仿。"此外,在原始人的画里,我们容易看到一些狩猎的场景。正因为原始人过着狩猎生活,所以在绘画上才再现了那样的图画。鲁迅说过:"我们的祖先的原始人,原是连话也不会说的,为了共同劳作,必需发表意见,才渐渐的练出复杂的声音来,假如那时大家抬木头,都觉吃力了,却想不到发表,其中有一个叫道'杭育杭育',那么,这就是创作;大家也要佩服,应用的,这就等于出版;倘若用什么记号留存了下来,这就是文学……"

从此,我们可以看到原始时候,音乐、歌谣、舞蹈、绘画等文学艺术,都是根源于劳动而发生起来的。不过,到后来,人类的体力劳动和精神劳动分了家,读书人把原来在民间流行的歌谣、音乐、舞蹈……搬进了庙堂。如同野生的花木移植到庭院里的盆栽上,慢慢失去原先的刚劲,没有了质朴和自然的风貌,变成了只适合少数士大夫观赏的纤巧、细致、神秘和玄奥的东西,广大的劳苦大众就难以理解和赏识。例如在城市里的知识分子大概总觉得钢琴和提琴是好听的吧?可是要一个农民来听,他就觉得不如他们所熟悉的二胡或三弦那样感兴趣了。同样,曹禺的《日出》曾经感动过一些多愁善感的知识分子,可是拿到乡下去,它决不会比秧歌剧"叫座"。此外我们来看下面的一首诗吧,诗的题目叫《鱼化石》，句子是这样写的：

我要有你的怀抱的形状，

我往往溶化于水的线条。

你真像镜子一样地爱我呢。

你我都远了乃有鱼化石。

这是说，两个人相恋，有如鱼水之欢，相依为命，直到终成了鱼化石。写尽了千古不朽的爱恋。有人曾经称它为难得的佳作。然而，这样的“佳作”，就算是知识分子，恐怕也只限于极少数人能够领会，大多数人是难以理解的。倘说拿去给工农大众“朗诵”，那他们真会当你是在说疯话。

我们已经晓得，文学艺术是传达人们思想感情的工具。那么，衡量一个作品的价值就得看它能不能为多数人所接受。“五四”新文化运动，一开始就是搬外国的东西，一味的追求西洋的表现手法，哪怕有些作品的内容虽然描写了劳苦工农大众，可是由于表现形式的欧化，因而阻隔着更多的人的接近。如果说，那些东西“好”“艺术高”，那也只限于少数人反复的称道，绝大多数的工农大众绝不会给它那样评价的。为了使文艺能被工农群众领会，除了内容而外，表现的形式也应该来一个大翻身，实行“艺术还家”。把作品写成民族化和通俗化，有些即使广大群众一时还看不懂，旁人念起来也能听得明白。做到这一步，就必须运用民间的语言，在原有的、已为老百姓所喜闻乐见的民间形式的基础上，加以提炼和改造，使它能适合于表现今天的现实生活。比方现在戏剧方面闹的秧歌剧，音乐上唱的民歌、小调，都是采用了这样的办法，而得到显著的成绩的。秧歌剧博得广大群众的喜欢不用说了，就是《李有才板话》在乡村里也是成了大众所喜爱的读物，甚至成为他们斗争生活的教科书。这不正是说明了这样的作品的价值吗？

然而，有人曾说，解放区赵树理他们的作品就是句子写得太“白”（就是口语化）了。显然的，这位朋友多少还是带着旧的观点，以为文学应该玄奥、艰深，“谁也不懂的东西就是世界上的杰作”。或者误认那些一长串，读半天也读不断的欧化句子当作“美”。其实,这都错了。今天我们应该把那些不为大众所喜爱,或者在今天还不能为大众所领会的东西放到一边去吧。别去幻想创作什么高深的、永久的艺术,或者如“第三种人”苏汶他们所说的“努力去创造一些属于将来的东西”。而应该现实些,为着当前的需要和广大群众的要求服务,力求作品写得通俗易懂,使大多数人都能鉴赏。只有这样,作品才能发挥它的说服力,也就和鲁迅当年批评苏汶他们说:“将来是现在的将来,于现在有意义,才于将来有意义。”《战争与和平》的作者托尔斯泰,他都还写些通俗的小故事给农民看呢,我们既然是革命的文艺工作者,为广大的工农兵写东西,写他们的事情,写给他们看,应该是我们必须肯定的观点和创作方向!因此,当我们拿起笔来要写第一句话的时候,应该记住我们是写给广大的工农兵看的,要写得通俗,尽量用活的语言来写,尽量运用那些使工农大众易懂、爱看的形式来表现。

怎样剪裁

我们常常见到一幢刚建筑好的房子旁边,总是剩下一堆砖瓦、木料和水泥。也常常看到木工厂里做好一个桌椅之后,一定剩余些刨花和木片。显然,这些砖瓦、水泥,或是木片,对于建筑那间房屋或制造那件桌椅而言,是多余的材料。

在某种意义上说,写一篇作品,也犹如建筑一间房屋或制造一件桌椅。材料尽管准备得多些,写起来却未必都用得完。每一篇作品都有它一定的主题,为着使主题突出给读者以强烈的感染,发挥它的艺术效果,就得对素材加以选择、剪裁、调配、推敲和洗练。初学写作的人,是不容易做到这步工程的,开头应当注意避免犯两种偏向:一种是主观上先有个抽象的主题,然后按照这个抽象的思想去凭空虚构出人物和故事来串演。结果,作品成了纸扎的老虎,不能给读者真实的感觉。第二种就是有着好多丰富的生活素材,全都将它甲乙丙丁,一件一件罗列出来,不分轻重、先后,也没有加工、剪裁,结果,中心不突出,不能给人深刻的印象。好像一个唠叨的老太婆,嘀咕了半天,也不知道她说的啥。所以说,当你有了活生生的人物在脑子里跳动的时候,就得检阅一下,分析和澄清它们的性质和分量,看适应于表现什么样的主题,是写一个农民翻身的故事,或写一个解放军战士的作战英勇,还是写他军民关系做得好。表现什么主题,就把与这个主题的有关材料组织起来,集中在一定的主人公身上去求得完整的表现。要是与这个主题不相干,或者不能使主题增加什么色彩的旁枝末节,就舍得割爱,干脆把它剪裁掉!如果因为是一段美丽的风景,一个热闹的场面,或者是俏皮的对话舍不得割弃都把它堆砌上去,那往往变成画蛇添足,喧宾夺主,不成个完整的形象了。

我们常常遇见这样的文章:写一个农民翻身后的欢喜生活,一定把他过去旧社会的苦难写得很“完全”,等到写翻身后的欢喜,却急急忙忙,轻描淡写的就完了。假如说,为了使今天的欢喜(主题)更加鲜明,而用过去的苦难当作衬托、对比,那当然可以而且是必要的。不过,它应该是“客位”,而不是主体。在写作时就必须考虑到把它放在什么地位上,给它多少分量。倘若不加以选择和剪裁,而把什么大同小异的事情都写上,不留给读者一点想像的余地,就冲淡了主题的明确性。有的本来主题是想表现一个战斗员英勇壮烈牺牲的故事,但往往写成了“传记”式的记录。写他什么名姓,什么地方人,几岁,接着写他过去如何如何受灾受难,谈了半天让人也摸不准中心意思是什么。写战场上的战斗,无非是根据访问得来的材料,反复的冲锋,反复的呼喊“缴枪的不杀!”看不到人物的面貌,也见不着内心的波动,使人觉得呆板、平面的东西,感觉不到立体的雕塑。写军民关系,也没有捉住典型的事物来渲染,只是一些拉杂的记录。比如,部队住老乡家,房东老太太一定诉说过去遭受压迫,“八一五”抗日战争胜利了,有的人“想中央,盼中央”,但“中央来了更遭殃”;最后,来了解放军,那真正是为老百姓服务,军民真正亲如一家人。这样的事可不可以写呢?可以的,但这是一部长篇小说的轮廓,需要好多的形象和细致的描写来填补,作品才有饱满的生命,如果仅仅为了表现目前的一段军民关系,而且只想写几千字,那只选取最有特点的人物和事例来写就够了。要是过去的黑暗生活充塞着胸怀,有不吐不快之感,那么,可以把它当作另外的主题,写成另外一篇文章,千万不要使一篇文章成了“大杂烩”。

我们应该记着高尔基说过的话:“艺术文学并不是从属于现实底部分的事

实,而是比现实底部分的事实更高级的……是从同类的许多事实中提炼出来的精萃,它是典型化了的。”这就是说,文学是有一定的概括性的,绝不同于记流水账,无选择地描写琐细的情节。

鲁迅的《孔乙己》中心思想是表现封建社会科举制度下的读书人的命运悲剧。作品里,他仅仅写着一个“孔乙己”生活怎样的狼狈——偷东西,赊欠酒账,教小孩子一个茴字的四样写法,旁人对他怎样的冷淡……至于科举考试制度的流弊,以及他考不中秀才的情景和原因,并没有把它都写进去,因为不必写这些,读者都会感觉和想像到了,如果写进去反而显得啰嗦。这跟画画是有同样的道理,要是画一个人,主要的应该是画眼睛,使人从眼睛里看到他的思想感情,至于他的头发、牙齿、眉毛,倒是可以不必过细的去描绘的。从鲁迅另外一篇《故乡》来看,我们也许能想到,当他(作品里的“我”)回到阔别二十年的故乡,一定有不少的亲戚、朋友和邻舍来拜访的吧?然而,鲁迅只写上一个闰土和他的小孩,一个“豆腐西施”就完了。为什么不照实在的情形写上去呢?原因就是鲁迅他懂得选择和剪裁。他用闰土和孩子以及一个“豆腐西施”已经足够表现“故乡”的主题了,旁的亲戚、朋友什么的,与主题并无关系,至少不能使主题更加鲜明、突出。这正同造房子那些不适用的砖瓦,制桌椅不适用的木片,只好把它挑了出来。

最后,我想起《红楼梦》有一段话,可以给我们一个启示,那就是在第四十二回上,贾母要惜春把大观园画成一幅画。大观园那么繁华、壮丽,一张画怎么能容纳得了呢?这犹如我们今天写作的人所感到的一样,现实生活太丰富了,怎么表现呢?这里,我们不妨听听薛宝钗的话吧!她说:“这园子却是象画儿一般,山石树木,楼阁房屋,远近疏密,也不多,也不少,恰恰的是这样。你就照样儿往纸上一画,是必不能讨好的。这要看纸的地步远近,该多该少,分主分宾;该添的要添,该减的要减,该藏的要藏,该露的要露。”这虽说的是画画,可是也适用于文学创作的。那意思就是不能照实际生活的原样模写,而必须有所选择、剪裁,有的需要夸张,有的需要含蓄。

关于语言的应用

有一个文学家说过:“从白桦的圆棒上既可制造出斧柄,也可以雕刻美好的人像。”这就意味着有了一定的生活素材之后,也必须有一定的技术去创作,才能使素材变成完整的艺术品。这点,上回曾经谈到,关于素材的剪裁。这回我们就来谈谈对于语言的运用。

语言,高尔基有很好的意见告诉我们,他把语言当作文学的第一要素。他说:“语言是一切事实、一切思想的衣服。”这譬喻再恰当没有了。我们常常见到人们穿衣服的情形:就算是相同的料子,相同的花样的衣服,有的人穿起来觉得美,有的人穿起来却显得丑陋,这原因就是裁制的不合身,或者那样的衣服对他本人的身份以及与他的其他装束——鞋袜,甚至脸面的修饰,都不调和。文学上的语言如果安排得不恰当、不准确、不和谐,那即使再美丽的句子,也会同华贵的绸缎穿在要饭的妇人身上,或者一个疯婆娘穿着女学生的裙子,不但不漂亮,反而落得个怪样子。

记得法国作家福楼贝尔,他提倡“一字说”,就是说,倘若表现一个意思,只准许在所有同一意义的语汇里,缜密地选择唯一恰当的那个字眼或词语来用,绝不能把暧昧、含糊、模棱两可的话写上去。鲁迅主张文章“写完后,至少看两遍,竭力将可有可无的字、句、段删去,毫不可惜”。意思就是要使用正确而明了的语言。

然而,写作经验少,或者生活的体验不广、不深的人,开始写作品时,往往顾此失彼,一篇文章顾到它的结构,而忽略了语言的修饰。例如有这样一段文章:“我们李老师到街上去了,遇到一个街头的流浪孩子,问他是哪儿来的?他说是牡丹江的。一个没有家的孩子,来找他的哥哥来啦。李老师带他去吃了饭,又因为他没有地方住,把他带回学校来住。”这段文章,粗粗一看,好像还通顺的。可是要往细推敲,就发现下面几点毛病:

1.“我们李老师到街上去了。”为了表现得更明确,这句的头前应该注明时间。比方:“前天晚上”,“今天早晨”,“晌午”,或者“有一天”,免得叫人感到笼统或者突兀。

2.既然后面一句说“遇到一个街头的流浪孩子”,前面就不必写“到街上去了”。不到街上去,哪能遇到街头的流浪孩子呢?倘若写成:“李老师在街上遇见一个流浪的孩子”,那就把意思都包括在里头了。

3.“一个没有家的孩子”,这句话是多余的。因为前面已经说他是流浪的孩子,那当然是没有家的了。

4.“来找他哥哥来啦,李老师带他去吃了饭。”他来找他哥哥为什么成了街头的流浪孩子呢?是不是找不到?找不到的原因是要交代清楚才成的;否则,李老师请他去吃饭就显得唐突不合情理。

5.“又因为他没有地方住”,这也是多余的说明,因为一个街头的流浪孩子没有地方住,谁都知道的了,用不着解释的。

根据上面的意见,可以把它改写成如下文章,请比较一下,或许能给大家写作时作个参考:“有一天,李老师在街上看见一个流浪的孩子。问他是哪儿的?他说是牡丹江的,找他哥哥来啦,可是,不知道哥哥在哪儿。李老师看他没吃没住,怪可怜的,请他去吃了饭,又领他回学校来住宿。”

另外,再看下面四句对话:李老师问:“你怎么敢跟我来?”他说:“我看你是八路军就知道你是好人,我就敢跟你来。”又问:“八路军好不好?”他简单地答:“好!”这几句对话显得啰嗦、松懈、不够紧凑。前头既然说八路军好才敢跟来,意思已经说尽了。后面两句就不需要重复。假如重复不是为了增强语气、色彩和意义的话,那就变成瑕疵、画蛇添足。在文艺作品上是非常忌讳的东西,必须把它洗涤干净,求得光洁。

又如,东家对一个小牛倌说:“你别说我白使你,我也别说白养活你。反正我们是鱼帮水,水帮鱼。”这是不确切地表达农村的语言。一个地主对一个雇工绝不会说“鱼帮水,水帮鱼”的话。假若真正有这样的事实,那也是偶然的,个别的现象。不是典型的,本质的东西,要是写进作品里就失去它的真实性,甚至歪曲了现实。

再有这样一段情形:有一个人要追赶走到头前去了的人,他走到岔道上,遇见旁人,问道:“有一个镶金牙的老头,背着一个麻袋,从这儿过去了没有?”背麻袋和镶金牙,固然是那个人的特征,但是在这场合,说他镶金牙,就非常不贴切。因为平常一个人走道,不会张开嘴巴子叫人看到他的牙齿的。只有在吵架或讲话的时候,写他的牙齿才可以增加读者的印象。所以说,即便是人物本身的特点,也得看他在什么情形下面表现出来合适,要不然,会使形象模糊和混乱。

最后,我们看到一些文章,依然袭用陈词滥调,使作品成了抽象、空洞的东西。比如,写傍晚,就是“苍茫暮色”“夜幕降临了”;写春天,就是“燕语莺啼”“千红万紫”,或者是“拂面薄纱的春风”;写恐惧,就是“魂不附体”;写喜悦,就是“喜笑颜开”“趾高气扬”;写忧愁,就是“愁眉苦脸”或“愁眉不展”……这些词汇,在很久以前的当时,也许有它新颖的意义,后来,年深月久,人们的语言已经有了进化,它就逐渐失去鲜活的生命,不能刺激读者有着新的感觉了。词汇真是如同衣服,它是跟随着时代的风尚的变迁而变迁,同时也带着它本阶级的特性,不能混同,也不是纯一色的东西。但是,过去有些懒惰的作者,只贪便宜,从书本上摘取一些陈旧的语句来编织他的作品,使作品成为不死不活的东西。比如写沉默,我们在书本上老是看到“默默地”,“默默地”,无限止的重复,好像再找不出第二个词儿了。可是,在生活里,我们却常常听到“不吱声”“不哼气”“闷声不响”……写愤怒,我们只能找到一两个字眼,但在工农群众中间,他们就有各色各样的说法:“窝火”“恼火”“光火”“火大”“生气”“发脾气”“气呼呼的”。离婚,在以往的书本上是找不到另外的话说的,在老百姓的话里却有“跳槽”“打罢刀”“走道”……多种说法。再说色彩的描绘,也往往单调得很,比方黄的东西,要是光写黄色,那,给人的感觉和印象还是模糊的。把它表现得恰如其分,应该有“橘黄”“杏黄”“柠檬黄”“金黄”“鹅黄”“土黄”“藤黄”“米黄”“蛋黄”“嫩黄”的区分。善于运用语言和善于渲染,使形象鲜明的作者,他准是从群众、从现实的生活中吸取丰富的语汇,然后又从中选择那些切合该人物身份和环境的色彩、形状的词儿,不但把它缀成美妙的图景,而且能够使读者读起来感到音乐的韵律。

假如说,一个画家是靠着线条和色调来绘写他的画面,那么,一个文学家创造人物形象就得凭借着语言。而语言的泉源是在广大的群众里,是在生活的原野里。要使语言焕发光辉，则须经过淘洗和锤炼的劳作。

先从那里学写起

在写作的内容上，我们知道，得先从写人物开始。那么，在体裁（形式）上——诗、散文、报告、小说，应该先写什么东西入手呢？照理说，写什么体裁，应该是根据着作者掌握的现实素材来决定的。也就是说，内容决定形式。倘若那些素材适合于写诗，那么，最好是用诗的体裁来表现。要是硬把它铺张成一篇小说，结果，准是把作品弄成不像个样子。不过，这是需要有相当写作经验的作者，才能够使他的素材在某种体裁求得恰当的表现。假使，是初学写作的人，他就不容易办到，甚至犯了毛病。比如：有些常常把报纸上的社论，或者是歌曲里的词儿，墙壁上的标语，东拼西凑分行写成一首“诗”，这样一来，当然是失败了。

关于诗，记得有谁把它跟散文作了对比，他说：散文好比走道，诗就好比跳舞。这里边就包括着：诗是具备一定的韵律的，语言的结构应当更加精练、严谨，意思更加含蓄，感情更凝集，用少量的语言来表达更多、更丰富的意思。这就不能单凭热情的呼喊，而必须有千锤百炼的形象的语言，有隽永独到的意境才能使它成为诗。有不少年轻的朋友错了，以为凡是分行写的都是诗。自己也急急忙忙，拼凑几句就当作诗，投到报纸、杂志的编辑部去。这样的“诗”它的命运是可以想到的了，一定是“物还原主”，给退回来的。如果在写作上才刚开始学习，那第一步最好先别打写诗开始。正如一个刚学步的小孩，首先必须一步一步学着普通的步伐，而不能去学跳舞。

其次，容易犯的第二个毛病就是好编造故事。写成长长的一篇“小说”，里头人物的名字也有了，故事的情节挺离奇。但是，这些人物往往叫人看不到影子，他们从哪儿来，又往哪儿去，并没有交代，或者说，交代得不清楚，除了几个名字不一样，他们面貌就很难分辨。故事的安排也是前后重复、矛盾，有时无中生有，事情发生了，没有交代就不知去向，有头无尾。好比失去指挥官的败兵，一片混乱，线索模糊。这如果不是由于素材的准备不够，就是由于写作经验的缺乏，犹如一个还没有学好战术动作的新兵，叫他去布置一个规模庞大的战役，那是会顾此失彼，把军队布置得破绽百出的。因为，小说这个形式，是比较高级的、完整的东西。正如一幢高楼大厦，它固然要有充分的材料，同时也需要一个技术高深的工程师来设计，才能使用那些材料去建筑美好坚实的楼房。假若一个还没有出师的徒弟，即令他有可爱的魄力，要完成这幢楼房的构造，那只是白搭工夫，徒费心力。

所以说，写作的技巧，必须打开头学起。记得有一个艺术家说："艺术家不能跳越阶段，即使跳上，也是白费时光，因为还须一步一步从新走过。"这就说写作这玩意，并没有可以偷巧的门道，也没有什么天才可以侥幸成功。法国一个作家巴尔扎克，人家称他为文学界的拿破仑，其成就的伟大，可想而知了。然而，他说："天才就是忍耐。"起始，人家都劝他不要学文学了，说他没有那份"天才"。然而，他有他的"忍耐"。他一步一步学起，结果，他达到文学的最高峰，给人间留下一部不朽的《人间喜剧》。

这里扯远了，意思倒还是希望年轻的朋友，一开始，千万别好高骛远，一定先要写什么大作品，最好同学画一样，先学写生、素描、速写等基本练习。比如记日记——记录一天里观察到的新事物、新人物，以及自然界的变化，自己的感触，读书的心得等。总之，你认为美、新鲜、感动人的东西，都把它记下。能写成简短的、完整的一篇，就写。不然，就记它一个片断，三句两句也行。速写——这也是根据一定的事实描写下来的东西。那是一个场面（开会、游行、战斗、劳作等），一个人物在短时间的言谈、动作。总之，它仅仅限于此时此地，短时期即反映在人们眼里的形象。要是这形象能有它独立的意义，那就可以把它的特点，简略地描绘下来。散文——这比上面两种形式所包涵的内容，更为广泛了。作者可以用抒情或理论的笔调，写他的回忆，或写他对眼前的感触。从一些感触里除了抒情，也可以发议论。它只有整篇的中心思想，段落与段落之间不一定发生关联，甚至每段可以独立。报告——这可以说是文艺性通讯。以事实作它的灵魂，而且这事实是含有较大的时间性的，是当前社会上发生的或存在着的，为一个人所关心的事情。它能用迅速、明快、尖锐的笔触，抓住事件的问题中心,用文艺的笔调报道出来,帮助读者对当前社会上所发生的实际问题,有更深刻的认识,并且能找到解决这些实际问题的办法。以上这几样形式,可以说是文学创作的初步阶梯。只有从这些阶梯一步一步走上去,才能攀登到较高的境地。正如古人说的“万丈高楼平地起”;也如小孩走道,只有学会了走的步伐,跑起来才不会跌倒。

关于写作上的集体学习问题

作品写完了,怎么办呢?送到报馆杂志社的编辑部去,希望登出来!虽然不是每个人嘴里都这样爽利的问答,心里却是存在着这种欲望的。一个写作的人希望他的作品能够刊登,有若一个侍弄庄稼的农民盼望秋天的收割,那是很自然的要求。不过,这种要求表现在刚开始写作的人身上就特别分明、炽热罢了。正因为这样,有些人作品才写完,还没有看第二遍(有的是自己害羞没有勇气看第二遍)就偷偷的,连地址也不敢写上,只随便署个假名(怕人知真姓名,不好意思)寄到编辑部去了。这样,十之八九会跟石头投进棉花堆里去一样,一声回响也没有的。意志力强一些、进取心旺盛的人,可能还继续去撞他的命运。决心不坚的,往往就因此感到失望、灰心了,以为自己没有“天才”。有的则抱怨编辑先生没有眼力,看不到他的作品的“深刻”思想。或者竟诽谤编辑者闹宗派、闹私人感情,埋没“天才”。

其实,这都是错了。也不是自己没有“天才”;也不是编辑的人闹宗派、徇私,而是在于自己的作品的“火候”还不够。我们应该承认,创作不是写情书,记日记,只让自己爱人欢喜和自我陶醉,而是要发表出去,让人家看,看的人愈多愈好。因而,绝不许可急于事功,把雕刻看成劈柴一样。

这一点,我们曾经谈过,需要忍耐、需要在推敲和洗练等技巧上下苦功锻炼。现在我们再补充一点就是文学艺术,它是思想斗争的一种武器。假如说,你是站在人民大众的立场来参加这个工作,想用艺术来表现人民思想感情,那是正当而庄严的,用不着害臊,没有什么不好意思的。同时,既然是表现现实的生活，是人民大众的思想感情，那就不是个人的私事了，它可以让人家知道，让人家提意见、批评，使得它更切合于社会的现实情况和人民的欲望和心境。因此，一个聪明的写作者，他应该鄙弃以往那些名士派文人的乖僻——把自己比成旷野的狮子，独来独往，把创作看作纯粹是个人活动。正当而健康的做法是当作品写完之后，先别急于送到编辑部去，最好拿去请多几个人看。这几个人里包括爱好文学的朋友，以及你所写的那个阶层的人物（农民、工人、士兵或店员、学生），征求和听取他们的意见。看那些地方写得美——精彩、生动、突出，那些地方糟——漏洞、重复、啰嗦、混乱，歪曲了现实。假如人家指出的毛病，经自己再过细考虑，觉得是对的，那就勇敢地把它修补，或者干脆割弃掉。完了，请人家再看，自己再反复深究。如果一时还感到不满意，但一下子又不知怎样改得更好的话，就索性放一个时候，等到过些日子，把它再修改，达到自己认为差不多了，再作定稿。倘若这东西发表出去，对读者有益处，那就不妨送到编辑部去。也可以趁这机会，从编者或读者那里来衡量自己作品的水平，听到更广泛的意见。

也许有人说，这是太麻烦了。是的，有点麻烦。不过，除了这样，是没有旁的方法使得你轻易地就创造出作品来的。人们都知道《战争与和平》是一部伟大的、光辉灿烂的著作，然而，很少人知道托尔斯泰这部作品是经过七次修改的。

有些人在他还没有动笔之前，先把他的腹稿跟旁人商量，把想要写的故事和人物讲给人家听，征求人家意见看这样的事情是不是可以这样写？主题是不是有教育意义？当然，这不是说自己没有一定的主意，完全听从旁人做主。而是他把人家的意见作参考，慎重而周密地考虑成熟以后，再开始动笔。这也可以说是写作上的群众路线，是“集体创作”的广泛运用。就说诗人艾青吧，他写《吴满有》那首长诗，也是拿去念给吴满有听，经过吴满有本人给以指正后，又修改才发表的。歌剧《白毛女》，那是集合了好多人的意见，经过好几回的修改、补充，才有今天这样完整的作品。

我们年轻人，对于人情世道，知道的不多，生活体验还不够丰富，见识也有限。能够多几个人凑合起来，可以把事情看得全面，把问题想得周到一些。所谓“三个臭皮匠,抵个诸葛亮”。只要我们懂得集体学习的力量,善于利用集体学习的方法,抛开学习上的羞耻心,谦虚一些,坦白一些,向旁人学习,那比起个人独马单枪,一定是事半而功倍。而且,唯有这样,你的作品才能跟人民大众的步调一致,才能抓住时代的脉搏。

如果你是学校里的学生,你可以从同学里找到你的同好伙伴,如果你是在工厂、农村,或者在职业团体,你可以在你生活的周围找到朋友,三个五个都行,各个人经常写些东西,拿出来大家看,完了请大家提意见,指出优点和缺陷,指出修补的办法。这样,能本着恒心与耐性,坚持下去,那就算是“臭皮匠”,也会成为“诸葛亮”的。

阅读与写作的关系

写作的欲望的来源,虽然是由于现实生活给予作者的感动,但也有一部分人(特别是初学写作的人)是由于阅读中得来的灵感。有的人开始并没有存心要做作家的,不过为了喜爱着文学,书读得多了,书里边有些故事和人物跟他所经历的有点类似仿佛,因而,心有戚戚,自己也想把它写出来,这“处女作”偶然成功了,因此才比较明确地有意的去弄创作。就是没有在学校教育的摇篮里长大起来的高尔基,虽说他有丰富的社会生活体验,但当他开始写作之前,他还是读了不少司汤达、巴尔扎克、狄更斯等作家的著作的。因此,在某种意义上说,阅读是写作的酵素。在阅读中学到了写作的技巧以后,作品的内容才能得到光彩的再现。

阅读与写作两者,应该是相辅而行的东西。

如果有人光去追求生活的体验,注重内容的充实,而忽略了表现形式和技巧的讲究,其结果,艺术性的完美一定会减色。

假如说,体验生活为主要,次要的应该是不断的阅读。比如,我们往往遇到这样困难:写到某一个场面,写到某一段插曲或拐弯,写不下去了,像走到了沟渠,跳越不过,停了下来。可是,往往就在阅读中读到类似那样的场面或插曲。

那时,你当然不能抄袭,把人家的东西,偷移到自己的作品上来。但你可以从中得到启示。又如,你经历过的生活,自己觉得很平凡,看不到多大意义,觉得不成材料。然而,可能你在阅读中,发现人家却从类似你所见的生活里,发掘出深刻的人生或社会的重大问题,用如此这般的形象表现了出来,使你恍然大悟,觉得真是“一粒沙里一个世界,一朵花里一个天堂”,使你知道怎样从平凡的生活,看到本质,看到问题的所在。不过,这里可不是叫你去模仿,照人家的样子画葫芦,那是托尔斯泰鄙视过的:第一个人拿花比做美人是天才,第二个人照这样做就成了愚蠢了。艺术是要创造,不是抄袭,只容许从前人的著作中,得到触类旁通,学习人家对于题材的选择、主题的发掘等技巧和眼力。只有这样,阅读时才不致走马看花,满足于故事的动人了。为了写作,你的阅读需要认真钻研,往细往深去探索,取得技术的滋养。比方说,一片风景的描写,你有时不爱看,不留心,可是你要是曾经想写这样的情景而写不好,那么,现在你一定注意多读一二遍,发现它的美妙处,从中就能学习到人家的表现手法。这同时也就提高了鉴赏力!

所以说,一个忠心于文学事业的人,他把阅读与写作应该是配合得很好的,在不断的写作中,除了不断的参加实际斗争的生活而外,就是不断的阅读。它们之间是互相联系,相依为命的东西,不能偏废。

一九四七年八月十八日完于哈尔滨卅六棚

·第二辑·

写作杂谈

一、从写信说起

在生活中，各人或多或少都有过这样体会：有时候为一个军属写家信，有时候写信跟同志们谈工作，有时候甚至替旁人写情书，不管是什么性质的书信吧，完成这样的任务，总不是那样“得心应手”，费好大的劲也不易寻找到恰当的字眼；即使把好听的美妙的句子都用上了，终究感觉不是味道，好象穿错了别人的衣裳似的，总也免不了造作的客套。但是，你要是给自己的知心朋友、爱人写信，那，不需要费什么力气就能把信写得自然、亲切。原因是什么呢？是不是可以这样说：那是因为你跟对方有着深切的感情，熟悉对方的思想情况，知道同他应该谈些什么。

这道理，可以联想文学创作上的问题。

有些人往往用好大的精力去写，但他的作品并不如他所期望的那样的完美，甚至还成了概念的东西。原因固然很多，其中之一恐怕就是所写的人物还不成为作者的知己朋友或心爱的人。写它,乃是为了尽义务,为了出名。如同替旁人写家书或工作上来往应酬的公函一样,结果当然不会产生真正为人民所喜欢的作品。

人民所需要的文学艺术作品,是诉之于感情的东西。通过感情的爱恶,反映人们斗争的生活,表现英雄人物的道德品质,在思想感情上鼓舞人们前进。假如你不是在人民斗争的生活中长大,假如那些新的英雄人物不是你多年的同生死共患难的伙伴,对他们产生深厚的感情,那么,即使写出人物来,恐怕只是干巴巴的概念,感情上是感染不了读者的。

通常在这样情况下,对一个写作者来说,头一件需要做的事情,应该是怎样深入生活,而不是写作。

深入生活,改造思想的问题,《在延安文艺座谈会上的讲话》曾经给我们作过启示,然而,各人接受的程度不同,实践起来就很不一样。有人到斗争生活中去了,仅仅站在一旁作冷静的观察;仅仅记录人物的表面形象,仅仅临摹自然环境的色彩和搜集一些方言土话;至于人物的内心活动,却用探听追问的方式去取得的。并不是以主人翁的姿态投入生活的海洋,不是以无限的热爱去拥抱新的生活。在人民群众中并没有结交上知己的朋友,没有同他们发生着深厚的感情。当然,文艺不能单纯的表现爱,不能只是歌颂正面的生活,对落后的、反动的一面,同样是要憎恨的。但是正因为没有对新生的、进步的人物的热爱,对于旧的、落后的东西也就不可能产生应有的憎恨。

如果说,曾经有些作家写他自己的亲戚、朋友往往容易成功,那么,除了由于他对人物的熟悉之外,还有重要一点就是作者对他的人物由衷的热爱。因为他爱她们,以至梦寐难忘,才会有描绘她们的冲动,写起来才会亲切感人。

爱一两个朋友,爱自己的亲戚,爱自己的妻子儿女,谁也有这点小天地的。可惜这点小天地过于狭窄了,那里的悲喜很少能够感染广大的人民,那里很少有其典型意义,假如作者本身不是成为斗争生活中的一个战士的话。

有一位名人讲过:作家是他本阶级的代言人,是阶级的眼睛。他的爱憎应该是代表着阶级的感情。也只有这样,他的作品才能为人民所接受。如果我们的出身是从资产阶级来的,现在也还没有投身于人民斗争的行列,那么,对人民群众这种“爱”的感情的培养,是需要相当长的时间;需要一定的政治修养和思想的锻炼和提高;在实际生活中需要成为主人的情感。因而必须在工作当中同周围群众真正交了朋友,这样才能储备丰富的生活的“资本”。

“巧妇难为无米之炊”,没有米做不出饭。同样的道理,修养再高明、技巧再熟练的大作家,当他一旦失掉了生活的源泉,那,他的创作生命也必然随之而告终,不可能再给读者们编出新的故事来了。

只要有米,做饭是容易的。只要有生活,写作的技巧也就不难了。

二、道路在哪里?

我们曾经讲过:要想把作品写好,不但先熟悉他所写的生活,并且还得对它发生热爱。怎样才能做到这一点呢?大家都可以想得到:自己跟自己的亲戚、朋友,总是有着比较浓厚的感情的。那是因为有的从小就受着对方或给予对方以无限的恩爱抚养长大起来的,比如父母儿女之间;有的同在一个家庭里长大,有着长久的岁月共同生活,经历过共同的命运,有如兄弟姊妹;有的则经常有接近的机会,比如一些表亲。至于朋友和爱人,那是由于互相间有着深切的了解,所谓志同道合,能够患难相助,痛痒相关。正如一位名人说过“结婚是两个人命运的同盟”。总之,不论是亲戚,还是爱人,或者是朋友,他们互相间的感情,必须是在相互熟悉和了解的基础上产生的。

所以说,作者对他的人物,必须有相当长时间的熟悉和了解过程,必须跟他的人物一起奋斗过来,分担着同样的悲喜,有着一致的利害观点,然后才可能发生真实的情感。

为了达到这样要求,我们曾经有不少的人深入群众生活,同他们共同参加了斗争,这应该是正确的道路。不过,我们常常遇到这样的情况,比如拿土地改革运动来说,有的人从头到尾整个过程都参加了。时间最短的都有半年,有的甚至经历了两三年之久,而且还跟农民实行了“三同”——同吃、同住、同劳动。但是,他们并未能因此而把作品写好,有的简直写不出什么来。终于,下面一连串的疑问就来了:“我这样做还不算深入生活吗?经历那么长时间还能说时间太短吗?为什么不能深入人心,不能揭开人们的内心世界?写起东西来,就不能恰如其分地表现人物的精神面貌呢?”

这里必须得谈谈怎样深入生活的问题。

的确,我们中间是有不少的人曾经参加过各种群众的斗争生活的,而且有的人今天仍然生活在群众当中。为什么在他写出的东西里头,见不到那些曾经同他一块生活过来的人物的面貌?或者他自己在构思的想像当中,那些人物不能同自己的亲戚朋友那样,鲜明而生动地出现在他的眼前?这里,用得着我们追问一下了。请问:“当你同群众在一起的时候,你的‘心’是否也跟在一块?”如果我们参加土地改革是被迫的,是派的公差,人去了,思想却没有跟上;如果我们参加土地改革仅仅是为了自己得到写作材料,对农民要求翻身,要求得到土地的情绪,我们并没有同感;如果我们同农民“三同”是为了工作团队的纪律,不得不遵守,思想感情却没有真正跟农民“同”起来;最糟糕的,如果自己对土地改革政策都发生怀疑,见地主装穷叫苦的时候,还流露着怜悯;形式上同农民相去咫尺,感情思想上却如隔天涯,那怎能体会到群众的精神生活呢?如果抱着这样态度去深入生活,结果必然是:对新生的、进步的事物既不发生热爱,对那些腐朽的、反动的东西也不会憎恨的。虽然土地改革运动是轰轰烈烈,那些翻过身来,阶级觉悟提高了的农民虽然那样生龙活虎地以主人公的姿态,走上了政治舞台,……这些现实虽然在生活中是触目皆是。但,这些珍贵的形象在脑子里留下的印象却是淡薄而模糊的。什么道理呢?从思想根源去探讨,就是由于立场没有移过来。因而,人民群众的英雄人物和他们的斗争,在你看来,并不是那样可爱,脑子里就没有留下什么痕迹。只因为要写作品了,才去翻开笔记本找材料,那,写起东西来,必然是捕风捉影,既看不见也抓不住。勉强写出来了,也只能是些生硬的死尸,只是概念化、公式化的模型,不可能再现出有血有泪、有说有笑的人物来的。

那么,正确的道路在哪里呢?我以为当我们到人民群众生活中去的时候,就必须是同回到自己的家一样:那里所发生的一切好的或坏的大小事情,都应该看成同自己家里所发生的一样,感到与自己有切身的荣辱关系。必须意识到自己有责任把那里的工作做好起来。那里的新人物,他们的每一件哪怕是最小的成就,都应该把它看成是给全体人民增添着财富,是促进社会主义事业往前发展的一份力量,首先应该得到我们敏感的文艺工作者的热爱。至于那里人物在工作中的某些过失和缺点,那都是革命事业的损失,我们应该义不容辞的、尽可能的帮助把它补救和改正,指引他们走上光明而远大的目标——建设共产主义的事业。对于那些显然是反动的、落后而有害的事物,应该引起憎恨,给予严正的批判和回击。这样一来,当我们深入生活去的时候,就不会是一个冰冷的旁观者,而俨然是生活里的主人,抱着满腔热情以战斗者的姿态参加斗争的行列。

今天我们是处在英雄的时代,到处都出现着为创造人类幸福生活,为社会主义事业而奋不顾身,全力以赴的英雄,我们文艺工作者本身假如有着那样崇高的英雄的感情,有着那样宽阔的胸襟,那么,到处都会遇到伙伴;到处都会结交到真挚的友情的。也只有这样,你才可能深入人物的内心世界。

既然,我们在人民群众中,和新英雄人物结交了朋友,洞察他们的思想感情;既然,这些新人物成为我们文艺工作者梦寐难忘的人了,要描写他们的话,不就同跟朋友写信似的,觉得自然而亲切了吗?

但是,话又得说回来,要做到这一步。必须得认真的来温习《在延安文艺座谈会上的讲话》的话:

> 你要群众了解你,你要和群众打成一片,就得下决心,经过长期的甚至是痛苦的磨练。

接着,《讲话》还说:

> 我们知识分子出身的文艺工作者,要使自己的作品为群众所欢迎,就得把自己的思想感情来一个变化,来一番改造。

这两段话,应该是我们努力于艺术实践的指针!

我们一定得把立场站到工人阶级方面来，然后，我们的观点、思想和感情，才可能同广大人民群众的观点、思想和感情取得一致、融洽；然后，才可能在广大的人民群众中找到你的“家”，见到亲人、交上朋友，也才可能写出新的英雄来。

三、打开生活仓库的钥匙

一位机车司炉同志写信来说：他“对现实生活的态度，可以说是随时随地都在留心观察，但是，总也找不出令人满意的、正面的、完美的人物作为写作的题材”；接着他就举了一个例子，说是他那里一个年老的司机，工作一贯积极，在行车中，“哪怕只有一分钟时间”，他也去做检车工作，“在生产上的确是很突出的人物”，但有时他又发牢骚。因此，我们的司炉同志就感到“所遇到的丰富而多样的现实生活中，足以鼓舞人们前进的力量很少”。

同这位司炉同志一样看法的，恐怕还不是个别的人吧？把问题提出来谈谈，是必要的。前面曾经讲过，为了真正达到深入生活的要求，作者必须越过生活的现象，洞察到他的人物的内心世界，作家必须跟他的人物的喜、怒、哀、乐的感情起共鸣。做到这一点，就要求作者必须有正确的立场、观点。如果你不是站在先进的工人阶级的立场，你当然就不会理解那些积极工作的在生产上很突出的人物，其本质就是鼓舞人们前进的力量；你如果不是站在工人阶级当家作主的立场，你就不可能同工人中的积极分子一样：对紧张的劳动感到光荣以至达到忘我的境界；你不是站在工人阶级的立场，你就必然在观察事物方面，往往为某些现象所迷惑，不可能在某些人物发牢骚、讲怪话的片面的、一时的缺点和过失的现象当中，窥探到里边深藏着的优良、崇高的品质。同时也就不可能在他说的“工人今天当家作主，我们应该这样做”这句话，辨认到这是代表他工人阶级觉悟的新的思想，新的道德品质，是带有典型性的因素。

呈现在我们面前的现实，真是令人眼花缭乱、错综复杂的东西，如何在那里边去分辨哪些是现象，哪些是本质？如何去认识它们之间的联系和矛盾？如何去认识矛盾的主要和次要方面？如何去认识客观法则的发展规律？这，上面已说过，那是决定于立场观点的正确。而正确的立场观点的获取，必须在马克思列宁主义的武库中得到必要的武装。列宁讲过："理论不是教条，而是行动的指南。"只有科学的马列主义理论才能使人们得到正确的世界观和人生观，也只有科学的马列主义的理论才可能成为帮助我们打开现实生活的钥匙。换句话说，只有掌握了马克思主义唯物辩证法的思想方法，才能帮助我们正确的认识和理解现实生活。有人说："作家一旦掌握了马克思列宁主义科学，他就可以更深刻、更清楚认识现实中的各种现象，就可以瞻望他们的远景。"这应该是促使我们醒悟的劝告。

我们好多人都在《钢铁是怎样炼成的》这本书中，得到有益的教育吧。而这本书的作者能够把它写出来并不是跟劈一堆木柴那样容易啊，我们听他怎样说吧：

> 我经过了顽强的学习，我已用革命斗争的理论知识武装了自己，因而我能够把自己的经验概括在各种艺术形象之中。

接着他还说：

> 必须学习，必须获取生活中的深刻知识，必须了解世界文学艺术中的优秀作品，以扩大自己的眼界，必须用马克思列宁主义的理论来照亮自身的经验，只有到了这个时候，才可以勇敢地拿起笔来，综合自身的观察，创造出有价值的作品来。

这是作家根据多年来亲身的经验，给我们提供的宝贵意见。这就充分证明：马列主义理论对写作思想的指导是有其多么重大的作用。

为了我们的文艺创作能够本着社会主义现实主义的创作方法，能够很好地完成它的任务——写出为人民群众所热爱的作品，创造新的英雄人物，足以作为旁人学习的榜样，在解决了深入生活的问题之后，第二个就需要文艺工作者不断的提高自己思想水平,加强马克思列宁主义的理论修养。

所以,必须在这里向大家提醒:当我们深入到实际生活当中去的时候,除了自己的“心”(思想情感)也跟在一起同人民群众打成一片之外,还得需要把马列主义这把钥匙带着。然后,才可能把现实生活的仓库打开,在那里发掘到宝藏。

当然,深入生活,提高政治理论修养,仍然不就等于解决了写作上的全部问题。必须,也绝不可少的,需要研究解决关于文学艺术方面的修养问题。但,这只能在以后另外的题目去讲了。

1954 年 1 月 22 日

生活·理论·技巧

正当大家都在拟订向科学文化进军规划的时候，有一部分爱好文艺的同志也在准备向文学艺术这方面进军，因而提出了如何解决文艺学习上某些常识上的问题。这里仅就个人的理解，提出几点意见，供爱好文艺的同志们作参考。

文艺作品，一般的都懂得它是人类生活的反映。通过文艺作品，人们可以认识到哪些东西是美丽，哪些东西是丑恶，哪些人是善良而崇高的，哪些是奸诈而卑鄙的。通过对这些人物的爱和对那些人物的憎，人们就会联想到造成这样那样的人性和他的命运的社会根源。

通过文艺作品，人们可以更为深刻地认识：过去的历史，今天的现实和未来的远景。

通过文艺作品，人们会更加深刻地体会到人生的意义和奋斗的目标。车尔尼雪夫斯基说："文艺是人类生活的教科书。"柏林斯基也说："艺术能够使人们觉悟的力量不逊于科学。"鲁迅放弃学医而转学文学的原因就是认为文艺可以医治人们精神上的"疾病"。斯大林曾经把作家比作"人类灵魂工程师"。

文艺同政治、法律、哲学等一样，都是在一定的经济基础上发生和发展起来的，它同样是上层建筑的社会意识形态的一种形式。我们是坚信，社会的物质存在是决定人们的精神意识的。

那么，文艺也就跟政治、哲学等社会意识形态一样，必须是与它特定的社会经济结构——现实的基础相适应的东西。就是说，在反映、阐明，并且指导着社会实际生活这方面，文艺所显示的作用，同其他的社会科学是一样的。但是，文艺却又不单等于社会科学。它是通过它本身所具备的特性来表现的。这一特性规定了它反映一定的经济基础，或者服务于经济基础——影响和推动着基础的变革，比之政治、法律来，往往是更为间接更为曲折和复杂。

文艺之所以不同于社会科学就是：前者是通过艺术形象的特征来感染读者和观众的情绪——激起人们对人生的爱憎，后者却运用抽象的理论的阐明，从理智上来提高人们对人生世界的认识。概括地说，前者是形象思维，后者是逻辑思维。

读历史，我们从理智上知道封建社会以科举考试制度来选拔人才，是有许多不公平不合理的地方；读了《儒林外史》和鲁迅的《孔乙己》，我们却从具体的、生动的人物的命运里，从感情上感觉到那样的社会制度十分可恨。

在某些有关中国经济问题的论著里，我们从道理上，得到这样一个概念：过去旧中国的资产阶级在官僚资本的垄断和帝国主义经济的侵略下，必然走向破产。在这样的社会制度、这样的生产关系下，生产力是受到阻碍的，到一定的时间、一定的条件下，这种经济结构一定会发生变化：让位给新的适应着生产力发展的生产关系。但是，作为反映这一社会问题的现实主义文学作品的《子夜》，并没有从理论上，从统计数字来证明这一社会现象和它的发展趋势。它仅仅是通过上海那样典型的地方和富于典型性的民族资本家吴荪甫那样一个人与其他人物的互相关系的生活细节的描写，让人物本身的行为所显示出来的道德品质和他们的命运来引起读者的爱或恨，以达到作者要告诉读者们认识的社会现实生活实质的目的。

文艺既然是通过人物形象和故事的情节来体现生活的本质，那么，首先就必须要求把作品中的人物写得真实，合乎情理，使人相信，唤起人的美感。

要使人物写得生动，画脸谱的办法，是不适用的。人物能不能写成功，最主要的是看你在作品的细节描写上能否恰切地表现出人物的个性来。一般的错误观点是忽视了人们精神生活的复杂性，忽视人们共性中的个性；而以划阶级成分的办法来要求文学作品中的人物性格，生活趣味，分成若干固定类型，划归到这个阶级或那个阶级所共有的那些特征的范围里去。因而，曾经流行过拿这种批评的尺度来衡量文艺作品的人物：一个积极分子的青年团员，她的恋爱对象应该是团员或党员；在农村里，走资本主义道路的，应该都是老实的中农。如果你写了一个团员爱上了一个并不进步的非党非团的对象，如果写走资本主义道路的农民不是中农，那就违反了阶级观点，歪曲了现实！可惜，现实生活本身并不能为这种看法帮忙；这种简单的机械的看问题的方法，是抹煞了文学艺术的特征，忽视了文学艺术的特殊使命。

当然，我们不但不否认文艺的阶级性，而且是要强调它。但是，人——一个有血有肉的人，他固然具备着他所从属的阶级的共性，同时，也必然还会具备着他本人特有的个性。在仍然有阶级存在的社会里，个人的教养、趣味、思想等，主要的会染有他本阶级的色彩，但是，他又不可能完全不受到旁的阶级的影响。假如看不到，或者不敢承认这种复杂性，必然会导致作品中的人物的公式化、概念化。

这里是说，文艺作品是有阶级性的。在某些作品里，表面上看，它虽然只是写出这样那样的人物和故事，好像并不见它明显地宣扬什么和反对什么。而实质上，每一部文艺作品，都必然代表它的作者的思想观点的。一个作家写他的作品的时候，一定是为着要表现他的这样或那样的思想感情，绝不可能是同说梦话、同疯子的胡说似的，是没有意识的行为。冯梦龙编的《醒世恒言》，讲的是一些人间悲欢离合的故事，似乎与政治、阶级性无关，可是，里头有好大一部分是在宣传“善恶到头终有报，只差来早与来迟”的因果报应的宿命观点的。一些花草虫鱼的清供和风景画，可能有人以为看来是没有什么阶级意义了，但是，曾经是没落、颓废的士大夫阶级所欣赏的“残荷败柳”“古道西风瘦马”的那些作品，却不会在今天我们进步的画家的笔下产生。这不是说今天我们不需要看风景，不喜欢花草，相反，我们今天仍然需要而且已经产生不少风景画的作品。可是，这些风景却给我们展示另一方面的世界，这些都是丰饶的田野，茂密的森林和欣欣向荣的花卉。

文艺作品反映社会生活，只有也只能是以个别的、具体的典型形象来显示一般的东西。所谓“一粒沙一个世界，一朵花一个天堂”。《红楼梦》使我们从一个大观园里可以看到整个封建社会的面貌和实质；《阿Q正传》使我们从“未庄”里就见到了辛亥革命前后中国是怎样一个社会；通过《子夜》，我们仅从吴荪甫他们几个资本家在很短的时间的生活，就可以见到我国在土地革命战争时期的资产阶级的社会的缩影。

爱好文艺的同志如果弄明白以上的基本常识了，再去有计划的开始或者继续他的文艺学习，那可能就会少走弯路。

这里，打算谈谈作家的修养问题：什么人可以成为作家？

作家是不是都具备着特殊的天才？这是一般的人常常关心的问题。现实生活给我们证明：人的智慧是有高有低的，各人在事业上的成就也有大有小。但，这不是决定于人们的先天因素。决定的因素，应该是后天的客观环境给他的教养和他本人主观上的学习。今年三月“新观察”第5期，有一篇文章记载：一个婴孩被狼衔去哺育，长大后，他就失掉了普通人讲话的能力，而且习惯于用手来爬行。可见后天的社会生活和教养是如何的重要。

那么，比起其他事业来，作家为什么那样少呢？

这原因不是由于天才的条件限制，而是由于社会生活的条件所造成的。比起旧社会来，在今天的新社会里出现的作家、艺术家是增加多了。这就不能说是上帝对这个时代发了慈悲，让更多的“天才”下凡。很显然，新社会的人民文化生活要求提高了，有那么多人需要看电影、读小说、听戏曲、听音乐、欣赏美术和舞蹈，这就需要更多的作家、艺术家创作更多的作品；同时文艺既然成为人民事业、党的事业的一部分，作家的劳动成果得到了社会的尊重与鼓励，也就促成更多的作家和艺术家的产生。

从作家本人的创作道路来看看，我们知道《钢铁是怎样炼成的》的作者，在他成为作家之前是经过长期革命斗争的，由于疾病损害了他的健康，不可能继续参加实际革命工作了，他才花了几年工夫认真地去学习文学。正因为他付出了惊人的毅力和耐心，才写出了光辉的作品，获得了作家的称号。我们中国的战士作家高玉宝，他也不是从小就是“天才”的神童，他成为作家，主要也是由于他勤学苦练的结果。

巴尔扎克讲过“天才就是忍耐”。我们平常所说的天才，应该是指的比别人更善于学习、更虚心、更善于集中群众的智慧的人。一切把天才看作天生或命定的东西，都与马列主义的观点背道而驰的。

那么，怎样才能成为一个作家呢？

作家既然不是天生的“天才”，而是由于后天的客观社会条件和主观的努力决定的。那么，谈到主观的努力方面，大家常常容易碰到的就是学习方法、写作经验等问题了。

文学创作有没有捷径和窍门呢？这个问题有不少人谈论过。据说，捷径和窍门不但是没有，而且各个作家所走的道路也都各有不同。如何走法，也只能讲一般的道理。

一个作家的修养，一般说来，下边三个方面都应该做到：

第一，要有丰富生活

生活是作品的原料。没有棉花织不成布；砖瓦和水泥准备不充足，即使搭起了架子，房屋还是建筑不起来。这道理，同样可以适用于生活和写作。当然，我们并不排斥作家的想像，想像力丰富对作家来说是必不可少的本领，但是，想像仍是现实的孩子，没有现实生活作基础，想像将成幻影，而与现实毫不相干。

生活，那是指的客观事物。包括人的思想、感情和行为；包括阶级斗争的现实和自然现象的变化。

作为一个作家，他对生活的态度应该比旁人更加严格和认真，对生活的观察应该更加细心、周到，对生活的分析和探索应该更加细致和深刻。

不少有丰富生活经历的人，不一定都能成为作家，原因之一就是他们没有像作家那样，对生活特别给予深切的凝视。长在农村的人不一定个个都能给我们讲出乡村雨后的生动景象来，可是，杜甫用“细雨鱼儿出，微风燕子斜”两句话，就使人们看到一幅生动的雨后的农村。别林斯基说：“典型人物对读者来说，都是熟悉的陌生人。”这是一般与特殊的统一。熟悉，指一般的、普遍的意思，陌生就意味着特殊。作品中所表现的人物都是生活中可能存在过，为人们所熟悉的一般现象但又往往存在着为人们所忽视的特殊现象。只有作家把它写出来了，人们才发觉“这，就是那”。——就是说，经过作者写出来的这些人物和故事，使人感到好像在什么地方碰到过，是真实可信的东西。要做到这一步，就得要求作家既要观察一般的为普通人所熟悉的生活的共性，同时还要比一般人更进一步看出生活中人物的特点个性。

深入生活、熟悉生活，单靠旅行采访，单靠临时突击的搜集，是不够的。作为一个作家，对生活的要求应该靠平素的积蓄，他应该具备着蜜蜂似的那种终日劳动的品格。

第二，要提高思想

作家深入到生活中去不能是盲目的。如果他深入下去而出不来——不能站在生活上面看到生活的实质、主流及其发展的远景，那仍然不能很好地完成他的作家工作的。为了能在纷纭的生活中看出事物发展的本质和主流，看出典型环境中的典型性格，看出一般中的特殊，共性中的个性，那，作家还须掌握一个武器，那就是马列主义的修养。

没有一定程度的马克思列宁主义的理论修养，即使有着正确的创作态度，能艰苦地深入生活，能做到细心的观察并具有丰富的想像，结果，至多只能照相式地做到细节的描写，写出生活的表面现象的作品，不可能在浩瀚的生活海洋中分辨出哪些是代表本质、主流的东西，哪些是表面现象；哪些是新生的、进步的力量，哪些是腐朽、落后的事物。因为只有在马列主义的指导下，我们才能正确的来认识客观世界，懂得事物发展的规律，懂得人与人之间的关系的社会意义和阶级本质，并且才可能预示生活的未来和正确的估价以往的历史。

当然，有些作家从政治概念出发写了一些失败的作品。但，这个毛病不在于作家掌握正确的马列主义世界观，而是在于错误地运用它，忽视了文艺本身的特性，没有做到政治思想内容和艺术表现形式很好的结合。我们不能就此“因噎废食”而不要正确的世界观了，这是错误的。

文学艺术既然是阶级的思想武器，作家是被看作阶级的代言人。那么，如果他是要成为今天社会主义的歌者，想要歌唱人民的斗争，以共产主义道德和社会主义的精神去教育人民，他就必须学习马克思主义，掌握工人阶级的世界观。假如说生活是海洋，马克思主义就是指南针。只有掌握着马克思主义这个指南针，才不致在生活的海洋中迷失方向。

政治思想应该是创作的灵魂。所谓“画龙点睛”，眼睛点不对，一条龙就成了死的东西。政治思想对作品来说，正如画龙点睛一样的重要。

第三，要重视技巧的锻炼

技巧是劳动的结果。梅兰芳的艺术成就，也是在不断的苦练勤学中获得的。大家都知道，中唐诗人卢延让说他的诗是在“吟安一个字，捻断数茎须”那样艰苦推敲的情况下创作出来的。

技巧的锻炼应该注意的是：多写作，多修改；其次，精读与博学相结合；再就是既要有专门知识的钻研也要具备普通一般的常识。只有多写才能寻找到途径，从失败和成功中吸取教训和经验。只有多修改，才能精益求精，避免粗制滥造。精读可以吸收精华，易于消化。博学可以扩大视野，布局得广，发掘得深。对文学艺术的理论和作品要有专门研究，才能精通业务；但为了能够正确地反映丰富多彩的社会生活，对其他科学也须具备一定的常识。写气候星辰，需要懂得天文学，写疾病就要懂得医药。如果旁的专家，少知道一些外行的知识，那是并不妨害他的专业的，但是，对一个作家来说，就应该是例外了。

以上所谈，只能提供一些学习提纲式的东西。用意是借此帮助爱好文艺的同志，弄清文艺的性质，懂得从哪些方面去修养，端正学习的态度，从而少走些弯路。但是，所说是不是对头，那就仍须同志们的批判和选择。

1956 年 7 月

普及·提高

凡是文艺的爱好者，总是希望将来献身于文艺工作的。现在让我们来谈学习问题。学些什么，向哪方面看齐？比如说：文艺的基本方向是什么？如何结合学习本地区的实际生活？如何结合学习马列主义的理论等问题。

讲到方向，毛主席《在延安文艺座谈会上的讲话》已经讲得很明白，不多讲了。今天要解决的是结合实际需要，采取具体的步骤方法的问题。这里头就是从何入手？提高还是普及？

“……提高，为普及所决定，同时又给普及以指导。就中国范围来说，革命和革命文化的发展是不平衡的，而是逐渐推广的。一处普及了，并且在普及的基础上提高了，别处还没有开始普及。因此，一处由普及而提高的好经验可以应用于别处，使别处的普及工作和提高工作得到指导，少走许多弯路。……但是一切提高工作的指导作用，都不是硬搬，硬搬就只起破坏作用的。”这里，毛主席的话是讲得很明确的了！

按照这个方针去实践，将近十年以来，文艺工作取得的成就是有目共睹的：

戏剧方面，由《小放牛》《十二把镰刀》《兄妹开荒》发展到《王秀鸾》《红旗歌》《在新事物面前》，甚至有了我们的电影《白毛女》《中华儿女》等等。这就是说，文艺工作随着整个政治经济的发展而在普及的基础上提高了一大步。在华北和东北，我们的工农兵的读者和观众，已经要求文艺工作者供给他们政治水平和艺术水平较高的东西了。因此，在那样的地区，那样的读者或观众面前，戏剧、音乐、美术、文学各方面，应该考虑从普及的基础上要注意到提高，使得文艺工作能更好地发挥感染人、教育人的作用。

但是，我们这里，不是河北，也不是辽东，而是广西。因此，有人就问：今天要学的，是从什么地方下手呢？方针摆到哪儿去？是从《兄妹开荒》开始，还是从《红旗歌》开始？也许有人认为：人家已经替我们做了开垦工作了，我们就从半路赶好了，用不着回头跟人家的脚印一步一步追寻。

这样，很容易得出如此结论：不必去闹秧歌，弄小调，不必去搞什么广场剧和街头演出了，应该把活动的天地缩到华丽的礼堂来，不演多幕大剧不过瘾了。简单地说，就是普及不搞了，只搞提高。

这样做法对不对呢？我以为衡量这个工作的尺度，应该以广西的实际生活为准则。首先，要认识到广西是中国大陆较迟解放的地区，还是少数民族地区，交通不方便，比起城市来，分散的农村占较大的比重。整个说来，文化水平有差距，言语、风俗自有其特点，与华北、华中不一样。再说，全省中心工作是放在农村。今冬明春要求基本上完成土地改革的任务，必须在广大群众中掀起轰轰烈烈的土地运动，消灭封建主义。

毫无疑义，文艺工作应该结合着这一历史阶段的精神来完成它的使命。讲起来都知道，我们的文艺是为工农兵服务的。文艺工作者应该到乡下去，参加农民的实际斗争，学习他们的生活，体验他们的思想感情，写出反映他们的斗争的生活的东西，利用文艺武器展开农民群众性的文艺运动。

下面的两件工作，我们文艺工作者是应该做的：

一、要深入发掘广西人民在长期革命斗争与生活中所产生的艺术宝藏，搜集流行在口头上的民间文学。运用本地区群众最喜闻乐见、具有民族传统的民间艺术形式表现的新内容。比如山歌，在广西就有它特殊的魔力，有不少地区农民就利用它来分化、瓦解土匪,用它来宣传抗美援朝,用它编爱国公约,到处传播,我们文艺工作者应该重视这样的民间文艺。

二、有意识的培养当地文艺干部,从斗争中培养土生土长的文艺工作者。比如,木偶戏在乡间所吸引的观众很广泛,我们能有意识的给卖唱人以政策教育,提供他演唱的新内容,帮助他们解决一些困难。那,他们的作用也是不小的。

要做到这点就要我们好好向广西人民群众学习,向本地那些在白色恐怖时期坚持地下斗争的文艺工作者学习。

在广西,我们特别是要学习农村生活,学习民间的艺术形式。中心工作是“将各种新形式的艺术推广到农村去”。毛主席在《新民主主义论》中说:“大众化就是提高农民文化。”在《论人民民主专政》中也说:“严重的问题是教育农民。”这个指示对我们广西来说特别重要。为了要教育农民,我们还要记住毛主席的话:“只有做群众的学生才能做群众的先生。”

假如我们想使文艺工作起到教育群众的作用,就得先做小学生向群众学习。即使是广西人,然而都是学生出身,农民的语言、思想、感情……对大家而言是生疏的。今天必须当作一门功课来学习和体验,只有这样,学习农民的生活,学会农民喜闻乐见的民间文艺,我们的工作才能与广大人民斗争生活结合,被广大人民接受,发生应有的效力。

其次,我们的学习,除了学会文艺方针,学习了广西实际生活,熟悉了农村,掌握了民间艺术的形式就算圆满了吗?不行,还不够的。我们还缺少一个主要的东西,这个东西就是马列主义的政治学习。假如缺少了这个武器,就等于航海失了指南针,会造成我们文艺工作在前进的道路上迷失方向。比如,我们到农村去了,见到某些落后的农民意识,见到某些农民沾染不良习气——赌和盗窃,我们怎样看他们呢?我们看到地主的假慈悲,听到他们哭穷叫苦,我们怎么分辨?一个人的观点,是由他的阶级立场来决定的。一个革命者的立场能否站稳,有赖于马列主义、毛泽东思想的指导。这点,《讲话》告诉了我们:“马克思列宁主义是一切革命者都应该学习的科学,文艺工作者不能是例外。文艺工作者要学习社会,这就是说,要研究社会上的各个阶级,研究它们的互相关系和各自状况，研究它们的面貌和它们的心理。只有把这些弄清楚了，我们的文艺才能有丰富的内容和正确方向。”

希望我们爱好文艺的和正在从事文艺工作的朋友们，记住这些话，作为我们的座右铭吧。

1951 年 10 月 1 日于南宁

该文首发时题名《学什么——与爱好文艺的朋友们谈学习》，载《长江日报》1951 年 10 月 14 日第五版“文艺”副刊

写给在农村的同志们

这次同志们响应党的号召，到农村参加农业合作社的劳动生产，作为革命同志，实在是为大家高兴。那里，无疑是锻炼每个革命者的熔炉。你要把自己锻炼成钢一样的战士吧，那里即使不是唯一的场所，也是最重要的地方。如果是从事文艺工作的朋友，那更是为你们欣幸了。因为大家将在那里找到大片肥沃的文艺的土壤。

当然，从熔炉出来的不全都是钢，正和土壤中长出来的不一定都是庄稼一样。有了良好的机会，只能是对一件工作、一种事业提供成功的因素，却不等于它的结果。这就是说，同志们获得到农村去的机会，对个人的思想改造和意识的锻炼，对树立群众观点，站稳阶级立场，端正劳动态度，以至于感情的变化……这些，比起在机关学校来，条件是更为有利的。但，这只是一个起点，要达到最终的目标，还有很长的距离，必须作艰苦的跋涉。正如光有土地还不能长出稻谷，必须做开垦、播种、培育……一系列的劳动才能有所收获。

看来，作为普通的革命干部固然是需要鼓足革命干劲，建设社会主义的农村;在劳动中尽快地消除显然是特殊的毛病,尽快地使自己成为农民的朋友。做到这一点,对一个知识分子来说,并不是都很容易的事。必须从自己的一言一行,“吾日三省吾身”,警惕自己,克制自己,把个人主义的毛病和习性,逐步改造过来,变成集体中的一员。

但是,作为一个文艺工作者,是不是也要求这样呢?这问题,在一部分同志身上可能是不存在的,可是不能保证在所有文艺工作者当中都解决了。现实生活中,有不少同志是把自己看作集体的例外,自封为特殊人物。他们自视很高,总以为自己比别人高明,想像力比别人丰富,很多事情都用不着去身体力行,但凭他的天才的想像就够了。于是,面对那些踏踏实实的劳动,那些勤勤恳恳的实际工作,他们不是袖手旁观就是高高在上,不屑于垂顾,把自己和群众之间划出一道沟渠。他们的“理论”据说是:这种在生活面前保持一定距离,才能保证冷静的头脑,所谓旁观者清;或者借用某某作家曾经讲过的话——写偷盗的,作家不一定都先去当盗贼,写妓女的,作者不一定去卖淫。

但是,这说法未必全面,而且它往往是随着历史条件的改变而赋予它不同的意义。譬如在资本主义社会,作家采用批判的现实主义创作方法,揭露社会的黑暗,而主张什么“旁观者清”,标榜所谓超然独立的精神,自命为骚人墨客,以掩盖作者真实的进步的立场,那是有它一定的历史意义的。而且,在那样的社会,作家和艺术家绝大多数都出身于资产阶级,每个人或多或少都受过资本主义思想培养教育,他们对这一个阶级的思想感情是有着深切的体验。写一个护士或医生,写一个店员或老板娘,作者不一定都要经验过这段生活历史,却能够想像得到。

可是,处在今天的社会主义社会,由于历史条件变了,读者要求作家采取共产主义文艺的观点来表现工农兵群众的英雄人物,要求作家为新社会的读者服务。而我们当前的文艺工作者,大多数是从资本主义旧社会培养出来的知识分子(少数从新社会培养出来的也很难不受旧社会的影响),很多人都不是从工农兵群众当中生长的,对工农兵的生活并不那么熟悉。如果说,我们是热爱工农兵群众的,那只能是从理智上的认识,并不是感情上真实的流露。然而,写作或演戏却需要赋予人物和角色真实的感情。这个矛盾如何解决呢?

出路恐怕只有这样:那就是和那种以为文艺工作者在生活面前采取旁观态度的观点和做法相反,如果普通的干部只要他们积极参加劳动,从劳动中注意锻炼自己立场、观点就行了,那,在文艺工作者,则不管他是写作的还是演戏、画画和唱歌的,都必须比别人要多做一分劳动。他应该同蜜蜂采蜜一般,辛勤地、经常地比普通人更为留心观察周围生活,采集素材,深刻地分析现实的情况,记录生活的感受、印象和见闻。大家都懂得,作品是从丰富的生活体验和持久的耐心与有毅力的劳动中,同时在作者正确的世界观指导下产生的。所谓天才的想像并不能为力。这点,我们可以从《钢铁是怎样炼成的》的作者的经历得到启示。假如奥斯特洛夫斯基没有投身于严酷的革命斗争,那,他的书是写不出来的。

最后,我想同志们能够得到参加农业社劳动的机会,应该是文艺工作上的一种恩惠。希望同志们珍惜和充分利用这个难得的时机,付出双份的劳动,以满腔的热情去感受新的生活;储备丰富的材料,将来能够写出我们英雄的一代,写出建设社会主义的农村新篇章!

1958 年 3 月

论作家与人民

一、文艺与政治

文艺与政治的关系，这个问题，从外国到中国，从过去到现在，曾经打了不少笔墨官司，争论的话，虽然一个时期有一个时期的说法，但实质上都是辩论着一个中心问题：文艺有没有阶级性？文艺要不要为政治服务？文艺创作是不是有绝对的自由？

为什么这样一个根本性问题，经过这么长久辩论，那错误的观点，居然还有人把它改头换面，做出各种各样的花招，而且也能够蒙骗一部分读者？

这首先必须从文艺的特征，文艺为政治服务的问题谈起。文艺也同社会科学一样，都是反映、说明社会和人生的。不过，社会科学是通过抽象的概念，从理智上给人们提供有关社会和人生的理论知识；而文艺却以具体形象，从感情上唤起读者对社会和人生的爱憎。前者是用正面的直接的说理方式，对社会现象，历史事件进行科学的分析，按逻辑的方法来阐述它的观点。后者却运用艺术手段,通过对具体人物,在特定的场合和一定时间内所发生的有关人世的悲欢离合,死或爱的故事,以及鸟兽虫鱼山水花卉的描写,又从这些故事的编织和人物的刻画当中,对主人公的命运和行为寄予同情、赞美或憎恶,以表示作者对社会、人生的赞颂或批评。正因为文艺具备着这样一种特性,它所反映和说明社会和人生的方式是采取间接而含蓄的手法,从表面上看就容易使人发生错觉:以为文艺仅仅是表现个人感情的东西,不一定包含什么政治目的。因而一些资产阶级的反动家伙和各种各样的修正主义者,就制造了许许多多似是而非的"理论",以模糊文艺与政治的关系,借此改变我们文艺的党性原则。如有的就散播过什么"作品可以不要主题,不必有教育意义"的谬论;有的则放肆地叫喊"你管你的政治我管我的文艺","你们不要来干涉我的文艺王国";有的主张创作要有绝对的自由;有的反对将文艺刊物当作"宣传工具"……。一句话,他们仍然继承他们老祖宗那一套:认为文艺是表现永久的、普遍的人性,是超阶级、超政治的东西,如果谁要强调文艺的党性原则,那就是亵渎了文艺的女神,就是"庸俗社会学",就是"机关化"的领导,就是教条主义。

显然,这些议论的泡沫是不攻自破的。照我们的看法,文艺并不是什么超凡入圣的东西,文艺作品中的人物和故事,无非是人类社会生活在作家头脑中的反映。即使是神话吧,也仍然以人世的生活作为幻想基础。这些人物和故事,不是在这里存在着或曾经发生过的,就是在那里存在着或曾经发生过的。再说,作者的脑子并不等于一面镜子,对生活现象只是机械的纯客观的反映。大家懂得,从现实的生活素材到写成文艺作品,不论是一本书或一幅画。当中必然经过作者的选择、综合、概括和加工的创作过程。在创作过程中,对题材的取舍,人物的刻画,情节的安排,难免不是本着作者对现实生活的爱好和憎恶的态度来决定的。因为作者写书或作画,总是要表达他的思想感情。也就是说,一件作品总会要有一个主题思想,正如正常人的讲话一样,不能没有他的意义和目的,除非是人们梦中的呓语,或者是疯子的胡说。如果同某些颓废派所说的,以为文艺作品乃是一些梦话和疯子的胡说,没有意义,没有目的。那,这些东西只能是"不可知的杰作",根本不是什么文艺作品了。我们并不讳言,文艺是宣传工具之一,正如辛克莱所说:"一切文艺都是宣传。"当然,宣传的东西不一定都是文艺,但,文艺一定是宣传的东西。因为归根到底它不是为这个政治目的服务,就是为那个政治目的服务;不是宣传这个阶级思想,就是宣传那个阶级思想,绝不会是无病呻吟。

那么,作家的思想感情是哪里来的呢?

毛主席在《实践论》中说:“在阶级社会中,每一个人都在一定的阶级地位中生活,各种思想无不打上阶级的烙印。”作家的思想当然不在例外。由此可见,作家在作品中所流露的爱好或憎恶,是受他的阶级立场、观点所局限的。这里,我们还可以想到这样的例子:我们大家都很熟悉保尔·柯察金这个不朽的共青团员的形象。在一个坚定不移的布尔什维克的战士奥斯特洛夫斯基看来,一个共青团员最高贵的品质,应该是以自己的一生,无条件地,全心全意地贡献给人类解放的革命事业。他以为:“人生最美好的,就是在你停止生存时,也还能以你所创造的一切为人们服务。”在他这样立场这样观点的指导下,他给我们塑造了作为青年人的榜样的保尔·柯察金这个典型的共青团员,因而教育了广大人民。而在《西苑草》这篇小说中,共青团员伊洛兰为公忘私的美德,却被作者丑化得那样乏味,那样不近人情;可是那个自命不凡、脱离群众、厌恶集体的蒲塞风,反而被装饰得那么“漂亮”“高超”。这两种对共青团员的看法的根本差别,若不归结于阶级立场观点对作者所起的作用,若不承认其足以说明文艺是为一定的政治服务的话,那就很难找到另外的解释。

再说爱情这个主题吧,曾经有过不少的人常常错误地认为,这是人们共通的情感,是古今中外写不尽的主题,人人读了都会引起情感上共鸣,似乎没有什么阶级性了。但,对具体的作品分析起来,这种论调的虚伪性马上就会露出马脚的。比如,托尔斯泰对待这个问题,他是让一个有夫之妇的贵妇人安娜·卡列妮娜,为了解除爱情的苦恼,而终于演了卧轨自杀的悲剧;但尼古拉叶娃在《收获》里,处理这种爱情的纠纷,却安排一位集体农庄的女庄员阿芙多蒂亚,以忘我的劳动,为集体的事业贡献出自己的才能,来找到精神上的出路。这除了表现不同的时代背景和不同的生活内容与结局之外,同时也表现了两种不同的恋爱观,同时也说明了俄国贵族的托尔斯泰和无产阶级的尼古拉叶娃由于站在不同的阶级立场,因而对爱情的问题,必然得出两种不同的答案。可见说什么文艺是超阶级的,是描写永恒的人性的,等等高论,都只能是变戏法的江湖口诀,实质上不过是一种混骗,只是为贩卖资产阶级的货色做广告而已。

其次,关于党与文艺的关系问题。在列宁的《党的组织和党的文学》和毛主席《在延安文艺座谈会上的讲话》两篇文章中,这个问题是得到明确的解答了的。然而,直到今天分歧的意见还是存在,这,正是同别的思想问题的争论一样,它反映着两种阶级观点的斗争,因而不同的意见总是以各色各样的姿态出现,并不足为奇了。特别是“百花齐放,百家争鸣”的方针提出以后,许许多多原来隐藏着的或者被克服下去了的反动、怀疑和动摇的思想都露出头来了。比如全国各地都出现一部分人筹划办同人刊物、同人制片厂、同人剧团的活动和议论。这,如果目的是为了繁荣创作、为了在十年内把我国文艺创作达到国际水平而表现的积极性,那当然应该得到鼓励和支持。可惜,这些积极的筹划和议论的背面,却是包藏着一种另外的意图。那就是为了另起炉灶,与党的文艺方针与社会主义的文艺思想唱“对台戏”;为了摆脱刊物“机关化”的领导(说得明白一点,就是不要党的组织过问),让他们得到解放,如同“天高任鸟飞”那样“自由”。

现在,就来谈谈我对这个问题的看法。

我们不但认为文艺是反映人民生活的,而且还充分的估计到,它对人们思想感情是有着潜移默化的作用,无疑是思想斗争中重要武器之一。无产阶级的政党是要教育全人类,提高人们的政治觉悟,摆脱反动阶级的思想侵蚀,以取得最后解放为职责的。对这一思想武器当然不能放松。列宁早就指出,党的文艺是党的事业的一部分,一定得加以领导和监督。那么,实行了党对文艺的领导以后,会不会把文艺的特性给抹煞了呢?党领导着文艺是不是束缚了它的正常发展?是不是会同某些人说的,“党领导的文艺枯萎了,没了生气”?不,事实证明,绝不会是那样的。党如何正确地对待文艺这个问题,列宁曾经这样讲过:“文学事业最不能机械地平均、标准化,少数服从多数。……在这个事业上绝对必须保证个人创造性、个人爱好的广大的空间,思想和幻想、形式和内容的广大的空间。”而我们党中央也正是采取了“百花齐放,百家争鸣”的方针来繁荣创作的。经过我们多年的实践的结果,充分说明了文艺在党的领导下,文艺创作和它的特性不但不会受到束缚和抹煞，相反的，由于摆脱了反动统治的检查制度，摆脱了资产阶级的生意经，摆脱了个人主义的名利观点，社会主义的文艺创作是获得了充分发展的自由天地。这点比之于同一个时期的资本主义国家的文艺现状，谁优谁劣，那是立竿见影，马上看得十分清楚的。

那么，为什么有人在埋怨，说什么党束缚了他的“自由”，限制了他的“创造”；使得他们非得要找几个志同道合的人来办一个同人刊物不可呢？他们要求所“同”的是什么样的“志”？所“合”的是什么样的“道”呢？显然，他们的“志”和“道”与我们是南辕北辙，是背道而驰的。正如修正主义者不同于马列主义者一样，尽管他盗用什么好听的词句和美名，冒牌货总是骗不了人的。如果他所要求的自由，用心是为了便利于散播资产阶级文艺思想，他所喊叫的刊物“个性解放”，目的只是为了更能发挥一小撮人的资产阶级个人主义的创造性。那，这种“自由”和“解放”是要受到合理的限制的，因为这些资本主义文艺思想的毒菌对人民精神上的健康有害。

当然，修正主义的英雄们，可能还在重弹“第三种人”的旧调，主张所谓中间路线，强调文艺的特殊性，可以在既非资产阶级又不是无产阶级的夹缝中保持独立。但是现实多么无情啊，以这点可怜的“理论”作为标榜的“第三种人”，不但在理论上早已被鲁迅等人的马克思主义的文艺思想打得粉碎，就是在其倡议和鼓吹者的杜衡本人，在他自己的实际行为中，最终也不能维持所谓“第三者”清高的伪装，不得不堕落到污秽的泥坑，做了可耻的汉奸。

问题是这样的明白：文艺总是摆脱不掉一定的政治关系的；党是要把文艺事业当作人民革命事业的一部分来加以领导和监督；一些修正主义者把文艺看成超阶级、超政治的东西，妄想修正社会主义的文艺观点，而宣扬什么“创作自由”，脱离党的领导，主张什么中间立场等等，事实证明都是走不通的，更不会是什么“广阔的道路”了。

二、作家与人民

“革命文艺是整个革命事业的一部分”，革命的作家和艺术家应该是革命队伍中的战斗员，是革命的宝贵财富。历史告诉我们：在反动阶级统治的旧社会，文学创作往往被看作没有出息的雕虫小技，许多文人往往潦倒终生。但是，在人民取得了国家政权的新社会，人民和国家对它的作家、艺术家是给予足够的敬重和荣誉的。正如众所周知的，作家在社会主义社会，就第一次被誉之为“人类灵魂工程师”之一。这两种对待作家、艺术家不同的态度，说明了两个阶级的根本分歧：一种是反动统治阶级，对待人民是采取“民可使由之，不可使知之”的愚民政策，因而那些能够通过他们的文章给人民点燃愤怒的火把，以照见统治阶级的黑暗，那些能够拿他们的作品作为精神上的解毒剂，把被麻醉的灵魂救醒起来，从而足以摇撼反动的统治的文人，当统治阶级收买、控制不了他们的时候，不加以迫害已经是万幸了，哪里还谈得上有什么社会地位和得到什么优厚报酬。然而，在先进的无产阶级方面，却是主张消灭人剥削人的私有制度，主张把人类从奴役的地位解放出来，改变他们落后、愚昧的状态，最后达到人人平等，各尽所能各取所需的共产主义社会的。正因无产阶级有这样远大崇高的目标，所以它的取得国家领导权，与以往反动统治阶级的改朝换代是有着根本性的区别。在这里，人民不但不再被看成群氓，而是成了国家的主人。国家对待广大人民的态度是采取教育、提高，帮助他们脱离落后状态和消除从旧社会带来的资本主义乃至封建主义的残余思想，树立马克思主义的人生观和世界观。而作家既然是人类灵魂工程师之一，对教育人民当然肩负着重大而光荣的责任，所以国家和人民给他们以一定的地位和报酬，是可以理解的。

但是，在作家和艺术家的队伍当中，却因此产生一种不健康的、错误的、甚至反动的思想。把作家的作用强调得过分，把作家的地位抬得过高，有的人以一点点成就而居功自傲，作为向党和国家讨价还价的本钱，把作家和人民对立起来。这种把一个作家、艺术家看成天之骄子，比任何人都高人一等的思想，是破坏了作家与人民之间的正常关系的，是和社会主义精神相违背的。

在广西也有一位主张“蟒袍玉带不愿挂，一心只想当作家”的青年作者。在这种错误思想的影响之下，有不少的人开始写了一两篇东西，如果说是才华，那也才是一个萌芽，离开花结果还远哉遥遥。但是，他们却过早地要求脱离原来工作岗位，日夜盘算着要当专业作家；有的发展到对本职工作采取消极怠工态度。有个人曾经写过一些东西,各地报刊上时常见到自己名字,便以为自己是知名人物,了不起,比起做其他实际工作的同志都高明,目空一切。总之,在他们眼里,作家在人民当中,是乌鸦里头的凤凰。

事实应不应该这样估计呢？不。这样来衡量作家的重量是错误了的。鲁迅曾经说过:“以为诗人或文学家高于一切人,他的工作比一切工作都高贵,也是不正确的观念。”这几句话是有道理的。在我们今天新社会里,评定一个人的高低,主要的依据,决不在于他所从事的行业的性质,而是从各人劳动的结果来看它对社会主义事业贡献的大小;至于权衡一种工作的轻重,那就要看这一工作在整个社会主义事业中所占的是什么位置。毛主席早就讲过:“我们不赞成把文艺的重要性过分强调到错误的程度,但也不赞成把文艺的重要性估计不足……。革命文艺是整个革命事业的一部分,是齿轮和螺丝钉,和别的更重要的部分比较起来,自然有轻重缓急第一第二之分,但它是对于整个机器不可缺少的齿轮和螺丝钉,对于整个革命事业不可缺少的一部分。”那么,拿这一精神来对照上面所提到的各色各样的思想观点,它们的错误是不难看出的。

当然,我们必须承认,文学、艺术是一种比较复杂、细致的脑力劳动。但,这绝不能使我们得出一个错误的结论:以为只有少数的作家、艺术家才是高人一等的天才,而绝大多数的人都是庸夫俗子。我们可以设想,假如每个人都去写书,演戏,画画和唱歌了,那,便不是人的社会,而是幻想中的神仙世界。我们完全可以相信,解放军里绝不会只有一个高玉宝那样有才能的人,但是,像高玉宝那样的人成为作家,的确是不多。道理是,军队里虽然是强调政治思想工作的,需要有作家写出书来,教育他们,提高他们的觉悟。但主要的任务是用枪杆子去消灭武装的敌人,而不是也绝不应该单靠文艺去做宣传鼓动就能够解除敌人的武装,如果把一本《高玉宝》,一本《平原烈火》,或者几篇研究鲁迅的文章去比一个军事家(有人把他说成一个师长),或者比一个政治家(有人把他看成是鞋匠),那是极端狂妄而荒唐的。也许《平原烈火》的作者比我们某些师长是有着更多的人知道他的名字吧;比起做实际工作的同志来,那些作家、评论家是有名的人物。但是,他们的小说、论文、画画、戏剧和歌曲,是不是都比一个师长、一个地委书记、一个县长的一篇演讲那样,能够被更多的人接受,而且能够鼓动、组织得起那么多的队伍和群众，来完成实际的革命任务，这是值得那些自命为高尚的、可以“产生价值”的作家和艺术家们深思的。事实上倒是往往有不少作家，尽管报纸、杂志常常见到他们的名字，但是，他们究竟写了些什么？就是爱读书报的读者能够回答得出的，实在并不多。如果说，一个人曾经对革命有过功劳，一旦他叛变了党，给党的事业起了破坏和阻碍作用，那，他必然会被抛弃的；一个作家，倘若他作了人民的叛逆，倒向反动方面去了，那他也不会就能屹立不倒。

三、树木与森林

这里，要谈到“写真实”和“干预生活”等有关创作方法的问题。

现实生活是文艺创作的源泉。这个结论的正确性是被无数的创作实践所证实了的。那么，文艺是要“写真实”的，这应该是没有什么问题。不过，真实的东西不等于就是文艺。换句话说，文艺作品中的真实不等于事实的本身，也不等于各种实际生活素材的综合。文艺虽然来源于现实生活，但它必然要通过作者的思想观点、文艺表现手法，给予选择、加工和提炼。在《红楼梦》四十二回里头，贾母要惜春画大观园，薛宝钗就提醒惜春说：若照园子的样儿，亭台楼阁样样都往纸上一画，是不能讨好的，应该分主分宾，该添的要添，该藏该减的要藏要减，该露的要露。

这就是说，文艺虽然以现实的客观事物为模型，但又不能完全照样临摹。鲁迅在《孤独者》中写的魏连殳，看来是以范爱农这个实在的人作模特儿的，但是作为一篇小说的《孤独者》和作为一篇对真人真事的回忆的《范爱农》，就有很大出入。前者是在后者的真人真事的素材的基础上，再经过作者加以艺术的提炼而成为典型的艺术形象的。那么，这一素材为什么被写成这样一个典型，而不写成那样一种典型呢？其中所描写的细节为什么有的地方要夸张，有的地方却减略了呢？这问题必须关系到作者对现实生活的态度，创作的意图，和他的文艺修养。也就是说，这是取决于作者的阶级立场、观点，作品的主题思想，生活体会和文艺的表现手法。

有人是不同意世界观对文艺创作的影响这一说法的。他们认为，在马克思主义世界观指导下，“真实地、历史地和具体地去描写现实，用社会主义的精神，从思想上来教育劳动人民的社会主义现实主义”，不一定对头，应该修正了；只要“写真实”就是完成了文艺的功能。这种观点对不对呢？应该说，似是而非，又对又不对。上面已经说过，文艺是要写真实的，问题是对真实如何看法。修正主义者所理解的真实，与我们所理解的真实，是有根本上的分歧的。他们认为“写真实”“干预生活”，就是要暴露黑暗，就是要写缺点，就是要写反面人物；或者只有写爱情才是真实的。当然，这些事情在我们现实生活中是发生着的，可以写而且是要写的。但是，如果把这些看作是矛盾的主要方面，是唯一的题材，不分现象和本质，不分局部和整体，一概而论，那就会把树木当作森林，不但不能做到真实的反映，相反，恰恰是作了真实的歪曲。有的作品写农村干部的堕落，有的作品写青年干部的“天才”被埋没，不能说所写的都没有一点事实根据。问题是这些事实在我们的整个事业中，只是局部现象，并非本质的东西。我们不必害怕承认，在我们新社会中也还有旧社会遗留下来的坏东西。这些坏思想坏作风，在某些个别人身上可能保留得多些，成了我们前进中的阻碍。但是，我们有决心和勇气逐步把它克服和消灭。同时，我们也很清楚，这些落后、缺点，乃至错误和失败，比起我们前进的事业和英雄的人物来，那是森林中的小草，是整体中的局部，是一般中的个别现象。我们决不因此气馁。事实上我们的农村中有上千上万的老干部，随着革命的发展而不断提高和成熟；抗日时期，延安——这个革命的摇篮，曾经培养了许多出色的各有专长的干部和专家。这应该是现实的主要方面，也是新社会本质的地方。但是，我们的作家却闭眼不看这方面，而只从局部的个别的角落去选择所谓“真实”的生活。一个大夫如果把偶染感冒的病人诊断为不可救药的重症，那是庸医误人；一个作家歪曲了现实，那他的作品就一定会变成和人民所要求的相反的东西。

有人说，以后杂文难写了，官僚主义也不敢批评了。我们已经说过，官僚主义并不是无产阶级、革命队伍中的产物，我们从来也没有因这点毛病而忌讳，而是认为这种缺点毛病，乃是资产阶级思想残余在革命队伍中的一种反映，对我们事业是会起腐蚀、损害作用的，我们一定同它作不妥协的斗争。不论是正面的批评或侧面的讽刺都可以不拘。假如批评得准，批评得对，做到所谓“对症下药”，那是会得到欢迎的。正如周扬同志所说：“我们从来没有说不写阴暗面，而是第一，不要夸大，不要看错。第二，不要欣赏，而是要消灭它。”要做到这点，根本的办法就是有无产阶级的立场，和掌握马列主义这一思想武器。如果离开这样的阶级立场和抛弃这一思想武器，那就不管你写什么样的作品，也难免不犯错误。这点，在《讲话》中就有这样的话：

> 对于人民的缺点是需要批评的，……但必须是真正站在人民的立场上，用保护人民、教育人民的满腔热情来说话。如果把同志当作敌人来对待，就是使自己站在敌人的立场上去了。

严格说起来，批判的现实主义的作品对我们的影响是比较多的。特别是我们的社会主义社会，才是八年的时间，而新的生活却是日新月异地在进步、发展、变化，一下子不容易熟悉，加上新生活当中，也还或多或少的带有旧的痕迹，所以批判的现实主义的作品，对我们还是比较亲切，比较容易感染着我们。大家都知道，批判的现实主义的作品有一个特点：它往往是通过主人公悲剧的命运，来对不合理的社会制度进行抨击。作品的主角往往成为真理、正义的化身，是一些具备着英雄气概、崇高情感的人物，但由于不合理的现实，和虚伪的道德观念的压迫和束缚，使他们成为“被侮辱与被损害的”悲剧人物；或者是一些受尽委屈、陷害，以致家败人亡，历尽悲苦，终于遇见仁人志士，仗义疏财，伸张正义的援救，使其冤情昭雪，骨肉团聚，终成喜剧的收场。不管它是通过悲剧激起同情，或者通过喜剧得到欢欣，作者都是在那里贬责着那些代表社会力量的压迫者和剥削者。通过这个爱和憎引起感情上的共鸣，读者可以从理智上懂得人剥削人的社会制度所造的罪恶，反动统治阶级的黑暗。正如在《十五贯》这出戏中，大家所看到的：况钟虽然是封建社会的官吏，但他为民请命，正直不阿，伸张正义的行为，使我们并没有因此认为他是封建官吏的典型。相反，从这个人物的行为倒是见到封建社会官场中的漆黑一团。因为从无锡的县令到常州知府以至江南的巡抚,都是一丘之貉,都是贪赃枉法、草菅人命的反动统治者,而这些反动家伙,正是封建官僚社会的代表,在他们身上反映了封建统治阶级的本质。与其说况钟是压迫阶级的一个知府,毋宁说他是站在与统治者相对立的人民这一边的反抗者。无疑的,这个剧本的作者是运用了批判的现实主义的创作手法来表现他的民主思想的,是有它的人民性。用这种创作方法来暴露一种不合理的、反动的社会现实,是恰切的,击中要害的。

但是,今天的社会主义社会,经济基础已经起了根本变化,所有制已经是从私有变成公有,作为上层建筑的政权机构和政治制度也与旧社会有着本质的差别。今天国家的领导人和各级政权的领导干部,已经不是原来那些与人民对立的压迫者和剥削者,而是新式的、人民群众队伍中的代表人物;领导者与人民之间已经消灭了敌我对立的矛盾。在人民方面,已经是摆脱了奴隶的地位,成为主宰自己的命运的主人。人与人之间种种隔膜的冰封解冻了。总之,新社会的现实从里到外,都呈现着万象更新似的一片春风的气象。那么,作为反映人民生活的文艺如果还是沿用旧的批判的现实主义的创作方法来表现这一新的现实,如果仍然用通过个人与社会的矛盾当中,对个人的失败或胜利寄予同情或歌颂,拿来暴露批判社会、集体的黑暗,显然是看错了现实,颠倒了黑白了。比如说,在新社会里像过于执那样的官僚主义主观主义者当然还没有绝迹,但是他们绝不应成为我们国家干部的典型,正如况钟不应该被看成是封建社会官吏中的典型一样。如果说在我们作品中,有必要揭发这种旧社会遗留下来的脓疮,这正是为了使正面的、健康的作为集体的体现者的人物更加凸现;或者通过对这种落后的人物的批判,更显得我们集体的革命事业更加优越。如果不能做到这点,那么,即使作品中不是批判官僚主义者,而是歌颂一个积极分子、先进的共青团员,或者一个英雄模范人物,但是,在这英雄人物的周围,不是官僚主义者就是蜕化变质的堕落分子;不是机构制度的不合理,就是组织纪律束缚了他的"天才",结果,这位主人公可能被塑造成十分美妙的"革新者",可是,在他的周围的人物却成了一批小丑,都是一些浑浑噩噩、阻碍革新、阻碍进步的落后人物,即周围的环境是漆黑一团。那样,我们的社会主义社会,岂不是倒退到《十五贯》那个背景的朝代去了吗?当然,我们都不同意这样看法,因之,这个十分美妙的“革新者”,就失掉了典型环境的立足点,它的典型性格也就不会真实。

那么,正面人物不通过他与坏人坏事作斗争,怎么能表现出他的性格呢?我以为有过不少的作品是答复了这个问题了的。比如《被开垦的处女地》的达维多夫,《收获》里的阿芙多蒂亚,《董存瑞》影片中的董存瑞……例子是不少的。只要我们从批判的现实主义的窠臼中跳出来,就容易发现社会主义现实主义的文艺作品中关于创造新的英雄人物的不少范例。

我认为社会现实既然起了根本性的变化,文艺也势必随之而来的有着相应的、适合于表现新的现实的创作方法。这个方法是什么呢?我以为“社会主义现实主义”应该比较切合我们现实生活的创作方法。尽管现在有些人对它发生了动摇,进行着各种各样的解释,妄图对它“修正”,把它的精神给以阉割。但,这只能说明他们由于阶级立场的限制,没有认真地来考虑在他们脚底下的现实已经起了本质上的变化,因而还是拿旧眼光来看新事物。

四、歧路与坦途

在文艺上展开社会主义文艺与资本主义文艺的两条路线斗争,除了上面所讲的问题,在创作题材和作家思想改造、深入生活的问题上,我们和某些修正主义者的看法也是有分歧的。

关于题材问题,过去是与为谁服务问题联系在一起来讨论的。当然,如果把强调文艺要为工农兵服务理解为只限于写工农兵生活,那是未免窄了一些。《在延安文艺座谈会上的讲话》中提到文艺为谁服务的问题,除了首先为工农兵三种人之外,还提到“第四是为城市小资产阶级劳动群众和知识分子的”,认为“他们也是革命的同盟者”,这说明了十五年前党明确地提出文艺路线的时候,并没有把文艺的服务对象和创作的题材仅仅限定于工农兵方面。不过,当时虽然在抗日根据地的文艺队伍中,绝大部分的作家也还没有从小资产阶级知识分子的立场完全转移到无产阶级的立场上来。“他们是站在小资产阶级立场,他们是把自己的作品当作小资产阶级的自我表现来创作的,……他们在许多时候,对于小资产阶级出身的知识分子寄予满腔的同情,……对于工农兵群众,则缺乏接近,缺乏了解,缺乏研究,缺乏知心朋友,不善于描写他们”(毛泽东语),所以当时特别强调深入工农兵群众,深入实际斗争,强调写工农兵题材,是异常必要的,有着重要的历史意义。经过后来实践证明,是正确的。到了全国解放初期,由于文艺队伍扩大了,而这批新成员当中,经过斗争锻炼有着坚定的无产阶级的立场的作家、艺术家,不是说没有,但是也应该看到,依然站在原来的资产阶级立场,依然保持资本主义思想、观点的人,为数是不少的。因而,仍须强调深入工农兵群众,强调为工农兵服务,强调写工农兵题材,强调普及第一,而没有同时提出“百花齐放,百家争鸣”的方针,那是符合当时的客观历史条件和需要的。可惜,有某些人,却并不那样认识得很清楚,因而提出“百花齐放,百家争鸣”方针以后,他们就产生了与党的文艺路线的精神相违背的看法。有的作者有这样的主张:“各方面的每个作家、艺术家……都是从各种不同的阶层出身,受过各种不同的教养和影响,……过去和现在各人都能联系着一部分群众而有他自己的群众基础,也有为他们过去和现在所特别熟悉的题材。”认为我们应该“尊重”、照顾他们从旧社会带来的这些“成就”和“特长”;只要“帮助他们在原有的基础上提高、前进”,使他们“能继续写他们熟悉的题材”就够了。这种论调有极大的片面性。照这样说法和主张,在广西来说,那就是,我们都得“尊重”某些人所散布的“你管你的政治,‘不能’管我的文艺”的观点,而不给予批判;那就是,我们都得照顾某些人所说那样“能联系着一部分群众”的刊物,让它向广大读者传播资产阶级思想而不应给予批评;那就是,允许散播“作品不一定要有主题思想”的主张而不去斗争;那就是,同意“巩固原始感情”的言论,作家、艺术家不需要学习提高思想水平了!但,我们要问,照这样主张,结果会怎样呢?不难想见,其结果是要把社会主义文艺路线引到相反方向,而走到资本主义文艺的歧路上去的。可以设想,就是在华南地区来说,假如没有解放初期大力的强调工农兵文艺路线,大力的组织作家、艺术家参加土地改革、抗美援朝等政治运动和实际斗争,而只让作家、艺术家们停留在“原始感情”上,只让他们满足于“继续写他们熟悉的题材”,那,反映解放后的新社会现实生活的小说、电影、戏剧就不可能产生。但是,有的作者却深深地抱怨,认为“多年以来”我们所提倡的写工农兵题材,写新社会,写新人物的文艺路线,是“长期笼罩在作家头上的乌云,使作家、艺术家们在创作上无所凭依,感到有心乏力,或者有力而用不出来”,这岂不是同一些别有用心的人所说的,作品的公式化,就是由于马列主义理论的指导是一样的荒谬?我们认为自从提倡写工农兵生活以后,写作的题材,比之过去的作家只能也只有写些自己小圈子里的身边琐事来,是更加宽阔了。但有的作者竟然把它看成是缩小、狭窄了,以致认为这是我们文艺所以“萎缩沉寂”的关键。这与“党领导的文艺枯萎了”的论点,真是“英雄”所见略同。我们党一再提倡思想改造,改变资产阶级立场,深入联系工农群众,从资产阶级立场和个人主义的思想解放出来;但有的作者却反复地强调,各个作家、艺术家出身于各个阶层,受过不同的教养,能联系不同的群众,应该让“他们从不同的各自的原有基础出发,经过不同的道路,达到为人民服务”。认为党的文艺政策提出上面那些要求都是“对作家的一种束缚”。

显然,这是有意扯腿,想把我们的社会主义文艺拖回到资本主义文艺的歧路上去。我们必须提醒一句:那是一条死胡同,走不通的。

我们还是下定决心,在我们社会主义文艺的坦途上继续前进,我们不怕讥笑,说什么《在延安文艺座谈会上的讲话》“过时了”。我认为深入工农兵群众的口号不是过时了,而是我们文艺队伍对这方面的身体力行还很不够。《讲话》中告诫过我们,一个资产阶级知识分子的立场观点、思想、感情的转化,“非有十年八年的时间不可”。如果是从来没有接触过工农群众,或者接触得很少的人,对这个“课”今天应该赶快补习。不然,我们就会越来越感到空虚,这空虚将会越长久越沉重。道理很简单,正如大家都懂得的那样。文艺总是表现着人们思想感情的,越是好的作品越能引起更多的人情感上的共鸣,也就是越能使读者从它里边找到更多的共同语言。比方说一般人见面,讲别的话是不容易引起旁人搭腔的,但,你要说“今天天气如何如何”,那就自然地得到对方的反应。道理是天气对每个人来说都有同感。能够流传得比较广泛的文艺作品,正是由于他反映了大多数人共同的意志和情感的内容,表现了人民方面的民主、正义的精神,有着它的人民性。而那些御用文人的八股文章,所以流传不广的原因就在于它失掉人民共同的语言。

既然这样,为了使我们的文艺能够得到更多人的共鸣,发生更广泛的作用,那,我们作家如果不懂广大人民的思想情绪,怎么能写得出叫他们感动的作品呢？比如说，工农群众也要而且也懂得恋爱的，但是，不同他们有过较深的谈心和较广的接触，那，只凭我们知识分子所习惯的那一套恋爱手法，拿去强加于他们身上，不可能使人感到真切。如果一个作家对它所描写的生活不熟悉，只根据自己的生活经验写出来，结果读者觉得不是那么回事，人家就不相信是“真”的，作品的说服力就谈不上。

再说文艺所描写的对象，一个作品中的主人公，往往也就是历史舞台上的主角。今天登上历史舞台的人物，既然是工农群众，那么，我们的文艺究竟是以描写他们为主呢？还是仍旧去写那些在历史舞台上已经成了小丑、反动角色的资产阶级的人物呢？社会主义现实主义的作家，无疑地，他应该是抛弃后者而选取前者。如果他自己不是工农分子，而为了写作，非要熟悉他们不可，唯一的办法就是改造自己。所以说，有决心有志愿用文艺这一武器为人民服务的人，出路只有一条：到人民群众中去，向他们学习，熟悉他们的思想感情，同他们取得共同语言。不过，要做到这点，一定要同他们成为知心朋友。要做到知心朋友，所谓“一见倾心”是靠不住的，非得长一点的时间不可。古人说“日久见人心”，这句话正说明了这个道理。

最后，让我们重新温习下面的毛主席的话吧，毛主席是这样教导着我们的：

> 中国的革命的文学家艺术家，有出息的文学家艺术家，必须到群众中去，必须长期地无条件地全心全意地到工农兵群众中去，到火热的斗争中去，到唯一的最广大最丰富的源泉中去，观察、体验、研究、分析一切人，一切阶级，一切群众，一切生动的生活形式和斗争形式，一切文学和艺术的原始材料，然后才有可能进入创作过程。

这是值得我们反复背诵的至理名言。我们始终认为只有遵循这一指示的方向前进，才是我们文艺道路上的坦途，才有可能把上面所说的横在文艺工作面前的问题，加以正确而彻底的解决。

1957年11月16日

塑造我们的“当代英雄”

党的八大第二次会议，制定了多快好省建设社会主义的总路线。这是新的历史阶段的开端，它已经而且还将继续在现实生活当中发生极为巨大而深刻的变革。面临着这一历史上伟大的发展的时代，面临着技术革命和文化革命的高潮，文学创作怎样才能跟得上时代的脚步，完成这一新的任务？这不能不是我们文学工作者目前亟待解决的新的课题。这里，提出一些意见同大家一起讨论。

文学——时代的镜子

大家都知道，文艺是上层建筑，是受着基础所制约的，在什么样的基础上，就会产生什么样的文艺，正如什么样的土壤和气候，产生什么样的花草。这说明了文艺必然是时代精神的反映，它往往浸染着时代的色彩。《西厢记》和《小二黑结婚》，同样是写爱情的悲欢离合的故事，但由于他们所产生的时代不同，两者的故事的发展和结局以及主题思想也就不一样：在二十世纪四十年代，在共产党领导下的社会里,三仙姑就起不了封建社会时代的相国夫人那样的作用了,因而小二黑和小芹的婚姻就摆脱了张生和崔莺莺那样坎坷的命运,后者的故事就成了喜剧的收场。两位作家对同样题材做了不同的处理,固然与他们本人的阶级立场分不开,但同时也与他们所处的时代是有十分密切关系的。所以说,有什么样的时代,必然会有什么样的文艺思潮。

我们平常所谈的,文艺应当表现的时代精神不仅是表现于外在的风俗习惯和生活细节,主要是包藏于人们精神世界——道德观念、思想感情上。“五四”时代的标志,不是剪短的头发代替了长长的辫子,也不是天足代替了缠脚,更不是某些读书人变成了“洋鬼子”;主要是人们的保守、妥协、消极的思想被否定,而代之以积极向上、民主自由的精神。这里,我们可以从反映当时的文艺作品得到说明。

如何认识我们的时代

现在我们所处的时代是什么样呢?通过总路线,我们不难瞧见我们时代的特点。那就是总路线基本点所标明的:“调动一切积极因素,正确处理人民内部矛盾;巩固和发展社会主义的全民所有制和集体所有制,巩固无产阶级专政和无产阶级的国际团结;在继续完成经济战线、政治战线和思想战线上的社会主义革命的同时,逐步实现技术革命和文化革命;在重工业优先发展的条件下,工业和农业同时并举;在集中领导、全面规划、分工协作的条件下,中央工业和地方工业同时并举,大型企业和中小型企业同时并举;通过这些,尽快地把我国建成一个具有现代工业、现代农业和现代科学文化的伟大的社会主义国家。”这是解放以来,人民群众在党的领导下,进行斗争和建设的经验的总结,是客观实际的反映。

从全国的情况来看,我们每天都从报上看到由于技术革命和文化革命掀起的高潮中涌现出来的鼓舞人心的群众创造的奇迹,人们为着尽快地把我国建成伟大的社会主义国家,正以满腔的热情和冲天的干劲贡献出无比的功绩。如果说王崇伦、郝建秀开始时还只是少数人的独创,现在已经成为普遍的、大量的、现实的群众性运动了。

从广西的形势来看，鼓舞人心的现实生活是层出不穷的。就以去冬兴修水利的情况来说，全区就完成了一千二百多万亩水利工程，超过了一九五六年的三倍，投入这一水利工地的民工就上八百万人，他们打破了上下几千年的常规，春节不离工地，为社会主义事业夜以继日劳动，这应该是文学的最好题材。人们在进行这么巨大的向自然界作斗争的过程，本身的精神世界也会是天天发生变化，个人主义会逐渐减少，集体主义的新道德会逐渐发展，这是我们时代的精神面貌。那么，作为反映人的精神面貌的文艺，就应该敏锐地去感受这时代的气息，准确地去认识它，把它掌握住，把这些群众的英雄作为时代的典型。

塑造我们的"当代英雄"

无疑，现实提供给我们写作的无限丰富的素材。但是，必须提醒一句，作为反映建设总路线的文艺作品或者为总路线服务而写的作品，主要的精神，还不仅停留在工农业生产的故事上，最中心最本质的东西是在于以共产主义精神参加劳动创造的人物，而这些人们的精神世界，是扮演故事的英雄。

那么，作为这一个时代的人们的精神世界的特色是什么呢？这里必得记住刘少奇同志在"八大"二次会议的政治报告所说的话："我们现在正经历着我国历史上伟大的飞跃发展的时代。我们的党，我们的国家，现在需要大批敢想敢说敢做的人，敢于破除迷信革新创造的人，敢于坚持真理、为真理冲锋陷阵、树立先进和革命旗帜的人，依靠这样的人，我们才能够领导全国人民跃进再跃进，多快好省地完成伟大的社会主义建设事业。"我们要有共产主义风格的人，就是敢想、敢说、敢做、敢为的英雄气概。毫无疑问，这就是我们这一时代的精神的概括。当然，这不是今天才出现的现象，而是在过去的革命斗争过程当中就有了的。比如，我们的革命前辈就有不少曾经体现了这种共产主义风格的人物。而只是说，这种敢想、敢做、敢于坚持真理、敢于创造的共产主义风格和英雄气概，在总路线的鼓舞下，将会更加普遍地出现，应该更为鲜明地被我们认识。那么，这一时代文艺作品的标志——我们的"当代英雄"，不可能是以往的时代人物的复制，而必然是当前现实斗争中所涌现出来的共产主义风格的人物。

过去只认为：这一时代的文艺主题思想是表现从奴隶变成主人的劳动人民

吧。今天提倡树立共产主义风格，却给我们提出新的启示。文艺要反映时代精神，就应该把敢想、敢说、敢于坚持真理、敢于大胆创造这样的人物写进我们的作品里来，让他们在我们的作品里得到永恒的生命。如果我们抓不住这些，只满足于故事的编造和一些生活细节的描绘，一些色彩的渲染，那只能是一个躯壳，缺乏灵魂的内在精神的闪光。

当然，敢说、敢想、敢做的人，也有两种。一种是为个人自私自利，为垂死的资产阶级挣扎，那也会是胆大妄为的人。人民所需要的正是与之相反，是另一种为了革命事业，为了人民大众利益，在社会主义、共产主义思想指导下，所表现的敢说、敢做、敢想、敢于创造、敢于坚持真理奋斗到底的崇高性格。这样的人已经不是一种理想，而是在实际斗争中越来越多了。他们都是普通而平常的人，只要我们更多的留心去接触这些现实中的人物，时间长了，熟悉他们多了就可以创造出典型人物形象来的。

这样说来，是不是只能写当代人物，而历史题材不能写了呢？

按理说，能否反映时代精神，题材并不是决定的因素。文艺为人民服务，为社会主义服务，不仅仅是从题材上反映建设总路线，要紧的应该被理解为作品的主题思想符合于总路线的精神，足以鼓舞人们鼓足干劲，力争上游，为社会主义建设事业而斗争。也就是说，只要他们是为社会主义事业，为革命的胜利，对革命有所贡献的人物，哪怕他们是前一个革命阶段的前辈，具备着社会主义精神和共产主义道德的感人形象，仍然不失其鼓舞人们奋发图强的作用。比如现在我们有人要写韦拔群烈士的事迹，写红七军的故事，只要着眼于写他们的共产主义风格，写他们的革命英雄气概，写他们为党的事业忠诚不贰的精神，同时也就是符合时代精神的。不过，要做到这样，作者必须是接受到当今这一时代精神的感染，然后他才可能很好地处理过去的题材。因为题材可以是旧的，但作者必须赋予题材以新的观点和感情。这样，写出来的作品，才能对当前的人们起推动和鼓舞的作用。如果可以这样比喻的话，题材不过是木料和钢材，没有具备社会主义觉悟的木匠或技工，就不可能制造为现代生产所需要的新农具，不可能出现技术革命。

在这里，我们还要谈谈深入生活问题，似乎这是老生常谈的问题了。但只要你想继续写作，你就得继续深入下去吧。如果以为下去一年两年，或者甚至只下去一两个月就可以足够写半辈子了，那是极大的误解。生活是本钱，没有资金的积累，要建设是很困难的。这道理写作上也一样。特别是目前生活在不断变化，生活里每天都有很多新的事物在成长和发展，如果你要成为供给人民读物而写作的作家，而不去接触这些新的事物，你怎样能写出与人民息息相关的东西来呢？我们这时代和旧社会不同，旧时代变化很少，十年二十年，情况也没有什么不同。旧时代的作家没有感到生活的问题，他们也不需要深入工农兵群众的生活，因为他们是给资产阶级的读者写故事，只写资产阶级的生活就够了。契诃夫说，他一辈子也不感到没有写作题材。因为他写的东西，不外乎是讽刺他周围的人，他只要在他那样的生活中间，关心生活就行了。我们可就不能那样，我们有的出身于资产阶级，而又立志要写工人阶级生活，要宣传马列主义世界观，那就非得到工农群众中去，实现思想感情的脱胎换骨不可！所以说，对于我们文艺工作者来说，深入生活是一条必经之路，如果不通过这条路而要想侥幸达到目标，那只是一种妄想，事实上是不可能的。去年全国出版的几十部长篇小说证明了：没有生活是写不出来的。像艾芜的《百炼成钢》，周立波的《山乡巨变》那样的东西，显然都是深入生活的结果。又如《林海雪原》《红旗谱》等书，也都是一些参加过实际斗争的同志写的。有人说："一切作品都是作家的自传。"这是说明很多作品，大都是作家的亲身经历。（当然，这并不能被误解为就是写个人的身边琐事。）这就是说，没有那种生活经历的人，是写不出那种生活，更不用说通过那种生活现象解剖到它的本质了。

我们要写出革命风格的人，就需要时刻留心新人物的成长，这是要想写当代英雄人物必须解决的问题。去年大修水利运动，应该是写作的好题材。我们应争取机会，去接触这样群众生活，去熟悉他们；同时也锻炼自己，提高思想水平。

有的同志只有一点生活，就想写大东西。其实是办不到的。比方材料准备不足，要勉强盖起楼房来，那必然会成空架子，住不得人的。有人以为写作是靠

“灵感”,一有“灵感”就能写出东西,好像现实的材料不是主要的了。实际上“灵感”也是作家平时的生活体会的积蓄的闪光。没有足够的生活体验,凭空是想像不出来的,即使硬编出故事来,总也掩不住它的虚伪。艺术作品也同平常我们对人一样,如果不是出于真诚,读者马上就会感到虚假不予置信,作品也就感动不了人。显然“灵感”不会是什么玄妙的东西,而是生活在作家脑里的闪现,没有那方面的生活感受就不可能产生那种灵感。如果要立志表现我们这一时代的英雄人物,就应毫不迟疑地把握住这一时代的脉搏,跟这一时代的先进人物、先进思想多多接触,熟悉他们,理解他们,观察他们,然后才可能表现他们的精神面貌。

1958 年 7 月

新的历史，新的文艺

这次文艺创作座谈会开得很好。这是广西几年来空前的一次文艺创作誓师大会。一致认为,毛主席提出的革命的现实主义和革命的浪漫主义相结合的原则,是在新的历史开端的时候,及时地给我们文艺工作指出了新的方向。大家都感到,这个方向的提出,使我们在面临着新的使人振奋的伟大变革的形势下,看到前进的目标,促使我们前进,跟上时代的步伐;其次,大家认为,全国文联要求在国庆十周年,文艺方面也要创作优秀的作品作为献礼,对作家和文艺家来说,是光荣的任务,鼓舞了大家写作的勇气和信心。

作为一个文艺工作者,我也谈谈一点理解:

首先是我们能不能创作出优秀的作品的问题,答复是肯定的。这是基于这样两个观点:

第一,当着我们国家正在以一日千里的步伐加速社会主义建设,为过渡到更高的目标——共产主义社会创造条件的时候,文学艺术应该跟上时代的步伐,在创作上能够写出具有共产主义思想,用共产主义精神来教育人民的作品来,文艺作品就要创造出具有我国民族特色的新文艺,它应该具有共产主义思想和最美最新的艺术形式。这里,有人提出,选择哪些题材才是足以表现共产主义思想的问题。我以为,今天我们要建立的新文艺,不是一时凭空的幻想,而是根据客观现实普遍出现着的劳动人民在劳动生产中所表现的共产主义的气概。足以表现共产主义思想的人物和故事是普遍存在着的,作家选择题材的视野应该扩大。而且还应该这样认识:所谓具有共产主义思想的新文艺,其精神不限于写什么样的题材,而是在乎作品的主题思想。事实也是这样,过去的革命英雄人物,好多就是充满了共产主义风格的。我们广西的韦拔群烈士,解放军的董存瑞……这些,虽然是属于前一历史阶段的革命人物,然而,他们的英雄事迹无疑是表现了光辉的共产主义思想的;再如当前在生产斗争中就出现了敢想、敢说、敢做、敢于坚持真理的共产主义新人的典型人物。所以说,写作题材不应拘泥于过去或现在。题材尽管是昨天的,主题必须是明天的。只要它赋予作品以共产主义思想,用社会主义精神来教育人民群众,那么,题材应该不是主要的问题。

当然,当前的现实,由于工农业生产的大发展,技术和文化大革命,社会主义的精神蓬勃滋长,我们的文艺为了更好地运用它的手段来帮助全体人民普遍的进一步的提高社会主义思想觉悟和共产主义的道德品质,就应该首先要热情地及时地反映现实中的新人新事和新的品质,抓住时代的脉搏,用先进思想来引导人民不断前进。因为它是反映当前的斗争的新人新事,读者和观众更容易受到感染,所起的作用会更广泛,它结合当前生产斗争更为密切,值得我们重视。列宁对高尔基的《母亲》很为赞赏,就是因为它及时地和正确地指出了无产阶级从自发的经济斗争发展到自觉的政治斗争的革命道路。

文学艺术和哲学、政治经济学不一样的地方就是由于它具有特殊的艺术形式。我们要求新的文艺,在形式上应该是优美的。什么是美?美学观正如世界观一样,有它一定的阶级根源和认识根源。美,总也不可避免地打上阶级的烙印。林黛玉在封建社会是美人的典型,但,这位多愁善感的小姐倘若生在今天的社会，就不会博得那么多的人去追求了。周璇的“天涯歌女”，有个时期在小市民当中很为流行，但拿到水利工地去，农民就不欢迎。可见欣赏美从深处去分析也是有阶级性的。我们不能满足于粗糙和平庸的形式，但又绝不能去模仿、抄袭资产阶级那些臭美。应该创造出工人阶级的、民族的优美的风格。这就必须打破迷信，解放思想，从资产阶级文艺思想解脱束缚中出来，树立正确的新的文艺观点，然后才可能创造出新的历史时代的新文艺。

再谈谈客观条件。当前要创作最新最美的作品的条件，不但具备而且是十分有利。现实生活本身，到处都出现奇迹。许多从前不敢想甚至幻想不到的事情，现在居然在群众当中被创造出来了。奇迹都是普通的群众创造出来的。这说明人民一旦作了生活的主人，他们就充分的表现出改造社会、征服自然的雄心壮志，从事豪迈的建设事业。这些生活本身就充满着革命的现实主义和革命的浪漫主义。几乎是每天打开报纸都见到，许许多多新的英雄事业的成就，新的发明创造，新的人物的成长。这都是文艺创作极其新鲜而丰富的源泉，给文艺创作提供了重要的条件。再说，由于共产主义思想觉悟的提高，人们在斗争过程中互相团结协作的精神正在形成新的道德力量，人与人之间的关系，起了根本的变化。过去旧社会，兄弟之间为了争夺财产，打得头破血流，六亲不认。今天大家为了共同的目标，共同的利益，建立起我为人人，人人为我的崇高的友谊。这也是给文艺创作上提供新的题材，对作品思想性的提高极为有利。又如，过去的写作总认为反面人物性格突出，容易写得生动，正面人物性格不鲜明，写不好。这显然是片面的说法。这是由于作者处在资本主义社会，受着客观现实影响和作家本身阶级立场的限制，因而对人的看法产生的错误见解。在资本主义或封建主义社会里，由于劳动人民深受剥削与压迫，人的个性遭遇极大的摧残，正面的、光明的性格得不到正常的发展，不少的人把自己的真实的感情压抑下来，不敢表露；加上在有阶级社会里，损人利己成为普遍的社会风气，反面的阴暗的东西容易被大家所注意，把它写成作品，就容易引起共感。今天新社会，工农群众成了国家生活中的主人，每个人的个性特长充分得到发挥，而且他的个性特长的发挥，对共同事业有益处，因而正面的革命英雄人物是被大家爱戴和重视的。作家一方面在生活中容易抓到正面人物的形象,容易塑造他们;另一方面写出来后,在读者和观众的感受上容易引起共鸣了。像赵占魁这位工人的劳动英雄典型,在十多年前才只是少数的萌芽,今天这样的劳动英雄人物却是到处都见到了。这都是客观现实给文艺创作提供了有利于能写成好作品的素材。正如大家所谈,当前许多动人的新人新事都是从前浪漫诗人幻想不到的。

第二个有利于我们文艺创作的条件,就是广大群众文艺创作热情的空前旺盛。这些群众创作,就是文艺创作的雄厚的基础。这些作品有的就很好,有的虽然还只是草图、轮廓,如果我们专业的作家和文艺家,贯彻专业与业余、专家与群众相结合的方针,给这些创作加工提高,就可以希望从里边写出优美的作品来。

第三个有利条件,就是业余作者多。单从一方面来看,业余作者写作技巧不那么熟练,作品的产生好像是不利。但从另一面来想,未尝不是有它的优越性。道理是业余作者多,就意味着我们有比较多的作者经常地长期地处在实际斗争生活里头,他们是政治运动和生产斗争直接的参加者,因而他们和群众更容易打成一片。他们要写的东西往往是出于自己亲身体验,比起那些多半靠想像编故事的专业作家写出来的作品,更容易成功。去年全国出版四十多部长篇小说,有好多都是业余作家写的。《林海雪原》和《红日》等都是业余作者写自己亲身的经历。再说,业余作者所受的资产阶级文艺思想影响比起专家来总是少些,包袱还不那么重,容易摆脱,跃进得快一些。

我还这样认为:业余作家应该是今后文艺工作的发展方向。完全可以这样设想:当人们都有了高度文化以后,大家在劳动过程中,根据各人的感受,就可以作歌曲,编剧本,写小说……那是既普遍又自然的现象,写出的东西必然更为亲切真实了。并不需要同现在这样,写小说,编剧本,作曲子的人不是自己所经历的生活,所写的往往苍白无力。

最后一个有利条件,就是有党组织的领导和支持。一方面由于文化高潮到来以后,广大工农群众摆脱了文盲状态,人民文化水平继续在提高,对文艺生活的要求一天一天增加,另一方面,文艺工作几年来贯彻了为工农兵服务方针的结果,发挥了一定的教育宣传作用。因而,现在各地各级党的组织对文艺工作是重视和支持的。有的地委和县委就给能写作的同志假期,给他们专门一个时期进行写作。

这些都说明,开展文艺创作活动,客观条件是具备着的。只要我们主观努力,方法对头,一定能写出作品来,而且一定能写得好的。

其次,谈谈当前的文艺创作思想。

一、关于专家与群众、专业与业余相结合的问题。现在越来越看得明显了,只有人民群众才真正是国家生活的主人。人民,今天已经成为历史舞台的主角,只有人民的创造才是最富于生命力的,才最能表现时代精神。同群众结合,三个臭皮匠合成诸葛亮,童话的幻想也可以变成现实。在工业生产上,广西原来一个炼钢工人都没有,现在,一经走群众路线,不止有一个会炼钢的工人,而是涌现一批懂得炼钢的工人了。文艺创作,当然同炼钢不一样,但是走群众路线——专家与群众相结合的原理,是共通的。其实,文艺创作的专家与群众结合的办法,我们的前辈就曾经实行过,比如《水浒传》这部古典名著原来是在群众中流传的口头创作,后来经过施耐庵这位专家的整理编写、加工才成了不朽的作品。专家与群众相结合,可以有各种各样方式:有的可以由群众讲,专家记;有的可以由群众写,专家给予艺术加工。如果说,文艺创作有什么捷径的话,这就是一条较好的出路。真正称得起小说家、诗人、戏剧家、音乐家和美术家的,都应该从这条道路走出来,应该是从群众千千万万的创作当中去吸收我们民族风格的精萃。

专家与专家之间也同样可以结合。过去提倡过"集体创作",后来一个时期一部分人认为:文艺作品是表现作家个人风格的东西,不可能与别人合作。这种说法也是片面的。我想,其他劳动都能够合作,文艺创作既然也是劳动,为什么就不可以合作呢!比如几个人在一起商量画一幅画,几个人讨论写一个剧本,总是可以的,而且也不一定就比一个人关起门来自己想自己写的坏。何况你既然反映的是群众的思想情感的东西,并非个人的叹咏或写私人的情书,多找几个人集体商量、研究有什么害处？我以为那只有使你一个人想的更周到更全面更准确，决不会是更糟糕。

二、关于普及与提高问题。这问题，《在延安文艺座谈会上的讲话》已经作了十分精辟的说明了。文艺界也不断地在议论。但因为文艺工作同其他革命工作一样，不断在向前发展，所以这个老问题也产生新的问题。不过，道理是不能改变的。提高是在任何时候也不能偏废的，因为没有提高的指导，普及就不可能真正达到。提高一定在普及的基础上提高，没有普及，提高就不可能产生。例如在延安时候，假使没有在大闹秧歌的普及基础上，《白毛女》这个新歌剧的提高就不可能诞生。我们知道，不从普及的基础上去提高，就会是失掉时代精神，正如去势了的公鸡，即使羽毛还美丽，但，它是不会啼叫了。当然，普及本身也要求不断的提高，不然，它本身就不可能普及。正如毛主席说的，《小放牛》是好的，为群众欢迎的，但如果每年都演《小放牛》，群众就不会再发生兴趣了。总之，普及和提高两者是辩证的关系。只要普及，不要提高，或者只要提高不要普及，都是脱离群众的，是不相信群众的表现。

三、谈谈提高作家和艺术家的思想水平问题。这，可以说是贯彻专家与群众相结合的关键。有人说，最近，南宁市街头的壁画，有的人物形象表现精神饱满，有的则萎靡不振。是什么原因？听说，前者是艺专学生们画的，他们干劲大，热情充沛，后者是中学老师们画的，他参加这工作是被动的，情绪不高。两者画出来的人物形象就有显然的差异。中国有句话，“文如其人”。作品是作者感情的痕迹，是瞒不住人的。作家要想使他的作品感动读者，首先自己要受感动。如果你想要表现人民群众思想感情的东西，作者就必须和人民群众在思想感情上打成一片，要做到“同声相应，同气相求”，要跟群众真正交上“老同”。有的同志说，一个作家写作要“过五关”，其实，只要过一个思想关，去掉个人主义，换上集体主义，那就什么关都好过了。但，这并不是说，等到思想提高好了再写作。思想改造是长期的，应该是一边写一边克服自己的思想毛病。写作也是一种实践，写出的东西有缺点有错误，让别人批评，自己虚心接受过来，对自己就是提高。

最后，让我借用人民日报九月三十日一篇社论说的几句话，作为我这篇发言的结束：

艺术创造上，如同在一切事业上一样，我们提倡刻苦钻研的作风，反对粗制滥造的恶习。为了及时地迅速地反映当前的斗争，我们需要更多的短小精悍的作品，同时也需要对某一革命历史阶段或历史事件作较大艺术概括的作品。无论写什么样的作品，都应采取严肃认真的态度。每个文艺工作者，都应当努力把用自己的心血写成的最好的作品献给劳动人民。

1958年10月

高举毛泽东文艺思想的旗帜
执行“时代的革命的命令”

一、肯定取得的成就，正视存在的问题

我们广西在文学艺术方面，比起先进的省区来，基础是比较薄弱的。抗战时期，桂林曾经是文化城，当时大批的进步文人到了桂林，撒播了文艺的种子。但由于反动统治的摧残，未得滋长繁荣。解放后，在各级党委的领导下，贯彻党的文艺方针，文艺才逐渐地得到发展。但由于队伍不大，骨干少，加上文艺工作者的思想赶不上要求，常为各种错误的文艺思想所扰攘，在发展的道路上难免受到一定的阻碍。后来增加了一批新的力量，局面有所改变。特别是党提出了社会主义建设的总路线以后，破除迷信、解放思想，文艺工作有了一定发展！

在这之前，舞台上的节目，自己本地区的作品就少，演古代的、外国的、外省的节目较多。近两年，情况有所改观。在上演节目方面：出现了话剧《红河赤卫队》，舞剧《红崖》，桂剧《红河烽火》，京剧《玫瑰花》，粤剧《百鸟衣》，彩调《刘三姐》和《壮志雄心》，这些，都是我们自己的创作，成绩是大的。特别是柳州彩调

《刘三姐》的出现,受到了广大干部群众空前的热烈欢迎,对群众创作活动有着巨大的推动。在出版的书刊方面,如果说以前,我们只有一些通俗的群众读物,那么,两年来我们已有了反映我们本区民间流传的长诗,有表现本区当前工农群众斗争生活的长短篇小说、散文、诗歌,有水平较高的画册和大量的民歌选集。去年为国庆献礼的几本书如《短篇小说选》《诗选》《广西民歌选》《革命回忆录》等,受到了群众热烈的欢迎。在群众性的创作活动方面:两年来,有了空前的活跃。1959 年元旦的会演,出现了二百八十三个群众创作的节目。突出的是广大的群众参与了民歌的编写;很多干部写出了革命回忆录和几十万字的长篇巨著的初稿。文艺活动变成了为广大群众所掌握的武器,打破了原来文艺只是少数人专业的小圈子,使之成为革命事业的一部分,进一步发挥了文艺为工农兵、为社会主义服务的作用。如果我们对这些作品过多的评头品足,看不到这是革命性的根本变化,那是错误的。充分估计我们的成绩,正是肯定了党的总路线的胜利,肯定群众的创造。

当然,在估计成绩的同时,也应看到还有不足的地方,需要我们足够正视,目的是为了进一步提高,更多地满足人民群众的需要,更好更有效地为人民服务。我们说还存在的问题,那就是修正主义思潮在文艺领域的反映。这些观点有的表现在某些作品上,有的则表现在言论上,虽然存在的问题,有程度不同,但或多或少都会影响着文艺工作健康的发展。

这些文艺上的修正主义倾向,归结起来,有这三类:其一,低估了我们社会主义文艺的成就。他们说什么看了群众的美术作品展览感到“难过”;有的说民歌“只不过押押韵而已”;“中国作曲家的作品……有风格的作品不多,流于喊口号”;农民唱山歌“像鬼叫”;现代剧目就是“冲啊,杀啊”,“台词就是潜台词”;等等。其二,迷信西洋古典文学的不朽。有人说,古典作品技巧高明,现代东西是“误人子弟”;现代剧目没有可演的,只有演德国席勒的《阴谋与爱情》那样的东西才过瘾;一提文学艺术的标准,都是“言必称希腊”;戏剧方面就是莎士比亚、莫里哀;文学就是巴尔扎克、托尔斯泰;美术就是达·芬奇和列宾;音乐就是贝多芬、肖邦和莫扎特。音协广西分会成立的时候,会议室挂的相片,就只有贝多芬和莫扎特,居然没有冼星海和聂耳,可见我们有些同志的脑子是被这些西洋的偶像统治着的。其三,反对党对文艺工作的领导。有人认为:“党不应该领导创作,党一插手就会公式化!”“一个作者无须党的领导就可以搞出为人民服务的作品来。”“社会主义国家的电影不如资本主义国家的,原因是后者没有政治框框,没有党去过问。”个别人还说什么“艺术就其最原始的本性说,与食品一样,是作为人类生活需要而存在的……共产党人硬说是艺术有阶级性,未免太自欺欺人了”……以上这些片面的文艺观点,在我们文艺队伍中间,虽然不是主流,可是,无疑地它是一股潜伏着的暗流,是一部分人灵魂深处的邪气,影响很大。它会使某些不坚定的同志动摇信心,阻碍我们前进的脚步。必须彻底加以扫除,然后才有利于前进。

二、高举毛泽东文艺思想的旗帜,执行“时代的革命的命令”

这里,要谈的是两个问题:(一)文艺的党性;(二)文艺的时代精神。

首先,我们认为世上没有抽象的文艺,在阶级社会里文艺必是某一阶级的产物,意识形态是在一定的经济基础上的上层建筑;它是沟通人与人之间思想感情的手段,也是一种斗争的武器。

毛主席提出无产阶级的文艺应该为工农兵、为社会主义服务,是本着文艺的职能来要求的。但是,正如前面提到的,有些人不同意这个看法。有人说:“把文艺说成具有阶级性,那是共产党人自欺欺人太甚了!”其实,自欺欺人不是我们,而是资产阶级老爷们的惯技。我们公开指出文艺的阶级性和倾向性,提出无产阶级文艺要为工农兵服务,正是本着无产阶级从不掩盖自己的政治主张和观点的精神;而所谓文艺没有阶级性的说法,倒是“掩耳盗铃”的假话。

说实在话,这些论调已经不是什么新玩意了。这不过是现代的修正主义思潮在文艺领域中的反映。不难看出,这些资产阶级文艺思想的掮客们来回倒腾的黑市买卖,无非就是这几种货色:

一种说是:“艺术就是美;爱美是人的本能,无所谓阶级性。”其实,这种说法已经是骗不了人的谎话。我们说,美对不同的阶级不同的时代的人来说是不一样的。譬如说,封建帝王认为女人的三寸金莲是最美的,试问,今天的劳动人民谁会觉得缠足是美的呢?林黛玉多愁善感,弱不禁风,古代当作是美人的典型,现在谁还去追求那种整天哭哭啼啼的人儿呢?可见时代精神变了,阶级立场不一样,对美必然产生不同要求。

另一种说法是:“文艺是反映人们的悲欢离合,是写人类共有的情感的东西。”有这样一篇小说,写了一个支部书记对某些偷窃公物的行为采取和稀泥的态度,放弃应有的严肃批评教育的原则,以表现“人情味”。作品使人感到,劳动能手也偷玉米,说明公社生活很不好,群众还不得温饱,所以才起盗心。所以说,作品是歪曲了当前的生活现实的。就算生活中仍有偷窃的现象,但它应该是个别的从资产阶级留下来的遗症,绝不是新社会的本质,不应成为典型。

再一种说法是,文艺就是要写爱情的,爱情是文学永恒的主题;爱应该是人类的本能,是超阶级的玩意。其实,这是极其片面的见解。人生哪有不食人间烟火的爱情呢?张生和崔莺莺的结局跟《小二黑结婚》就不相同,《安娜·卡列尼娜》里的女主角就没有《收获》里的阿芙都霞的命运。因为这些人物都摆脱不开作者赋予他们的阶级立场。《王贵与李香香》写了爱情,主题是为了反映阶级斗争,它给人们感染的是革命思想,叫我们看到地主阶级对人民的压迫摧残,激发人民起来要求革命;但是,有的作品写的阶级斗争却成了爱情的陪衬,给人留下的印象是过多的爱情纠缠和以个人为中心的个人奋斗,湮没了阶级斗争的主题。

存在以上这些错误思想,除了阶级立场之外,还有认识方法、生活实践与创作实践的原因。

在认识方法上,由于几千年来在私有制的社会下形成的旧道德观念,在今天新社会里虽然开始瓦解,但,残余的势力,却仍然存在,新的共产主义道德还未完全形成。就在这样新旧交替的时代,资产阶级某些观点,还迷惑着人,有人就此认为这是千古不变的人性了!其实,存在决定意识,基础崩溃了,上层建筑的意识形态不可能永恒存在下去。革命的导师说过,人在改造世界过程中,人的本身也被改造。所以,人的思想感情不可能不起变化。文艺作家应该敏锐地看到这些变化的前途,帮助人们摆脱过去传统的旧观念,树立新的道德观。

在生活实践上，由于作者们未能深入群众斗争生活，思想感情未能与之打成一片，往往满足于表面现象的观察和一些方言土语的搜集。结果，误认为工农群众缺乏鲜明的个性，英雄模范人物缺乏丰富的感情，写出来的新人物不是干巴巴就是不伦不类。其实，广大人民群众既然能将几千年来的旧社会势力推倒，在社会主义的建设当中，又能创造出惊天动地的业绩，如果这些人缺乏个性，情感不丰富，怎么可能呢？实际上先进人物个性是突出的，情感也是热烈而真挚的；跟那些伪君子比起来，真是有天壤之分。可惜，作家们在感情上未能与他们打成一片，轻率地认为是“干巴巴的”，真是极大的错觉。

总之，这些“高论”，目的无非是企图将文艺的党性原则阉割，模糊其战斗作用，欺骗我们放弃这把思想武器，引诱我们投降。所以，用马克思列宁主义、毛泽东思想做武器，同这些各色各样资产阶级文艺思想进行批判和斗争，应该是当前文艺战线上的一个极其重要的任务。

其次，讲一讲文艺的时代精神。平常都说文艺是时代精神的体现，从作品中，往往看出一定的历史时代的政治思潮和社会风习。为了方便起见，不妨从西欧文学发展的几个阶段来看：

上古时期，在希腊氏族社会阶段，由于生产技术的落后，人对自然和神发生一种崇拜，因而谁在斗争中取得胜利就被看成神的化身。《希腊神话》和荷马两部史诗——《伊利亚特》与《奥得塞》中的英雄，就是被写成神勇的人物。

到了中世纪，一方面由于农业经济形成，人们学会耕种庄稼，自然灾害对人们的威胁特别强烈了，有时无法抵御而感到孤立无援，不得已而期待于冥冥之中有上天的助力，上帝、宗教从此在人们心中生根。但丁的《神曲》就是反映这一时代生活的作品当中的代表。另一方面，这一时代封建军事的农业贵族，成了历史舞台的首要角色，因而在文学作品中的另一部分就是英雄骑士们对封建主的忠诚和献媚，也就是通常所谓骑士小说。

到了十四世纪以后，一直到十七世纪文艺复兴时期，封建性的农业经济解体，商业经济兴起，资产阶级把封建主逐出了历史舞台。意大利的商业经济发展最早，薄伽丘的《十日谈》就在那里得到成长。那里边表现了蔑视封建贵族，替资产阶级争取到高贵的“身份”，对生活表示无比的欢喜；他们不再祈求神和天使们给他们幸福了，而把希望寄托于个人的聪明和勇敢。西班牙塞万提斯的《唐·吉诃德》，英国莎士比亚的《哈姆雷特》等等，都是通过这些英雄的命运，来宣说中世纪封建贵族的死亡，新的资产阶级必然胜利的远景。莎士比亚的作品就充分表现了商业资本主义已经具有“想尽可能地占有多量的市场和殖民地的倾向”。所以英国统治阶级中有人就说：“宁可失掉一个印度，不可失掉莎士比亚。”

十七世纪时期，西欧许多国家都先后确立了独裁君主政治，表现特别显著的是法国。莫里哀的喜剧就是反映了当时法国资产阶级思想意识的东西，作品的主角都是宫廷的官员，而下层的仆役和农民，只是被当作引人发笑的丑角。

到了十八世纪，社会经济又起巨大的变化，工业代替了商业的地位，在政治舞台上，工业资产阶级取代了贵族的资产阶级。这时工业资产阶级为了夺取更大的利润，主张自由竞争，奖励科学发明，强调个性解放，鼓吹个人奋斗。这反映在文学上就有法国雨果的《悲惨世界》，德国歌德的《少年维特的烦恼》，英国拜伦的《唐·璜》等等。都表现了资产阶级上升的气概，宣扬个人主义精神。

到十九世纪，工业资本主义愈益发展，对科学发明要求更为迫切，时代的潮流要求人们具备比较周密而准确的科学知识和科学观点，生活斗争不能再凭主观的愿望和个人意志去取胜了。这一社会意识的变化，反映在文艺的文艺思想和创作方法上就是：不能仅凭想像和虚构的浪漫主义创作方法，而必须加上细致的观察和科学的研究现实生活以及精确的心理描写。现实主义就在这新的历史趋势下应运而生。巴尔扎克、托尔斯泰等人一系列的现实主义名著，成了这一时代的丰碑。正是这一历史时代，大力鼓吹自由竞争，强调个人奋斗，但是生产的社会化与财产的个人私有制发生根本的矛盾。反映在作品中的英雄人物往往是一些怀才不遇，跟社会制度不相调和而造成悲剧。作者为他的人物作了挽歌，引起人们无限同情，从中批判社会制度的不合理，希望有所改革，即使曾经起过一定的进步作用，但就其世界观来说，只会助长个人主义的发展，绝不可能培养出集体主义的新人。

以上列举各个时代的作品，所写的都是一些爱情的纠纷，个人的悲欢离合的故事，总的是贯穿一根阶级思想的脉络，涂上浓厚的时代精神的色彩。可见作家艺术家,都是他本阶级的代言人,是时代的弄潮儿。每个时代都会有代表其时代精神的文艺。每个时代都有适应表现其时代精神的创作方法和文艺思想。

今天我们的时代距离十九世纪很远了,二十世纪的六十年代已经开始。更重要的还不是我们这一时代在时间上比以往的年代前进了,而是经济基础起了革命,思想上树起了先进的世界观。占全世界三分之一的人口,已经结束了人压迫人、人剥削人的社会制度,劳动人民已经成为历史舞台上的主角,个人主义逐渐被集体主义所代替,资产阶级损人利己的旧意识正在逐渐消亡,我为人人,人人为我的新道德正在一步一步地成长,占全世界三分之一的人正在以忘我的劳动来建设社会主义大厦。这是极为深刻的根本性的变化,也就是今天时代的精神。

显而易见,作为时代的回声的文学艺术,它应该以极大的热情来表现这一时代的集体主义的革命英雄,写那些敢想敢说敢做,为共产主义而献身的劳动者,应该以它的先进人物来引导和鼓舞人们向共产主义的明天前进!

毛主席这时候提出的"革命的浪漫主义和革命的现实主义相结合"的创作原则,正是适应了这一时代的要求,也就是高尔基所说是"时代的革命的命令"。

可惜的是,有一部分人却没有紧跟上这一时代的步伐,甚至有人回头去写个人的哀怨,歌颂个人奋斗,把个人作用加以鼓吹。

那么,"个人命运"可不可以写呢?答复是,不但可以,而且是应该写的。正如"我"字不但不废除,而且会永远存在。问题是你站在什么立场和用什么观点去写个人的命运。如果你不是写那些与集体紧密结合着的个人,而是站在资产阶级的个人主义的立场去宣扬、美化、歌颂那些脱离群众、脱离集体、脱离党的领导的个人奋斗的命运,其效果必然是歪曲了现实,生产出有悖于时代精神的坏东西。本来,正面人物并不是干巴巴的,把他们写成干巴巴的人物,责任不在于被描写的对象,而在于作者的不熟悉,或者对他们恶意的丑化。有人说,没有反面人物和阴暗面的陪衬,正面人物显不出他的光辉,这是片面的理解。我们认为,正面人物不一定要用阴暗面才能衬托出来。保尔·柯察金就是有鲜明的个性,却同样正确地反映了他周围的光明的现实。最近话剧《为了六十一个阶级弟兄》的创作里头,就没有一个反面人物,也没有所谓阴影,却表现了十分崇高的共产主义风格的形象,表现了我们新社会四面八方到处都闪烁着阳光。

有人问:怎么写人民内部矛盾?官僚主义可不可以批评?答复是,可以批评而且应当批评。问题也还看你站在什么立场去分析这些现象,用什么观点去批评这种作风。我认为如果要批评沾上官僚主义灰尘的人,那必须指出这是资产阶级思想在这个具体人身上保留的残余思想,千万不能使人感到你所写的是概括所有的干部。

人民内部矛盾是客观存在的现实,可以写,而且需要写。问题在于有些人把人民内部矛盾简单理解为,就是干部和人民之间的矛盾,这就容易把创作引导到一条错误的歧途上去。应该看清楚:比如说,一个县长吧,同样是一个称呼,但是今天的县长和过去的县长有着根本区别。过去旧社会的县长他是人民的压迫者,现在新社会的县长则是全心全意为人民服务的革命干部。如果有个别人没有把工作做好,甚至违犯了纪律,那是他个别人的个人主义残余思想在作怪,不能用来概括整个干部。正如包拯是清官,但他只是作为站在为民做主立场来伸张正义的个别善良的人,而不应该作为统治阶级官僚的典型一样。这两者的区别,如果不加以阶级分析就必然是歪曲了现实。

有人问:写历史题材能不能体现时代精神?

我想,历史题材的人物和事件固然是要以历史真实为依据的,但同样的历史题材,不同的时代不同的作家所赋予它的时代精神和主题思想,却不会完全一样。比如孔尚任的《桃花扇》,和欧阳予倩改编的桂剧《桃花扇》就不相同。后者是为了揭露抗日战争那个年代蒋介石集团卖国求荣的政治逆流,与郭沫若创作《屈原》,赋予它针对抗日时期重庆反动的政治气候而发的一声霹雳的主题一样。我们今天的人民在党的领导下,正以乘风破浪、移山填海的豪迈气魄来建设社会主义,是人民当家作主的时代。纪念历史上的先进人物,应该是由于他的理想和事迹足以鼓舞今天的人民更有信心和勇气来建设我们国家,促进全世界人类的解放。凡是历史人物或革命烈士,他们的事迹应该是多方面的,今天写他们,应该根据时代精神的要求,强调其中某些方面。如果有某些地方与主题思想不符,与时代精神相违背的,即使是事实,也只好割舍。这不但不违反历史真实，相反，正是这样，才更显示他的真实性。所以我们说，历史题材同样可以而且应该用革命的现实主义和革命的浪漫主义相结合的创作原则去处理。

有人问：我们社会主义时代有没有悲剧？如果照过去的说法：悲剧是个人和社会发生的矛盾，个人的才能被埋没，好人受冤，恶棍得逞，邪气卑鄙嚣张，崇高理想反成泡影。那，在我们新社会并不反映现实的本质。虽然，在革命斗争和生产斗争中，也有烈士的牺牲，但它的意义与旧社会的个人的遭遇迥然不同，它所引起读者的情感并不一样。我们对那些为革命而牺牲的烈士，往往是感到悲壮，看到光明前途，他的英雄事迹鼓舞了人们斗争情感，坚定胜利的信心，树立了崇高的共产主义道德的榜样，而不是悲哀。

衡量一件文艺作品，不在乎所写的是什么题材，而在乎它的主题思想、典型意义和总的倾向。评判它的好坏，不能从它的片断、字句去寻找毛病以概括全篇；同样，也不应从中拿出某些好的片断来为其错误的实质作辩护。

必须认识到，文艺不同于新闻，它不能局限于实际生活中的个别真实材料来作概括现实的依据。文艺作品的使命是反映生活当中具有代表性的东西。判断作品的真假，正确或歪曲，主要是看它是否写出了典型的事物。

三、深入群众斗争生活，树立无产阶级世界观

写作品跟说话一样，都是表现作者思想的。所谓“文以载道”，就是说，文章是阐明一定的道德观点的东西，因而它总是以作家的世界观作为指南。我们平常读文章就看出作者是什么一个面貌，“文如其人”，正是说明了作者的世界观和创作内容是一致的。过去有些人把世界观对创作的指导作用，作了重大的歪曲。他们认为作家的世界观对其创作活动并不重要，认为只要按照现实主义的创作方法去写东西，即使作者的世界观是反动的，也可以写出真实的好的作品来。这点，他们把富于思想性的创作看成是一种机械的工艺制造的技术问题了。我们说，一个世界观不对头的技工很可能制造成适用的家具，但是一个反动思想的作家是绝不可能写出对革命有益的作品来的。因为作品必然流露作

者真实的情感和思想。列夫·托尔斯泰本身是贵族,其所以写出某些同情农奴解放的作品;巴尔扎克是保皇党,其所以反映贵族阶级的没落,诅咒资本主义的金钱破坏了含情脉脉的人情。这些正是表现了他们的世界观:希望他的社会制度有所改良,缓和阶级斗争,以挽救其垂危的命运。当然,过去资产阶级作家当中,也有一些民主主义思想的人,写了比较进步的作品。这些人,用高尔基的说法,他们多半成了资产阶级的“浪子”。正如我们现在有些共产党员的作家也写了一些错误的作品一样,这是作者世界观矛盾的表现,说明作品与世界观总是联系着的。他们挂起所谓创作方法和世界观矛盾的幌子,只不过是资产阶级为艺术而艺术的西洋镜。道理是很浅显的,一个作家对人生、对世界没有正确的看法,要写出正确的反映人生世界的作品,那是盲人骑瞎马,其可悲的前途是不难想像的。世界上的事物千千万万,哪些该憎恨,哪些又该歌颂,必须作家去判断,去选择,采取一定的态度,就不得不依靠正确的世界观作前导。所以说,世界观是创作的灵魂,阉割了这个灵魂,一切文学艺术都将不存在。

马列主义是反映客观世界的真理,是最进步的世界观,它是帮助人们洞察宇宙万物的指南。但是现在竟有人说:“马列主义不可不学,但也不可多学,学多了会影响形象思维。”有的说:“党领导创作使得作品公式化。”这正是文艺上修正主义十分露骨的叫嚷。多少年来的文艺创作证明,党的领导,只能是引导文艺走上正确而健康的发展道路,怎么会成了束缚创作的手脚呢?可以断言,束缚的应该是资产阶级文艺思想的手脚,无产阶级文艺的写手绝不会感到党的领导是会阻碍了自己的前进的。我们不去强迫哪一个人勉强地接受我们的思想,也不硬性去要求一个人改变他自己现在仍然认为正确的看法。但希望有这种思想的人深思:作品公式化,到底是党的领导所致呢?还是作者自己深入生活不够,对新的人物不熟悉?大家都知道,《白毛女》就是有着党组织的领导和吸收了群众的意见,才获得这样的成就的。这样的例子很多,不必一一举出。当然,假如你的作品还不够完美,别人给提出来,这些意见一时还不成为你自己的血肉,未能赋给它丰富的感情,自己就把别人的意见当补丁一样勉强添上去,那自然就会公式化的,怎么能怪旁人呢?

世界观的改造和树立,是要经过脱胎换骨的。因为这是要把几千年来在人们脑子形成的道德观念的根子一下子拔掉，绝非一朝一夕的事。像铁板上的黄锈，擦干净已经不易，何况擦净了，如果不继续注意，它又会回生。资产阶级残余思想不会在它的经济基础崩溃的同时消失，在相当长的时期还会在人们的脑子中存在。所以改造世界观最好的办法是到工农群众中去，这，一方面对无产阶级思想的提高是最好的途径，一方面也是能够使作者感情起变化必经的过程。不然，对工农群众生活，对新人物只有理论上的正确观点，没有感情上的共鸣，要想写出工农群众的英雄，那是弥补不了所谓“干巴巴”的遗憾的。所以说，深入生活对写作者来说，最重要的是感情起变化。要把原来资产阶级的感情化为无产阶级的感情，要同工农群众打成一片，成为知己，对他们真正从心眼里发生热爱，好像自己的亲人了，然后写起他们来才不至于生硬和干巴巴。要不然，只是因为自己是党员，或者是革命干部，为了要写工农兵，从理智上说，不得不去喜爱他们，感情上却未必这样，那么，写出来的人物一定不是有血有肉的生动形象。总之，只有到下面去和工农群众生活在一起，和他们熟了，才可能了解他们那鲜明的性格，写出作品也才有生命。《红旗谱》《林海雪原》等作品所以感人，正是因为这些作者都是和他的作品中的人物有过血肉关系的。所以毛主席教导我们，要想当一个有出息的作家、艺术家，就必须下定决心到工农群众中去的话，应该成为我们每个文艺工作者的座右铭，需要我们身体力行的。

总之，加强政治修养、掌握马克思列宁主义、树立工人阶级世界观，和深入生活，跟工农兵打成一片，两者不可缺一。王国维说过：“诗人对宇宙人生，须入乎其内，又须出乎其外。……入乎其内故有生气，出乎其外故有高致。”这就是说，作家深入生活中去才能写出有生活气息的作品来；同时，又要比生活站得更高，才能看出现实的典型意义。作为一个文艺工作者，不应该只满足于埋头搞业务，必须得经常知道政治的动向，否则就会脱离政治，变成鼠目寸光的人。且不说不可能成为一个作家、艺术家，就是做个普通的人，也只能是被时代所抛弃的落伍者。希望文艺界的同志们在毛泽东同志的文艺思想旗帜下，加强学习，努力实践，创作更多更好不愧于我们伟大的时代的作品来！

载《广西日报》1960年4月1日

排除路障　迈开步伐

粉碎“四人帮”，文艺得解放。两年多来，全国文坛呈现一片繁花竞秀的蓬勃景象，这是有目共睹的。然而，事物发展是不平衡的，在春意盎然的季节，何尝未有出现短暂的倒春寒？在欢庆文艺春天之时，有些作者也还夹杂着心有余悸的顾忌，这些都是意料中的常见现象，大可不必诧异。只要从大处着眼，往主流方向去认识事物的发展规律，问题就不难解决。党中央重申“坚持毛主席革命文艺路线，贯彻执行百花齐放，百家争鸣的方针”，对文艺创作就是有力的推动，繁荣社会主义文艺的客观条件是具备的。为什么有些人还在迟疑，足欲进而趑趄，步子迈得不大？是不是主观上心有忌惮呢？这个问题解决不好，思想不再解放一些，拿起笔来左顾右盼，的确是很难畅所欲言，要创作当然谈不上。

十多年来，“四人帮”搞的文化专制，以“文艺黑线专政”作为紧箍，把文艺的生机扼杀了。他们在创作上设置这样那样的路障，阉割和歪曲了毛主席《讲话》的精神，给创作思想制造了极大的混乱。就连“写什么”这样一个起码的常识问题，都成了创作的一道关卡，叫人无所适从。因为前头有“主题先行”“重大题材决定”等旨意，出题目，定调子，划框框，指（派）定只能写这个不能写那个，叫你按图索骥。广西只能写山不能写海；农业以粮为纲，只能写单季稻与双季稻的矛盾，多种经营——农、林、牧、副、渔只剩下农一种了；但写种麦子以度春荒就通不过，因为不属于单季改双季的主要矛盾。每个作品都必须写阶级斗争、路线斗争，而且这种斗争又必须是“观点鲜明”“矛盾激化”。于是只能写开会辩论、劳动竞赛。那些家庭纠纷、亲戚朋友来往的人情生活是忌讳的，爱情更是禁区。文艺形式十分单调，就算是被重视的某些表演艺术，也只有几个样板戏独占舞台。把文学创作的职能跟新闻通讯等同起来：在你的作品里出现有讽刺某个县委书记官僚主义作风，或批评了某个厂长违法乱纪行为的情节，那就真有县、厂的领导前来兴师问罪，要你指出真人真事来，否则你就成了恶意攻击的诽谤者，你的作品就成了毒草。结果，文学作品只能成为新闻通讯的附庸或变种。然而，写真人真事的文艺，“四人帮”是禁止的，如何是好？问题最终也未得到澄清。

总而言之，由于林彪、“四人帮”一伙从“文化大革命”一开始就标榜自己是社会主义革命文艺的旗手，扯起虎皮作大旗，散播种种谬论，把文艺创作这一特别活跃的艺术生命扼死了；把文艺的使命理解得十分机械，把创作当作工艺模型的制作，把作家看成奴婢。创作唯有听命于“长官意志”，有如小学生等待老师在课堂出题作文，社员等候生产队长的派工。作家完全无权独立思考。你要独出心裁，有所创见吗？“创新独白”的罪名马上扣到你头上。于是乎，只好裹足不前，岂敢越雷池一步？有不得已而为之者，只好违心遵命，向壁虚构，编些符合于“三突出”的“戏八股”，硬塞到观众面前。实践是无情的，这些秉承“长官意志”炮制出来的应时货色，即使题材重大，敢于写阶级、路线斗争，其所引起的客观效果，却往往适得其反。道理很简单，那些所谓阶级斗争、路线斗争的政治口号，人们每天听广播、读报纸，小会个人发言，大会首长作报告，等等，已经反复听熟了；所谓矛盾激化，只不过是空洞的大声争吵，对观众或读者没有感染作用，要达到潜移默化的艺术目的是不可能的。就是说，它影响不了人们的思想感情，当然也就产生不了它的教育意义。

写什么的问题，要有个正确的观点，这本来应当不成为问题的。对我们来说，工农大众及干部、知识分子，当然是我们主要的优先要考虑的创作对象。因为历史要求他们成为政治舞台的主角。然而，倘若简单地说要写工农兵，并把它理解为除此之外，其他群众就不能上书、入画，那显然是片面的观点。说到无产阶级的正面英雄形象，是我们艺术塑造的主要典型，但是，也不排斥其他陪衬人物。当代的现实题材是需要提倡和值得重视的。但是，近代的革命历史及其他历史题材也不应忽视。题材，只能是作品的重要因素，它本身不能决定作品的成败、水平的高低和教育意义的大小。更为重要的是，要看作者的世界观是否进步，看它艺术手段是否高明。换句话说，要看作者给题材赋予什么样的观点，看他艺术表现能力是否达到艺术形式与思想内容的统一。

作者选择题材，应该允许他们像一般人选择朋友和爱人那样的自由和情愿吧。捆绑不成夫妻，言不由衷的敷衍应酬，到底不成为知心朋友。文艺作品是感情的产物，一个作家写的作品，如果不是出于自愿，他所描绘和塑造的人物，又不是他由衷的热爱，叙述的故事情节，更不是他所熟悉而感兴趣的，所说的话并不是肺腑之言，那么，即使勉强拼凑成篇，也不过落得图解式的说教，人物缺乏个性，语言空洞无物，情节虚假不真，怎能望其产生感人的艺术效果呢？一个强颜欢笑的谄媚者同一个装腔作势的伪君子一样，只能使人觉得虚伪而疏远，难得叫人感到亲切而产生信赖。高尔基对青年作者有过这样的规劝："写你最熟悉的。"这句话很值得记取。道理是，人，只有对自己所熟悉的对象才会产生感情——或爱或憎或褒或贬；也唯有对熟悉的生活才能有所体会——了解其本质，辨别其是非，发现其美丑，对它们才有可能有所选择。

生活的幅员是宽广的，创作的翅膀在社会主义生活的天空完全可以任意翱翔，不该给作家画地为牢。设禁区，是莫怀仁对待刘三姐的手段。这种作法，既违反马列主义、毛泽东思想的文艺观，也违背现实生活的客观规律。倘说，为了防止作家们流连于身边琐事，言不及义，徒劳于无病呻吟；或唯恐某些没有出息的文人以此为借口，热衷于个人悲欢离合的儿女私情，远离社会现实的斗争；跟广大工农大众未能同呼吸共命运，把握不准时代的精神脉搏，才规定必须要写的题材，设置不准通行的禁区。这样做的结果，现实已经作了无情的回答：这样对待文艺创作，只能扼杀而不会助长，奢谈繁荣创作只不过是一句空话。正确的办法,只有善于指引作家去接触具有社会意义的现实生活,使之从中跟广大群众打成一片,思想感情得以发生变化,自觉地把立足点转移到人民群众中来,熟悉那些同样为群众所关心的生活素材;同时,练得一手技巧,掌握到能为广大群众所喜闻乐见的艺术形式。然后,写出的东西才有可望达到为人民大众服务的政治目的。鲁迅说过这样的话:从喷泉里出来的都是水,从血管里出来的都是血。只要你是一个真正革命者,在你笔下写出来的总不至于是反动的东西。风花雪月,曾经被当作个人感情叹咏的寄托。然而,在无产阶级革命家的诗词里,却被写成鼓舞革命斗志的名篇。为恋爱而恋爱是受到唾弃的。但是,假如“醉翁之意不在酒”,写它只是叫人们如何认识理解现实社会生活的一种手段,一种媒介,那么,今天我们还在欣赏《红楼梦》就不难理解了。《牛虻》《钢铁是怎样炼成的》中的不少篇幅又何尝不也写到恋爱的瓜葛?然而,多数的读者从中得到的教育,全书所表达的社会意义,又何尝只是在于谈情说爱?

决定一个作品的意义,主要看其全篇的思想倾向,而不在乎它写的是当前的斗争生活还是历史故事。当然,我们提倡要重视当代的现实,积极反映新时期总任务、为四个现代化而奋斗的广大群众生活,努力塑造当代英雄形象。但是,提倡和号召,不应该理解为规定和限制,从而捆绑了创作的手脚。在创作的问题上,还是应该照列宁的话来解决:“绝对必须保证有个人创造性和个人爱好的广阔天地,有思想和幻想、形式和内容的广阔天地。”也只有如此,路障才能排除,步子才迈得开,“为繁荣社会主义文艺创作而奋斗”的要求才有希望达到。

载《思想解放》1979 年第 1 期

新时期文艺创作谈

——在一次学习会上的发言

这次,《广西文艺》《广西日报》和区人民出版社三个文艺编辑部找大家来开座谈会,这是一次学习会,学习1961年周总理《在文艺工作座谈会和故事片创作会议上的讲话》。这个讲话很重要,它是毛主席《在延安文艺座谈会上的讲话》的重大发展,对我们今后的创作思想具有极大的指导意义。

座谈会开得好,大家都畅所欲言,讲了很多很好的意见。同志们好多年没见过面了,这次有机会在一起,在新时期总任务下重新拿起笔来,参加新的长征,精神振奋,满怀信心,这就很好。同志们讲了很多"四人帮"给我们的伤害,损失了十多年的时间。这当然是令人痛心的事,不过,凡事都是一分为二,有损失又何尝没有所得呢?如果没有经过这场灾难,许多复杂的现实问题,我们的认识就不会那样深刻。这场"文革"之后,大家的认识提高了,对人情世态的认识加深了。从这一方面来说,不能说不是一个收获。文艺创作是要反映事物的本质的,经过这场斗争,总结正反两方面的经验教训,对事物的认识就会全面些,生活中的真善美与假恶丑的对比更鲜明了。从个人来说,只要我们对这场灾难不至于产生消极情绪,不致因此看破“红尘”,何尝不可以看作“塞翁失马,焉知非福”呢?“哀莫大于心死”,只要革命意志没有被压倒,那么,来日方长,在社会主义现代化建设的新长征路上,我们的笔杆子还是有用武之地的。

总之是:“世事洞明皆学问,人情练达即文章。”经过这场灾难,人情世事的本质看得更深更准更全面了,对创作是大有帮助的。当然,各人都付出了程度不同的代价,但并不是白费。我们要善于从正反两方面去总结经验教训,从而引出积极的东西;为了向前看,向后看才有它的价值。

今年是国庆三十周年,各刊物、出版社希望大家在新的长征中,为国庆三十周年写出新的作品,这是座谈会的共同愿望。

文艺创作怎样为新时期的总任务、社会主义现代化建设服务,这是当前文学创作的总课题吧?这里,首先遇到的是如何认识创作规律的问题。讲起规律,生活实践是创作的源泉,这一条就不能含糊。没有丰富的生活体会,是谈不上创作的。你凭空想象,向壁虚构,总也脱离不了生活基础。

大家批判“主题先行论”,就是批判那种不从生活出发,瞎指挥,把文学创作理解为政治概念的图解。记得一九七六年七月间,正是“四人帮”推行“主题先行”的时候,规定拿农业学大寨的戏去北京参加调演,于是组织几个同志合作写剧本。领导上指定都安的“战石海”是学大寨的典型,要求写这个题材。可是,几位作者都没有战石海的生活体会,只好事后赶到都安去看已经战过了的石海。赶到那里正遇大雨,石海成了水海。不但看不见奋战的劳动群众,连石海是什么一个样子都见不到,回到招待所就议论战石海要宣传什么主题?要不要写反击右倾翻案风?走资派写到公社一级还是写到地委一级?争吵两三天也讨论不出个究竟。后来,请县委宣传部长介绍他本人参加战石海的一些体会,他讲了经过几个回合的矛盾斗争,概念的脉络稍为清楚些。但是,由于写作的人没有实际生活感受,有的表示束手无策;有的要求先明确主题,才好编戏。后来虽然勉强编出几场戏来了,但是一讨论,矛盾冲突不合理,缺乏戏剧性的生活情节,白白浪费了时间和心力。一个作家自己没有生活感受,对于要写的人物缺乏感情,瞎编的故事又不合理……作品的主题,又不是出于作者深思熟虑、独出心裁的见解,那是不会创作出好的东西来的。

为四个现代化服务,这就必须联系到题材多样化的问题。江青一伙胡说:只要抓到重大题材,作品就不难完成了。初澜那些谬论流行的时候,文艺评论上就是那样来指挥创作的:这个戏敢于抓重大题材,那个戏敢于写路线斗争,矛盾冲突激化,演员表演有激情……,作品的成败很少从艺术性去分析。结果雷同化的东西到处泛滥。题材的大小是不足以决定一个作品的高低的。按理,对待一个作品,主要看它的主题思想,看它是宣扬什么,反对什么。而不是首先看写的什么生活素材和背景,我们赞成高尔基的话:“写你自己最熟悉的。”因为只有熟悉它,你才对它发生感情,只有熟悉它,对人物才会有深刻的印象。当然,熟悉的未必都具备有社会教育意义。身边琐事,不说不能写,而是要看它是否具备一定的社会意义。解放后几部比较流行的小说《青春之歌》《红旗谱》和《红岩》等等,何尝不是作者的经历和体会。没有虚构,就没有艺术的真实。就是写传记,也有其取舍之处。但是虚构是从真实生活的土壤产生的。一件作品从整体看来是虚构的,然而片断的细节却是真实的。怎样将具体而生动的片断生活,虚构成真实可信的艺术作品,这就要作者从实际生活的体验中给予艺术的加工提炼。文艺作品是表现感情的产物,是表现人们的喜怒哀乐爱恶欲的人情世态。这是必不可少的因素。有的作品,为什么说是干巴巴的呢?实际上就是缺乏情感,光讲道理。当然,文艺并不排斥讲道理,但它所要讲的道理须是包含在感情之中,寓政治于艺术。这是文艺作品的规律,也就是它的一条法则,违背了它就不成其为文艺了。

再说,现实的生活形式是丰富多彩的,人们的兴趣也有千差万别,有人为《七十二家房客》发笑,有人则为《雷雨》而沉思,不能强求一律。文艺作品不实现百花齐放,就不可能满足广大群众的需要。城市和乡村,工人和农民,老的小的,各人生活经历不同,文化教养不一致,各有各的喜闻乐见,这就要求文艺作品从内容到形式都得多种多样。

要百花齐放,题材就不能过于单调。我们的文艺要为工农兵服务,这是应当坚持的方向。但是不应把工农兵看得一成不变。四十年代的工农兵和今天七十年代的工农兵在文化、政治水平及思想感情方面已经大大不一样了。几十年来,他们为社会主义建设作出了巨大贡献,在道德精神方面树立了许多值得学习的英雄模范。他们都是生活在我们周围,同我们一道参加生活斗争,是我们的同志、老师、朋友……为我们所熟悉和热爱的人,怎么没有东西写呢?过去我们受到只能写与中心工作有关的题材,只能配合政策,只能写重大题材,只能写工农兵等清规戒律的束缚,因而提到写知识分子,写爱情就谈虎色变,裹足不前。最终弄得八亿人民只能看八个样板戏。所以说,若要繁荣社会主义文艺,就得从这些框框解放出来。毛主席的《讲话》并没有规定哪些能写,哪些不能写。什么才算社会主义文艺?不能单纯指在题材上面。过去有人说:只有写十三年才是社会主义文艺。那么,人们就要问:“五四”以来鲁迅、郭沫若等人的作品,毛主席的诗词算什么文艺呢?解释不通。后来改了口,说什么:写到有了党的领导以后的作品才称得上社会主义文艺。议论纷纭,讲不清楚。拿题材来区分资本主义、封建主义或社会主义文艺,是谈不清问题的实质的。判断一个作品的阶级属性,应当从思想内容,从它所宣扬的世界观来看。看它是宣传什么阶级的思想。看作品的主题倾向是在宣扬什么,反对什么。只要它是宣传社会主义思想的,哪怕其中取材于过去旧社会的历史,也不失为社会主义文艺。创作题材不宜于把它规定或限制得太死、太狭隘,这既不符合生活实际,也违背了文艺的特殊使命。作品是精神食粮。在物质生活中,人们偏食就会出毛病,缺乏这样那样维生素。精神食粮也是一样,不该偏食。日常饮食除了主食,也要有蔬菜、鱼肉和调味品以帮助消化。精神生活中,开会、劳动过后,也要休息、娱乐。文艺对政治的作用,不能是特效药,当场见效。有的是可以起直接作用,有的却只能起间接作用。别林斯基把文学的作用作过比方,说文学作品就像药丸中的糖衣。药丸是用来治病的,有外面一层糖衣,好叫人吞得下去,达到治病的目的。文艺是作为政治的手段起作用的。但《三笑》这部影片,要说它有多大社会意义就很难说。文艺作品应该是各种各样的,有的只能起点娱乐作用,有的却能鼓舞人们斗志,“四面楚歌”就能使楚霸王兵败于垓下;有的却影响深远:使人潜移默化。

如果我们大家这样来理解问题，那么，我们每个人都生活了几十年，谁都可以写出一本书。可惜有些初学写作的青年，不是从自己的生活体会出发，而是异想天开，打听当前文坛行情，急于应市出售。抓住某个政策概念，于是搜索枯肠，凭空编造，写了这个不行，写了那个又不像。因为都不是自己熟悉的人和事，在感情上对所写的并不感兴趣；其中情节，自己都不信以为真，别人怎会受到感染呢？写当前的现实你体会不深，写不出来，那就写你过去的经历吧。你经历过地下斗争、解放战争，选取其中你最熟悉，印象最深刻，比较有兴趣而且有一定意义的。知识分子参加革命，经过很多痛苦，从小资产阶级个人主义逐步锻炼成一个自觉的无产阶级战士，这当中就有它的社会意义。《一封终于发出的信》无非写她个人父女之间的命运，但是写得真切诚实，它就能感人。因为个人的命运和社会集体是联在一起的，所以有它的社会意义。

关于艺术民主。有的说，没有政治民主，艺术民主就不行。这只是一方面。从另一方面来要求，我说，艺术民主必须包含着作者要有自己的主观和创见。创作，就意味着前人没有说过的故事和前人没有塑造过的人物，而我是第一个创造的。如果是重复前人写过的，那只能是模仿和抄袭，不能叫创作。人之不同，各如其面，生活里的人没有一个是同样的，各有不同的个性。这就需要作者独具慧眼的观察，又有独出心裁的技巧去创作才能办到。“四人帮”谬论横行之时，在创作上瞎指挥，提倡什么领导出主题(思想)，群众出生活(素材)，专家出技巧的“三结合”方法，作者成了听命于人的奴婢，丧失主见，缺乏独立思考，创作只是一种机械的拼凑合作，结果，文艺作品成了千篇一律的笑话。其流毒至今在不少的影片上仍屡见不鲜。敌特偷盗图纸，固然是成了雷同抄袭的笑柄，后来几部反映少数民族在解放前后，民族的头人(王爷、活佛、瑶王等等)勾结反动的国民党残匪，利用部落封建迷信欺骗群众抵抗解放的影片，又何尝不是作者“民主”精神未能发挥的通病？当然，在影片奇缺的情况下，这些也可以聊作娱乐场的补白。但不应停留和满足于在这个水平上。应当发挥艺术民主精神，往提高方面努力，敢于探索，坚持真理。

作品和商品不一样，商品要看行情的供求，写作品就不能学小商贩那样的行径。作家写作品要有自己的主观见解，他写作品应该是一种主动的自觉的创造，不是被动的、听命于人的苦役。作家在作品中未能形成自己的风格，在过去是有过这样的客观原因：有些作品被指责为小资产阶级“自我表现”，使作者不敢在作品表现独立的见解。其实，作家总是要自我表现的，否则，就没有文艺作品了。问题要看他表现的是什么样的世界观的自我，要看它的观点是否与大众集体的利害休戚相关、共命运同呼吸。理论家只能引导作者把自我和集体打成一片。只要他是个真正的革命者，那他在作品中表现的，并不失其为宣传革命观点。

不少同志谈创作提纲、创作题材和意图，讲得很多，都不大讲各人在生活中亲身经历的体会，是哪些人哪些故事感动了自己。一篇作品，应当让生活本身去讲话，让个性体现人物，让人物的行为去表达主题，让细节的描写令人信以为真。只有使人信以为真的艺术手段才能达到政治思想的目的。而艺术手段（技巧）的运用，非得作者独出心裁，充分发挥民主精神不可。

文艺作品是从生活来的。但照生活直录来的东西，不一定都是文艺。成为文艺作品，必须经过加工提炼的过程。提炼就得付出一番习作的劳动，同时免不了借鉴于文学遗产。缺乏欣赏水平，创作水平就高不上去。曹禺二十几岁写出《雷雨》，这不完全是生活体会，这里头，文学遗产对他的影响是看得出来的。

一个人有几十年的生活，有的人可以成为作家，却不是人人都能做诗人。这与文学修养不是没有一定关系。鲁迅的一些小说，有的短短几千字就把人物写的很生动，给人很深的感染。这与他对契诃夫的小说有比较深入的研究是分不开的。契诃夫的《变色龙》，笔墨非常精炼，用不了多少字把一个平日常见、似曾相识的阿谀奉承的家伙的嘴脸刻画得活灵活现。鲁迅的《孔乙己》《鸭的喜剧》，字数也都不超过五千，人物的面貌却跃然纸上。美术作品不同于照相，文学作品也不同于新闻报道。何况照相也还是要选适当的角度来取舍。新闻通讯更不是有闻必录。可惜，有些人写稿，要表达一点意思，往往像老太婆说话，唠唠叨叨，深怕别人看不懂，结果使人读得不耐烦。文学作品本来是意在言外，用少量的语言表达丰富的意思。“桃李不言，下自成蹊。”作者不需多说，读书的人自己会明白的。你把话说的太白，太露，没有含蓄，缺乏幽默感，读者反而感到不满足。

最后讲一讲所谓“伤痕文学”。

“难道社会主义条件下竟有这种事吗？”经过十多年“文革”给人民制造了一场大灾难之后，这句谴责于文艺作品的话，似乎不那么流行了。因为人们从实际斗争生活中，已经体会到。问题是怎样理解和对待社会主义条件下这些矛盾？按理说，矛盾是绝对的，统一是相对的。社会主义是资本主义向共产主义过渡的历史阶段，不免存在着新旧交替的矛盾，就是到了共产主义社会，也何尝就没有先进和落后的斗争呢？无冲突论流行过的那一些年月，结果写到革命队伍里人和人的关系，只准写好和较好的距离，不能写好和坏的对比，更不让写正和反双方的矛盾冲突。但是，客观存在的现实却有这样的情景：光明必然伴随着阴影。没有反面就无所谓正面。“文革”给社会主义事业造成如此伤害，正是说明资本主义的流毒的存在，并非社会主义制度本身滋长出来的东西。“四人帮”之所以被粉碎，正是说明社会主义的阳光终于战胜资本主义的黑暗。暴露的是敌人反动的罪恶，丝毫无损于人民方面的威力。身上长疮而能把它医治是无须忌讳的。只要不让疮疤溃烂，使人看了泄气，向隅而泣，就无伤大体。相反，叫人知道而且认识这是反革命的祸害。必须接受教训，提高警惕，保卫社会主义江山，更加热爱受害者的革命道德品质，向他学习那种忠贞不屈，为公忘私的精神。那虽然写的是伤痕，揭示的却是封建、法西斯的病菌。对受害者产生同情和哀伤，何尝不是对革命气节的歌颂？问题是看你拿什么态度去对待它。封建主义、法西斯主义、资本主义的东西，为什么不敢暴露呢？《毁灭》写的是一支革命的游击队的失败，却使人看到光明的前途，并没有叫人感到悲观失望。揭露“四人帮”的作品如果能使人看了感到共产党是光荣而伟大，旧社会残存下来的反动思想的阴暗终归为革命的阳光暴露而消失，那又何须回避？

当然，矛盾双方，社会主义是矛盾的主要方面，集体主义必须战胜个人主义，这是我们的历史唯物观点。写“文革”的题材，从这一原则去写，那就不应存在心有余悸的问题。总之是，你写的伤痕，不要使人感到悲哀而消沉，叫人看破“红尘”，万念俱灰。而应该使人懂得阶级斗争的复杂，看到反动力量即使怎样疯狂于一时，终归为历史巨浪所淘汰，螳臂挡不了车，人民最终会胜利。这样的作品自有它的教育意义。可是现在有些作品，挖掘不深，只写了些现象，揭不到本质的地方。把作品写好，这不仅要有文学修养，更重要的必须要求政治水平的提高，不然，深入了生活而跳不出来，分辨不出真伪善恶，那你的作品就起不了教育人民的作用。纵观世界上的大作家，都是思想家，是他本阶级的代言人。我们应该通过学习，树立雄心壮志，提高文艺创作的水平，在新的长征途上，写出更多更好的作品来，为社会主义现代化建设服务。

载《广西文艺》1979 年第 6 期

书写新的时代新的人

七十年代过去了,八十年代新的史册正翻开在人们面前,等待写下新的诗篇。在我们祖国,自从结束了“文革”灾难之后,举国上下,莫不欢欣鼓舞正在议论着要在社会主义建设的事业上开辟新的历史局面,进行新的长征。现实确实如此,在党的红旗下,人们都在同心同德,团结向前,鼓舞斗志,为在本世纪内完成四个现代化的雄伟而壮丽的事业而斗争,这是我们新的一代的精神面貌。

作为一个文艺工作者,面临这样一个非凡的历史时代,应当义不容辞地肩负起这历史赋予的光荣使命——那就是要求自己努力去塑造社会主义的新人!

这里的新人,不应是抽象的政治概念,而是有血有肉、活生生的、富于人情世态的、能引起人们的情感产生共鸣的艺术形象。这些人的精神应当是高尚的,是体现共产主义道德品质的化身,通过他或她的生活道路,提高人们的精神境界,让人们感染到:社会主义思想情操是如此崇高而令人向往,促进人们奋发图强,为社会主义建设贡献力量,推动人类社会进步。

这些人,不仅不允许他或她跟“文革”所鼓吹的那种头上长角身上长刺的

“英雄”相提并论，而且还要有别于以往那些作为封建主义、资本主义道德观念的伪善者、无政府主义和个人主义分子。

创作，创作，贵在创新。如果你不能从旧窠臼跳得出来，在新的境界迈步走去，新人就不可能在你的笔下诞生。

人们都懂得红花是在绿叶的陪衬下才显得更加鲜丽。新人必须与旧人相互较量才见高低；英雄与小丑，进步与落后，坚定与动摇，也都是相互对照而存在的。为了突出新人丰满的形象，就不能不借用各种人物为之对比烘托。只要是立意于歌颂新人的美德，就不必忌讳于对旧人那些丑恶的行径的讽刺。“四人帮”之流的罪孽，正是封建法西斯的幽灵的回光返照，固然应予诅咒挞伐，即令人民内部的官僚主义、特权思想作风，何尝不是也多少带着几千年封建的积垢附在他们身上没有洗涤干净？不过，在指责、讽刺这些不良现象的时候，作者应站在正确的立场，掌握唯物辩证法和历史唯物主义的思想标尺，区分界线，把握分寸；在作品里头能让读者（观众）认识到弊病是从旧社会制度遗传下来的，绝非新社会——社会主义制度的肌体的产物。不能由于批评官僚主义的坏作风，而给人造成对社会主义制度——这个历史发展的必然性的认识发生动摇。正如不应将脏水连同婴儿一起泼掉。官僚主义作风，无疑是从封建社会传下来的胎记，揭露、批判，正如大夫的动手术：应当是严肃的科学的态度。不应拿不负责的态度去批评错误的作风。我们之所以同情被侮辱与被损害者，正因为他或她是无辜的。至于那些违法乱纪、明知故犯应受惩罚的坏人，那些因个人私欲得不到其所奢望的满足而借题发挥、恶毒攻讦之辈，不但不能同情，而且应予以谴责和唾弃。

说写新人，不在乎他或她是属于当前还是属于过去，重要的是看你写的人所代表的思想是进步还是反动。

在社会主义社会的现实生活，歌颂是创作的重要方面。共产主义的崇高道德精神，社会主义的精神面貌，人们为建设四个现代化而奋发图强的英雄业绩，都是我们文艺工作者首先注目的现实。讽刺丑恶，暴露黑暗，正是为了向往美好和光明。

爱情并不是新的题目，但是，自古以来，每一桩恋爱事件都自有其独特的姿态及与其相联系的社会因素。不能仿造,也不应为写恋爱而写恋爱。人们写恋爱的纠纷,从来只当作一种手段——醉翁之意不在酒,目的是通过这一触媒,使其企图宣扬的观点容易引起共鸣而发生其艺术性的社会效果。唯其如此,这一手法才常常为作家们所袭用。然而,必须花样翻新,否则,不免流于平庸、陈腐的老套。

总之,创新是文艺创作的生命,正如生活的本身一样,永远在运动、在发展、在变化,因袭、守旧,只能意味着没落而消亡。

载 1980 年元旦《广西日报》

漫谈深入生活

《在延安文艺座谈会上的讲话》是针对当时存在于文学艺术界形形色色的非无产阶级的文艺思想和文艺作品的现象，运用马克思主义唯物论的反映论观点，驳斥了历史上所有剥削阶级散布的唯心主义文艺观的种种谬论，澄清了革命文艺队伍中那些划不清阶级界线的许多糊涂思想；阐明了文学艺术的根本问题，指出了它的发展方向；从而丰富了马克思主义文艺理论宝库，给无产阶级革命文艺路线树立了丰碑。其中关于学习社会，同工农兵相结合，转移立足点，改造世界观的要求，对于今天正在为实现新时期总任务而努力的文艺工作者来说，还是有着特别重要的意义的。《讲话》说："有出息的文学家艺术家，必须到群众中去，必须长期地无条件地全心全意地到工农兵群众中去，到火热的斗争中去，到唯一的最广大最丰富的源泉中去，观察、体验、研究、分析一切人，一切阶级，一切群众，一切生动的生活形式和斗争形式，一切文学和艺术的原始材料，然后才有可能进入创作过程。"

这,把深入生活的意义、要求和必要性,都作了极其透彻的阐明。道理很明显:你要想使自己的作品成为广大工农兵群众喜闻乐见的东西,你不走到他们的身边去,不熟悉他们的生活,不了解他们的心理状态,在思想感情上,不同他们打成一片,那是办不到的。因为你还没有把立足点真正移到无产阶级方面来,世界观还没有改造,你的思想感情还没有来一番变化,你就不可能同工农兵群众做到同呼吸共命运。即使你主观愿望是要写工农兵群众生活的,但是,由于立场不对头,反映在作品里的人物形象往往会走样、变形,表达的感情会失真。弄得不好还会歪曲现实,变成虚伪和反动的东西。

深入生活,它的重要意义首先在于把立足点转移到无产阶级方面来。人们脑子反映客观事物,从某种意义来看,也同摄影机的照相一样,由于采取的角度不同,照出来的影像就不一样。同样是湖南农民运动的客观形势,站在地主、资产阶级的立场去看,把它说成是“糟得很”;但是,站在无产阶级革命立场来观察,就肯定它是“好得很”。可见辨别事物的是非真伪,同个人的阶级立场和世界观是联系着的。但是,人的阶级立场的转移并不同于挪动一架照相机那样机械而简单。《讲话》说,“要彻底地解决这个问题,非有十年八年的长时间不可”,必须“经过长期的甚至是痛苦的磨练”。

深入生活,还有个思想感情起变化的问题。当然,思想感情是从阶级立场的土壤里滋长的。但是,人们感情的牵连并不如理智的认识那样干脆。从理智上去解决一个理论上的问题,从是非的要求去判断一桩人事纠纷案件,可以不必花多大工夫就能够下结论了。如果是写一篇文艺作品,便要求作者在里头所表现的思想感情符合于客观事物的真实,就是说,其中所写的工农兵形象,作者能够说成“他即是我”,达到主客观相结合一致。这样,作者就非得真正熟悉他所描写的工农兵群众不可。熟悉是需要有一定过程的。只有相互熟悉了,才谈得上发生感情,正如生活中比较谈得来的要好的朋友必须经过一段相互交往过程一样。所以说,只有深入到工农兵群众的生活、劳动和工作各个方面中去,熟悉了他们当中的先进人物,从而真正由衷地感到他们可敬可亲,感情上产生热爱,回头一想,如同想念一个老朋友,觉得非给他写封信不可那样,这时,也只有到了这时,你要为他写篇东西,编一出戏,那就会觉得自然、省劲,不至于感到被动、勉强、造作。读者和观众看了作品也就会觉得亲切、真实、可信,感情上产生共鸣,作品也就会发生社会影响,起到一定的教育作用。可是,真正做到这步田地,就不是一朝一夕所能办到的。作者对客观事物,要有个观察、分析、比较、挑选和体会过程,只有经历相当的岁月,才能使自己主观情感发生根本的变化。正因为如此,作者的深入生活,同记者的下乡采访,和一般的工作人员为了要做社会调查而召开的调查会是不一样的。前者是为了写塑造人物形象的文艺作品,后者却为了写新闻通讯,为了写调查报告。通讯和调查报告,只要把客观事件的前因后果如实地记录下来把它叙述清楚就成了,文艺作品却需要把作者主观的思想感情糅合进他所要塑造的人物身上去。它不但告诉读者,作品里的人物在"做什么",而且须要让读者看到和感觉到,它们是"怎样做"的。可见,文艺作者的精神劳动,是有其特殊要求的。遗憾的是,不少的人把深入生活的要求误解为:下乡下厂只是为了搜集写作材料!于是,下去就只是热衷于寻找道听途说的故事,着眼于奇风异俗的生活现象的搜集。来去匆匆,生搬硬套。回头编出的东西,往往与报纸上的新闻报道差不多,缺乏文艺作品必须具备的生动的有血有肉的形象。

深入生活,还有一个侧面,就是学习、吸取工农群众的语言。语言之于文学作品,正如美术的线条、音乐的旋律一样,它是构成作品的重要因素。因而在深入生活中,对一些形象鲜明、寓意深刻的群众语言,是要留心学习的。应当努力做到同蜜蜂采花粉那样,把这些群众语言搜集起来,然后挑选、加工、提炼,不断丰富文学语言的库存。

语言是文学作品的外衣。如果只有正确的革命思想,只有健康的工农兵群众斗争生活的内容,缺乏同身材相称的、准确而鲜明的语言外衣来作装饰,进进出出全是一些破衣烂衫,说来说去都是一些已经重复多遍的陈腔旧调,语言无味,像个瘪三,那样,人物形象必然会黯然失色,显得苍白无力,不可能给人留下深刻的印象,因而也就发挥不了作品应有的感染力量。

群众语言是极其丰富多彩的,只要肯学习,多留心,那就不难发现有不少是形象鲜明而富于生命的东西。比如说“远水救不了近火”这句成语,听来似乎挺形象。可惜,就是太熟了,失掉新颖的闪光,激不起读者的特别感觉。如果说成是“等你摸到枕头天都亮了”,这就既富于形象又叫人觉得新鲜。又比如说,干部下乡蹲点的作用,一般说法是“以点带面,推动全局”吧,意思是讲明白了的。但是,假使把话改变一下,说成“拨亮一盏灯,照亮一大片”,那就使人感到更生动,而且对蹲点工作的意义加深一步认识。用学生腔的笔调来描绘年青姑娘的面貌,是有这样那样的写法的。从眉毛眼睛写到鼻子嘴唇,可以写上几百、几千字都写不完。遗憾的是文字写得越多越显得啰嗦,叫人看不清“庐山真面目”。但是,善于观察的人对着跟前两位姑娘的长相只用两句话便点出她们的特点:“一个脸蛋红通通,拿水洗也洗不白;一个长的细小白净,用火烤也烤不红。”两句极简朴的话,却马上叫人脑子留下两位姑娘对比鲜明的形象。有不少的人给要好的朋友写信,表示想念的殷切和会面的渴望,常常写上千言万语,末尾还说“纸短情长,欲言不尽”。可是,民歌里却只有两句话:“梦里如同亲眼见,醒来隔水又隔山。”看,仅仅十四个字,把千言万语都包含在里头了。评论骄傲自满的人,不用一般的概念名词,却说“不能再宠他了,猫尾巴,你越摸,它越翘”。有人对冒冒失失的小伙子进行规劝,他就不说一大套老生常谈的道理,只说“小心点,别伸舌头去舐剃刀吧”。

例子很多,举不胜举。总之,工农群众在斗争生活中创造了丰富多彩的语言,正如海滩上五光十色的贝壳。当然,其中也不免芜杂,学习过程中是需要挑选的。去其秕壳,取其米粒;将米制成了食品,又要经过咀嚼和肠胃消化,才能使它变成血肉。

人们讲究装饰,年年变换新款式。文学作品要表现新的世界、新的人物,运用的语汇也得注意换新。你要塑造工农兵人物形象,你就得给他们穿上恰如其分的衣裳。“唯陈言之务去”,这是古人的主张。看来是说得对的。今天,我们就得重视运用工农群众的新语汇,努力做到准确、生动,以表达他们新的思想。为此,很有必要搜集、储备广大群众在现实斗争中创造出来的语言。有了丰富的语汇库存,一旦动手写起来,就能做到左右逢源,得心应手。

有人说,语言是文学家的财富,你积累得越多,写作时,就能运用自如,不至于捉襟见肘。当然,只有丰富的积蓄还不够的,还须看你是否做到同蜜蜂一样,既善于采集又善于酝酿,把花汁酿成蜜糖。最后,还要看你是否做到慷慨而不吝啬地把蜜献给产生蜜源的工农兵群众,让广大读者获得思想教育和文化生活的营养。

粉碎了"四人帮",解除了他们强加在文艺作者身上的种种精神枷锁,这就为我们深入生活开辟了广阔途径。我们一定要树雄心,立壮志,努力创作出无愧于这个伟大时代和伟大人民的作品来。

载 1978 年 8 月 26 日《广西日报》

刻苦钻研技巧　发挥独创精神

在创作的学习问题上，有一种错误的说法是有待于澄清的。以往的唯心主义艺术论，都是把一些文学艺术家说成是天才，把他们的创作活动讲得很神秘，说什么一刹那的灵感的闪光。唯物论者就不能同意这种见解。马克思主义的文艺观认为，文学艺术作品绝非什么天才的产物，而是作者实实在在的辛勤劳动的成果。当中是经过耐心的钻研和不懈的努力的，每一件作品的诞生，无不经过作者付出艰巨而复杂的劳动代价。所谓“下笔千言，倚马可待”，只能是夸大口说海话。还是中晚唐诗人卢延让和贾岛的态度老实：说他们写的诗，有时是“吟安一个字，捻断数茎须”；有时是“两句三年得，吟成双泪流”。可见作品之所以闪闪发光，掷地作金石声，都是它的作者经过艰苦的思索、酝酿和精心推敲、刻画得来的。

鲁迅发表第一篇小说《狂人日记》时，已经三十八岁了，说明作家是经历着长久岁月的学习、准备过程，并不是“生而知之”的天才。他自己就说：“我的来做小说，也并非自以为有做小说的才能。”“……不过想利用他的力量来改良社会。”

成为“俄罗斯文学之父”的普希金，还是个十五岁的小孩的时候，就在他的中学朗诵他的处女作《皇村回忆》，按说是天才的诗人吧，他自己却说“天才就是忍耐”，说百分之百的天才，还得百分之九十九的努力，天才才可能成长。他的生涯，就是夜以继日不断的艰苦劳动的历程。这种全心全意钻研的精神，同鲁迅正当生命垂危之际，仍然不肯放下作为投枪的笔是何等相似。

《包法利夫人》的作者曾对他的学生提出“一字说”的创作要求，那是多么严格呵。要求你写作时，务必尽最大的努力去寻找唯有它才是最准确、最恰当、又是最生动地表达你所要描写的那个事物的那个“字”为止。要做到这步工夫，就非得有耐心，有刻苦钻研的精神不可。

果子不到成熟就不要摘下来，先天不足的婴儿是难养好的。

《红楼梦》这部伟大的、中外罕见的巨著，应该算是天才的书吧。但是，作家从头一回开始，到写完八十回，却花了毕生的精力。法国十九世纪批判现实主义的大作家巴尔扎克，据说在他成名之前，别人曾对他讥笑，说诗人的桂冠与他是无缘的，说他这个人压根儿就缺乏文学天才的禀赋。他本人就不服这口气，自始至终，坚持勤学钻研精神，终于向世界文坛贡献出包括几十部中、长篇小说在内的《人间喜剧》。例子说明，取得这一巨大成果，作家并非是个非凡的天才，而是他几十年如一日孜孜不倦地全神贯注于创作劳动里头，有时几乎是每天连续写二十四小时，只有付出如此巨大的代价才换得来如此重大的收成。另一位法国浪漫派作家雨果，就讲过这样的话：“诗人可以有翅膀飞上天空，可是他也要有一双脚留在地上。他是普通的人，同时又是超人，这就是诗人。完全离开了人间，诗人就不存在了。”

以上这些作家、诗人，在世俗的眼光里，何尝不是被看作天才？但他们自己却否认自己有什么非凡的天分，只是由于个人作了不平凡的超人的勤奋才取得了成果。记不起是哪一位诗人讲过：文学艺术创作，有如攀登阶梯，是不能跳跃上得去的。就算你侥幸跨上去了，仍然还要回过头来，一步一步重新走过。这话值得深思。作者对自己的作品应有严格要求,不妨多改。文艺作品是反复修改出来的。一根象牙吧,经过工艺师的精心雕刻,可以制成玲珑剔透的象牙球,要是没有那样耐心和毅力而急于求成,那只能修成筷条。“一气呵成”的文章,那是夸张的语言。

文艺创作,比起其他事业来,是有它独特规律的。列宁在《党的组织与党的文学》一文中就讲过:“文学事业不需作机械的平均划一,少数服从多数”,在“这个事业中,绝对必须保证有个人创造性和个人爱好的广阔天地,有思想和幻想、形式和内容的广阔天地”。因为它需要作者独出心裁地具有创造性地去塑造他的人物形象,那就得在一定时期内和一定的情况下,让作者个人有需要思索、需要全神贯注的写作活动。有人用母鸡抱窝来比喻作者进入创作境界的精神状态,这不是没有根据的。但是,从另一方面来讲,母鸡抱窝同闭门造车,却不能相提并论。集思广益,对我们今天的作者来讲,特别值得重视。古代文人,吟诗作文,无非是借题讽喻,抒发狭隘的个人胸中块垒。但其书斋,也还不乏围绕着三五个文友,彼此之间切磋琢磨。何况我们现在是走到社会主义广阔的天地上来,要放声歌唱英雄业绩,那就更加需要广泛听取广大群众提出的建议和批评了。

作者写出的作品有如母亲养下的孩子。做母亲的人经过孕育、分娩和抚养的辛劳,对自己的孩子不免偏爱,“就是癞痢头也是好的”,这是可以理解的。作者对自己好不容易写出来的东西,何尝不也觉得敝帚自珍?但是,癞痢头不管怎么说也是一种缺陷。对待客观事物的态度,应当是实事求是。就算是长在自己头上,也不必同阿 Q 那样忌讳,拒绝别人评头品足。更何况文艺作品是社会现象,得到更多的人来关心,不是使得它反映的生活更加全面,更加准确,更加符合革命的需要和群众的要求吗?关起门来造的车,往往是跟道路合不上辙的。

创作,是从模仿开始它的脚步的,正如孩童向大人学步那样。它并不必也不应当排除向前人的遗产学习。但是,学习,只能理解为借鉴。模仿,照葫芦画瓢，那是创作的大忌。创作，它的生命的标志是独创：要写前人未曾写过的，敢写前人不敢写的。不应否认，继承文学遗产是创作上吸取营养来源之一："熟读唐诗三百首，不会吟诗也会诌。"对典范的名篇巨著，反复阅读、钻研，对初学写作的人尤其重要，古人主张背诵不是没有道理。只是，精神粮食也同物质的食物一样，可不能饥不择食，把鸦片当作补品。在学习上，必须特别留意于选择："去其糟粕，取其精华"。从遗产里吸取它的表现技巧，应当研究它：典型人物形象怎样塑造刻画？主题思想怎样表达？故事情节怎样编排？生活细节怎样描绘？人们从一些作品的字里行间如闻其声，如见其人，它叫你读了着迷，不忍放下，其魅力到底在什么地方？这些，都应当在反复阅读过程中，把它过细揣摩，耐心寻味，求得借鉴。因为这些文学遗产，都是前人留下来的珍品，它在艺术上的成就上，是经过历史长河的淘汰而仅存的硕果，是为千千万万的读者鉴定下来的。但同时必须认识到：在意识形态方面，这些作品都未能超越剥削阶级范畴和历史条件的局限。因而在其主题思想上往往打下阶级意识的烙印。属于封建时代的，不免宣扬天神命运、因果报应的宿命论，属于资本主义时代的，不论是它上升发展的初期还是它的下降没落的年代，都无不在鼓吹人权思想，散播人本主义观点，不管它反映的是这样那样光怪陆离的生活现象和错综复杂的人事纠纷，所包藏的思想内容，都无非是唆使人们去追逐绝对自由，醉心于爱情至上的狭隘的个人命运。其实质是在维护私有制，为剥削阶级利益做广告。这些渗透着反动的世界观的作品，对无产阶级社会主义意识形态来说，是有害的腐蚀剂，是蜜糖里掺的毒药。读着它，就得带着批判的眼光，掌握马克思主义的解剖刀，分析它所包含的反动、消极和腐朽的观念，对它务必进行消毒。鸦片可以入药医病，但，要善于掌握分量，取其能治好病症的那一点疗效，排除和防止其引起副作用的毒素，务必注意"推陈出新"，不能食古不化。千万不要去学唐·吉诃德，成了时代的盲人。

创作，贵在独创，"出新"就是它的标志。一位作家讲过这样的话：作品越是有创造性越是好诗。说是第一个把女子比作花朵的人，那是天才，第二个将花形容美人的人，就成了笨蛋了。东施效颦，不但对她的丑陋不能增妍，反而招人耻笑。读理论文章,听政治报告,人们是不厌重复的。但是,读者和观众欣赏文艺作品的胃口却很特别:人们总是要求写小说、编戏剧、电影的作者给他们提供新的东西,希望在作品中读到和看到前所未有的人物和故事。读者是最不能容忍那些陈腔滥调的语言,那些仿效别人已经编过了的故事情节,那些类似前人已经写过的人物面貌的。总之,雷同、模仿的东西是令人反胃的。谁肯再去咀嚼别人已经咀嚼过的橡皮糖呢。拾人牙慧,从来都遭人鄙视的。古代有一个故事,一位父亲临终对儿辈吩咐,用“一支筷条容易弯,一把筷条折断难”的实物作比方,告诫几个兄弟记住团结和睦的道理。这是恰切而生动的可见形象。头一个人把它写进作品就是一种创作吧,假使谁又照样袭用,那就令人腻味了。韩英用胳膊先抽回来,然后再打出去的可见动作,向洪湖赤卫队的战士们讲明以退为进的游击战术的道理,这是作者独出心裁的创作。要是别人从此得到借鉴,自己另外去创作新的境界,那只是得到启发受了影响,那是无可非议的。却不可把人家现成的东西剽窃过来,当作自己的创作。创作就不能是小偷。把别人的衣服偷了来,穿在身上招摇过市,这不仅是不识相,也是有损于创作道德,是创作上的禁忌。

当然,真正做到抛开旧套,着眼于创新,摆脱模仿,自辟蹊径,那就要有老老实实的态度,要有耐心和毅力的钻劲,反对存着侥幸心理和取巧作风。基本功在于多学习多实践,多写多修改;虚心接受批评,耐心地反复钻研。

一个文艺创作人员在学习问题上,首先应学习马列主义、毛泽东思想——提高革命理论水平,掌握思想武器;其次,学习社会——深入群众生活,转移立足点,改造世界观,把思想感情来一个变化;其三,学习业务——掌握写作技巧,发挥独创精神。这是一个整体的三个方面,三者不能是各自孤立,互不相关。光有头脑,缺手短腿的就不成为健全的人。仅有手脚,没有脑神经作指挥,也只能是一堆瘫痪的肉体。当然,这样比喻也是有缺陷的,不能机械地从形式去看三个方面的相互关系。三方面的学习是互为因果,相辅相成的,三者之间是具有内在联系的一个整体。要不然,即使你有丰富的生活体会吧,可是,你要是欠缺一定的政治理论修养,掌握不住望远镜、显微镜,你就不可能对复杂的社会现象作出正确的阶级分析,因而也就抓不住事物的本质,辨别不了是非。在复杂的现实斗争生活面前,该宣扬什么,批判什么,没有正确的观点,怎样写出革命的作品呢?你掌握到了马克思主义思想武器,又具有丰富的工农兵生活体会,但是,假使你还短于写作技巧的锻炼,那也不一定就能把正确的政治观点体现于典型的人物身上。反过来讲,就算你有丰富的写作经验和高明的表现技巧吧,要是你没有深厚的生活体会做基础,又缺乏"高于生活"的革命理论作指导,那,正如没有道具的魔术师,技巧再高明也变不出花样来的。

道理是不难理解的。可恶的是,前一段时期由于"四人帮"搞的形而上学太猖獗,提倡过所谓"三结合"的创作办法:说什么"领导出主题","专业作者出技巧","群众出生活"。结果,影响很坏,流毒甚广,后遗症很糟糕。"四人帮"那样的搞法,在实践上是行不通的死胡同。比如说"专家出技巧"吧,势必让专业作者成为工艺的匠人:他们可以不需深入工农群众的斗争生活中去体会、去受磨炼、去改造世界观了,也大可不必去努力学习马列主义、毛泽东思想了。"群众出生活"吗,如果他只有丰富生活经历,却缺乏一定的文学素养,怎能懂得从令人眼花缭乱的现实生活中挑选出足以体现本质的典型人物和故事来提供给专业作者去描绘呢?"领导出主题"吧,当然,领导同志从方针政策的精神,向作者提出主题要求是不成问题的。问题是,对主题要求只是抽象的概念。现实生活有没有那样恰当地足以表达这个概念的人物和故事呢?即便能选出适当的生活素材来,试问,专业作者对这些素材能不能感同身受地把它接过来,成为自己的体会,把它炮制成叫人信服的文艺作品?看来问号不少。不把这一连串的问题一个一个地解决,怎么好下笔啊!实践说明,"四人帮"搞的这种合股经营式的创作生意,只能是,从"三结合"开始,以"三脱离"告终。这种组织创作办法,实际上是从主观的概念出发——"四人帮"名之为"从政策斗争出发",那是违背从生活出发的创作规律的,这样做,无异于先画好图再去找马——"按图索骥";这样做,就是对列宁在《党的组织与党的文学》一文所说的原则,作了粗暴的修正。这样做,不但无补于革命文艺事业的发展,相反,只能导致社会主义的革命文艺创作于穷途。

也许有人会问：照这样说，学习文艺创作不是太难了吗？我说，难，又不难。难和易是辩证的。“世上无难事，只要肯登攀。”难事是可以转化的，问题是看你对它采取什么态度。

载《邕江文艺》1984年第4期

简论文艺与政治

文艺与政治两者同样是在一定的经济基础上的上层建筑,同样是意识形态的产物。它们的作用是互相影响的。古今中外的文学艺术发展史,无不证明这一现实。比方在封建社会时期,统治阶级的封建帝王为了维护它的经济利益,谋求巩固其绝对的统治地位,以便剥削、奴役人民大众,因而在意识形态领域就制造天神的迷信,宣传因果报应,散播宿命论的鬼话,以麻痹人民群众听天由命,甘心情愿受其剥削、压迫,达到其政治、经济上的目的。作为反映这一历史时代的文学艺术,也就带着浓厚的宗教迷信色彩。到了资本主义社会,人类通过斗争实践,逐渐觉悟起来了,生产力要求往前发展,突破了生产关系,旧的经济基础走向崩溃。作为上层建筑的意识形态的神权观念,不得不让位给适应新的经济基础的人权思想。

欧洲文艺复兴的文学艺术就是首先向中世纪那种宗教迷信的僧侣文艺提出了挑战。在美术的造型艺术上,敢于撕下僧侣虚饰的袈裟,大胆画了赤裸裸的人体画,还给人类本来的面目,恢复人类的尊严,提倡人本主义,鼓吹个性解放。

这些都不是偶然出现的不可理解的怪现象,也不是哪一个艺术家心血来潮的产物,而是与当时在政治上取代了封建阶级地位的新兴资产阶级的政治思想密切联系在一起的。鼓吹个性解放、个人奋斗的英雄业绩,同资本主义在工业革命上提倡的创造发明,在商业上提倡自由竞争、争夺扩大世界市场,在所有制方面,极力巩固财产私有权益等是一致的。正因政治思想如此,一些表现个人英雄主义的文学艺术才应运而生。它是在资本主义社会的历史土壤中发展变化而生长、繁荣的。

当然,事物还有它的另一个侧面。不论是封建社会还是资本主义时代都产生过不少对它的当权者表示反抗、叛逆的民歌、寓言和民间传说。这些文艺作品,对它同代的社会制度和秩序,或多或少,或隐或露都提出了控诉,只是由于历史时代的局限,由于阶级社会的存在决定了人们的意识,反映在文学艺术作品便不免带着阶级社会中私有者个人意识的印记。

资产阶级的民主革命,只能是对封建独裁统治体制的否定,所有制并没有变更。因而作为反映这一时代的社会意识形态的文艺作品,总的来看,并未能跳出个人主义的范畴,绝不可能歌唱社会主义集体力量的优越性,不可能塑造体现共产主义道德的英雄形象,因为在它所需的社会的政治生活还未能形成那样的客观现实,作者还没有听到那样生活的回声,脑子里也就不可能产生那样的想像。

所以说,即便是一些反映资本主义上升时期的资产阶级民主革命的文艺吧,那也还是磨灭不了阶级社会私有观念的烙印,它同今天的社会主义文艺是存在着阶级本质的区别的。

区别于前人资产阶级民主革命文艺的无产阶级社会主义文学艺术,正同社会主义政治之区别于资本主义政治一样,根本标志是:在政治生活中,广大人民群众登上了政治舞台,成了国家主人,他们的个人命运应当是同社会主义、共产主义事业紧密地联成一体的,他们的英雄行为应当是体现社会主义思想和共产主义道德精神的化身。作为为人民、为社会主义服务的文学艺术,应当努力塑造好这些英雄典型形象,通过这些艺术形象来传播共产主义的政治思想。

作为阶级的代言人,就得紧紧把握住时代的脉搏,以满腔热情去塑造先进模范人物。歌颂他们的社会主义精神,赞扬他们那种深入群众,联系群众,团结群众的优良作风,表彰他们艰苦创业,钻研业务,努力学习,敢于攀登科学技术高峰的献身精神和表现他们愚公移山,改造中国的英雄气概。他们"憎爱分明的阶级立场,言行一致的革命精神,公而忘私的共产主义风格,奋不顾身的阶级斗志"的典型形象,对广大读者和观众的社会主义觉悟,树立共产主义道德的观念,是起很大的促进作用的。广大人民群众思想觉悟提高了,间接地对社会主义建设事业的发展就产生了推动的力量。

文艺形式与政治内容是统一的,两者是辩证的关系。内容决定形式,政治决定文艺。"政治先行,文艺后变。"(鲁迅语)《讲话》曾经说过这样的话:"政治并不等于艺术,一般的宇宙观也并不等于艺术创作和艺术批评的方法。""革命的政治内容和尽可能完美的艺术形式的统一。缺乏艺术性的艺术品,无论政治上怎样进步,也是没有力量的。因此,我们既反对政治观点错误的艺术品,也反对只有正确政治观点而没有艺术力量的所谓'标语口号式'的倾向。"

美国作家辛克莱有句名言——"一切文艺都是宣传",鲁迅给它作了注释:"宣传的东西却并不都是文艺。正如一切花都是有颜色的,但是有颜色的东西不会都是花。"

文艺作品宣传政治观点,是通过人物性格的典型形象,通过人情世态的故事情节,引起人们情感的共鸣来达到它的目的的。它必须是通过人物的命运——人和人的社会关系所产生的矛盾斗争生活,显示它的主题,表明它的政治观点和态度:赞成什么,反对什么,使读者从中受到教育和影响。它同历史学、哲学、政治经济学等等,虽然都是上层建筑在意识形态的反映,但是,它所采取的表现手法,自有其特殊规律:一方面既强调"言之有物"——语言必具形象性;另一面又要求做到"理在情中,意在言外",在讲道理之中要诉之于情感,在言语上要注意含蓄,留有余地,暗示读者自己去联想。

政治内容是文艺作品的灵魂——首脑、神经。文艺形式则是政治思想的形体。

文艺是形象化的政治,但是,它又不是政治的图解。图解只须说理的标签就够了,形象化却要有活的生命才能完成。

政治思想是每一件文艺作品必不可少的主题。主题之于作品,正如灵魂之于人体。只有正确的思想作灵魂而缺乏健美的形体为之附丽,灵魂只是个抽象的幻影,仅有健壮的躯体而缺乏正确的思想作主脑,躯体只是一具活尸。

《孔乙已》是通过封建社会的一个考不上秀才而潦倒终生的读书人的命运,来批判封建科举制度所造成的恶果;《祝福》是用祥林嫂一生的悲惨遭遇来控诉封建社会对妇女的摧残;《红楼梦》写的是一个封建贵族家庭的悲剧;封建思想的反动罪恶,在《西厢记》反映为才子佳人的悲欢离合;在《孔雀东南飞》讲的是婆媳之间的矛盾……这些举不胜举的文学名篇,在思想内容上,何尝不都是反封建社会秩序的政治?但是,作者却没有在里头向读者耳提面命地明说他的政治观点,而只是描写这样那样的个人生活遭遇,让读者从人物命运去心领神会,从中受到潜移默化,感觉到社会制度对人的摧残。这不仅中国作品是这样,外国的名篇巨著也不乏这样例子:《唐·吉诃德》刻画一个书呆子受骑士小说的毒害,盲目地崇拜,甚至身体力行地去模仿过时的中世纪的骑士那种尚武侠义的行为,到处为人打抱不平。可惜,由于认错了历史时代,忽视具体的客观现实,竟将风车看成巨人,把客店当作城堡,结果到处碰壁,闹了层出不穷的笑话。《高老头》里头塑造了一个爱钱如命的老头,却对两个女儿的挥霍、诈骗的恶行偏爱备至。这些典型形象都描绘得惟妙惟肖,情节故事的安排入情入理,叫人信以为真。但是,作者并非毫无是非好恶地纯客观反映这些人情世态,也就是说,并非为一些人自欺欺人胡说什么"为艺术而艺术",实质上是有意识地在作品里表现其人生观——寄托他的政治倾向的。不难看出,吉诃德先生这位书呆子的所作所为,岂止于引人发笑?作家塞万提斯之所以塑造这位可笑的时代的盲人,用意无非是企图通过使人发笑的艺术手段,辛辣地讽刺中世纪这种过时的骑士制度的恶习,对当代生活是一种反动,学习它只会到处吃苦头。从那位爱钱如命的高老头的悲剧生活来看,明显可见作者的用心,何尝不是一方面借此以讽刺那些新兴的资产阶级沾染铜臭气的市侩令人憎恶,另一方面却对被撕下含情脉脉的封建贵族社会的高尚的面纱,表示无限惋惜。通过爱憎褒贬表现的政治倾向是不言而喻的。在此不难看出作家巴尔扎克保皇党思想和现实生活有多么矛盾。

总之,作品是运用不同的艺术手法,在无言之中表现各自的阶级观点的。艺术手段越高明,典型形象刻画越生动,其思想往往隐蔽得越深,给人的感染就越重,社会影响越广。绝非为艺术而艺术的产物,游离于政治之外。

也许又产生另一问题:以为这些例子只因为写的都是一些狭隘的个人私生活中的悲欢离合,所以喜怒哀乐容易体现,人物性格容易突出,艺术描写也就比较完美,倘若以写社会问题为内容的作品,能不能做到这样的艺术水平呢?问题不在这里。《三国演义》就是跳出狭隘的个人的小天地而在广阔的社会背景展现历史画面的。其中充满了相互对立的政治集团在政治、军事上的矛盾冲突。但是,曹操、张飞和赵云等等,一个个人物何尝不是刻画得活灵活现?一部《史记》,本来是历史的史实记载,但是其中所记述的历史人物却如此鲜明。《战争与和平》写的也是政治的军事的历史题材,人物性格却各有各的特点;同样是年轻姑娘,娜塔莎就不同于玛丽亚,同样是公子哥儿,安德烈却不同于彼埃尔,这一个不同于那一个。《子夜》是反映了我们半封建半殖民地的国家在二十年代末期的社会现实问题。可是,它又区别于"中国现代经济问题"的理论著作。里头写的都是一些使人感觉得到的有声有色的活生生的人,并非贴上标签的机械模型。

前面已经讲到,文艺作品的政治倾向是必不可少的,正如灵魂之于人一样。然而,它必须让人物的行为去体现,使读者或观众从中受到感染,切忌由作者从中多嘴,或者让人物作长篇大论,用说明道理代替形象描写。一幅好画是用不着靠文字作标题的。正如恩格斯主张的,作者的观点在文艺作品中愈隐蔽愈好 。

衡量艺术的标准,《讲话》上面讲到政治第一艺术第二的话,那是在它们可以成为文艺作品的前提下说的。假如"第二"的艺术形式不能成立,哪里来的"第一"的政治内容呢?政治第一和艺术第二是对立的统一,若只取其一忽视其二,或者相反,都会是片面性,只能导致作品于畸形,不可能是完美的东西。

载《柳州文艺》1978 年第 4 期

文学与时代

这里，要谈的是文学与时代的关系。就现实主义的观点来理解：现实主义无非是辩证唯物论在文学领域的反映，它的创作是以看得见、摸得着的生活现象为依据的。无疑与时代的脉搏紧紧地联在一起。不同历史时期的思潮就有不同的与之相呼应的文学。比如说意大利的《神曲》，那只能是在中世纪但丁生活的中古文学时代而有的产物；西班牙塞万提斯的《唐·吉诃德》则唯有到了十七世纪初叶，当骑士制度的骑士文学已为人文主义文学所取代的新历史时期才会诞生。一前一后，两者都具有各自明显的、不可易位的时代精神印记。常言道，社会的存在现实决定人们的思想意识。由于事物运动发展规律，历史总会是根源于经济基础、生产关系的发展变化而变化的，人与人之间的社会意识，自然也就随之产生形成新的一代思潮，接替前一代的历史位置。文学，作为反映经济基础的上层建筑，必然会有相应的、体现当代精神的典型出现。比如中国的《西厢记》和《孔雀东南飞》，题材同样写男婚女嫁、家庭伦理等生活内容，但就其反映的道德规范来看，两者思想意识就不完全相同，目光投射的角度也不一样。前者所向往的是高攀名门大户,追求贵族阶层门当户对的婚姻;后者所计较的只不过是三从四德、平民百姓的礼教家规。划时代的中国“五四”运动产生了文学革命,其中出现的作品《孤独者》和《祝福》就有别于清末民初所产生的《官场现形记》和《孽海花》。其之所以不同,正说明两者所处时代的思潮存在差异。法国大作家雨果在《论文学》里说:“人类的智慧始终向前发展,而文学语言是跟人类智慧亦步亦趋的;每个时代都有相应的思想,同时也应有相应的语汇。”

那么,历史发展到今天,八十年代的文学应该是什么样呢?总不能因循守旧踏步不前吧!前进发展、开拓创新,这是时代的召唤。文学,作为时代的号角岂能无视?问题是到底怎么开拓,朝什么方向发展。

有人说,随着八十年代的到来,谁谁的黄金时代应当结束了,谁谁的创作生涯到此该打句号了。于是,竟出现种种奇谈怪论,鲁迅的成就遭到诋毁,马克思、恩格斯的文艺理论也被冷落了。这些近乎顽童的无知胡诌,居然把文艺简单地看成装饰,以为现实主义的五十年代的“蓝制服”已经赶不上八十年代的摩登服装了;趁着开放改革之机,西方资本主义腐朽没落的形形色色的文艺流派所表现的疯狂、色情、凶杀和颓废的种种花招,成了新潮对象而被追捧,以为只有这样才时兴。其实,这些旧破烂并不是什么新的神奇。有些,几十年前,人家西方社会早已摒弃。当年,鲁迅在《寻开心》一文里就对“未来派”的东西有过这样的评语:所谓未来派的作品,大概是用怪字面,生句子,没意思的硬连起来的,还加上好几行很长的点线。作者本来就是乱写,自己也不知道什么意思。但认真的读者却以为里面有着深意,用心的来研究它,结果是到底莫明其妙,只好怪自己浅薄。假如你去请教作者本人罢,他一定不加解释,只是鄙夷的对你笑一笑。这笑,也就愈见其深。

这,难道不是今天又出现在大大小小刊物上的“新潮佳作”吗?

如果说,这是鲁迅半个世纪前讲过的话太旧了,不足以说明问题。那么,不妨看看现任瑞典文学院常任秘书拉斯·吉伦斯丁,对1985年获得诺贝尔文学奖的法国新小说派作家克洛德·西蒙所作的评论吧。他说:“西蒙作品,把故事情节排除在小说之外,心理分析也扫地出门,打乱正常的时空局限,连标点符号也常常略去不用,留下的是一组组镜头的切分、组合、复现、交叉,像画家或摄影师的主观镜头在转移。”

看看，几十年前的未来派和当代流行的甚至获得诺贝尔奖的新小说派的货色就是如此。它们能说是准确地体现人类精神文明的历史发展主流吗？对当代思潮怎样理解，文学应如何去反映当代精神，怎样去塑造最能体现时代精神的典型的英雄形象，这是值得探索的课题。

作为唯物主义者，旗帜应是鲜明的。它所信奉的应是社会主义文艺。它的发展只能是朝着社会主义方向嬗变，它的创新只能是以社会主义的精神文明为依归。它应当是在现实主义传统继承下的飞跃，而不是凭空臆造出的怪胎。按照历史唯物论的发展观点，中国八十年代的文艺新潮，只能是社会主义文艺的深入，绝不是西方资本主义那些使人眘惑、无望、麻醉和堕落的所谓存在主义、现代派的货色。

也许有人说，现代派有什么不好，人家的作品就有人喜欢，萨特、西蒙还获得诺贝尔文学奖呢。问题是要认真分析的。按说，读者（观众）的多少与作品艺术水平的高低好坏，并不能成正比例。一位外国大作家曾经讲过一句幽默的话：正如流行感冒不是好事一样，流行的作品不一定都是佳作。道理确实如此，疯子的胡说八道，不是也能吸引路人为之驻足围观吗，特别是孩子们更是紧跟不舍，好不热闹。然而，谁会把疯子的胡闹当作杂技丑角的表演来欣赏呢？

文学艺术的认识、教育和审美的作用，是不容忽视的。要是所写所画，叫人如读天书，说它好或坏也只能是一句空话；说它含蓄而不可“言传”吗，那也得叫人可以“会意”才行吧。不可知的杰作好比“皇帝的新衣”，可以招摇过市于一时，但到头来还是要露出马脚的。一些自我标榜什么“新潮派”，什么“八十年代精神”，说穿了无非是一些思想贫乏、灵魂空虚的梦呓。当然，也不能否认，对于那一部分精神恍惚、意志薄弱、丧失信仰、无所作为的人们来说，这些形形色色的花招还真可以麻痹神经的。但是，我们应当明白宣布这些资本主义日趋没落的精神天国，与社会主义日益向上发展的为人类求进步的文明世界是风马牛不相及的。这也是唯心史观与唯物史观不能混淆的疆界。那么，社会主义文学到底是顺着历史钟表的方向朝前走呢，还是逆时针而后退？现实摆在面前，明智者应善做抉择。

1987年1月21日

文艺家与改革

改革,不仅在中国成为历史进程的必然趋势,在国际上一些奉行马克思主义的社会主义国家,它也成为历史发展新的命题。

作为文艺家,面临这一严峻现实不能不有所思考。曾经有过"改革文学"的说法,如果止于题材,那恐怕并不准确,因其只触及事物皮毛,根本问题没有解决。

改革,对文艺家来说,根本问题应该是在自身文艺观上作一番重新认识。回顾以往,也不知多少年了,文艺家的创作受到"文以载道""文学是生活的教科书"等说法的局限,只偏重于理性的要求,而往往易于走向极端,产生许多概念化作品。文艺家又由于自身的问题,甘心认同这形而上学的片面观点,俯首听命于一时功利和政策的要求,配合现实去违心地创作,结果与百年来或"五四"以后,千千万万炎黄子孙为国家为民族做出的那么多惊天地泣鬼神的英雄壮举,创建的那么多火红的辉煌业绩相比对照,显而易见的是文艺成就未免太苍白了,能拿得出手并与之相称,震撼人心,为人传诵不衰的篇章实在太少。

勿须讳言，文艺作品最重要的方面之一，无非感情产物、人性升华。文艺家创作，必须对所塑造的人物赋予真挚的激情；演员演戏则要感情饱满深入角色，作品和演出才有生命。创作如同男婚女嫁，双方情投意合，自主自愿地结合才会婚姻生活幸福美满。

文艺家要顺应历史潮流，迎接改革趋势，体现时代精神，必须一要有勇气，二要有决心。

要有大无畏的勇气，敢于像抵制好心父母包办的婚姻一样，摒弃以往教条的文艺观，超越自我那甘愿被动的轨迹，改辕易辙，敢于表现真情实感，言人之不敢言。但值得注意的是，在抵制、违抗包办婚姻这方面，尽管做了“忤逆行为”，可对待生养自己的父母亲，还应当是个孝子。

有勇气否定以往老观念，同时要下决心接纳未来进步的新理想。

文艺家要写改革，歌颂新的历史缔造者，那么文艺家就得下决心，努力提高自身修养，使之成为改革者。这样自我表现的情感，自然会与时代精神、社会理想相吻合。党的十三大政治报告就是当前指导我们进行改革的理论思想武器，掌握了它就能烛照中国式的社会主义初级阶段现实中的形形色色，明了必须改革的是什么，要吸收的又是什么，如何去发扬，怎样来建立，哪些应鼓吹，哪些该诅咒。

载于1988年《南方文坛》创刊号

创作三题

一、主题与题材

主题，一篇作品的中心思想。如果说题材是躯体的话，主题就是灵魂。作者通过主题去告诉读者和观众，他要在这篇东西里头表示赞成什么，反对什么。

同样一种题材，却往往由于作者的意图（主题）不一致，写出来的作品所表达的思想效果常常是不但不相同，甚至相反。比如，同样是面对着梅花这一客观存在的现实吧，陆游的《咏梅》，看到的是“零落成泥碾作尘，只有香如故”，借以寄托作者孤高自赏的消极情绪；而毛主席的《咏梅》却反其意而用之：看到梅花而觉得“待到山花烂漫时，她在丛中笑”，指出应当走到群众中去，为见到革命新生力量而欢呼。

在旧社会生活，写游子还乡的题材很多。唐朝贺知章一首有名的七绝就写：少年时离开了家乡，老大时归来，孩子们都不相识了，“笑问客从何处来”。写的是人们在生活中可能遇到而又为一般人所忽视的身边琐事，说它具有多少社会意义那就谈不上了。五四以后，有些作家写到农村老家的景况时，虽然跨过个人情趣的小圈子，把笔端引到社会问题上来，对农村经济濒临破产，贫苦农民生活颠沛流离，抒发了同情的感慨。可惜，只不过触及表面皮毛，终究未能诊察到社会制度存在的弊病。只有鲁迅的《故乡》才同X光镜似的，使读者透过社会现象，窥见阶级社会必不可免的症结。然而，在字里行间并没有明说这样那样不合理的社会原因。而只将社会生活存在着的、足以表现主题思想的客观世态和人情来往的细节，如实而又有选择地描绘出来，让读者从中感觉到，当时当地的佃户和地主所处的地位，是存在着如此不可逾越的鸿沟，农民生活面临着那样难以维持的贫困，贫苦农民那样的麻木，意志那样消沉。这是什么社会原因造成的呢？叫读者不得不提出如此疑问。最后一大段文章做了回答：这是由于阶级社会的存在所造成的人与人之间不能平等相处！看吧，儿童时候，“我”和闰土生活在一道，如同弟兄一般，跟眼前的宏儿同水生一样。想不到二十年后，“我”成了老爷，闰土却当了佃户，阶级社会制度竟然让人因为贫富而分开了！但是，这个不合理的制度能不能改变呢？作家无言之中提出了问题：希望下一辈人——水生和宏儿之间不再同“我”和闰土一样隔膜起来，能不能实现？结论是肯定的。希望正如地上的道路一样：本来是没有的，走的人多了，便成了路了。这里，作品的主题就挖得深又提得高。在作家的笔下，不仅看到农村经济濒临破产，农民生活的贫困现象，而且把主题深化，揭示了不合理的阶级社会制度，指出了造成人与人之间隔膜的阶级本质；更重要的，作家进一步把读者引到高处，预言理想的未来，告诉读者认识到：只要人们觉悟起来，经过革命斗争实践，消灭阶级对立的希望是可以实现的，正如地上的道路是由人们走出来的一样。

以上这些例子，不难懂得：写同样一种题材，塑造同样一个人物，由于赋予它们的主题不一样，所产生的艺术效果往往是不相同的。重大题材是创作应予大力提倡和重视的。问题还得作深一步探索：在提倡选择重要题材的同时，不可忽视而且必须注重于主题挖掘的高深。“画龙点睛”，龙身即令画得再逼真，眼睛点的不是地方，就显不出它的生命。题材虽然选得重大，要是主题定得不准，开掘不深，思想站不到高处，也表现不了它的重大意义。相反，在一定条件下,有些题材即便并不那么重大,可是,只要能把主题意义提到阶级斗争和路线斗争的高度去表现,其作品也不是不可以体现出深刻的革命道理而发挥它的社会主义教育作用。无疑,我们应该大力去反映重大题材,但是,并不等于说革命历史题材或其他题材就不被重视了;或者错误地理解为,只要写重大题材,就保证作品一定成功。这观点显然是片面的。抓住重大题材,只能说为写这个作品具备了比较优越的条件,但,要使它发挥教育作用,还得看它的主题跟题材是否相称,看它对这个题材的处理合不合适,人物精神面貌的刻画是否鲜明,等等。有些题材虽然跟当前的现实生活不那么直接,事情也并不一定那么重要。可是,假如主题是革命的,具有一定的现实意义,那就应当得到鼓励。我国社会主义革命和建设各方面的现实斗争生活,以及革命历史题材,都是丰富多彩的,它们应当成为我们创作的对象。只要主题思想对头,符合为人民服务、为社会主义服务的精神,就应当从各个方面去选择合适的题材进行创作,发挥文艺武器的教育作用。

当然,这只是就题材和主题两者的关系来讲的。千万不要误会,偏到另一面去:回头又去寻找没有意义的生活琐事,在身边小圈子做文章。还是迈开大步,走到火热的斗争生活中去吧,放开胸怀,拥抱英雄辈出的新人!把题材开拓得广些,把主题挖掘得深些,紧紧抓住时代精神的脉搏,热情讴歌社会主义的先进思想,大诅大咒资产阶级个人主义的反动意识,这才是我们的课题。

二、生活素材与艺术加工

《讲话》指出:“作为观念形态的文艺作品,都是一定的社会生活在人类头脑中反映的产物。”

生活素材——人们的社会生活是文学艺术作品原料的矿藏。在物质生产上,没有工业原料,就不可制造轻重工业的产品;在文艺创作上,没有生活素材也就无从写出百花齐放的作品。

生活素材变成文艺作品,是经过艺术加工的结果。实际生活中一些先进工作者、劳动模范和战斗英雄的真人真事是文艺创作必须重视的选择对象。因为这些在实际斗争生活中涌现出来的人物,其本身就具备着一定的代表性,在他们身上闪耀着英雄模范的光辉,对广大群众是有它一定的现实意义的。但,它又不等于文艺作品中的典型形象。正如铁矿石不等于合金钢,棉花不等于花布一样。

实际生活中出现的工农兵英雄模范的代表人物,或者是革命历史中的先驱烈士,他们都是值得学习的好榜样,应该给予颂扬、鼓吹的。不过,文艺创作到底是同新闻通讯、报告文学、传记和回忆录有所区分。对真人真事的宣传是可以通过通讯、报告文学、活报剧等形式来完成的。如果要写成小说、戏剧和电影故事,那,它必须经过剪裁、提炼的艺术加工过程。即使在创作过程中,曾是拿实际生活中存在着的某人做原型吧,但,经过创作,写成了小说、戏剧或电影故事之后,其中的某人某事就绝非原来那个原型的本来面目了。鲁迅讲他写小说的人物:模特儿不是专取于一个人的,往往是嘴在浙江,脸在北京,衣服在山西,是一个拼凑起来的角色。所写的事迹大抵有一点见过或听到过的缘由,但,全不用这事实,只是采取一端,加以改造,或生发开去。羽毛画,原料是零碎的实实在在的翎毛,经过工艺的设计和制作,却成了模拟的花鸟虫鱼,栩栩如生的各色各样的工艺美术品。

文艺作品的来源是实际生活素材的片断,经过作者的想像、加工、虚构,而创作出比生活更美的艺术形象来。不论是工艺美术品也罢,是文艺作品也罢。都不是原来的原料和生活素材的本身了。

鲁迅还讲过:文艺作品对实际生活素材来说,它是“未必曾有的事实”,但却是“必须会有的实情”。就是说,事件是虚构的,是拼凑起来的,生活中未必真有其事,不过,其中的情节却必须是合情合理的,在现实生活中可能会有那样的人情。

《红楼梦》的贾宝玉,从娘胎带来一块玉石,林黛玉,一个十一二岁小姑娘居然能作出那样一些诗词。这些现象,在实际生活中是未必曾有的事吧,但是,从整部书来看,它所反映的人情世态——封建社会的贵族家庭当中形形色色的人事瓜葛,却很令人衷心信服。

创作《白毛女》这出歌剧的生活依据，是来自华北抗日根据地的一个素材，其实在的人物生活情况，并不跟戏剧演出的喜儿的事一模一样。吴琼花、李双双的形象，可以说是在实际生活里未必真有的那么巧合的事情，可是，有谁去怀疑它的可能性？

文艺创作规律总不免经过这样一条公式：从生活的真实（素材）入手，经过艺术加工（虚构）过程，最后达到艺术的真实。

艺术的真实并不等于生活的真实。

《列宁在一九一八》，其中的情节，未必是有那么巧合的事全都在该时该地发生的，列宁本人在该时该地生活，也绝非只是那样一些事情。据说，二百年前，刚发明摄影技术的当时，曾有些画家不禁惊叹，觉得摄影的照片那么逼真，画笔无用了。但是，今天就算发展到了彩色照片，人们却还需要画家。原因是照片反映的人物，受着时间和空间等条件的限制，不可能比较全面地概括一个人的一生或一个时期的精神面貌。

这一点，《讲话》曾经讲到一段关于生活素材和文艺作品的辩证关系的原理："人类的社会生活虽是文学艺术的唯一源泉，虽是较之后者有不可比拟的生动丰富的内容……但是文艺作品中反映出来的生活却可以而且应该比普通的实际生活更高，更强烈，更有集中性，更典型，更理想，因此就更带普遍性。"

实际生活中的先进工作者的真人真事也就是生活素材来源之一，是文艺创作的原型，是文艺作品必不可少的原料。不但不能缺少，而且非有不可。问题是对真人真事的素材如何进行艺术加工？假如能够做到了前面讲的六个"更"字了，那就大可不必去担心它日后会不会同"真人"的政治命运一样，产生什么可虑的后果。前面已经讲到了，文艺作品到底跟传记不是一路货，两者并不是同一个范畴。如果有人把艺术作品当作真实人物的传记或回忆录来要求，那是缺乏常识的误会，创作思想不应受它的拘束。

前面讲了，文艺创作不同于一张照片。它的职能是在于真实地再现"典型环境的典型人物"。它必须对形形色色的生活现象作出一定的选择和概括，表现在一定的历史阶段中人们的阶级共性和人物角色自身所特有的个性。韩英、吴琼花、江姐同样都是无产阶级的英雄女性的典范。她们都是中国共产党党员，她们既有革命者崇高的政治品质的共性，同时又各自有其生动而鲜明的个性，这一个不同于那一个，一点也不见其雷同。要做到这一步功夫，在创作上是需要付出艰巨的劳动的，必须进行细致而复杂的艺术加工。

生活本身和实有的先进模范人物，是有许许多多可歌可泣的实例足以提高人们的政治觉悟和鼓舞人们的革命热情的。遗憾的是，客观现实生活中，所有任何一位先进的模范工作者和任何一项重大建设工程项目并非都可以入书上画。现实生活之所以成为艺术创作的素材，是必须经过艺术加工的。《红楼梦》里的大观园，用薛宝钗的话说："这园子却是象画儿一般，山石树木，楼阁房屋，远近疏密，也不多，也不少，恰恰是这样。"但是，当贾母要四小姐惜春照样画一幅画的时候，又是这位宝姑娘就认真起来了。说是："你就照样儿往纸上一画，是必不能讨好的。这要看纸的地步远近，该多该少，分主分宾，该添的要添，该减的要减，该藏的要藏，该露的要露。这一起了稿子，再端详斟酌，方成一幅图样……"作者曹雪芹通过薛宝钗的嘴，谈了这么一段话，对生活素材如何提炼，如何剪裁，如何挑选的问题，不是给我们做了值得借鉴的回答吗？

当然，艺术加工也有粗细之分。有时候，很有必要配合当时当地的政治运动，而根据当时当地组织上表彰的先进工作者的模范事迹，编写各种形式的演唱材料、墙报和宣传画。特别是工厂农村的基层群众业余文艺活动，更是应当着重于这方面的普及工作。从普及的基础上逐步加工提高，使我们的文艺工作真正做到"为工农兵而创作，为工农兵所利用"。

三、故事与人物

编排故事和刻画人物，两者的主次如何摆法，这是写小说、编戏剧、电影脚本的创作过程中常常遇到的问题。新写作的同志，往往以为编戏、写小说，头一道工序是编故事，凑情节，搭架子。以为故事情节想出来了，把架子搭好，安上几个人名分别扮演其中的角色，把台词来演唱一番就成了。结果怎样呢？一个政治任务，一个政策精神可能是得到说明了，可惜，它同政治挂图并没有什么不同的地方。其中的语言,和日常在会议上听到的差别不多。这只能在理智上使读者或观众获得一般的政治概念,在感情生活方面,却起不了感染作用,打不动人心。人们看过或读过这样的文艺作品,等于水过鸭背,脑子留不下印象,思想感情起不了共鸣,因而也达不到潜移默化的艺术效果。

其实,中外古今,凡是成功的文艺作品,它给读者或观众记得住,叫人受到教育,又能影响人们的道德行为的,都不是故事情节的离奇惊人,而是其中的人物独特的性格所体现的道德品质和精神面貌。《红楼梦》里的林黛玉,《水浒》里的鲁智深、武松,《祝福》里的祥林嫂,等等,其中的故事情节,人们未必记得详细了,但是,在这些作品的人物,却给人们留下难忘的印象,因而他们的思想感情、道德行为就能够影响广大的读者或观众。高尔基说过:文学就是“人学”,特别强调文学作品就是要塑造人物形象。当然,我们要反对把重视塑造人物的要求,理解为单纯的“写人”。人是抽象的概念,具体的、活生生的人,是离不开其阶级属性的。

我们提倡的是努力塑造无产阶级英雄人物、刻画体现社会主义精神的先进典型。因为,正如恩格斯说的:“主要人物是一定阶级和倾向的代表,因而也是他们时代的一定思想的代表。”革命的作品就应当“歌颂倔强的、叱咤风云的和革命的无产者”。我们说,在文学作品中和艺术舞台上要求塑造革命的先进人物,通过典型形象去感染、影响读者和观众,正如在实际工作中通过表扬各行各业某些先进工作者的模范事迹来推动群众运动一样。没有看得见、摸得着的具体典型人物来作标兵,宣传革命理论和党的路线、方针、政策就不那么生动具体。

比起人物来,故事是次要的。两者之间,人物形象的塑造是占主要地位,故事情节是服从于人物性格的需要来刻画的。评选一个作品在艺术成就上的得失,首先被注意到的是它的人物形象,特别是看它对主角的形象塑造能不能立得起来,其次才去讲究故事情节的编排合不合理。要求故事编排的合理,也只是以表现人物性格为目的。假如不是为了表现人物性格的需要,那,即便是生动、离奇而惊人的情节,也不能不割爱,免得弄巧成拙,闹成画蛇添足的笑话,甚至弄到喧宾夺主,影响中心人物的刻画,淹没了主角的面貌。

在人物性格的塑造上，恩格斯有句名言，说是不仅要写他在“做什么”事，而是要写他“怎样做”。这就是说，要写出人物具体的、活生生的（不是死板的）行动细节，使人看了信以为真。为此，必须给人物赋予个性的语言和行动，切忌满足于一般的、人所共知的标语口号的化装表演。概念的道理，在文学艺术作品里是苍白无力的，没有生命的，抓不住人的，失掉吸引人的艺术魅力的。

人物个性是通过矛盾冲突来显示的。矛盾冲突必然通过涉及生死、安危、利害、得失、爱憎和公私双方的斗争来展示个人的命运。唯有经过双方相互尖锐斗争，才看得出一个人的好坏品质。唯有通过正反面人物的互相斗争，才使得读者或观众在感情上产生反应：对于好人，当他临危时为之提心吊胆，当他取得胜利，则为之欢欣鼓舞；对于坏人，知其在玩弄阴谋诡计，不禁感到憎恨，看他卑鄙无耻的嘴脸，不免觉得恶心。作品是通过正反面人物来让观众或读者懂得应该赞成什么，反对什么，从而起到教育作用的。遗憾的是，我们有的作者对此还没做到那么完美。塑造正面人物吧，为了要表现他的英雄行为，往往袭用一些众所周知的豪言壮语来表达，既无新颖的文学语言，又缺乏生动活泼的形象，描绘反面人物吗，多数是一些定型的脸谱，其中他所玩弄的阴谋诡计，叫人一眼看穿，那些似是而非的谬论，不攻自破。要他扮演机会主义者吗，又不给他披上一件像样的伪装的马列主义的“外衣”。在描绘促使犯错误的人在后来认识到错误的觉悟上，几乎都是由于敌人的破坏而起的作用。这些，是有损于艺术效果的。千篇一律的东西难免令人乏味。至少，没有很好地完成文艺作品本身的特殊任务。

在这里顺便谈谈对塑造英雄人物形象的理解。

《在延安文艺座谈会上的讲话》中号召“革命的文艺应当根据实际生活创造出各种各样的人物来，帮助群众推动历史前进”。

正面的英雄形象是体现主题的化身，他的标志不在乎他的生活外形，主要是表现他的精神面貌——崇高的共产主义道德品质和思想感情。他区别于以往资产阶级文艺作品的地方，是在于体现着社会主义先进思想和崇高的共产主义道德品质。通过他去向读者灌输社会主义思想教育，使人们的思想感情从中受到感染，潜移默化，提高阶级觉悟，消除资产阶级自私自利、个人主义的流毒。

资产阶级意识形态,本质是个人主义的东西,为了资产阶级的阶级利益,总是起劲地在鼓吹个人奋斗,主张个性解放,自由发展。可悲的是,财产的私有制和生产的社会化的不可调和的矛盾,注定了个人同社会之间发生冲突而导致不可一致的悲剧。与资产阶级相反,在无产阶级专政的社会主义制度下,个人和社会集体是对立的统一,两者是一滴水与大海的关系。个人才智在社会主义社会,可以得到充分发展。这是历史发展的必然,是无产阶级英雄人物的思想境界区别于以往一切剥削阶级人物的特点。但是,人物的英雄行为,不应仅仅限于政治生活方面的表现,而应当还有其他值得读者或观众效法和学习的地方。影片《列宁在一九一八》中的列宁形象,就是从各个方面去刻画人物的艺术典范。观众看了感到是个富有生气的活人,觉得如闻其声,如见其人,感到真实可信。英雄人物之所以显示其为英雄的本色,是通过英雄行为——通过他和他的对手的较量来体现的。棋逢对手,对胜利者才觉得敬仰钦佩,武松和李逵如果打的是死老虎,那,他们算什么英雄呢?在中国革命历史的舞台和在今天的三大革命运动中,曾经出现过的无数先烈和正在不断涌现的英雄人物,不管他们生活、斗争的背景是在过去民主革命年代的旧中国,还是现今社会主义革命和建设的新社会,只要他的思想作风和革命行为是体现着爱国主义的,是代表着广大人民大众利益的,是符合社会主义精神和共产主义道德的,那么,我们只要采取无产阶级立场,运用历史唯物论和辩证唯物论的观点,以革命的现实主义和革命的浪漫主义相结合的创作方法,去创作出各个不同历史时期的英雄形象来,那,对于今天的读者同样都有它的教育意义。

要不要或者说能不能写英雄人物的缺点和错误呢?这要看主题的要求如何来说话。即使有必要写其缺点错误时,那只能是为了吸取教训、为了衬托英雄形象的完美。可必须注意,不要因此而引起副作用。不要为了打扫反而使灰尘大大飞扬起来,染污了空气,扩散了病菌。

落后人物可不可以写呢?从落后到进步,改过了错误而成为正确,这是反映了事物发展的必然过程;如果主题又是在宣扬进步战胜落后的,那就把它同“暴露文学”区别开来,不应相提并论。但是,假如把中间人物当作体现时代精神的英雄,把它作为创作的主流,那无疑是错误的。

写反面的某些现象，目的是为了达到表现革命的主题，那是可以允许的。因为写一时一地的失利，正是为了显示全面胜利和成功。一粒粒谷子落下地，谷子本身是被否定了，但，从此有千万株禾苗长了出来，得到新的收获。作者应当学会运用唯物辩证法去观察事物，创作他的诗篇。

悲而壮是能鼓舞革命斗志的，写过去的苦难岁月，是为了激励对未来的向往。忆苦不是叫人哭哭啼啼，目的是唤起人们对今天新社会的热爱，使人更加奋发图强，在前进中遇到困难的时候，不至于使人颓丧。分寸必须掌握准，矛盾的主要方面和次要方面一定得严加区分。

载《金田》1978 年第 2 期

生活·创作·党性

读农民作家黄飞卿同志的短篇小说，认为值得重视的是它从生活中生长，充满浓郁的乡土气息。小说描写的虽然是一些耳闻目见的凡人小事，却并非个人身边琐事。它着眼于写人，注意到人的社会活动。在刻画人物行为、虚构故事情节和运用语言方面，力求实现内容与形式的统一，因而形成了独特的风格：自然、亲切、朴素、单纯和清新。如果要比喻，则虽然不如牡丹那样雍容富贵，也不像木棉高出林表的繁华，但也不是无名野花，而是一丛茉莉，自具品格，散发着清香。

都德的《磨房书简》、巴罗哈的《山民牧唱》以至契诃夫的短篇和蒲松龄的《聊斋志异》等，它们都没有《浮士德》《战争与和平》和《红楼梦》等那样磅礴的气势、深广的历史背景和叱咤风云的英雄人物。然而，它在文艺宝库中却占一定的位置，因为它有独特的、与众不同的风格。同人一样，具有鲜明的个性。陶渊明的诗没有李白的诗那么雄伟，却以自然、亲切、平易近人的意趣传诵千古。不必讳言，黄飞卿的小说也有值得改进的地方。如土语方言的采用，必须注意精选洗练。同样一件衣服，有些人穿上很美，有些人穿上却显见其丑陋，不顺眼。有些方言不为普通人所理解，也须作注解。如果不是为显示人物性格或加强语气，不一定要过于偏爱土腔土调。比如说，“心大心小”代替“犹豫不决”是合适的，如果拿来说明踌躇、徘徊，似乎不大贴切；“大碌藕”，懂白话的人可以知道是一大节莲藕，北方的读者看了就莫名其妙；“系”是“是”的意思，大可不必采用来作为文学语言的；“老举”这个名词要不是两广人，谁知道是“妓女”？恐怕现在的两广青年也未必知道了。

人物形象（个性）的塑造，也有待于加工。矛盾冲突愈激烈，人的性格愈明显。人总是要在生死、爱憎、恩怨、利害、祸福的漩涡中才能见其本色，也才能感染着读者、观众。只限于日常相见，点头握手，“今天天气，哈哈哈”，那样，是分不出好人坏蛋来的。

主题的挖掘要深。鲁迅的《一件小事》《孔乙己》《故乡》等，事情平常，人物易见，但是寓意极深。这就有待于作者思想水平的提高，表现技巧的锻炼和生活的深入。

关于生活与创作的关系。生活是作品的原材料，两者的关系是明白易懂的。问题是曾有人认为“桂林山水比画美”，那么有摄影师就行了，还要画家干什么呢？可见，生活并不等同于艺术。文学艺术是要创作出来的。“创”就是对生活有所选择和取舍。一旦创作完成了，它就既是它又不是它了。因为它必然要比生活原型更集中、更概括、更高、更美、更理想、更富于典型意义。

生活要求于文学作品的是典型化。别林斯基讲过：典型是个熟悉的陌生人。阿Q的精神胜利法，罗亭的只说不做，在生活中大家都似曾相识，这就是它具有一般的共性；阿Q的癞痢头，罗亭的夸夸其谈，就不是人人都有的个性特点。所以说，典型必须是一般与特殊，共性与个性的辩证的统一。

生活真是个汪洋大海，令人眼花缭乱，创作不能是有闻必录。不要误解“文学是生活的反映”这句话，以为凡是生活真有其人其事，照写下来就行了。《列宁在一九一八》就没有写他吃饭、拉屎的事，而只写他那些有社会教育意义的思想行为。把讲话整理成文章，有好多废话，不合逻辑的啰嗦，是要删掉的。生活的真实不等于艺术的真实：有些真人真事，照录下来作为文学作品，人家往往不予置信,个别而偶然的事件,未必合乎一般的情理。现实主义的思想基础是辩证唯物主义和历史唯物主义。机械唯物观、形而上学只能产生自然主义。由于它孤立地机械地看待客观事物的表面现象,看不到事物的内在联系,缺乏对事物本质的分析,不可能全面地客观地反映世界,因而谈不上真正的真实。

深入生活必须高出生活。为了做到这一点,就得要具备望远镜和显微镜这种认识客观世界的武器——马克思列宁主义、毛泽东思想。只有它才能帮助我们认识生活、解剖生活,分辨本质和现象,区分真善美和假恶丑的界线。

为什么有些电影、戏剧、小说产生相反的效果,起了副作用?原因之一是与作家的马列主义思想水平和立场分不开。当然,其中也包含着作者对文艺的社会职能产生误解,忽视文艺的党性原则,把创作自由理解为绝对化。所谓"无冕之王"的资本主义社会的记者,何尝能超脱于资本家的钱袋而随心所欲地有闻即录?

关于"双百"方针和坚持四项基本原则的关系。这两者并不矛盾。作家写什么,怎么写?领导仍然是不能横加干涉的。但是,在思想内容方面——作家在作品中表现赞成什么,反对什么,那是要受党性的原则和革命的功利所约束的。真善美是有阶级标准存在的,否则,作家就不成其为"阶级的代言人"了。当然,不能否认某种形式的文艺作品中,阶级烙印并不那么明显,在一定的程度上,包含着不受阶级局限的共性。但是,也不能因此而只看其共性这一面而抹杀、否认其阶级个性的另一面。

现在所谓"收",如果指的是一些极端民主、绝对自由的倾向,那是要"收"的。因为不属于"百花"范畴。其实质不过是"踢开党委闹革命"的无政府主义的还魂,借反官僚主义做幌子搞平均主义。实质是站在个人主义立场反对封建残余,用反动观念反对错误行为。这种"花"就不能让它在社会主义文艺的花坛上生长繁盛。反党反社会主义的、诲淫诲盗的东西,本来就不允许放的。对它们就不存在"收""不收"的问题。衡量社会效果,不能只以票房价值来定。文艺是引导国民精神前途的灯火,不能甘当落后群众的尾巴。文艺是提供人民精神文明的食粮,爱国主义思想、社会主义观念、共产主义道德风尚是革命文艺创作的课题——也是时代精神的所在。

如何对待社会主义社会中出现的阴暗面？按理说，社会主义是代表历史发展的正面形象，是光明的精神化身。阴暗的角落，只是资本主义旧势力残余的象征。修正主义无非是马列主义的反面，官僚主义就是封建主义的标志，无政府主义、极端民主、绝对自由等等，都是为马列主义、共产主义道德所不容的垃圾，为什么不能暴露、批判呢？不揭露阴暗就见不到光明，不批判那些资本主义、封建主义的小丑，就衬托不起共产主义者形象的伟大。值得注意的是——在颂扬与谴责当中，分寸要掌握准确，主次要分清，不能喧宾夺主。十年动乱，二十多年“左”的错误，给人们伤害极深，教训是应当吸取的。“伤痕文学”之所以流行，是可以理解的。问题是：应当认清这场浩劫和错误并非马列主义、共产党本身的必然恶果。恰恰相反，这是违背马列主义精神和一些伪装革命的剥削阶级分子一时钻了革命的空子而造成的。而这些错误和灾难，最后还是用马列主义武装的共产党自己纠正和挽救的。文学作品要写这段历史，必须特别慎重，严格划清个人品质和革命路线的界限。有些悲剧的产生，是由于某些为党纪国法所不容的个人给无辜者的陷害，是盗用阶级斗争、政治运动名义，为达到个人私欲的坏人干的，并非革命措施的结果。如电影《天云山传奇》中，吴遥本人假公济私，违背革命者品德，并非共产党一团漆黑。可惜影片中未能明确这一点。在强迫成婚的筵席上，出现捧场的助纣为虐的小人。在平反冤假错案上，也有人为虎作伥，好像是吴遥很吃得开，并非孤立的小丑。这就不免产生副作用。至于《骗子》那出戏剧，则更加明显地学“四人帮”造反派一套，“横扫一切”，把整个社会主义社会全都看成了官僚统治的天下。这就同社会主义的现实背道而驰了。

在这个问题上，必须防止两种极端（偏向）：在领导上，一强调四个坚持就又重复过去“左”的老套，一刀切。以为文艺只能写中心，写阶级斗争，写颂歌，写光明。生活中只能有好和更好的差距，不准出现好和坏的冲突，光明与黑暗的对比。在作者方面，也不要一重申“双百”方针就误解为绝对自由化，搞无政府主义，否认文艺倾向性，忘记作者的社会责任，不顾作品的社会效果。忘了国民党与共产党的根本界限，连国家民族的意识都没有了。两种极端将导致片面性，不可能反映历史的、生活的本来面貌。

“百花齐放”就是要允许文艺品种的多样化。不能排斥写中心、演中心的宣传文艺,也不应要求文艺只能是政治概念、政策精神的图解。既然提倡百花齐放,就要有朝开夕谢的芙蓉,也要有耐久不凋的茶花或四季开花的玫瑰。有的清香扑鼻,有的赏心悦目。芍药一年一种,桂树、玉兰却是越老越茂。不能厚此薄彼,应该各有千秋,各有各的作用。值得讽刺唾弃的,倒是那些瞒和骗的冒牌货,那些散发封建道德伦常、因果报应的迷信的东西,那些资本主义意识的表现——个人主义、自私自利,无政府主义者那种无头苍蝇的穷途末路的东西。

但是,嘲笑挖苦这些丑类,也应善于运用文学的投枪。讽刺的对象,虽是“未必曾有的实事”,却是“必须会有的实情”。切戒跟顽童恶作剧那样,偷偷在人家背后画上乌龟而起哄。这就不可能使文艺对人民、对社会主义很好地起到应有的教育作用。

最后,我们应时刻记住鲁迅的话:文艺“是引导国民精神前途的灯火”。而能燃起灯火的油应该是四项基本原则。它是社会主义文艺的动力,也是我们文艺工作者的信仰所在。有这一信仰,我们就有奋斗的目标,满怀信心,对未来充满希望。

载《广西日报》1981 年 4 月 14 日

在黄飞卿作品讨论会上的发言

（一九八一年四月一日于贵县）

我们这个会开得很好。几年来我个人请假写作，文艺上一些活动参加得很少。这次会上，搞评论工作的同志对黄飞卿同志的作品作了认真的分析，对作者是有帮助的。总的说来，会开得成功，达到了预期的目的，对进一步搞好创作和评论，是很好的开端。

我要谈的意见不多，很多话是重复大家的意见的。

头一个要讲的是：对黄飞卿同志的小说的肯定和期待。

值得肯定的地方，也就是值得重视的地方。我看有那么几点：

首先作品是从生活里面生长出来的东西，所以充满了乡土的气息。做到这点很不容易啊。现在也好，过去也好，写农村的天地很广阔，但是在文艺上反映还是少了。黄飞卿同志生长在农村，现在工作还在农村，他的作品和农村结合得很紧，我们可以感觉得到，作品的乡土气息是比较浓郁的。这不光是因为写的是农村题材，还有语言、人物面貌等留给我们的印象是突出的。很值得搞创作的、搞理论研究的同志重视和学习。

其次是所写的都是日常耳闻目见的凡人小事,但又不是个人的身边琐事,最可贵的是作者着意于写人。我们现在流行的一些小说都是过于追求离奇的故事和怪诞的情节,那是不对路的。写人是创作中一个很重要的带有关键性的问题,这一点黄飞卿同志抓得对。他很注意运用农民群众口语,同时注意到了人的社会活动,而不是个人的儿女情长的东西。

再就是在刻画人物的行为、故事情节的安排以及运用语言等几方面,力求内容和形式的统一。同意同志们的分析,飞卿同志的作品形成了自己独特的风格,那就是自然、亲切、淳朴、清新。内容和形式统一。使人感到很自然,好像生活就是那么一回事,生活本身就是这样。在情感上感到很亲切,不是矫揉造作,弄虚作假。朴素,因为写的都是农民,没有花花草草的东西,作品的气息很清新。这个风格形成是很不容易的,在这一点上黄飞卿同志是摸到了自己的道路的。如果要打个比喻的话,我们从这十几篇小说来看,当然不像牡丹花那样花开富贵,也不像木棉那样高出林表的繁华,但它也不是无名的野花,而是一丛茉莉,形成一个品种。正如许多同志所说的,黄飞卿作品中虽没有叱咤风云人物,没有波涛汹涌的场面,而只是些凡人小事,但无疑是不拘一格的品种。都德的《磨房书简》,他就写那么一些小东西,但都写得很自然而亲切,反映了那个时代的风俗人情,所以它就有自己的存在价值。还有巴罗哈的《山民牧唱》,也是写农村的牧歌,但是在世界上也不失为名著。《聊斋》大家都知道写的是一些民间传说的狐鬼故事,但它反映当时的人情世态,终也成为不朽之作。巴罗哈的《山民牧唱》、都德的《磨房书简》都没有《战争与和平》或《红楼梦》那样的磅礴的气势,也没有那样深广的历史背景和典型人物,但它自有独到之处。作品的可贵,就是要有自己的风格,像人一样,自有其个性,不一般化。陶渊明的诗,虽说没有李太白的雄伟,它却自然、有平易近人的意趣,所以能传诵千古。从这几点来看,黄飞卿同志走的路子是对头的。值得我们重视。

期待于黄飞卿同志的是,提供黄飞卿同志今后考虑改正提高的几点意见:

一、土语方言的采用。采用群众语言,是可取的,但是,群众语言好好坏坏,参差不齐,要引用于文学必须精选,洗练,就得像从沙里淘金那样下工夫。语言像人穿衣服一样,有些人穿这样的衣服就适合他的体型,很好看;有些人穿起来不但不好看,反而叫人看着不顺眼。文学作品主要靠语言来完成的,就像画画靠线条，音乐靠旋律一样。方言运用得好，能增加作品的色彩。群众的口语是从生活中来的，有它的生命力。广东白话是汉语语法，和文学比较接近。黄飞卿同志注意了这个问题，从民间引一些口语到文学作品里来，有些运用得很精彩，有些不免生僻，需要注解才懂，因为作品总是要想给多些人看，不注解人家不好懂。如果不是为了表现人物的性格，或者用来加强语气的话，那就不一定要勉强使用。不要过于偏爱那些别人看不懂的话。“心大心小”这句话，如果用它来代替“犹豫不决”是可以的，如果拿它来说明“踌躇”“徘徊”，就不那么确切了。“大碌藕”，“碌”的意思是一节一节，广东人就懂，写在书上，北方人就不知是什么东西了。“系唔系”，就是“是不是”的意思。写成“是”字大家都懂，不一定要写成“系”。“老举”，广东话是妓女，只有两广人懂得。（恐怕现在年轻人都不一定知道了。）本来写“妓女”就行了，写“老举”就得要注解。

二、人物形象的塑造还有待于加工。黄飞卿作品中人物形象的描写，同志们都提到了，觉得一般的面貌是写出来了，个性化、典型化，还不是那么突出。这一点是不是与他写的事件有关。他虽然着眼于写人，但是还没有注意到写人的性格，写人的个性。老头子大致是一样的，但这个老头子和那个老头子又不是一个样子，这里就有个性的问题。要写出人的性格，就要把他放在矛盾冲突当中去，矛盾冲突越激烈，人物的性格就越突出。人与人之间如果没有什么矛盾，彼此见面点头哈腰，“今天天气，哈哈哈”，没有个人恩怨和利害的关系，就不能显出个人的庐山面目。所以说要写人物，一定要把他放到矛盾冲突当中去，放到生死、爱恨、恩怨、利害的漩涡里面，才能显出他的本色。为什么要强调人物的性格呢，因为作品的思想是通过人物的命运去体现。如果这个人的命运不能感染读者的话，作者的主题的目的就达不到。我们看电影，读小说，总是通过人物的命运来决定爱他或恨他。如果读者或观众对作品里的人感到无所谓，说明作品不发生作用，感染不了读者。感染不了读者，作者的意图就达不到。

三、主题的挖掘要深。同样一个事件，有些作品主题揭到事物本质，有些只是写出了事件的表面。这有些同志可能会说，黄飞卿同志写的就是一些凡人小事，怎能挖得深呢？我看不是这样。鲁迅的《一件小事》，就是一件很小的事，但是它的主题却挖得很深。《孔乙己》写的也就是那么一个封建社会里考不上功名的读书人的行状，可是它的主题却使我们通过这个人的命运看到封建社会科举制度的不合理,存在着埋没人才的弊病。鲁迅另一名篇《故乡》,写的是乡村见闻吧,作品的“我”,回到离别了二十多年的家乡,见了童年朋友(闰土),当年“我”和闰土正和他眼前的侄子跟闰土的儿子是一样的,两小无猜,称兄道弟。不想二十多年后,阶级分化了,“我”当了“官”,当年的弟兄闰土却成了佃农,居然叫“我”作老爷。这好像是阶级社会的必然。但是,作品并不停留在这里为止,而最后却挖深一步指出:希望下一辈不再像我们现在这样,人和人之间不再人为地划出一条鸿沟!这是个希望。那么这个希望能不能实现呢?作者作了肯定的回答:希望正像地上的路一样,走的人多了,就会变成路的。这就写得很深。故乡的题材,过去不少人无非写农村如何如何破落了,农民如何如何贫苦、愚昧、落后等等,就没有鲁迅这样站得高,望得远,想得深,运用进化论的观点看到未来的社会总会变好,人和人的平等关系总有一天像新路一样出现。只要大家都去奋斗,去实行改革,希望就会实现。事情很平凡,主题却挖得深,对人的教育意义就大。通过生活现象,看出它的本质这就要有赖于思想水平的提高。当然,有了思想水平的提高,还要有表现生活的文学技巧。因此,对黄飞卿同志的希望有两点:一点是语言的提炼要注意方言的运用,一点是主题的深入,人物性格的加工。同大家一样,都期待着黄飞卿同志有更多更大的成就。在肥沃土壤上的植物必然会茁壮成长的。

第二个要谈的是文艺创作中的几个问题。

一、生活与创作的关系。我对这个问题的理解。

这本来是老生常谈,不是什么新问题了,生活是作品的原材料。你们贵县糖厂是有名的,但是没有甘蔗却制造不出蔗糖来,两者的关系还是容易明白的。问题是有所谓“桂林山水比画美”的说法。这就需要讲明白。当然,不能否认生活是美的源泉,但这只说了一面,另一面还要根据生活进行再创造,否则只要一个摄影师就够了,还要美术家干什么呢?虽然艺术家、文学家的创作原材料是从生活里来,但比生活更集中,更概括,更典型,更富于理想。我想,搞创作的都有这个经验吧,黄飞卿同志也不例外,他写的那些东西都是有出处的:这句话,这个动作,这个小故事,这个细节,都是有迹可寻的。但是,那些只是片段,并不完整。形成为整体的具有生命的形象是作者把它并起来的,所以文艺对生活素材必须加工提炼。生活并不等于艺术。文学艺术作品是创作的产物,“创”就代表不是生活本身而经过创造了。黄飞卿同志作品中的八叔九叔,虽然像是这个,却又不完全是这一个了。因为它经过创作(加工提炼)。这一点,《在延安文艺座谈会上的讲话》讲了六个"更"字是符合创作规律的。生活要求于文学作品就是要典型化。别林斯基讲了这么一句话:典型是个熟悉的陌生人。熟悉,就是说在某些方面看来大家都很熟,似曾相识。这就是一般性,也就是共性。但是它的某些特点却令人感到陌生,这就是特殊性。一般与特殊,共性与个性的统一,这就叫做典型。总之是,典型有共性一面,也有个性的另一面,两方面结合起来才成典型。光有共性,没有个性,一般化、雷同化的东西就出来了;光有个性,没有共性,就成了怪诞、疯子,引不起同感共鸣。生活现象共性的东西是普遍存在的,作家要创作,必须从共性中看出个性的特点,作品才具有生命力。

生活是汪洋大海,令人眼花缭乱。创作不能把生活中所有的东西都写下来。文学是生活的反映,这说法恐怕不很全面。这样说容易造成这样误解:凡是生活中有的、真有其人其事,照写下来就行了。其实,生活中有些是没有意义的,有些现象就不能体现它的本质。我们看过一个电影叫《列宁在一九一八》,那是写列宁的。写列宁,也没有把列宁一天所有的事情全都照样写完嘛,里头就没有把列宁怎样吃饭、拉屎的事都写上。因为这些东西没有教育意义,不能表现他的思想行为,所以就可以不写。就像我这个讲话,其中夹杂不少废话,要写成文章就必然要删掉。文学反映生活,有很多东西是要删掉的:造房子,造好了都剩下不少砖头、瓦块和石灰,因为用不上。所以说不能把生活中所有的东西都照录下来。生活的真实不等于艺术的真实。生活是有这个事情,但不一定都能写成文艺作品。因为人们要求文学作品是典型化。看戏看电影读小说,往往要求有可信而合情合理的东西,偶然而个别的事件未必符合一般的必然的东西,文艺要从偶然里面写出它的必然性,从一般看出特殊。做到这一步就需要创作。一个马列主义者,对现实主义的创作方法应该是不成问题的。现实主义的思想基础就是辩证唯物主义和历史唯物主义。我们不能用机械的、形而上学的眼光去对待现实的生活,因为形而上学的观点,对待事物往往是孤立地看它的表面,而看不到事物的内部联系,缺乏对事物本质的分析,这样就不可能全面地反映客观世界,也就不可能真实。现在写真实似乎成了问题,其实,假如你们是个辩证唯物主义者和历史唯物主义者,那么,写真实应该是不成问题的。

二、关于深入生活的问题。一个作者深入了生活，是不是就解决了创作问题呢？不，对文学创作来说，这只是完成了一半；还需要有另一面的功夫，深入还要高出。不然就无法分辨生活中哪些对社会有意义；哪一些可以教育别人，令人从失败中接受教训；哪些叫人在团结友爱中得到欢乐；哪一些能够打动人心；哪一些可以表现共产主义的道德风尚；哪一些使人认识生活，提高思想觉悟。这些就要有比生活站得更高才能看得出来。要做到这一点，就要具备望远镜。具有辩证的唯物观点和历史的唯物观点，才能够认识我们周围的生活，认识我们的时代，看出哪一些是真实的，哪一些是虚伪的，哪一些进步，哪一些反动。要有望远镜、显微镜，不然，我们就分辨不出哪些是真、善、美，哪些是假、丑、恶，哪些该讽刺、哪些该颂扬，这很重要。当前有些作品，作者不一定是存心要反党反社会主义，有意讽刺挖苦新生事物，但却产生了反效果，或者叫做副作用。原因是什么呢？这与作者的马列主义的思想水平和立场分不开。当然，里头还包含着作者对文艺的作用、文艺家的责任感产生了误解，忽视了列宁提出来的文艺的党性原则。有些人把创作自由理解为绝对化。其实这一点，列宁讲得很深刻。列宁在1905年写的《党的组织与党的文学》讲得很清楚，他的话到现在还很有意义。以前说资本主义世界的记者叫“无冕之王”，可以天马行空，爱报道什么就报道什么，“海阔凭鱼跃，天高任鸟飞”。其实不是的。以前旧的《大公报》，也号称为第三者，既不是共产党，也不是国民党，实际上它也是不能离开资本家的钱袋而随便自由说话的。在某些方面看来是自由，在另一方面，是受限制的。第四届文代会上香港一位作家说在香港，手一停，嘴巴也就停了。你不写文章，就开不了伙，你能那么自由吗？文艺的党性，必然要为一个阶级利益说话的。《三言》《两拍》《今古奇观》，似乎讲的是才子佳人、离奇古怪的故事。实际上很多是宣传封建伦常、因果报应的观念，它必然受作者的世界观、阶级的意识制约。

三、“双百”方针与“四个坚持”的关系。两者是没有矛盾的。小平同志代表党中央在第四次文代会作的祝辞，后来形成了中央文件，重申了“双百”方针。作家写什么，怎么写，党组织不要“横加干涉”。这个话到现在也没有改变，但是，在思想内容上，你究竟宣传什么，赞成什么，反对什么，就不能不过问。作品的思想倾向，对革命的功利，对党的领导有没有损害，有没有违背的地方，是要受约束的。所谓真、善、美,是有阶级的标准的,要不然,作家就成不了高尔基所说的"阶级的代言人"了。超阶级的东西,是根本不可能有的事。这点鲁迅在和梁实秋论战时讲了很多很精粹的话。人不可能揪着自己的头发吊到半空中离开地球生活。在阶级社会中,你不站在这个阶级立场就站在那个阶级立场。当然,有些事,不那么明显,那么直接。比如有些花鸟虫鱼的画,阶级性就不那么明显。戏剧电影和小说是从矛盾冲突中写人的命运的,其中,你站在哪一边,反对哪一边,容易鉴别。花鸟虫鱼,画得好,工人喜欢,资本家也喜欢。但是不能因为这样,就只强调共性这一面。现在有些人就是举这些例子,用人类的共性来抹杀了阶级的个性。各走极端,都不对。现在,大家都在打听、猜测:是不是强调"四个坚持"双百方针就要收了?我看,所谓"收",如果指的是一些走过头,搞绝对自由化,那必然是要收的,因为那些东西它本来就不是在百花齐放所允许的范畴里面。现在有些作品,实际上就是"踢开党委闹革命"那种无政府主义的变种。这种东西让他"放"是不行的。有些作品,虽然以反官僚主义做幌子,但那是在反官僚主义的幌子下搞平均主义,站在个人主义的立场来反对封建的残余,用反动观念来反对错误的行为。官僚主义不是不可以反,但是看你站在什么立场上来反,是对待敌人还是对待人民内部?界限要分清。用反动的观念来反对错误的行为,是不行的。不要给社会主义新社会抹黑。蒋介石统治中国二十二年,我们新社会搞了三十年,完全可以对比来看,旧社会有些年轻同志不知道,我是看得见的。蒋介石国民党二十二年搞了什么呢?我们共产党三十年在工农业、文化教育卫生方面取得多少成就?从贵县的变化就可以看出来了。三十年代,我去广州上学有时候也在贵县停留,那时是二万人口,现在将近十万,不但有一个糖厂,西江大桥也架起来了。蒋介石二十二年,他的首都南京,他的大总统府,也就是那么一个旧房子。我们现在不管哪一方面取得的成就,都不知好多少倍。但是现在有些人却认为台湾比我们怎么样啦,国民党比共产党怎么样啦,这不是瞎了眼?有的是出于无知,年轻人难怪。有些花,是有毒的,我们不能引种,不能让它在社会主义文艺这个花坛上生长。这个不是收,而是不能让它自由开放,不能让它腐蚀了读者和观众的精神生活。反党反社会主义的东西,海淫海盗的东西,就是不能放,这些东西禁止它扩散并不等于收。衡量社会效果要看它是否对革命有利,对人民有利。我们不能看他的票房价值。有人说,爱看的人多,就证明它有人民性,那不一定。听说,现在道公巫婆群众相当欢迎,难道可以说它有人民性而让它自由泛滥呀?看社会效果要有个原则,不能看赚钱多了的就助长它。总之,我们不能做群众尾巴,我们是引导群众前进的嘛!

胡耀邦同志在全国文代会茶话会上引用鲁迅一九二五年讲的话:“文艺是引导国民精神前途的灯火。”我们要在作品中灌输爱国主义的思想。我们国家的领导核心力量是中国共产党,我们思想的理论基础就是马列主义嘛,我们的文艺就要宣传这个观念。宣传社会主义,宣传共产主义的道德风尚,这是我们的课题,革命文艺创作的课题。爱国主义思想,社会主义的观念,共产主义的道德风尚,也就是时代精神。二十世纪的历史,就是社会主义。十月革命后,历史进入社会主义时代。当然不是说现在的世界就是社会主义的了,也许还要多少年才能达到,但是世界必然要走到社会主义的,这是历史的必然方向。还有一点,怎样对待社会主义阴暗面问题。按理说,社会主义是代表历史发展的正面形象,是光明的化身,阴暗的东西不是没有,但阴暗的东西正是资本主义旧势力残余的象征,不是社会主义本身的产物。修正主义是对马列主义的反动。官僚主义是什么呢?它是封建主义的胎记,不是社会主义本身的形象。无政府主义的绝对自由、极端民主等等,这些都是为社会主义精神、共产主义道德所不容的污秽。如果你暴露的是这些东西,是不成问题的。因为暴露这些阴暗的角落,打扫这些垃圾,正是使光明更加突出,批判封建主义、资本主义的小丑,更衬出共产主义者的形象的伟大。这个道理大家都知道,现在值得注意的是,在颂扬光明和谴责阴暗的时候,必须掌握准确,主次要分清,分清哪些是主要的,哪些是次要的;哪些是主角,哪些是配角;哪些是矛盾的主要方面,哪些是次要方面。不能喧宾夺主,不能把次要的当成主要的东西。十年伤痕深重,广大人民群众的伤痕是很深的,教训值得我们吸取。“伤痕文学”之所以流行,一出来就受到欢迎,得到读者,那是可以理解的。问题是我们要清醒地认识这个问题。这十年动乱、错误,都不是马列主义,都不是共产党、社会主义必然造成的恶果。恰恰相反,这些都是违背了马列主义精神的,都是一些伪装革命的剥削阶级分子,一时钻了革命的空子,不是共产党本身带来的。这些错误和灾难,最后还是由马列主义武装起来的政党自已来纠正和挽救了。这点,我始终牢记邓小平同志说过的，"四人帮"这样的恶势力，最后还是我们党自己起来纠正的，并不是别人。也就是说，他们的所作所为，都不是党所允许的，也不是党本身的产物，这是很重要的一个界线。文学作品要写这点，必须特别慎重，一定要严格划清个人品德与革命路线的界限。有些悲剧的产生，是由于某些为党纪国法所不容的个人的恶行给无辜者的陷害，而不是党、马列主义、社会主义的问题。那些人盗用阶级斗争、政治运动的名义来达到个人的私欲，并不是革命事业所造成的弊病。这里不妨讲一下，举个例子，如《天云山传奇》这部片子，也有这样那样的说法，我个人也讲过，它的反面人物是吴遥，后来当了地委书记，我认为这个作品是想揭发吴遥这个人的品质问题，造成别人的悲剧，夺人之所爱，他与党组织是分不开的，但悲剧不是党组织本身给人造成的，而是由作品中的人物的个人品质造成的。他假公济私，强迫成婚，不给人家平反，也是个人的恩怨作祟。平反本是党中央的方针，他却阳奉阴违，压制不办，也是个人的品质问题，并非党的过失。但这部片子，也存在一定的副作用。在分寸上，在情节安排上，注意得不是那么全面，如在迫人成婚的筵席上，就有它周围的人在拉皮条，容易造成一个副作用的印象：官官相护，没有人讲公道话，不按党的原则讲话。在压制平反冤假案的事情上，也有人为虎作伥，代表正面人物的只见一个人，而这个人又与平反的对象有私人关系，好像为了这个才去干这个事件，这就产生了一定的副作用。反映人民内部的矛盾，应划清它的阶级界限。暴露，应该暴露那些封建残余和资本主义残余的东西。当然，这些残余是附在某些人身上的，因此，应该强调个人的品质问题，他那些恶劣行为，是纪律上、道德上所不容许的。这样，讽刺才有意义，批判才达到教育的目的。在这个问题上，必须防止两种极端，也就是两种偏向。在贯彻"双百"方针和坚持四项基本原则中，一种偏向是在领导上来说，或指导创作的文艺批评来说，不要一强调"四个坚持"，就又重复过去的老套套，又来一刀切，以为文艺就只能配合政治运动，只能写中心，只能写阶级斗争，只能歌颂光明，在生活中只能有好与更好的差别，不能写坏和好的矛盾，不能写光明与黑暗的对比。这是我们过去文艺上"左"的套套。这是机械唯物论，不是辩证法。是形而上学——唯物而不辩证。领导和指导创作的要防止再陷入这一极端。在作者方面，就要防止走另一个极端，不要以为重申"双百"方针了，就误解为绝对自由化，搞无政府主义，否认文艺的倾向性，忘了作者的责任，不顾作品的社会效果,忘了国民党和共产党的界限,有的甚至连国家民族的意识都没有了。这两种极端,都导致片面性,不可能反映历史、生活的本来面目。“百花齐放”几个字,就是允许文艺品种多样化。我们不能排斥文艺写中心,也不能要求文艺只写政治概念,搞些政策的图解。我们为什么要提百花齐放呢?就是各种各样的花都让它开放的意思。在实际生活中,就有早上开花,晚上凋谢的芙蓉,也有经久不凋的茶花,也有四季开花的玫瑰。有的清香扑鼻,有的悦目赏心,芍药一年一种,桂树越老开花越茂。花是多种多样的,不能厚此薄彼,应准它各有千秋,发挥各自作用。我们所要唾弃的是那些瞒和骗的冒牌货,和那些散布封建道德伦常、因果报应的迷信的东西,那些玩意我们是要排斥的。那些鼓吹资本主义意识的东西、个人自私自利、无政府主义那种像无头苍蝇那样穷途末路的东西,我们也要批判的,但嘲笑和挖苦这些小丑也应用文学来作投枪,用文学作手段。鲁迅说,讽刺要有事实,要讲真实,“未必曾有的实事,必须会有的实情”。这样的作品,才能产生应有的艺术效果。要挖苦讽刺官僚主义,应该切戒像顽童那样,恶作剧地偷偷在别人背后画个乌龟,而在后面起哄。这样的文章,这样的作品不会产生应有的良好效果,不可能对人民对社会主义起到应有的教育作用。

最后,应该记住鲁迅的话:文艺“是引导国民精神的前途的灯火”。而能燃起灯火的油,照我看,应该是坚持四个基本原则。这四个基本原则,是社会主义文艺的动力,也就是说灵魂的所在,人没有灵魂,也就失掉精神支柱了。我在一个创作学习班上曾经讲了三点意见,归纳起来就是六个字:信仰、责任、学习。信仰很重要,一个作家应当是个思想家。我们的信仰应当是马列主义。有坚定的信仰,奋斗才有目标,有了明确目标,才会对未来充满信心和希望。

载《金田》1981 年第 2 期

认识生活　表现生活

——1984年4月21日在《柳絮》笔会上的讲话

一、认识生活

认识生活,首先应全面地理解生活的涵义。

所谓生活,就是人生——人的生命活动,即俗话讲的人情世故;而人情,无非是七情(喜、怒、哀、乐、爱、恶、欲),六欲(身、意、耳、目、口、鼻)。

生活是客观存在的现实。如何认识它——从现象看到本质,从普遍看到特殊,从森林的群落看到具体的个别的树木,往往因人而异,即便是“英雄所见”,也只能是“略同”。

这道理是:由于立场(观察事物所采取的角度)不同,对待(反映)同一的客观现实,将会得出不同的结论。

但是,即使立场一致,各人的看法,仍然存在着深浅程度的差距。

要求弥补这一差距,必须解决深入生活的问题。过去把“到工农兵群众中去”作为唯一的答案。说实在的,这只能是指出表象的局部的原因,还未能接触到问题的真正核心。

深入,应该是,要求对现实生活的本质做到深刻的理解,捕捉到“典型环境的典型性格”。否则,不可能理解:同样是下乡插队的生活题材,为什么有的写得深刻、激烈、尖锐而感人,有的写得肤浅、平庸、令人乏味。

但,要做到认识现实生活的本质,认识生活的社会意义,在文学领域中取得应有的地位和价值。那,除了做个有心人,对周围生活,比一般人特别留心观察外,还有更重要的一条,就是要具备理论修养,掌握正确的思想方法,提高认识的能力。

对一个革命的作者来说,马克思主义理论——唯物辩证法和历史辩证法的学习,是必不可少的课题。只有掌握这一武器,确定自己的世界观和人生观,才可能在人海茫茫之中有个指南针,认清人类社会的过去、现在和未来,也只有凭这一基本理论武装头脑,才可能在令人眼花缭乱的人事纷纭当中,分辨其是非黑白,区别其真善美与假恶丑的界线。

这里不妨举一下这样的事例:同样是以反映“五四”后——二十年代到三十年代初期,半封建半殖民地的旧中国社会的现实生活题材,鲁迅写的是《祝福》《故乡》,沈从文写的却是《边城》;茅盾的《子夜》,向读者揭示了半殖民地的民族资产阶级的悲剧,涉及到社会的大问题;巴金的《家》,只限于反封建的家庭生活的狭窄天地。这与作家的世界观和理论修养不能说是没有关系。

“文艺是国民精神所发的火光,同时也是引导国民精神前途的灯火。”

发现生活的火光和灯火,就必经借助理论的武器去进行剖析。唯其如此,方能作到既深入生活,又能高出生活。

二、表现生活

如果说,认识生活,主要是依赖哲学理论作向导,那么,表现生活就得锻炼文学技巧的修养手段。前者用“为什么”的道理解释人生,后者则拿“怎么样”来体现人情世态;前者运用概念的阐述,后者则全凭形象的描绘。

伟大的文学评论家别林斯基说:“艺术既是表现人们感情的,也是表现思想的,但是并非抽象地表现,而是用生动的形象来描绘,它主要的特点就在于此。”

就个人的写作体会,觉得小说的创作技巧,有这样一些问题,是值得探索的:

(一)“写你所熟悉的”。老调不妨重弹,道理不嫌啰嗦。对待生活,唯有熟悉才会发生兴趣,而“兴趣正是事业入门的向导,也是个人成才的起点。”(爱因斯坦语)事实的确如此,现实生活,唯有熟悉它,才会从中看到细节,唯其熟悉,才好比较出其中的特点、个性,唯其熟悉,才会产生热爱。热爱,照爱因斯坦所说,它是人们从事学习、工作的“最好的老师”。

从个人的经验来谈,过去写的那些,都是从熟悉中产生感情的结果。当前武打、传奇、侦破、三角恋爱等等,在青年读者中正是吃香、诱人的热门货,写它是容易名利双收的。有个刊物主编,曾鼓动我为一位传奇的杂技世家写一部传记性的长篇,给我作连载和出书的许诺;遗憾的是,只因自己对它既不熟悉又不感兴趣,不得已而婉言谢绝这笔“订货合同”。

那么,《故人》中四十年代雾重庆的生活,《瀑布》中的瑶山风情,难道是我熟悉的吗?不。不过,一般的人们共通的思想感情部分,是可以从观察、想象里得到弥补的。

说到熟悉,除了直接的亲身经历的感受,还允许有间接地从书本文献,从采访、调查中,对它进行酝酿、比较、琢磨,然后形成活生生的想象。换句话讲,从虚构看出真实。《瀑布》里的人物都是虚构的,但因多年在脑中进行酝酿,反复想像,居然形成如同真实存在的熟朋友那样,几年朝夕相处,不禁常见于梦寐,终于做到闭起眼睛就如见其人,如闻其声。这时,写起其嘴脸,叙述其行为,自然会出现栩栩如生的形象。从假中见真,似曾相识——叫人信以为真。

(二)话又说回来,凡熟悉的人和事都能写成小说吗?不。即使报纸上的新闻报导、通讯,都不可能做到有闻必录,何况文学作品!世上人事纷繁,就算就自己熟悉的说,人活了三四十年,从家庭到社会,有多少熟悉的人和事的信息存入脑子的储存库啊,这些信息不可能一桩桩、一件件都能作成为文章。文学作品只能从中作必要的选择(提炼、筛选……都是一个意思),选择,用什么尺度作标准呢？无他，只能按文学的使命来办事。就是说，选择那些有利于人民，于社会发展有所帮助的典型，选择那些具备深刻的、代表着事物本质意义的东西。就是说，提炼那些足以成为提高人们思想水平、促进精神文明、"引导国民精神前途的灯火"。"世事洞明皆学问，人情练达即文章"，这正如同不是随口一句话都成格言、谚语一样。鲁迅说过，不是随便什么人都能写进小说去的。社会主义文学的使命，就是要从熟悉的生活中筛选素材，提取出富于教育意义的题材，进行艺术加工，使之在读者的精神生活中发生潜移默化、陶冶情操的作用。

典型，按词典的注释，乃是代表、模范的同义语。恩格斯对文学作品的要求，就是必须写出"典型环境的典型性格"。生活的社会环境和人物的性格是同步的。

别林斯基对此作了说明：典型人物形象，是读者所"熟悉的陌生人"。"熟悉"，指的是一般性和普遍性；"陌生"讲的是特殊性、个别性。惟其普遍性，所以觉得"熟悉"，因为它是特殊性、个别性，所以令人感到"陌生"。两者是辩证的统一，一个整体两个方面，忽略了那一面，人物就立不起来（表现不出有血肉的活人）。

只有典型，才能体现事物的本质。它集中概括了普遍的零星的客观现象。

只有通过典型，举一反三，才能使人认识到生活现象的社会意义——哪些是共产主义美好的道德，哪些是资本主义丑恶的习气。使人懂得该向哪些学习，哪些应当唾弃。

文学的社会意义——列夫·托尔斯泰有过这样说法："写作而没有目的，又不求益于人，这在我是绝对办不到的。"

涅克拉索夫也讲："无论在什么情况下，文学一步也不应当离开自己的目的——把社会提高到自己的理想——善、光明和真理的理想高度。否则，文学就会失去它全部良好影响而招致最为可悲的结果。"

白居易就曾经有两句名言："文章合为时而著，诗歌合为事而作。"

（三）创作，作者必须说出自己的话，要有自己的见解。艺术不提供原物，创作最忌是模仿。

不必讳言，人们会走路，是向大人学来的。人的生活活动过程，是从模仿开始的。写作何尝例外！不过，要谈得上创作，那就得扔掉模仿的拐杖而追求创新。是前年吧，报上竟有一篇杂文耻笑创新的说法，这是不值一驳的。常识以内的起码道理都不懂，还取笑人，只能是暴露自己的无知。

普列汉诺夫说过这样的话："在真正的艺术作品里，所有的形象都是新鲜的、独特的，任何一个形象都不重复另一个形象，每个形象，都凭自己特有的生命生活着。"（见《没有地址的信》）雨果也说过："独特性在任何情况下都不能成为荒谬的借口。"乔治·桑就讲："在艺术的虚构里，即使是最简单的虚构也是借了想像来把孤立的事实加以联系，加以补充，加以美化。"（见《安吉堡的磨工》原序）

清代文学家叶燮在其诗篇中，主张诗"必言前人之未言，发前人之所未发"，"与其相似而伪，毋宁相异而真"。

有些真人真事，写成报告文学，读来很感人，但改成小说、电影，就使人摇头。原因是，人们所要求于文学艺术形象的，是特殊（个性）中的普遍性（共性）。倘若只写出特殊性的形象，叫人感到陌生的戏剧性，而忽略了一般性方面的共性情节，叫人觉得是熟悉的普遍常情，那会造成真中见假，怎能叫人信服呢，不敢忘记了，文学创作是使从假（虚构）中见真的。

创新，不能无中生有。标新立异，不能理解为荒诞无稽。

创新，必须包含着可能性。要做到"未必曾有的实事，必须会有的实情"（鲁迅语）。

创新，应当是独一无二的、前无古人的东西。东施效颦，打扮得再好，也成不了第二个西施，鹦鹉学舌，怎样也不是人话。文学是要讲真话的，但是，"说出实情，并不等于真话，怎么想就怎么讲才是真话"（见伊万·斯诺德纽克《战争》第三部）。人云亦云，千篇一律，是与创新无缘的。仿造只能是商品，而（文学艺术）作品，是要与众不同的。文学的创新正如科学的发明，应当赋予专利权。

（四）就小说创作来说，成功或失败，决定因素，是人物形象刻画的得失、真伪。

人物形象的生命不在写出眉毛有几根，而是在于眼睛传情的描绘。眼睛是心灵的窗户。通过窗户，可以窥见人物内在精神的面貌。

人的精神(心灵)体现于外部的社会行为。人的社会活动、道德品质,表现在他与别人的交往中所持的态度:看他是个与人为善、助人为乐的君子呢?还是个损人利己、幸灾乐祸的卑鄙小人?只有通过人与人之间的关系的社会行为,才能显出人们的个性。个性与本人的指纹一样,是不会雷同的。指纹通过科学鉴定看出它的独特记号,个性则经过社会行为的生活细节,看出他与众不同的特点。人的内心与外表往往是不相一致的。口是心非的伪君子,常常拿外表的貌似真诚的假象,掩饰其内心虚伪的阴私。一个人的好坏,很复杂,必须放他在尖锐的矛盾的各方面(生死、爱憎、喜怒、哀乐)去考验,让他作充分的表演,才能使其本性自然暴露,叫人认识他的庐山面目。

刻画人物的个性。不论描写其内心的精神活动,或表现他的语言、服饰,都要求做到自然而真实,符合其本人的身份——男、女、老、少,城市居民,工厂职工,农夫农妇,战士军官,知识分子等等,由于各人的社会职业、地位不同,形象也就会出现各式各样。硬凑就不成其自然的整体。将二十岁左右姑娘的所作所为,写在中年妇女的身上,就叫人难以产生共感。

无巧不成书。所谓戏字一边虚,没有虚构哪成一台戏。但是,超过限度,往往走到反面,弄巧反拙。《高山下的花环》,无疑是优秀的作品,书中的指导员和连长形成一对矛盾,相得益彰。但是,闹到后头,居然是曾经为一家农民所养育的两兄弟。这些巧合的情节,并没有为全篇增色,相反,叫人难以心悦诚服。本来,蛇已经画成了,又何苦添上四只脚,变成了马鬃蛇呢?适可而止,恰到好处,对写小说,也是应当遵守的准则。通常只见过短篇改编成别样的艺术形式,如契诃夫的《跳来跳去的女人》《脖子上的安娜》,鲁迅的《伤逝》《祝福》,柔石的《二月》等名篇,被改编成电影,而获得成功,却少见将短篇扩大为中篇的。记得鲁迅说过,宁愿将中篇压成短篇,也不应将速写的内容硬拉长作小说(大意)。提倡写中篇,意思是将过长的长篇浓缩为中篇的,不想,强调过份,走到反面,不少的短篇,被稀释成了中篇。一杯浓茶,兑进三杯白水,当然淡而乏味了。

作品的伟大与否,并不与其篇幅的长短成正比例。鲁迅的《孔乙己》、契诃夫的《可爱的人儿》、莫泊桑的《项链》,篇幅都不长,成就却不在一些百几十万字的长篇之下。

初学写小说的,在一般的情况下,还是不要贪大贪长。形式是由内容决定的,正如穿衣戴帽应当合体。裁剪什么样的时装,还得看掌握的技巧的手段。假如刻画一个人物的技巧还掌握不稳,一下子就去写那么多的人,那是要顾此失彼的。即使你在生活经历中,对好些个人相当了解,熟悉他们的个性、命运,但要把他们凑到一块,编成一台戏,写成一篇小说,那就要付出相当的精神劳动——构思——从人物性格的刻画到情节的安排,从故事的开头到结尾的布局,都要有周密的构思。哪些最能体现主题思想,哪些时代背景适合表现社会意义,等等,事先都要有充分的想象,使之“成竹在胸”,然后再下笔,才可能得心应手,妙笔生花。总之,要有学习过程:从粗到细,从简单到复杂,一步一步探索。一步登天是没有的。今天的宇航飞船的精密设计、制作,是从简陋的第一架飞机发展来的。后来成为大画家的,起初何尝不是从人物素描学来呢。作家写小说,开头又何尝不可以先从真人真事写起?不妨从身边所熟悉的、形象生动、性格突出鲜明的朋友、邻居的身上写起。观察要细致,处处都得留心;作家必须养成看到别人粗心而忽略的那些特点、细节。

观察多了,自然会产生丰富的想像,从平凡中看出它的特异,从现象中看出社会意义的本质。从令人眼花缭乱的印象里去想像出美丽的场景。从接触到各色各样的人物中,分辨其美丑的个性所表现的形态。从日常所见所闻中,编织成完整的故事情节。人物的刻画是一刀刀劈成的,正如登高峰不可能一步到顶。托尔斯泰在《复活》里写的卡丘莎,前后修改了二十次,最后才定稿为我们今天所读到的这个样子。也许有人会说刻画人物形象,使之成为典型,谈何容易。但是“锲而不舍,金石可镂”,只要努力不懈,终会得到成功的。

创作信札

一、漫谈创作与天才

××同志：

来信收到了。你的问题对我来说,真是无异“问道于盲”哩。虽然我是写过几篇小说,但那都是利用业余时间或请创作假写出来的。几十年来,自从1941年离开“鲁艺”文学研究室以后,一直是教书、编报和在党的宣传部门工作过来的。文学创作,只是零敲碎打,谈门路实在讲不出道道来。

你问,当一个作家是不是要具备天才的特别禀赋,说你从小爱好文学,现在正在学写些小说、电影脚本什么的,自己也不懂成不成个东西,想寄来请教。你说:“如果认为不成,那就说明自己没有这份天才,从此也就死了这条心了。”

问题提得太严重,把它讲透是不容易的。这里只能就个人粗浅的见解来谈谈,未必能满足你的要求。正如散光、老花或近视的眼镜,是按各人具体情况所配的,对别人未必合用。

文学之路,既曲折又复杂,前车固然可鉴,起决定作用的,还是要自己从实践中去摸索。

文学与天才,创作与灵感,相互间的关系到底怎样?这是老问题了。不少大作家都有过名言:

一个说:“天才就是忍耐。”

一个说:“有百分的天才,还得要有九十九分的劳动。”

一个说:“天才十分之一是灵感,十分之九是血汗。”

一个说:“人的天才像火花,它既可以熄灭,又可以燃烧起来。使它燃烧起来的办法只有一个,就是劳动。”

齐白石是得到国际声誉的大画家,起初,不过是个普通的刻花木工,美术创作是他到二十七八岁时才学的。

鲁迅的第一篇成名之作——《狂人日记》,三十八岁时才问世。

有人认为,天才是事业取得成就的标志,而不是事先的预言。不可否认,人,能力有大小,事业成就有高低。这与各人的素质,家教的熏陶,社会生活的影响和学校教育的灌输的种种因素而养成的个人志趣是有关系的。桂林灵川县一个五岁小孩阿西,得过世界儿童美术作品的金质奖牌,不仅他父亲是画画的,邻居的一位老画家还是他的热心的“辅导员”。可见家庭教育社会影响都有关系。梅兰芳从他祖父起,就是京剧的世家。

个人本身,具备坚持不移的志趣,加上不懈的勤奋,是事业取得成功的根本条件,两者比较起来,志趣又是重要的。回想中、小学时代的同学,有的对文科就不那么感兴趣,可对数学、物理课却特别敏感;作文成绩不佳,演算、实验的考分却很突出。有的爱好打球,有的喜欢绘画;有的长于雄辩,爱好出风头,有的耽于幻想而孤高自赏;形形色色,人各有志。日后,各人在事业的发展上,都各有千秋。

在立志要弄文学之前,大可不必去问旁人自己有没有这方面的天才。倒是必须先问问自己在这方面是不是真正有特别兴趣,有了真正的爱好,还得要下最大的决心。人生有限,学海无边。没有大决心,一遇挫折,往往会中途却步,难于抵达彼岸。弄文学创作,不同于干别的其他行业,它要求你付出较为艰苦、细致而复杂的精神劳动，要求你必须坚持始终，专心致志，全力以赴，才有希望获得成就。你要弄它，就得老老实实，脚踏实地，做长期的吃苦耐劳的工作。搞文学创作，并不那么轻松，不可能凭一时的灵感，挥笔而就，一举成名。

灵感对创作是要紧的，但必须有正确的理解。一位俄国大画家列宾讲过：所谓灵感，不过是“顽强的劳动而获得的奖赏”。另一位德国诗人海涅也讲：“人们都在那里高谈阔论天才和灵感之类的东西，而我却像首饰匠打金锁链那样精心地劳动着，把一个个小环，非常合适地连接起来。”

这都是文学艺术大师们切身体会之谈。可见把文学创作理解得过于神秘，或者认为有什么窍门可循，显然是脱离实际的。你是辩证唯物论者，就不应当认为：不论谁，人人都可以成为诗人、小说家。道理是，前面讲的，除了本人有特别爱好的志趣，有“不到黄河心不死”的殉道者精神，还得要有锲而不舍的刻苦钻研的毅力。把这三方面的条件结合得好，才可能把事业弄成功，正如车子必须有轴心和双轮才能运行一样。

一件文学作品的产生决不会是一气呵成的。一般的说，在动笔之前，脑子需要有个酝酿过程，对于要写的东西，大致上有了个轮廓。这一道理，书法叫做“意在笔先”，画画叫做“成竹在胸”。文稿写成之后，还得反复修改、推敲，把一些与主题扣得不紧的枝蔓剪除掉，即使那些枝节是精彩的，也不可惜。遣词造句，也要同时加以斟酌，不能因词害意，切忌啰嗦。因为是文学作品，思想感情是通过人物形象来体现的，而形象又得依赖语言文字的刻画来完成。说话、写文章，词不达意是常见的，作品初稿往往只是一件胚胎，要使它达到语言准确，形象鲜明的要求，就不能轻视修改的工夫。《红楼梦》这部伟大的、中外罕见的巨著，应该算是天才的书吧，谁知却是作者穷毕生的精力，数易其稿而写成的。列夫·托尔斯泰，是世人公认的天才作家，他的《战争与和平》和《复活》，都经反复多次的修改。这就是说，天才的书是从笨重的辛苦中诞生的。因为它是艺术品，比普通的物件，更需要特殊的加工。所以说，作品写出来了，先不急于找门路发表，也不要过于迷信名家的评定；倒是自己回头把它再琢磨琢磨，看看还有哪些不合适、不完美？尽可能把它修正补充，做到自己觉得满意了，那就不妨走群众路线——拿出来请周围的熟人帮看看。假如是一首诗，是抒情的，就要使人动心;是叙事的,就要叫人看到人物故事的形象而受感染。若是一篇小说,它不仅是人物个性突出,矛盾冲突也是入情入理的,那就说明你的文学修养打下了一定的基础,搞创作是具有起码的才能了。狂妄的自高自大,是阻碍进步的绊脚石,但是自信心的拐杖可不能没有。自己不是三心二意,患得患失,也不要过分地仰仗什么名人、专家给你点头首肯。专家、名人也一样,由于生活经历的局限,各人体验不同,爱好趣味各异,欣赏作品,评论文章,难免不掺杂着主观偏见,真不如多听几个普通读者的意见还较为客观中肯一些。

再说,一篇作品的成败,并不能决定一个人的文学事业的前途。头一篇写不好,失败了,不能就此断言他就是缺乏这方面的才能,以后再不会写出第二篇、第三篇的好作品了。相反,头一篇写成功了,也不能就保证他以后篇篇都写得好,一定会成名成家。虽然文坛上曾有过事例:开头仅从他某篇作品(长诗、小说),即可看出作者具有创作的特长,从而预言其日后有远大的前程。但最终成为诗人、小说家的,还是靠他本人在不断的勤奋中争取来的果实。

总而言之,文学事业同别的事业一样,个人的志趣、决心与勤奋,是决定的因素,生来具有的天才是不完全可靠的。一篇东西的得失,对创作前途也不能算数,专家的评定也只能参考。归根结底,还靠本人——加强文学修养,提高思想水平,留心观察、体验生活,打下写作准备的基础。作品一旦拿出来了,先拿到群众中去,虚心征求意见,自己再不厌其烦地修改。拿出“衣带渐宽终不悔”的耐心和毅力来对待它,到作品成功了,天才也就显示出来了。

以上所谈,未必对路,只当闲话就是了。

二、写作有没有窍门

贵佳同志:

来信收悉。对拙作过誉之词实在不敢当。艺海无涯,我也仍在中途摸索,谈不出道道来的。

文学“写作有没有窍门可走”呢?

文学作品不同于工艺技术产品,它是精神劳动的结果,必须具有独特的创造性,最忌讳的是模仿和雷同。作者写他的作品,通常是根据他个人生活的感受(体会),运用他所掌握的熟练技巧表现出来的。这里头,各人所经历的生活不同,所喜爱的文学形式也不一样,所走的门路就各显神通,是不能一概而论的。

对初学的人来说,基本功必须练好,准备阶段一定要做得扎实,过得硬,然后才谈得上创作。学画画,都是从素描入手的,要是素描的功夫不深,却想创作一幅大画,那是徒劳的妄为,不会侥幸获得成功。一个刚学走步的小孩,急于想当赛跑的冠军不显得可笑吗。初学写作而出了废品,正如学走步的孩子的跌跤,乃是必然的常事,不应就此挫败有志者的信心。假如说文学创作有窍门的话,那是从坚持不断的努力去探索而来的。

写作,不要把它看作太神秘吧。它无非是用文字代替说话就是了。你写一篇小说,就要像用口头给别人叙述故事那样,使人听了感到兴趣,信以为真。或者比如给朋友、爱人写信那样,将自己真情实感,想要谈的事写上,写得亲切、自然,不存虚假,不故意做作就好。所写的内容,虽然是从生活中所见所闻的人物和故事来的,但是,也不能有闻必录,因为生活中形形色色的现象,复杂而繁多,令人眼花缭乱,多数是普通常见的一般琐事,有些人不一定都具有特殊的个性,有些事也未必都饶有趣味,其中的人物故事也都未必包含一定的社会意义。这就要求写作者对生活的现实有所取舍。是的,选择对文学作者来说,可是显示才能的标志之一。不过,它却不是天生的,而是从学习中得来的。

学习,作为一个文学作者的学习,包括深入体验社会生活、马列主义理论的修养、文学作品的阅读,简单来说,就是生活、理论、技巧三个方面,那都是缺一不可。而三者之间又是互相联系,不能偏废。

你说你生活在农村,写作的题材应当说是丰富多彩的。一只蜜蜂飞进万花丛中,要凭它的本能去吮吸足以酿蜜的花汁,一个作者摄取生活的题材就得凭马列主义理论——历史唯物主义和辩证唯物主义的武器,去识别辨认生活中的真假、善恶、美丑,作出正确的科学的判断。这就需要有常说的显微镜和望远镜。但是,一个作者就算有了丰富的生活感受,有了相当的马列主义理论水平而没有一定的写作技巧的锻炼,那就会像一只铜鼎短了一条腿成不了器具一样,写不成好作品。

写作技巧锻炼,前面已经讲了:绘画的基本功是素描,写作的技巧锻炼不妨先从写日记、随笔、速写开始。第一步,要求在生活中所见所闻和所想的人情、世态,把它写下来。日积月累,写得多了,熟能生巧,技巧慢慢地也就练得出来了。当然,文学语言是和普通文字不同的,它要求把意思和事物表达得准确、明快、生动,给读者留下鲜明的印象!避免抽象、含糊的陈腔滥调。文学作品是通过感情来打动人的,使人感到是什么样的人情,而不仅仅是用道理来告诉别人懂得是什么回事。要做到这点,只有平时多读,多想,多多练笔。

多写是必要的。但,不要过早、过急地去追求发表。即令作品能发表了,不等于你写作技巧的成熟。稿子暂时不被采用,退了回来,不能说明你的写作前途没了希望。水井是要挖到一定地方才会出水的。只要你有这方面的爱好和志趣,同时具有坚持学习的信心和毅力,终归会从无数失败中得到成功。总之,把它想得过于容易,或者把它想得太难都不对。它是细致、复杂的精神劳动,是比普通工作艰苦一些,必须加倍耐心,付出更多的辛劳。功到自然成,窍门和捷径是没有的。

附 来信

敬爱的陆伯伯:

您好,请原谅我第一次打搅您的时间。

我是一个农村青年,文学爱好者。我很爱读您的著作,从而常常羡慕您手下的生花妙笔。我觉得您作品中的内容是那样的真实,形象是这般生动,使人读起来如临其境,如见其人,对读者产生着如此巨大的艺术魅力。

我在学校读书的时候就幻想着将来当个作家,用这支笔把社会上的好人好事和坏人坏事从报刊上表现出来。然而,由于水平低,写作技巧差,故写不出一篇好作品来。这是我几年来积压在心头的苦衷。

前几年我开始学写通讯,可是能发表的还是很少,有时发表了一篇就感到非常高兴。去年初我又在小说创作的道路上艰难地摸索着。每当我写出一篇小说之后,总想着从某一方面有所突破,有所提高。我是常满腔热情地向邮箱里投下我的“杰作”之后,走出邮局的门口还贪婪地回头望了一眼,这才感到全身都轻松许多,仿佛如释重负。可是等待的回音就是退稿、退稿。真是载兴而去,扫兴而归!有时一气之下,拿退回的稿件付之一炬。有一次被一位老师看见了,当即就对我说:不能成品就留下来做历史嘛,何必那样自暴自弃呢?这时我又感到有点惋惜。我常因进不了文学大门而感到苦闷、彷徨。怀疑自己是不是这块料子。

“也许农村生活没有什么艺术特色,要不我经常生活在群众之中却怎么写不出一篇成品来。”我经常这样想着。但看到一些作家所写的反映农村生活的作品又显得那样有声有色,有血有肉。我又推翻了原先的看法。可又找不到入门的正确路子。

总之,我觉得文学之门难入。但又不愿碌碌无为了此一生,也不灰心,总想着向那波涛相隔的彼岸前进。

敬爱的陆伯伯,我在这样的情况下又想到您才决定写封信给您,想问你一声,写作有没有窍门可走?我应该怎么办呢?

专此布达

祝您健康

您的读者:陆贵佳

三、问题在哪里?

来信:

……

首先请原谅我的冒昧,突然给你写信!我是个业余的文学爱好者,是初学写作的青年。要说深入生活,对我来说是不成问题的。我家庭出身就在农村,上中学也只在本县县城,现在的工作岗位是在公社的供销社,对农民生活再熟悉不过了,不能说生活不深吧。其次,文艺作品也读了不少,各种文艺报刊我自己都订了好几种，小说、电影、电视特别爱看。主要是想学人家的写作技巧，看人家怎样编故事、刻画人物和描写风景什么的。两年前，地区的文艺刊物发表了我头一篇短篇，对我是很大鼓励。接着不断地写写，稿子投到各个文艺报刊，久久见到发表一些，不过都是小不点东西，自己也不甚满意。有些干脆被退了回来，有些就石沉大海，不见回音。问题在哪里呢？可能是水平差火吧，可是怎样进一步提高啊？很希望听听你的高见……

这是一封实在的信，但又不是个别的。类似这样的信，提出类似这样的问题，经常碰到。确实是。对业余的初学写作者来讲，各人都在实际工作岗位上，生活是丰富多彩的；加上平素的爱好，文艺作品读的不少，在这当中学习别人的写作技巧，自己又不断地在写。可老觉得提不高，什么道理呢？要回答这个问题，我也不一定说得清。不过，觉得首先必须认识到：不管什么事情，它的发生、发展都要有个过程。从开花到结果、成熟是需要时间。入了门，进到厅里，还要迈开步才能登上楼台。一个舞蹈演员说过这样的话：“台上三分钟，台下十年功。”看到我们国家女排七战七胜、赢得世界杯的喜悦的眼泪，也不应该忘掉她们锻炼时淌的汗水。文学创作不流汗，可并不比流汗的体力劳动轻松。人不怕幼稚，怕的是自大。走道不怕路远，只怕裹足不前。创作是从模仿起步的，但是，老停留在仿造阶段，那不等于创作。百米短跑或万米长跑的冠军，都是跟普通人一样，从学步开始的，为什么冠军只有一个？很值得深思。这无疑给我们一个很好的启示。

再说，人们常常讲“巧妇难为无米之炊”这句老话。没有米是做不成饭的。道理很简单，同样，缺乏生活或者生活贫乏的作者也是写不出作品来的。但是，反过来讲，有了米，要是你没有烧饭的经验，也不一定就能烧出可口的饭来，弄不好还可能烧成夹生饭甚至烧糊了的。这就是说，有丰富生活经历的人，不一定个个都能写成小说、诗歌、戏剧和电影脚本。大家都知道，经过二万五千里长征的英雄就有千千万万，写出《万水千山》那样一类作品的，为数就很有限。原因之一，写作技巧的锻炼也还是不可忽视。

技巧怎样学得来呢？我以为仅仅满足于从当前报刊上一些流行作品的浏览去窥测文坛风向，刺探文艺行情，以便效法炮制，或者从电影、电视的观摩去模仿编造故事，企图走捷径，一步登天，那是永远都不会出现奇迹的。这并不是说，当前报刊的作品和电影电视的故事不足取，只是说，写作技巧的修养工夫必须深一步。“取法乎上，得乎其中。”学习，应该挑选那些经得起考验的名著，对它进行反复多次地仔细认真阅读，研究、分析它的长处和不足的地方，何况“人生有限，艺海无涯”，学的东西应当少而精。别人的东西只能借鉴、参考，不能仿造——照着葫芦画瓢。文学创作要求作者必须独出心裁去努力创新，切忌模仿、伪造；雷同化、平庸的东西是得不到欢迎的。没有生命的废品，当然也就找不到销路。

生活本身是丰富多彩、令人眼花缭乱的，为什么自己没有本领去探索、发现，然后再加工筛选、提炼，创作出新的高水平的东西，而偏偏在报纸杂志、电影、电视的现成品里头打转转，跟着别人学样呢？这里，除了一般的急于求成，或者错误地无视写作是一种复杂而艰苦的劳动之外，还有个关键，那就是理论修养。按理说，一个真正的作家，他应当同时是个思想家。而思想家是从深厚的理论修养的土壤成长起来的。一个作者要是理论修养贫乏，思想水平不高，他就很难在复杂的现实生活面前，拿出正确的观点去分析，作出正确的判断。大家都懂得，文艺作品的社会功能，总的来说，是要宣扬真善美，揭露假恶丑的，它的历史使命，是要反映时代精神，阐明人生意义，解答社会问题，表现道德风尚的。要达到这个要求，如果离开理论作指导，作者将凭什么标准去衡量茫茫人海的是非曲直，用什么眼光去识别令人眼花缭乱的世界呢？在这个问题上，我个人的体会，以为哲学、文艺理论以及文学史的学习，对一个文学写作者是必不可少的功课，特别是一个革命的现实主义的作家，对辩证唯物主义和历史唯物主义这个思想武器，一定得掌握到手。要不然，你想在写作中做到独出心裁，创作出符合社会主义精神，又受到广大人民群众欢迎的作品，这是不切实际的空想。努力吧，努力学习！不要把理论学习看成对写作是得不到兑现的徒劳！其实，唯有把思想武器掌握得好，运用得活，创作技巧才将发挥作用，唯有思想武器才可能帮助你在生活的周围发现写作题材，从题材发掘出矛盾的本质，深化主题思想。

作品发表不发表,发多发少要什么紧?只要你的技巧锻炼对路,理论学习赶得上去,思想水平提高了,创作起来就会左右逢源、得心应手的。“欲穷千里目,更上一层楼。”理论修养对创作来讲,那就是上楼的阶梯。

四、文艺通讯

石成玉先生:

来信看到了,欢迎所提的问题。阁下由于爱好文艺,渴望关里来的、经历八年抗日战争的作家,给予更多作品,因而发自善心的诘问:“作家哪里去了?”诚然,从关里抗日根据地到东北来的作家是有一些的,报刊上却少见到他们的名字,这是事实。为什么呢?据我所知,原因多数是这样吧:这些经过延安文艺工作座谈会后的作家,跟抗战前坐在上海亭子间凭灵感编故事的文人大不一样了。他们都懂得了:生活是文学创作的源泉;广大的工农兵群众的英雄人物已经成主角,登上了文艺舞台;文艺创作的历史使命,必须首先捕捉到这方面的典型形象。东北系新的解放区,这里的工农群众生活,人物的精神面貌,对关里来的作家来说是生疏的。面对不熟悉的素材,理解不全,分析不透,感受不深,匆匆动笔,勉强写出来的作品是难得成功的。正因为这样,不少作家来到这里,先都深入工厂、农村和部队去了。去同群众一道参加实际斗争,亲身体会生活中的悲欢离合所激起思想感情的波澜。为的是体会、积累更充分更丰富更深刻的生活素材,作为日后创作的准备。这倒不是如你所说的“正如医生放下听诊器”,丢掉了笔,放弃本身的责任。

人民作家的笔正如人民战士的武器,是为人民利益服务的。作家创作,必然要考虑到如何去表现人民大众的情感,表现他们命运中的喜怒哀乐、道德行为;从普遍生活现象,选择其中特殊的艺术典型。为此,你不投入现实生活的海洋中去观察、研究、分析,获得正确而深刻的理解,那,作品将会是苍白无力的,感染不了人,也就起不了引起感情共鸣作用,为人民利益服务也就落空。

当然,不容否认,目前作家们的作品,还满足不了广大群众的需要,差距很大,一句话,是太少了。但也不能说是完全没有“成为作品的作品”。就说当前各报刊发表的,虽说不上是名家的名著,可是,只要善意而虚心的读下去,这些朴素的新人新作,就算不那么精彩,可总能给我们从中看到某些生活的侧面,比如一些农村广大农民思想得到解放,要求翻身当家做主的精神面貌;一些工厂工友掀起的民主改革的斗争;一些在抗日联军时期为民族解放战争而献身的英雄事迹……不是可以开拓人们思想境界,鼓舞奋发、向上的志气吗?诚然,这里是没有很多的花月,没有过分的柔情蜜意,没有无病呻吟。然而,它到底是新生的文艺,它到底是反映积极、刚健的心声,而不是消极、没落的哀叹。

不过,话又说回来,目前作家们给读者写的是太少了,但,与其提出责问不如发出要求——

“作家,给我们更多更好的作品吧!”

你说,这样讲不是更适当一些吗?

劳 生

1947 年 7 月 6 日

· 第三辑 ·

谈谈写小说的体会

要我谈写小说的体会，归纳起来有这样四句话：一、写自己最熟悉的生活；二、要回答大众所关心的问题；三、必须用自己的语言来讲话；四、关键在于塑造人的典型形象。

分开来说，第一句关于写自己最熟悉的，是高尔基在《给初学写作者的一封信》上讲的话，我在写作实践中是深有体会的。回顾自己的写作过程，就是从这里起步。在乡村简易师范读书时，学写的散文便是受郁达夫的《鸡肋集》《寒灰集》《屐痕处处》等文集的影响，学习他写些自己在生活中耳闻目见的人和事，自然而朴素的情景，以寄托自己的感情。就像记日记给自己看，像写信同朋友谈心那样自然、亲切而朴实。一共写了十几二十篇，集成了三四本。都只是在要好的朋友们当中传阅。以铅印公之于世，却是在进入高中时代，在广州，由于对当时（三十年代初期）教育部推行中学毕业生全国会考制度，搞形式主义的弊病产生反感，写了一篇讽刺性的小说——《期考的前夜》，投到当地报纸新文艺专栏，第一次发表出来，成为社会的东西。弄文学以抒愤懑，这才算发生萌芽。随着年岁增长，从家庭的遭遇到社会的见闻，都有许多不平的事令人愤慨。由于从小家境日趋困顿，在家常闻大人因穷愁发生龃龉，在学校常受富有子弟白眼，养成孤僻自好。由于既拙于社交，又讷于口才，只有往书本寻找精神寄托；不平则鸣，对人情世道不乏敏感，但有话却不善于或找不到地方去讲，惟有诉之于笔墨，以发泄愤懑。1938 年终于逃离了“于无声处”的旧社会，到了延安，考进了鲁迅艺术文学院文学系。应试时是 1939 年元旦翌日，正是冬至后数九寒天。试题是各人自由写篇记忆中印象最深、而最感兴趣的一段生活体验。记得我写的是一篇散文，题名叫《冬至》。是回忆童年时见到父亲每当年关将近时节，常常叨念着“冬至就年，讲过就钱”的话，想起每年十冬腊月，父母忍受债主上门逼债的穷愁岁月。因为文章写的是自己的真情实感，避免了无病呻吟、装腔作势、矫揉造作的俗套，终于获得录取。后来在创作实习中，写的头一篇叫《乡间》，是写去延安之前，在武鸣当了四个月的合作社指导员，推行晏阳初一派人提倡的乡村建设试验的一套合作事业，在农村日日夜夜所见所闻的实在生活。主题是暴露号称模范省——广西农村中一帮新的土豪劣绅如何鱼肉乡民的黑暗现实。引题还借用俄国诗人涅克拉索夫的名句——“这里，只有石头才不会饮泣”。文章送到老师那里，虽得到赞赏，并且还推荐到《大公报》文艺栏，作为头条发表，但是，老师却好心劝告：认为当时全国政治形势，是推行抗日统一战线，号召各方力量团结抗战，像我写的这类消极的暴露黑暗的作品是不合时宜的，不要继续写下去吧，应当写些积极的团结抗战的东西。当时想，老师的规劝是对的，按理应当遵命。于是，闭门造车，凭空虚构。编造出有这么两家仇人，青年子女却是相好的。抗战爆发了，政府征兵入伍，男方代替女方哥哥应征，使得两家世仇言归于好，团结为国的故事。但是，同学们和老师看了，都说主题思想是好的，可惜作为文学作品，却完不成它的使命，情感上感染不了人，只能是个怪胎而流产，成不了有血有肉的艺术形象。老师和同学都认为我编故事还行，但写人却缺乏个性，缺乏动作，缺乏真切、生动的细节，只讲理所当然的道理是写不成小说的。但是，当时自己执意于文学的使命是要宣传政治的，不能只写身边琐事。于是，继续追求写与抗战有关的积极的重大题材。可是这方面的题材自己又很陌生，唯有硬着头皮尽义务，向壁虚构，期待着灵感。后来又写了几篇，还是因概念化而失败。接着,一位号称“国际诗人”的前辈从苏联归国,到学院来当我们的系主任,搬来苏联曾经风行一时的所谓“集体创作”的办法向我们传授。当延安各界群众正在筹备“九一八”八周年纪念大会的晚会节目的时刻,主任要我们文学系也要想法出朗诵诗歌和小说的节目。诗歌是容易做的,朗诵小说则不那么好编,于是便采用集体创作的办法来尝试。全系十几个人,自由组合分成三个小组进行,各组先拿出提纲,交系主任认可再动笔写。写出来再经过全系讨论,结果,由我个人执笔的一篇入了选。题名《重逢》(反映东北抗日联军中,两个队伍实行联合对付日寇进攻,取得胜利),在延安各界群众大会上作了朗诵演出。可是,诞生的同时也就是死亡。听众听了也就完了,无声无息。可见几次失败,都是由于写的不是自己所熟悉、所体会和所感兴趣的东西,怎能引起读者发生同感共鸣的艺术效果呢?经过一段苦恼的摸索,对自己弄文学的初衷不免动摇起来了。后来投身于延安 1939 年大生产运动,大家都在生产劳动中得到革命的锻炼,思想得到提高,感情起了变化。弄文学艺术的“鲁艺”同学,在学习、劳动的生活中,各人个性表现特别突出,对思想感情的进步、发展,也都具有一定的积极意义。于是,我就以一年来大生产运动——从春到秋,从播种到收获的过程为背景,以一位我所熟悉、感情上又比较要好的同学作为主人公的原型,串联起周围其他男女同学,写了一篇两万多字的东西。在某些细节上是类似某个真人真事,但从整篇的人物形象来看,却又说不上是哪一个具体人。不想这篇偶然之作,却得老师同学为之赞赏,认为我到底找到了窍门。其中所写的几个人,都有它的生命,言谈笑貌,叫人似曾相识,亲切、自然、令人信以为真。不像以前写的那样,苍白、干巴,成为一些化装演说的人物。

从此,才悟出了一个道理:在写作之前,一定要对所写的人和事有所熟悉和理解,对他们的一言一行、思想感情等等,以至衣着打扮,都要有个比较清晰而非模糊的印象。像画画,成竹在胸;像写字,意在笔先。“写你最熟悉的”这句话,到此才算有切实的理解。

以后,接着写了十多篇小说,莫不都是从生活中亲身感受来的。其中有些篇写得比较满意,读者也比较有印象的,就是因为对那些人和事比较熟悉,印象比较深,感情比较浓厚,对主题的认识、理解比较全面,思索和提炼的工夫用得比较多的结果。比如短篇小说《钱》《叶红》和《故人》，长篇《美丽的南方》和《瀑布》中的知识分子的形象，就比较鲜明。

从一篇作品的整体来看，往往是出于想像，想当然而虚构的，但是，其中的生活细节，人物的原型都是从熟悉的生活当中摄取的。换句话讲，整体是虚构的，细节却是从熟悉的真实生活中凑成的。

二、回答大家所关心的问题。

如果说头一句话是着重讲的题材，那么，这句话的意思便是指的主题思想。它包含着社会意义，也是通常习惯所说的时代精神、政治倾向性等等。人在生活中，熟悉的人和事是很多的。人生在世，谁没有几个要好的朋友和相亲相爱的人呢？又谁没有亲身经历或体会过某些难忘的故事？问题是，这些你所熟悉的人和事，未必人人事事都能成为创作对象。正如鲁迅说过的，有些人未必都可以写得进小说里去。因为有些人不一定都具备着普遍性。他的言行、思想情绪，他的个性表现，如果是缺乏普遍中的特殊，一般中的个别，那就不可能成为小说所要塑造的典型。因为非典型的人物，它就不能够使读者感到似曾相识，在情感上产生共鸣，因而也就反映不出社会问题的本质，作品的社会教育使命就会落空。

文以载道，粗一点理解，就是文章要表现思想。文以言志，就是文章要抒发情感。其实，两者本质上都摆脱不开社会意义的制约。一个正常人说话总是要叫人听懂而希望听者有所反应的吧，写戏、写电影、做小说，总不会是疯子自言自语。作者在构思、动笔之前，必不可免地要考虑到它对社会产生的效果，作者有责任想到，他的作品将给观众和读者带来什么影响。你写这样那样的一些人和事，到底想要告诉读者和观众什么？是赞扬什么？反对什么呢？就是打球、溜冰和摔跤，也都不纯粹是娱乐。就算娱乐，本身总也逃不出是社会的一种有意识的活动。何况是一出戏一本小说，讲的都是人和人之间的相互团结或斗争，通过团结斗争，反映人的悲欢离合的命运，怎能不考虑它的社会教育效果呢？

作品既是意识形态领域的产物，其本身必然承担一定的社会责任，为了较好地完成其使命，决定它的主题思想的时候，就得考虑社会影响。

自然界的花卉，令人眼花缭乱，有的可以入药治病，有的令人赏心悦目，供人观赏；有的馥郁芬芳，有的鲜丽而无味。水仙花清香纯洁，却未留下果实。菠萝的花蕾并不引人注意，却给人贡献硕大而香甜的浆果。文坛的百花也各自有其特效于人生，是不能一概而论的。有的限于题材而决定了它的形式（体裁）；有的作品则因作者的立场、世界观的不同，而影响其思想倾向的正误和立意的深浅；有的则由于作者艺术修养而影响艺术成就的高低。总之是，各有千秋，八仙过海，各显神通。人的精神口味也是众口难调的，所以才有“百花齐放”政策的制定。那正是根据客观世界的要求而来的。作为培植文艺百花的园丁的作者，既要懂得自己所负的社会教育的责任，同时也要明白自己付出的劳动的意义。那么，在选择写什么（塑造什么样的典型人物）的时候，就应当问一问（认真思考一下）当今——现阶段历史的社会思潮总的趋向是什么？说得具体一点，就是我们当代人等待着回答的社会问题是什么？什么问题是青年人所关心而最感兴趣呢？作为人类灵魂的工程师，应当考虑给他们什么样的引导，以提高其认识，树立其崇高的共产主义道德风尚，鼓励其奋发向上的勇气和信心，养成其助人为乐、舍己为公的良好社会风气。

为此，作者就得像大夫诊断病症一样摸准时代的脉搏，才能对症下药；写的作品才可能在广大读者中引起同感和共鸣，产生预期的效果。

总而言之，作者虽有熟悉的生活素材，还不能就此信手拈来，随心炮制成篇。而是必须从中有所选择，必须看其哪些人哪些故事（情节），最能恰当地体现当前社会现实生活中为大家所关心而等待解答的问题。如果那些别人已经讲过多少遍了，成了陈腔滥调。如果是那些范围很窄、囿于个人身边琐事、鸡毛蒜皮的东西，与人关系不大，那又何苦去写它呢。即使你个人再熟悉也未必能引起大多数人的兴趣。普列汉诺夫说过：一个少女为着失恋而歌唱是能令人同情而为之惋惜的，一个守财奴失掉钱包而哭泣，谁去为他而悲哀呢？因为后者缺乏叫人同情的普遍意义。

男女爱情是人的本能，也是人性的突出表现，人人都有切身体会，容易引起感情上的共鸣，所以成为古今中外大家共同关心而百听不厌的故事。但是，作为名著流传千古的，其意义却并非仅限于才子佳人的悲欢离合。《西厢记》《红楼梦》以至于《杜十娘怒沉百宝箱》,以及《茶花女》等等,其故事的表面文章,写的无非是男女爱情的风波。然而读过之后,谁不感觉到造成这些青年男女的不幸——在他们双方之间划开了不可逾越的银河,正是由于封建社会的不合理制度,必然演成的悲剧?故事讲的是男女爱情,实质上是控诉封建社会摧残人性的恶果。《魂断蓝桥》一部电影之所以能够赢得世界的观众,还不是因为写的爱情的悲剧,以血泪的交织来激起人们对战争的诅咒。描写"文革"十年期间恋爱悲剧的故事不少了,可惜抄袭模仿而雷同的太多。只有《樱》却深深打动了广大的观众,原因是它说明了千百万人在十年动乱当中,正常关系遭受无端的摧残,于无声处之中,精神上受到窒息的痛苦。这意义不是在于非写恋爱不可的了。

总之,中外古今凡是健康而有益的作品,从来都不是为写恋爱而写恋爱的,爱情在作品中只不过是作为精神食品的调剂,以引起读者的兴趣而存在的,绝非目的所在。要使作品长寿(富于生命力),就得立意深远,回答人民大众共同关心的问题。

鲁迅的小说,不管是《阿 Q 正传》《祝福》,也不管是《孔乙己》《故乡》和《药》,写青年男女爱情是不多的,然而他把握着时代的脉搏,看透了压在中国社会的一座封建社会制度的大山,给人民大众身上造成的病症。他的大声"呐喊",是代表着大众的呼声的。如果仅仅满足于票房价值,迎合低级趣味而言不及义,把作品当作商品,那就失掉文学应当成为"引导国民精神前途的灯火"的作用。

三、要用自己的语言来讲话。

常常遇到这样的情形,打官腔的人,即便讲的头头是道,夸夸其谈,讲上千言万语,但是叫人听了如同水过鸭背,没留下半点痕迹。有的人虽然话不多,言简意赅,却令人难以忘怀。原因是前者是人云亦云,陈腔滥调,只起传声筒的作用。而后者则讲的"人话"——用自己的语言来表达真知灼见的思想,同他本人的身份性格分不开。凤姐的语言听起来就跟李纨迥然两样,黛玉和宝钗的话就混不了。创作就是独创,它要求作者独出心裁、标新立异,要有与众不同的语言来表达。小说家写的是散文,不一定同诗人一样,遣词造句,必须那样千锤百炼。但是又有别于一般人的口语,唠叨啰嗦,语无伦次。文学语言来自口语,却必须精心挑选提炼,它是口语中的诗。同诗一样,要求以少量的语言表达丰富的含义。鲁迅在《伤逝》的开头写道:“如果我能够,我要写下我的悔恨和悲哀,为子君,为自己。”在另一篇里写道,“当我沉默着的时候,我觉得充实;我将开口,同时感到空虚”,“有一分热,发一分光”等等。话似乎是平常的口语,却又不是一般人(而只有鲁迅)随便说得出来的。艾青形容一个一贯装腔作势的人,说“他是个摔跤也讲姿势的人”。这都是作家、诗人独特的语言,形成了自己的风格。否则,话说得太浅陋、太一般、太俗气,就失掉文学的光彩。不过,要求做到这一点,除了对事物有独到的观察,独出的心裁,独立的见解外,同时,还要有实情实感。如果仅仅满足于把道理讲明白,将故事情节交代清楚,那作为文学作品显然是很不够的。所谓“文如其人”,就是要作者自己说出与众不同的话。

文学创作是复杂的劳动,既不同于照相式的自然模仿,又不等于照生活的原型原原本本地机械的生活复写。美术作品靠的是线条,戏剧靠的是动作,音乐靠的是旋律,文学靠的就是语言。树上没有一张相同的叶子,世上找不到同样的人。作者必须运用独出心裁的语言去描绘他的人物,叙述他的故事。

四、关键在于塑造人的形象。

从写小说来说,比起故事来,人物的塑造是中心。小说的主题是通过主人公的命运来体现的。喜怒哀乐爱恶欲是人的常情(共性)。悲欢离合,生的欢喜,死的悲哀,最能引起激情,易受感染而产生共鸣。主题思想是目的的话,那么只有通过人物形象的手段才可能表达得出来。初学习作的时候,老师们给讲过:编故事是容易的,最难是写人;写小说,不在刻画人物上下苦工夫,而去追求编造故事,那是舍本逐末的弯路。起初,乍听起来是不易理解的,觉得编织一桩有头有尾、完整无缺的故事,也并不那么轻而易举。以为有了故事,人物嘛,张三李四赵五,随意安上个名字,让他在故事中串演起来就成了。谁知这样一来,人物成了木偶,缺乏人之常情,缺乏各自的个性,缺乏独特的面貌,因而也就不可能给人留下生动的印象。人家读后,在理智上就算懂得有那么回事,在情感上却无动于衷。感不到如闻其声,如见其人,使人信以为真,因而所要讲的道理也就落空,感染不了人。

如果说写小说有什么窍门的话,写人恐怕是首先的课题。如同学画,先从画人物的素描入手。人之不同,各如其面。小说创作就是要求要写出人的性格来。它的艺术成就的标志,就在于从共性之中写出富于个性的形象。别林斯基讲:典型是熟悉的陌生人。“熟悉”,可以理解为人的共性,是普通一般人的共性吧;而“陌生”就意味着要有与众不同的个性。作品要做到这点,就得付出艰苦的精神劳动,要苦心孤诣地去探索、去创造。文学创作与懒汉是无缘的。贪图安逸,急于求成,只能写些平庸的一般故事。要是有志于写小说,塑造人物形象这个关键是一定要把握住的。抓不住这个关键,捷径既找不到,窍门也不会有。

那么,你说塑造人物的办法怎样入手呢?这,说来话就长了,一言难尽。往后再找机会谈吧。

1980 年 12 月 1 日

我是这样摸索过来的

记得中国作家协会第一批发给我的会员证,在入会年月的项目内,盖上的橡皮紫色印记是 1949 年 9 月。这可能是由于我在这之前,在学习、教书和编报之余,零零碎碎,多少写过一些东西,后来居然还编成了一册短篇小说集、一册中篇和一册写作常识一类的小本子而赐给我的荣誉吧。可在我自己,却觉得名实不副,不免自惭于充数。今天要我来作所谓创作经验之谈,实在是不足为训的。

我,1938 年到延安去之前,在少年儿童时代就以阅读文学作品为嗜好。读得多了,自己也就心有戚戚,开始模仿涂鸦起来。起初在学校校刊和壁报,后来在所谓"报屁股"(副刊),陆陆续续有过这样那样的小文章公之于众,随之也就听到一些赞扬之声。然而,要谈到文学创作生涯的话,那就到了进入延安鲁迅艺术学院才开始。那是 1939 年元月,考取了该院的文学系。在创作实习中,我曾拟了一份习作计划,定了二十多个章节的题目,企图仿效当时在读书界颇为引起注意的两本报告文学(《中国的秘密》和《上海——冒险家的乐园》)的笔法，想就自己在广西农村从事半年的信用合作事业时，目睹耳闻的种种有关乡、村长们贪赃枉法，造成民不聊生的景况，把它写成连续性的篇章，暴露一下当时桂系军阀以“模范省”作标榜的广西农村实况。第一篇就揭露乡、村长们借抗战征兵为名，营私舞弊，鱼肉乡民的恶行。文章开头，引用了俄国诗人尼克拉索夫的诗句“在这里，只有石头才不会饮泣”。习作送到老师那里，评语是：作者文笔具有一定的表现能力，看得出是写过文章的，而且似乎受过郁达夫的笔调的影响。稿子还被介绍到大后方《大公报》文艺专栏去发表了。但是，老师因见篇名上冠以一个“一”字，认识到我会接二连三地继续做这类文章，于是好心劝告：说是当前主要矛盾是民族战争，在全国范围内推广抗日统一战线，要求举国上下同仇敌忾，发扬团结抗战的积极性，像我这类以批判消极方面为调调的文章，不宜多写；希望我改辕易辙，考虑写些团结抗战的题材，以树立胜利信心，鼓舞士气为好。

这样一来，我只好“遵命”，放弃了自己较为熟悉而又酝酿多时的写作意图，转向政治形势要求的热门。遗憾的是，自己当时对这方面的生活接触不多，感受空泛，只好向壁虚构，先生编硬造出个故事，然后再搭配张三李四几个人物，居然做起“小说”来。记得头一篇编的是：两家仇人的子女彼此发生爱情，遭到家长反对，后来由于战争爆发，官府征集壮丁入伍抗战，男方居然出于公仇私谊之情，主动替代女方的独子弟兄应征，于是，仇人终成亲家。稿子给老师看后，以为概念替代了形象，道理淹没了情感，作为文学作品来说，只不过是不成形的怪胎。然而，我并未因此而领悟其所以招致失败的症结，仍然重复借助于政治概念作向导，凭空虚拟抽象的人名来图解某些革命的道理，或回答某个社会问题。用心虽善，写作也很努力，到头来还是在艺术形象刻画的真实性上碰了钉子，摸索不到门路。以后，在理论学习上，重新再读高尔基《给初学写作者的一封信》，记住了一句话——“写你最熟悉的”；在生活的体会上，亲身接触了延安的革命生活，参加 1939 年大生产运动，在集体劳动生产过程中，自己有过切身的体会。同时周围的同志们那种生龙活虎的个性表现，十分突出。新的生活给人感受至深，于是，就在这些熟悉的同学当中，挑选个性比较突出，又具备着一般的共性的人来做作品里头的主人公，在其原型的基础上，添枝剪叶，加工塑造，花了一个星期工夫，一口气写了两万四千多字的一篇题名《从春到秋》的小说。生活的背景是放在延安生产运动，从春天播种到秋天收获。人物是写了几个知识青年男女，在革命的熔炉里经受锻炼，思想感情起了变化——认识到自由散漫的个人主义的歧途，终于自觉而主动地投入集体的革命行列，成为劳动模范。不想，这一习作送到了系主任何其芳那里，居然得到异乎寻常的赞许，认为在当时反映延安新的生活的诸多作品中，这是一个突破。因而曾经推荐给周扬同志主编的《文艺战线》，稿子由沙汀同志带到重庆。遗憾的是，该刊编到这一期（第七期），未能付印，就被法西斯的蒋介石政府查禁了。稿子随战乱的烽火遭受了遗失，始终未能成为社会的东西。不过，我个人后来之所以能够留在“鲁艺”文学研究室当作青年作家继续得到党的培养，不能说不是这篇习作的恩赐。但是，更重要的还是由于它而使我摸索到创作的阶梯，从此，我才切实地懂得“写你最熟悉的”的真谛，领会到生活素材是创作工厂必不可少的原材料。创作要是缺乏现实生活的真切体会，作者对他所要塑造的人物要是缺乏真挚而浓厚的感情，而仅仅只是为了某种功利的目的，为了应景趋时赶浪头，才去凭空编造，那，可以断言，侥幸的收获是不会得到的。

前面已经说了，因为不是专业作家，所写的只不过是在本职之外偶尔为之，数量既少，质量又差。只是其中所写，倒是从生活中所见所闻，或多或少，或深或浅地经历过和体会过的。在延安发表于《谷雨》（“文抗”编的文学杂志）的《落伍者》和在《解放日报》文艺版发表的《参加八路军来了》，都是我 1940 年下半年到王震将军领导的三五九旅的连队去生活了半年的收获。1946 年到 1949 年在《东北文艺》和《东北日报》等报刊发表的《钱》《叶红》和《大家庭》等等，那是在党的“七大”之后，争取全国解放的前夕，从延安随军南下，经历四个多月的行军生活，随后，又参加了东北农村土改和工厂的民主改革运动，从中汲取来的生活素材。全国解放后，回到老家广西。解放初年，由于投身到清匪反霸和土地改革运动而得到实际斗争的体会，于是才有长篇小说《美丽的南方》的诞生。短篇小说《故人》，是写知识分子在旧社会的不幸遭遇的。即令抗战八年，我的生活是在新社会的延安，当时雾重庆的暗无天日，我是缺乏直接体会的。不过，因为自己是个学生出身，旧社会生活多少是个过来人，有些事，想像是可以帮忙的。正如在六十年代初期开始动手写的长篇《瀑布》,那是近代的历史题材。小说开头所反映的那段历史时代的生活,我个人都还未出生,直接的生活感受是谈不到的。但是,并不妨碍间接地从史书文献中去找到补救。

以我的理解:文学作品所反映的现实生活,并不是甚至不应该只限于社会生活的外部形式,重要的是要表现人物的内在精神状态。否则,我们就难以正确理解中外古典名著所反映的历史题材。所谓"一切作品都是作家的自传",那是从广义而言的,意思无非说,作家所表达的思想观点,所选择的题材和所塑造的人物精神面貌,都是同作家的世界观,感情的感应,生活的直接或间接的体会有不可分开的联系。基于这一观念,我们就大可不必去查问或考证哪些是作者个人生活的隐私,哪些是不尽符合具体的生活的真实了。因为文艺到底是文艺,既不同于新闻通讯,也有别于摄影照片。虚构是文艺必不可少的手段,然而它必然要做到使人信以为真。否则,它就完不成它本身的使命,达不到它应当达到的目的。只有手段越高明,效果才越显著。但是手段的高低,又离不开作者对生活熟悉的程度。缺乏生活感受,那就巧妇也难为无米之炊。

以上算是从创作过程中,摸索到的头一点体会吧。

其次,文学作品虽说是从熟悉的生活中提炼出来的,但是,作者所熟悉的(人和事),却未必都会成为可取的素材,正如玉雕的工艺品是从玉石雕刻成的,却不能认为凡是玉石都可以随意雕成这样或那样的工艺品一样。必须从中加以挑选,看哪些人和事是具备着典型性的——在普遍的共性包含着个性,在特殊而偶然的事件(细节)中,具有一般的必然的情理。只有这样才可能使人读了感到似曾相识,信以为真。因而才会在人的思想感情上产生潜移默化的作用,收到预期的艺术效果,以完成其使命。

再说,选择了所熟悉的典型的具有代表性的人和事之后,在动笔之前,还得对人物形象的塑造,故事的发展到结局的细节安排等等,必须对全篇有个统一的设计(布局结构)。设计的构思是遵循主题思想的要求来决定取舍的。作者必须事先明确要在这篇作品阐述什么样的观点,提倡什么样的道德风尚,抨击和诋毁什么样的腐朽而反动的思想意识,然后,通过人物的行为把它一一形象地体现出来。在熟悉的生活素材当中,假如有些细节是不足以表现主题思想的，把它写上了反而显得啰嗦累赘，节外生枝，形成画蛇添足的怪物。那样，即使这些细节很精彩，也要毫不迟疑地坚决割爱。相反，若有属于既能说明问题又能突出人物性格的情节和动作，那就应当抓住不放，不妨运用浓墨重彩加以渲染务使形象鲜明突现，加深读者印象，在感情思想上，产生共鸣同感。这就是说，在拥有熟悉生活素材之中，还得在服从主题思想的要求下，做必要的恰如其分的剪裁。

最后，还有一点要说的是，主题思想的拟定，必须考虑到它的社会教育意义。社会主义文艺之所以有别于资本主义、封建主义文艺，中心就在于它是以共产主义道德观念来教育培养人，使人的精神生活得到潜移默化，抵制、摆脱那些反动、落后、腐朽的思想意识，扩展进步、向上的社会主义的精神境界，宣扬集体主义的优越性，体现历史时代精神，为人民大众利益服务。这就是社会主义文艺总的主题。

在服从这个总主题下，作者要写什么样的题材——写工农兵，写知识分子，写当代的还是写历史的，我看，应当由作者从他所熟悉的生活去选择。俗话说，“捆绑不成夫妻”。作者如果对那些生活既不熟悉又不感兴趣，硬是派差似的指定要他去写，那就如同奉父母之命而勉强撮合的婚姻，其结果，一般的说，是不会美满的。文艺作品是诉之于感情，要求真情流露，语言发之肺腑，行为几近自然，掺不得半点虚伪的；装腔作势、矫揉造作的人，只能令人厌恶；言不由衷的伪君子，讲的天花乱坠，也不致引人信任。文学作品也一样，虚伪的感情，概念的语言，模式的故事，抽象的人物，只能失信于读者和观众。

载《作家谈创作》，花城出版社

坎坷的道路
——答黑龙江《创作通讯》问

1.青年人学习文学最基本的条件是什么?

这个问题,就我个人来说,虽然从事多年,成就甚微,不过,也有所感。记起1958年,曾经提倡人人做诗,号召个个画画,搞文艺创作似乎如同吃饭拉屎,人人都可以胜任,到处都能放文艺卫星,按说谈不上必具什么条件的。问题是经过千万人实践的结果,站在第一线作吹鼓手的文化部某位负责人,最终却作了检讨,承认那是一次失误,是违背艺术创作规律的。然而后遗症却复发于以后,而且竟然变本加厉,从大跃进发展为大革命。江青自命为旗手,招兵买马,重新组织她的队伍,蓄意欺骗一些初生之犊——一大群红卫兵,否认文艺创作规律,诋毁文艺创作,大肆提倡"三结合"的集体创作的革命办法,谴责"创新独白",窒息个人独立思考,否定个人创作。在这段悲剧的十年历史中,某些有志于创作的青年,如果不加入"三结合"的某某"剧组",那就被指为自发势力,搞自留地,闹个人成名成家。写出作品也不给署个人名字,但是要被批评了,却要文责自负,抄家坐牢。从此,文学创作就没什么稀奇,也无所谓具备什么条件了。广大工农兵群众，谁都可以成为诗人、小说家。你不信，《虹南作战史》《海港》不是这样炮制出来而出版、演出了吗？其实，文学创作也是一种客观现象，它是不容主观随意抹杀的。按理说，学文学跟学其他学问一样，都不免要具备起码的条件。最主要的，学习的人必须在这方面比一般人具有特别的兴趣。个人的生活兴趣，往往是各不相同的。有的人偏好思索，对抽象的理论兴趣特别高，要他弄哲学就容易见效；有的人从小对数学就特别用心，日后他在自然科学、经济学方面就有所建树；学文学的人，一般来说，他比别人就特别喜欢幻想，想像力特别发达，对有形有色的生活现象比较敏感。同样面对着一个男女青年吧，做医生的，是从脸色、体态上去观察他们是否有病；当体育教练的，他就看着对方的身材合不合做个运动员；而文学家的兴趣却是他们的谈吐、行为……一些与众不同的个性表现，以及他们生活经历中某些离奇的遭遇。

当然，人的兴趣是可以培养的，条件可以创造，但是必须具备着起码的志趣。志趣也如人的口味，人的爱好是勉强不得的。有的人，硬要他弄文墨，做学问，就同叫苍蝇吃姜。但是，要他去学工艺，倒是一把好手。总之是，不管学什么，学文学也不例外，最基本的条件是要有个人自愿的、高度的志趣。志趣可以培养，然而，不可勉强。否则，难以坚持始终，往往中途而废，何况文学创作是异常艰巨而学无止境的行业，没有高度的具有殉道者的精神去对待它，那是不易取得成就的。

2.天才在文学创作中的作用怎样？

天才假如不是被理解为先天带来的胎记，那么，按唯物论观点，人生在世，也同树在林里。同样一片松树林吧，也有长成栋梁的，也有只作劈柴烧火之用的。人脑更为复杂而特异，一对孪生姐妹，长相即令仿佛，性格爱好却未必一致。有人就偏重情感，富于想像；有人则爱好推理，耽于逻辑思维；有的对技术特别有兴趣，钻研制作器具特别灵巧……同样面对一座古代建筑，有的看出它造型的美，有的则研究它的工程结构的技巧，有的却留心去考察它的历史年代。这恐怕与各人的气质和教养是分不开的。教养之中就包含着家庭的熏陶、社会的影响和个人学习的志趣。总之，天才的形成是复杂的，包括各种客观因素。用单纯、绝对的主观判断，并不符合实际。

天才的字眼是没人否认的，问题是在乎如何理解。有说“天才就是忍耐”，有说“即令有百分之百的天才，还得要有九十九分的努力，天才才会成长”。有过不少早熟的诗人、小说家和艺术大师，但是，在他们的作品第一次发表出版和演出之前，是曾经撕掉过多少草稿、流过多少血汗的。列夫·托尔斯泰、曹雪芹不能否认他们是文学天才吧。然而，《战争与和平》《红楼梦》都曾是改过来又改过去才定的稿，并非一气呵成。一位舞蹈演员讲：“台上三分钟，台下十年功。”可见，没有刻苦劳动，天才是不会从天而降的。

第一个问题已经讲到，志趣很重要，唯有志趣加勤奋，天才便才会从那里诞生。

文学创作也同其他事业一样，没什么捷径窍门可循。法国大作家雨果说：“人群，你是伟大的母胎，天才们都从你这里产生出来。”“诗人可以有翅膀飞上天空，可是也要有一双脚留在地上，他是普通的人，同时又是超人，如果完全离开了人间，诗人就不存在了……”这就是说，天才是从群众中产生的，不要迷信什么超人的天才。

再说，诗人、作家，他们写诗、做小说、编戏……不必讳言，都是不排斥社会功利的。大作家雨果在他批判“为艺术而艺术”的观点时说过：文学的目的是为了人民……诗人，因为他们使人群得到文明光辉的照耀。……把道德提高一步。但是必须补充一句：一个作家（诗人）最忌讳的是把自己当成市侩，将作品当作商品，看市场价格的高低去赶造，以迎合供求。这就有违于作为一个作家创作的使命和良心，无所谓是天才而纯粹是市侩了。

3.你是怎样走向文学道路的？当中遇到什么挫折而怎样克服的？

谈起我的文学生涯，是从1939年初考进延安鲁迅艺术学院文学系开始的。如果从爱好谈起，那时间就长些了。促使我去接近文学，多半是由于寂寞给予的恩赐。我童年的生活环境是寂寞的。幼年稍懂事时，就听母亲讲古：说我祖辈并不是住在如今的石山的洞里的，老家的村屯是在东门（一度成为新县城）和东罗（现为东罗煤矿所在）两个圩场之间的大路边上、一个百来八十户人家聚居的村落。当年因“三合会”之乱，村庄被毁，我们家随一部分乡邻才搬迁到附近的大石洞里造屋挖地，另建新村，从此，被看作洞里人。祖父是个武生，祖产原来是殷富的，方圆二三十里都有田地收租，结交的亲朋都是一些所谓有钱人家。父亲是独生子，读过几年私塾，有几个同窗学友都考中了秀才，他却学不用功，功名不就，粗识文书，后来就当家务农了。母亲系土司管钱粮小官吏的闺女，幼年还读过几天“人之初”，算是破过蒙。祖父晚年因嗜鸦片，家道逐年破落下来，昔日亲朋成了债主，白眼相待。到我父母当家立业之年，已是靠借债以维持生计，成了下中农了。到我入学之年，家中又遭匪患，牲畜财物被洗劫一空。迁居东门圩镇(后改为县治)，因营造新居，债台高筑，家境日见艰难。外祖母身边无男，迎我二哥去她家进县立高等小学堂。我排行第五，家住圩镇，上学不需住校另带伙食，但因来自山洞，本来已被歧视，又因衣着寒碜，更加成了被嘲弄的“丑小鸭”。然而人之常情，精神上在这一头受到委屈，必然在那一头求得伸展。年幼的心，在家庭，常见索债者疾言厉色，父母的愁穷叹苦，抱怨亲友反目的炎凉世态，在学校，受富家子弟的奚落，有话找不到人倾吐，有愤懑无处发泄。寂寞宛如磐石压在心头。唯一的精神出路，一方面从书本中去寻找解愁，另一方面则耽于沉思，在幻想中作自我陶醉。二哥在军官学校上学期间。经常寄《小朋友》《木偶奇遇记》等书刊回来，无异有了精神的伙伴，课外读物遂成了日常的嗜好。在县立乡村师范时，郁达夫的散文，苏曼殊的书信和诗，吸引了我。觉得文学就是那样自然、朴实，写自己的感受和心思的。于是，也就偷偷地像给朋友写信、给自己写日记那样，将自己的所见所闻，可爱可憎的人情世态写了下来。起初，是作为消遣寂寞，写来给自己看的，一共写成了四大本百页厚的英文练习簿，共有十几二十篇散文速写一类的玩意。当中也偶然写过小诗。不管是旧体和新诗，兴之所至，也写过一些。在学校作文，老师和同学都曾经给予过高的赞扬。在班上贴堂、示范的也常有。文章印成铅字公之于世的，却到1936年在广东第一师范读书时候。因反感于当时在全国推行“会考”制度，而写了一篇小说形式的《期考的前夜》，发表于广州《民国日报》文艺专栏。这算是我日后走上文学创作道路的起步吧。至于作为专业，却是到了1939年初，考进延安鲁迅艺术学院文学系之后了。从此，由于写了些小说，被组织选拔作为青年作家培养的对象。但几十年来，由于其他的革命工作更为需要，终于未能始终专业于文学创作，曾经写过一些东西，都是利用业余工夫或请创作假来完成的。

文学创作的道路，对我来说是坎坷不平的。但是，由于嗜痂成癖，甘为冯妇，其中遭遇，说来可能是自己主观片面，以至不敬而冒犯某些尊长和战友，不过，何尝不也反映了我们的革命文学事业，在建设过程中也不免有过这样那样并不尽如人意的某些值得考虑的现象？

1940年下半年我被选进了"鲁艺"文学研究室做创作员，意味着被视作党的青年作家来培养，随即分派到王震将军领导下的三五九旅第七团深入连队体验生活半年。当中过了黄河东岸，参加举国闻名的"百团大战"。1942年写了一个短篇《落伍者》，发表于"文抗"机关刊物的《谷雨》第四期。内容写的是一个从国民党反动军队俘虏过来的老兵，当了我们连队的炊事员。为人孤僻，旧社会的积习很深，对新生活并不那样热衷；但能独善其身，在任何情况下，本分工作，他从不耽误，保证连队吃上饭。但学习文化的态度却不积极，说老苗了，六十岁学鼓手，学来也没用，可是，对通讯员小鬼们的学习却很关心，拿自己领到的津贴给小鬼买笔墨纸头，鼓励督促他们努力学文化。有次，当队伍行军宿营时刻，他独自找地方做饭去了，部队突然发生情况，必须立即转移。后来，他掉了队，跟不上队伍……。善意的读者不难体会，主题所指是明白的。但是，在延安文艺座谈会期间，我们的理论家程钧昌写了大文，对它大张挞伐，责问作者：为什么不写这位炊事员的转变？八路军是革命的熔炉，为什么不把人锻炼成钢而让他成了"落伍者"？记得当时我曾写过反批评文章，认为程文这类形而上学的理论，在现实生活的海滩是搁了浅的。根据鲁迅在《非革命的急进革命论者》一文的理论："倘说，凡大队的革命军，必须一切战士的意识，都十分正确，分明，这才是革命军，否则不值一哂。这言论，初看固然很正当，……然而这是不可能的难题，是空洞的高谈，是毒害革命的甜药。"接着鲁迅还说了，在革命队伍的"行进时，也时时有人退伍，有人落荒，有人颓唐，有人叛变"。现实果然如此，程钧昌本人比我的《落伍者》那位炊事员老头，是年轻一代的革命者吧。可悲的是，他就未能实践他的理论，作为一个共产党员也未能在革命的熔炉得到锻炼成钢，而是为个人利欲未达而投井自绝于革命。但是，我的"落伍者"，却在他那类理论的高论中被一棍子打杀了！问题是这类革命的文艺批评的棍子打在我身上还不是到此为止。因为我也不甘心倒下，有时还玩玩投枪。1947年在哈尔滨，我是奉东北局宣传部长凯丰同志之命，在《东北日报》副刊组织发表一些能引导知识青年跟共产党走为目的的稿件的。我自己为了工作需要也就勉为其难，曾经写了几篇，其中一篇《叶红》，写的是抗日时期一个女青年投奔延安，经过革命教育的实践，从幻想变为踏实，从个人走向集体，终于跟工农大众结合，所经历的道路。在当时的关外东北三省，青年们对我们八路军、共产党不大了解的情况下，广大读者对这篇东西是生起相当大的兴趣的。不想，居然引起某位大作家由于自己的战地通讯不受欢迎而在东北第一次文代会上，拿《叶红》来开戒，认为是小资产阶级自我表现，等等，等等。一连围剿了三天。当时，我虽有三本中、短篇和理论的书出版，但因属于受过批判的人，全国第一次文代大会，有的人只有一篇文章都可成为代表，我虽有人在会上指名推举，还是没有得到大作家的点头放行。接着，全国解放，1954 年在《长江文艺》《不能走那条道路》未发表之前，我在《广西文艺》就有一篇《一对夫妻两条道路》问世。可是不知什么道理，省的党报社长姚天纵却认为：走自发势力的人应该是中农，我写的贫雇农是歪曲了现实的。于是，发动报社的“秀才”们写了整版的大文，作权威性（当时的规矩，凡是党报的批评文章是不容反驳的）的打杀，出版社已出版的单行本，因此而停售。然而，受打击的最后一次，而且最为彻底又最为惊人的却是现在所说的十年浩劫了。那是因《故人》而受难：“故人”的主人公是“一二·九”中的进步华侨同学。富于正义感，曾同情而支持过地下党同学，掩护革命同学投奔延安。自己只因成了爱情的俘虏，没勇气同社会决裂，贪图个人温馨的小家庭，企图借此躲避时代的风雨。谁知命途多舛，年轻貌美的妻子因服务于美军机关作翻译，被当作交际花，丈夫为着索妻而被当作疯子，关进戴笠特务的巢穴息烽，解放后才与昔日的革命同学重逢。这不过是鲁迅写的那些“哀其不幸，恨其不争”的旧社会知识分子的命运吧。同情他的不幸遭遇，也无非是对反动而黑暗的旧社会的控诉。但是，以工农兵革命文艺自命的英雄们却违背起码的常识，在所谓文化革命的借口下，套用姚文元的笔法，断章取义，寻找所谓影射攻击这个那个，或牵强附会说什么为谁谁树碑立传，等等，等等。本来明明是控诉反动法西斯特务对知识分子的摧残，反而被指为对不革命者的同情，作了“封、资、修”的鼓手！作者竟被指名为“三反”分子，成为全国共讨之，全党共诛之的过街老鼠,人人喊打!真是何其冤枉!

但是,文艺对某些人的魅力却那样强烈。我虽经如上几起几落,今天仍然难忘于笔墨。这恐怕是由于童心未泯,以为在写作中可以讲真话。“不平则鸣”,因心的天秤常失之平衡,才想借笔墨抒发胸中块垒。换句话,我之所以放不下这只苦杯,就是因为心中有话要说。如果不是自己愿意或没了要说的了,那就死了心,不会再拿起笔了的。

以上提的几次文艺批评上的是非,所举的事例,虽属个人的遭遇,不过,从我个人所走过的坎坷的道路,也许能反映几十年来我们的文艺界的得失,说不定可作为教训?倒不是存心对谁要算老账的意思。

1980年12月12日

载黑龙江省《作家通讯》第3期

创作历程的回顾

——在陆地小说创作讨论会上的发言

一

谢谢大家关心、组织和参加这个会，特别是从外地不远千里而来的朋友，更是令我感激不已。

抱歉的是，自觉名实不副，不免有负盛情。自从1941年离开“鲁艺”文学研究室之后，创作对我来说，只能是逢场作戏，偶尔为之。前后时间，虽经漫长岁月，但值得一提的东西，却真是（多乎哉？不多也）实在太少太少。照我自己看，已有的这些篇东西，确实是不配惊动大家的。然而，东西一旦公之于世，即成了客观存在的事物，已经是身不由己。好比过门的媳妇，美丑已不能不让别人评头论足了。总之是，这只不过是“山里无柴茅草贵”，滥竽也能充数罢了。

在这里，本应是听取诸位高明的批评、指正的，何况写作体会一类的话，在过去重重复复讲过好多回了，要讲新的，迎合得上当前这样那样的时髦的，那就真对不起了，老来反应迟钝，力不从心。眼看一代新人，只有望尘莫及之慨。流行曲唱不来,迪斯科更跳不来,唯有倚老卖老了。

二

回头看看走过的路,是那么艰苦而坎坷,当中便有过三起三落的波折。

头一遭,短篇《落伍者》。当它诞生于延安《谷雨》之后,恰如春苗遇上谷雨,在一段时期内,长势颇佳,曾经引起了同行们的关注,产生过影响。谁知延安整风运动一来,"嫩苗"却挨了一场"冰雹"的打压,说它为落伍者唱挽歌,和革命进行曲不合拍。

第二次打击则是一篇为鼓动青年学生走上与工农相结合道路而作的《叶红》。它的出现曾轰动一时,影响了当时东北解放新区的广大青年学生,给他们的心目中展现了一片崭新的天地,不想,由于受苏联日丹诺夫批判左琴科等人的那篇报告和苏共有关意识形态的各项决议精神所波及,如对文艺作品的讨论施以行政手段,毫无道理地批评某些作品的教条主义等。在东北首届文代会上,《叶红》遇到围攻,认为它沾染了小资产阶级情调,显然是非无产阶级意识的典型,从而备受责难。

第三回便是《故人》,那是个写旧社会知识分子命运的短篇,同前两回一样,发表后一直获得广泛赞赏,也曾害得某些单纯的少女落下同情的眼泪。万没料到,数年后"文化大革命"那场大火,使之一夜之间,顿成广西"文革"祭旗的牺牲,被斥成"为不革命的地主子弟树碑立传"的大毒草。

三次打击均不限于学术范畴的笔墨官司,而是成为在不同的历史时期,有组织按计划进行的政治运动的陪葬。对它们的抹杀是绝对的,都是一棍子打死。

三

问题在哪里呢?

记得在“文革”第一回合的批斗会上，有人质问：“为什么尽写这些毒草，而不去写那些像焦裕禄式的人物？”这提法很值得探讨。

毋庸否认，不论是“落伍者”，不论是“故人”或叶红，作者对他们是有所偏爱的。对他们的命运都赋予了真挚的同情，他们好像就是活在身边的熟人和朋友，对他们各自的遭遇，或深感“哀其不幸，恨其不争”，或嫌其轻浮于前，而爱其变化于后。个个都成了亲人，实实在在是心有所动，情有所感，然后才是有话要说，一一让人物去体现。“情人眼里出西施”，怎能去质问一个诚实的情人，为什么爱这个而不爱那个？

再说，为什么遭受这么两次三番的折腾而不灰心？

这，恐怕与个人气质有关。我秉性内向，思想志趣，往往潜伏心底，在社交活动上出不了风头。可又偏偏不肯安分，对生活过于敏感，对是非、善恶、美丑等现象都保留有自己的看法。每每见到人世存在着如此的不足和不平，便往往从幻想中去作如此这般的虚拟，求其达到美满的境界。而这弥补生活缺陷的想像，便成了做小说的图纸。

现实主义的文学观，有文学是天然的模仿，现实的反映，时代精神的回声等说法。我认为还应加多一句，是客观世界的补充，现实的理想，或者叫作生活的加工。

好多读者都说，《故人》写得真实，令人感到自然、亲切，也有不少人认为《瀑布》的主角韦步平，其人其事，固然可信，就是次要的陪衬，如凌云青、桂品微以及海银华和梁少英等等，莫不如见其人。拿到生活中去作具体对照，还似像非像，问究竟谁是原型？原型是有的，但，原型终归不等于典型。后者已经是作了加工。加工部分就渲染着作者感情的色彩，掺和了作者的道德观念。换句话说，就是寄托着作者对现实生活的情怀，满足了作者对人生的理想。

所以说，我的文学创作，很大部分是包含着自我追求，自我满足，自我抚慰的。正因为如此，为了爱的寻找，为着理想的渴望，而始终执着不放，不断探索。不计成败利钝、荣辱得失，虽撞碰南墙而不肯回头。

对此，也许又会引起这样的问题：你这样主张自我表现，岂不是跟提倡大公无私的集体主义精神背道而驰了吗？不，个人和集体应该是相依相成的辩证关系，没有个人，集体何来？没有集体，个人如何存在？道理是明白的，这里所谓个人，并非绝对的、超越于人类社会不食人间烟火的神仙，而是具体的有血有肉的生命。他的思想行为，必然受到一定的社会意识和道德规范的制约。

是社会主义社会下的个人，他就要有集体主义的世界观，有共产主义的崇高道德观念。问题是如何自觉地进行修养和锻炼，促使个人的世界观、人生观的觉悟，坚决与自私自利的资本主义意识做彻底的决裂，只要你是个真正的马克思列宁主义者，那，“血管里流出来的是血”，你的自我表现与社会责任是可以统一的。

一开头就讲了，几十年那么长久的耕耘，收获毕竟太少了。但怎么又有了今天这样的讨论会呢？

自己觉得，正是因为没有把时间和精力百分之百集中用于专业创作，几十年的工夫几乎都把它消耗在军报、党报的编辑和党委宣传部门的工作上去了，这对写作来说，是很遗憾的。然而，塞翁失马，焉知非福？一失一得，使我在马列主义理论的修养上，在党性的锻炼上，在世界观、人生观的树立上获得了相应的财富。比方说，要是我从延安“鲁艺”开始，一直专业于写作，东西可能会写得多一点，不过，像《瀑布》那样规模的革命历史题材作品，自觉也要在六十年代就动笔，思想水平是没法把握驾驭得了的。再说，没有一定的思想认识，经过三起三落的创作波折之后，大概是不可能不折不挠，再作冯妇了。

当然，在思想和艺术（也就是概念和形象）的统一上，在这些作品里，还是存在或多或少的瑕疵，磨光的功夫并未到家，这都需要大家指教的。

1986年9月11日

载《广西日报》1986年9月25日第3版；《学术论坛》1986年第6期

说出我心里想说的话

社会分工七十二行，我为什么会爱上文学创作这一行呢？对这个问题，我想了很久，最后想出这么一句话：就是要说出我心里想说的话。

那么，说出自己心里想说的话，用说话的方式来表达不行吗？为什么要用文学的形式呢？这与我从小性格内向孤僻，沉默寡言，不大喜欢说话来与人交流有密切关系。一个人生活在世界上，总是会有许多感触的。有时我心里有许多话，却找不到知己来倾诉，又不善于向旁人说一说，憋在心里很不舒服，只好用文字来表达。记得 1945 年日本战败前夕，我随八路军武装部队从延安出发，准备回广西打游击。过了黄河，到河南时已是 8 月中旬，日本投降了，见到人们在庆祝抗战胜利，敲锣打鼓烧鞭炮，很高兴。但当时我却想得很多，并没有感觉到从此战争已离我们远去，因为日本虽然被打垮了，但美国人的势力在中国却逐渐坐大，蒋介石的几百万军队也没有在抗战中被消耗多少，日本投降了老百姓就有好日子过了么？我们就能进城了么？我想的东西很多，想法和别人不同，找个知己倾诉衷肠也不容易，于是我就写文章把心里话说出来。

写文章最重要的是要写出自己心里所想的东西。苏联有一部反映二战题材的长篇小说叫《战争》,书中描写苏联红军在东线溃败的情景,写得很真实,说的是真话。什么是真话呢?说出实际情况是什么还不算真话,真话就是你怎么想就怎么讲,这才是真话。文学的创作最主要是说真话,人云亦云的东西就没有个性,没有特点,那是一般的话,不真实。文学作品要写出自己心里头有过感触,经过考虑的东西,想到什么就说什么。根据我写过的一些东西来看,就是写出了自己心里想说的话。我写作写了几十年,有好几篇作品都是刚一发表即受追捧,接着便是被批评。现在回过头来看,当时这些作品写的都是别人不敢写的。我的成名作《落伍者》在延安丁玲主编的刊物《谷雨》上发表不久,正值中共中央邀请文艺界名人参加的"文艺座谈会"在延安开幕,毛主席在座谈会上发表了讲话。有的同志就认为我的《落伍者》违背了"讲话"的精神,因为我没有像别人那样去写,将作品主人翁由落后转化为先进,而是只写他的落后,写他的个人主义在集体中无出路,必颓唐,结果被集体无情抛弃。这篇东西在当时看来有缺点,有人写了批评文章。但那时延安学术空气好,不同意见可以讨论,我写了篇反批评的文章也投到《解放日报》,没想不久就全文见报了。这次的遭际,没有上纲上线,扯上政治问题,但后面的几篇作品就没有那么幸运了。一篇是在《东北日报》上发表的《叶红》,写两姐妹,一个到延安去了,一个留在敌占区。到延安去的想得很天真,要当女英雄,要理想的恋爱。但到了延安才发现理想和现实完全两码事,后经过实际生活锻炼,思想觉悟提高了,走上与工农结合的道路,成为革命者,后来还与工农出身的干部结了婚。当时知识分子题材的作品是禁区,它一发表,就受到东北解放区年轻读者的欢迎,有不少青年人还来到报社,到处打听谁是陆地。但因闯了禁区,后来我挨批得一塌糊涂。再到后来,我写的另一个短篇《故人》也同样挨批判,最终它还成为拉开广西"文革"大幕而被祭旗的牺牲品。

从以上三篇文章看,我写文章就写自己想写的、与别人不同的,这样才写出真实来。我小时候读郁达夫的书,他用第一人称写,这样读者往往会误认为是作者自己,其实那是作者经过观察,结合自身的感受综合写出来的。如果言不由衷就假,假的作品读者也看得出来,因为你的作品不打动人。所以,如果我们下决心要走文学道路，就要自问是否还保留着天真的情感，即所谓“童心未泯”。我记得有位外国作家说过这么一句话：一个人当他如孩童般做游戏时，才看出他的全人，才看出他真实的精神面貌。一个真正的作家是要保持他的童心的。反过来说，他不能太功利，名利观念要淡薄，也就是不能用文学创作当作敲门砖来达到一己私利。功利心太重的人来搞文学就走错路了。

我们广西临桂县有个叫刘玉峰的人，参加过广西剿匪战斗还负了伤，剿匪一结束就酝酿写《山村复仇记》。他一心一意地写，等到书出版后得一千多块钱稿费，他又是买手表，又是买单车。有人见了眼红就东讲西讲，他听到了说：我搞这个东西是得不偿失的，如果我不搞这个东西，我就不止是一个区级干部了，同我一样经历的人，有当县长、处长的了。搞文学和名利思想是格格不入的。“五四”运动后，也有不少写东西的人当了官，当了官就把文学丢了。

我们每个人要考虑一下，自己是不是适合搞文学，如果自己搞别的工作更好就不一定要搞创作。有些人当起官来得心应手，说明他适合当官，善于当官。当领导有当领导的素质。我有个朋友，在延安他也能写文章，但他当起领导来也很有才干，后来他就不写作，选择搞党政工作。就我来说，若从延安起就一直写东西，肯定已写出不少作品。但后来我又去当教师、当编辑，回到广西后，当起了领导，在宣传部等部门工作二三十年。那些年光是开会都忙不过来，写出的东西当然就很有限。但这是革命需要，我只好服从。在座的大家都是业余作者，在完成工作以后，用业余时间来写东西，把我们的才能充分发挥出来，这样我们的生活就过得充实了。

广西有个公司出资请人写电视剧，变相为自己打广告，写成了可给六万元稿酬。听说后来有人写了，但写得不太好，只好改成写别的电视剧了。这样做就不是搞文学，而是搞商业经营，将作品变商品了。写作就是写出自己想说的话，但是，你想说的话未必就符合社会需要。那么怎么办呢？又要写出自己想写的东西，又要符合社会需要，这就要在创作前，除了考虑社会意义外，还要考虑你的这个想法是否具备逻辑性，是否符合情理。你胡思乱想，瞎编乱造，不合生活逻辑，那是不行的。我看了许多电影，有的连道理都说不清楚，更不用说要以情来感人了。我们要求作品要合逻辑，也要合情合理。再就是，你所写的人和事要让人看后产生美感，产生喜怒哀乐，这才是艺术，才是文学。要做到这一点就要讲究自身修养。一是提高自己的思想水平，提高辨别能力；二是要有文学艺术的审美修养，这就要多看古今中外名著，要欣赏珍珠、经典，不要去媚俗，去捡糟粕。要努力学习马列主义和毛泽东的著作，特别是著作中有关论述文学艺术的文章。这样才能不断提高我们的思想水平和文学艺术水平。

我们要当一个作家，写作品去影响别人，自己没有一定的思想水平是不行的。你别看有些人得奖了就以为有水平了，主要看你的作品是不是打动人、教育人。作家是思想家、教育家，我不主张写文章去迎合读者的需要，不要搞投机。文章还是应该看看有没有教育意义，有没有文学艺术价值。我听说有一篇文章发表后，有六个国家同时转载，这是不是篇好文章，还要分析，要看具体情况，到底人家为何要转载，是出于善意还是另有所图？不要以为一转载了就是好文章。

1985 年 12 月在《三月三》第二次笔会上的讲话

创作余谈

假如说爱好文学也必须是外界力量促成的,那么,寂寞和孤独正是驱使我的鞭子。

我的文学生涯是从 1939 年初,进了延安鲁迅艺术学院文学系后起步的。但是在选择这条道路之前,对它的爱好却早在童年就开始了。产生了这一爱好,并非与生俱来的天赋,最大的原因是寂寞和孤独,思想情感没地方寄托,而文学作品却给我介绍来精神的伙伴。

正如对文学的爱好不是天生,我的寂寞心情与孤僻性格,也不是什么宿命的注定。

幼年时候,母亲除了常给我们儿辈讲“狼外婆”,有时也回忆起祖辈的创业精神和家庭的盛衰史话:在我出生之前,祖父曾经是出租田地的地主,娶过妾侍,晚年嗜好鸦片,坐吃山空,家境逐渐衰落;到我父母独立当家时,已经沦为自耕自种的中农了,遇到年成不好,还欠点债。昔年曾是亲朋故友的财主,如今居然成了冷酷无情的索债冤家。世态炎凉,人情薄如纸这流行的俗话,在我幼稚的心灵投下了一道阴影。家庭的气氛经常笼罩着愁云凄雾，难得见到欢乐的阳光。学堂的生活又怎样呢？在旧社会，学堂是为富家子弟开放的，穷苦人家的孩子涉足其间，不但找不到同情的伙伴，而且容易遭受难堪的奚落——有如安徒生童话的“丑小鸭”。人，生活在这样的天地，特别是涉世不深的天真烂漫的心灵，产生反感和叛逆是很自然的。人们在眼前的现实生活中得不到的东西，往往会渴望从遥远的幻想寻求补偿。我就在失掉欢乐和缺乏伙伴的寂寞和孤独的童年境遇里，转向文学读物去寻找精神的伙伴。事前并没有料想到，从此，文学的种子便在脑里生了根；在性格上养成明显的内向，在社交场合表现特别孤僻；总以为唯有在书本里头才有可以谈心的朋友，可以排解苦闷，求得精神安慰，充实生活的空虚。小说读得多了，进一步便产生了模仿的试探，借文字代替语言，以表达思想，抒发愤懑，歌唱光明、美好，诅咒黑暗、丑恶。

到了中学后期，1936 年间，初学写的一些短诗和散文，居然在广州的报纸上和本校校刊发表了。文稿一旦被排成铅字，公之于众，在当时，对初学的人是巨大的鼓舞。现在回头去看，那只不过小孩学步，是难登大雅之堂的。

后来，到延安参加了革命队伍，个人的一切活动都由组织来安排了。但是，个人的志趣，只要是符合于革命斗争的需要，那是会得到支持和鼓励的。本着这个精神，我被录取到“鲁艺”文学系，后来又被选留在“文学研究室”，作为青年作者，受党的培养。

谈到创作，是谈不到什么见解来的。在延安时期，写成了两篇（一篇《从春到秋》，被编入周扬主编、在重庆出版的《文艺战线》第七期，刊物遭受国民党查禁未能出版；一篇《落伍者》载于延安“文抗”会刊《谷雨》第四期）较有影响的习作，都是参加延安大生产运动的亲身体验，和深入连队生活体会了半年时间的成果。1946 年到 1948 年在东北哈尔滨发表而引起读者兴趣和重视的《钱》（1948 年曾被苏联的《旗》第 8 期译载）、《大家庭》、《还乡》和《叶红》等几个短篇，也都是经历了从延安随军南下两广，到了豫北地区，抗战胜利了，又转北上沈阳，历时四个半月的行军生活以及参加东北农村“土改”、工厂民主改革运动等事件后，获得了生活的直接感受而写成的。1949 年底，回来广西，接触了一些故旧，听到八年抗战和三年的解放战争，各人经历的一些悲欢离合的故事；后来又亲身参与清匪反霸、土地改革的斗争。从这些生活感受而产生爱憎的激情中,挑选出其中较有普遍的教育意义的人和事,作了艺术的加工:把它集中、概括和提炼,写成较有影响的短篇《故人》和长篇《美丽的南方》。近年已经出版的《瀑布》的前半部和即将出版的后半部,其内容所反映的时代背景,开头部分是在作者出生前几年,当然是谈不到从直接的生活体会来的了。不过,那些都是从大量的史料和广泛的调查访问中间接吸取来的素材,加上想像,作了长时间的孕育、酝酿而形成的。

1941 年后,我就不再是专业搞创作的了,写作只是利用业余的空闲或请的写作假来弄的,产量少,质量也低。本来是微不足道的。如果谈得上经验,那,归结起来,只有这样几句——

写自己所熟悉而发生兴趣的生活;

回答群众所关心的问题;

用自己的语言来说话;

关键在于塑造人物形象。

在形象的塑造上,必须注意到——

让生活本身去说话;

让个性去体现人物的精神面貌,而个性必须通过尖锐的矛盾斗争才能凸现;

人物形象还要依赖生活细节去塑造;

思想主题必须由人物的命运去完成;它是诉之于感情去感染读者,切忌用理智去说明问题。

生活——人生活动,人情世故,是文学艺术的源泉。“世事洞明皆学问,人情练达即文章。”这都是老生常谈了。问题却还有它的另一面:有了丰富生活的人,未必都能写成小说、诗歌和戏剧。为什么?这里,创作技巧的锻炼就是不可忽视的课题。

但是,创作技巧又不同于工艺。在学习技巧上,一些为人所公认的名作是应当成为借鉴的,却不能仿造;别人讲的创作经验也只能提供参考。最要紧的还是自己在习作的实践中,不断摸索,从中寻到蹊径,逐步提高。

提高质量,同样是文学作品所追求的目标。艺海无涯,人生有限。作品水平的高低是相对而言的。为了朝前跨越一步,除了前面讲的两条——一条必须深入体会生活，积蓄丰富的生活素材，一条重视写作技巧(表现能力)的锻炼外，第三条就是要提高认识生活的思想水平。

思想水平是与理论学习分不开的。对一个作家来说，哲学理论是必修的功课。一个人对客观世界，要是缺乏正确的观点，他怎能做到正确地辨别、分析生活中的真善美与假恶丑的界线？一个革命的现实主义的作家，他要是忽视马克思列宁主义——辩证唯物主义和历史唯物主义的学习，那他在作品中拿什么观点来教育读者去认识历史时代的精神和感受现实生活的意义呢？

我个人的体会，理论学习和实际工作，对创作思想的提高是起重要作用的。三十年代中期，“一二·九”运动前后，以艾思奇为代表的启蒙哲学和薛暮桥等人的通俗政治经济学等社会科学的著作，使我认识了社会问题和人生意义而走上革命道路；后来学起文学创作来，除了阅读大量的中外古典名著，增进表现技巧的修养，同时还是用心读了各家的文艺理论和中外的文学史，才懂得文学的社会功能和历史的使命。其后，服从工作需要，接受组织安排，离开了创作专业，当了将近十年的军报和党报的编辑。全国解放后，在党的宣传部门工作了十五六年，使我理解到，怎样去对待新和旧、进步和落后、革命和反动的客观世界。这些，似乎都与创作形象思维活动没有直接的联系，甚至还会发生矛盾。其实，往深一步思考起来，这些理论学习和实际工作，对我在业余中写的、为数极少的东西是有大大的用场的。

一个作家应该同时是个思想家，唯有深厚的理论修养作前导，作家才可能在令人眼花缭乱的人海茫茫的生活中选择其优劣，明辨其是非，进行提炼和净化，不至于迷航和失误。

总之，仅仅满足于现成作品的学习、观摩，而忽视哲学、文艺理论的修养和缺乏文学史的知识，那，至多也不过做到模仿，创作是难以迈步的。模仿只能成为匠人，不可能做成艺术家。两者的区别就在于前者止于照样画葫芦，后者是敢于创造。

创作质量要提高，忽视理论学习，放松思想水平的要求，正如没有阶梯，要想“更上一层楼”，是上不去的。

载《中南民院学报》1982 年第 2 期

写作体会

从1937年第一篇作品发表至今，断断续续已经写了好几十年了。回想起来，我之所以走上文学之路，非要搞写作的意愿又那样执着，说来是有诱因的。

按一般说法，凡是诗人、作家，多多少少总也免不了具有与生俱来、与众不同的特殊天分，比别人格外聪明什么的。但在我个人身上，却并非如此。幼年时智商平平常常，在家乡小学读书遇学科考试，成绩就难以科科名列前茅；上初中，考省立第一中学就未被录取。但这并没有因此限制我成年后居然当了作家。

其起因，想来完全是出于兴趣和爱好，正如孩童对某种游戏特别喜欢，而影响他日后成为某项专业的专家一样。再就是也许我天性内向，好静、孤僻、寡言和敏感而无以自遣，只好偏向从课外读物中去寻找知心朋友聊天；把读书当成嗜好，以求精神寄托、排遣苦闷的情思。正是一天天一年年把书读得多了，潜移默化，逐渐变得好幻想了，想像力丰富了，更加地多愁善感了。在世界观、人生观方面，还萌生要给现实生活的缺陷以补偿的理想。于是伴随而来的便有创作的冲动。

当然，兴趣和爱好，只能是引你上路的向导。路，还是要自己一步一个脚印地走出去，才有可能到达预定的目标。这就要求人在有兴趣和爱好的同时，必须还要有专心不二、锲而不舍的执着精神，保持不图名利、宠辱皆忘的童心和傻劲，才有希望获得成果。说来虽非神秘，成功却还真不轻松。

谈到经验，就亲身体会，可提炼成如下几点：

必须先有真情实感，然后再来写作，不可为了要写作，而依照一个理想的概念去作图解——有悲哀不妨痛哭，没有病就别呻吟。

“写你自己最熟悉的”，这是创作实践的箴言。但要懂得，熟悉的东西却未必都是真、善、美。

说来都知道：小说创作的核心在于写人。但“这个人”必须具备崇高、善良的灵魂，鲜明、突出的个性，真诚、丰富的情感——三项素质不可缺一。

非凡出众的英雄，他或她的命运之所以感染读者，引起共鸣，并非因为其是不食人间烟火的神仙。他或她的思想境界，必须是在平凡中显示崇高；个性体现，必须在一般的共性中有着鲜明的特征；情感的流露，必须做到合理跟合情同时到位。

“典型环境的典型性格。”人和社会的关系，如同鱼和水一样，人的成长、发展，都超脱不了环境的局限。保尔·柯察金这个共产主义的英雄典型，在苏联那样的社会主义典型环境中诞生就相得益彰；而约翰·克里斯朵夫式的个人奋斗典型，只能在法国那样的资本主义社会的典型环境下才显得和谐。

载 1991 年 1 月 15 日《广西教育报》，题名《体会》

答《阅读与写作》杂志社问

问:陆老,您今年七十二了,您从事文学创作也有好几十年了,积累了几十年的写作经验,能谈谈为什么要选择这条文学道路,而又如此执着不舍。

答:我从1937年春天在广州《民国日报》开始发表第一篇文章到现在,算起来有五十多年了。不过,我并不是一直都在从事专业创作的。除1939—1941年在延安鲁迅艺术文学院期间曾搞专业创作外,几十年来,我的实际工作是教书、编报纸和在党委宣传部门担任领导工作,创作只不过是逢场作戏、偶尔为之的业余活动而已。谈经验、体会是肤浅的。如果说为什么几十年执着不舍,那倒是因为——自以为文学能使人生的忧患获得解脱,个人胸中块垒可以借此得到由衷的倾吐,精神世界的扰攘可以净化、升华,感情生活的缺陷可以如愿补偿。所以我才因兴趣和爱好跟文学结下不解之缘,因寂寞才借写作来消遣。如果还有积极一面的话,那就是为个人对社会应尽的义务能够充分发挥,个性特长能够产生较多的积极作用,那,唯有依赖文学创作比较合适。

问:您的文学观点的理论基础是什么?时至今日,您对时下的文学走向——当前新潮派的现代主义等等，采取什么态度？换句话说，在这些新潮的冲击下，您对您原先的观点是否有所改变？

答：在写作过程中，我奉行的是这样的信条：必须先有真情实感才写作，不可为着要写作而去凭空虚构；创作是从现实生活得来的灵感的再现，不可以为一个理想的概念而去作模拟的图解。

形成我的文学观的理论基础，来源于马克思主义的唯物辩证法——马克思恩格斯的文学见解、普列汉诺夫的《艺术与社会生活》、列宁的《党的组织与党的文学》、车尔尼雪夫斯基的《美学》以及高尔基、鲁迅等人的理论与创作经验。它们培养了我的文学观点，使我认识到这些雄辩地唯一能打开文艺迷宫的通道。延安文艺座谈会的“讲话”以至全国第四次文代会的“祝词”，都是在马列主义文艺理论的基础上所作的阐述。无疑它们是联系中国文艺现象提出的见解，是符合中华民族传统文化的原则精神要求的。

至于当前鼓噪一时的所谓弗洛伊德、尼采和萨特热，不但不至于模糊我的视线、动摇我的信仰，相反倒是更加坚定我原先的观点。因为变态心理、超人哲学和令人迷惘的梦呓，只能导致人们精神世界陷入歇斯底里的深渊，对社会、对人生产生悲观绝望的疯狂，乃至于沉沦、堕落。那是不容于人类健康向上的文明社会生活的，不符合人类历史发展趋向，因而终归会为健康的读者所唾弃。其实，在这之前，这些代表资本主义极端个人主义的所谓超人、永恒人性的西洋镜，早就被鲁迅揭露得无地自容了。现在沉渣泛起，无非是垂危者的回光返照，不可能是代表真正新时代的主潮。

问：有人说，现在看来，胡风当年主张“到处有生活”是无可厚非的。那，它与我们一贯提倡的“深入工农兵生活”是否对立？如今在新的历史时期，重申强调“深入生活”，又是不是老调重弹？

答：要是单从字面来讲，“到处有生活”是无可指责的。问题是，胡风当时提出这句口号，正是延安文艺座谈会讲话大力提倡号召知识分子的作家深入工农兵群众生活中去实践，以求世界观、阶级立场、思想感情来个转变的时刻；而胡风在这重要关头，居然抛出“到处有生活”的主张，不管其主观动机如何，客观上却是造成与“讲话”的号召唱对台戏的效果了。但是，几十年的岁月过去了，人类历史发展到九十年代，中国社会面临着要努力实现四个现代化的社会主义建设时期，作为一股不可忽视的社会力量的知识分子，顺应历史潮流，自然地跟工农兵广大群众一道，登上了历史舞台的相应位置。那么作为时代精神的反映的文学艺术，若仍然拘泥于单纯要求塑造工农兵典型，当然是未免失之偏颇。所以若把“深入生活”的概念，仅仅简单理解为“到工农兵群众中去”，那无疑是一种片面而狭隘的误解。以我个人的理解，今天强调深入生活，应当是要求作家、艺术家到包括工农兵群众生活在内的社会各方面的现实生活中去，切实、认真地对其作深刻分析、细致观察，获得切身体验，努力做到与所描写、刻画和塑造的对象感同身受，真正做到思想感情与之混成一体；对其冲突、矛盾斗争的社会意义、生活逻辑和艺术表现都能把握其实质，力求做到准确、完善和美满。避免浮光掠影，不满足于停留在事物的表面，克服闭门造车、无病呻吟的毛病。

问：说起来，大家似乎都懂高尔基讲过的“一切文学作品都是作者的自传”这句话。那么，这与“自我表现”一说是否一样，强调“自我表现”会不会导致资产阶级自由化？

答：我的理解，高尔基的“自传说”，系指广义而言的。按常理，作品所依赖的生活素材，必然是作家自身直接或间接从现实生活中见到、听到、经历或体验到的人和事，然后集中概括，选择其典型，赋予想像的艺术加工而成。这种观察、经历、体验和想像，要说它是“自传”也未尝不可。至于“自我表现”，如果说的是，脱离现实生活的社会背景，纯粹以极端个人主义为中心的所谓“自我感觉”，那是与“自传说”不能划等号的。不过，话又说回来，在文学作品中也不可以简单而笼统地排除作者主观思想感情的重要因素。“从喷泉里出来的都是水，从血管里出来的都是血。”（鲁迅语）只要作者是真正的社会主义者，具有正确的世界观，把握坚定的工人阶级立场，那么，在他笔下表现的“自我”，自然是个真实的先进典型，绝不会成为资产阶级自由化的小丑。具体例子可以举出《钢铁是怎样炼成的》，那，无须否认，作者在作品里带有自我表现的成分。但是，她无疑是歌唱革命的凯歌，是艺术性与政治性结合得相当完美的作品。所以说，“自我表现”并不一定就导致资产阶级自由化。好比是一把刀子，可以削水果，也可以杀人，问题是看掌握在好人还是坏人手上。

载《阅读与写作》1990 年 6 月号

动笔之前

（一）

动笔之前，得先躬身自问：为什么要写？必须把动机、目的弄明白，将写作的对象认识清楚，端正好态度。

按说，既然“文艺是国民精神所发的火光，同时也是引导国民精神前途的灯火”（鲁迅语），那么，立志要弄创作，就不能不明确地认识到，它对社会所肩负的使命。

（二）

写作杠铃的重量，并非轻而易举的玩意，可又不是那样难以探索的迷宫，那样高不可攀的悬崖绝顶。

问题在于，当你立志追求之前，必须清楚：对她的认知，是否真的要拿出殉道者的虔诚，不畏艰难险阻，不计荣辱得失，而甘心情愿地去付出毕生精力作代价；对她的感情，是否像初恋情人那样痴迷，有着醉心执着的浓烈兴趣。

（三）

纵使有土壤和种子，未必就能开花结果。即使天才加爱好，也难保证就成为作家。

（四）

从生活中获得了真情实感，然后再来塑造典型人物形象。千万别为了要写小说，而去凭空虚构离奇的故事。

（五）

书法，讲究“意在笔先”；绘画，要求“胸有成竹”。文学创作，则应先动情再动手。

（六）

必须是，那人个性鲜明，行为出众，那事可歌可泣，被你认同；在你想像中，有了栩栩如生的形影，仿佛如闻其声，如见其人之后，那些富于生命的男男女女艺术形象才可望在你的笔下诞生。

（七）

作品主题的抽象概念，是要凭借感情色谱渲染才显现它的具体形象的。要颂扬崇高的道德观念或揭穿卑劣的伎俩，都得诉之于真实而微妙的感情波澜才会激起读者的共鸣，收到潜移默化的艺术效果。

巴尔扎克说过："最高的艺术是要求把观念纳入形象。"

白居易也说："感人心者，莫先乎情。"

（八）

演员上台之前，必须深入角色，做到忘我境界——与角色的悲喜哀乐感同身受，化为一体。作家刻画人物，就得设身处地，把那人当作自己。

福楼拜尔说过："波华利夫人就是我。"当然，福楼拜尔并非女性，哪来贵妇人的生活经历呢？他说："我写波华利夫人服毒时刻，自己就觉得一嘴的砒霜味儿，就像是自己中了毒似的，一连两天闹不消化，把晚饭全呕出来了。"

（九）

分娩的阵痛，只要一阵子婴儿便呱呱坠地了。但在这之前，怀孕的母体所承受的辛苦，却需要十个月。

不要以为作家在动笔之前无所事事，其实，当他低回沉吟，枯坐冥想，中宵不寐的时候，正是在专心致志呕心沥血地进行艰苦的构思：跟他的人物周旋，为他们的生活作出安排，同他们共享悲喜，夜以继日而形影不离、梦寐相与。

（十）

苏联作家康·巴乌斯托斯基说过：“在记忆里留下而且不会忘记的东西，就是最宝贵的。”“记忆好像神话里的筛子，筛去了垃圾，保留下金砂。”生活确实如此，在普通日常现象中，最使人难以忘怀的人和事，往往都是那些相对地有着较为突出个性、鲜明色彩和令人印象深刻的东西。

（十一）

艺术家画画，必先养成对美的世界比别人更敏锐的观察和特别富于想像。作家要求创作之树成材，事先就得在修养的基础上挖坑、培土和施肥。学书法是从临帖入门，学写作不能超越阅读的台阶。

唯有欣赏水平提高了，创作才得有所启示和借鉴。

不要以为造型艺术和音乐、舞蹈是隔行如隔山，互不相通。其实，优美动人的身段、舞姿，往往是从隔行的学问里获得营养。

（十二）

急于求成是不符合事物发展法则的。写作规律，须经学习、修养这一必要的过程。

郭沫若动笔写历史剧《屈原》，才用一星期工夫，可他从事屈原的生平事迹的研究，前后却经历了二十五年的漫长岁月。

（十三）

让生活去说明主题，让个性去表现人物。人物形象，必须以生活细节去塑造；思想主题，必须由人物行动去完成。

（十四）

写小说，体会到四句话：写自己所熟悉的生活；回答人们所关心的问题；用自己的语言讲出自己的真情；关键在乎塑造典型形象。

（十五）

“未必曾有的实事，必须会有的实情。”鲁迅这两句话，道出了做小说的真谛。

（十六）

从偶然的现象，看出必然的内涵；无巧不成书，然而不能忽视它的可能性。

（十七）

“戏字一边虚。”虚构是借想像把孤立的事实加以联系，给予补充、美饰而见其真实。假中见真,文学艺术的创作才算完成它的使命;真中见假,那只能是创作者的失职。

(十八)

给人以理智的认识,只不过是理论家的工作目标;使作品引起感情共鸣,则是文学创作的信条。合理,不应成为一篇作品的唯一要求;一篇作品的完美,务必合理又合情地同步体现。

(十九)

日本厨川白村赞成希勒迭尔的见解:“唯有在游戏时候才见完全的人。”说文学创作,无异是作家做着严肃的游戏,表现出具有独特个性的作品。要是作家到了顾虑世人批评、想着为金钱而从事创作的时候,那就已经不是“严肃的游戏”,而是形同匠人制作同一模式的工艺品了。

(二十)

法国大作家雨果说:“艺术不可能提供原物。”那么,创作最忌该是模仿了。

载《广西文学》1986 年第 6 期

读和写

——《广西文学》刊授学院开学典礼讲稿

趁刊授学院开学的机会,张辛同志要我来跟同学们见面,讲两句话。盛情难却,佳会不再,姑且妄言两句吧。

头一句,首先预祝诸位学习获得丰收!

第二句,回答由第一句引起的问题——如何对待读和写。

这,也是两句话:读——不要囫囵吞枣;写——不作无病呻吟。

学习,这里头就首先意味着读书。

书是一种精神食粮,读书为的是增长知识,提高文化修养。犹如一日三餐饮食一样,为的是增加营养,促进身体健康。

食物种类千差万别,要经过品尝才能辨别其品位优劣,营养价值高低;而且必须经过细细咀嚼,才能达到良好消化,变成肌体的血肉。读物浩若烟海,人生却短促有限。只能取乎其上,择优选读,不可贪多嚼不烂。与其浮光掠影,涉猎杂着,仅见皮毛,不如反复细读专著,吮吸其精髓。

大凡成为名篇巨著，都不免经过作者千锤百炼，反复修改而成。再聪明的读者真能一目十行也罢，若只略读一遍，那是很难领略其中艺术的精微的。不说《红楼梦》要读五遍，就如《孔乙己》《皇帝的新衣》那样短的名篇，何尝不要读了再读才能领会它意义的深远和艺术的高超。

囫囵吞枣是消化吸收不了食物的养分的，涉猎书林也难以达到提高文学修养的目的。

写作，应是作者内心情感迸发的火花，跟瓜熟蒂落那样自然。它是作者感到心里有话，非得向别人——特别是爱人、知心朋友去倾诉、聊天或写信那样，非谈非写不可。绝不是无话找话来敷衍，也不是虚情假意、矫揉造作，更不是无病呻吟。

文学创作，比写情书，比聊天，除了同样要讲真情实话之外，还必须具备相应的社会意义；在情感上又足以引起人们产生共鸣的兴趣；在文字的表达上，除了通顺畅达，还得要有相当的形象语言——也就是一般说的文采。

要做到这一要求，正如孩童学步，必须一步一步来。画家画画，是从写生、素描起步的。文学写作的练笔，不妨从速写、随笔入手。只有地基打得深厚、扎实，高层建筑才能建得起来。生命的准备阶段越长，寿命便会相对较为长久。

1984 年 11 月 7 日

闲话读书

(一)

假如把书籍当作一种精神食品的话,那么,日常饮食给人的是营养,促进肌体发育,延长生命,读书则使人增长智慧,陶冶性灵——取得科学文化知识,掌握生产技术,提高精神素质。

“开卷有益”,古人早就留下这句话了。另外还有什么“书中自有黄金屋,书中自有颜如玉”,什么“万般皆下品,唯有读书高”等不一而足的“喻世明言”。在外国人那儿,也有说什么“书能使人摆脱愚昧,是登上文明境界必经的梯级”;什么“三天不读书,面目可憎”,诸如此类种种说法。

在现实生活中,1944 年在延安,八路军陕甘宁晋绥联防军区的一位宣传部长有一次与我们谈论编报工作,讲起他早年之所以投身革命,毅然“到黄埔去”,给他推动力的,正是蒋光慈的《少年漂泊者》和《在鸭绿江上》两本小说。

就我个人的体会,1938 年抗战高潮来了,义无反顾地毅然奔赴延安,加入民族解放战争行列，也正是读了艾思奇的《哲学讲话》(后更名为《大众哲学》)，茅盾的《子夜》和萧军的《八月的乡村》等革命理论和进步书籍，在思想上得到启迪的结果。这都无可否认地就印证了：书，对人们的生活确是不可忽视的精神食粮。

但是，事物总是一分为二的。正如法国大文豪雨果所说，任何一枚金光闪闪的勋章，都有它的背面；有关药物检验分析的结果也告诉我们，无论何种治愈顽症的良药，也都难免含有或多或少带毒的成分，所以古人才另有一种补充的说法："尽信书不如无书。"

西班牙一个小小国家，十七世纪就产生一位举世闻名的伟大作家塞万提斯，他那不朽的传世名著《唐·吉诃德》就塑造了一位具有世界影响的书呆子的典型。这位名叫吉诃德的老先生真是被反映中世纪时代风尚的骑士小说热昏了头，躲进小楼，与世隔绝，长年累月，日日夜夜，两耳不闻窗外事，一心专读骑士书。终于在潜移默化中居然模仿过时的风流骑士的行径，披套古盔甲，骑匹瘦马，离家出门远游，到处仗义行侠。见到风车当作巨人，进驻客店以为就是占据了城堡……闹出一系列笑话，活生生成个时代盲人。这种食古不化的书呆子，既然被公认为世界性的典型，可见并非孤立现象。鲁迅的《孔乙己》，一位考不中秀才却认得一个回字的四种写法的读书人，那可悲的命运不正是旧中国时代叫人读死书、死读书、读书死的写照吗？

新中国，曾有风行一时的"速成法"的扫盲运动。读书成为一种文明风尚。遗憾的是，到了史无前例的"文革"时期，竟有所谓"书读得越多越蠢"的说法。时至今日，传说广州、上海等商品经济活跃的都市，上大学、读研究生，对青年男女已经不再具有太大的吸引力了。"读书无用论"成了一股潜流，文盲不但不见逐年扫除，相反，日益滋长。"书中自有黄金屋"在一部分人的心目中成了可笑的梦呓。

以上，一正一负的说法和现象，都存在偏颇。不是把读书的用处夸大了，便是拿急功近利的实用主义观点来计较复杂而长效的精神对物质的反作用。两者顾此失彼，带有极大片面性。比如古代曾有"半部论语可治天下"的名言；"文革"则有"一句顶万句""立竿见影"的神话；把长智慧、增知识的读书当作欺世的宗教经典来背诵,以致产生今天“读书无用”的后果。

人不止于只图生存,还必须伴随着发展。除去本能的衣食男女需求,还得具备科学文化知识,掌握劳动生产技能和应付生活的手段。要能胜任这些,单凭体力,显然是大大不够了,特别是科学文化已经发达到今天这样的原子时代,离开书本知识,简直是成了盲人骑瞎马,就算求其对付日常的起码活路,也都会陷入寸步难行的泥潭。

当然,除了一部分纯属介绍技术操作的书而外,还有许许多多属于思想理论范畴的著作,是不会直接给人获得立竿见影那样的效应的,何况中外古今的文献典籍,卷帙浩繁,林林总总。套用古人话说,真是“汗牛充栋”——出则汗牛马,入则充栋梁,就足以形容大百科全书的规模了。面对这浩若烟海的图书,人生有限,怎能做到开卷得益,吸取精神营养,而不至于囫囵吞枣,贪多嚼不烂,弄到消化不良,影响健康,甚至中毒送命呢?

在这取舍之间,必须先弄明白读物的属性是科学论著还是文学作品,是要把它专门去研究,还是只做一般的文学作品来欣赏?专家学者的研究与普通读者的欣赏,两者的要求,在方法上、态度上是有区别的。“杀鸡焉用牛刀”,鸡不须拿宰牛的刀子割,道理不必多讲。但只依“书山有路勤为径,学海无涯苦作舟”的古训行事,也未必就是“止咳”的良方。到底怎样耕耘,才可以有较好的收获呢?那就有待于讲究读书方法了。

(二)

这联系到对文学作品的鉴赏:

首先,必须正确认识文学的社会功能。古人有“文以载道”之说,认为文章是以宣扬道统思想观念为使命的,指的是诉之以理的文论方面。另有一说:“诗以言志。”讲的是诗歌,要求它表达志趣、抒发感情的一面。文学历史告诉我们:诗歌形式,随着人类社会生活领地的拓展,逐步演变成为词、赋、戏曲和小说等等。但究其内涵,无非人之情感外泄。

人有七情六欲，即所谓人性——喜、怒、哀、乐、爱、恶、欲，人情之常。这指的共性。然而，"人不同各如其面"，就是，俗话说的脾气、性情，那是各自有独特的染色体的个性指纹，就同天下的树叶，没一张是完全一样的。在芸芸众生之中，充满着善良与邪恶、崇高与卑鄙、伟大与渺小、典雅与丑陋、斯文与粗野，等等，形成形形色色的人情世态。

文学是反映人生的。高尔基说它是"人学"。但是，文学作品虽然就是人类生活的写照，可又不等同于一面镜子。生活中真人真事，并不就是文学作品写的典型形象。红学家作大量考证，企图将《红楼梦》说成是曹氏家谱的演义。事实上正如不能指高觉慧（《家》中的三少爷）的故事就是巴金少年时代的所作所为一样，贾宝玉的种种行仗又何尝就是曹雪芹的为人呢？高尔基讲的"一切文学作品都是作家的自传"，那只能理解为，一部文学作品总不免流露作者本身这样那样的思想观点，或多或少杂拌作者这些那些的生活经历，注入作者或爱或恨的情感。作家塑造人物，本着实际生活的原型作依据，但一旦写成作品，其中的人物风貌已非那原型真人。周作人著有一本《鲁迅作品中的人物》，从中就找不到哪一位是跟阿Q、祥林嫂和魏连殳完全一模一样的。

客观的生活现象，必须是经过作家主观的筛选、过滤、提炼加工后，才可能创作成艺术形象。加工过程，自然就会反映着作家对世界、人生的看法，要颂扬什么，指控什么，其社会效果，是会引人走向光明大道，还是徒然诱人坠入黑暗的深渊？好坏成分，在作品里都在所难免。

作家之所以创作，无非出于对人际关系、对社会环境种种现象有所感触，或为正义，见到不平而呐喊；或因天真，感到幸福美满而歌唱。人世间的生活本身，不论是好人还是坏蛋，也不管完善或缺陷都有所参差，不会是那样十全十美。作家要将生活素材写成具有艺术魅力的作品，叫人信以为真，那就不能止于生活中的真人真事，必不可免地允许作家发挥他主观的想像才能，给生活以补充，弥补那不完全、不普遍、不美满的缺陷。

文为其人，人各有志。具有什么样品质修养的作家，就会写出什么样格调的作品。不可以认为凡是书，都一律优秀、高雅，都同样足以尊崇、可取。犹如通常挑选什么样的冬令补品才对健康真有裨益一样，面对优劣真伪混杂，层次高低不一的读物,如何赏识其品位,分析其实质,衡量其艺术价值?这可是读者应当而且必须郑重对待的问题。

这儿,提出读书的要求:

人人都懂这样简单的生活常识:人要是胃口不开,勉强进食,消化、吸收便会受影响。一样的道理,倘若你对某种读物感到腻味,读不下去,但因种种缘故,被动被迫地对付着读完了,也只是水过鸭背,脑子里决不会留得下点滴可取的水珠。经验告诉过人们,读书要真能进益——获得知识、增进学问,那它一定得跟个人的爱好结合起来,才会产生良好效果。如同糯米饭之所以酿成醪糟,非得拌和酒母一样。

但是话又说回头,兴趣只能从"学以致用"的目的产生。于是,读书非得怀抱一定的正经要求。只有这样,你才会主动自觉自愿地、心中有数地、有计划有步骤地一步一个脚印朝前直走,从浅入深掘进。为学之道,不怕路远走不到头,只怕"不积跬步,无以成千里"。荀子在《劝学》说:"锲而不舍,金石可镂,锲而舍之,朽木不折。"意思是说,只要坚持不断的雕刻,就是金石也能镂空,反之,就是腐朽的木头要折也折不断。

中外古今不少大学问家,都是在爱读书、善读书当中得到成功的。与此相反,把读书当作茶余饭后、消闲解闷,漫无目标,随意涉猎,只求满足于一知半解,始终徜徉于常识境界的人,表面上他们是博览过群书,天文地理上下古今样样都略知一二,懂点皮毛,可就是没一门精通。这种五柳先生式的读书要求,到头来,无非招来个可笑的"常识博士"外号。

再说,你要把书当作良友,那就得知己知彼:自知理解水平和读书的兴趣要求;同时,从评论家书评介绍,或读者推荐,对书初步有所了解,然后从中挑选。避免中毒上瘾,产生副作用。

最后,还得讲究正确的读书方法,那种以为只凭勤奋走小道和单靠韧劲划扁舟的精神,就能够平步青云攀登知识的顶峰,就很容易一帆风顺抵达学问的彼岸的想法,未必切合实际。因此,在这过程当中,不能不找个切实点的方法来。

什么方法都好,读书人本身的理解水平和记忆力,恐怕是缺一不可的两个必备的主观因素。你要没具备相应的理解思考能力,即使将认得的文字背诵得滚瓜烂熟,结果还是不能化之为自身的力量应用于现实生活。前辈老人读私塾,头两三年,光认字形,只会字音,不讲字义。虽背得四书五经,却不会写封简单的家信。背的文章吧,没几年也都逐渐忘却了,还不如口头传唱的山歌,到老了还能记住。由此可见,拥有理解思考能力对读书而言是极其重要的。

载《广西教育报》1989年1月25日

·第四辑·

关于《落伍者》

——自我批评并答程钧昌同志

这是四十年前,我在延安《解放日报》发表的一篇反批评(答辩)的文章。可见当时延安文艺界在《讲话》之后,学术思想的探讨——批评与自我批评还是活跃的。现在把它选印于此,以为它多少反映了当年那一时代的文学风气,对认识新文学运动来说,也许可提供一点史料。

1982年7月

一

《落伍者》在《谷雨》第四期发表以后,各方的意见都听到一些。在部队干过下层工作的同志读了,觉得对作品里的主人公他们很熟悉,仿佛在他们的生活圈子里见过他。这说明了"落伍者"老张,或多或少是代表了一部分落后的炊事员的。另一种意见却说《落伍者》的作者,赋予作品中的主人公的同情太多,带着太多的知识分子的感伤,阶级立场把握得不准,等等。这使我反省了一下。几次想写篇东西,申述写作的意图和作品存在的缺点,免得读者受到不健康的感情的影响,澄清对八路军产生的不正确的看法。

《落伍者》是有它的缺点的。其一,作者对生活的认识表现了两重性。一方面,从理智上的意图来想,是要否定如此顽固的、极端个人主义的落伍者;另一方面,对于要否定的坏东西,却给予太多的同情和怜悯。客观上使读者对肯定方面的力量(革命的队伍)不能有明确的认识。本来作品是借着形象的感性手段,以达到理性的对于现实的认识为目的的。做到这点,就必须前者(作品中引起的感情)服从于后者(主题)才能使作品达到完善境界。反之,作品便会起另外的效果。《落伍者》在这方面出现了缺陷。其二,作者为了避免在作品中说教,对落后意识的批判,没有明确而正面的指责,而采用侧面的,借指导员的话作为替代;同时又用暗示的手法,来表现那些违背集体纪律自行其是的人而终于掉队的必然命运。但是,没有注意到这种表现手法,很容易使主题失去明快的色彩,粗心的读者是不能马上领会的。也就是说,没有顾及对象的接受文学的欣赏水平,无疑,作者在这点上是犯了主观的错误的。其三,作者只专心于刻画落伍者个人命运的悲剧,而忽视了客观环境正面的描写。只强调表现独善其身的个人主义的落后意识的错误,忽略了拿光亮的背景作强烈的衬托。结果,革命队伍里某些个别缺点的现象,在落后者的眼中就很显著,读者的感觉也就那样地错看了革命队伍。

二

上面已说过,《落伍者》的主题本来是企图表现那些独善其身的"英雄们"的可悲命运;原意是作为"个人主义"的挽歌的,本想通过老张这一形象向读者宣示:请看,谁要是像老张这样——这样孤独,这样固执,这样狭隘,这样冷漠地对待周围的新生活,这样地自暴自弃,那,必然会在集体的行列中掉队,必然成为时代的"落伍者"。同时,还想通过老张的命运,让读者认识到旧社会对人的摧残,从而激起对它的憎恨。然而,程钧昌同志《评落伍者》的大文(见 6 月 25

日《解放日报》)却忽视了这些,把作品的主题歪曲为:"那'被旧日生活弃绝过,而对新的生活失了信心的人',终于也只能被新的生活所弃绝。"这真是叫人始料所不及的。如果说,《落伍者》的主题是这样,那就等于说,凡是"被旧日生活弃绝过"的人,都不能转向革命了。因为他们对"新的生活都失了信心,终于也只能被新的生活所抛弃"。我想谁也不会相信这种说法的。因为我们革命队伍中的同志们,大多数人何尝不都是"被旧日生活排斥过来的",但是我们都是业已变成,或者逐渐变成革命的战士,变成新社会的建设者了。而我写的这个"落伍者",只不过是代表极少数的一部分,有若熔炉排泄出来的残渣罢了。我以为我们的批评者太容易满足于皮相的见解了。作为一个文学评论者,应该是比作者站得更高,才会看到全面,才能透视作品的精髓。若斤斤计较片言只语而去寻索作品的主题,那往往糊涂了自己,也糊涂了读者,对作者未必做到善意的帮助。

三

由于批评者认错了主题的所在,意见的分歧,也就不免发生。

一、批评者说,读了《落伍者》以后,"不禁地想,无论从那一方面说来,这都不是一篇真实的作品"。到底"从那一方面说来"它"不是一篇真实的作品"呢?没有明确地点破,只是含糊地"想":"八路军的生活"一定能使这样的伙夫"获得启示和温暖",在"八路军的人与人之间的革命友爱"一定不会有这样"孤独"的"怪人",现在"我们的作者"却"创造这个人物"来,可见"不是真实"了。这样"想",按理说来似乎是对的。可惜,这一逻辑在"形而上学"的沙滩上搁浅了!他忽视了活的现实的复杂性。他没有"想"到:"在(革命)行进时,也时时有人退伍,有人落荒,有人颓唐,有人叛变,然而只要无碍于进行,则愈到后来,这队伍也就愈成为纯粹,精锐的队伍了。"(鲁迅语)假如我们不了解这一点,那,照程钧昌同志所"想"的逻辑:《毁灭》里既然有美谛克之类的角色,当然也"不是一篇真实的作品"了?因为法捷耶夫也没有把美谛克写成转变成革命的战士。而"安排"他终于走向毁灭。可见也"抹煞"了"可贵的'人的诗意化'"。法捷耶夫也流入“卑俗的描绘”了？然而，明眼的读者绝不会这样“想”的。人们都会懂得一个人的转变，除了客观条件的外因，同时还要有主观的内因在起作用。如果撇开内因，只从外因着眼，凭概念去“创造”像老张这样的人，转变成一个革命者，那，结果，写出来的一定不是一个活人，和文学上的真实性一点都不相干。

二、我们的批评者又武断地说：“作者抹煞了八路军对于人的教育和感化的伟大的力量。”这是没有根据的，因为在作品中表现得很明白，比如当中有一段是这样写的：

> ……当我（连队文化教员）走进厨房去时，伙夫们都笑着，让我坐。有的就去拿识字课本来问我。他们把古庙的废墟上捡来的石灰当作粉笔，在铺地的石板上写字，一个又一个的问我——问我这个字有几种解释，那个字怎样读音……看他们那样热心学习，使我做教员的人，也由衷地宽慰起来。

至于老张个人，虽然感到自己“老苗了”，“六十岁人学吹鼓手，来不及啦”。然而，八路军的教育是感化了他的：他内心里是认识到这个力量，所以他才朦胧地把希望寄托在年轻一辈的身上。他见到可以当做粉笔的石灰，他都“想起了什么”，捡起来，送给年青的司号员说：“学习吧，我这里有粉笔。”这些，都是“肯定”地说明了“八路军教育和感化的力量”的。因为在别的军队不会有这样“可贵”的现实存在呵。难道程钧昌同志能说这也“不真实”吗？

三、当然，接下去，程钧昌同志又会这样问：既然八路军有这样的“教育和感化的伟大力量”，客观上是有“各种可能性促使他改变的”，为什么“作者安排”他成为“悲剧的必然”？一般地说，我也是完全肯定八路军能够“推动”“感化”人向善、向美好的方面发展变化的。正如我们深信科学的医药——阿斯匹林可以医治感冒一样。也就说，我也不至于不懂“在人改造现实的过程中，人的本身同时也被改造”的常识。不过，我们现在不是来谈哲学，而是针对着一篇作品中具体的人物。所以我们必先认清了对象，否则，会坠入空洞条文的深渊。读者是读得到的吧，《落伍者》的主人公是什么一个人呢？他是从国民党被俘虏过来的老兵，到了革命队伍来，一时还不能适应新的世界，不能马上“向上”“改变”，正是由于他受旧社会的毒害太深,因而错误地看“透”了世界,自己“对新的生活失了信心”,以至陷入悲观、绝望。觉得自己“什么都不敢想了”。这样,他的生命的末尾,必然陷入悲剧,那是没有什么奇怪的。何况,他就算是意识到本身没落了,但他却把希望放在年青的司号员身上。我们怎么能因八路军有这样的炊事员,就减弱了我们对她的“教育和感化的伟大力量”的信念呢？正如我们怎能因医院不能治好一个中毒过深、已超过药力所能奏效的病人,而去“抹煞”“否定”医院的疗效？因为那是无知的。因为我们除了理解“环境改变人”,同时还要懂得主观能动性的因素,忽略了这点,光把罪过归之于客观的环境,那就等于一个病人自己不肯服药,不听护理人员的调护,死了,就指责医生和医药,那是不公正的。我们的批评者不会不懂得这样粗浅的道理的吧？

四、作品中年轻司号员的作用,我们的批评者又是“想”错了的。并不是我拿他来作“无端的暗示”,叫“大家都像司号员那样对‘落伍者’好,‘落伍者’对新的生活的信心就会‘恢复’起来的”。我苦心地把司号员搬进作品里,目的是在于拿来和老张作对比。因为老张“出来当国民党的兵正是十六岁的少年,和现在的司号员差不多”。这样,企图引起读者发生如下的联想:老张从前也和司号员同样地有着青春年华,有着同样的活力……然而,由于生在不同的时代,处在不同的社会制度,遭遇不同,主观上对生活的态度和思想方法就不一样,两个人的命运,必然会形成如此的差别。年轻的一位,蓬勃地在成长;他热情地帮助别人,就得到人给予“父亲般的慈爱”;他相信“大家都干革命工作”,“谁都是很好的同志”,于是,他“给许多欢笑和掌声簇拥着”。另一位老人——属于没落的“落伍者”呢？他的青春,他的生命力和信心,都在旧社会的旧军阀生活中给折磨消耗完了,到了新社会来,他虽然觉悟到应当劝告年轻人努力“学习吧”,可是他本身却禁不住绝望的哀叹:“什么都不敢想了。”在旧社会中毒太深,旧观念摆脱不掉,终于独善其身,甘于落后。当人们为了革命利益而急于进军时,谁也顾不上回头来等待他了。

五、正是这样,我们的批评者才又“要问”:“八路军中真是这样冷酷,这样缺乏革命友爱……这样幸灾乐祸吗?”我的回答:“当然是否定的。”我觉得批评者“要问”那样的话,未免太无端了。因为在作品里没有值得这样“问”的疑点。比如,老张还同我们一起行进的时候,病了,我们的司号员“帮他背了一天的铺盖”。比如，一个司号员能够到别的连长处去下棋玩，得连长请吃西瓜……这不是“八路军的革命友爱”“官兵间亲密的同志关系”又是什么呢？难道我们的批评者愿意说这又“不真实”？认为在别的军队里能有这样的事？可惜，老张他是看不到这是“八路军的革命友爱”，只误认为个别的、私人的好心。所以他对集体生活的态度，一直都没有改过来。他只对司号员个人，表示个人恩怨。这是他一向受旧传统观念影响的“认识方法”。可惜批评者也跟他一样，没有把这一点看成是作者表现了“革命友爱”，却批评“作者抹煞了”它。

再说老张掉队了（是他个人不听从集体行动的纪律和命令，单独行动而掉队的）。另一位炊事员老王就说“活该他掉队”，司号员也就没有“因为老张的掉队而表示太多的哀伤”，而高兴地投入“人群中去跳‘凯旋舞’”。为了这，批评者认为我有意地说八路军对一个战友的掉队而“这样幸灾乐祸”。这评语是令人惊讶的。照批评者的意思，好像是应该叫司号员、炊事员们，来一场恸哭，两顿吃不下饭才是合乎人情的样子。但是，他没有“想”到，这些革命战士的情感是和我们知识分子不大一样的。这倒不应该用“绅士的判断”吧！炊事员老王，他在战斗中见到死、见到血太多了。对于这样一个不听从命令、单独行动的人，在被敌人追赶的行军中掉队了，那算什么呢？司号员从前帮他背过铺盖，是为的他还是和我们一起前行。现在掉队了，他没有去作“太多的哀悼”，并不算有什么对不住人的地方。比起来，当前集体的胜利的欢乐，更有力地牵引着他。他抛弃了为个人悲剧的叹息，倾心于集体胜利的喜悦。不应看作什么“冷酷”不“冷酷”的标志。“假如那个掉队的老张，同他一样的年纪，对于这样的事，也会这样的吧？”

关于结尾处，我的用意是在描绘一幅对比的画面，显示给读者：集体的人群，从此快乐地向前去了。如果他个人甘愿掉队，不跟大伙前进，那，他是得不到同情和回顾的。因为革命的人们必须前进，不能因个别人掉队而受影响。然而，我们的批评者对此又是“想”错了的。

载1942年7月15日延安《解放日报》

而是在于有阶级的社会制度

——答叶兆麒同志及其他

叶兆麒同志：

读过尊作《不是由于什么“心理”》之后，我还有几句话需要讲明白，所以一并在此回答了。在《写喜剧呢，还是写悲剧？》一文里，我是这样写的：

> 所谓暴露黑暗的“好写”悲剧容易感动人，其道理并不是什么玄虚的东西，而是在于有阶级的社会制度下面，所必然存在的产物。

这是我那篇文章的中心论据，没有这后面的两句，我的文章便失去重心，根本就不能成立的。然而，你引用时却只拿六点虚线来代替，把它斩断了。我觉得：在有阶级的社会制度下面，人类社会既然普遍地存在着可悲的事；人们既然普遍地陷落于不幸的渊薮，作者们熟悉而且透视了这些以后，写暴露黑暗当然容易成功；在读者方面，由于他们日常所见所闻也正是可悲的故事和不幸的人们，所以悲剧容易动人。

至于说,人们普遍地养成了幸灾乐祸、损人利己、嫉妒、习惯于窥伺旁人的弱点和短处等病态心理,那也是现实的事情。比如反动派统治阶级虽然“并非谁威胁了他们的‘生存’,也不是怕处于什么‘劣败’之势”,但他们却是“为着享乐”,因而需要损人利己的。我不知道我写的“为着享乐”跟你说的“为了满足那荒淫无耻的奢侈生活”,除了字面上不同而外,在意义上究竟有何差别?

其次,工人和农民为着本身的生存,他们自然会有一般人的欲望:想办法增加自己的财富。并不如你说的:“但愿能够免于饥寒而活下去就行了。”如果工人农民都这样驯顺,那么,中国几次农民革命和我们现在进行的自卫战争就不会发生,苏联新社会制度就不会建立了。不过,我应该在这里补充说明:我在那篇文章里讲得不够周密,没有把工人农民这种正义的向着敌对的阶级进行斗争(损毁敌对的统治者以利自身或本劳苦阶级的生存和发展)和统治者榨取人民血汗的罪恶行为,分别说清楚。但是,我说,这种“心理”是由有阶级的社会制度所铸成的。正是马克思讲过的名言:“存在决定意识。”假如有阶级社会消灭了,这种病态心理就会治好的。我还说:比方在以前的延安解放区,由于阶级矛盾已经开始被填平了,人们的思想感情也就会改变:喜欢关心旁人的优点和长处,喜欢听劳动英雄吴满有的劳动成绩了。

再说“悲剧容易感动人”的问题。那只是比起喜剧来讲的,而且我不过说“容易”,并没有把它说成绝对的东西。所以在新社会,自然也还有人“欢迎”的。正如歌唱光明的东西“像赵树理的作品及《解放区短篇创作选》等,在蒋管区也同样使他们热爱和崇拜”一样。不过,我以为在不同的社会制度下生活的人,读着暴露黑暗的作品与读着歌颂光明的东西,所引起的感情的共鸣,一定不能“同样”的。比如《腐蚀》,倘是一个从八路军长大的工农干部同志可能也“欢迎”,然而比起赵树理的《李有才板话》来,就不会有那样亲切、那样吸引人的魅力的。因为像《腐蚀》里那些人与人之间的互相吞噬、倾轧,对他们来说,到底是生疏的。既然生疏,感情上自然不“容易”引起感动了。同样道理,解放区歌颂光明的作品,或者苏联文学,在蒋管区,在世界各国自然会“有读者”,会受“欢迎”的。不过,在蒋管区的人读《阿Q正传》或《腐蚀》比起《小二黑结婚》等,一定是更觉得亲切感人的吧?在世界各国呢,我很难猜想了。不过,在中国一般知识分子当中,读起旧俄时代的东西一如《安娜卡列尼娜》《罗亭》《奥布洛莫夫》《被侮辱与被损害的》,总是比读苏联的《铁流》《士敏土》等,觉得亲切感人。原因是社会的东西。但赶到今天,在解放区的知识分子干部因所处的社会制度改变了,当他再读这些作品时候,所感受的当然又是另外一种情形,正如《被侮辱与被损害的》在世界各国可能还继续引出好多读者的眼泪,但在今天的苏联却已被封了封条,为"时代所遗弃"了。

至于谈到写作,我在文章里是这样定了的:"今天的文艺思潮,其主流,毫无疑问地,该是光明的歌颂,不再是属于哀悼的挽歌了。"

我只不过说其主流而已。主流之外,当然可以有支流和旁派。歌颂新社会光明而外,当然还可以有暴露旧社会黑暗的,否则不需要叫它做"主流"而干脆叫它做"唯一"的就成了。为什么我单单指出其主流,而没有讲到其他的呢?这,一方面是我作文的大意,另一方面也还想到:关于"阅读与写作"只是以青年学生为对象来谈一些问题。我想,在东北,今天主要的是需要更多一些人去写正面的、光明的新英雄,需要歌颂人民大翻身的胜利,所以只提出了主要的写作对象。而比较次要的东西,比方,暴露蒋管区的黑暗,对于在这儿的青年学生来说,似乎遥远一些,或者说,提倡他们回头去追录伪满时代的苦难,也好像并非当前的急务,因而忽略了。当然,你给予提出,那是很好的。

不过,我不敢同意你说,写悲剧喜剧"同样需要"。我以为在"需要"下面应该把它们分别:在不同的社会,就应该决定不同的主要和次要的对象,因为你也说:"旧中国的悲剧虽然日益厉害的在演着,但快要结束了,不久也将要完全为人民大翻身的喜剧所代替了。"既然是快要为喜剧代替了,那,我说,今天文艺思潮的主流是歌颂光明,写喜剧,并不是言之过早吧?另外,我说:"那些悲剧的老故事,那些人物的悲哀,将为时代所遗弃,它会慢慢地失去吸引读者的魅力的。"和你上面说的什么"快结束了,不久也将要完全为人民大翻身的喜剧所代替了",又有什么原则上的差别呢?

以上作为我的回答,不知对否?

另外,《写喜剧呢,还是写悲剧?》里边所谓喜剧和悲剧的涵义跟戏剧上的"喜剧""悲剧"的定义是不一样的。这里所谓喜剧是指新的"大团圆",是光明、胜利的事情；所谓喜剧的人物也是指的新的集体主义的英雄，是正派的、肯定的角色。并不是带讽刺性的，如莫里哀和果戈理等人的喜剧那样：用“喜剧”的形式来暴露悲剧的内容；不是那些嬉笑的，貌似“快乐的王子”的喜剧人物，内心却包藏莫大的悲哀的可怜人。同样，这儿谈的悲剧的角色指的是个人主义的小人物的不幸，是当时的落伍者，是被当时世俗的功利所放逐的人物。而并没有包括着那些为人民事业奋斗而牺牲的革命悲剧里的新英雄。

有些同志曾经发生过疑问，顺便在此给注明。

1947 年 6 月 25 日《东北日报》

“故人”何在？

《故人》因为用的是第一人称的写法，也许由此而较易使人感到实在而亲切吧。曾经听到不少的读者问起：陈强（小说中的“我”）是不是作者本人？黎尊民现在在哪儿？听说，前梧州市委曾有一位负责同志读罢小说，居然认真地打过招呼，要组织部门考虑给予那位被侮辱与被损害的不幸者安排适当的工作。在“文化大革命”疯狂地推行“四大”的那些日子里，一位护士同志竟在报上投书揭发，硬说李冰如其人，就是她当年做丫头时候，曾服侍过的地主家的儿媳，黎尊民就是地主家的少爷，可见《故人》是为地主、资本家树碑立传的大“毒草”！……总之，小说被误为确有其人其事的回忆录，而不是虚构的创作了。

这里头，牵涉到文学艺术作品与现实生活的区别问题。大家都懂得，文艺创作是来源于生活的。小说所塑造的人物形象和所叙述的故事以及所描绘的细节，是现实生活中常见而可能会有的人事和情理。因而刻画人物，必须形象鲜明，个性突出；叙述的故事，必须入情入理；语言、动作的表现，必须准确而自然，仿佛生活的本来面貌就是这样，叫人信以为真；真善美与假恶丑的对比，必须强烈，矛盾冲突必须尖锐，以期打动人心，使人的情感受到感染。然而，这些却又不是实际生活原原本本的模拟和写照——像一张摄影照片或一篇通讯。作为一件文艺作品（一篇小说、一个文学剧本或一幅绘画），总不免是根据主题的要求，对生活素材有所选择和提炼，进行必要的相应的艺术加工——虚构、夸张，做到典型的概括。

《故人》的写作，只花了几天工夫，酝酿它却经历了好几年。真可说十月怀胎，一朝分娩。那是一九四九年梧州市解放的第三天，我从广州乘船赶到参加接管文教方面的工作。当天下榻于一座临江的大酒店。在账房的一块“来往客人芳名”的水牌上，赫然看到一位阔别多年的小同乡的名字。一打听，才知他系国民党总统府的简任秘书，临解放的当天才逃亡香港的，水牌上的名字账房忘记抹了。接着，每天都有同乡、同学到来登门拜访。其中有的在法院当法官，有的在银行做高级专员，一位税务所的小职员，说曾是我在广东省第一师范的同窗……

从来访者口中，听到不少年轻时候的伙伴，在八年抗战和三年解放战争的漩涡中，各有各的升迁浮沉的命运。在我早年的印象里，他们当中，有的才华出众，抱负非凡，与谈国事，莫不壮怀激烈，曾以社会栋梁自许。有的对音乐、绘画特别爱好，天分不低，可望有所成就的。不想，现实无情，个人总也挣脱不了旧社会的羁绊，各人的才能志趣难得合理的发展。意志薄弱的，自甘堕落，俯首甘为反动统治者鹰犬；善良正直的，又往往遭到排挤、摧残，成为旧世界祭坛上的牺牲品。说来莫不令人浩叹！多少年来，每想起这些故旧，不免联想鲁迅笔下的人物，而产生“哀其不幸，怒其不争”的情怀。为了抒发怀旧之情，同时也为着对不公平的黑暗社会提出控诉，于是酝酿多年，企图通过一个知识分子的不幸遭遇，一方面揭露反动统治的丑恶，另一方面也为个人民主主义者唱一曲挽歌，谴责那软弱妥协的消极意志，缺乏与旧世界决裂的勇气，以至终成悲剧，从而唤起读者醒悟，引以为戒。

这是根据对实际生活素材的体会，酝酿形成的《故人》的主题思想。

素材是庞杂而零碎的，到底选择哪一些情节才适合表达这一主题企图呢？作为一篇小说，其中的故事情节，它的矛盾冲突——从发生、发展，到高潮和结局，不仅要求其合理，而且必须要求其合情——既有打动人心的激情，又有引人入胜的艺术魅力；人物形象的描绘，就得要求做到个性鲜明、与众不同。为此，往往需要把人物放到生死斗争、利害冲突的尖锐矛盾中去经受考验才能显示。可是这些，在日常实际生活里头，是不会有那样现成的素材可以照录而成的。凡是小说，或多或少都不免有所虚构。《故人》里的黎尊民，在我所有的亲朋故旧当中，就找不出曾有过这样一位实在的熟人；陈强的故事，也不完全是作者本人的经历。至于里头某些生活片断的细节，那倒是直接或间接地从这个或那个朋友身上见到或听来的。比如黎尊民送给陈强那本《解放文选》，在扉页上题的那几句话——“这孩子，在我这儿养不活了，让我过继给你，愿它在你那儿得到成长。”确是借用一位朋友在赠我的书上写下的文字；黎尊民和李冰如这对情人背家私奔的情节，是那位临解放前夕逃亡海外的小同乡在他年轻时候，由于出身寒微，难容于女方的豪门，而双双出奔上海成亲的风流韵事；李冰如其人，在我生活中只是偶然出现的类似的印象；发生在重庆的那些愁云惨雾，那是为了激起读者对弱者的同情和对恶势力的憎恨，间接地借用书面资料，再加上想像而穿凿、编织出来的，并非作者直接的见闻。总之，细节是从零星的生活凑合而成的。那位“故人”纯粹是凭想像虚构的形象，也没有选用一个固定的原型。如果被认为是某某实在的人，那真是可笑的误会了。

也许产生这样的问题：小说既然纯属虚构，怎么会叫人如此受到感动呢（听说有些年轻姑娘读到李冰如给黎尊民的遗书时居然失声哭了）？这缘故，也许是由于作者对“故人”的不幸，寄予了深切的同情和诚挚的惋惜，对旧社会恶势力表示了正义的憎恨。情感出于至诚，语言求其朴实，情节尽力做到恰如其分，通情达理，虽属于虚构，却回避了装腔作势，结果遂使读者信以为真。再说，在写法上，也许受鲁迅的《孤独者》和肖洛霍夫的《一个人的遭遇》用第一人称的表现方法的影响，所以分外使人感到亲切？

1981年11月11日于桂林

载《广西文学》1982年第1期

小巷终将辟成大道

——笔谈柯天国小说

历史进入了八十年代末期，特别是在近十年间，广西文苑涌现出一批崭露头角、活力充沛的新人。柳州柯天国便是其中的佼佼者。

他来自工人队伍当中，由于执着的爱好，工余之暇，放下烧炉煤铲而玩起笔杆。他年纪轻轻，便以写工人生活题材见长而走进了文坛，开初的十几个中短篇，集成《锁王》一书问世（漓江出版社《八桂作家丛书》）。也许就像为赶行应市而早摘的瓜果，还不怎么香甜，也就未能引起更多的注意。

1989 年初，贵州人民出版社将他的长篇小说《风流巷》奉献于世，读后，不禁拍案惊奇！为欢呼广西的文学创作取得这一非凡的成就，我立即给作者写过这样一封信表示赞赏：

……书拿到手，一口气读完了。很有吸引人的魅力。最突出的，是你擅于摄取所熟悉的市井的俚言俗语，有选择地把它引入庄严的文学殿堂，而人物个性的精神面貌，则通过各自的口吻，恰如其分地体现在各自的行为上。人人说话,娓娓动听;个个行为,生龙活虎。真是使人如闻其声,如见其人。就像"生活中本来就这样的",不加雕饰,不见矫揉造作,没什么多余的装腔作势,一任英雄本色自然体现于其一言一行之中。刻画得如此生动,叙述得这样真切。张芸姑娘、舞王师傅、狗肉阿三、五叔公、酸野婆等等,以至一系列有名有姓的配角,个个都有那样可爱的单纯、热情,都有那样可敬的善心和仗义。即便是那些可恶的卑鄙小人和奸诈可恨的恶棍,他们那种可笑的贪婪与愚顽的各种色相,莫不描绘得栩栩如生。

过去那么多年,总在感叹广西文学,由于生活中形象丰富的口语,深受书面文字表达的局限,难以做到同《骆驼祥子》那样,把北京市民生活写得如此活龙活现。以为这是客观环境所赋予广西作家的先天缺憾,在全国范围来说,创作水平怎样也比人矮了一截。可如今,由于阁下善于从熟悉的丰富生活当中汲取了文学营养,终将这一缺憾弥补过来了!柳州的市井小民那些别具一格的日常口语,你把它镶嵌于《风流巷》,不正是同北京的京白增添了《骆驼祥子》的光彩一样相得益彰吗?就这一点而言,《风流巷》不能不是广西创作上一次不寻常的突破。

写吧,希望就照这条自己摸索出来的路,朝前走去!但愿照此严肃而认真地筛选自己积累的生活素材,发挥自己的潜力和优势,写得更多,写得更好。前面的路当会越走越远越广。风流小巷终将辟成宽广的大马路。现实生活本身正是如此的,柳州不是已经建造了三十多层的现代化高楼吗?随着四个现代化发展进程,张芸姑娘必然将是女中强人,出任某座豪华宾馆的女经理吧。

若要非得讲《风流巷》美玉之瑕。那,是不是它,多多少少有那么一点,叫人觉得这条住六户人家的小巷——阳光照不到的角落,直到末尾,始终也没见到晴日高照的光环。人若长此居住于如此阴郁、低湿的穷巷,那是太使人感到无望的压抑了。当然,硬是给它装上"光明的尾巴"——那种八股式的套子,弄不好,不但不能给作品生色,反倒会招致"狗尾续貂"之嫌。不过,总以为现实生活的发展趋势,即令阴影的角落也该有阳光伴随而存在。只不过暂时让这座那座"高楼"遮拦于一时罢了。而作为"引导人们精神前途的灯火”的文学，自应擅于暗示或明言，让读者心领神会：凡是属于卑劣、丑陋、腐朽和荒谬的阴沟，迟早都会在公正和真理的阳光普照下曝光。不知阁下以为然否？……

《风流巷》系天国的第一部长篇。初试而捷，不能不归功于他作为年轻作家本身具备的素质——独有的真心实意去拥抱生活的激情，不能不归功于他孜孜不倦、执着追求不衰的毅力与恒心。在此同时，还能见到天国的创作才能有了长进，艺术技巧的修养与锻炼日臻成熟。

时隔不久，天国的第二部长篇《烟花楼》，作为《风流巷》系列的姐妹篇，顺利地诞生了，同样先在《柳州日报》与读者见面。跟《风流巷》的幸运相似，不用广告吹嘘，读者便都不约而同地争相传诵。《烟花楼》又一次刮起兴趣的旋风。

这里头，作者要告诉我们的是个解放前的妓女和八十年代的酒吧歌星母女俩的故事。解放前，旧中国的风尘女子许春兰，在“中国人民站起来了”声音中，同被侮辱与被损害的众姐妹一样，也都获得了新生。她进厂成为工人阶级队伍的一员，而且还跟新干部张望富成了亲，有了自己的家。然而，好景不常，社会上即使旧的构架拆除了，旧的观念却仍在人们脑中继续作祟。丈夫虽身为国家干部，可也顶不住他人对妻子的过去那段不光彩的神女生涯的讥笑，竟而忍心仳离。值得欣慰的是，不幸的打击也未能挫败站起来了的许春兰独立、自重的坚强意志和求生的强烈愿望。再嫁，第二个丈夫黄七——是个拉人力车的，以为同是天涯沦落人，总可以终身有托了。没承想，这个男人身上，旧社会的恶习沾染太深了，一时还改造不来，弄到连老婆都赌输给了人。好在新社会给予每个劳动人民提供着宽阔的劳动环境，不再有非人生活的苦日子了，几十个春秋，一个曾是被迫为娼的许春兰，终于迈过了坎坷、艰难岁月，不愧真正改造成了新人，保持住一个人的尊严，勇敢地站在千千万万劳动妇女队伍中间。

新中国几十年风雨，精神文明建设，在广大人民生活中逐步得到了体现，新的道德观念逐渐形成。

许春兰前后两个丈夫：新干部张望富已成了老干部，从一个小干事高升当了大局长；赌徒黄七，从拉人力车到小商小贩而发了大财，成了把上万元钱只当作“小意思”的富户。这两人,当初,对待曾是烟花女子的许春兰,说嫌弃也罢,说欺骗也罢,如今,都各自作了赎罪的忏悔表示:一个怪罪旧封建观念误人,一个怨恨旧社会恶习害人害己。

遗憾的是,人类文明历史进入了八十年代,社会思潮此起彼伏,出现复杂、混乱的局面。正在这时,竟有相当一部分青年人对时代精神产生了误解。表现在不少人盲目迎合什么西方新潮,当作时兴,片面鼓吹自我,疯狂宣扬、追求性解放……于是,便有了本书一大段篇幅的戏剧性的插曲:许春兰前夫(张望富局长)的公子张强——某外贸单位的科长,巧合竟是许春兰的养女许娟(酒吧歌女)的薄情郎。八十年代的酒吧歌女许娟,不幸又遭受旧社会妓女许春兰那样悲哀的命运,而成为新潮歪风的祭品。当然,我们是在建设具有中国特色的社会主义社会,精神文明的主流总会是朝着健康方向发展的。一切病态、丑陋的玩意,即使它采取花花草草的新兴装潢来迷惑人,迟早终归被戳穿。张强这一代公子玩弄这种性解放的花招,还是逃不过同龄人罗菲、许娟她们严正庄重的抵制。

要说这书的意义,就在于它让读者通过一个旧社会烟花楼中的妓女和一个新社会八十年代酒吧歌星——母女俩的坎坷,从而认识到新旧社会各自所持人性观念的分野;认识到西方文明新潮的影响,与中国社会主义道德精神的对立,两相对照,得失易见,优劣自明。

《风流巷》与《烟花楼》虽系姐妹篇,却非孪生姐妹。两人长相难免妍媸不一。拿未必恰切的比喻话来讲,《烟花楼》小妹,也许是出阁的心过于操切,必要的首饰打扮顾不上仔细梳拢,点脂抹粉的功夫,做得有点粗心,对照之下,还真不如《风流巷》大姐那样从容,连日常说话也夹杂些新词,还不如听惯那些街坊的俚言俗语顺耳了。这就或多或少泄露出造作的弱点,有损于人物形象的美感。不过,这并不算太要紧,只要注意把急于求成的心理给予调整,多些考虑艺术加工,弱点必将得到补救。预料健康、丰满、优美而具有生命活力的典型,终将在辛勤的耕耘者的笔下得到顺利诞生!

载 1990 年 6 月 9 日《文艺报·文学评论》

《反“翻把”斗争》观后感

这次东北文艺工作团第二团把李之华的剧作《反“翻把”斗争》搬上舞台，无异把我们领到村屯去了。这里，不仅借布景和道具，向观众展示出乡间的“小马架”、秫秸、爬犁和农民身上的褴褛、脸上的黧黑；主要的是它成功地运用生动的农民语言和行动，深入而真实地将那些地主恶霸的狠毒心肠，那些投机取巧的狗腿子卑劣下作的嘴脸，那些个中农的妥协摇摆的态度，等等，都恰如其分地分别给予了明彻的透视，使各自的灵魂赤裸裸地展示于观众眼前。同时，对于新一代的英雄人物——农会主任刘振东、武装自卫队长范永和，以及耪青户赵广明他们，在立场和行为上也都显示其坚定、淳朴和正直的品格。剧作、导演和演员们通过生动形象的表演给我们演出一幅绚丽多彩的农村的场景，看后，头一个感觉，不禁由衷说一声：

“我算是看到东北的农村了！”

其实，我又何止于只看到农村的外景呢？应该说，通过它，使我进一步认识到，目前正在进行的土地改革斗争中，遇到的问题的实质，懂得解决这些问题的道理。

剧里告诉人们：坏根——恶霸地主的封建残余势力必须挖净，要不然，正如孙林阁那样，第一回没有把他彻底打倒，没有把假积极的投机分子马奎五看透，因而让这些坏家伙事后又“勾结连环”起来，阴谋“翻把”，要什么“吃画儿”，像“满洲国”那样来收拾农会。假如有谁曾经或者现在还在为被清算的恶霸地主们发善心，那末，在这个剧里应当得到教训。听吧，被贫雇农清算时，地主孙林阁是这样对他原先的佃户们讲的：

……你们别光听工作团的，他们在屯里不会待得太久。可咱们呢，在一个屯里“处呼”常日子还长着呐，谁能敢说永远不求谁？说是上次清算会上，还给我留下二十垧地；我把牲口一卖，一还了饥荒，我也顾不上种地；干脆痛痛快快把地全部给你们。为后我也成了穷人啦。咱们都成了一家人，哈哈，一家人！

孙林阁这一说，好像他真是“脑筋想开”了。可他话并没有说完，接着，他闪烁其词，讲到本意，说什么：“至于我个人生活嘛，少不得靠各位弟兄帮忙维持啰。咱们不再讲租子不租子的了，为后轻不撩儿地都匀给点粮就完了。”

聪明的观众啊，难道还听不到这些花言巧语所暗示的意思吗？留给他二十垧地，他还是不肯动手劳动耕耘，仍旧让佃户“帮忙”。这就是所说“明交地，暗收回”的花招。为了保证“暗收回”的土地，他还进一步使出第二个花招：假仁假义地腾出三间东下屋，给农会搬到那里去办公，把武装自卫队的枪械搁在他大院套的四个角楼上。另外，对狗腿子马奎五私下说的更明了：

“你现在当的主任，就跟我本人当的一个样，我说话算话。”

为了达到“翻把”目的，孙林阁竟给人栽赃，将子弹藏到农会主任家的柴垛底下，借此构陷人家勾通土匪、私藏子弹，硬是让新任的农会主任蒙受了冤枉，拉出一个对本屯情况不摸底细的外来户来顶替他的位置。用孙林阁的话说，这是好得“处处由咱们摆弄”。看，敌我斗争是你死我活的搏斗，哪有什么可姑息的呢。

也许还有人认为：土地改革运动，硬是将人家土地没收，分配给别人(无地和少地的贫雇农)，做得“过火”了，有些地主的田产是从祖宗产业继承下来的，有些则因勤俭起家而购置的，并非由于剥削、霸占他人的不义之财。

对此，请听剧里一位佃户怎样讲的吧：

赵：你要说那难听的话呀，我现在就把老根茬都给你刨出来，一条地垅也不给你留。打光绪年间那年月吧，我老爷子带我打“上红”，正刚搬来那阵子，这地场还是一眼望不见边的荒山草甸。你爹在这一带是个占山户。听人说，他给官家“上”过两口大肥猪，荒山全都归他啦。我老爷子领着我，两只手都磨出了血泡，把荒山开成了熟地，汗珠儿侍候下的谷粮，得送到你爹跟前去“认地东”给你家拿租子……这就好比自己家养出来的孩子，倒反要到你家去认爹妈，给你家送终尽孝！你既没养育过他，凭啥要人给你尽孝哇？

以上，当前农村存在的阴影，不是多少年来一直到今天，仍然笼罩着广大农村的活的戏剧吗？今天，我们文艺工作者终于将它体现于舞台，让城里人不仅也能听到和看到其现象，而且使我懂得其中内涵，甚至还向观众指出，那些旧社会消极的阴影，将会消失在新社会升起的曙光中。这里，虽然仍有旧势力的垂死挣扎，同时也出现了新时代的英雄，而且逐步成长壮大。比如，剧里就有刘振东那种具有刚直不阿、公而忘私的崇高道德品质的形象。剧里塑造这一典型形象是有血有肉的。当他已经是蒙受有口难言的冤屈的时刻，也未露出丝毫沮丧，而是能沉住气，深信不疑地肯定“我的事，咱们工作团定规能够说清”。这表现了劳苦人民对新社会的民主政府寄予无比的信任。信任新政府是会坚持真理，办事公道的，冤枉终归得到澄清。所以当他临去要坐“巴篱子”了而并不在意于自己一时要受委屈，反倒惦记着旁人的生活问题，嘱咐身边的同志说道：“记得给老吕头调兑的苞米碴子，叫谁个给他送去？他明儿还等着下锅呐。”

这，正是唯有贫雇农刘振东这样出身的劳动人民才能具备的阶级友爱的崇高品格。

最后,正当反动的阴霾笼罩了整个屯子,男女老少举目无告,都吓成了哑巴似的严重时刻,赵广明记起了工作团的方同志来了,他毅然赶去苗家屯送信求救。当方同志走进舞台时,台上范永和他们,连同台下受到紧迫而几乎窒息的观众,莫不如同迷路遇险的儿童突然重见慈母,欢呼与掌声情不自禁地迸发。

这,无言之中体现了通过剧情自然发展,通过人物行动,有力地使观众感染到。共产党才真是劳苦人民的救星。

虽说只是一出短剧,可是它给观众提供的是那样丰富而扎实的生活内容;展示一幅当前农村斗争的实际生活图画,而且指出了在敌我斗争中,必须注意解决的思想问题。无疑,相当具有教育意义。应当说,是一个好剧本,同时还是一次成功的演出。

倘说还有缺点的话,那,恐怕是,屋里小孩的哭声,似乎是一个多余的"插曲"。因为前面没伏笔,突然听到,不免使人产生画蛇添足之感。不知大家看了以为怎样?

1947 年 7 月 10 日哈尔滨

我看《渴望》

五十集室内电视连续剧《渴望》，掀起一股旋风，在千千万万观众当中产生深刻的同感共鸣。这一空前的文艺现象是一次思想的胜利，也是艺术的成功。在创作上真正达到了不易达到的政治内容与艺术形式完美的统一，给社会主义文艺树立了标本。

纵览全剧，主题是在召唤人间情爱良心的回归；通过人际间利害关系来体现凡事先为他人着想的道德精神。无疑，主题思想是崇高而健康的。然而，以情感人的文艺作品，除了善良的抽象概念，最重要的，还得必须同步凭靠具体生动的人物形象和入情入理的故事细节来体现和支撑，然后才有了能达到真善美的艺术效果。

《渴望》之所以如此激动人心，正是抛开了过去那种片面强调思想教育，忽视艺术技巧的创作方法，而注重人物个性的塑造，恰如其分地把人物刻画得血肉丰满，故事情节编织得合情合理。《渴望》就是这样拿具体活生生的生命——一个令人恻隐的弃婴，作为人间情爱的象征。这个由于“文革”劫难被遗弃、然后被一位天真无邪的少女抱回家的婴儿，引起工人和知识分子两家人围绕其抚养、教育过程中发生为人、为己的矛盾，造成了相互间种种恩恩怨怨。

刘慧芳、宋大成出于人道的爱心，处处为他人幸福着想而虔诚无私的奉献精神，体现出工人本色的崇高品质，得到人们由衷的敬重。与之对比，王沪生在利害得失面前，则暴露了一个知识分子利己意识的弱点，叫人反感。这似乎都是现实生活当中自然而普遍常见的可信现象，没露出什么破绽。还有其他各人，也都围绕对待一个弃婴的态度，表现出各自符合自己身份的个性：罗冈、亚茹两人对婴儿的爱同样执着，但又难免发生误会，忍受相互嫌隙的痛苦折磨；刘大妈是善良的老好人，在矛盾尖锐时，也不免存在小市民的心眼，但虽利己而不损人；月娟狭隘小气，仍不失爽直善良的一面；王子涛一个老知识分子典型，虽遭“文革”磨难却不失对人生情爱的崇高道德信念。……好人虽非十全十美，缺德的也没有被看成漫画的模特。

剧情虽由七人侃大山侃出来的，但侃得入情入理。合乎生活逻辑，而且导演和演员善于捕捉北京市民家庭日常生活富于形象的语言，给全剧增添许多色彩，更加叫人信以为真，得到真善美的艺术享受。

如果说，过去荧屏曾出现的外国多集的连续剧，多半的主旋律无非是武打或这样那样的鼓吹损人利己、尔虞我诈，表现妻财子禄、财色酒气的资产阶级个人主义的货色，那么，我们这部《渴望》所宣扬的道德精神，才真是属于我们所要提倡的社会主义文艺的典型了。但愿往后有更多这样的作品，充实我们社会主义文艺节目。

载《南宁晚报》

对《我想透了》的意见

《我想透了》这篇文章是中学生的习作，作者是用魏志明思想变化的故事来表现解放区的学校的新面貌——同学间和师生间的互助、友爱和团结，同时也对旧的思想感情（依恋家庭、妨碍学习）作了批判，指出学校里的同学“真像亲兄弟一样”，“想家，真是没出息！”无疑，它的主题思想是正确的，文字也还比较通顺，有它一定的长处。

但是，为了求得作品写得完美些，主题更加突显，语言更加简明，使它能起一定说服读者的效果，那末，它仍有好些不足之处值得指出。

首先，从作品的思想上讲，魏志明病了，同学们关心他，凑钱给他买文具，帮他弄菜弄饭，体现互助友爱精神，以至感动了他，让他觉得同学们“像亲兄弟一样”可亲而不想家了，旧的情感被排除了。这样的事情在今天解放区的学校里应该不是什么新鲜事。现在要提出来的就是觉得作者在反映它时，仅止于捕捉事物的外在，而忽略了事物的根本，从而使人觉得促成魏志明思想变化的原因，好像是由于几个好心同学给予他的友情与温暖，看不到学校负责人对这位生病新同学的关怀(虽然文中提到舍监给他送来治感冒的药,但因缺乏生动的形象描绘,也没对此强调,给人留下印象不深),也见不到青年团在这件事情上所起的应有作用。这是作品的重要缺陷。这个缺陷损伤了它的主题的现实性,本质的东西也就未能被挖掘。照理说,促使魏志明思想变化的最基本也是最主要的东西,应该是共产党政权下新的教育制度所产生的效果。我们很容易想见,在伪满或者是国民党统治下,像这样的事情是不可能发生的。那末,今天既然有这样的新事物发生了,而且值得我们去留心,去把它表现出来,我们就必须冷静地思考,深一层去追究其因果,让本质的东西显现出来,对于读者才有深刻的教育意义。

其次,在情理上说,魏志明从装病到后来的觉悟,这中间读者感觉不到他曾经因作假心虚,或在受到同学间互助、关怀时内心引起的痛苦。正因为没有入情入理地写出他的矛盾内心、复杂心理状态,而他的行为(装病情景)也没有予以暗示性描写,所以等到他"想透了"的时候,突然"哇"的一声哭了起来,叫人感到太过于突兀,不像真有那么回事似的。

再说,魏志明到底害的什么病?学校方面没有认真负责地去请医生给诊断,而只是马马虎虎由一个舍监随便就给感冒药吃,这是一个重要的疏忽。即使生活里真有这样的事情,但要写文章时,一定要把事情交代清楚,否则文章就有漏洞,读者就会质疑。

还有一点,非常值得研究。一般的翻身人民的子弟入学后,大多数都是积极努力学习的,虽然其中也有些初期不习惯的地方或存在较为狭隘严重的乡土观念,然而这些是不能取代他们强烈的学习愿望和那股渴求文化知识的需求的。因此,魏志明的事实是否具有典型意义,是否符合一般的实际情况,在这点上是要打问号的。决定一篇作品的效果如何的关键就在这里。对作者来说,这也正是一个选择典型的问题。

至于语言文学的技术问题,仔细推敲起来,有的是啰嗦,有的是抽象、空洞。这些都是会影响作品的生动性,使其褪色的。比如下边的几个例子:"魏志明已经病了三天了。他是去冬考入二师的新生,入学还不到两星期,他曾向学校要求好几次要搬回家去。"

这里说他向学校要求搬回家去，是病了才要求呢？还是入学后两星期以来就做了好几次要求呢？因为没有写清楚，读者也就无法去正确认知。其次，“去冬考入二师”这几个字是多余的。因为它们与作品的中心思想，或者说与前后故事的交待都没有关系。

同样，紧接着后来说“他的家是在泰来乡下”这句话，以及“劝他安心的休息两天”之后，还说“省得往返耽误时日，影响学习，同时还要花掉许多路费，因为学校知道他的家里是相当困难的”。以上这些话写在文章里好像是为了把人物和故事交待得更清楚更详细，可结果反而是吃力不讨好。因为这些说明对于故事来说毫无必要，添加上去了使得文章更见累赘、臃肿。

再如“他住四寝室，一直在寝室里躺了三天，厨房里单给他熬大米粥吃，老师和同学每天都关心地问长问短……”这段表述。这里说他住在四寝室还是三寝室都是不必要的，因它与上下文没有关联，说出来就成了多余的废话。下边说的“老师和同学每天都关心地问长问短”都是抽象的叙述，没有生动的形象，叫人看不到同学和老师如何对他问长问短那活灵活现的情景，真切实在的体会感受也就更谈不上了。

又如“这……我不……”紧接这句话的应写出魏志明当时的动作与表情，让读者留下个活生生的印象。至于下面“没等他说完话……”这几句，应该另起一行，使人物的对话和行为分明，文章的眉目更加清楚。

这篇作品就谈到这里为止吧。假如谈得不恰当，希望大家多多讨论。

附：林苓《我想透了》（略）

刊于《知识·作品指导》第11卷第3期，哈尔滨1949年

· 第五辑 ·

把我们的文艺创作提高一步

一、正确认识我们的文艺现状

广西的文艺工作,在自治区党委的领导与关怀下,经过整风反右,特别是在1958年大跃进的一年当中,创作获得丰收。主要表现在广大工农群众破除迷信,解放思想,掀起文艺写作的热潮。数量可观的民歌和"兵歌",从工农兵口中唱出来,手中写出来。据不完全统计,全自治区印出民歌选集320多本,自治区级两个出版社出版的有77本,玉林一个县就出了10本。戏曲、舞蹈方面,从今年一月的民间文艺会演来看,工农群众编写、表演水平也有很大提高。他们已不再满足于《扁担舞》《芦笙舞》了,我们看到的是新的《剪红带》《人民公社好》,瑶族的《婚礼舞》和壮族的《歌圩》等优秀节目,在专业团体文艺创作上,也出现前所未有的气象。如果说,这之前我们戏剧上演的是古代或外省的节目,那么,去年一年,我们的舞台已经越来越多地出现反映本自治区现实生活和各民族历史人物的故事来了。桂剧继《一幅壮锦》之后,又有了《红河烽火》《铁树开花》;

京剧编了壮族神话《玫瑰花》；粤剧演出《百鸟衣》；话剧创作了红七军历史题材的《红河赤卫队》；描写苗族人民为社会主义建设而斗争的《苗家儿女》上了银幕；彩调已经不再是老让观众看的《跑菜园》了。书刊出版方面，如果在两年前，出版社出版的文艺创作只是凤毛麟角，那去年一年就出版了各种文艺形式的作品 65 种，其中不仅只是民间故事和民歌整理，而是有了不少反映现代题材的创作了。文艺刊物，过去只有《红水河》，现在《桂林文艺》《柳州文艺》都出来了，甚至县一级的临桂、全县、柳江、环江都出了文艺期刊。《临桂文艺》每期居然能销 14000 份。

这些都说明我们的文艺工作，已经越来越走上了与工农群众相结合的正确、健康的道路，越来越多地被人民群众所接受，越来越能发挥着教育人民的作用。

但是，不可讳言，我们的文艺创作比起自治区其他方面的工作成就来，还是不相称的。去年大跃进中，广西同全国各地一样，社会主义的建设成就是史无前例的。过去，资产阶级的专家认为广西是贫铁地区，炼钢的技术与设备落后就更不用说了，真是“一穷二白”！去年大炼钢铁中，我们不但炼出铁来支援上海，而且轧出了钢材。过去，广西仅有年产几十万吨的煤矿，去年居然能从几个新矿区挖出日产几十万吨的原煤。过去广西每年只生产 110 多亿斤的粮食，去年就翻了一番。从前日本人在东北小丰满搞个 30 来万千瓦的水电站，花了 10 年工夫。现在广西能发 28 万千瓦的西津水电站，将在两年内建成发电。这些，都是广大人民群众在党的领导下，以大无畏的英雄气概创造出来的业绩，这里出现了不少具有共产主义风格的人物，也出现了不少可歌可泣的英雄故事！

然而，应该承认，我们的文艺创作，能够同工农业生产获得那样的成就相比的、在全国产生影响的还不多，这是值得我们作家、艺术家和文艺工作组织者深思的问题。

当然，文艺创作提高慢，原因是复杂的。比如，我们的基础比较薄弱，文艺队伍比较年轻，创作经验少，业余人员多等等。要提高自然会受限制。但是，能不能因此说由于先天不足，就写不出较好的、质量较高的作品来呢？我们不能同意这种论调。这是资产阶级的“宿命论”。革命的作家、艺术家应摆脱这种思想束缚，一定要有工人阶级的志气，要有信心让我们的作品能给全国文坛增添一分色彩。有人说，广西能产生这般秀丽的山川，应该也是艺术人才生长的地方。这不是没有理由的。我们有责任把这个愿望变成现实。

现在的问题在于怎样把我们的文艺创作提高一步。去年10月自治区文联召开的创作座谈会，是一次创作的誓师，是一次全面的、广泛的、普及的群众创作运动。现在我们要在去年的基础上，吸取经验，把创作水平提高。这个要求符合文艺创作规律，也符合群众要求，因为群众文艺生活一旦普及起来，接着就会要求提高。《扁担舞》和《跑菜园》就不能满足了，不提高，文艺工作将不可能进一步开展。

怎样使我们的文艺创作提高一步，我以为必须从以下两方面去努力。

二、提高文艺工作者的修养

要做到这一点，我们的文艺工作者要解决好三个问题：

首先，要深入生活，改造思想

作品是人民生活的反映，是感情的产物，是作者感情的流露。作者与被描写的对象必须有深厚的感情，两者的结合，犹如两人恋爱、结婚，应该基于双方相互了解，出自衷心爱恋，如若稍有勉强，在爱情生活上就会闹别扭，在文艺作品上就显得虚假。但人的感情是可以培养，也可以变化的。“存在决定意识”，两人相处久了，相互了解了，就会产生感情。作家和他所写的工农群众，即使原来比较生疏，如果踏踏实实地深入到他们生活中去，参加他们的斗争，就会慢慢熟悉，感情也会慢慢地变化，当他写起作品来就不再是一些理智的化身，而是有血有肉，有着丰富感情的人物了。

如今，不少读者和观众已经开始指责我们了，大家不能满足于我们作品中的英雄模范人物，来来回回总是一些带病加班，延期履行婚约，为了抗旱家里死了人也不回来，等等。写少数民族总是离不开那些花花绿绿的服装和古老的风俗习惯。当然，生活本身是曾经发生过这些现象的，但是，作为反映现实本质的文艺作品，仅仅写了这些生活的表面，显然是不够的。一个作家、艺术家应该透过这些生活的帷幕，揭开灵魂深处，写出人的道德品质、精神面貌，不然，你的作品就不可能感染读者,吸引他们跟着你去领会革命真理。作家、艺术家的深入生活,是要达到思想改造和感情变化这一主要目的的,绝不仅仅是去记录土语方言、风俗习惯和认识花鸟虫鱼。

生活本身是深广的,需要长期深入才能体会。“路遥知马力,日久见人心”,这句古语对到生活中去的作家、艺术家来说是适用的。当然,要感情起变化——要与工农群众真正做到“同声相应”“同气相求”,那是不能单靠时间长短来决定的。重要问题还在于阶级立场的转变。否则,思想感情就不可能起变化。因此,当我们深入斗争生活时,还要抓紧学习毛泽东同志的著作,学习政策,掌握马列主义理论武器是不可忽视的课题。政治思想是深入生活、理解生活的指针,不然到了生活里头会迷路。

有人说,人民内部矛盾的东西不敢写,怕犯错误。这种消极回避的态度,对文学艺术的繁荣是有害的。大家知道,人民内部矛盾是客观存在的现实,如果文艺作品不去表现它,那就不可能很好地完成使命。再说,写人民内部矛盾问题怕犯错误,那么,写别的东西也难保证不出乱子。作品犯不犯错误,不在乎写什么问题,而在乎作者立场观点的正确与否。只要我们的作家、艺术家深入生活,注意思想改造,掌握马列主义武器,根据毛泽东同志提出的六条标准,去分析研究人民生活中的问题,那,我们不管写什么样的题材,写什么样问题的作品,也不会写出毒草来的。

其次,必须努力学习,锻炼技巧

文艺来源于生活,美从生活母胎诞生,绝不会来自作家、艺术家的幻想。但是,它并不等于生活本身,不同于照相。它是经过作家、艺术家加工、集中、概括和提炼的现实。壮锦是彩色丝线织成的,但它已经不是丝线的本来面貌了,它是经过艺术家设计的纺织工匠用技巧编织后而产生的结果。所以说,要把生活表现为艺术,就需要一定的技巧,没有技巧,生活的原料也不可能提炼成艺术。正因为这个道理,我们的作品就不能仅停留在真人真事的叙述上。当然,写真人真事本身无可厚非,初学写作的人,或对工农群众生活不够了解,体会不深的作家、艺术家,都会经历写真人真事这样一段过程,这有点类似画家的写生和素描。再说,有的真人真事本身就具典型意义,把它正确表现出来,对当时当地的工作有推动作用,读者与观众也会受到教育。过去我们这样做是对的,应该肯定，今后要继续这样做。写，总是比不写好。但同时我们应清醒，为使文艺发挥更大的教育作用就不能满足于真人真事，因为它很少能够对现实进行概括，其典型意义难免受到一定局限。有的人物在本地区有代表性，但换个地区就不一定了，因此它的影响力就难以深远。

为使文艺创作水平提高一步，必须在大家目前写真人真事基础上提高。有人说，我只会写真人真事，要提高写概括性的东西，只好让专家去写了。这是不对的。我们说专家并不是天生的，而是后来耗费心血学习，经过长时间的锻炼才成功的。试问哪个旦角不是从演丫头开始的呢？在写作技巧上，如果有窍门的话，就是多写——熟能生巧，写得多了，就会从多次的失败中摸索出一条路来。除多写还要多读书。从前人写得成功的作品中去吸取营养，学习人家选择的生活题材，学习人家如何塑造人物，学习人家怎样去安排故事情节，学习人家从这些人物与故事里，如何去表达主题思想。大家知道，高尔基没在学校里读过很多书的，但在码头、在厨房、在走廊的灯光下，在社会这间大课堂里，他是读了不少的。《史记》之所以成为不朽之作，那是作者司马迁“读万卷书，行万里路”的结果。

其三，既有积极的态度，又有谦虚的作风

一个文艺工作者与其他工作岗位的同志比起来，只是工作分工不同，不应有高低贵贱之分。如果以为会写小说、诗歌，会画画，会演戏的只是少数人，就因此感到比旁人高贵而自命不凡了，那是极大的误会。从去年民歌写作运动和老干部写的革命回忆录来看，不论在群众还是在干部中，能写能画能唱的人，是大有人在的。只是比起文艺工作来，他们还有更重要更急需的工作去完成。因而搞文艺工作的人不可能太多。当然，也不应该这样去误解，好像文艺工作既然不很重要，那么大家都改行算了。我们应该认识到，文艺是上层建筑，于革命事业是不可缺少的重要部分。如果我们觉得干这一行更能适合自己的志趣，自己的特长会得到更好地发挥，对革命事业贡献当然会更多。有这样的认识应该采取正确的积极态度，去钻研学习，精通业务。不过，值得时刻警惕的是在我们采取积极态度时，必须养成谦虚作风。假如刚取得一点点成绩就骄傲起来，那无异是把进步的门关了。脱离群众，拒绝别人的帮助，结果，自己的创作生命势必会夭折。过去，已有不少前车之鉴，教训应该吸取。今天我们的队伍还较年轻，大都是业余的文艺工作者，强调谦虚作风，强调做好自身工作对文艺创作的发展提高是有利的。我们有不少同志来自农村、工厂和部队，参加着实际工作，在基层担当一定职务。那里就是创作源泉，如果自己是全心全意对待本职工作，关心身边群众，重视政策学习，天长日久，感情就会深厚起来。当我们一旦要写这段生活，或要塑造一个对革命事业忠心耿耿的人物时，就可将自己生活的体会真切地表现出来。

三、加强文艺组织工作的领导

这个问题，分开三点来谈。

第一，建立队伍

要使文艺工作真正能够发挥战斗作用，没有队伍是不成的。而队伍是要有组织有领导的培养才能逐步壮大和坚强起来的。自治区各个协会和各专区、市、县的文联，都是文艺队伍的组织者。它应该在各级党组织领导下，把文艺队伍组织起来。只有组织起来才有利于工作开展，才便于相互学习、观摩，增进团结。各协会、各级文联对所联系的文艺工作者的政治思想和创作思想，应给予必要的领导；对他们创作技巧的锻炼，业务上的进修，应该给予足够重视。在条件允许下，可以组织举办创作座谈会、演奏晚会、作品展览等活动来互相观摩，交流经验，开展讨论。每个地区都应该有几个重点培养的文艺工作者，经常保持联系，帮助他们解决学习上、写作上的问题。在少数民族地区对文艺工作者的培养，要更加值得特别注意。无论如何，让他们去写去唱去演本民族的生活，总会比旁人表现得真实与深刻。

总之，我们的文艺队伍一般说来，质量不高数量不多，作为文艺组织工作的各级文联应根据本地区工作需要，逐步把队伍整顿好，提高水平，使之随着其他革命工作的跃进而相应发展壮大。

第二，组织创作

文艺创作是离不开为政治服务这一总目标的。无非是，有的为当时当地党的中心工作服务，及时编写宣传政策的，或介绍真人真事的演唱、漫画等作品，直接为政治服务；有的则比较集中地概括一个历史阶段的事件和塑造具有典型性的人物，为政治服务较为间接。这两种做法，应该并存。当然，在某些时候某个地区，对某些文艺工作者，要较为强调某种做法，还是必要的。比如在县一级和公社一级的文艺团体和群众中的文艺爱好者，就应该更多地，甚至主要的是要求他们紧密配合中心工作，写、唱、演真人真事。至于自治区一级的各个协会，我们的要求就不同了，他们应该闹出点政治和艺术水平都较高的东西来，应该在真人真事基础上创作出一定典型意义的作品。这就是说，组织创作的时候，应包括两方面：群众写作与专业文艺工作者的创作。两者要同时进行，但分别对待，提出不同要求。当然，群众写作、演唱也要在已取得成就的基础上提高一步，不然，年年都是《扁担舞》，天天都唱《气死龙王》的山歌，也会脱离广大群众的。

第三，开展评论

文艺评论是文艺创作动力，那里的文艺评论沉寂下来，那里的文艺创作就会停滞不前，这是大家都懂的道理。可惜，这方面的工作我们做得太少。评论与创作一样，需要大家的参加才能使之活跃起来，如果认为文艺评论只有少数专家才能做，那是不对的。文艺创作反映现实斗争生活，它反映得正确与否，容易辨别出来的应是正在参与现实斗争生活的人。从我国过去一些事例看，首先于作品中发现问题，提出批评的，恰恰不是专业文艺批评家，倒是一些从事其他工作的同志。可见文艺评论，也不是神秘的、高不可攀的。我们作为文艺工作的组织者，更应该学习掌握这一武器。

至于评论的原则，应该是贯彻“百家争鸣”的方针，允许批评，也允许反批评；批评的目的是为了促进文艺创作繁荣和提高；是本着探讨学术问题的精神，辩明真理，切忌脱离学术探讨轨道，进行人身攻击，要反对一棍子把人打死的粗暴学风。

载《广西日报》1959 年 5 月 2 日第 3 版

《刘三姐》的启示
——在《刘三姐》会演学习会上的讲话

《刘三姐》的会演让我想起文艺上的几个问题，今天我主要想从一般的文艺常识来谈谈对这些问题的认识。

一、文艺属于劳动人民

(一)文艺从劳动中产生

文艺是怎么来的呢？文艺起初是从劳动中产生的，是劳动人民在历史上创造的，而不是从少数专家、艺术家的脑子里想出来的。这是辩证唯物主义的主张。譬如原始人抬木头，大家为了协调动作、避免疲劳，也为了鼓劲，常按着一定节拍，喊出节奏性很强的声音来，这种拍子精确地适应生产动作节奏的声音，也就是他们唱的歌。又如不少原始洞穴里保存下来的当时人们狩猎劳动中与自然界作斗争的壁画，就是早期人类绘画的遗迹。从《刘三姐》的故事看，人们在劳动生活里产生的情感变化可谓是多种多样的。到了中秋,有丰收的喜悦,有男女青年相互间倾述的爱慕,还有劳动人民一年到头辛勤劳动,仍诉说不尽、摆脱不了那受苦受难的心情,于是,人们就自然而然地采用适当方式把它们表达出来,所以刘三姐唱出"州官出门打大锣,种田辛苦要唱歌"的山歌。这次会演所唱的歌词曲调,都是从民间收集,然后经过加工提高的,是劳动人民创造出来的。那些山歌,三个秀才对不过,我们一般人也想不出来。因为只有劳动,和劳动人民打成一片后,才会有那样的语言。《刘三姐》的山歌因有生活基础而流传下来。由此可见,劳动生活是文艺的生命,文艺离开了它就不能产生和成长。

(二)统治阶级霸占文艺

文艺开始是歌颂劳动的,后来有了阶级,有了战争,奴隶们起来反抗,等等,文艺成为向统治阶级作斗争的武器。因此,文艺也是革命斗争的手段,可以动摇统治阶级的地位。正因为这样,统治阶级为了压制人民的反抗,便诡计多端地想办法夺走文艺,从《刘三姐》这个戏就可以看出来,莫怀仁对刘三姐采取软硬兼施的手段——从说媒到禁歌直至追杀,都反映了历来统治阶级是如何把文艺武器从劳动人民手中强夺过去的。他们这样做的目的,一是为缓和人民对统治阶级的斗争;二是要把文艺武器变为他们的驯服工具,为其阶级利益服务。

(三)人民当家,文艺还家

现在,劳动人民翻身解放,当家作主,"刘三姐"也复活了——文艺还家。从这次《刘三姐》会演看,党委重视,人民群众欢迎,男女老幼都喜欢唱"刘三姐"。这说明只有劳动人民——无产阶级才有可能恢复它的生命,使之在劳动土壤中繁荣滋长。从演出效果看,劳动人民不但会欣赏艺术,而且具有创作才能。从剧本编写创作看,呈现百花齐放的局面。各种不同剧本、角色表演的创作,足以说明只有在无产阶级掌握政权的新社会里,文艺才真正恢复了青春,回到劳动人民手中获得发展,且生机繁盛。三个秀才笑我们一年四季打赤脚、受奔波,但我们很多人都是"刘三姐"。也就是说,在新社会里,我们都可能成为诗人、艺术家。大家不仅懂得看,而且能演、能唱。《刘三姐》会演成功说明文艺并不是什么神秘的、高不可攀的东西。过去统治阶级占有它,得不到发展,现在把它还给人民,成为歌颂人民、歌颂劳动、歌颂斗争的武器。

二、辨别形形色色错误思想，反对文艺的修正主义

(一)认为文艺只供消遣、娱乐，否认政治目的

资产阶级为了把文艺变成统治工具，说文艺“这东西只是供人消遣、娱乐的玩意”，否定文艺的政治目的。这种思想对不对呢？大家可以看看《刘三姐》，究竟是不是与政治无关？我看是有关的。如剧中刘三姐唱的“凉水解得心头火，唱歌解得万般愁”，就不是无病呻吟，不是消遣的玩意，而是包含阶级意识，是从斗争中来的。在旧社会，作家艺术家被看成是半个痴子，因为统治阶级要收买他们，收买不了就打击讽刺。他们是不屈服于统治阶级的艺术家。这正是人们对统治阶级不满的表现。《刘三姐》就是充满着阶级斗争的文艺作品。所以说文艺是供少数人来消遣的，这是没有阶级观点的说法。资产阶级想以此来模糊我们的观点，我们要辨别清楚。文艺即使是写恋爱也还是有阶级观点的，梁山伯与祝英台的爱情在旧社会就没有结果，因为他们的爱情不符合统治阶级的价值观。

(二)强调“创作自由”，反对党的领导

有的人认为要党的领导，要政治挂帅，文艺就不行了。领导对作品主题思想提了些意见，就认为限制了创作自由，这是受到资产阶级思想影响，认为文艺都是自由的，不应该受领导的。实际上，文艺一定要有领导。过去统治阶级对文艺当然不是领导了，而是一种统治，如莫怀仁想要刘三姐圆就圆、扁就扁。但现在已经是人民当家作主的时代了，如果现在还说不受任何领导，那是错误的。我们的文艺必须有领导，只有党和人民的领导才能使文艺得到充分的自由发展。创作在我们新社会是自由的，“百花齐放，百家争鸣”就体现这一精神，如对《刘三姐》的改编：百色《刘三姐》的结局是跑到凤凰山去了，玉林的“刘三姐”就没有死，这就是创作自由。只要歌颂劳动，反对统治阶级，不歪曲人民性，就允许有这样的自由，你怎么编写都可以，这说明有党的领导，有从自治区党委一直到各公社党委的领导和支持，才有这种自由，才能百花齐放。当然，对那些违反

六条标准的毒草,是没有自由的。宣传资产阶级个人主义的、反社会主义的就不能给予自由。刘三姐唱“毒蛇不打伤人命”,毒草长出来一定要锄掉。

(三)强调个人天才,藐视集体智慧

有些同志演戏演得好一些,就过高估计自己了,特别是演刘三姐的,演媒婆的,面对观众的鼓掌,首长的握手祝贺,就认为自己是天才了,群众协作和集体的力量就看不见了,这个错误不纠正会带来很大危害性。那么,个人的作用还有没有呢?应该承认,文艺写作与表演中的个人特别天赋是存在的。如有的歌唱家声音雄厚、圆润、响亮,有的演员长得漂亮,这就是差别,不可能个个都一样,不承认这点也不是实事求是。但是,即使是天才也必须有九十九分的努力才能发挥作用,在九十九分的努力中,包含集体智慧的因素,包含向老师、书本、朋友、同行学习,还包含听取观众的意见等。戏剧表演中,集体的力量作用更为显著了。《刘三姐》中没有三个秀才对歌对输了,歌仙刘三姐就显示不出光辉。如果没有其他演员配合,“独角戏”将无法演,最后就不可能有首长来和你握手了。至今我没有见过世界上有那个人离开了集体、离开了社会可以成为英雄的。我们现在还像春天的树苗一样,需要培土、灌溉和辛勤的劳作护理才能成长起来。过去的经验已经不少,有的人开始很好,后来骄傲自满,结果夭折了。希望大家记住毛主席的话:“虚心使人进步,骄傲使人落后。”不要以为自己唱得好长得好就可以骄傲了,你离开了社会和集体就无法再进步了。我讲这么多,是关心大家,希望我们广西出现更多的表演艺术家、歌唱家、舞蹈家……在今后十年里的艺术事业上有更多成就。现在是春天发芽,不久开花结果,希望大家看重学习,听党的话,那些强调个人天才,藐视集体智慧的思想是错误的。我们不要沾染资产阶级思想,而要依靠党,依靠集体才会有光辉的成就。

(四)迷信创作神秘,否认多快好省

有人说创作是靠灵感,灵感一来就可以创作,没有灵感,创作就不能多快好省。我们要有一个正确的看法,文艺作品是精神生产,与一般产品生产不同,应该自有独特的规律。但把它看得特别神秘,深不可测,乃是欺人之谈。旧社会的文人,如三个秀才由于是统治阶级的“帮闲”,把吟诗对对子看成非同小可,要慢慢思量,熟读诸子百家,所以把吟诗对对子看得越神秘越好,因为他们不需要去结合生产,不需要去鼓劲,可以慢慢来,可以少慢差费。但是《刘三姐》的创作,恰恰说明文艺创作不能多快好省的破产。

(五)片面强调艺术性,藐视群众创作

强调专家的作用,看不见群众的创作,这也是我们文艺队伍里没有很好解决的问题。有人认为群众的东西是粗糙的、俚俗的,艺术性不强,难登大雅之堂,认为大跃进的民歌、山歌像鬼叫,说群众的画有伤艺术的尊严。这是资产阶级老爷们对待群众的态度,好像三个秀才一样看刘三姐不起,这是三个秀才的阴魂附在这些老爷们身上了,看不到前途,看不见新鲜事物的萌芽。但我们却从萌芽看出将来的牡丹,将来长成的大树,结出果实。资产阶级老爷们只看到表面,看不到群众文艺发展的前途,所以他们看不起群众的创作。从《刘三姐》创作证明,群众的东西才是真正的东西。刘三姐的山歌大都是在群众上山打柴、打草的时候唱的,现在,我们竟然把被资产阶级老爷们认为乡音俗语的山歌搬上舞台,不但不减其艺术效果,还获得巨大成功。《刘三姐》有这么多的观众看,看了都鼓掌、点头、高兴,证明它有强大的生命力,群众的东西是经得起历史考验的。正如工人阶级登上历史舞台,不但不会把事情搞糟了,而是把社会主义国家建设得一天比一天强盛起来。

刚解放时,有人说我们下面的干部都是烂仔,不能当乡长。现在不但没有把事情搞糟,而是搞得很好,没有铁路的地方通了铁路,没有电灯的地方有了电灯。《刘三姐》是搞实际工作的干部创作的,搞出了今天这样的水平,足以否定只有专家才能创作的资产阶级观点。作品的艺术性是不可或缺的,通过会演可将作品艺术性提高,使之更典型、更概括、更集中,也更为群众接受。艺术性和群众创作并不矛盾,通过实践完全可将群众创作的艺术性不断提高。

(六)强调文艺永恒主题,否认当前斗争任务

有人说,主题是永恒的,以前、现在、将来都是共同的。他们说爱情、死亡、喜怒哀乐就是永恒的主题,只有写这些东西,才是文艺。说文艺没有时代性,没有阶级性,他们反对反映当前斗争生活的东西,这也是从资产阶级那里来的。我们的看法是:“文艺总是一定历史时代的反映”,不管采用什么题材,主题是为当前政治斗争服务的。《西厢记》也好,《梁山伯与祝英台》也好,都是反映那个

时代的精神的。因为那时得不到真正的爱情,当时的作家才编出那样的戏。有些人认为文艺应该是写千古不变的主题,写当前的东西是粗糙的,这种说法是不对的。那些人为什么对过去的东西老喜欢看呢?因为他们受旧社会思想影响深。我想,再过几年后,现在这样的感情必然会起变化,现在社会主义革命才十年,“人人为我,我为人人”思想已在不断成长,再宣传个人主义感情的东西,人们就不感兴趣了。文艺是写人的思想感情的,人的思想感情在变化,文艺也在变化。所以,文艺是为当前政治斗争服务的。如果说爱情、死亡、战争是永恒的主题,那只是骗人的鬼话。

以上六种错误思想,是资产阶级思想在文艺领域的反映,目的是否定文艺的思想性、倾向性。正如莫怀仁怕刘三姐唱山歌一样,不让她进行斗争。我们要反对这些似是而非的思想,这是当前文艺界一项主要任务。现在社会主义思想占主要地位,但也有一股歪风从门缝吹进来,我们要把门缝堵死。

三、勤学苦练,又红又专

(一)既要打破高不可攀的观点,又要有勤学苦练的态度

一个新社会的人应具有敢想、敢说、敢做的精神。我们要做一个人民演员、艺术家,应有“世上无难事,只怕志不坚”的态度,这才符合我们的时代要求。有些同志说的好,你有两只眼睛一个鼻子,我也一样!你能做到的事,我为什么不能做到?要立大志,就是要打破迷信观念。但也不要把当专家看成是不费吹灰之力的事,这种思想要反对。专家不是一夜之间就能成的。有的同志扮演刘三姐很成功,应该好好总结经验,重视成就,但不能认为这样就成了专家。尹羲开始在《拾玉镯》中只是扮演丫环的角色,经多年舞台表演锻炼,到 40 岁才成专家。表演艺术要精益求精、长年劳作才能取得好的结果。有的人觉得成天练嗓子练腿,又用脑筋又用腿,很辛苦,还不如回家去劳动。这样对待艺术磨练,只会使艺术生命夭折。有人说过“艺术创作是不能跳越的,即使跳越上去了,还要回头来一步一步重新走过”,这句话有道理。如果缺少基础锻炼,就不可能进一

步提高,你现在演《刘三姐》演得好,再演别的戏就不一定好。写文章也是一样,有的人第一篇写得很好,以后再写不出第二篇来了,因他的生活体验就那么多,要写就要再体验,再学习,再读书才能写出来的。

勤学苦练在我们同志之中是个重要课题,艺术本身没有侥幸成功的捷径,劳动多大,成就就多大,虚心学习、勤学苦练是青年同志投身艺术的第一道关口。

(二)既要提高文化艺术修养,又要加强劳动锻炼

提高文化艺术修养和加强劳动锻炼两者要同时做到。文化是打开文艺宝库的钥匙,没有相当的文化水平,要提高艺术修养是不可能的。没有文化不能吸取先进经验,也就无法取得提高。你对扮演的角色和社会经历不清楚,导演叫你动手就动手,叫你伸腿就伸腿,那是演不好戏的。红线女扮演《关汉卿》中的朱兼秀,她看了剧本就很喜欢这个人物,因为红线女有文化修养,能准确把握角色的精神本质,表演起来就很成功。演员不熟悉所扮演的角色,就无法成功地塑造角色。刘三姐是个受过人生折磨的人,青年人没有这样的经历和体会,又没有书本的知识,其内心的情感就无法表现,表演当然就不生动,难以感动观众。演员的眼睛是会说话的,心里没感悟,眼睛就说不出来。所以同志们要好好学文化,提高艺术修养,没有文化艺术的修养,进一步提高就有困难。

但是,光提高文化艺术修养,没有劳动生活的锻炼,还只是一条腿走路,走不了多远。所以同时我们还要强调必须深入工厂、农村参加劳动生活,要积极投身于社会主义建设的热潮中,与工人农民打成一片,培养工人农民的思想感悟,否则我们就会变成《刘三姐》中的那三个秀才了。

(三)既要积极普及群众文艺运动,又要适当提高专业创作水平

目前,农村公社广大群众对文化艺术的要求如饥似渴,他们在斗争生活中,创造了许多惊天动地的奇迹,涌现出无数的新人新事,这些英雄事迹需要通过文艺作品来反映,以鼓舞他们的斗争,因此群众文艺亟待普及。但专业团体若不注意在普及基础上提高一步,将不能满足群众需求而会脱离群众。县文工团要继续提高,对公社业余文工团要进行辅导,专业要在普及的基础上才能提高。现在《刘三姐》群众会演活动后,《刘三姐》经专家提炼提高,被改编成电影、歌

剧,如果没有这次会演活动,电影、歌剧从那里提高呢?地区、县级文工团要辅导群众文艺运动,使群众创作再提高一步。

(四)政治挂帅,继续前进

《刘三姐》会演成功的事实证明,那里政治挂帅,那里的活动就搞得轰轰烈烈。《刘三姐》的创作与演出打了一个漂亮仗,但是,不能天天都是《刘三姐》。你天天演《刘三姐》,时间长了,群众就不愿看了。文艺工作应与工农业生产一样,日新月异。不但要写历史,还要写现代的、当前的生活;不但有彩调,还要有电影、歌剧;不但有《刘三姐》,还要有《刘二姐》,《刘四姐》。

从《刘三姐》的创作实践,以及话剧团、桂剧团只用几天时间就排演了舞台剧《为了六十一个阶级弟兄》,就说明我们文艺工作跃进是可能的,是有信心的。《为了六十一个阶级弟兄》的出现,进一步使人感到:

(1)文艺及时迅速地反映当前斗争是急切需要的,是可能的。过去,资产阶级认为诗人和夜莺一样,只到黄昏才歌唱。意思是说人们天天劳动不能写诗,到事后才能写。《为了六十一个阶级弟兄》的出现打破了这种陈旧的说法,文艺是可以迅速反映当前斗争生活的,《中国青年报》发表《为了六十一个阶级弟兄》的通讯不久,剧本很快就编出来了,还搬上了舞台,拍成了电影等。像这样的事情很多,但为什么目前其他先进人物的事迹没编出来?是由于思想还没有解放,认为真人真事不好写,写起来清规戒律很多。柳城有个接生员,周围几十里地的人都认识她,管她叫妈妈。但为何不把她的先进事迹宣传,树立旗帜标杆!这就是思想不解放,对新鲜事物熟视无睹。过去写不好不是因为真人真事,而是我们的思想掌握不住先进人物的思想感情,体会不到他们的精神。

(2)集体创作不但不影响写作的独特风格,还可产生水平较高的作品。有人认为集体创作写不出好作品,你一句我一句,人多嘴杂,关门写才能写出来。但我看了一些集体写出来的作品很受感动,达到一定效果。集思广益嘛。《刘三姐》里的唱词、诗歌,就是集体创作,一个人是想不出来的。

(3)真人真事,不但可写成作品,还可成为动人的艺术。写真人真事的作品更有依靠、有原型、有基础,比空想站得住脚。当然,写真人真事也不能像照相那样,照搬无误,还是要经过一番创作的。

(4)写作的表现手法。过去流行一种说法，认为人物塑造、情节安排没有爱情纠纷，就无法表现人的内心世界。但《为了六十一个阶级弟兄》在人物塑造、情节安排上并没有写爱情纠纷来反映人物的内心世界，也没有反面人物的对比来显现正面人物的性格，没有用阴影来陪衬阳光。但是，作品里的人物是生动的，情节是激动人心的，光明也从四面八方表现了出来。这个剧为什么能打动我们，因为共产主义思想的支配。我们天天受共产主义思想感染，看了戏容易与剧中人物的感情交流。“人人为我，我为人人”的共产主义道德成为今天社会的主流，文艺的表现手法一定要随社会的发展而发展，否则就不可能产生有价值的艺术作品。

会演以后，我们应该更有信心地按着毛主席《在延安文艺座谈会上的讲话》指出的方向继续前进，继续提高，把错误观点清除掉，树立社会主义、共产主义的思想观点。我们要很及时地反映当前的社会主义建设的斗争生活，在现实生活中，动人的事很多，先进工作者也很多，把他们思想感情发出的火花写出来，使之成为文艺作品，通过文艺，再去鼓动劳动生产。我们的文艺工作者应该担负这个任务，用文艺这一武器去鼓舞人民为共产主义社会而奋斗，使社会主义很快地过渡到共产主义。

总之，一个文艺工作者必须走群众路线，深入生活，关注身边所涌现的新人新事，创作出更好的作品，向我们党的40周岁生日献礼。

1960年4月19日

文艺工作的几个问题和意见

——在自治区直属单位党内文艺负责干部座谈会上的发言

一、情况和问题

中共中央宣传部《关于当前文学艺术工作的意见》，对几年来全国文艺工作情况作了总结，指出存在的问题。对照广西实际，有些问题也是存在的。回顾几年来全自治区文艺工作情况，大致可分四个阶段。

1.庆祝广西壮族自治区成立的创作活动

1958 年初，为庆祝广西壮族自治区成立，区内各剧团创作出一批较有地方色彩和民族特点的剧目。如话剧《红河赤卫队》、桂剧《一幅壮锦》、粤剧《百鸟衣》、京剧《玫瑰花》和壮剧《红铜鼓》等。这些剧目艺术水平虽参差不齐，但却打开了一个新局面，一改过去只能演传统剧目和外地节目的情况，创作水平有一定的突破，摸索出一些创作途径，树立起创作本土题材的信心。但可惜事后没能及时总结经验，给予适当推广。

2.向国庆十周年献礼的创作运动

1958 年秋，党的社会主义建设总路线发布以后，全国掀起文化革命的高潮。

为响应向国庆十周年献礼的创作号召,全自治区也展开了广泛的群众创作运动。运动解放了思想,群众性业余创作长足发展,推动专业文艺工作者与广大工农群众结合得更加紧密,文艺队伍不断发展壮大,文艺作品的数量和质量,都大大地增加与提高。如戏剧艺术方面:1959年春节会演就推出283个节目,出现以《刘三姐》为首的一批水平较为突出的节目;文学作品方面:出现长篇小说《美丽的南方》,长诗《布伯》《刘三妹》《元宵夜曲》,以及《短篇小说选》《诗选》等。美术音乐和舞蹈方面,也有相当成就,水平进一步提高。

可是,这一创作运动也产生了缺点和问题。其一,在创作思想指导上,对强调作品的共产主义思想,产生片面认识,把它与当时流行的"共产风"等同起来,要求作家把那些不计报酬的大协作和一些浮夸风现象,当作体现共产主义思想和风格的主要尖端题材,似乎只有它们才足以表现最新最美的共产主义精神。以往革命历史中那些能体现共产主义道德品质的烈士们的英雄形象,却在无形中被忽视了。因而,只追求写当时大炼钢铁、人民公社大协作的新闻人物,如彩调《铁水浸山谷》、桂剧《红旗高举》、话剧《党与生命》。文艺报刊上发表的作品,百分之七八十是大办钢铁和农业生产方面的东西,有几期还出了专号,这不仅导致题材狭窄,还因这些人物尚在运动中,成长发展过程还未稳定,直接影响了艺术形象的刻画。其二,片面强调群众性业余创作与集体创作的作用,对个人专业创作没有相应重视。集体创作时又忽视自愿结合、个人钻研的原则,个人特长无法发挥,浪费人力,出现废品。其三,强调完成献礼任务,对"多快好省"在文艺创作的运用片面理解。组织指导创作时,着重数量多和完成时间快,忽视艺术质量。未能很好注意作者对题材的熟悉程度及写作愿望,硬性指派任务,要求按期完成;没有区别那些文艺形式适合于表现那些题材这一特性,而笼统地要求反映当前最新最美的共产主义萌芽的生活斗争。结果出现一部分"急就章"作品,艺术加工粗劣。某些戏剧团体则忽视传统剧目的整理提高工作,勉强去编那些不适合其艺术形式的故事,或以竞赛方式几天内赶排一个现代节目,使艺术质量降低。

出现这些问题,中央很早就有察觉,1959年1月中宣部在宣传会议上就指出文化艺术的献礼规划及某些措施,脱离实际,存在对工农业生产不让路的问题，提出注意提高质量，抓尖端，压缩空气。到了五月，总理又在全国政协文教小组委员会上讲了文艺工作十条意见，强调抓重点，注意劳逸结合。自治区党委宣传部曾经召开地市宣传部长会传达贯彻，并批示自治区文化局党组向全区文化部门发出当前文化工作六条措施的通知。提出献礼创作，主要在专业团体专业人员进行，而且强调抓重点，抓质量。但是，这一精神没有完全贯彻到各地区各个文化艺术部门去。特别是自治区文化局党组有个别同志思想不通。所以到1960年1月自治区一级的文化单位又一度出现为党四十周年献礼的创作誓师大会，提出一长串脱离实际的创作规划。

3.反现代修正主义的文艺学习会

1959年12月中宣部召开全国文化工作会议，在党内总结了1958年大跃进以来的文艺工作成就，同时针对当时国际国内出现的现代修正主义的政治思潮，文艺上的某些错误和不良倾向作品，提出反对文艺领域当中的修正主义，批判某些不良倾向作品，坚持无产阶级工农兵文艺方向，打破十九世纪欧洲文艺的迷信，争取攀登世界最高峰。自治区于1960年2月召开党内文艺骨干分子文艺学习会，贯彻中央精神。当时自治区文艺界也存在一些错误的文艺思想。一方面，对大跃进以来出现的作品，采取一笔抹杀、诋毁的态度；对党领导文艺工作，则一味否定，认为党领导创作是作品公式化的根源。另一方面，崇拜外国一些片面反对战争，宣扬资产阶级人道主义作品。在创作领域，某些作品，或叹咏个人在集体生活当中表现格格不入的情绪；或流露不健康的、对现实有所歪曲的东西。针对这些情况，我们展开了批评，澄清各种各样不健康的资产阶级残余的文艺思想，坚定了社会主义文艺方向，进一步加强了党对文艺工作的领导。但是，这里也出现了某些缺点和问题。首先，文艺领域中的修正主义与执行总路线中的右倾机会主义和马列主义理论上的现代修正主义，界限划不清，影响后来有些评论文章，以及一些口头批评，给某些不良倾向，思想感情不那么健康的作品，轻易地不加区别地扣上修正主义的帽子。如有些《刘三姐》的剧本，把小牛与三姐的恋爱渲染得稍为多了一些，就被批为修正主义。被批的作者往往也背上同犯了右倾机会主义错误的思想包袱，心情不舒畅，影响创作积极性。其次，作为文艺批评，对作品主题思想的解剖和艺术技巧的分析都不够深刻细致,甚至还粗暴、牵强附会,不能以理服人。其三,报刊的批评,有的把明知不好的作品拿来发表,然后再批评,这种做法显然是不对的。

4.组织《刘三姐》剧本创作和剧目的会演

1959 年上半年,柳州市文艺工作者从民间传说的素材中,集体创作了《刘三姐》彩调剧本,演出效果良好,成为深受广大干部群众喜闻乐见的舞台剧。为了使它的艺术水平提高一步,为更广泛的各方群众所接受,自治区党委作了全区举行会演的决定,号召各专区各专业和业余文艺团体,根据自身的人力物力和时间等条件,以及本着各个不同剧种,编写出各种不同故事情节的剧目来会演。会演的收获是巨大的。其一,创作了具有相当高的思想水平和艺术水平的剧目,在全国产生广泛而良好的影响;其二,进一步证明加强党对文艺工作的领导,就能产生政治与艺术结合得较好的作品;其三,证实普及与提高,专业与业余,专家与群众相结合,同样能在文艺创作上发生良好效果;其四,为文艺创作树立了民族化、地方化、群众化的榜样。

当然,在组织这次创作和会演的过程中,某些地区和某些文化部门采取大搞群众运动的方式,不惜代价,耗费人财力较多,而且春节过后的春耕大忙时季,仍运用一定人力从事这活动,不能说不是一个缺点。其次,以一个剧目作为全区性大会演,各剧种便本着自身的艺术形式来编写,产生各不相同的剧本,也许就题材来说,表现形式是体现了“百花齐放”的精神,但在相当一个时期,各地文艺团体集中力量只搞一个戏的创作,势必会相对影响与放松对其他题材的创作,以及其他剧目的整理和演出。其三,在总结这项工作时,对成功方面的评价作了充分肯定是正确的,可是在具体做法上,某些地区、某些文化部门过多调动劳力和耗费物资,对群众集体创作存在片面观点等问题,没有给予必要指出,多少影响以后有的同志组织创作时,不考虑剧作者对题材的熟悉情况,不问采用什么样的艺术形式,就硬搬《刘三姐》的创作经验,认为只有这样才是唯一获得成功的捷径。这就难免“削足适履”,将文艺创作约束在一个框框里,影响了多种多样的创作活动。

二、对几个问题的意见

从几年来广西文艺工作的情况看，主要问题是我们对“百花齐放，百家争鸣”的方针领会得不深不透，对这一繁荣社会主义文化事业的根本政策缺乏全面理解，有的同志片面地把它当作仅仅是同资产阶级思想作斗争的手段。因而对文艺工作的领导，往往着重强调政治思想，忽视艺术规律。对组织创作，采取不适当方法，脱离实际；对文艺批评，存在简单、粗暴的现象；等等。这些缺点，都足以妨碍文艺工作者的积极性、创造性的充分发挥，也影响艺术水平的提高。

现在，为了我们的文艺工作在与资本主义意识形态的斗争中能胜利完成任务，为了能创作出更多更好的作品，以社会主义、共产主义的精神教育人民，鼓舞人民的劳动热情和革命热情，丰富人民的文化生活，满足人民多方面的需要，必须更好地贯彻执行党和毛泽东同志所制定的社会主义建设总路线和文艺方针，进一步加强党内和党外作家艺术家的团结，充分调动一切积极因素，必须认真总结经验，发扬成绩，克服缺点，改进工作，必须重视存在问题，要求文艺队伍的领导骨干，通过学习讨论，批评与自我批评，逐步将问题解决。

存在的问题，各地区，各部门单位的情况未尽相同，有的这个问题多一些，有的那个问题比较突出，但总的来说，不外乎就是以下三个方面问题，现把它提出来，与大家一起研究解决。

1.政治与艺术

政治思想是艺术的灵魂。二十年前毛主席的讲话，教导全党懂得文艺是阶级的意识形态，是思想斗争的武器。二十年来，经过同资产阶级各种各样文艺思想进行一系列斗争，加深了我们的认识，锻炼了我们的队伍。正因为这样，使我们一部分同志，一接触这工作，警惕性特别高，唯恐被俘虏，唯恐出毒草，政治的尺度掌握比较紧，这是必要的，这样才保证了我们社会主义文艺能健康发展，取得光辉成就。但抓住了政治思想这一面，并不意味着我们能对艺术规律这一面可以放松。目前，我们的文艺工作就存在着对艺术规律重视不足的问题，具体表现在：

其一,对待作品的要求上。衡量一件作品好坏,往往满足于政治内容正确,忽视艺术质量。评论一出戏的作用,但求其理智上有教育意义,不讲究在感情上应起感化人的艺术魅力如何。这样的思想指导下,对待写历史题材和演出某些传统剧目是否合情合理,人物形象能否站立起来,是否符合历史真实和生活真实,往往被忽视。这情况,不论报刊上的评论文章,还是在口头清谈和议论时,都相当流行。桂剧《金田起义》的讨论,小说《中秋节》的批评,就出现过类似的问题。

其实,文艺之所以为文艺,就是它必须具备自己独特的面貌。它是通过艺术形象——人物,故事,从情绪上去感染读者和观众。政治灵魂是深藏在艺术形象的机体内的。所谓"意在言外",或者是"醉翁之意不在酒"。《孔乙己》表面上没有一句抱怨社会的话,但是,它在读者心灵里却埋下一团怒火,深感封建制度令人窒息,不得不"呐喊"。政治思想必须适合艺术形式,才可能发挥作用。这点,前人的例子是举不胜举的。凡是真正起艺术效果的,必须是政治思想结合艺术规律。

其二,对题材的选择。第一,题材范围。强调工农兵阶级斗争和生活斗争的东西作为写作的主要方向,是必要的。也符合我们时代精神。问题是,有相当一部分同志把主要性理解为唯一性了,而且就是工农兵生活,也仍然既是有正面的政治斗争,同时又有生活的侧面,有集体事业,也有个人命运,总之,丰富多彩,令人眼花缭乱。但是,我们把它看得太单纯了,不是开会就是生产,不是打仗就是学习,结果,只有政治的集体的一面,见不到生活里个人的另一面,作品就难免单调枯燥,正面的东西若没有侧面的烘托,人物面貌也就平板,活不起来。第二,题材大小。重大题材不论是革命历史的,还是当前斗争的,都是千万群众所关心的,它本身就富有强烈的政治意义,提倡写这方面的题材,是应当的。但是,要使这些题材能起相应的艺术作用,必须要有适合于表现的艺术形式和技巧。可惜的是,有些同志以为,只要题材本身富有政治意义就够了。"文以人传",就算作品写不好,也可以完成任务。显然,这个理解是片面的。从古今中外的作品来考察,作品所起的作用,不完全在于题材的大小,通常的情形倒是在于艺术加工的粗细。《西厢记》《阿 Q 正传》题材并不重大,《罗亭》也只是写了一个俄国普通知识分子的生涯,《哈姆雷特》虽然反映宫廷生活,但也只写丹麦王子为父报仇的“私生活”,这些,不但不妨碍作品的宣传教育作用,甚至成为名篇,流传千古,为历代人民所传诵。第三,政治事件与个人命运问题。在社会主义社会,广大人民走上了政治舞台,从原来狭小的家庭走到广阔的社会上,生活幅员扩大了,开会、学习、生产、工作,无一不具政治内容。文艺作品,正面地表现这些事件,是很自然的。只是,人除了政治生活之外,必须有个人生活的天地,而且只有在个人生活的小天地里,往往才能见到人的性格中的另一面。所以只满足于政治事件的叙述,而忽略了个人生活的描绘,是不全面的。再就是,文艺作品总免不了写人。文学就是人学,这是文艺的特点之一,即使写政治事件,也不能不牵连到个人命运。因为事件是由人所作所为的,事件的成败利钝必然与个人生死荣辱的命运有关,因而必会引起人物情绪的波澜。《屈原》是爱国爱民的典范,但是,剧作者并没有去着眼于政治事件的得失功过,相反的,倒是从侧面写屈原个人命运,以照见当时的政治面目。道理在于文艺是人与人之间的感情共鸣,不通过个人命运的悲喜,就无从发生作用。如果单求政治事件的叙述,那是历史学家的工作,与作家无关。

2.任务与创作

其一,文艺必须为政治服务,因为它是上层建筑,必须为基础服务,这是古今中外没有例外的。但是,它服务于或者配合于政治,是拐弯绕圈子的,与新闻、通讯不同。记者以迅速地、如实地记录当前发生的事件为能事。作家却从现实生活当中,选择最能代表一定社会意义的人物,加以艺术概括,刻画出典型环境中的典型性格,那通常是要等到事态澄清以后,才能观察得深刻,分辨出是非真伪。故事尽管是过去了,并不影响主题思想预言未来的远景。

其二,配合当前政治中心。文艺作品有各种各样形式,有的能够迅速反映现实生活斗争和革命斗争,如短诗、散文、特写、活报剧、小演唱、曲艺等,是比较适合迅速表现运动当中的事态的。应当善于分别对待。不同的形式提出不同的要求,“杀鸡焉用牛刀”。工具使用不当,反而失掉它的作用。鲁迅先生就深知这个道理,所以某些政治内容的题材,只能用杂文来表现,不去硬编成小说。

其三,文艺作品是感情的产物,作者的抒情。所谓"一切作品都是作家的自传","文如其人",不能带有丝毫的勉强。善于领导者,为了作品能完成一定的政治任务,必须让作家事先有丰富的生活体会,或掌握大量的资料,有了感性知识,然后进入创作。不然,硬性指派任务,强迫作者去歌颂这个人或诅咒那个人,那正是犹如封建时代的父母,强迫儿女盲婚,结果如何,是不难预料的。

其四,文艺创作过程,是精神生产,与其他物质生产不一样,不能签订合同,按期提货,按规格验收。创作是感情流露,作者应有舒畅、活泼、饱满的心情,要有从容不迫的时间,允许他有"思想和幻想,形式和内容的广阔天地"(列宁语)。同时,写较大的作品,一本小说,一部戏,犹如要造一间大屋,必须准备充足的砖瓦木料一样,非得有相当时间去积累生活资料,否则是办不到的。

其五,文艺创作方式主要是个人活动,集体力量只能起辅助作用。要重视集体创作,集体讨论,但不能因此排斥个人的独创。

其六,文艺创作干部所担负的政治任务,应该是通过他们创作实践来实现。因此,他的钻研业务,提高技巧,应当得到鼓励。我们要鼓励有专长,发挥专长,培养专长,把"专"和"白"联系起来看是错误的。

3.领导与群众

其一,党的领导,政治挂帅,不容动摇,只许加强不能削弱。领导,包括团结和斗争两方面。原则要坚持,方式要灵活,目的是要领导广大文艺队伍走到社会主义文艺的轨道上来,发挥每个成员,为社会主义建设和共产主义的明天,贡献个人的才智。领导与统治根本不同点在于前者是同群众一道,领着大家共同前进,后者则骑在人民头上,作威作福,成了孤家寡人。既然要做官,又不想要兵,岂不是成了小丑一样的滑稽?一定要改善文艺队伍中的官兵关系。

其二,一般说,对群众一方面要全面照顾,一视同仁,但是,另一方面必须看到,人的才能有高低差别,修养有深浅不同,在一视同仁的原则下,应当区别对待,照顾特殊。伯乐善于识别千里马,领导者要学习伯乐,必须善于选拔人才。在培养干部上,平均主义是妨碍积极性发挥的,也会埋没人才。树不起榜样,没有标兵,队伍就没有奋斗的目标。特殊照顾包括物质和精神两方面。

其三,改进党群关系。队伍要健全,党就是核心。党员在群众中不能特殊,高人一头。党员之所以为党员,就是他比群众觉悟更高,应当比别人多做事,多贡献,多牺牲,不能比别人有特别的权利。为了使党的事业建设得更好更快,必须有更多觉悟更高的人参加到党的队伍来。有的人受条件限制不能成为党员,也要团结他,帮助他,使他们的才能对人民的事业发挥作用。

其四,对文艺干部的思想提高,必须通过学习艺术实践,采用批评教育与自觉自愿相结合的方式,避免简单粗暴压服的态度。属于不同的艺术观点,应当通过“百家争鸣”的方式来解决,废弃扣帽子、插标签的做法。

其五,领导作风的改进,必须加强学习,尊重客观实际,懂得艺术规律,克服主观片面。学习要学马列主义毛主席的著作,要学文艺理论,弄通“双百”方针,掌握《文艺工作十条》精神,认真总结部门单位的工作。

我们要争取两三年的休整期间,狠抓艺术质量,在农业生产过关的同时,我们的文艺生产也要过关。争取创作更多更好的作品,满足广大人民对文化生活的要求。

1961 年 8 月 21 日

解放思想，加强团结，繁荣社会主义文艺

——在自治区文学艺术工作者第三次代表大会上的报告

（摘要）

我们自治区文学艺术工作者第三次代表大会是在举国上下，同心同德，为实现四个现代化而奋斗的大好形势下召开的。回顾三十年的历史，我们经历了社会主义革命和建设各个不同阶段的斗争，我们的革命文艺事业大大发展了，我们的队伍更加壮大了，文艺工作者在政治思想上，在创作水平上都得到很大的锻炼和提高，在创作劳动方面取得了不少的成就。这是我们首先要肯定的。

回顾三十年历程

三年来，经过拨乱反正，清除流毒，解放思想，贯彻“双百”方针，扭转了“文革”十年所造成的严重混乱局面，出现了新气象，取得了可喜的成果。

党的三中全会提出了解放思想、开动脑筋、实事求是、团结一致向前看的方针，强调落实党的各项政策、平反冤案、假案、错案。去年四月，区党委组织部、

宣传部、区文化局和区文联筹备组联合召开全区文艺界落实党的知识分子政策座谈会，加快了全区文艺界落实政策工作的步伐。同年五月，在区文联全体委员扩大会议上，赵茂勋同志代表区党委宣布了区文联及各协分会正式恢复工作活动；宣布过去对《刘三姐》等八个作品的批判是错误的，撤销区党委和区革委会过去发出的关于批判《刘三姐》等作品的决定，对这些作品公开给予平反。

一九七八年三月，区党委批准成立区文联恢复活动筹备小组时，给我们的任务有三条：一、对原有组织状况进行调查了解；二、发展新会员；三、结合开展业务活动。在这期间，我们分别召开了一系列的座谈会、调查会、讨论会，抓了文艺创作、文艺评论；组织部分作家到北海、防城新港、大化水电站和革命老根据地进行了参观访问。一九七八年还举办了全区短篇小说评奖和自治区成立二十周年美术作品评选活动。在对越自卫反击战中，我们组织文学、音乐、美术工作者参加中国文联组织的作家、艺术家访问团到前线体验生活，访问战斗英雄和民兵模范人物，先后写出一批报告文学、诗歌、美术、歌曲等反映自卫反击取得重大胜利的作品。我们还调整了《广西文艺》《广西美术》两个刊物的编辑工作，把《广西文艺》由双月刊改为月刊，《广西美术》由季刊改为双月刊。在发展新会员方面，各协会都分别吸收了一批新会员。文化大革命前，各协分会会员是 591 人，现在已达到 1645 人。

三年来，我区的文艺创作都取得了可喜的成绩。其中，短篇小说有《彩云归》《豆子事件》《捕蛇者的后代》《桂花飘香的时候》《杜鹃啼血》，以及《一天》等六篇获得一九七八年优秀短篇小说奖的作品；长篇小说有《瀑布》(第一部)和《云飞嶂》等；诗歌有组诗《刻在板仓山上》，诗集《山欢水笑》；民间文学方面有长诗《蛇郎》及《布伯的故事》等；这期间电影创作显得特别活跃，先后在各地发表或拍摄的电影剧本共有十几部，包括《拔哥的故事》《甜蜜的事业》《乳燕飞》等；戏剧创作有桂剧《闯王司法》《儿女亲事》《太平军》，壮剧《梅峰岭》，话剧《我为什么死了》，歌剧《竹笛》等。在美术创作方面，为庆祝自治区成立二十周年和建国三十周年举行的两次画展和《对越自卫反击战画展》中的作品，水平都有新的提高，有些参加了全国画展；阿西(毛难族)和张高山两个儿童的画，获得国际儿童绘画的金质奖章。音乐创作，有歌曲《瑶家怀念毛主席》《壮族人民热爱周总理》《泪海》等。摄影方面，桂林山水影展在北京展出受到群众的欢迎。音乐、舞蹈、戏剧的演出技巧方面，也以新的水平出现在观众面前。区杂技团出国访问非洲七个国家演出，得到好评。整理改编民族民间文学作品和编写各个少数民族文学概况的工作，也正在积极组织力量进行。在活跃文艺创作、培养业余作者、满足文艺爱好者的要求等方面，广西日报《花山》文艺副刊和各地、市、县定期的或不定期的文艺刊物也发挥了一定的作用，如南宁市的《邕江》、玉林专区的《金田》等都办得很有生气。

三年来，文艺工作虽然取得了一定的成果，但也还存在着某些问题，主要是思想还不够解放，余悸还没有完全消除。反映在创作上，刻画新人的形象还不那么鲜明突出，发挥文艺评论推动和指导创作的作用方面也不够有力；在文艺思想方面不同意见充分展开争论不够，民主空气还不那么活跃；从领导方面来说，按艺术规律办事，还缺乏经验，因而在一定程度上影响作品的产生和作者的成长，需要我们努力改进。

对我区解放后十七年的文艺工作，区党委在去年五月召开的区文联全体委员扩大会议上，已给予肯定的评价。文联、各协会在毛泽东文艺思想的指引下，团结和组织作家、艺术家以及广大文艺工作者，做了不少工作，成绩是主要的。广大文艺工作者努力学习马列主义、毛泽东思想，积极参加党的各项中心工作，深入生活，改造思想，创作了各种文艺作品。其中，反映革命历史题材方面的有话剧《红河赤卫队》，反映清匪反霸斗争的有长篇小说《山村复仇记》，反映土地改革的有长篇小说《美丽的南方》，反映社会主义革命和社会主义建设的生活斗争的有影片《苗家儿女》，话剧《朝阳》，歌曲《壮人永跟毛泽东》《好个日头好个天》和不少美术作品。对民族民间文艺也作了大量的发掘整理、研究工作。在民族民间文艺的基础上，创编了闻名中外的歌舞剧《刘三姐》和较有影响的长诗《百鸟衣》，以及叙事长诗《大苗山交响曲》等等。在戏曲改革方面也作过大量的工作，出现了一些较好的剧目，如桂剧《拾玉镯》《西厢记》，粤剧《还珠记》，邕剧《杨八姐搬兵》，壮剧《宝葫芦》，舞蹈《瑶族婚礼舞》《拉木歌》等。这些具有地方色彩和民族特点的作品，以生动的艺术形象和绚丽的画面，描绘了我区各族人民灿烂多姿的生活，对陶冶人民的革命情操，鼓舞人民在三大革命实践中的斗志,团结和教育人民,打击和消灭敌人,起到了良好的作用。

解放初期,我们广西的文学艺术工作基础是比较薄弱的。此后文联和各协会,在区党委直接领导下,做了大量的工作,文学艺术事业得到蓬勃发展,形成了一支包括各个文艺部门的,专业和业余的,老、中、青结合的多民族的革命文艺队伍。广大文艺工作者和文艺干部,在毛泽东文艺思想的哺育下,为社会主义文艺事业辛勤劳动,作出了积极的贡献。

回顾过去,有成功的经验,也有值得改进的缺点和错误:

如解放初期,我们发动、组织文艺工作者投入清匪反霸、土地改革等革命运动,在深入工农兵斗争生活中锻炼、培养、组织队伍,促进创作,这是不容否认的,是遵循毛泽东文艺路线前进的。但当时也出现过某些不正常的现象,如一九五三年进行的文艺整风,本来是为了改进领导工作,提高创作思想的,但在批评某些作品时,产生了通过脱离具体作品的思想内容和艺术技巧的分析,而牵强附会的去对作者政治历史问题进行追究的偏向。这就不免放松了对创作思想问题的探讨,使创作的积极性受到挫伤。

一九五七年的反右斗争,又错误地批判了一些正确或基本正确的文艺观点和一些好的和比较好的作品,伤害了一批文艺工作者,使“百花齐放,百家争鸣”方针带来的生气勃勃的景象,受到了很大的打击。一九五八年出现的浮夸风、共产风也影响到文艺界,说大话、说空话被认为是浪漫主义,“左”的倾向进一步抬头。一九六一年,为了配合反右倾的政治运动,全国文艺界提出批判文艺作品的“不良倾向”。我们也不加分析,盲目地照搬照套,也找出本地区若干所谓“不良倾向”的作品来批。在批判会上不是实事求是地去分析作品的正误优劣,以提高认识、端正态度、改进工作,而是采取了简单粗暴的打棍子办法。这一次虽然有别于一九五七年的反右斗争,没有给作者什么组织处理,但也不免使作者受了委屈,在创作思想上造成了混乱。在一九六二年五月的一次文艺工作座谈会上,组织上曾作过纠正,对作者表示道歉。但是,没有在报刊发表文章消除错误影响,是有缺点的。

继续贯彻双百方针

实践证明："百花齐放，百家争鸣"的方针，是繁荣我国社会主义文化事业的根本方针。贯彻这个方针，首先要解放思想，坚持实践是检验真理的唯一标准，坚持群众路线，通过"放"和"争"来发展社会主义的文艺事业。

当前，文艺工作为了赶上四个现代化的步伐，为满足广大人民群众的文化生活需要，就得遵循党的三中全会制定的方针、路线，本着邓小平同志代表党中央和国务院对全国第四次文代会的《祝辞》的精神，要继续贯彻"百花齐放，百家争鸣"的方针，从理论上深入批判林彪、"四人帮"炮制的《纪要》，肃清流毒。为了解放思想，繁荣创作，对下面三个方面的问题需要提高认识。这里我谈一些不成熟的意见，供大家讨论。

其一，文艺与政治的关系。从文艺发展史看，每个时代、每个阶级都要求文学艺术符合于本阶级的利益和道德标准。无产阶级文艺，应该具有鲜明的倾向性。文艺家在认识和反映生活的时候，应该努力以马克思主义的世界观作指导。在当前这个历史时期内，文艺首先要为实现四个现代化作出应有的贡献。

然而，文艺毕竟是一种特殊观念形态，有它自己的规律。文艺作品通过形象，通过形象思维才能把思想表现出来。政治思想只能寓于艺术形象之中。把文艺理解为政策图解、标语口号，显然只能导致文艺走入歧途——粗制滥造出公式化、概念化的东西。毛泽东同志《在延安文艺座谈会上的讲话》中就说过："缺乏艺术性的艺术品，无论政治上怎样进步，也是没有力量的。因此，我们既反对政治观点错误的艺术品，也反对只有正确的政治观点而没有艺术力量的所谓'标语口号式的倾向'。"接着还说："马克思主义只能包括而不能代替文艺创作中的现实主义。"可见，片面强调为政治服务，对文艺创作是不利的。但是，如果认为文艺可以脱离政治，作家写作可以不考虑政治影响和社会效果，那也是错误的。文艺工作者在进行创作的时候，从选择题材到开掘主题，都要考虑到是否对人民有利，对四化有利，对当前安定团结的政治局面有利。

应当看到，有些文艺形式，如曲艺、漫画、报告文学、活报剧等等，都是可以而且能够迅速反映当前生活斗争内容的，不应一概否认配合政治宣传的作用。

培养社会主义的新人，提高人民的精神境界，满足人民日益增长的文化生活的需要，这是社会主义文艺的目的，也是它的政治任务。这就要求我们从各方面反映当代伟大历史性转变中人民的生活和斗争，塑造出站在时代前列的人物形象，反映新长征的壮丽图景。同时也应当反映老一辈无产阶级革命家和无数先烈的英雄业绩，用革命传统教育人民，激励人们进行新的长征。文学创作主要写人的命运。既写英雄人物，也可以写其他各种各样人物，包括中间状态的、落后的和反动的人物。凡是一切有助于鼓舞人民前进，培养人们的共产主义情操和带给人们健康的艺术享受的作品，都应该受到应有的重视和鼓励。创作题材、表现手法和艺术形式要丰富多彩，多种多样，不应加以限制和规定，以免束缚作者的手脚。

其二，文艺与生活的关系。文艺与生活的关系，是文艺理论和文艺创作中的一个基本问题，本来在马克思主义经典著作中，早已解决了的。社会生活是文艺的唯一源泉，文艺创作必须真实地再现生活，然而，反映出来的生活却可以而且应当比普通的实际生活更高、更强烈、更有集中性、更典型、更理想，因此就更带普遍性。

可是，“四人帮”炮制的《纪要》却把文艺必须反映生活的真实这样一个基本常识，诬蔑为“黑八论”之一。“四人帮”被粉碎以后，突破了题材禁区，不少作者敢于面对现实，将自己所熟悉的、切身体会的生活真实，通过艺术加工、概括提炼，创作了许多有血有肉的艺术形象，这些长自生活土壤的花朵，无疑感染着读者。然而，也有这么一些人，他们看到人家的作品获得了成功，因而心有戚戚，仿造的货色逐渐涌上文坛。这种只是停留或满足于追求题材方面的突破，而忽视生活的真实体会，忽视艺术上和思想上的提高的毛病如不克服，必将使文艺创作陷于雷同化、公式化的泥坑。

文艺和生活的关系也存在着辩证的统一的问题。“作为观念形态的文艺作品，都是一定的社会生活在人类头脑中的反映的产物。”但是，文艺作品不是生活现象的简单的复制品。生活的真实不等于艺术的真实。前者之变成后者，当中必须经过选择、加工、提炼的过程。正如鲁迅所说，文艺作品所反映的生活是“未必曾有的实事，而必须会有的实情”。文艺创作，少不了虚构和夸张，只有虚构和夸张才能使文艺作品典型化和更富于形象性。

生活与艺术两者的关系怎样求得统一？这里，还需要强调作者要写自己熟悉的、体会到的生活。在过去的相当长的年代里，由于片面强调写工农兵，使一些作者不敢写自己熟悉的生活，因为他所熟悉的人也许是搞科学的，也许是医生，也许是学生和教师，也许是演员、作家……总之，都不是工农兵，所以不敢动笔。有的人虽然勉为其难的去编造了一些自己既生疏又缺乏兴趣的人物和故事。但作者自己不感兴趣的东西，是不可能感染读者的。代人哭丧和无病呻吟一样，都不会令人动心。

当前，我们的生活正在进入一个新的历史时期。邓小平同志说过：“对实现四个现代化是有利还是有害，应当成为衡量一切工作的最根本的是非标准。”大力反映我们伟大时代的生活，激励人民同心同德，为实现四个现代化而斗争，这是我们社会主义文艺创作的历史使命。我们提倡文艺创作大力的去表现实现四个现代化的斗争。新的生活、新的思想、新的精神都需要我们去进行深入的探索。战线广阔，生活丰富，作家完全可以从不同的侧面、不同的角度，去表现既丰富又广阔的生活斗争。每个时代都有那个时代值得歌颂的新事物，同时也不免会有必须鞭挞的丑恶现象。社会主义的文艺家必须清醒地注视现实生活中各种矛盾的产生和发展，善于发现新生事物，也勇于揭露阻碍我们前进的东西。勇于实践，勇于探索；敢于提出新问题，敢于试图去解决新问题。不要怕失败，失败了可以总结提高。

其三，批评与创作的关系。批评对创作来说，主要应该是促进、爱护、扶植和助长其发展的，对不完善的作品，指出其毛病缺点，也仍然是为了提起注意，引以为戒。至于那些反动的——宣传封建迷信，鼓吹资本主义腐朽、堕落的东西，是对人们精神生活的腐蚀剂，须要严肃批判，不能含糊。但是，不管是对好的作品还是有缺点错误的作品，都应本着实事求是的精神加以评论，以理服人，切忌主观臆断，强词夺理。文艺评论中那种牵强附会、断章取义，甚至动辄诬人于“恶毒攻击”“丑化社会主义”之词，再不要使用了。批评一件作品，应该从其全篇的思想倾向和全文的艺术效果来作全面的衡量。要看其歌颂什么,批判什么,是否与四化建设的利益相一致。我们并不主张作家艺术家将生活中的丑恶不加选择地上书、入画,这种有闻必录,或者见树不见林的创作自由思想,与列宁主张的“保证有个人创造性个人爱好的广阔天地,有思想和幻想,形式和内容的广阔天地”是两回事。

评论一位作家,必须看其全人,看其创作的全部,看他一贯的创作思想倾向,照顾到他创作的全过程及其作品产生的时代背景。不应因文废人,也不应因人废文。

文艺批评应区别于法律的判决和组织的结论,前者是属于学术讨论范畴,是非问题允许在辩论中求得澄清。有批评也应允许反批评,要贯彻民主精神。批评不等于禁令,对写作提出的号召,不应看作行政上的规定,更不应看作法律。

创作和评论,本来是对立的统一,创作没有评论作指导,它的提高和发展将会迷失方向。但是如果把批评变成棍子,扼杀了创作的生机,批评也就没了工作的对象。

批评还有对读者和观众负有社会责任的一面。它应当帮助读者或观众正确地对待文艺作品,提高人们的欣赏水平,教导人们认识作品的社会意义,使文艺作品真正发挥应有的作用。

文艺创作是一种细致而复杂的创造性劳动,是一种探索性的追求,应该允许犯错误。通过对错误的批评,使作者得到提高和改正。不能因为一个作品写坏了,从此便剥夺了作者写作的权利。

要搞好文艺评论,促进文艺创作,必须认真实行“三不主义”,不抓辫子,不扣帽子,不打棍子。评论作品,要分析其思想倾向的正误,同时,必须讲究其艺术技巧的高低。离开作品的具体形象去空谈政治思想内容,也不是实事求是的科学态度,对繁荣创作和发展文艺评论都不利。文艺评论工作者要善于发现新问题,敢于支持新生事物,做好社会主义文艺的园丁。

努力为四化做出贡献

为了繁荣文艺创作,更好地为实现四个现代化服务,有几件事情是我们必须认真抓好的。

第一,建立和健全相应的组织。在党委领导下,各地区可根据实际情况和条件设立专门机构,积极联系和组织本地区文艺工作者,组织创作活动,研究文艺理论,开展文艺批评,繁荣社会主义文艺。

第二,积极培养队伍。老一辈的文学艺术家长期从事文学艺术的创作、评论、翻译、教学、表导演和组织领导等工作,积累了丰富的经验,是我们党在文艺方面的宝贵财富。我们要尊重这些老同志,珍惜他们长期实践的成果和经验。希望这些老同志发挥“老骥伏枥,志在千里”的精神,对青年文艺工作者发挥“传、帮、带”的作用,为繁荣党的文艺事业作出更多贡献。

扶植新生力量培养接班人的工作,是一项紧迫的战略任务。专业文艺团体,都要把培养文学艺术的年青一代,作为经常性的重要工作来做。在培养创作队伍方面,文联各协会要对专业和业余的文艺工作者进行适当的安排,采取各种措施,为文艺工作者进行创作、研究、学习和深入生活提供必要的条件。比如设立创作基金,举办定期的业余作者的创作讲习会,组织观摩和交流,举办优秀作品或艺术表演的评奖活动,以及办好刊物等等。

第三,努力学习,加强基本功锻炼和艺术修养。文艺作品能不能搞上去的另一个重要条件,取决于文艺工作者本身的努力。因而要求:

(一)作为文艺工作者必须学好理论,掌握马列主义、毛泽东思想的基本原则。毛泽东思想过去是现在也仍然是我们的指导方针。我们应该遵循实践是检验真理的唯一标准,重新学习和研究毛泽东同志有关文艺问题的论著,考察、探索和解决当前文艺实践中所出现的新情况和新问题,克服由于“四人帮”制造现代迷信所造成的教条主义倾向,做到完整地、准确地理解和运用毛泽东思想的科学体系。

（二）鼓励文艺工作者特别是年轻一辈的作者深入到当前社会主义现代化建设的火热生活中去，努力与广大群众相结合。

（三）钻研业务，学习本领。文艺创作是形象思维的产物，除了要有正确的主题外，还要在艺术上感染人、吸引人。只有感染人、吸引人才能教育人。为此，文艺工作者必须努力提高思想水平和文化艺术素养，提高艺术表现能力和写作技巧。要在继承和借鉴两个方面补课，要学习中国和世界的历史和文学遗产，也要学习国际政治、经济和现代科学的知识。在文艺界，必须提倡好学深思、勤学苦练的风气。

（四）艺术贵在创新。文艺工作者要敢于标新立异，敢于突破旧的或别人的框框，说出群众想说而没有说出来的心里话。我们时代的生活那么丰富，生活中矛盾和斗争那么复杂、曲折，文艺表现手法和艺术形式那么多种多样，然而我们的一些作品却往往比较肤浅和单调，希望大家在创新上多下工夫，不断提高作品的思想水平和艺术水平。

第四，搞好团结，调动积极因素。“文革”十年的干扰和破坏，造成文艺界分裂的现象是十分严重的。这一派与那一派的隔阂，作家艺术家和批评家的矛盾，领导者与群众之间的分歧，个人与个人之间的恩怨等不正常的现象，如果不能很好解决，必然会影响到我们事业的进展。当前，巩固和发展安定团结的政治局面，是全党、全国各族人民的共同愿望，是实现四个现代化的需要。每一个文艺工作者都要识大体，顾大局，坚决排除一切不利于安定团结的因素，带头做维护安定团结的促进派！

同志们，我们坚决在党的三中全会和五届二次人大会议和全国第四次文代大会的精神指引下，在区党委的直接领导下，团结起来，在各自的岗位上辛勤劳动，做出更大的成绩，迎来社会主义文艺的春天！

载《广西日报》1980 年 2 月 8 日

提高认识，紧密团结在党的周围

——在党内文艺骨干学习会上的发言

紧密团结在党的周围是个极其严肃的政治问题。作为党的文艺工作者，我感到有必要在三个方面提高我们的认识。

坚持党的信念

人不能没有信仰。人要是没有信仰，他的精神生活就失去支柱；对每个党员来说，党的信念薄弱，就很难做到同党保持一致。加强党的信念，在当前来说就是如何正确地看待我们党的错误问题。建国以来，我们党领导人民进行革命和建设，取得许多重大胜利，这是大家都清楚的。例如推倒压在中国人民头上的三座大山，建立了中华人民共和国。建国后，在经济上完成了三大改造，消灭了人剥削人的制度，工农业建设方面打下了基础；卫星上了天，国防工业有长足发展；在政治、外交上也有许多重大成就，和一百多个国家建立了外交关系。但也不可讳言，在前进中也犯了严重错误，特别是在十年“文化大革命”中，我们国家的经济面临崩溃，人民的生活得不到应有的改善与提高。我们对党所犯的错误，应怎么看？应该实事求是地看，看主流，看本质。尽管党犯了这么大的错误，但和取得的成就比较起来，错误还是第二位的。而且，党对自己的错误自觉地进行了批评和自我批评，坚持了真理，改正了自己的错误。粉碎“四人帮”以后，特别是十一届三中全会以来，对错误，一不回避，二不掩饰，三是采取坚决措施，拨乱反正。纠正了上亿人的冤假错案；颁发了促进农业生产的两个文件；最近中央工作会议又决定了国民经济进一步调整的方针，开始扭转被动局面。这说明我们的党是一个伟大的党，大有希望的党，是能够从错误领导转为正确领导的党。但是，有少数人却不这么看，片面地看到我们党犯过错误，看到部分党员还有一些缺点（例如官僚主义、特殊化等）就对党产生怀疑，对党的领导失去信心。前些时候曾经有所谓“信仰危机”。这种看法无疑是一种主观的错觉。在中国，除了我们的党以外，再无第二种政治力量能够领导全国人民走向胜利，这是历史已经证明了的。我们应当相信党，特别是相信三中全会后强调集体领导的党中央，我们应当随时听党的召唤，紧密团结在党的周围。坚决贯彻三中全会的路线、方针和政策。

要正确理解“双百”方针、思想解放和创作自由。这是常常遇到的问题。有的人认为“双百”方针和坚持四个原则是矛盾的。其实，二者是统一的。作家写什么，怎么写，应该允许有充分的自由。但这种自由不是绝对的。作为党员来说，创作是受党性所约束，为党的纪律所制约的。党性和人民性是一致的。创作“自由”，只能是党的利益、人民利益所允许下的自由。列宁曾经在和克拉拉·蔡特金的谈话中说：“每一位艺术家，任何承认自己是艺术家的人，都有权利根据自己的理想自由地、不以任何事物为转移地进行创作。但是，要知道我们是共产党员，我们不能袖手旁观而让混乱任意发展下去，我们必须有计划地领导这一进程而取得成绩。”

要自觉地在贯彻执行党中央的路线、方针、政策以及在党风建设中起模范带头作用，把党性贯彻于自己的行动，体现在各人的艺术劳动上，对于任何企图削弱、摆脱、取消或反对党的领导的倾向，敢于理直气壮地表明自己的态度，敢于进行批评教育和必要的斗争。对于党员作家来说，还应当自觉地遵循党性原则，创作出具有强烈时代精神、鼓舞人民奋发向上、积极的好作品来。

加强责任感

有的同志认为强调责任感,强调注意社会效果,会束缚人的创作积极性和创造性,有的甚至认为是“棍子”,这都是十分片面的,错误的。

责任问题,是客观存在的东西。不管你是否意识到或是否承认,做任何工作都有一个责任问题。理发师理发要对顾客负责,医生诊病开方要对病人负责,同样,作家、艺术家的作品、节目也要对读者、观众负责。作品、节目的社会效果也是客观存在的。作品、节目一经和读者、观众见面,就会产生效果,不是好的积极的效果,就是不好的消极效果。作为作者对待这个问题不能草率从事,千万要严肃、慎重。有的作品使人对党的领导、对社会主义制度的信念发生动摇,社会效果就不好嘛!别人提出要注意一下怎么不行呢?不能说一提社会效果不好,就是一根棍子。当然,把社会上发生的坏现象都归咎于文艺的那种片面说法也是不对的。但是又不能忽视文艺作品对人们的思想感情起潜移默化的感染作用。暴露黑暗以衬托光明不成问题,问题是分寸要掌握好,主次要分清,不能喧宾夺主。药用过了剂量,疗效就适得其反。如何把社会效果这一条运用到创作实践中去,是一个复杂的问题。要特别慎重。必须以辩证唯物主义和历史唯物主义的观点对待现实生活,不能用唯心主义形而上学的观点对待事物。有些事,生活中是存在的,但不能有闻必录,新闻也不能这样。文艺创作特别讲究要选择,因为它必须反映事物的本质。有些作品、节目的社会效果是不能简单地根据票房价值、掌声来衡量的。也不能根据部分群众一时好恶来决定作品社会效果的好坏。列宁说:“不能说有组织的群众反映就是真理,例如许多群众相信上帝,怎能说上帝是真理?”现在农村的道公巫婆很吃得开,就不能认为迷信有它的群众基础而让其泛滥。我们是共产党员,应当把革命责任感和社会效果统一起来,文艺工作者是做改造人的灵魂,做教化人、帮助人、教育人的工作的,我们时刻都不可忘记这一点。我们的作家、文艺家应当为人民不断提供高质量的富于鼓舞力量的精神食粮,在人民处于困难的时刻给他们照亮前进的道路,用自己的作品净化人们的灵魂,使人们振奋民族精神,思想变得高尚一些,信心更坚定一些,勇气更足一些,在党的路线指引下同心同德地去战胜困难。在人民生活中新与旧、光明与黑暗的斗争是经常发生的,我们应该满腔热情地歌颂新事物,歌颂光明;揭露、鞭笞黑暗腐朽的东西,鼓舞人们战胜邪恶,不断地发展新事物,不断地扩大光明面,从而推动历史前进。青少年是祖国的希望,是我们社会主义事业的接班人,我们要特别关心他们的成长,要为他们提供最美好的养料,鼓舞他们热爱党、热爱社会主义祖国,树立为四化献身的宏图大志。绝不能把低级庸俗、颓废堕落的精神食粮送给他们,那样做,是最大的过失,无异于犯罪。

胡耀邦同志在剧本创作会议上的讲话中,要求我们的文艺是“反映我们国家、人民的精神火光,同时又作为精神的灯火,引导九亿多人民有更高的精神境界,更高的理想,更高的革命品质、风格,推动我们的历史前进”。这是时代的要求,人民的希望,也是革命文艺工作者的崇高使命。我希望并愿和同志们一道,以高度责任感履行这一使命。努力反映我们的时代,反映四化创业者,创作出一批具有广西民族地区特色的、有益于人民的好作品,让文艺发出炽热的时代精神火花!

重视学习

世界观对于文艺创作的重要意义是大家都清楚的,但近来提得少了。有些人对改造世界观,转变立场——把脚跟移过来的观念淡薄了。

世界观对文艺创作是否起指导作用?文艺界要不要继续提改造世界观(或是思想改造)?我以为回答应该是肯定的。现在不是有同志提出讨论社会主义文艺要不要写暴露的问题吗?我看问题不在于能不能暴露,而是在于怎么暴露。这里关键是世界观,看你用什么观点、态度去评价生活,反映生活中的阴暗面。比如,写“文化大革命”,你是通过揭露生活中的阴暗面来帮助人民总结经验,振奋民族精神,鼓舞人们去克服、战胜丑恶腐朽的东西呢,还是生编硬造一些凄凄惨惨、鲜血淋漓以至腐朽淫秽的情节,使人绝望、失去斗志,对社会主义产生怀疑呢?显然,作者立场不同,世界观不同,思想水平不同,责任感不同,表现在作品的主题思想就不一样。这已为大量事实所证明了的。作者的世界观越先进,他对生活的观察越深刻,理想越崇高,塑造的人物就越具有典型性,越有教育意义。文艺工作者改造世界观是必要的,这不仅只是为了认识、评价生活,指导创作,而且从自己的职责上看,也是十分必要的。文艺家是教育者,是做改造人的工作的。毛泽东同志说，教育者必先受教育，你不先接受教育，改变自己的思想，使自己的主观世界符合客观，你就无法去担负教育别人的任务。

怎么改造我们的世界观？途径还是毛主席过去讲的两条：

一、学习社会。深入到人民群众的火热斗争生活中去，和人民群众打成一片，拜工农兵为师，老老实实、恭恭敬敬地学，学习他们的好思想、好品德、好作风。现在，一些悲悲戚戚、惊险怪异、才子佳人的东西，又成了新的雷同化，原因之一是作者生活空虚，对人情世态所见不多、不深，生活贫乏，只好仿造，面壁虚构。

二、学习马列主义，包括学习毛泽东思想。马列主义是最先进的世界观，是共产党认识世界改造世界的最锐利的思想武器。我们应该用这个武器来武装自己的思想，改造自己的思想。过去一段时间，由于林彪、“四人帮”对马列主义歪曲、篡改，严重败坏了马列主义的声誉。现在，在有些人看来，马列主义似乎是不那么灵了，不那么入时了。我们作为共产党人，就要旗帜鲜明，坚信马列主义，要努力恢复马列主义的声誉。马列主义文艺理论是马列主义唯物史观在文学上的具体运用。在文艺如何反映生活，文艺与人民群众、与无产阶级的关系，文艺的继承与革新的关系等重大问题上，马列主义的科学论述至今仍然具有深刻的指导意义。

周扬同志在一个报告中说，马列主义文艺理论不仅是指马克思、列宁的文艺理论，从总体来说，毛主席《在延安文艺座谈会上的讲话》都应包括在内。我是赞同这个看法的。马列主义是我们党的世界观，也应当是我们每个共产党员的世界观。我们对马列主义的信仰是不能动摇的，我们应当学习，自觉地运用马列主义的立场、观点和方法来指导我们的文艺工作。文学创作的雷同化，固然是与生活贫乏有关，但是，有了生活体验的人也不一定就能写出作品。原因的另一面就是缺乏马克思主义的显微镜和望远镜作分析。希望我们的文艺工作者重视这两方面的学习，把它运用到工作中去，使我们的事业取得更大发展，获得更丰富的成果！

载《广西日报》1981年4月9日

谈文艺上的两个问题

——在自治区党校对宣传干部讲话

一、认识——对待文艺工作的态度

文艺工作需要重视,不可等闲视之。列宁于 1905 年在《党的组织与党的文学》里,明确指出文学工作是革命机器的螺丝钉。毛主席讲党有两支队伍,一文一武,肯定了"五四"以来,在历次革命运动中文学艺术所起的作用。在第四届全国文代会上,邓小平同志认为文艺是有成绩的部门之一;胡耀邦同志出席文艺茶话会引用鲁迅先生 1925 年讲的话:文艺是国民精神所发的火光,同时也是引导国民精神前途的灯火。这些都显示了文艺在党的思想意识形态领域中,是一块相当重要的阵地,其地位是不可替代的。

因为它属意识形态范畴,对人的精神生活起潜移默化作用。斯大林认为作家是人类灵魂的工程师,也就是进行社会教育的教员。作品是生活的教科书——教人认识生活,改造世界的道理。歌颂真、善、美,鞭笞假、恶、丑。二十年代大革命时期,革命者中不少人是读蒋光慈的《少年漂泊者》走上革命道路——到黄埔去的。三十年代广大青年男女“到延安去”之所以形成一股洪流，就是受进步文艺作品影响，对蒋介石的统治思想发生动摇，对社会现实不满，产生失望，继而接受“抗大”校歌、《延安颂》的召唤，投奔革命的。

二战时，希特勒准备打进莫斯科的头天晚上，特意放映俄罗斯音乐家格林卡的传记片，企图笼络人心，动摇、瓦解苏联人民的战斗意志，用文艺征服俄罗斯民族。

当然，文艺作品影响人的行为和社会风气，并不等同于特效药物，能马上药到病除、立竿见影，彻底将社会积弊清除干净。它起的作用是间接曲折的，需长期潜移默化。虽然也有小孩看了小说会去找神仙；看了《飞刀华》电影，学着玩小刀练飞刀，但那毕竟是少数。人的社会实践是由多方因素促成的。假如蒋介石统治的旧社会不那么腐败、黑暗，让人感到窒息和精神上的痛苦，逼得大多数人无路可走，而产生对光明自由的向往，一支《延安颂》，一支“抗大”校歌就不至于引发成千上万的青年投奔延安去了。如果没有林彪、江青造成的十年浩劫，《骗子》那样的戏和“伤痕”文学就不会引起社会共鸣。

二、领导——为何要改善领导

文艺工作要反对放任自流，又要避免抓得太死。矛盾统一，两者必须善于辩证运用。

不采取行政命令，不等于放弃领导。

文艺是沟通人们思想感情的媒介，它的群众性特别强，个人爱好不能完全划一，应允许其有广阔、自由的选择空间。作品的好坏、美丑，群众一般自会选择。领导的职责，要善于引导，不宜强加于人。过去旧社会父母包办的婚姻，结果大都不美满。但是作为父母，对儿女的终身大事，又不能不操心。矛盾如何统一，这一辩证法则就要有所讲究。

邓小平同志代表党中央在第四次全国文代会上的《祝词》指出：对作家在“写什么和怎么写”的问题上，不要横加干涉。但是，你在作品里到底要宣传什么——是歌颂社会主义优越性，还是批判资本主义的不合理；是说明大公无私、集体精神的积极作用，还是迷恋自私自利、个人主义、无政府主义的消极情绪；是引导人们向往美好、光明的共产主义未来，还是让人回过头去，欣赏腐败的封建骷髅。总之，方针政策、思想倾向还是要管的。至于题材，不管你是写古代还是写现代的生活；是塑造工农形象还是描写知识分子典型；是控诉十年浩劫的封建法西斯残余势力还是歌唱社会主义四化建设的光明前景；这都无可厚非，不必作允许或限制这种那种的硬性规定。立场观点不对头的话，即使是四化建设的生活也可能被歪曲，写出令人颓废消极的作品。如果立场观点正确，写十年浩劫、官僚主义，同样可以写出令人鼓舞、积极向前看、增强信心的作品。人民内部永远存在矛盾，不怕反映阴暗面。“四人帮”是敌人钻了革命的空子，官僚主义也不是革命的产物，显而易见那都是封建残余。邓小平同志说过一句深刻的话：“四人帮”所作所为并不代表我党的本质，粉碎它说明我党认识了它的反动性，并得到广大人民支持，最终取得了胜利。而敌人却要给他们发青天白日勋章！可见他们的罪恶并非共产党、社会主义本身的弊病。为什么怕给社会主义抹黑呢？

对待作品，凡是反党反社会主义和诲淫诲盗的，就要反对和禁止。如果说仅在某些情节上有毛病，问题并不那么明显露骨，有些问题我们一时又拿不准，就可以放手让群众去展开自由讨论，让读者与观众去选择。应相信群众的多数，文艺批评不等于禁止。笔墨官司是无须作判决的。

我们主张创作的主要任务是写四化建设，但不等于规定。群众的精神需求、欣赏口味各人各样，所以要提倡百花齐放。有人喜欢兰花，有人喜欢梅花，有人喜欢仙人掌。

我们说的把关不等于控制。领导，应当包含积极引导前进，促进发展以求繁荣，不应当是消极的堵塞、控制、扼杀，使其枯萎，打压更加不对。思想工作最忌压服。

又管又不管，辩证的统一。有些事只有不管才能管好，样样都管，管得太细，结果，该管的就没管好。

电影有文化部审查发行，地方大可放手！

一些有问题的戏，不妨通过有关团体组织讨论，写文章进行引导。与其抓本子不如抓人头。

掌管文艺的行政领导干部，应当是内行的，思想、业务过得硬的人去管，党委部门通过一些群众团体当助手，信任他们，具体作品由他们去管，免得自己陷于被动。这样一来，表面看似不管，实际通过别人去管。如果一出戏一个作品，都要点头表态，那就束缚了自己的手脚。事实上你没空去看去读它。

文艺不等同于新闻通讯，必须反映具体实际生活。作品内容即使反映本地区本单位某些类似事实，不等于写的就真的是那么回事，完全不必把它揽到自己身上。

1980年11月28日

广西壮族自治区文学艺术工作者第四次代表大会开幕词

各位代表、各位同志：

广西壮族自治区文学艺术界第四次代表大会，现在正式开幕。

出席大会的正式代表总共是754人，其中有三四十年代的老作家、艺术家，有建国后五十年代的中年作家、艺术家，还有相当一部分八十年代年轻一辈的新秀，11个兄弟民族也都有各自的作家、艺术家代表参加来了。济济一堂，这是自治区文艺界的一次盛大的欢聚。我代表主席团向代表们表示欢迎！

出席今天开幕式的有自治区党委的领导和自治区各部门各单位的负责人以及来宾。我们表示热烈欢迎和衷心感谢。

同志们，这次大会是在全国人民正在学习领会和贯彻执行中央十二届六中全会决议的时候召开的。大会中心议程是：回顾从第三次文代会以来，对六年间的工作做个总结，学习领会中央关于精神文明建设的指导方针，联系实际情况，提出今后振兴广西文学艺术事业的设想；修改会章，选举新的领导班子，以及动员文艺工作者，掌握新时代社会主义的精神武器，深入新时期改革的现实生活,进一步繁荣广西各民族的文艺事业,为促进社会主义精神文明的发展而奋斗。

自从1980年1月第三次文代会至今,6年过去了。6年多来,我们广西文学艺术各方面或多或少都取得了可观的成就,事业有了相当的发展;在组织上,协会分会机构,由原来的8个增加到11个;各协分会会员,由原来的1645人,增加到3813人,其中属于全国协会会员的,有538人。在创作上,一批优秀的文学和艺术的著作和节目,在国内外都产生了一定的影响,获得了各方面的好评,有的还得了奖。在人才成长方面,也涌现了一批新人,他们在全国美术界、文学界和电影、戏曲界都产生了影响。这表明我们广西文艺界是有人才的,而且大家都是努力的、有成就的,应当给予足够的评价;对未来的发展前途,对攀登文艺高峰,我们完全有理由树立坚定的信心。

当然,固步自封,正如妄自菲薄一样,都不是我们应有的态度。面对急剧变化的时代要求,我们自身存在的差距,还是不能忽视的。我们的作品和节目,在很多方面同日益发展的改革和开放的步调还未能十分合拍,同各族人民群众日益增长的精神生活的需要,还不那么令人满足。

摆在我们面前的课题,就是要求百尺竿头,更进一步,在已达到的水平上,提高、再提高。要依照精神文明建设指导方针的要求,认真找出自身的弱点,吸取经验,把握时代精神的脉搏,沿着历史发展的方向,高举社会主义文艺的旗帜,抵制形形色色的资本主义浪潮的干扰,认真而切实地深入各族人民的现实生活,创作出一批无愧于新时代而具有鲜明的民族特点的优秀作品,开拓广西文学艺术事业的新局面。

为了使我们工作适应新形势的要求,大会还有这样的议题:一、讨论修改自治区文联章程,二、改选文联和直属各个协会分会的领导班子。这样,在规章上和组织领导上就有了保证。

新陈代谢是自然发展的规律。年长的同志是我们文学艺术界的前辈,他们过去在组织领导岗位上,曾做了大量的工作,在学术上和创作上也有所建树,拥有崇高的社会威望,很值得敬重。但毕竟年事渐高,若再继续从事领导工作,难免力不从心,也不符合领导班子年轻化的要求;何况眼看年轻一辈已逐渐成长起来了,从中物色年富力强、有能力有干劲的出来接班,带动前进,使事业更有朝气,看来这时机已经成熟了。让我们大会好好地来完成达一庄严的历史使命吧。

最后,希望大家在新时期的历史重任面前,加强团结,一心一德,发扬开拓创新的精神,畅所欲言,把这次大会,开成一次团结、和谐、胜利的大会,开成一次振兴广西文学艺术事业的大会,使我们的文艺事业有一个更大的飞跃,为社会主义精神文明建设做出我们积极的贡献!

祝大会圆满成功,祝代表们身体健康!

1986 年 12 月

中国作家协会广西分会第三次会员代表大会开幕词

代表们、同志们：

中国作家协会广西分会第三次会员代表大会现在开幕了。

上一届的会员代表大会，是在1980年元月初召开的，距今已近七年。七年来，我区的文学事业，在党的十一届三中全会精神和十二大路线的指引下，有了空前的发展，文学队伍不断壮大，年轻的作者不断涌现，老、中、青三代作家共同耕耘，开创了与时代同步的、万紫千红的文学局面，引人注目的作品相继出现。长篇小说、中篇小说、短篇小说、长诗、短诗、散文、报告文学、文学评论等等，都取得了前所未有的成绩。我们这次会员代表大会的重要议程之一，就是要全面总结我区七年来文学工作的成绩和经验，同时结合学习《中共中央关于社会主义精神文明建设指导方针的决议》，研究实际情况，明确今后文学工作的任务，进一步调动一切积极因素，团结广大文学工作者，为繁荣我区的文学事业而努力。

这次会员代表大会，还将根据形势的发展，对会章进行必要的修改和选举产生分会第三届理事会,常务理事会以及正、副主席。

同志们、代表们！我国目前正处于伟大的变革时代,全面改革和对外开放给社会主义事业带来强大的活力,这对社会主义文学事业的发展是个巨大的促进。随着社会主义商品经济的发展和社会主义民主政治的完善,人们的思想意识、精神状态发生深刻的变化,同时也对作为精神产品的社会主义文学提出新的更高的要求。能不能适应这种要求,这对我们是一个历史性的考验。我们的作家、诗人、评论家,以及广大文学工作者,应该自觉地接受这种历史性重大考验。为了完成时代赋予文学工作者的光荣使命,我们必须遵照党中央有关文艺工作的方针、政策,认真学习、贯彻十二届六中全会的《决议》,投身到四化建设的沸腾生活中去,学习社会,学习马列主义,学习我们原来不懂的课程,了解创造新生活的人们,同时要扩大我们视野,提高我们的文化艺术素养,加强社会责任感,在创作中精益求精,写出不愧于我们这个伟大时代的作品！

各位代表、同志们！我希望这次会员代表大会将成为我区社会主义文学事业迈进一个崭新阶段的起点！

祝贺大会圆满成功！祝贺各位代表和全区作家创作丰收！

1986年12月8日

在教育阵地插上共产主义的红旗

——从勤工俭学平果现场会议谈起

今年三月,我们在梧州开了第一次勤工俭学现场会议。当时,我们认识到对贯彻党的教育方针是一场革命,要求大家抓紧做好这个工作。但是,无可否认,当时苍梧一中的经验,还是不成熟的。各校所订的生产指标能否达到,思想上还有保留。现在,经过一个学期的实践,证明党的教育方针是正确的,而且取得了辉煌的胜利。党的教育方针是培养共产主义新人全面发展的唯一正确的道路,也是我国教育事业的根本方向。这次会上,各地区各学校介绍的丰富经验充分说明了这一点。最突出最生动的例子就是平果中学的现场。大家参加了师生座谈会,参观了现场,听了黄校长作的报告,都深深地体验到平果中学取得这样成绩最主要的原因是敢想、敢干,走群众路线,全面地贯彻了党的教育方针。我说它"全面",就是它每个工作都紧密地为党的中心工作服务,注意了思想发动;既开展了生产劳动,又结合了教学,具体地执行了"培养有社会主义觉悟,有文化的劳动者"的教育方针。它不但不因为劳动而妨碍教学,影响教育质量,相反,正因为实行勤工俭学,而做到了政治、教育、生产三结合,使课本的理论联系了生产劳动的实际,教育质量得到大大的提高。同学们讲,他们在计算肥料堆的数量当中,懂得了运用三角的定理;在挑担时从要跑步要换肩的劳动技能中,加深了对物理课所学弹性和惯性的理解;在医治秧苗稻热病时,懂得了配"波尔多"溶液浓度的化学公式;在消灭螟虫的行动中,联系了生物学,懂得螟虫的生活史。还在劳动过程接触了新鲜事物,思想活泼,小说、剧本都会写了。事实的确是他们不仅炼出了钢,炼出了轻柴油,收割了谷子,制成了人造棉,更重大的成绩是培养了优秀多面手的人才。这些人的确是如大家所说的,有共产主义觉悟,有文化科学知识,又是很好的劳动者。他们在座谈会上给我们做经验介绍,在晚会上给我们表演精彩的舞蹈、戏剧和音乐。这些同学,绝不是为了应付会议而临时排练出来的表演者。他们的确是从生产实践中深刻地领会和掌握了那些科学知识;同时,又根据劳动中的体会和感触,而写出了诗歌和演唱材料,在晚会上表演了自己创作的《插秧舞》《磨米舞》和《钢铁元帅升帐》等舞蹈和活报剧节目。如果不参加生产实践是不可能创造出那样富于生活气息的作品来的。

从教学设备,教员的教学经验等条件来看,苍梧一中和平果中学并不比别的学校好,甚至是比较差的。但是他们能创造出这样好的成绩来,说明又穷又白,好写很好的文章,好画美丽的图画的真理,说明只要政治挂帅,插上共产主义红旗,就可以取得胜利。现在就谈谈在教育阵地插红旗的问题。

一

旧社会把教员、医生这些人当作"自由职业者",许多人也认为教育工作是超阶级,超政治的。其实,在阶级社会中超阶级是不可能的。我们知道,资产阶级的利益与人民群众的利益是根本矛盾的,资产阶级为了维护本阶级的利益不能不处心积虑地从各方面去欺骗麻醉人民。在教育事业上,他们曾经制造许多谎言,编了各种各样的"学说",说什么教育是少数专家的事情;教育与政治无关;"劳心者治人,劳力者治于人";等等。在这些符咒袈裟的欺骗和掩饰下,其目的是使人们学到的那些知识成为废物,资产阶级就可以安于它的剥削,保持它的统治。如果强调了教育为无产阶级政治服务,教育与生产劳动相结合,人民懂得了革命的道理,有了科学知识,当然不再甘受剥削了,要起来革命,那正如把刀柄交给了人民,资产阶级自己就会完蛋。所以,资产阶级一定要把教育引到脱离政治,脱离实际,这是它的阶级的本能。它也不能不培养一些教授、学者来作标本。比如有这样的一个教授,他不去研究危害人民最大的血吸虫病或疟疾等疾病,而一心去寻找五岁小孩大脑的特殊构造的窍门来写他的博士论文;另一个已经得到了什么博士学位的"学者",给学生讲解剖学,谈起某个国家的少女的乳峰最美,讲得津津有味,对广西的甲状腺肿却没有兴趣;一个中学生物学教员不知道牛的上颚有没有牙齿。但是,就这样一些学者、教授,在旧社会却成了宝贝,历代反动统治者除了豢养这样一批知识分子来麻醉人民以外,在教育制度上还采取一套办法,秦始皇的焚书坑儒干脆就把教育一笔勾销;后来的统治者变了一个手法,采取科举制度来选拔人才,好像是重视教育了,其实是运用更巧妙的办法来麻醉、束缚人民的思想;日本在东北统治十四年,就只训练一些会计、统计、打字员等雇员。资产阶级打着为教育而教育的旗号,本质上是为资产阶级利益服务打掩护的把戏。

我们和它相反,认为教育是上层建筑,它是为一定的阶级服务的。社会主义的教育,是无产阶级斗争的工具。我们的教育方针明确提出:教育要为无产阶级的政治服务,教育要与生产劳动相结合。我们的学校是要培养有社会主义和共产主义觉悟的有文化的劳动者。这是由于我们的新社会就是要消灭人剥削人的制度,消灭脑力劳动与体力劳动的差别,要使知识分子劳动化,劳动人民知识化。为了更好贯彻这一方针,首先必须驳斥"为教育而教育"和"只有专家才能办教育"等形形色色的谬论。只有破除了迷信,思想上得到解放,才能把共产主义教育事业推向前进。

二

对教育为无产阶级政治服务这个根本原则,敢于公开反对的人现在是不多了。问题是把这一方针运用到具体任务的时候,不免有各种不同的理解。比如说,在我国当前的形势下,工人阶级的政治方向和政策方针主要表现在那里?教育工作如何为它服务?这是需要首先弄明白的。总的来说,八大二次会议党中央提出的社会主义建设总路线,无疑是我国工人阶级当前的政治的内容。总路线基本点之一,是"在继续完成经济战线、政治战线和思想战线上的社会主义革命的同时,逐步实现技术革命和文化革命"。我们是搞教育的,文化革命对我们有特殊的意义,是我们责无旁贷的必须担负的历史任务。基本精神是要消灭两个落后:一个是工农群众缺乏文化知识,另一个是知识分子脱离生产实际。文化革命就是要消灭这两个现象,就是要知识分子工农化,工农群众知识化。

当前工农业大跃进的形势更是逼着我们搞教育工作的人,要多快好省地把文化革命的历史任务担负起来。这一任务现在才开始,完成它,还需要长期斗争。党中央《关于在农村建立人民公社问题的决议》上有一段话讲到过渡到共产主义的条件。归纳起来有六条:一是社会产品极大地丰富;二是全体人民的共产主义觉悟和道德质量都极大地提高;三是全民教育普及并且提高;四是工农差别、城乡差别、脑力劳动与体力劳动的差别都逐步地消失;五是资产阶级法权残余的消失;六是国家职能对内已经不起作用。这当中,第二条全体人民的共产主义思想觉悟的提高,和第三条全民教育的普及并且提高,都是教育工作者的艰巨任务,急需我们思想上和行动上跟上去。

其次,必须认识:总路线提出两个革命、三个并举,都是相互联系着的。把它孤立起来,就必然导致错误。比如当前炼钢吧,好像单纯是经济问题,实际上却包含着政治内容。一千零七十万吨钢的任务完成得好坏是直接影响到全国人民利益的问题。没有钢,工农业生产就不可能大跃进;没有钢,就不可能巩固我们的国防,国际和平就没有物质的保证;没有钢,就不可能有共产主义的过渡。一切事情都是互相联系的,孤立看问题就会走到形而上学的泥途。比如说,学校的中心工作问题,过去有人认为学校中心工作是教学,要学校参加党的中心工作,参加社会的政治活动就叫做混乱现象。一个右派分子认为,我们一九五一年把学校停下课来,集中全力剿匪,是把眼睛当作耳朵使用,没有"长远打算"的观点。试想,假如当时我们真照这位有"长远打算"的先生那样做法,关起门来办学，土匪们岂不早就把你的脑袋搬家了吗？那里还有什么眼睛耳朵的问题呢？当时我们把学校暂时停了，但当我们集中力量消灭了匪乱以后，学校却比原来大大地发展了。可见，没有长远打算的正是那些目光如豆、自私自利的资产阶级的先生们。如果说，教育就是关门办学，就是要特殊，就是不过问政治，这是我们所反对的。这不是说要为党的中心工作服务，就不注意各种性质不同的学校的特点加以分别对待，而采取教条主义一般化的做法。比如学校的生产劳动问题，我们主张既为生产劳动而教育，也为教育而生产劳动，两者必须是结合的。就是说，要把教育方针全面贯彻。有人以为教学嘛，总要有块黑板，有个本本，规规矩矩地在教室上课才算数。但是，现实不一定都这样。从前在解放区办学校，有的就没有黑板，没有教室，没有本本，结果，不少的政治、文化、科学各个方面的人才都培养出来了。就说教学是传授知识吧，知识包括两种，一种是生产斗争知识，一种是阶级斗争知识。那么，参加政治斗争和生产劳动就不能说不是学习。有不少的人都承认，参加整风反右斗争，就比在大学政治系所学到的东西还多。但是，人心总是不齐的，勤工俭学以来，我们也听到另外一种叫喊"学校'四不像'了！工厂不像工厂，学校不像学校"，"长此以往，校将不校"了云云。这些叫嚷者并没有想一想：世界上头一间学校，哪里就像现在的学校这种样子呢？现在看来，过去许多老概念都要改变的，学校的概念也不例外。现在，提倡工厂办学校，学校办工厂；学生是工人，工人也是学生。这应该是我国教育事业的总方向，只有这样才可能培养全面发展的共产主义新人，体力劳动与脑力劳动的差别才可能逐步消失。

三

教育为工人阶级的政治服务是一个革命的过程，要真正做得到而且做得好，不是一声号令就能实现的，必须继续完成政治上、思想上的革命。也就是说，要继续开展兴无灭资的斗争。根本问题是要提高一步，进行共产主义思想教育。平果中学的例子：三十五个教师中，起初真正拥护党的教育方针的只有三个人。这就告诉了我们:整风反右以后,资产阶级思想的市场是被夺过来了,但不等于资产阶级的私货完全没有了。因为上下几千年的思想影响,不可能同黑板上的粉笔字一样,一下子可以抹掉的,它总会是这方面隐藏下来,那方面又作冒头。资本主义思想如同铁锈一样,它会慢慢地腐蚀周围一些不坚定的人,必须时常警惕它对我们队伍的侵蚀。正如军队打了胜仗之后,不能麻痹,跟着必须注意打扫战场,拔掉敌人埋下的地雷。平果中学的经验是可贵的。要使教育方针彻底执行,必须政治挂帅,坚决开展两条道路的斗争,这是教育工作必须突破的第一个关口。在教育工作阵地上普遍插红旗,拔白旗,应该是当务之急。平果中学的做法是,不论对同学、对教员都采取说服、辩论的方式,结果,推动了生产劳动,提高了教学质量。办教育和其他革命工作一样,没有政治挂帅,就没有灵魂,工作就不可能取得胜利。整风反右以后,人民群众在工农业生产上,能够创造出那样惊天动地的奇迹,并不是靠什么物质力量刺激得来的,主要是靠政治挂帅,靠破除迷信解放思想,靠树立了共产主义的风格。广西教育质量低,曾经引起各方面不满,过去总找不到根本原因。有的说由于教员水平低,资历不够;有的说,由于教育行政部门对教学改革抓的不好;有的则认为是课程问题。总之,众说纷纭,莫衷一是。今天却明确了,根本原因是在教学思想上,无产阶级的政治没有挂帅。不少的教员是一面白旗,满脑子是资产阶级那一套货色,你叫他怎样能使教学质量提高呢?可是,当他们思想上一旦插上红旗,教学效果就显然不同;平果中学的教员水平在全区来说是比较低的,但学生的成绩,却比条件较好的学校高得多。这例子完全证明政治是灵魂,是一切工作的动力,这一真理,对教育工作更不能是例外。教育工作的政治元帅,不是别的,就是要贯彻教育为工人阶级政治服务,教育与生产劳动相结合。一定要把这一方针写在帅旗上,插在教育工作各个岗位上,共产主义教育事业才能够胜利地展开。

为了使得教育工作真正做到政治挂帅,目前必须掌握两个武器:一个是中共中央、国务院《关于教育工作问题的指示》,一个是陆定一同志的《教育必须与生产劳动相结合》的文章。这是关系到我们国家教育工作根本改革的历史性文件,应该作为教育队伍中人人必读的东西,不能只看一遍就算了,应该照《红旗》

编者的按语,认真组织学习。学习时必须联系学校情况,联系个人思想检查,要批判那些不对头的地方。那些资产阶级遗留给我们的东西,没有什么奇怪,也没有什么可怕,只要今天我们把它认清了,鉴别出来了,就是胜利,就是提高。不检查就不好。人的思想,旧的东西不丢开,新的东西就接受不过来,正如仓库里不加清理,把发霉、生锈的东西搬走,新的货物就放不进去。我们既要新的武装,就必须把旧的盔甲除下来。只有把资产阶级教育思想破除了,跟着才能树立教育为工人阶级政治服务的正确观点。社会主义教育课程要加上人民公社这一课,加进共产主义教育内容。党报的社论、中央的政策文件,都是最好的政治教材。报纸上很多文章就是参考资料。总之,必须树立阶级观点,群众观点,生产观点,劳动观点,辩证唯物主义观点。中央《关于教育工作问题的指示》说了,把政治觉悟放在首要地位,衡量教员、学生的尺寸就是共产主义思想觉悟。因为只有政治觉悟提高了,全面发展的共产主义新人才能培养出来。

载《思想解放》1958 年第 4 期

与柳州羊角山结核病医院青年团谈学习雷锋(提纲)

(1963 年 3 月 19 日)

一、毛主席于 3 月 5 日给《中国青年》杂志的题词向全国人民发出“向雷锋同志学习”号召。近期许多报刊对此都作了详尽的说明,还进一步阐述了学习的意义,以及学习雷锋同志的哪些优良品德。这与前些日子学习《论共产党员的修养》的安排是有联系的。如果“论修养”那是理论的,比较抽象的话,那么“学雷锋”这就是实际的具体的例子,易学好懂。

二、为什么要学雷锋?因为他是真正的无产阶级战士的典范。一个阶级有一个阶级的道德观念——做人的标准。封建社会:忠孝节义、安分守己,那是统治者为维持反动统治,要人们做奴隶供其驱使而制定的道德规范;资产阶级:宣扬个性解放、自由竞争、优胜劣汰、损人利己,仍然是脱不掉人剥削人这样的循环圈子的。因为它们都是建筑在财产私人所有的制度上的。

能不能就照着祖宗传下来的这套观念去做呢?不能,因为它已成为反动的、阻碍社会向前发展的东西。

三、人类社会是一个大集体,人,不论怎样,不能离开社会的存在和生活。

所以,他一定要从属于一个利益相同的集团或阶级。

如果只顾一个小家庭的温饱,未免太渺小了,而且他所属的阶级得不到解放,整个社会发展停滞,他的家庭很难单独侥幸。所以人应该时刻从大局着眼。大的圈子幸福,小的圈子才能得救。整个大片地方没有盗贼,家里才能夜不闭户。大家生产好了,社会治安好了,小鸡才没有人偷。一个国家革命成功了,没有更多的国家胜利,没有全世界的革命成功,自己还是不能巩固的。

人不是老鼠,老鼠只顾眼前,所以鼠目寸光,千万年来仍然是老鼠。人的祖先是猴子,成了今天的人类就不能只为个人自私自利。

四、有人说大道理解决不了小问题。大道理小问题,两者必须统一在正确的、进步的、革命的意义上。小问题应该服从大道理。大道理是放之四海而皆准的马列主义,是真理,是当前革命斗争的利益。如果个个强调、坚持小问题,那只能成了扯后腿。

有人说老实人吃亏。若做老实人就不能高升,不能名利双收。凡事不能从一时的得失、局部的利害来估价,不能光看表面现象而丢开本质。何况为人处世,应该往上看齐,不能往后比。如果是学习、工作,就应该向好样的比,如果是生活、享受,就应该向下面看。

也许有人说,话都好说,困难克服不了;或者说,你们这些高干好讲,小干部难处重重。须知只要革命,谁也不例外。各有各的困难要克服!何况,年纪大的人总是从年纪小逐渐长大的。小时候的跌跤啼哭,大人都经历过。所以古人才说不听老人言,吃亏在眼前。

革命工作,革命队伍,是很实际的斗争,偷巧不得的,也没有私情可言。各人都以对革命的忠诚,努力取得相应的信任。

有人说,样样都好,就是不要再做我这份(医护)工作。假如对上面所讲的观念有了坚定的信念,那做什么工作只不过是作为个人对社会应尽的义务。能做什么,应该让组织去考虑。组织部门是专门来考虑每个人的才能如何发挥以贡献于革命事业的,这点大家放心。各人的工作安排是根据各人所受的教育、锻炼、经验、能力来的。当中有进步快慢,也有个别例外的发展,不能刀切豆腐一样齐。只要一片忠贞,绝不会被埋没。如果每个人都一日三省吾身,扪心自问，哪些地方不如人，就会觉得组织安排是有根据的。不能光看自己的优点，忽视或否认自己的毛病，甚至本质的思想意识的错误。

职业不分高低贵贱，主要是自己尽了心尽了力，起了一定作用，就可心安理得了。革命者应该是乐观的，因为无个人患得患失。患得患失是徒劳的。“桃李不言，下自成蹊。”雷锋并没有打算成名人，结果却永垂不朽。成天只想着自己，终归会被遗忘的。因为他忘记了集体，集体也忘记了他。这也算是“礼尚往来”吧。

有些人成年累月经营个人生活小圈子，把光阴也荒废了，结果小圈子也未建成；有些人一心为集体，集体倒为他安排了幸福的小圈子。因为大圈子好了，小圈子就没有问题了。

电影《女理发师》批判了资产阶级思想作风。理发师丈夫讲了一大套，实际上也没有解决小问题，这人太渺小了。倒是女理发师值得学习。她开头何尝想到要在报上出风头呢？若一开始就想，那倒不一定会将工作做好了。

护士工作、行政工作，都是大机器的螺丝钉。螺丝钉虽小但很重要，没有就不行。旧社会是不合理的，看不起服务工作。新社会已经改变对人的看法。人看人主要看其道德品质——为公忘私，先公后私，积极工作，努力学习，团结群众，批评与自我批评。谁做好谁面上有光，谁做不好谁缺德。

诗词

·第一辑　旧体诗词·

春日怀人

姹紫嫣红迎岁华，翩翩粉蝶竞寻花；
梁郎今日心应醉，不知春思属谁家。

1934 年 2 月南宁

题　壁

如此园林那堪栖，飞罢聊投只待时；
自是翱翔鹤去也，好留残窝待雀归。

1934 年 7 月故乡东门

渡头吟

如愁丝雨送黄昏,渡头欲去倍销魂;
长空失雁知何处,离思缭乱橹声中。

1934 年 8 月舟中

【注】1934 年夏,作者得其在粤军任军官的二哥资助,前往广州读书于途中所作。

望乡二首

日来,闷闷,怀归正炽,无他可消。今夕读放翁诗,吟兴不能抑,遂成两首,聊用寄怀耳。

一

极目乡关云气深,凭栏闲眺苦吟身。
万里飘零愁远道,故乡芳草为谁青。

二

极目西山云气森,危楼凭眺自伶俜。
天海茫茫家何处,望乡谁是断肠人。

1935 年广州

除夕有感

又是残冬一岁除,时光荏苒过如驹;
悔我年华空度岁,欢影惊嗟颇有须。

1935 年 1 月

相怜二首

一

飘零书剑又经年，荏苒韶光意凄然；
献赋无由伤未遇，书生际遇事堪怜。

二

望断鸿书不易来，一来一字一沉哀；
游子飘零君与我，相怜应叹隔天涯。

1935 年广州

客中遇诸兄二首

余求学羊城，家中几位兄长因避兵役，昧然出走，欲随二哥而去，及抵羊城之日，适值相见，亦缘巧也。然相聚一夕，明早即赋鹂歌，感慨系之，乃吟此。

一

异地流离骤相逢，无限情怀不语中；
正欲相与欢此会，恨他别离太匆匆。

二

乍见仍杂事可悲，长亭作别意依依；
此去惟凭魂与梦，关山虽隔得相随。

1935 年 2 月

恼 春

觇念学途,忡忡于怀,每夜半即不能入梦。思至无可如何处,心焦,欲捶胸矣。写书致二哥,告其回家后,代余将婚事解除之。日来心绪弗宁,因吟成一首,聊以寄意焉。

桃红柳绿缀春光,穿花蝴蝶尽日忙。
休说春来多韵事,骚人正因苦萦肠。

1935 年 2 月

思 亲

余近来归思甚炽,思及阿母思及家乡思及自身前途,竟夜不入梦焉。

凭栏凝睇白云飞,慈颜不见恸别离;
何时酬我凌云志,好买瓜舟赋归期。

1935 年 4 月广州

啼 春

韶光匆匆过矣,花落花飞,随春俱去,触景生情,何免有感于怀?因吟成五言一绝,聊以寄恨,亦即余作五言之开端也。

又是春归去,百花零落中。
林莺愁寂寞,声声怨残红。

1935 年江村一师

怀　人

余之与彼者，只相慕相倾之情耳，旧年东下后，曾屡忆之。噩耗飞来，红颜终成千古矣。余心颇为之戚焉。因吟成一首，藉表悼忆之情，但终嫌不达意，今强录之。

传来噩耗倍伤情，何乃苍苍劫我卿；
黄土从此埋艳骨，天涯惟剩断肠人。

1935年5月

怀天村弟

余每于无聊中，时时惠及往昔，而使莫大之伤痕者，为素称知心之天村弟也。其天性，堪称聪慧，少余二岁，自初小而至师所，皆砚窗与共也，时人多呼余与君为兄弟矣。余每于交游，非君不快也。惜苍天不吊，遽夺天年，当师所将行毕业之一月，遂一病不起，药石无灵，呜呼，衰草黄土，终埋幽魂。君之长逝迄今悠悠三年，但余每于梦中交游如昔。醒余，辄悲之不置。今特成一首以排遣悲怀。

幽冥隔绝思怆然，苍苍何不假天年？
思到相逢无奈处，只凭梦里忆从前。

1935年5月

雨　夜

日来望跋弟来信，未见甚怅。料想伊今时当彷徨焉也？

梦断三更睡不成，撼窗愁煞风雨声；
几度伤怀悲人世，檐流伴与泪同倾。

1935年5月江村广东一师

题吴跋肖像

一样当年道貌身，低徊身世百感生；
顾影何如强颜笑，此心知诉与谁人。

1935年7月南宁

今　宵

同房诸友，均相出外散步，游玩江村高唐。然秋日苦短，刹间暮矣。月色成阴，余等均甚不思归意，盖今晚乃放假之前夕，且灯机已损，乃无上课故也。由是遂相告曰，吾辈今夕且品茗而归以消此夜，乃登杏花村之楼。归途步行，月光遍地，可望数里，余颇感今夕他日之思，因吟出一首以志此会。

凄清月色夜转凉，醉罢江村笑语还；
说到不常离合事，他年记取今夕欢。

1935年10月9日

元旦书怀题日记部

人生如梦复如烟，荏苒华韶又一年。
爪影欲留凭何计？惟将事绩印青编。

1936 年 1 月

暑期回家杂感

去年暑期回家，见同辈的姑娘们个个已成贤妻良母，引起我物换星移，沧桑世态之感。当时碌碌心事，不暇吟之，今日补缀。

万里遨游倦且归，故时风物已全非；
李白桃红随春尽，忍看绿叶不胜愁。

1936 年 1 月 25 日

题曼哥肖像

戎马倥偬十年秋，河山铜驼倍添愁；
三十功名尘与土，许国无家空白头。

1936 年羊城

【注】 曼哥，陈曼夫，作者的二哥，曾在国民革命军粤系部队里任中校团附。

前　夜

沙场浴血战，悬崖断敌魂；
把剑闻鸡舞，雪耻急如焚。

1937年7月卢沟桥事变前夕

粤归过邕遇亮潮三首

一、乍见

乍见犹疑幽梦中，仳离客地叹飞蓬；
且喜今宵共剪烛，何愁明日又西东。

二、合照

此去参商见应难，与君且尽今夕欢；
人世流年如夫逝，好留爪影托青山。

三、分手

一抹夕阳欲暮时，河梁分手意依依；
惆怅前程多歧路，他年重聚卜何期？

1937年8月南宁抗战前夕

闺　怨

阵阵狂风惊梦频，默默独对一灯青；

铅华难掩愁容泪，雁声岂送夜归人。

1937年10月南乡中心小学

【注】同名诗最初见于1935年5月24日所作："雷雨声声惊梦频，默默独对一灯青。容光减却当年态，儿夫犹是未归人。"作者在该诗后题曰："余年来，因循蹉跎，愧无长进。东下后，数易其校，然犹未得永寄之所，不啻有薄命女郎遇人不淑之怨叹也。因是藉题抒怀，聊以自遣。"

难　忘

——致"抗大"同学蒙圣瑞

知音自古世间稀，延水逢君恨晚迟；
最是平生难忘事，蟠龙旷远畅怀时。

1938年冬

【注】蒙圣瑞，广西宾阳人。作者与之在"抗大"相识，彼此习相近，话投机，遂成至交。作者于晚上课余复习之时，诌成了四句七言，作为相识一场的纪念。

渔家傲·本溪过处

天涯过客惊奇丽，
银涛浩瀚望天低，
粉装树树腊梅枝。
此何处？
人道钢都属本溪。

一见自许平生志，
倥偬戎马去何疾！
相对无言难为意。
音书至，

烽火河山人千里。

1945年冬·海龙

踏　雪

把酒酬知己，风轻雪挂枝；
寒梅无觅处，春色奈何迟。

1946年1月吉林海龙

【注】1946年，因国民党军步步进逼，中共东北局几经辗转向北撤至梅河口，《东北日报》随驻海龙。作者与同事在工作之余雪中散步有感。

何　处

又是蛙声遍地喧，月光如故映阶前；
十年往事频入梦，何处天涯寄素笺。

1961年4月自治区干部疗养院

【注】当年自治区干部疗养院地处南宁市郊，晚上听到野外蛙声阵阵，使作者忆起十年前在邕宁农村参加土改时的往事及故人。

海龙旧事

风停雪霁夜青青，云自飘飞月自明。
人去书中肖像在，燕归梁上旧巢倾。
东肆把杯人共醉，西窗剪烛泪空零。
莫道红颜多薄命，幸得相知恨也平。

1962年柳州羊角山

和国强同志新年重逢之作

樑屋月色见经年，南北相思梦如烟。
疾风乃觉秋草劲，烈火方知金石坚。
起舞挥戈悲长夜，筹谋跃进为明天。
少年意气今犹是，万里长征共着鞭。

1963 年 2 月

附　王国强《新年重逢感怀》

烽火天涯忆当年，黑夜迢迢罩狼烟。
风雨共舟知柏劲，敌忾同仇见心坚。
解放凯歌震瀚海，马列红旗挥九天。
滨海相聚逢新岁，为国前程共策鞭。

【注】王国强，1935 年至 1937 年与作者是广东省第一师范学校同学。时任中共广东省湛江市委书记。

京华遇旧

谈笑当年志飞扬，相逢顿觉鬓发霜。
无定河滩容信步，松花江冻结愁肠。
东篱迷蝶寻春过，西风失雁怯高翔。
漫道无成空抱负，还将馀意赋华章。

1963 年 4 月北京

【注】1963 年 4 月中共中央宣传部在北京召开文艺工作会议。作者在京见到沙英、井岩盾、严蒙、李纳、林蓝等老朋友，回想在东北工作的日子，有感而发。

自问二首

一

摇落年华岁不与，拿云心事意何如？
一滴不枯流入海，人生苦短一长诗。

二

岁月蹉跎四十余，心怀宇宙叹微躯；
一滴不枯惟入海，十年瞬息见藏书。

1964 年南宁

无 缘

一纸飞来惊别梦，依稀犹见雪泥踪。
无缘漫道天涯隔，南北相思一脉通。

1965 年 1 月北京

一 声

一声呼唤梦惊回，归雁孤鸣倍觉哀。
欲面无由寻旧迹，泪流终夜盼归来。

1965 年清明·靖西

桂林二首

一、芦笛岩

水满平畴江满堤，绿茵处处听秧鸡。
游客川流花争树，芦笛洞外正春时。

二、漓江

明净漓江落翠微，晨妆临镜浴朝晖。
水自长流山自在，智仁到此乐忘归。

1965 年 11 月桂林

相思令·湖边

风儿轻，
月儿明，
微风吹皱湖波声，
婆娑树摇影。

寻足印，
觅知音，
堤边闪烁飞流萤，
无奈不见人。

1966 年 3 月桂林

冰 雹

——1966年6月南宁记事

霹雳一声天地崩，何来夜半排山洪。
村前乌桕逐狂浪，屋后青松啸疾风。
茅舍倾圮仍有础，渡船漂泊已无篷。
雨里老夫迎风立，翘首凝睇望旭东。

【注】1966年6月15日，针对小说《故人》的第一篇批判文章见报，拉开了广西“文革”的大幕。《故人》系作者的作品之一。此诗表明作者当时的心情。

送儿女务农

万紫千红迎岁华，相宜年少学庄稼；
知识应从劳动得，力争贡献众人家。

1969年2月武鸣

【注】1968年12月，毛主席发出知识青年上山下乡的号召，全国掀起知青上山下乡大潮。作者的两个孩子应召头一批到农村插队，此作意在鼓励孩子学会在艰苦环境中成长。

武鸣行

卅年旧地喜重游，明园花树已萧秋。
城廓失踪平新道，荧灯如昼映高楼。
招来远客灵源暖，望去囱林烟云浮。
众志终将天地变，城乡无界遍神州。

1969年10月武鸣

【注】1938年作者曾在武鸣从事农贷工作数月，到过周边的许多圩镇村落。30年后又因故在此地做数年居留，有感于此地的沧桑变化。

春梦二首

一

一场春梦觉已迟，信誓长如两辫丝；
吟成欲寄柔肠断，心绉难平事事非。

二

一场春梦觉已迟，落花逐逝柳依依；
春归景色难为再，鹧鸪声里送斜晖。

1970 年武鸣

乡　情

冬至小寒数九天，望岁心焦正愁钱。
老父编筐纳租税，儿孙剥豆换油盐。
穷愁岁月枉回顾，兴旺山村乐前瞻。
喜报频传乡关讯，思归入梦却闻鹃。

1970 年腊月武鸣

登　楼

千日灵源汩朝朝，几回梦见邕江桥？
折桂不须吴刚斧，登楼却叹乡关遥。

1971 年武鸣

【注】“文革”中作者被关在武鸣壮校内的“自治区干部学习班”三年多，一直不能回到近在咫尺的南宁家中探望，只好将思念家人之情及有家难回的慨叹寄于诗中。

行吟村畔三首

一

踯躅村前溪，猪犬矢堪拾；
但求车满载，那管两脚泥。

二

春从客中过，知暖雁北还；
窗前花争树，镜里鬓如霜。

三

家书久不至，不眠觉夜长；
春风乍寒暖，儿女可安康？

1971年武鸣

感 遇

1966年浩劫初起，小说《故人》为"大革命"进军之牺牲，作者顿成"三反分子"，并在1969年底被禁闭于武鸣壮校之学习班接受审查与"劳改"。1971年春某日，于"劳改"时田头扯秧，竟有一插队女青年敢于藐视禁忌，四处打听《故人》作者，谋求一面以表敬仰，叫人哭笑不得。事后吟此诗以寄慨。

曾经风雨传春讯，代谢因时花已零。
幸有童真怜洁白，穷乡遍觅种梅人。

1971年清明·武鸣皇后大队

羊角山

柳州羊角山盛产柚子，霜降后，果皮变黄，味清甜。1962 年养病该地，一护士长因读《故人》受感动，特意捧来金黄柚子两只慰问作者。不料 1966 年风暴袭来，《故人》首当其冲，引起讨伐。该读者百思不解，精神顿失常态。事后闻之，不胜浩叹。

羊角山前柚子黄，严冬春暖不落霜；
炎凉世态因时变，痴心儿女枉思量。

1973 年南宁

踏莎行·延安回忆

宝塔山青，
延河水秀，
当年曾记一株柳。
促膝围炉避冬寒，
几回梦断桥儿沟。

低徊沉吟，
“年轻时候”，
韶光不再水长流。
安得身轻若春燕，
一年一度到杭州。

1973 年南宁

哈尔滨抒怀

素裹银装雪夜天，如花树挂忆年华。
叶红初识怜年少，全昭着意悔悭缘。
两地牵怀人易老，三生离恨海难填。
生涯有限情长在，欲报知音却无言。

1974年南宁

自　嘲

自古文章憎命达，从来骚宦不一家。
桑榆寂寞思冯异，留得清名对噪鸦。

1978年南宁

悼毛主席

惊闻天外响冬雷，柱折神州倾国哀。
赤子捶胸悲失父，心随梦幻望醒来。

挽周总理

霹雳一声天地崩，倾盆雨泪作山洪。
尽瘁鞠躬怀诸葛，握发吐哺念周公。
无意赤诚酬知已，难为忘我世可风。
遗骨仍嘱肥大地，点缀江山万代红。

甘棠渡

——悼青年作家曾海君

拂面尘砂风满天，成荫树树忆华年；
古渡难寻人去后，甘棠桥上望囱烟。

1978 年南宁

七十有感

烛灭应怜蜡未尽，何如藕断寸丝心；
顾我索求唯真善，无鱼方悟至水清。

1988 年 11 月 18 日南宁

过柳州

1989 年 6 月 27 日夜，龙城万家灯火，偕同市长郑久灿、报社总编陈明贵以及作家柯天国等，登临柳州宾馆 30 层之旋转舞台，乘兴吟成。

回肠江流今犹在，虹吞两岸不须舟；
千里已无遮眼树，一览南天有高楼。

1989 年

哭画家雷德祖

画家英年早逝。因病未便趋前告别，情不能已。吟成七言四句，以表哀思。

烛灭应怜蜡未尽，迎风蛛网系情真；
何如摧折皆木秀，丹青遗世见平生。

1991 年南宁

故乡行吟二首

一

半世浮生一日还，故园景物尽沧桑；
夕阳不见牛归路，圩上穿梭过车忙。

1994 年元月

二

少离故土老登临，满山瓜果处处金；
后生可畏今胜昔，脱贫均富歌升平。

2000 年 11 月 28 日

致谢

扶绥县委、县府柬邀在邕乡土人士于 1995 年元月 12 日出席迎春茶会，欢聚桂香楼共商家乡改革、开发、建设大计。自顾老病缠身，将难应邀趋前奉陪，谨作芜词以表谢忱。

如归幸会满邕城，筹谋应兴一片心；
群策群力添砖瓦，温饱犹须众扶贫。

1995 年 1 月 9 日

偶　吟

烛残燃未尽，藕断丝丝情；
索求唯真善，无鱼水至清。

题《龙明诗词选》

初识翩翩可畏郎，重逢忽见鬓飞霜；
沧桑世事人生梦，尽付歌诗千百行。

和韦优

九夷边地一童真，世事沧桑善与人；
北地新云叶红梦，南天旧雨故人魂。
众女淫喙憎命达，蛾眉淡扫本色身；
雪霁风停天时变，寒梅欺霜年年春。

1998 年 3 月 30 日

附　韦优《读〈陆地传〉》

九夷瘴地出才珍，万死余生炼玉魂；
北国新云千节梦，南方美丽四时春。
杰身得道鞭扬马，俊骨逢灾指弹尘；

雪霁风停歌舞夜，脸红到底是何人？

【注】读者韦优，时任广西民政干校校长。

题扶绥金鸡岩诗

落日含山欲暮时，梦觉苍茫故园思。
盛世甘露落满地，小康发展宜良机。

病中吟四首

一

人生易老病缠身，江滨来去多故人；
闲聊认同医护好，如归宾至一家亲。

1998 年 5 月 1 日

二

一池红菱落朝霞，江滨宜病复宜家；
医护德心金不换，回春妙手技无涯。

1999 年 12 月 20 日

三

绿荷红莲染满塘，白氏杏林处处香；
医护爱心成雨露，老树凋伤得复康。

2000 年 4 月

四

绿荷满塘点点红，求恩传人信可风；

老病来安康乐寿，医护年轻立新功。

2000年6月

童　言

诧讶皇帝不着衣，童言无忌傻笑奇。
文革悲剧开场戏，过街老鼠人人欺。

耄耋绝唱

卢沟枪声起狂澜，同仇景仰宝塔山。
以笔作枪驱日寇，抒情言志颂新邦。
无奈左风摧木秀，那堪秦火竞焚坑。
情真难圆千般梦，一生不死寸心丹。

2000年9月9日

百　年

瞬息百年事，书生一代诗；
知音悲绝唱，挂剑愧情痴。

2002年春分

病院闲话

朵朵杜鹃开满园，杏林颐养说新年；

燕归檐下来相认，旧识飘零事事迁。

2003 年 5 月江滨医院

《陆地自传》序曲

一

百年惟瞬息，长生不老诗；
知音言外意，挂剑待子期。

二

自古文章憎命达，应怜骚宦不一家。
向善若水倾注海，崇真求是渴思茶。

2004 年寒露

翻检"自传"偶得

沙里淘金认起初，如骚亦宦借名乎。
喧哗一去东流水，入海滔滔信不枯。

2007 年 8 月 21 日

耄耋唱晚

流年水逝时难再，夜色深沉旧事浮。
木秀于林惹风暴，江河入海绝尘污。
讷言逢场羞为戏，笔畅词章块垒纾。
回望平生云过眼，谁听尔汝话当初。

2007 年 9 月 19 日

落日二首

一

落日含山噪暮鸦，途穷过客觅人家；
浮沉世事登台戏，真善行吟美始佳。

二

夕照林梢迟暮鸦，天涯客影染残霞；
人生在世尝甘苦，善美情真可作茶。

《矗山暮影》题诗二首

一

蹉跎岁月去如梭，为善与人相谐和。
言真由衷童无忌，唯美曲谱一生歌。
俯仰天地心不愧，知足意满可常乐。

2009 年元宵

二

流年似水逝不回，青春如风吹不归。
百年岁月忽瞬息，一心信奉终亦始。
老病重危心犹壮，少壮蹉跎情误伤。
此生求索美真善，言行同一大过天。

2010 年元旦

·第二辑　新体诗·

给母亲的诗信

五儿啊,回来吧!
可怜,可怜;
盼儿迟归害了眼瞎。

妈! 等着吧,
别为儿过多牵挂,
小儿总会回家。

等着吧,再等一下,
等儿拿到了火把,
好打回老家,

好照明黑夜沉沉的大地，
好好照亮妈的眼睛。

1937 年清明于广东省立第一师范学校

初　雪

哪里是梦？
分明人已醒来。
奇怪，
一夜之间
变了个世界。
山岭、平原、道路……
直至天涯，
铺天盖地蒙上了一袭棉花胎。
满目皑皑，
柳林、榆树，
株株成了挂霜的腊梅。
雪，
你这北国的公主，
煞是可爱。
腐朽、肮脏
一切的一切，
全都在你洁白、素净的
长裙下掩埋。
你可是真理的化身呵，
谬论、邪说、曲解，
在你脚下都将是

飞不起的尘埃。

1938 年 11 月蟠龙

【注】1938 年 11 月 18 日，作者在延安蟠龙“抗大”第七大队第三中队学习时，天降大雪，一夜之间厚雪把路和门都封住了。过去一直生活在南方的作者，头一回见到如此的大雪奇观，于是写出了这样的几行诗句。

篝　火

——在抗大纪念“一二·九”三周年晚会上

麦秆，
蒿草，
木头，
树枝……
来自不同土地，
大小、长短不一。
堆起，
高与小山齐。
投进一根火柴，
伸出一道火舌，
舐净了迷茫的黑夜。
雪花消失了，
心窝燃起阵阵炽热。
烈焰敌忾
冒天低，
同仇火花
人心齐。

火，
火，
你的光，
照亮了黑暗的世界，
你的热，
温暖了寒冷的冰河。

1938 年 12 月

明　天

愉快飞上眉尖，
笑痕蒙了脸面，
嘻嘻，哈哈，
小孩样，
大家都期待着明天。

明天，
她带来一九三九的新年，
是抗战阶段新的开端，
是中华民族的复兴年，
是胜利序幕的开展。

今夜，
我们来检讨过去的一年，
学问进步多少，
计划已否实现？
好把那些经验与教训，

重新来创造
明天——胜利的一年。

警惕呵，
大敌当前，
坚忍奋斗吧，伙伴们：
民族解放的重担已落在我们的两肩。
别依恋，破碎的家乡，
不再想，过去的荣华，
只紧紧地，抓住目前，憧憬明天。

憧憬明天，
但愿——
在岗位站稳，把意志立坚，
计划要使之兑现，行动也须服从抗日，
总有一天，我们新年的年晚，
可在——
黄浦滩头，鸭绿江边。
这一天呵，应是明年或后年的明天。

1938年12月31日

倾　诉

——给在前线的曼哥

一年多了，
我徒劳着心思，
对你牵记，

对自己前途的迷离。
报载:你的部队曾于
豫北奔驰,罗王砦重创了顽敌。
随后,转战鄱阳,坚守南浔。
这旷古的战役,
弥漫的烽火,
你——民族革命的战士,
想是梭一样地穿过,
也许还洒下了宝贵的血迹。
曼哥呵!
我是不断地想着你。
当那随军服务团到你跟前时,
你是否也禁不住怀念你的梅弟?
你如不健忘,当能忆起:
那天,为着送我上道,
你起了个绝早。
鸟儿刚要离巢,
唧唧喳喳,它们像是痛别伤离!
我虽乱了心思,
尖利的汽笛撕破晨空,
压抑了一切伤别的声息,
我们感慨地分了手。
惠阳车站,
成为来年追忆的话题。
你踽踽地回去了,
叮咛的忠告却深深地渗进我的脑子:
好吧,你该到社会去学习了,
广西,它不会像这里一样使你失望的。

这两句忠告，
油样地加上了热情的火，
沸腾燃烧。
我要飞呀，
小鸟一样，
为着寻求新的生命，
为着登上真理的巅，
为着民族解放的使命。
我忘去了——
几年前个人的私怨
和那段解不清的婚姻，
抱着一颗赤诚的心，
向抗日最进步的模范省，
挺进，请缨！

浪子回头，
赢得老母展开了眉头。
还有嫂嫂哥哥，
他们都以为我满载而归，
可以替他们把债还清，
或者同别人一样去和乡村长
打交道，讲人情，
好免服役，征兵。
这些现实呵！
蛇样啃啮着我的心，
叫人啼笑不成。

你对我的叮嘱，

我预料的心愿，
现实使它变了泡影，
黑暗还是笼罩了大地。
徒劳了，早啼的鸡声。
我——一个夜行者一样，
在关闭了的救亡城外，
徘徊，徘徊随你热血空自澎湃。

同样的，
为了生活，
我又踏上了六年前站过的教坛。
在冷清的黑板前，
消磨了一个冬天。
在这，我见到
六年的人事改了样，
庄严辉煌的乡公所代替了当年神庙。
听说为了建筑乡公所，
人民曾背破了肩，并且典了屋卖了田。
昔日的绅士告老休闲，
但，他们的作风，
他们的衣钵，
却传予那些新人们（行新政用新人），
可爱的新人们呵，他们仍忘不了孝敬他的祖宗。
只有打赤脚的老乡，
他们还是依样，
依样对绅士们卑躬求情，
他们哪里分得古和今？
一切的现实呵！

这样地在黑暗中进行。
我几乎窒息了，
像一只鸿雁一样，
跌进泥沼。

朋友们的来信，
报告陕北的情形。
像在黑沉沉的天边，
发见了一颗星。
热烈地想这两年来，
我所追求的憧憬。
正如在绝岛中闻到救声，
兴奋欢腾。
为盘费,我曾好几夜瞪眼到天明，
百块洋,真够使人想：
借?
那比买中航空券还渺茫；
典当,谁还有钱来承受我们几块薄田塘。
呵！我几乎疯狂幻想。
有人好意的怂恿：
去做一桩买卖的婚姻,说是
上思县有姑娘，
可有一千陪嫁金，
只要儿郎俊俏，
不管你是个竹门庭。
然而,我太看重了我的灵魂，
不愿轻轻地卖给人。
像一个迟暮的美人，

苦闷燃灼了我的心。

一九三八年的春天，
如春一样,我的命运起了转变：
侥幸地到了桂林，
甲天下的山水，
果真使人留恋。
还有蓬勃英勇的青年人
充满了,预示这座古城的
蜕变复兴，
他们汇成一条巨流了。

但,无头的蛇
怎能往正确的目标前进？
我还是苦闷呵，
像在玻璃窗上找不到空处飞去的苍蝇。

三个月的合训所完毕了，
我便像旧家庭里的姑娘，
被迫嫁与不属意的人。
为了筹积来陕北的盘费
违心地接受了委任,作了廉价的委身。
挂了合作指导员的衔头，
使我更深入了农民的队伍。
我曾立个愿，
愿为贫穷的农人解除一点苦，
消灭那放高利贷的富户。
谁知

乌鸦一般黑，
同样为了图利，
救济农村只是苦药丸的糖衣，
五个月里，
我曾替二千个社员借到贷款,买得粮食。
终则,免他们去挖草根树皮了。
但,我总受着良心责备：
为了我使二千人债担更重，
却便宜了几个资本家胀了肚皮。
是值得诅咒的罪恶，
抑或善行的欣喜？

莫说我变了素志，
我怎甘作老马恋栈，
困守这种小职，
供人驱使？
我终听不下亲友们忠劝，
饮不下上峰们预示提引的蜜，
我知道,旧社会没有被摧毁，
民族解放斗争没有胜利，
个人的,家庭的一切事情都解决不了。
母亲的奉养,侄儿的提携，
我都忍心抛弃。
谁说亲友能不对我骂詈，
还有旧社会的职场中，
我也将被人指为叛逆。

枯朽的樊笼，

关不住要高飞的鸟，
九月一号，
我终踏上了浩荡的征程。
我对着闪着真理的星光
的西北高原，
直趋迈进。
过去的恩怨，亲疏，荣辱，
已在我心中涤净，
我的思想将要蜕变完成。

如今
如今呵，
我再没有在黑暗中摸索，
而在自由的空气里，
紧紧学习，
创造全人类幸福的伟大工程。
为了建立它，
我宁愿献了身。
曼哥，总有一天，
我们同是在庆贺这工程的成功的
快乐中相见。

1939年1月28日于延安"鲁艺"

煤

你是块煤炭，
热和火在内里深藏。

运煤车呼啸飞奔远去了，
你不幸失落于荒野路旁。
谁会俯拾起你来呀，
你这块坚硬冰冷的
石头模样！

1942 年延安
1999 年 12 月 20 日改作

你　我

你啊，
你是我心的黑夜的灯光。
我呀，
同影子一样，
永久追随你的身旁。
人与天地同在，
死也不面向天堂。

1947 年 9 月哈尔滨

写给孩子们几句话

人的精力是使用不完的，
休息过后就会恢复。
一生的岁月却有限，
过了一天就少了一天。
年富力强的时候，

多付些劳动不会吃亏，
浪费了时间就挽回不来的损失。

让生活充实起来，
不把年华虚度；
工作、学习要认真勤奋，
对革命事业多作贡献，
不负人类社会的养育。

1970年3月3日于武鸣

周年祭

——缅怀毛主席

去年九月九，
泪雨泛江流；
丧父稚子悲，
柱折华夏忧；
几疑一场梦幻，
不信从此人去不回头。

今年九月九，
五卷捧上手；
谆谆犹在耳，
句句铭心头；
欢呼毛泽东旗帜高举，
继往开来迈步朝前走！

1977年9月

所　以

自以为：
文学，
能使人生忧患获得解脱，
精神世界达到升华、净化。
诗歌，
可让胸中的块垒由衷倾吐，
感情的饥渴得以如意补偿。
所以
为了兴趣，
有了文学因缘，
因寂寞，
才借写作来消遣。

1988 年南宁

我为什么要写作

——应某报征文而作

自认为是
文学能使人生忧患得以解脱，
精神境界净化升华；
诗歌可让胸中块垒由衷倾吐，
感情生活获取如意补偿。
所以我
才因兴趣和爱好，

与文学女神结下难解“姻缘”；
为摆脱寂寞，
才借写作以消遣。

1989 年

墓志铭(戏拟)

人生一瞬，
千古文章。
早露点滴，
沧海汪洋。

自比一支烛，
熄灭
蜡泪未干；
多少遗憾，
愧不
有分热发分光。

骨灰
一抔黄土，
植株常绿乔木；
郁郁成荫，
遗留
后世好纳凉。

诗书数卷，
寄托
童心、幻梦、浪漫、荒唐。

一心执着，
索求
情真、美满、完善、理想。

常言
人文互传，
相得益彰。
褒贬、臧否，
且待
知人心者，
公正作评章。

1992年8月24日南宁

自 白

我——
在新旧交替的历史过渡时期，
是个内心充满矛盾
常会犯痴的
知识分子。

在观念的认识上，
纵然领悟到：
个人走与大众相结合的道路，
乃是人类历史进程的必然归宿；
也是时代精神所趋。

但在感情的承受上，

对待唯我独尊的
个人主义者的悲剧，
却为之背负过多沉重的
人道主义同情的包袱。

从而表现在作品里的，
不无遗憾
诅咒与挽歌并存，
理智的否定与感情的叹惋，
发生冲突；
“我”与“我们”的正当关系脱节；
政治思想与艺术形象
未能做到至善、完满、和谐。

1993 年 3 月 3 日

吊蓝鸿恩同志

年少投身革命，
平生专心典章。
举民族文艺之旗，
斩荆披棘，
有分热发分光，
开路，拓荒。

共识大众相应，
同志兄弟相求。
集民间文学大成，
筚路蓝缕，

增一砖添一瓦，
文苑留芳。

《南国诗报》1995 年 5 月 2 日

世纪一兵

——二哥墓志

生逢乱世，
岂等古井鱼池，
一夜盗寇夷平地；
洞穴起新居，
祖传武功名器，
堂前空余三叉戟。

民国袁氏复辟，
北伐讨逆，
陆军学堂讲武，
年少投笔从戎去。

时势风云，
变幻棋局，
蒋记法西斯，
倒行逆施，
桂系闹独立，
军阀混战风起。

投奔粤军，
许国攘外誓捐躯。

却困惑，
梅岭郁郁葱葱，
赣江水染红，
安内燃箕何穷？

民族灾难，
敌忾挽狂澜，
饮马长江，
保卫大武汉，
南浔一役浴血沙场。

八年胜利，
复员还乡，
满目疮痍，
劫后荒凉，
怜贫济困，
慷慨解囊，
雪中送炭。

欢呼：
人民大解放；
协政清匪，
革旧建新邦。
余年不忘叙文史，
于仁蜗居乐寿康，
一生与人唯至善，
天地良心自俯仰。

2000 年 12 月 21 日

自题写真

是敢说
皇帝不穿衣服的那个孩子；
在“文革”的悲剧中
成了
过街的老鼠！

2001 年春日

自我守则

与人为善，
处世诚真，
追求唯美；
行止三字：
“真善美”兮。

言出由衷，
笔底含情，
自知明己；
执着不二，
始终如一。

2004 年寒露

一　祝词

祝贺散文诗学会广西分会成立

但愿她
比诗明白
比散文更抒情

1987 年 3 月

祝《漓江》杂志在桂林创刊

漓江水清影丽
刊物文章传神

1987 年 11 月 5 日

祝二哥耄耋寿

投笔从戎，抗战报国酬壮志；
荣归故里，革旧图新尽余心。

1989 年元宵节

题柳州宾馆 30 层大厦

千里已无遮眼树　一览南天有高楼

1989 年 6 月

题兴安灵渠

一滴不枯唯入海　一石落地自顶天

1990 年 10 月 24 日

题柳州龙潭公园

新潭深千尺　岭树绿万枝

1990 年 10 月 24 日

为柳州雅莲饭店题词

高朋满座皆风雅　胜友如云偏爱莲

1990 年 10 月 24 日

题宁明花山壁画

江山呈万象　壁画疑千年

1991 年 3 月

题词二则

1994 年 11 月中旬，趁 76 岁之际尚能健行，与两侄子及几位同乡一道，头回来到新中国成立后，由扶南、绥渌、同正 3 个小县调整合并而建成的扶绥县城，受到县领导的盛情款待，都说年少即读我的小说，仰慕多年，如今相见，十分欣慰，非留下笔墨作纪念不可。乡情难却，即席勉为命笔，书成二联，赢一笑。

一、给县委、县府补壁

扶南、绥渌、同正，三地一体共进；
改革、开发、引进，万民众志成城。

二、扶绥县档案馆惠存

左江水青，自古是后浪推进前浪；
笔架山秀，如今这山看过那山高。

1994年11月14日

题崇左石景园

左江流归海　崇山自独立

1999年4月

题杨美古镇

杨美传盛世　古镇今胜昔

2000年7月

庆贺故乡扶绥县艺术节开幕

一

乡土——文学创作的温床；
感情——艺术品味的食盐。

二

扶贫人均富　绥靖家安居

2000年11月28日

题故乡岜等岩三则

一

放眼矗山南天秀
身入仙洞梦中诗

二

智者乐山来天外
仙人到此醉忘归

三

石中含玉应无价
名山胜地即天涯

题《陆地自传》五则

一

岁月流年，一生阅历沧桑；
往事情结，几许恩怨瓜葛。

二

半个世纪沧桑潮汐，
一介书生风雨兼程。

三

知音高山流水逝，
挂剑悬心奉如己。

四

岁月匆匆添阅历；
往事历历诉衷情。

五

人海茫茫终有岸；
文路漫漫似无涯。

题《矗山暮影》二则

一

人生一世　瞬息百年
名节千秋　沧海一粟

二

创作小说　札记凡事
纪念人物　漫谈文苑
缅怀当世　感慨人生

2009 年 12 月

二　挽联

吊同学何伟生

江水滔滔，一去不回怜君逝
匆匆花草，三春先谢增人愁

1936 年于江村广东省第一师范学校

挽侄子敬人

为抗战、为民族解放，年少从戎，一心一意
为革命、为人民服务，毕生事业，善始善终

1988 年

挽文坛二公

一、周扬

为党育英，桃李芬芳溢海内
宣传马列，是非得失在人心

二、舒群

木秀风摧，刚直易折
斯人竟逝，文苑失英

1989 年南宁江滨医院

挽秦兆阳

文章千古事　耿介一世人

1994 年 10 月

挽二哥曼夫

做官清廉　为人友善

1998 年 12 月

三　其他

兴趣,事业殿堂的阶梯。
童心,诗人之舟的风帆。

文学艺术,世态真情的载体。
世态真情,文学艺术的要素。

文艺,不应再是政治口号的吆喝,但亦非要做商品经济的卖唱。

弄文艺,如谈情说爱,属感情用事范畴,凑合游戏尚可,不能当作正式职业。

文学——精神食品,可当茶酒,不能当饭食。

作品中主观虚构的情节与客观现实的逻辑,两者必须合二而一。

古今诗文,何止万万千千,说到底,无非“真情”二字。

小说的要求,不止于满足写合乎逻辑的伦理世故,最重要的是要求写出引人共鸣的情感。它,往往是未必曾有那样现成的实事,而一定会有如此可能的真情。

创作的法则:必先拥有真情实感,然后再来着手塑造典型的人物形象;切忌企图宣扬某种善良的理想,而去凭空虚构一个离奇、古怪的故事。

小说人物之所以成活,离不开三要素:一要有体现时代精神的健全头脑(思想、灵魂);二要有与众不同,鲜明独特的个性;三要有冷静、热烈、真挚的情感。

理解、信任,平衡爱情的杠杆。
关爱、包容,医治婚姻的良方。

心怎样想,口就照样讲,才是真话;
话这样说,手便这样写,即成文章。

做人要做到,心对口,表里一致;
作文应该是,诗与话,求得统一。

不做对不起人的事
要做对社会有贡献的人

保持稚子心
不坠青云志

冷静头脑
热烈心肠

乐与人为善
善知足常乐

生涯有限
入海不枯

明月常不满
沧海大可容

文章千古事
平生一片情

笔墨生涯百年事
思维天地一书情

咀嚼人生品百味
惟真善美可当茶

天下纷争台上戏
惟真至善美始佳

时时无我宽心，
处处为人着想。

水滴不涸汇江海
木秀难摧恃森林

一滴不枯投入海
百年瞬息亦千秋

剧本

叱咤风云(未定稿)

·八场话剧·

人　物：

韦拔群　30岁，僮(壮)族，广西右江地区农民运动领袖，工农红七军师长，中央苏维埃中央委员。

黄秀梅　25岁，僮(壮)族，拔群之妻，东兰苏维埃妇女主任。

林升秀　28岁，僮(壮)族，与韦拔群同学于桂林法政学堂，与韦拔群、杜悦诚被称为“东兰三杰”，是民国初年的知识分子。

陈志高　18岁，汉族(客家人)，陈大妈之子，农村青年积极分子，随大妈在韦拔群家长大。

陈大妈　50岁，汉族(客家人)，拔哥之奶娘。

韦定邦　28岁，僮(壮)族，石匠，农运中的骨干，工农红军的营长。

覃家庆　32岁，僮(壮)族，贫农，农运中的骨干。

盘玉姑　17岁，瑶族，妇女积极分子。

黄少英　27岁，僮(壮)族，地主破落户，农村二流子，后成叛徒。

黄　平　20岁,汉族,贫农,积极分子。

盘天锡　60岁,瑶族,草医。

农大叔　60岁,汉族,更夫,后做农会财粮委员。

程道平　35岁,汉族,中央苏区派来的领导人。

金鸿甫　外号"金包铁",50岁,恶霸地主。官职:团总。

杜悦诚　外号"竹叶青",30岁;官职:县知事,县参议长;日本留学生。"东兰三杰"之一。

李银华　26岁,当时官方的妇女运动的风头人物,后为廖雷夫人。

王湘娥　25岁,杜悦诚妻子,与李银华同学,官家太太。

白宗琪　40多岁,国民党第四集团军副总司令,特级上将。

叶　启　40岁,国民党第四集团军总参谋长。

廖　雷　40多岁,国民党军长。

巩守义　30多岁,国民党团长。

秦参谋　25岁,叶启助手。

罗营长　30岁,行伍出身。

连　长　一人。

副　官　一人。

排　长　一人。

绅　士　若干人。

农　民　若干人。

兵　丁　团练若干人。

罗　强　35岁,流氓打手。

老　七　30岁,金团总的狗腿。

梁大炮　40多岁,邮差。

卜　者　65岁。

第一场

时间 1921年腊月。

地点 东兰县一个圩场上。

场景 圩场逢集的景象。

这是圩场的一角,从此可通入大街。这里有一片广场,旁边有株古老的大榕树,树下有发亮的石碑,赶圩的人往往在此歇脚,或接洽生意什么的。平时,这里有卖小食的摊子:夏天卖凉粉,冬天卖汤圆。现在临近年关,街上买卖拥挤,有些货物的摊位就被挤到这里来。这里,有瑶人卖草药的地摊,有卖香火蜡烛等年货的货郎担,拉西洋镜的,也有占卦算命的……形形色色显示着一片贫困的农村面貌。

现在,正是晌午时分,四乡的居民,肩挑手提一些农产品——青菜、柴火和鸡鸭等,陆陆续续从这里进入大街。

现在,小孩们正围着听拉洋片人唱:"看呵,孙文到广州就任非常大总统啦,军阀陆荣廷夹着尾巴跑了!"

现在,三三两两的姑娘,挽着小篮,停在苏杭杂货的摊子前,选买红绒丝线,一些驻军和团丁尾随她们的屁股转。

现在,有些农民来到年货摊,想买门神、春牛图什么的。右边角落一张算卦看相的桌子,挂着一幅快变黑了的白布,上面写"灵不灵当场试验,应不应过后方知"的对联。桌边坐一位老态龙钟的卜者,守着桌面上一叠黄色纸符和一碗水,招呼人们去抽这叠纸符。人们只要花五文铜钱就可以随意抽一张纸符放进水碗去,一会纸上显出字来,说明问卦人的命运。

现在,从大街里出来一位闲逛的人,他这里看那里瞧,心绪不定。无意中走到算卦的桌边停下。

卜　者　少英，你也来问一个前程吧？

少　英　（冷笑）试一试看。（随手抽出一张纸符，放进碗里，一会，拿出来交给算卦的人）给我念！

卜　者　（接过纸符，凑着花眼镜瞅了半天，念出声来）“山上青松年复年，为人处世志须坚；经得冬霜春雨到，先为苦处后为甜。”这上面讲得挺明白了。你这个人嘛，中年以前是奔波劳碌，过了中年就交好运了。看你相貌也是的，眼睛以下，鼻子下颚都好。请坐，给你相个面！

少　英　（打断对方）老鬼，你别骗人了。

卜　者　呵，你这个后生人讲话太……太过份了。这是你自己命里招，纸上写的嘛。

（有人陆续凑过来看热闹。）

少　英　你还说呢，这些纸符，是你早用米汤把字写在上头了，把它放进这碗药水一泡就显出字来。你说不骗人是什么？

众　人　真的吗？哈哈，老头的沙锅穿底了！

（众人慢慢散开。）

卜　者　（狼狈，随转倔强）反正我是姜太公钓鱼愿者上钩。

农　甲　真是怪事年年有，今年特别多啊！（下。）

（少英坐在卖汤圆的摊子旁边卷纸烟。）

（瑶族姑娘盘玉姑，从大街里回到卖草药的地摊跟前，后面跟着两个兵痞向她挤眉弄眼。）

兵痞甲　（凑到玉姑跟前，动手揭她的帽檐）喂……

（玉姑怒视，挣开对方的手。）

兵痞乙　呵，你敢打人！

（玉姑仇视兵痞不语。）

（志高挑柴上。）

兵痞甲　（嬉皮笑脸，拾起一种草药，触撞玉姑）喂，这是什么？

（玉姑打掉兵痞手上的草药。）

兵痞乙　哎，你这个瑶人想造反啦。（举手要打）

志　高　(挺身拦住)你干甚么欺负人!

玉　姑　(对两兵痞)死癞皮狗!

兵痞甲　我收摊位税,你什么人,敢拦阻官府收税,胆子可不小!

志　高　胡说,收税为什么不向他(指老头盘天锡)要?

兵痞甲　老子就爱跟她说个话,开心,你看怎样?眼红啦!嘿!

志　高　流氓!

兵痞乙　你敢骂人!(动手想打)

志　高　骂你怎样?

天　锡　(劝解)好了,好了,和气生财,在家靠父母,出外靠朋友,别伤和气。

兵痞甲　(对志高)呸,僮古佬!

少　英　(扔掉烟头,凑上前)怎么,欺负我们僮(壮)人呀!

志　高　(挽起袖子,肩上毛巾落地)跟他干!

兵痞乙　你,(退缩)你们敢!

(两兵痞边说边下。)

玉　姑　(将毛巾交志高)给你。

志　高　(感激)多谢!(接过毛巾深深望着对方)

(覃家庆担挑着一头装两只鸡的小笼,一头装油瓶的篮子上。)

家　庆　(对志高,少英等人)什么事那么热闹呵?

志　高　几只走狗欺负人,给赶跑了!

家　庆　狗仗人势,这些爷们可不好侍候呀!

(把担子放下)

少　英　年三十晚的皇历,这帮衙役没有几天威风了。

家　庆　(惊异)这话怎么说?

少　英　你真是蒙在鼓里,拔哥快回来当县知事啦!

(大家听到这,都凑过来。)

天　锡　就是东里屯韦家的那位……?

少　英　就是,就是。

家　庆　你可不要乱放炮呵!

少　英　你还不信,我刚才还占了卦呢。

志　高　(迫不及待)怎么说?

家　庆　反正呀,谁当官,老百姓也得纳税。

(挑起担子欲下)

天　锡　(对家庆)你两只那样肥的鸡还舍得卖掉呀?

家　庆　没法呀!一点年货还没办呢。冬防捐催得挺紧,宁愿自己少吃点吧。哎,"冬至就年,讲过就钱",年关,年关,真是比过关还难呢。

(幕后传来锣声,更夫农大叔上。)

大　叔　(一边敲锣一边呼号)各位乡亲们听到啰,县公署来了告示,各户冬防捐,限令明天缴清,超过期限,加倍缴纳!

家　庆　大叔,这冬防捐收去作什么用呀?

大　叔　这可就难得说啦,有钱还愁没用场嘛。

少　英　我们的县老爷要下台了,还不是顺手刮地皮。(下。)

家　庆　真是不得了,今天这个捐,明天那样税,老百姓不要活了!

志　高　不要活?嘿,没有那么便宜,我要活下去看他们这些毒蛇个个怎样脱皮!管它要什么捐也好,就是不缴。

(两个差人抬一张桌子,一个征收员拿着笔墨账本上,差人随将"冬防捐征收处"的字条贴在榕树下的木牌上。)

征收员　你们给我把守这个街口,不缴冬防捐的今天不准回去!

差　人　(对志高、家庆两人)喂,你们是卖柴火卖鸡鸭的拿到街上去,不准在这碍手碍脚。

家　庆　(蹲下来,同大叔低声说话)不是说,我们县……(扫了征收员一眼)要交班了吗?

大　叔　说是说了,不见人来呀!光打雷不见雨,到底怎么回事,我正闷着哩。要说真是拔哥来,那,照他小时的脾气,倒是会体贴穷乡亲的。

(韦定邦背着竹篓,提着一只"山瑞"——一种两栖类的鳖上场。)

定　邦　(望着大叔和家庆)你们谈什么呀?

家　庆　还问呢?你今天出门算是没有拣到好日子。

定　邦　什么呵,我从来就不信有鬼。

大　叔　谁要你信鬼,人家是要钱,你看(指冬防捐征收处)今天不缴的不得回家。

定　邦　不回家还不好,吃它几天衙门饭看什么味道。

家　庆　你这家伙,人家都愁的不行,你还有心思讲笑话。

定　邦　告诉你,拔哥为这件事,替我们去到百色请刘旅长免征去了。

家　庆　真的?

定　邦　哎,我讲话你还不信,你看,这棉袄还是他亲手往我肩头披上的呢。

家　庆　什么时候?你可不能胡扯呀。

大　叔　定邦,你真的见到他了吗?

定　邦　那还能假,大前天我在山上打石磨,他来了,见我衣服露了胳肘怪寒碜的,他就把他手上拿的这件半新旧的棉袄给了我。我问他什么时候回来的,又要往哪儿去?他说,才回来一天,听见衙门要收冬防捐,乡亲们拿不出钱来,给逼得鸡飞狗跳墙的,一夜也睡不着,一早就赶去百色同刘日福请求,免了这个捐。

大　叔　走了几天啦?

定　邦　到今天三天了。

家　庆　那,今天如不能回来,远水也救不了近火。

大　叔　他没讲到他回来当县官的事吧?

定　邦　没有。见他急急忙忙的,顾不上问,看他倒是像个武官架势,挺威武。好,我得先走了。(下。)

大　叔　六年前,他带了百来八十个弟兄出去,听说当了连长,后来又做了参谋什么的。他一个,跟升秀和我们的杜知事,可是我们东兰三杰哪,只是他在外头做什么也好,反正我们看不见,大光灯照远不照近。

家　庆　是呀,他在外头官做得再大也帮不了我们的忙,只要他这次能够请得免了这笔捐,我们穷乡亲倒是生受他了。闲话少说,我得赶快把鸡卖了再买点年货。(下。)

大　叔　(对天锡)你老人家生意好呀?

天　锡　哎，这年头有病的也吃不上药啦。

（一会，定邦气虎虎上。）

定　邦　（自语）老子不卖了，看他咬我条卵！（把山瑞往地上一掷，蹲在榕树下。）

天　锡　（对定邦）你怎么的呀？

大　叔　你——

定　邦　你看气死人吧，我就这么一只山瑞，手上提着卖，可收税的那帮家伙硬要我交摊位税。他妈的，今天这个捐，明天那个税，随便一张纸头盖上豆腐印，就算是印花税票，往人家的东西一贴，就问你要钱，我看呀，往后撒泡尿也得贴印花了！

众　人　撒尿也贴印花？那，往哪贴呀！哈哈。

（兵痞甲、乙上。）

兵痞甲　（对定邦质问）你的山瑞怎么不卖了，吓？

定　邦　（怒视对方）老子卖不卖，你管不着。

兵痞乙　嚯，你嘴巴倒挺硬，你这是逃避圩场税务，私自成交。（向兵痞甲）照章程罚款。

定　邦　罚款？想要钱？嘿，要屌毛倒有一把。

（林升秀拿着一把布伞上，站在一旁静听。）

兵痞甲　嘻，我们都是乡亲，别伤和气。金团总今天来个贵宾，要办酒席，价钱将就一点吧。

定　邦　少了不卖，你们老爷懂得是补品，我也知道它吃了能饱肚皮。

兵痞甲　价钱嘛，照给也可以的，不过，你再缴摊位税和印花捐，二一添作五，还不是一样吗？

定　邦　我手上提的东西，哪来的摊位？

兵痞乙　别跟他啰嗦，他违犯圩场章程，把东西没收。（上前抢走山瑞，急下。）

（兵痞甲随下。）

定　邦　你抢劫呀，放下！

（边喊边撵下场。）

（群众纷纷跟下。）

升　秀　（望着群众后影）乡亲们，别轻举妄动！（林升秀走到贴着告示的木牌旁边去望。）

（二团丁上场巡逻。）

团　丁　（走向盘天锡前面）喂，你把地摊挪一挪，别妨碍走道。

天　锡　人走道嘛，又不是螃蟹，这样宽的场地，操练都行了，还说走道。

团　甲　人家是八人抬的大轿，你懂吗？

团　乙　懒得跟他斗嘴！（向盘天锡和拉洋片等摊贩命令）你们统统的搬走，（向算卦的）你也挪动挪动！快，快！快呀！

（各摊贩怨怒地挪动摊位。）

玉　姑　（嘟哝）要了人家摊位税，又不给地方摆摊，干脆伸手抢好了！

团　丁　呵，你这位姑娘脸蛋怪漂亮，嘴巴倒挺尖呀！（对玉姑挤眉弄眼）

玉　姑　呸。

团　丁　（拖长一声）呵！（唱彩调）

我的小喜鹊呀！

你叫我菜饭都吃不下！

（团丁两人扬长而下。）

（家庆买了几棵萝卜和一只小猫上。）

征收员　（对家庆）你叫什么名字，冬防捐交了吧。

家　庆　（摇头）没有。我……我等会缴。我还不走。

征收员　不行！得缴了才能回家。

家　庆　（恳求）公爷，你请高抬贵手，宽限两天吧，下一圩准缴。

征收员　不行。早晚行市不同，人有三长两短，下一圩不知什么天下了呢。

家　庆　什么行市还不一样，走了官，走不了衙。有着衙门在，还不是一样收税派款的。

征收员　少废话，拿钱来！不然就把你这只猫押在这。

家　庆　公爷，实在拿不出呀，我就剩三百文铜钱，年关到了，元宝香火还没办呢。

天　锡　（向林升秀）林老师，听说拔哥回来当知县这件事，你……

升　秀　听说了。

天　锡　那，刚才两位老总讲的，今天有八人大轿下来，会不会就是他？

升　秀　不清楚。不在其位，不谋其政。官场的事，鄙人一向不过问。

（突然，幕后传来唢呐声。）

（全场聚听，活跃。）

（团总金包铁带团丁从大街口出现。）

金包铁　（对团丁）不准他们挤在道上。

团　丁　（对众人）喂，让开，让开，不许乱动！

（一个打手罗强匆匆赶到，鬼鬼祟祟与金耳语。）

金包铁　（严肃地盯住对方）妥了吗？

罗　强　妥了。就是大家要等着开销，到底向谁取。

金包铁　少不了给你们就是了。不会是等米落锅嘛，急什么，去吧，还有事呢。

罗　强　是！（不满失望下。）

（唢呐声渐近，八人抬的大轿跟两支唢呐后面，徐徐进场，轿后跟着卫队，显示一派威风。）

（定邦披着被扯破的衣襟，气虎虎的上场，拦住大轿，跪下。唢呐停止，大轿不前，全场肃然，金包铁慌张。）

金包铁　（向团丁）把他轰走。（团丁上前已来不及）

定　邦　（伏地叩头，大声叫喊）我，东里屯石匠韦定邦，有冤枉事禀告大人。

轿内声　停！

（轿夫把轿放下，金包铁上前把轿帘打开。出来的是县知事杜悦诚，一个三十五岁左右的人，因吸鸦片烟，面貌灰暗，消瘦。）

（两个兵痞追上来，要把定邦架走，定邦甩胳膊挣脱，两人后退两步。）

悦　诚　（对兵痞）不准动武，他有话，让他讲。（对定邦）你说吧。

定　邦　（怒目环视众兵丁）我抓到只山瑞拿来提着卖，他们说金团总今天请客要用，硬要压价，我不肯，他们就要我缴摊位税，我说不卖了，他们说我违犯章程，把山瑞抢走不给钱，还打了我一顿，请杜知事主持公道。

（志高拿扁担上。）

兵痞乙　他胡说。

志　高　（挺身上前）定邦说的事我做证！

（众包围上来，金包铁既惊慌又狡猾。）

悦　诚　（环顾，踌躇，胆怯）众位，别惊动，这是小误会，金团总把人带下去给钱，（向定邦）你跟他们下去取钱。

玉　姑　尽是欺负人。

悦　诚　（回头看玉姑）呵，这位小姑娘也有话要说，好呀，请……

志　高　嘘。

众　人　哈哈！

悦　诚　（怒冲冲对衙役们）走！（进轿）

（唢呐继续吹着开道。）

兵　痞　（对定邦）去要钱呀。

志　高　（对定邦）走，跟他们要去！

家　庆　我看算了吧，不要抓鸡不到，反失一把米。

定　邦　走，老子不怕，至大芭蕉叶。

（志高拿着扁担和定邦下。）

（一会，韦拔群上场，他一身军官装束，神采奕奕。）

升　秀　（上前握住拔群的手，引他走到一边来。）拔哥，你可回来了。

拔　群　呵，你也在这里，我正要找你。

升　秀　杜悦诚今天出巡，刚进了街。

（家庆、少英等人凑上来。）

拔　群　（环顾大家）先别管他，谈我们的吧。乡亲们都好吗？

少　英　要说好嘛，都没病，只是……

拔　群　发生什么事啦？杜知事不是布施来的吗？

升　秀　一言难尽，你回来慢慢会知道了。

家　庆　你们东里屯定邦提着一只山瑞到街上卖，税局硬要他给摊位税，他索性不卖了。公差一面要他卖，一面要他照章纳税，他不肯，就说他捣乱市场,没收了东西不算,还要罚款。现在同官家人拉扯去了。

拔　群　定邦被拉走了吗?岂有此理,我去跟他们讲去。(将下)

升　秀　(拦住)你火气还是那样大呀,小不忍则乱大谋,听说你这次回来是接老杜的印,以后的事不是由你老哥做主了吗?

拔　群　(专对升秀)既然官家都是跟老百姓作对的,我做了官还不是多了一个害民的官。

升　秀　你可以做个清官给官场做个模范嘛,

拔　群　老弟,整个官场都是如此,一个包拯也救不了人民于水火,一间房子给白蚁蛀了,只修补瓦漏和门窗仍不济于事。

少　英　(诌谀)你们讲了私己话呀,你要接任知事,太好了!

拔　群　哈哈,你们看我像个县官吗?

少　英　像不像?请他老先生(指算卦的)给看看吧。

卜　者　呵,(惊奇)这位先生,眉若卧蚕,鼻如吊胆,大有王侯将相之尊,区区一个县令何足道?

拔　群　哈哈,你倒有两下子,能指点风尘中的英雄。可惜,你就不能指点穷人免遭祸害!

升　秀　我看中国就是教育不普及,科学无从推广,迷信从此流传,人人安于天命,弄成国弱民困,真是令人痛心疾首。

拔　群　你这一高论,无异把一株树当成森林了,单靠教育是救不了国的。即使没了这位先生给人算命,可是乡亲们要种庄稼没有田地,要做工没有工场,要读书没有学校,你能使国家不弱,百姓不贫吗?

大　叔　拔群讲的有道理呀。

拔　群　(看到冬防捐征收处,不觉一怔,走过征收员跟前)嚯,你还在这里收呢?(向林升秀)去买一张写春联的红纸。

家　庆　我去。(往年货摊买纸)

拔　群　(接家庆买来的大红纸,往收税的桌面摊开,向征收员)请把笔借用一下。(拿起笔往纸上写:"官家了不得,人民不得了!")把它贴上。

(少英把它贴到榕树上。)

（众人逐渐围上来。）

拔　群　（跳上一块石碑上）乡亲们，是不是快过年了？小孩就是盼过年是不是？可是，我们这些孩子的爸爸，妈妈怎样呢？我记得小时候，一到腊月，乡亲们就叨咕："冬至就年，讲过就钱"……

众　人　是啰，你可是好记性。

拔　群　为什么大家为几个铜钱发愁呢？就是这个世界有少数人把多数人的东西抢走了；种田的缴不完田租和官税，做工的给老板克扣了工资，一年三百六十天，穷人吃不到辛苦种下的稻谷，住不进亲手造的房屋，用不起勤劳织好的布。可是，财主和官家，贪得无厌，有了一百想一千，得了一千想一万；娶了妻子想侍妾；住上砖屋想楼房；吃上山珍想海味；穿上绸缎想绫罗。地主、官家越来越富足，百姓越来越贫苦。长此以往，百姓活不成，广西不得了。这难道是这个算命先生说的"贫富皆是命，半点不由人"的吗？乡亲们，想想嘛，大家不是明明亲手把自己劳苦得来的东西交给了田主官府和老板去了的吗？他们拿了去究竟给百姓办了什么事？官府收去的捐税，养来的兵丁团练，只为了自己抢地盘，欺负百姓；财主要的租债，更加贪欢作乐。我们一定要讲，他们收的太多，拿的太不合理。是不是？

众　人　不合理，

拔　群　不合理怎么办？

定　邦　不给！

拔　群　好。他们要的不合理，不给；已经要了的，要他退回来！我们要有饭吃，有衣穿，有屋住，要人人平等，个个自由，不准谁压迫谁。大家看好不好？

众　人　好！你给我们做主吧。

（群众情绪活跃，逐渐围拢过来，林升秀傲然而立，抹抹眼镜。）

家　庆　别扯远去了，先把冬防捐缓一缓就是天大的功德了。

众　人　对，对！

拔　群　冬防捐的事，乡亲们不必担忧。那不是缓，干脆不要缴了！（向征收员)喂,你这位公爷,赶快收摊吧,免得在这喝西北风!

众　人　呵,呵!

(征收员恐惧,对两个差人说不出话。)

拔　群　乡亲们看(从口袋抽出手令向大家展示)这是我赶到百色去当面找刘旅长申诉理由,他同意免征的手令。

少　英　好,(向征收员)嘘,你快滚蛋吧?

(征收员和两差人狼狈下。)

众　人　好了,今晚回家睡个好觉了。

拔　群　本来军队的粮饷是有国库供养的,地方上收附加捐税,其实是地方官府和土豪另立的花招,从中渔利。

升　秀　(向拔群伸拇指头)好,痛快,你老兄还未上任就先来它一把火。

(黄秀梅急匆匆地上。)

秀　梅　(凑近拔群)你来!

拔　群　(不以为意)什么事那么慌张?

秀　梅　家里出了人命案了。

升　秀　什么?人命案?

秀　梅　一个驻军的班长给什么人害了,死尸掷在我们后院菜园。现在驻军几个老总,口口声声要来抓他。

家　庆　这可是祸从天上来呵!

升　秀　这是金包铁的毒计,存心给拔哥来一个下马威,阻挠上任。岂有此理!

拔　群　不管他。(往卖汤圆的摊子坐下,向志高)你这几年长了那么高啦,妈身体好吗?(接过志高手上的扁担)这能打狼吧,会不会打两下武术?

秀　梅　哎呀,你,真是急死人,人家可是气势汹汹的要抓你来了呀,还不快躲开。

大　叔　大嫂说的也对,好汉不吃眼前亏,我看还是避一避,看看风声再作道理。

拔　群　不。我韦拔群顶天立地的男子汉,大江大海都漂过来了,这小鱼塘还淹死了我?

家　庆　大嫂，是驻在我们屯上那个班长吗？

秀　梅　（点头）就是那个镶金牙的家伙。

少　英　呵，那个班长呀。他跟金包铁的小老婆正是有一手……

（两个团练把几个兵痞和一个排长引上。）

排　长　谁是韦拔群？

拔　群　我就是。

排　长　好呀。（端量对方，向兵痞们示意）

（几个兵痞扑向韦拔群，动手要绑人。）

少　英　（挺身上前，挡在韦拔群前面，怒视兵痞们）住手！

升　秀　是呀，现在是民国时代，要依法办事，抓人嘛，应该有个公事！

排　长　嚯，好厉害，你叫什么？

拔　群　（威严）你们要干什么？

排　长　我们营长请你去……

拔　群　你们营长贵姓？（从口袋取出名片交对方）

排　长　（接过名片，念）护国军二十一师参谋。

拔　群　（向排长）你回去对你们营长讲，我从百色刘旅长那儿刚赶回来，劳累了，今晚请到敝舍一叙。

排　长　哟，你们跟老子来这一手。（将名片扔地下，再向兵痞们示意）

（志高、家庆、少英等乡亲蜂拥而上。）

排　长　（看看围拢过来的群众，惊慌）你们想干什么？

少　英　你们要干什么？

排　长　抓杀人犯。

秀　梅　胡说。谁是杀人犯？

排　长　反正我们的人死在他家，就唯他是问。

家　庆　你们的人什么时候死的，跟他什么关系嘛！

天　锡　对呀，人是什么时候死呀？

排　长　管它什么时候死，尸体在他家，（又示意兵痞们）把人带走！

少　英　（上前）慢着，要走，我们都去！

众　人　走！

升　秀　乡亲们，息怒，别轻举妄动！杜知事也在这里，事情好商量。

拔　群　（制止少英等人举动）这样吧，我去一趟。

秀　梅　拔群，你……

拔　群　（向秀梅）你放心，拿这（从口袋掏出玩具）给小孩玩。

（拔群随兵们下。）

天　锡　真是不讲道理，人不在家，怎么杀了人呢？

卜　者　这就叫做，“天有不测风云，人有旦夕祸福”啊！

大　叔　（向群众）各位乡亲，拔群这样跟他们去不会吃亏吗？

众　人　不行，不能让他们把拔哥带走！

（群众纷纷追下。）

家　庆　哎！（犹疑一下）真是福不双至，祸不单行。

升　秀　（望着群众后影摇头）五分钟热度，中国人的通病，难矣哉！

秀　梅　（对升秀）你就不能跟去看看吗？

升　秀　我找杜悦诚去！

秀　梅　（看看手上的玩具——泥塑的公鹅，跟下。）

（玉姑跟秀梅下。）

（幕落）

第二场

时间　前场后半年，1922年6月。

地点　金鸿甫的家。

场景　这是一个厅堂。当中正壁安着香案，供奉“历代宗亲师”神位；两边墙摆着乌木八仙椅子；香案两头，有门可通入内室。

现在正是午后，金鸿甫坐在椅子捧着水烟袋吸烟，神情不耐烦，想起一件愤急的事，狠狠把烟袋往茶几一搁，站起，徘徊盘算。

（团丁老七上。）

老　七　（看金鸿甫眼色）金团总！

金包铁　怎么，你这几天到底闻到什么气味来了？

老　七　嘻，是这这么回事，韦拔群这小子他……他——

金包铁　他，他什么？

老　七　他自从作了案以后，这几个月来，就躲在西山瑶区，聚众生事，说什么抗缴捐税，拒还债租，一帮穷人都跟着他。三月三他就在银海洲聚集了方圆几十里的一些僮、汉、瑶人，伙在一起歃血结盟，定名为“三三会”。

金包铁　他要干什么？

老　七　要造反。团总你请看，（递与对方一张红对联）这是我想办法花了五块银洋从少英手上换来的。

金包铁　（接过字条摊开）念：

打倒强权，人人平等！

坐船同命，走路同心！

嘿。一共多少人跟他饮了血酒？

老　七　五六十吧，有好些是会武术打拳的。

他们还唱这样的山歌：（唱）

天呀天，

官府财主一把钳，

捐税多来租债重，

锅红油滚把人煎。

金包铁　（不耐烦）别唱了！问你，林升秀也去了吗？

老　七　他去是去了，血酒饮了没有，不知道了。瑶人那个草医盘天锡也去了。他还拿刀砍了三炷香，领着别人念道：“坐船同命。走路同心，变心者与香同断。”

金包铁　呵！(重新看看对联的字)你这侦察得好。我在城里还有事,三天两日还不能回中和去。你仍旧回去留心他们。你看还有什么事吧?

老　七　没有什么,只是罗强他,他想要点——

金包铁　他要什么?

老　七　他说前回那件事,团总当初是答应给他……

金包铁　给他?不是都给了吗?他这个人老是要不完。告诉他:想要多的自己抢去好了。

老　七　是。那,我回去了!

(老七悻悻下。)

(金包铁一个人,拿起红对联来观看,好像要认出谁的字迹,随即把它收进抽屉里去。)

(杜悦诚穿一长袍拿把扇子上。)

杜悦诚　中和乡有人出来吗?

金包铁　刚走。韦拔群这小子看他真是要跟我干到底了。(从抽屉拿出对联交与对方。)

(杜悦诚看完,抬头望对方,说不出话。)

金包铁　三月三他在银海洲同僮、汉、瑶几十个人歃血结盟,成立“三三会”。不少人给他蒙骗了。

杜悦诚　这家伙,反正我跟他是势不两立,有我杜某就没有他。(用扇子搧搧椅子坐下)

金包铁　没有一个符咒还不能赶走他这个魔鬼哩。目前政局怎样?

杜悦诚　政局动荡。在北方,吴佩孚和张作霖爆发了直奉战争;广东的陈炯明一面有英国人做靠山,一面投降了吴佩孚,在广州举行了政变,炮击总统府,孙中山已逃亡上海。

金包铁　我们广西……?

杜悦诚　广西的陆荣廷原先反对袁世凯做皇帝之时,宣布过独立,表面是受孙中山总统府指挥的。最近他改变了旗号,把他的军队叫做自治军,和总统府分庭抗礼了。马君武不是孙中山方面派来的省长的吗?现在已经滚蛋了,接替他的是陆荣廷部下的蒙仁潜。

金包铁　(惊喜)马君武下台了?什么时候的消息?

杜悦诚　昨天内人接到她同学从南宁来的信讲的。

金包铁　那不正好。你这知事的位置不怕它……

杜悦诚　这很难说,在南宁谋事的人不知多少,还不是谁的手伸得长,谁的腿走得快就是谁的。

金包铁　我看最紧要的还是看谁的钱多。

(王湘娥上,穿一身娇艳的时装,油头粉面。)

湘　娥　什么钱多钱少的,你们又谈什么生意经啦?

金包铁　(看湘娥一眼,有所悟)对啰,何不就让她(向杜悦诚指湘娥)到南宁去疏通疏通?你(向湘娥)不是跟财政厅长李小姐认姐妹吗?我看,有钱能使鬼推磨。一方面有人去说情,一方面拿点钱去送礼。保准县印又牢牢拿在我们手上。

杜悦诚　也好。那就劳驾(向湘娥)走一遭吧!

湘　娥　(抿嘴)我才不干呢。前回花了那么多钱,你倒是过了一场官瘾了,可我的老本都贴在里头了,到今天东攒西凑还捞不回来呢!现在正是风云变幻,宦海浮沉的时候,又要我去冒风险,我不干。

杜悦诚　你还是脱不掉女人的通病——头发长,智慧短。

湘　娥　你呢,我看你就是个官迷。我就准帮你去跑一趟,回头你也斗不过人家韦拔群。

金包铁　斗不斗得过这是后话,现在你就先走一着吧。你俩商量,我有点事。(下。)

湘　娥　(对杜悦诚)要去,我们两人一起去。

杜悦诚　我怎么能走得脱呀。

湘　娥　那我不干。(撒娇)人家不在,谁知道你又干什么啦?

杜悦诚　你就是这点不好。难道你还不放心我……

湘　娥　才不放心你呢,你跟韦拔群闹不到一块,还不是为的什么梅呀,桃呀的?

杜悦诚　算了算了,这些陈年烂账你还拿来讲。(金包铁从内室出。)

湘　娥　你不愿说,我也懒得讲。我可先走了。(下。)

金包铁　怎么,她肯去吗?

杜悦诚　肯倒是肯去的,就是好计较小事。

金包铁　有她去运动运动,成数就会高一些。

杜悦诚　我担心倒是韦拔群这只扎在手指头的刺,能不能拔掉,不愁这块官印能不能保住。

金包铁　你真是年轻人不通世故呵,你只要保住了印把子,什么刺都好拔了。去年腊月他在圩场搞了那一手,还不是骗了刘日福那张手令?他现在就是靠那趟为各粮户免了冬防捐的小恩小惠,骗得许多愚昧无知的乡民跟他去瞎闹。如果官印拿在我们手上,我们可以出告示:说明去年冬防捐免征是韦拔群假冒军令,影响军饷的调拨,为了弥补去年的欠款现在要实行征收青苗税,凡是去年冬防捐未缴者现在加倍缴纳。这样,既可挽回去年的损失,又可打击韦拔群欺骗民众的伎俩,一举两得。

杜悦诚　眼前正是青黄不接,再征税款,岂不狗急跳墙,民心更加浮动?

金包铁　税率不妨放低,而且附带声明,去年已缴冬防捐,现在生活困难者可以缓至秋后补缴。这样我们就可把民众从韦拔群身边拉过来。

杜悦诚　好,妙!这下我可睡着觉了。明后天就让湘娥去一趟。

金包铁　多带点烟土去。

(林升秀带着两三个小学教员和志高上。)

金包铁　(见来客,一怔,随即装笑脸)呵,诸位是稀客,今天什么风把诸位吹来啦?请坐,喝杯茶……

升　秀　(见杜悦诚一怔)杜知事也在这,正好一起听听我们的请愿吧。

杜悦诚　有什么事好商量,都是同乡同学,不必客气。

金包铁　是呀,有事大家商量吧,一说请愿就好像你我之间有界限了。

升　秀　既然是熟人讲客套就不必了,我们开门见山的说吧。我们今天来不为别的,就是要金团总清查建筑学校的公款,把存款全部拨支出来,以便学校早日得以动土兴建。

金包铁　(惊愕)这个,这个款项是有账可查的,不过……

志　高　(高声怒视)不过什么?

杜悦诚　(向志高)你是——

志　高　我是陈志高。

金包铁　好,好,弟兄们别伤和气。我看嘛,这笔款是有账可查的。

志　高　金团总我们不是来查账,而是来要钱。

金包铁　可是账不清,钱从何而出,是不是?

升　秀　以你之见怎么办吧?

教　员　反正我们要兴建校舍。

金包铁　是呀,诸位热心教育,这个我兄弟是素所敬佩的,林先生一心提倡乡学,启发民智,惨淡经营,其志可嘉。我们做校董的和办理团务的支持不力,于心不无有愧。只是,公款的清理,牵涉到校董同仁,也牵涉到参议会,是不是把事情提到参议会去求其圆满解决?

杜悦诚　(打呵欠)你们谈吧,鄙人有点事先走了,失陪失陪。(对升秀)升秀兄有空请到舍下一叙!

升　秀　(嘲讽)你那个"衙门八字开,没钱不好进"哩。

杜悦诚　哪里,哪里。好,再见!(下。)

教　员　金团总,学校那笔款都是你经手收的,冤有头债有主,我们只知道问你要。什么参议会,你自己跟他们算去,我不管。

志　高　是呀。

升　秀　参议会什么时候能开会?

金包铁　什么时候都可以的。要他开,它还不开嘛。

志　高　不,我们不等他们开会,我们现在就要金团总先拿出一份公款来,好去置备砖瓦木料,详细账目你们校董自己算清再公布。反正我们的钱是一文一文点缴了你的。

金包铁　哎呀,我的小弟兄呀,你可是年轻人不懂。

志　高　什么不懂?

升　秀　不。听金团总讲，他讲的有道理我们还是听的。

金包铁　对啰，我们都是乡亲乡邻的嘛！

志　高　谁同你认亲！你收款时，连我们煮饭的锅都要拔，那时节你就不认我们乡亲了。你以建校为名收了我们的银钱，校舍没有兴建，回头又把钱拿来放高利债剥削我们。你想想，有良心吗？

金包铁　这个，这个，非我兄弟一个人之事，现在就请诸位到参议会把事情澄清吧。（将下）

（韦拔群领着定邦、天锡、家庆、少英、玉姑等人上。）

拔　群　金团总，哪里去？

金包铁　（惊愕、措手不及）呵，韦……我们正要到参议会去！

拔　群　（从容）金团总，这不是太没有礼貌了吗？客人才进门，主人就要走，闭门羹可不好喝呀！

金包铁　（假笑）嘻，诸位反正是来谈公事的吧，到参议会，地方宽敞一点？这里……嘻。

（韦拔群向定邦示意。）

定　邦　金团总，打开窗子说亮话，我们是打赤脚的耕田佬，无事不上三宝殿。我们不为别的，就是如今正是五荒六月，熬不下去了，乡亲派我们来请求金团总把历年义仓的账算一算。

少　英　大家还说请求开放义仓救济乡亲们渡过这个荒月。

金包铁　（不胜惶恐）这个，义仓的事，事关重大，非我兄弟一人能作定夺。我看，一起到参议会去商量吧？

升　秀　也可以。去就去！（欲走）

拔　群　不！（拦住）我们都不是议员，不能去参议会，我们是老百姓就只知道找团总。义仓的事是金团总经手主管，校舍的事金团总是校董的董事长。这就用不着什么参议。你收去的款，交出来办学校，收去的稻谷，发放出来赈济灾荒就是了。

定　邦　对呀。

金包铁　（环顾四周，恐惧）那，我得想想。

志　高　不用想，你赶快拿出钱来，把义仓的钥匙交给我，就没你的事了！

金包铁　（面对韦拔群、林升秀）这个……

拔　群　可以先这样办，细账下一步再算清。

金包铁　（看声势混不过）一定是现在就……

定　邦　现在就要。

金包铁　义仓的钥匙不在我手上呀！

拔　群　这个你不用管，只要你写个字据，大家自己就会办。

金包铁　（再环顾众人，沉思）好。诸位先请坐坐，兄弟我上楼取个图章。（下。）

拔　群　（目送着金下，冷笑）嘿，人多他就没办法。

升　秀　其实，让他到参议会去也可以。在绅士面前揭露他的劣迹，让他出丑也不错。

拔　群　参议会那帮老爷还不是一丘之貉。他们还有什么廉耻可言！

家　庆　怎么啦？他下不了楼啦？

志　高　我去看！（下。）

天　锡　这回能把两笔账拿到手，学校造成了，荒月也渡过了。

拔　群　以后的事我们还有得干呢，这只是试试刀口。

（志高气冲冲转回。）

志　高　糟了，金包铁溜了！

拔　群　什么？跑了？追，搜查。

（众人纷纷下。）

（拔群欲下，定邦回头上场。）

定　邦　所有房子都搜了，不见！

（家庆、少英等上。）

少　英　他牛栏有三头大水牛。

家　庆　猪栏还有两头肥猪。

定　邦　反正他吞了我们的钱，把他的牛和猪都要了吧。

志　高　他妈的，跑了。我要他的香炉回去，看他还要不要他祖宗了？他要，就得回来给我们还账。（捧出锡制的香炉）

升　秀　(对志高摇摇头。)

拔　群　(对家庆和定邦)把牛拉走!

众　人　好呵,他跑了,抄他的家。(众人呼啸而下,有人拿出布匹被褥。)

升　秀　(对拔群)是不是暂不采用过激行动,先把他抓回来再说。

拔　群　不管。一不做二不休。乡亲们敢干就让大伙闹!(下。)

升　秀　(摇头)

(幕急落)

第三场

时间　1924年4月。

地点　东兰某一村庄。

场景　晚上,在林升秀的书房里。韦拔群一身瑶族装束,就着豆油灯读《向导》和《东方杂志》。

拔　群　(一边翻阅一边自言自语)国民党和共产党合作?国民党改组!……

(林升秀上,见房里有人,不禁惊讶。)

升　秀　(端量对方)哎呀,是你!几时到的?进来时没有人看到吧?(看看窗外)吃了饭没有?

拔　群　(坦然)看你怕成这个样,哈哈。

升　秀　(仍带惶恐色)你可不知道,杜悦诚提心吊胆,怕你卷土重来,第四次去打东兰,现在他又去百色请刘日福加派一营人来守城。另外,四处——

拔　群　(接着)四处悬赏,捉拿韦拔群归案!

升　秀　他们借故弹压匪患,到处烧杀掳掠,老乡们惶惶不可终日。你看,打算怎么对付吧?

拔　群　（将手中的杂志向对方摊开）你看，中国共产党的力量越来越大了，孙中山采纳了他们提出的三大政策——“联俄、联共、扶助农工”，实现国共两党合作。国民党内部要改组，林祖涵担任农民部长。你看，农民部的第一号通告：（朗诵）“农民运动，在事实上与理论上均为国民革命的基础。”这，真是一针见血，中国要这样下去就有希望了。

升　秀　我看不见得。我们这次举动，不也是农民运动吗？结果落成这个地步，不但不能救民于水火，反而闹得鸡犬不宁，人民遭受颠沛流离之灾。自古以来的农民起义就没好结果。李自成进了北京，没有几天就完了，从我们广西搞起的太平天国，得了半个中国，十五年后终归烟消云散。我们这次打进了东兰县城为时也不过一个月，后果却成了这样……

拔　群　（愤怒）成了怎样？

升　秀　你还看不到吗？

拔　群　我眼睛没有瞎，怎么没有看到。我看到的是地主官僚的狰狞面目，狼心狗肺越来越毒辣了。而且不但我一个人看到，成百成千的老百姓也看到了。我们损失的只是一些钱财、牲口和房舍，敌人损失的是民心。这样一来，在老百姓当中普遍埋下了仇恨的火种。这火种有一天会爆炸，把他们埋葬。

升　秀　不管怎样说，这次失败。我更加相信，两年前三月三日所讲的话。当时我就认为，凡是关系到国家社会的改革那样的大事，并非个人比武，单凭拳头是不能成大事的。义和团的拳头就顶不住八国联军的大炮。说来说去，国家弄成这个地步，要扶弱图强，只能上下一心，以感化改良从事。若一味诉之暴力，势必两败俱伤。一如久病之身用猛药，不但不能使病起于沉疴，反而有断送生机之患。

拔　群　你又唱这个老调门了，自己也不觉腻味啊！你订阅这些新书刊，并没有读！可是，另一种发霉的旧书你倒背得烂熟，真是奇怪。我说，有的病是需要用西医的办法——开刀，把病根割掉的。养痈贻患，终非良策。

升　秀　反正你这一套也说服不了我。我看，通过参议会来监督政府施政可以考虑。世界潮流既然日新月异，人民文化逐渐开通，政府官吏不可能一味倒行逆施下去吧。

拔　群　你希望有个好人政府，客气一点说，未免太天真了；不客气的话，你这简直是迂腐之见。你知道现在广西是谁的天下？参议会替谁说话？陆荣廷的自治军也罢，李宗仁的定桂军也罢，黄绍竑的讨贼军也罢，都是挂羊头卖狗肉，口讲民主，实际是独裁。标榜是革命，实际上是反动。他们尽管旗帜不同，骨子里是一样货色，无非是争权夺利，祸国殃民，参议会不过是傀儡的舞台……好了，不争了，将来的事实可作证明。现在我的肚子要起革命了，给弄点什么来对付一下吧。哦，你告诉家人一下，定邦他们等会儿要来，请注意点。

升　秀　好！（下。）

拔　群　（目送着对方下，然后又翻书，念出声来）以培养革命军队干部为宗旨的黄埔军官学校，下月初正式成立！广东农民运动讲习所扩大招生，训练农民运动骨干。（拍腿）好！这可是瞌睡碰到了枕头了！

（门外轻轻的脚步声。农大叔以探索的神气，推门进来。韦拔群打开报纸看，不让对方看到自己的脸。）

大　叔　林先生，林先生。（看看韦的脚，迟疑）谁呀？

拔　群　（慢慢放下报纸，脸面渐露）大叔，认得出来吗？

大　叔　你？拔群！你在这？现在风声可紧啦！

拔　群　怎么样？

大　叔　罗文鉴一营人昨天已到县城，明天就下来了。常言说“兵家过，篱笆破”，这一下，不知又要遭塌多少人家呵！他们口口声声要抓你归案。

拔　群　这个听说了。唔，你老人家坐吧，“没有凳就坐床，没有辣椒就用姜”，哈哈。

大　叔　你真是没个读书斯文的脾气呀，乡言土语不离嘴。难怪乡亲们总也念着你呢。

拔　群　弟兄们怎么啦？

大　叔　旁的地方我不知道，我们这几个村的人。倒是跟打坯的泥巴一个样。你越踩它，它越硬实。大伙倒是担心你。

拔　群　呵！大伙怎么说？

大　叔　大伙怕你给他们抓走了，我们就没有个领头带路的了。

拔　群　我在这是呆不下了！

大　叔　怎么的？

拔　群　不是敌人到处出花红吗？（试探）

大　叔　嗨，你担心这个！你还摸不透我们穷人的心哪？猫同狗总也不能在一起的。管他"金包铁"拿什么饵来钓，也不能把我们跟他那一伙拉在一起。

拔　群　你老人家到圩上去干什么？（迫视）

大　叔　啊，这个，是甲长要我给驻军的连长送封信。

拔　群　带回信来了吗？

大　叔　（惊愣，知瞒不过）正是带来一封。

拔　群　给谁？

大　叔　给——说是要交给升秀。我是两眼黑，认不出一个字来的，诺，你看吧。

（从怀里掏出封信。）

拔　群　（狐疑）你等一下自己交给他吧。

（林升秀上。）

升　秀　（见农大叔，不觉一怔）大叔，你来——

拔　群　（注视林升秀的神气）他带信来给你了！

升　秀　（诧异）信？谁的？（疑惑）

大　叔　（把信交给林升秀）是驻军的连长叫交给你的。

（韦一直注视林升秀的表情。）

升　秀　（拆信）呵！（吐口气）他们要我给你作说客！（把信交给韦拔群）

（韦拔群看信。）

大　叔　信上说什么？

升　秀　是杜悦诚写的信。说什么姑念我们三人同窗之谊,不咎既往,凡事务以桑梓之福为重,望我从旁规劝拔哥幡然改悔,弃暗投明,到县参议会参政。还说,秀梅嫂在那里等着,所以,不忙让她回来了!

大　叔　他还好意思讲那些话,这明明是安的圈套,要人往里钻。

拔　群　(看完信)哈哈,杜悦诚倒是学起风雅来了,还用两句歪诗来挖苦我。

(念)

"小鸟恋巢归树早,马嘶残垒夕阳斜!"

(向升秀)拿笔墨给我,礼尚往来,还他两句。(沉思)

升　秀　你吃了饭再说吧。

拔　群　不,吃了饭我又有事情办了,哪有空跟他吟诗。

(林升秀磨了墨,铺了纸。韦拔群拿笔一挥。)

拔　群　(放下笔)你看,怎样?

升　秀　(念)

"笼鸡有食汤刀近,野鹤无粮天地宽!"

哈哈,妙!妙!

拔　群　妙不妙,反正是人家的句子,我是信手捡来的。大叔再送信的时候,顺便把它带一带吧!同时,告诉大家,我明天到南宁去一趟,后会有期。

大　叔　(接过信,依恋地)真是要走吗?

拔　群　要走!

大　叔　大路上每个口子都驻扎着官兵呢,你——

拔　群　那怕什么的,他们不是要我去参政吗?

大　叔　反正你是飘洋过海的人,懂得怎样扬帆掌舵的了。好了,我得走了,祝你一路顺风!(下。)

拔　群　(送上两步)大叔你好走!

升　秀　(惊愕)那,你真的决定走了?

拔　群　是呀,我要到外面去一趟。

升　秀　你如果不去县里跟他们把案子了结,你一旦走开了,事情怎么办?乡亲们会失去重心!

拔　群　现在他们给老百姓为难,目的是为了抓我一个人。如果我离开了这地区,他们可能不至于用这样残酷手段。再说,这两年来,我感到在我们这个地方太闭塞。受限制大,好像你这个书房,要打起拳来,脚步都没地方迈。必须与外地有联络有呼应,互通声气才行。

升　秀　那,你究竟到那里去?

拔　群　广州。广州现在是革命的摇篮,打算去那里看看形势!

升　秀　国民党居然跟共产党合在一道,可见共产党已经不简单。共产党到底是……

拔　群　它是以马克思的学说组织起来的工农革命政党,现在的俄国就是共产党执政。我在四川时就听到我们中国有人在活动,当时我只知道要革命,不问党不党。这回去广州倒是要了解一番。

升　秀　是不是明天就走?

拔　群　是。

升　秀　秀梅嫂被杜悦诚扣下来不知怎样?你们这次退出东兰时,不应该把她撂下。

拔　群　谅杜悦诚吃不了她。“革命不成,何以家为!”暂时顾不了啦。

升　秀　刚才在大叔面前你不该把话全漏了。

拔　群　正是要把话传出去。

升　秀　那,为什么?

（韦定邦和陈志高上。）

定邦、志高　拔哥!

拔　群　你们来了!乡亲们怎么样?

定　邦　“竹叶青”“金包铁”这两条毒蛇把乡亲们抓了不少去,玉姑和少英也给抓走了,还烧了不少房子。他妈的……拔哥,反正是活不下去了,你再领着我们打回东兰吧,这次非把他们杀得个干干净净,出出这口气不可。

志　高　拔哥,你别走了,领着大家再干吧。

拔　群　我的好兄弟呀,革命光凭着为了出口气可不行呀,我韦某这次就因为只顾愤打不平,没有更多的办法,才使乡亲们受苦了。这次我出去就是唐僧取经,去联络伙伴,多想办法,看看人家别处怎样搞,回来再干。

定　邦　那好,拔哥,听你的,我们等你回来。

拔　群　他们现在一心一意是要抓我。我走后他们会放松一些的,抓去的人会放回,你们在家忍耐一时,避免跟他们正面冲突,采用消极的办法,捐税租债,不作公开抗交,暗中给他拖欠,能躲就躲,能赖就赖。同豺狼打交道,不能讲良心,这个世界"人善人欺,马善人骑",懂吗?

志　高　(拿出一小布包)我妈说,这是你那年到贵州去给她留下的九块银元,现在给你拿着路上用吧。

拔　群　你留着吧,我出门朋友多,有办法。我是天南海北闯过来的人,乡亲们可以放心。你们在家跟那些坏人打交道,倒是要提防。

定　邦　他们再怎么压,至多就是这个样子,我们一定扛得住。

拔　群　好。有你这样脾气的人我就放心了。外面都知道我要走了吗?

定　邦　这两天到处传说你要去南宁,那些狗兵现在已经派人到田州去的各个路口等候你呢。

拔　群　那就好了。

志　高　怎么好呢?

拔　群　沿途有兵护送还不好吗?

志　高　哎,人家正怕你上了他们的当,急得跑来告诉你,可你却不在意。

拔　群　放心吧,老弟,让他们去田州路口喝西北风好了。(意味深长的对志高一笑。)

定　邦　哦,我懂了!

(门外敲门声。)

定　邦　这是谁?

升　秀　我去看看!(下。)

(室外声:

升　秀　拔群嫂,是你?

秀　梅　拔群在哪儿?

升　秀　在这儿!)

(升秀、秀梅上。)

拔　群　秀梅,你怎么来了?

秀　梅　谁知道他们要的什么花招。

拔　群　这些天你受苦了吧?

秀　梅　他们不敢对我怎样。不,他们还特别客气呢。反正他们是笑里藏刀,就是这一套。别说他们了,你自己打算怎样吧,要走就快走,再迟两天就出不去了,他们追查挺紧。东西我刚刚到家里拿来了,不够以后再寄给你。(交给拔群一包首饰)金耳环金戒指都包在里头了。

拔　群　你想得真周到。

升　秀　拔群嫂,你还没有吃饭吧?

秀　梅　我不饿。

升　秀　还是给你弄点儿来。

定　邦　(向志高示意)走,我们去帮帮手。

(舞台只剩下拔群、秀梅,静一会。)

拔　群　秀梅,你瘦了。

秀　梅　我瘦了?我看你才瘦呢!

拔　群　你跟我可真受苦了,这次革命没成,拖累了你,回来两年东奔西走,没有过一天安闲日子,现在又得走了。祖父年纪大了,他脑筋不开通,有些事情你多担待一点吧。

秀　梅　看你瞎想些什么?家里的事你不要担心!

拔　群　你又快做妈妈了,我这个爸爸却不在身边。

秀　梅　还早呢,对了,你给起个名字。

拔　群　起什么名字呢?(沉思)就叫"仇仇"吧,世上恶事太多,让孩子懂得用仇恨来诅咒压迫人的强权吧。这回出去时间要长一些,你自己要好好的保重。乡亲们有为难之事,你能帮到的,就把手伸给他们。

秀　梅　这个你别担心,难道我是那种势利眼的人吗?

(门外敲门声,随即有官兵叫喊声。)

（升秀等从内屋上。）

定　邦　他妈的，跟他们拼了。

秀　梅　定邦！

升　秀　他们怎么知道你在这儿？

秀　梅　哦，这都怪我疏忽，他们一定跟着我的后面来抓他（指拔群），怪不得他们放我回来。

志　高　拔哥，你快走。我们来对付他。

拔　群　（深沉，严肃）告诉乡亲们，再大的风雨也要顶得住。别看他们现在威风，杀人总归要填命，欠账总是要还钱的。升秀，你转告杜悦诚，以前的事由我韦某一人担待。再给老乡过多的为难将来是要算账的。好吧，后会有期。

秀　梅　定邦，志高，你们送拔哥走，我和升秀在这儿应付。

拔　群　也好，走。

（三人同下。）

（升秀去叫人看门，一会匪兵上。）

一班长　韦拔群呢？

秀　梅　我正要问你们呢！人都给你们逼得无影无踪，害我东寻西问也没找着。

一班长　给我搜。

升　秀　谁敢！真是岂有此理。我林升秀一不偷盗，二不抢人，你们竟敢放肆，你们眼里还有王法没有？

一班长　林先生，小的不敢。只要你把姓韦的交出来就行了。

升　秀　姓韦的你们已把他搞得妻离子散，人家要到南宁去告状，怎么会在这里？

秀　梅　升秀，那我先回去了。他既然到南宁去，可能还撵得上他。

匪兵甲　你别走！（用枪拦）

一班长　别放肆，（向匪兵甲使眼色转对秀梅）冒犯你了，请回吧。

（秀梅下。）

(班长与甲耳语,甲带一人跟下。)

一班长　这是我们杜知事给林先生的信,让我们陪你到县城去一趟。

升　秀　怎么,你们要抓我!

一班长　哪里,哪里,杜知事说请你去商议县里的善后。

升　秀　我不去!

一班长　哦,架子可真不小。再不走可别怪我不客气。

升　秀　嘿,你们敢跟我动武?真是目无法纪!非到参议会去告你们不可。

(一起下。)

(幕落)

第四场

时间　1925年8月。

地点　东兰县公署内。

场景　在公署的会客室。一个卅多岁的由于吸鸦片烟而显得瘦削颓唐的县知事杜悦诚同县参议长金鸿甫耳语。一个装束妖冶、举动轻浮的国民党省党部妇女运动干部李银华轻轻的推门进来,见这两人鬼鬼祟祟,不觉吐舌。

银　华　哟,你们两人,一个舅爷,一个外甥;一个议长,一个县知事。是在办公事,还是在谈家常呀?

金包铁　(尴尬)李小姐真会讲话。我们东兰的霸陵桥去看了吗?

银　华　看了,既然是贵县八景之一,哪能不观光观光。不过,我是个俗人,学不来风雅,对风景没有兴趣。你们东兰三杰,倒是想领教领教。

金包铁　你要见他们?呐,这就是一个。(指杜悦诚)

杜悦诚　(酸溜溜)哟,李小姐,你,你——

银　华　（不屑）昨天来我们就见到了。杜知事的如夫人原来是我们同学呢。我现在倒是想认识认识姓林的和韦的那两位。那两位呢？听说那一位姓韦的夫人是风头人物。该是贵县的“一枝花”了！什么时候能见到呀？

金包铁　李小姐要见，还不容易嘛，不过，她住在乡下，三天两日，赶不来。

银　华　这样的人为什么不请她到城里来呀？你这位县官太不注意人才了。

（杜悦诚的老婆王湘娥，一个娇滴滴的官太太轻轻上场，留心听他们的谈话。）

杜悦诚　是呀，李小姐这一来给我们开导开导，事情就好办了。

湘　娥　（白了丈夫一眼）嘿，好办了。人家老公回来了，小心再喝一肚子水吧。

银　华　什么，喝一肚子水？不懂你们的黑话。

湘　娥　告诉你吧，是这样的一件故事：人家姓韦那位夫人，小时候就是个美人儿，他（指杜）见了就是饿猫见了鱼腥死皮赖脸的追人家，有一天在桥上，同姓韦的争风吃醋，给人家推到桥下，喝了一肚子水。

银　华　呵！（意味深长瞟了这两口子一眼。）

杜悦诚　你们女人什么时候也离不了一瓶醋。

湘　娥　（向丈夫抿嘴）算了吧，醋也好，酱也好，反正懒得同你讲。桂圆汤给你炖好了，还不来呀！

杜悦诚　拿这儿来吧！

湘　娥　你真难侍候。（下。）

金包铁　（向银华）姓韦那个是在城里的。我们打算不让他回乡下去了。等会他就来，李小姐马上就看到了。

银　华　他是干什么的？

金包铁　他从前在外边。

银　华　我不要从前，我问他现在是——

杜悦诚　现在是广东方面国民党中央农民运动部的特派员。

银　华　（惊讶）哦？那，可是不简单哩，我在省里为什么不知道？对不起，等会再来。（下。）

金包铁　（目送李走后，随手把门掩上）就这样，把他拖住。他在这里，就是鲤鱼上了岸，不由他跳了。要是让他回乡下去，就是放虎归山呀！那，可就玩不过他。如果他不肯上套，就跟他摊牌。前年那件命案还未了结，不是吗？把柄都在我们手上，来他一个先礼后兵。

杜悦诚　（呵欠）没有办法只好这样。身边有他这号人，就是裤裆放进了一只跳蚤，总不是那么舒服。

（门轻轻启开，玉姑端茶盘上，注意谛听观察二人的言谈和举动。）

金包铁　我走了。（下。）

（玉姑把桂圆汤放在杜面前的茶几，转身要走。）

杜悦诚　回转来！（贪婪地盯着对方），你跟李小姐说了什么啦？

玉　姑　（低头压抑愤恨）没有，什么也没有讲。

杜悦诚　唔，你要乱说话小心你的皮！把这客厅收拾好，等会要用。（下。）

玉　姑　（目送杜下）呸！

（玉姑整理桌布、窗帘、花瓶。一会，韦拔群上。）

拔　群　（认出玉姑、惊喜）玉姑！

玉　姑　（悲喜交集）拔哥，你可来了！（滴泪）

拔　群　小点声。在这里怎样，好吗？

玉　姑　还好呢，你快把我带走吧！

拔　群　等一会那位李小姐在场的时候，你再来。（与玉姑耳语）

玉　姑　（点头）唔，拔哥，你可得小心，他们说，要把你留在城里，把大嫂接出来，另外，还说什么先礼后兵！

拔　群　（惊讶）哦？

（幕后，声音："玉姑！"）

玉　姑　在这，来了！拔哥，你可当心。

（玉姑将下。）

拔　群　等一等。你想办法去告诉志高他们，我在这里。

玉　姑　好。（下。）

拔　群　（环视室内陈设：正中有孙中山和马克思、列宁的相片，相片下边都写

“世界革命领导者”。)

(韦拔群步出门外回廊,渐隐入幕后。)

(一会,金包铁进场。)

金包铁　(失望自语)怎么回事,不是说来了吗?(回头将下)

(罗营长迎上。)

金包铁　(愕然)罗营长!

罗营长　(粗声大气)不是叫来见杜知事的吗?他……

金包铁　他……杜知事他……

罗营长　他那两口(比画吸鸦片烟)还不够瘾呀?

金包铁　就来就来,看,一说曹操曹操就到。

(杜悦诚上。)

杜悦诚　欢迎,罗营长先到了,失敬失敬,抽烟!

罗营长　闲话少说,有什么商量,讲吧。

杜悦诚　嘻嘻,是这么回事。(与罗低语)

(罗点点头。)

杜悦诚　成了,自治军的收编费准定如数奉送。

罗营长　好,金议长保证。

金包铁　君子言必有信,哪能反悔,罗营长放心。

罗营长　那好,回头见。

(罗下。)

杜悦诚　好,来它一个“鸿门宴”!不过,人家是广东那边的中央农民部特派员,对我们就算不念旧恶,但是对公事少不了要挑剔的,几块招牌都挂起来了吧?人也要练习一下,总理遗嘱大家都背诵出来吗?

金包铁　是要布置一下,姓韦这小子跟林升秀不一样,他的头可不好剃呢,来人呀!

(一个听差上。)

金包铁　(向来人)你去传达室叫人把几块牌子拿到这里来。

(听差应声下。)

杜悦诚　（苦恼）事情是有点棘手呵。

（老七与另一人扛"东兰县农民协会"和"东兰县妇女协会"等招牌上。）

（杜悦诚和金包铁品评招牌。）

杜悦诚　字写的还好，牌子太小气，招牌招牌，应该搞大方一点嘛。

（老七与金包铁低语。）

金包铁　（惊异）什么？罗强他怎么？又要来缠？告诉他，我金某不是那么好欺负，他爱怎样由他好了，不过，他的事我可就包不了。拿下去吧。

（老七与另一人拿招牌下。）

杜悦诚　什么事？

金包铁　就是两年前那个案子。

杜悦诚　这个……？来，回我房去商量一下。

（二人下。）

（一会儿韦拔群同林升秀上。）

林升秀　（兴奋）大前天就知道你这两天到。前天我回乡下一趟，乡亲们听说你要回来，高兴的了不得，说不定今天志高、定邦他们到城里来看你！

韦拔群　你现在是？

林升秀　是这么回事：革命的潮流一来，老爷们的脑筋都开窍了，国民党县党部筹备处搞起来了，县农民协会、商家协会都挂起招牌了。妇女方面，省里还派一位妇女运动指导员李小姐来指导工作，你还没见过吧。她就是财厅李厅长的千金。摩登的思想，平民的风度，人还不坏，挺热情。

拔　群　说你自己吧，你到底担任了什么工作？

升　秀　我搞青年协会，在农协会还兼个秘书长。

拔　群　农民协会主任是谁？

升　秀　杜知事兼，金包铁做委员。你不知道，他现在是议长。

拔　群　简直是一个骗局。

升　秀　（诧异）这怎么说？他们近来是有所改变的。

拔　群　改变？哈哈！当然，人不可能不改变。小孩一天天长大，大人则一年年老了，有的人越来越反动了，有的呢，越来越进步了。拿我自己说思想眼光也和从前大大不同了，但是，“金包铁”“竹叶青”这些毒蛇，他们真要革命能够相信吗？（直视对方）你要相信这些人能为百姓谋福利就等于相信狼和羊可以做朋友。

升　秀　他们对孙中山的三大政策是口口声声拥护的。过去我们闹的事情，他们都不计较了。

拔　群　见鬼，不能听他们的好话，主要看他们的行为。他们现在到底办了什么啦？

升　秀　（似有所悟）招牌是挂了，事情倒还没有开始。

拔　群　那，不是明白了吗？

升　秀　他们说，经费支绌，什么事也办不起来，如果增加捐项，又得增加人民负担，与革命精神又不相符。

拔　群　老弟，你又是让人家灌米汤了。骗局，骗局，一千个骗局。

升　秀　老哥，你冷静一点，你脾气太暴燥了，这点你就没有改变。

拔　群　我脾气可能改不好，我的思想可不一样了。出去一趟比以往几次游历都不相同，真是胜读十年书。过去许多问题闹不清楚，就跟大海里的帆船一样东奔西闯，也找不到一条航线。现在，可有了指南针了，你看，这是谁？（从袋里拿出照片）

升　秀　谁？

拔　群　他，他是我最好的老师。广东农民讲习所的所长，是共产党的领导人之一，孙中山在世时，委派他做中央宣传部部长。他办过《湘江评论》，文章写得呱呱叫，这次我把我两年前在这闹的事跟他说了，他说：中国革命一定要依靠工人和农民。农民人数多，没有他们什么事也办不起来。他说，领导农民弟兄闹革命是根本办法。但是，农民当中有几种，有的人是干到底的，有的人干到半路也可能就不干了。至于地主官僚和军阀那些人，什么时候都不会是好东西，他们跟农民是死对头，要提防他们的“口蜜腹剑”。

升　秀　那，你这次回来打算……

拔　群　打算搞农民协会。看。（拿出名片）

升　秀　(念)国民党中央党部农民部特派员！嚯，官位不小。工作主要是在省里还是回县里来？

拔　群　当然是回县里来。农民运动不到农村来搞，岂不成了"缘木求鱼"？你听说了吧，陈勉同志去梧州宣传员养成所毕业回来，现在是省党部的农民部长。他十分赞成我先回本地搞起来，打开一个缺口，占住一个阵地，以后大局面就好打开了。

升　秀　那，岂不又给杜老爷笑你是"小鸟恋巢归树早"了！

拔　群　他"孺子不可谋"，他要笑由他笑好了。列宁说的："谁笑到最后谁笑得最好。"

升　秀　可是，人权财权都在他手上，你不拜他这个土地庙，行吗？

拔　群　等一下就要同他交涉，我打算先从训练干部入手，仿照毛所长的办法，开办一个农民运动讲习所。

升　秀　我看呀，你的理想未必如愿以偿，你想，"竹叶青"和"金包铁"能那样慷慨吗？

拔　群　他不答应，我自己把牛羊都卖了，从家里拿出钱来干。

升　秀　有了经费，没有校舍，也是一个难题。

拔　群　(沉思)不，难不倒我。你说，我们北帝岩不可以住它千把人吗？

升　秀　那，就往回退了。

拔　群　看你怎么退法。有时是以退为进的，有些时候你不退回去，就永远出不来。

(林升秀沉默不语。)

拔　群　怎么，你……

升　秀　我正在想。

(杜悦诚、金包铁和李银华等一边说话一边上。)

银　华　看，不是来了吗？(对杜、金)，我都说刚才见到一位面生的先生进来了的。(向拔群)这就是——

拔　群　我韦拔群(递名片)请问贵——

银　华　得啰，什么贵姓，我叫李银华。

金包铁　是省党部妇女部来的指导员。这位是林——

银　华　我们已经见过面了。

金包铁　哦,你们都是青年人,容易混熟的。

（李银华抿了抿嘴。）

杜悦诚　（对韦拔群）坐,大家请坐下谈。韦兄,我们最后一次见面是在——

升　秀　（抢着说）是桂林法政学堂。

银　华　哦,你们原来是老同学呀!

升　秀　是呀,正如你跟杜知事的如夫人一样,都是同学。

银　华　同学是同学,出了学校就都分道扬镳了。这次我们在这见面真是奇迹。她可一点也不老,还是娇滴滴的。

升　秀　（对银华瞟了一眼）你也没有老呀?

银　华　不老,可是快成了明日黄花了。

杜悦诚　（对拔群）后来你老哥从军去了,我毕业以后,到了日本混了两年,一别就是十多年,真是往事不堪回首。

拔　群　（严肃）杜知事,别误会了,我这次既不是省亲访友,也不是游山玩水来的。

（金包铁与杜悦诚交换眼色,李银华甩开了林升秀,凑过来听韦、杜交谈。）

杜悦诚　那,我们就开始谈公事吧!金议长,林秘书长和李小姐都在这里,我们几个先交换个意见,等会大家来了好提出来。韦兄这次来是指导农运工作吧?以韦兄高见,我县农运究竟如何着手?

拔　群　以我之见,既然是农民运动,就要农民参与其事。第一步工作必须训练一批农民干部。由他们回到各地农村去宣传、唤醒农民觉悟,组织农民协会,务使农会真正成为农民自己办事的机关。目前马上要做的,一方面筹办农民运动讲习所,一方面积极成立农民协会,宣传革命道理。这事必须雷厉风行,双管齐下。

杜悦诚　这个……!

（金包铁向杜示意。）

杜悦诚　这个，牵连到几方面，一时恐怕不能立即办到。

金包铁　是呀，单单是经费一项就是不好筹款。拔群是本地子弟，不待我说都懂得，这地方的地皮太薄，老鼠尾巴长疮，挤不出多少脓来的啦。两年前你不是看到每户六角钱冬防捐，乡亲们都缴不出，还烦你奔波了一趟吗？

拔　群　那时是官府对农民的剥削，现在是农民要办自己的事，根本不能相提并论。

杜悦诚　不管是什么，都是要钱要经费，我是做父母官的不得不为民着想。

金包铁　我自已也很惭愧，本来是民众推选出来，要给大家说公道话的。跟以往只负责一个区乡的团练、兵役、粮草的事务不同了，应该是直言见谏。我以为既要兴办民众公益事业，照理固然要全力以赴，实际上则不得不从长计议。

李银华　是呀，两位的话倒是语重心长。我们现在既然是为了革命，为民众除痛苦，在经费开支上，不能不看看家底，不想想民众的负担。我听我父亲常说，财政开支上很头疼，要超过什么“尺”（赤）字。

拔　群　反正办农讲所，是势在必行，否则，只挂招牌，不办实际的事，徒托空言，奢言革命，试问于事何补，于民何益？

金包铁　是呀，如今为民求平等，谋福利，乃世界潮流，大势所趋。大家看法见解都没有分歧。就是经费，经费支绌。

拔　群　经费，可以用乐捐办法，在我们这里每个官员手上拿出点来，不够部分，我个人包了。

升　秀　这倒是个办法！

杜悦诚　这个嘛……

金包铁　有了经费，没有住的地方还是不行呀？

拔　群　没有房子可以住到山洞去。只要大家赞成了，什么问题都好解决，李小姐你看怎样？

李银华　你可是一把火，石头都叫你点得着呢。

金包铁　这件事关系重大，应该取决于民意。还需要开个会商议商议，得通盘筹划。

杜悦诚　该办的事总是要办的，就是不能操切从事，金议长刚说的，我同意，得从长计议。这两天，韦兄你暂时就住在参议会。事情我们再慢慢商量。

拔　群　对不起，我有地方住，不必打扰了。

杜悦诚　打算住在哪里？

拔　群　回家一趟。

金包铁　那不必了，我已经叫人把令阃接到城里来，今晚就到。

李银华　对啰，听说尊夫人还是个理想的妇运人才呢！我们正准备借重于她，希望她对妇女解放能出一把力。

拔　群　这样说，李小姐是为妇女求解放而来的啰？（咳嗽）

（玉姑捧一盘香蕉上。）

银　华　是的呀。

拔　群　那好，目前这位姑娘就是你工作对象。

（端起茶杯向玉姑示意。）

（杜悦诚、金包铁震惊。）

银　华　她怎么啦？

拔　群　你问她。

（玉姑欲言。）

杜悦诚　（向玉姑斥责）这里没你的事，给我下去。

拔　群　不，让小姐听听她的申诉！玉姑，说吧！

金包铁　（跺脚）唔，到底想搞什么把戏吧！

杜悦诚　（慌张，向外喊）来人！

（一衙役上，杜悦诚与之耳语，衙役随下。）

（林升秀得韦拔群一张纸条，随下。）

玉　姑　李小姐，你救救我吧！我是个瑶人，团练说我是抗捐抗税，把我抓了来当婢女，请求你帮我作主，把我放回家吧！

银　华　（向杜悦诚）怎么回事？

杜悦诚　她原是造反的乱民当中的一个从犯。

银　华　犯人，为什么拿来做婢女呢？

（杜、金张口结舌。）

玉　姑　他们借口说我是犯人，拿人当做牛马使唤。

杜悦诚　住嘴！

银　华　杜知事，让她把话讲完吧！

（金包铁愤愤下。）

拔　群　事情是摆在这了，如果讲起此事，我就是个罪魁，应该问我。她一个无辜的姑娘，拿她替罪是不公道的。我担保她回去，请李小姐做个证人！

银　华　既然这样，杜知事先作个范例也好！（对玉姑）走吧，从今你得到解放了！

杜悦诚　李小姐，你可不明真相呀！

玉　姑　（踌躇）李小姐！

银　华　走，我送你出去。

（李银华与玉姑下。）

杜悦诚　（奸笑）你倒是有个好记性。

（衙役上。）

衙　役　禀告老爷，罗营长派来的连长到！

杜悦诚　请！（胜利地瞥视韦一眼。）

（一军官上，后面跟两个带手枪的警卫兵。）

连　长　谁是韦拔群？

拔　群　（沉着）某人就是。

杜悦诚　（故意）有话好商量，坐！

连　长　（向韦拔群）你跟我走！

（两个警卫员拥上。）

拔　群　（怒视）慢着！县知事在这里，你们是干什么的？

连　长　嘿，你还跟老子装蒜，我要拿两年前杀我们的班长的凶手！

拔　群　哦，这是你认错人了。

连　长　胡说，你不是韦拔群吗？

拔　群　韦拔群就是我，可是杀人的不是韦拔群！

连　长　手令在这，你看！

杜悦诚　（作好作歹的）韦先生是中央的特派员，懂得国法的，有事好说。

连　长　老子没那个耐性。

拔　群　（望着门外有所期待）你拿凶手是应该的，这不怪你。

连　长　管他什么员，老子只知拿凶手，来！

（门外声音嘈杂。一会林升秀领着韦定邦、陈志高等一拥而入。）

志　高　（跳向前。拦住韦拔群，怒向军官）你们想干什么？

（这时陆续有九个绅士进场。）

连　长　抓杀人犯，你走开。

定　邦　老总你瞎了眼啦？（对后面的人）把他带上来。

（罗强被拥上场。）

升　秀　（对罗强）你说吧。

（罗强哆嗦。）

志　高　别害怕，有我们给你保驾。

连　长　（颓丧）到底搞什么鬼？

（众绅士面面相觑说不出话。）

罗　强　禀告老爷，老总，不是我要害你们的班长，是……

连　长　是谁？快说！

（李银华悄悄上，在旁静听。）

罗　强　是，是那个班长跟金团总三奶奶私通，金团总给三两烟土、五十块银洋，叫我把他干掉的！后来只给我三两烟土，五十块大洋没有给我。

杜悦诚　什么？你胡说！

罗　强　我对天发誓，我要说假话，雷公打死，全家成麻疯。

定　邦　大家看，这是不是金团总的亲笔字？

连　长　我看（欲抢）！

定　邦　不！这是赃证，不能随便拿。

拔　群　让杜知事也过过目吧！定邦，来来，大家来看，这不是假的吧！

银　华　我看，（走上看纸条）哦！

拔　群　（向连长）你不是要拿杀人犯吗？你找错路了，应该到县参议会去才对，主谋是我们的议长。

定　邦　你们不敢去，我们去把他拿来，各位弟兄们走！

志　高　拔哥，走吧！（众人蜂拥而下。）

拔　群　（回头对杜悦诚）杜知事，后会有期！（下。）

银　华　我的天呀！怎么回事？

（幕急落）

第五场

时间　1927 年春。

地点　东兰中和区的圩场。

场景　魁星楼前面，农会门口的广场。门旁挂有"东兰县中和区农民协会"。门上首冠以"一切权利归农会"。围墙上贴着"打倒帝国主义""打倒军阀""打倒土豪劣绅金鸿甫！"等标语。

（农大叔含烟袋，满面春风，进场。）

大　叔　（念）打倒土豪金……（自语）冤有冤报，这一回金团总的劫数可到了！

（玉姑领一群妇女上。）

玉　姑　大叔，你那面破锣呢？今天应该多敲两下啦。

姑娘甲　你还不知道，大叔人家已经当上农会的财粮委员啦。

玉　姑　哎哊，我去县里个把月，就同隔了一世人似的。

大　叔　玉姑，我们穷人可是翻身啦。你今天回来可是有戏看呢。你看谁来啦？

（陈志高匆匆上。）

志　高　（对着众人，未注意玉姑）你们看见拔哥在哪？

玉　姑　哟，你现在的眼角好高呀。

志　高　啊，回来啦？

玉　姑　可不是回来啦？

志　高　不给你磨牙，人家有要紧事找拔哥。

（下。）

玉　姑　他在农会担任什么工作？

大　叔　青年委员。后生仔跟竹笋一样的，长进可快了，真是后生可畏呵！他就在北帝岩"农讲所"学了几个月，现在呀，革命道理可是一套一套的，讲得你都插不上嘴。（向玉姑）你那城里也该学到好多新知识了？

玉　姑　才不是呢。城里的名声倒是有这个有那个的，实际上来回都是几个官太太和那位省里来的李小姐应酬交际，他们看我原来当个丫头，又是一个瑶人，哪里把你放在眼里。大叔，不是说第二期"农讲所"要招妇女吗？我们也要去。

大　叔　妇女的事，要秀梅作主，你们找她去吧。

玉　姑　好，我们现在找秀梅姐去。（玉姑领众妇女将下）

（韦定邦上。）

定　邦　你们到哪里去？赶快去把你们妇女集合起来吧，人家兰木区农会的都来了。

众　人　好吧！担保不落在你们男人后头。

（下。）

定　邦　大叔，你看，等一会斗完了"金包铁"，就要宣布没收他的财产，现在我们先布置人把他的家看着，别让他把东西从后门漏出去了。

大　叔　那就说，要抄他家了？这，合适吗？

定　邦　怎么不合适？

大　叔　抄家可不是一件小事呀，没有官府的公事，行不行？

定　邦　哎，你不看看，（望门首横额念）"一切权力归农会"。他当团总那些年，害得多少人倾家荡产呀，等会罗强要当众揭他杀人害命的案子呢。再说，金包铁的钱财哪一毫不是从我们手上抢去的？我们白白养活他大半辈子已经是便宜他了。这些钱还不要他退还出来呀。走，你这财粮委员快把它收回来，分发给大家！

大　叔　拔哥怎么说呀？他赞成吗？

定　邦　当然嘛，走，别啰嗦了。

大　叔　那，拔群他自己家怎么办？

定　邦　他自己家？拔哥这个人的脾气你还摸不透。这回办“农讲所”的经费还不是他从自己家里拿出的浮财来开销的。

大　叔　是这样，我们可是阴天见了日头了。走，走！（二人下。）

（小学教员领着一群小学生，拿着刚制成的写着“土豪劣绅金鸿甫”的高纸帽和标语等走过场。）

（农民群众三三两两议论过场。）

（金包铁戴高帽、蒙眼睛被农民群众捆绑押解出场，群众跟在后头喊“打倒土豪劣绅金鸿甫”。在场中稍停，即下。）

（韦拔群、覃家庆、李秀梅等上。）

拔　群　（对家庆）你有什么意见，坐下谈吧。

家　庆　我说，金团总他本人一贯作恶多端，跟他清算抄家是可以的。“杀人填命，欠债还清”嘛，是不是。我只是说普通的财主是不是也一样办？

拔　群　你说的是哪些财主？

家　庆　譬如说，升秀他家，财主是财主，可是，不同金团总那样，强取霸占别人，所以不能一概而论是不是？

拔　群　那要看乡亲们的意见。

家　庆　现在升秀不在这，事情更不好办。

拔　群　你怎么回事啦？现在弟兄们越闹越来劲了，你反而越来越胆小了，这就不对头哩！懂吗？

家　庆　那，除了升秀家，其余的是不是也……

拔　群　都一样，一视同仁。（对秀梅）你回家去把东西拿来吧。

秀　梅　好，我就去。（将下，又回头）呵，刚才玉姑他们几个姑娘要求到“农讲所”去学习。

拔　群　满足他们要求。凡是要求进步，要求革命的，都应该鼓励，支持，不能泼冷水！

秀　梅　好。（下。）

（家庆低头不语。）

拔　群　你怎么啦？几个月来熬夜熬累了吧？

家　庆　我，没有什么。盘大爷那里，要不要叫个人去请一请？

拔　群　不用。他愿来就来，不愿来，就不要勉强。现在我们做法跟前几年不同，不能依靠一般的父老，主要依靠工人农民。农民当中贫农佃户就是我们革命的根基。先把这些弟兄捏成一团，事情就好办了，别的人多一个少一个不碍多大的事。有的人，不愿跟工农一路的，你把他硬拉过来，反而碍手碍脚。

（一个邮差“梁大炮”挑着一担邮件上。）

邮　差　嚯，你们这像是要办喜事一样，（顺便在树下石凳歇脚，用手巾抹汗）什么事这么热闹呀？

家　庆　“大炮”，又带来什么新闻啦？

邮　差　什么新闻？（指报纸）上面全有。上海80万工人举行总罢工，配合北伐军占领了上海；北洋军阀海军总司令杨树庄投诚了革命；英国鬼，退还了我们的汉口和九江的租界；还有，国民政府正式公布了“惩治土豪劣绅条例”……哎，我不认得字，只靠耳朵听进来，又凭我三寸不烂的舌头吹出去，你要说我车大炮，那也没办法。韦先生，这书报全是你的，给你。

（交韦一堆书报，有《向导》，《政治周报》等。）

（韦接过书报，翻阅。）

邮　差　你们今天是和金团总算账——？

家　庆　别处怎样？

邮　差　别处还不是半斤八两。田州、平马一带，可厉害啰，元宵节也没这样热闹呢。童养媳要离婚，婢女要自由解放，嘻，跟唱戏的不相上下。

（大叔、定邦、志高等人上。）

定　邦　“大炮”又车什么啦？

邮　差　车什么，对不起，已经车过了。我又得上路了。（唱一句粤剧“夜吊白芙蓉”）

（众笑，让开路。）

拔　群　这一下子，可有法令根据了。（向众摊开报纸）看，武汉国民政府正式公布了“惩治土豪劣绅条例”。

家　庆　是吗，那就好，听说今天县里有人下来视察——

定　邦　视察我的吊毛，“金包头”从前陷害我们，谁给我们伸过冤？

拔　群　毛所长这篇《湖南农民运动考察报告》，写得真妙，哎，好极了。痛快！（一边看一边念）

大　叔　就是你说的那位毛所长吗？他怎么讲的？

众　人　是呀，怎么说的？

拔　群　湖南农民协会所做的，跟我们现在闹的一样，轰轰烈烈，把原来威风凛凛的土豪劣绅搞得惊慌失措了。毛所长在这篇报告里说：这是“好得很”！

定　邦　当然是顶呱呱嘛。

拔　群　可是，少数人却认为这样搞法“糟得很”！

志　高　糟得很，谁讲的，简直是反动派。

（这时群众逐渐通过，向斗争大会会场去。）

（玉姑同一群妇女气虎虎上。）

拔　群　（向玉姑）你这急先锋，动员工作怎么样啦？人都来齐没有？

玉　姑　就是不齐。有的人就是一堆干草，一点就烧起来了，有的人比一座山还顽固，怎样推也推不动。

拔　群　硬推当然不行，你得开动他的脑筋。你知道他们脑筋藏的是什么玩意吗？

玉　姑　有的说，从前是金家走运，现在是姓韦的当权。来回也出不了地主老财主手心。

（韦拔群沉思一会，环顾群众。）

定　邦　这是反动派造谣。

拔　群　不，不完全是造谣，这话是有道理的。

定　邦　有道理，什么道理呀？我不知道。

拔　群　不知道的事还多呢，大家都要学呀。（向玉姑他们）乡亲们都有这样的顾虑吗？

玉　姑　不全是那样，但是人心隔肚皮，谁摸透啦。

拔　群　（沉思）是呀！

（群众越来越多，到此停住。）

拔　群　（站到高处）各位父老姐妹，有人说，我们今天打倒金团总，是姓金的倒霉，我姓韦的走运，是换汤不换药，来回仍旧是地主人家当权，是吗？

大　叔　（领大家喊）不是！

拔　群　我说，又是，又不是。是嘛，就是我家里确实是地主。不是嘛，就是我韦某人虽然是地主子弟，可是没有地主的心肠。

大叔、定邦等人　是呀！这是实在话。

拔　群　我从小就模模糊糊感到这个世界，不公道，为什么我家的人不做工，都有吃有穿，别人一天忙到黑，倒反挨饿受冻？到大了才慢慢懂得了，现在干了革命就更加明白了。我是地主子弟，是大众的血汗把我养大的，我家过去是剥削过农民兄弟。不是大家欠地主老财主的钱，而是地主老财欠着农民一笔债，时间拖得很久了，现在是该还的时候了。（向秀梅）你拿来了吗？

秀　梅　拿来了，都在这。（递上三个铁盒给韦）

拔　群　（接过铁盒）拿火来。

（志高从农协屋内拿出火把站在韦旁。）

拔　群　（打开铁盒）弟兄们，请大家看，这是乡亲们被剥削的字据，原来是大家的田地房屋，反而成了我家的了，这是合理的吗？

（众人活跃，交头接耳。人越聚越多。林升秀和李银华上场站在一旁观看。)

拔　群　我们要革命,就要消除不合理的事情。我不管别人怎样,我自己先带头做起,我现在当着父老兄弟姐妹的面把乡亲们原来割卖的,典当的,赊借的,一切文书契据都烧了,原来是谁家的田,让谁耕种,不再交租还债了!

(韦焚烧文书契据,秀梅帮忙。)

(众人欢呼:拥护韦拔群革命,实行耕者有其田!)

定　邦　(高呼)大家斗争金包铁去呵!

(众人蜂拥而下。)

拔　群　(向定邦)你等一等,你先到会场去主持,我等一下就去。

(幕后,群众的斗争口号越来越高。)

拔　群　(回头见林升秀和李银华)哦,你两位到多久了?这里,坐一会,请坐。

(两人随即就地坐石凳。)

拔　群　今天你们来得正好,可以看到民众革命的气概!

升　秀　你刚才的一番演讲和举动我们都看到了。

拔　群　怎样?有什么问题没有?

升　秀　以我之见,是不是过火了一点?

银　华　现在国民政府只是实行减租减息,还未做到“平均地权”那一步。

升　秀　我们在城里听说,乡下搞得很凶,一切都是农会说了算。主持农会的人又是一些——

拔　群　“地痞”?(目光炯炯注视对方)“糟得很”是不是?哈哈,老弟,你知道这些话是从什么人的嘴里喷出来的吗?

升　秀　你不管什么人说的,就看实际情况是不是这样?

拔　群　你看呢?是不是这样?你说韦定邦、农大叔、覃家庆、陈志高他们不是长年劳动的工农大众,而是地痞流氓吗?

银　华　我们就是为了要亲眼看看才下来的。

拔　群　那就好,请多看看。对啰,你们在县里的,消息应该比我灵通。毛泽东先生这篇文章读了吧?(展示《湖南农民运动考察报告》)那上面都讲到了,现在城里说这说那的人,实际上就是逃避民众同他们算帐的地主、土豪。他们在那里大嚷大叫,说什么农民协会搞过火了,“糟得很”!是不是这样呢?毛先生这篇调查报告得很清楚,事实恰恰相反。当然,他们站在地主阶级立场这样叫嚷是不足为怪的。可悲的是某些口口声声要革命,举手拥护“扶助农工”政策的人士,也跟着瞎叫唤。正如毛先生所说,岂不成了“叶公好龙”了吗?我们真正干革命的人,同他们的看法正是针锋相对:他们认为“糟得很”,我们认为“好得很”。李小姐,你不以为是这样的吗?

银　华　(尴尬)我还看得少,不敢妄加评论。

拔　群　当然,农民要把几千年来世世代代压在他们身上的石头搬开,那一定要大声疾呼,要采取暴风骤雨的行动,因而难免要惊动老爷们的好梦。但是,老爷们为什么不想想,他们从来剥削、压迫、陷害农民的残酷手段,难道比现在农民的正义斗争文明一些吗?

银　华　我们现在暂时不忙做断案吧。

升　秀　县里另外还有一部分人下来,他们昨天去泗孟区,今天可能到中和来。

拔　群　那好。欢迎大家来看看事实。杜知事对他舅爷的事,采取什么态度?既要做父母官可不能徇私啰。

银　华　他是一个县知事,只能照公办事,执行法令。谁犯了法,都应送官依法治罪。

拔　群　我们现在的举动也是依法行事的。看,(展示报纸)这是国民政府最近在武汉公布“惩治土豪劣绅的条例”。

(银华看到报,震惊,无言。)

(志高匆匆奔上。)

志　高　拔哥!县里来一帮人,还有罗营长的兵,他们干涉我们开会,说是我们农会没有政府批准立案,是违法,造反……

拔　群　造反,对付土豪劣绅就是要造反。走,我去看看。(将下)

(几个流氓打手上。)

流氓甲　谁是韦先生?(向韦)有公事给你。(递过信)

拔　群　你们是干什么的？

流氓乙　县农协派我们来组织农会。

拔　群　哈哈，你们简直是做梦，这里，三个月前农会就成立了。

流氓甲　你们的农会未经政府批准，是假的，不算数。

（家庆、秀梅、玉姑、农大叔等上。）

拔　群　假的？你们看，他们哪一个不是真正耕田种地的农民，我看，你们几位倒是——

流氓丙　懒得跟他讲，照公办事。来！（上前取下农会牌子，被定邦拦住）

（几个驻军上前。）

拔　群　（大喊一声）住手！

（群众与玉姑他们一拥而上，流氓被震慑，住手，看风色。）

升　秀　有事好好谈判，不要伤和气。

拔　群　（指升秀）他就是县农协秘书长，我是中央农运部特派员。你们是什么东西，奉谁的命令来捣乱？

升　秀　我看这样，把事情调查好再谈。

银　华　对啰，文明一点，别毛手毛脚的。

拔　群　事情明摆在这里，用不着调查。我认为你们是存心捣乱，阻挠农民运动，破坏革命。

流氓甲　嘻，韦先生，你别拿帽子压人。不管怎样，你的农会是未经政府立案的，不立案就是不合法！

拔　群　你叫我向谁立案？要什么人批准？县知事杜悦诚他同金团总就是一丘之貉，跟他讲不清道理。

（秀梅上。）

秀　梅　拔群，会场搞的挺乱，县里来人，硬不叫开会。

拔　群　岂有此理，这明明是反动派跟我们作对。走！（招呼农民下。）

（幕急落）

（幕开，二道幕前）

（韦拔群同黄秀梅、盘玉姑、韦定邦、覃家庆等人上。）

拔　群　看来地主阶级不会那样慈悲，轻易就放弃他的剥削的。他们是挂羊头卖狗肉，颠倒是非。革命斗争现在更加尖锐曲折了。昨天接到省里陈勉同志来通知，上级组织要我去南宁一趟。你们在家继续向乡亲们宣传革命道理，组织贫农、雇农和中农参加农会，壮大农民队伍，揭穿地主老财的阴谋，坚决同地主老财干到底。

定　邦　拔哥你放心走吧，我们要同他拼到底。

拔　群　秀梅，把姐妹们团结好，我们僮（壮）族妇女耕田种地都是一把好手，斗争地主也应该打先锋！

秀　梅　放枪打仗也不比你们男人差。

大　叔　（向玉姑）你们瑶人也是——

拔　群　以后对瑶族同胞都叫"瑶友"。我们都是弟兄，不要分彼此。一根竹竿容易弯，十根竹竿砍断难。团结十分重要。"坐船同命，走路同心"那两句话大家还记得吧！好，我走了。（下。）

众　人　一路顺风，早点回来。

（幕落）

第六场

时间　前场后两月，初夏。

地点　东兰，某村。

场景　一天下午，陈大妈家的院落。旁边有芭蕉、木瓜和将熟的荔枝，树上的蝉声鸣噪。陈大妈背着箩筐从地里摘回玉米上场，放下箩筐，走进小屋。一会，闻马嘶声。接着，马被拴在墙外荔枝树下，韦拔群拿着马鞭上，随后有两人抬着沉重的轿子进到屋前。

拔　群　(向轿夫)放下歇一会。(看看箩筐,望着屋内)妈妈。(将进屋)

(陈大妈应声)

大　妈　(边说边上)谁喊我?(见韦喜出望外)哎哟,你可来啦,乡亲们跟这时节求神望雨似的,早盼晚盼你回来呢!进屋吧。

拔　群　不,在这歇一会,我们就走了。

大　妈　吔,这还不是你的家呀,你别那么急回去,反正你那个人今天这个屯明天那个坡的跑,回家不一定能见到她。

拔　群　不,我有公事要急着办。

大　妈　那也急不了,先歇一歇,我给你烧米汤。

拔　群　定邦他们都在屯里吧?

大　妈　在。昨晚才从区上的农会回来,刚跟志高出去,说是等你来开会。志高这些日子,全为农会的公事马不停蹄的东奔西跑,庄稼活也顾不上,玉米都快掉地了,也没空收回来。

拔　群　这样吧!(向轿夫)你两人进屋烧点水喝。阿妈,你帮去请定邦志高他们马上就来这里。

大　妈　好。你两人跟我来。(三人进屋)

(拔群掀起轿帘,取出报纸来翻看。)

(陈大妈又上。)

大　妈　(对韦自言自语)一会也离不开读书看报。

拔　群　(对大妈笑笑)请他们快点。

大　妈　好吧!这就跑着去。(笑下。)

(一轿夫提一桶潲水过场,往门外去饮马。)

(一会,黄秀梅上。)

拔　群　(抬头见秀梅)呵,你也来了?

秀　梅　刚到,正要来跟妇女开个会,听大妈说,你在这。

拔　群　“仇仇”好吗?

秀　梅　他好，就是太淘气，“爱爱”你走的第三天就出麻，现在好了。你怎样？看你好像瘦了。看你，胡子也不刮一刮，像个张飞似的。

拔　群　像张飞？哈哈！

（陈大妈领定邦、志高和一位兰木区来的青年黄平等人上。）

陈大妈　你看嘛，这不是你拔哥是谁啦？啊，（向秀梅）你也来了，那，（向拔群）你就不必着急回家了。我给你们烧米汤来喝。（进屋）

定　邦　（指黄平）这是兰木区农协的黄平同志。

拔　群　好像在什么地方见过。

黄　平　上回斗争金包铁的大会上我听到你演讲。

志　高　他有一个表哥给巩守义当副官。

拔　群　呵？（若有所思）有一门亲戚走动走动也好呀！

定　邦　（看看轿子向拔群）还有什么人一块来吗，怎么外头拴一匹马，这里又停一台轿？

拔　群　你猜里头坐的是谁吧？

（志高和定邦凑上，掀轿帘，见弹药箱，惊讶，两人相视无言。）

定　邦　怎么回事？

拔　群　文章就在这里头。

志　高　拔哥，你就是这不好。你知道我们老粗不懂文墨，跟我们讲话总是绕弯子，真别扭。

拔　群　哈哈，你倒是个猛张飞，来，马上告诉你们一个紧急的事。

（几个人聚集在韦的周围。）

拔　群　大家看出来没有？轿里的箱子是什么？

定　邦　是什么？（疑惑）

志　高　是唱戏的机子不是？

秀　梅　你就是喜欢那些玩意。

拔　群　弹药！

众　人　啊？！

拔　群　留声机将来是要有的。将来我们不但有留声机，还要有无线电，有火车，有飞机。可是现在，我们只能要枪枝、弹药。这两天你们听到什么风声吧？

定　邦　没有，家庆到城里开会去了，升秀跟那位李小姐就同糯米跟年糕似的，沾上了，很少跟我们通声气。听人说，我们要他家里退租减息，他不大满意。

拔　群　不满意也没法，革命嘛，只能照顾大众，不能只顾个人。家庆去城里多久了？

秀　梅　六七天都有了，是过阴历四月八去的！

定　邦　省里有什么新闻？听邮差"梁大炮"说，我们广西李宗仁、白崇禧的第七军在龙潭打了一场胜仗，进了南京城了。是不是真的？

拔　群　北伐军是打进了南京，但是，蒋介石已经叛变了革命，他现在和大资本家，大地主合在一道，四月十二开始大屠杀，把上海成千上万原来配合北伐军把上海打下来的工人弟兄杀的杀，关的关，搞得很惨。蒋介石这帮反动派他们是过河拆桥，出卖了工农大众，投靠大资本家大地主，勾结英美帝国主义来实现他的野心。

志　高　他妈的！（愤怒站立）

秀　梅　你别嚷，让他把话说完。

定　邦　我们广西怎样？

拔　群　我们广西，黄绍竑这个反骨子，他到上海参加蒋介石的反革命秘密会议去了，还没见回来，广西当局正在看风使舵，下一步怎么走，还不明朗化。反正我们记住一条，大地主大资本家不可能跟我们工农大众一道把革命干到底。我这回到南宁见到了陈勉同志，他代表我们党组织，表示完全同意我们东兰农民运动的做法，要我回来继续扩大农会组织，对会员加强阶级教育，宣传革命道理；组织农民自卫军，准备应付突然事变。同时党组织交给我从水路运回来一批武器，货已到了田州，现在同大家商量一下，赶紧派人去把它起运回来，立即成立农民自卫队，准备同地主反动派干。

定　邦　好呀，有了枪，老子几大也同他拼。

拔　群　陈勉同志还嘱咐我：我们共产党的人如果在南宁站不住就把队伍拉到百色来，举行起义。控制右江一带，跟反动派进行武装周旋。要我们东兰做右江革命的后盾。这样，进可以配合起义部队占领百色，进占南宁；退可以固守东兰凤凰山的大片山区。看来，今后的革命任务就是要跟反革命展开武装斗争。同苏俄一样，必须建立工农自己的政权，把枪支、官印拿在我们工农的手上。

志　高　痛快。

秀　梅　（向志高）你又打岔！

拔　群　现在由我们这里派人去凤山和平马跟他们那边的农会联络。

志　高　马上走吗，要几个人去？

拔　群　去田州取枪，马上就得走，一共有200多支步枪，必须找马去驮。去凤山、平马联络的，晚上就走，反正走夜路难不倒我们这些人。

定　邦　我去取枪！

志　高　我去凤山！

拔　群　（向志高）你，你不能去凤山。

志　高　为什么？

拔　群　你到巩守义的军队当兵去！他们现在不是招募新兵吗？我看（向黄平）你也去。你跟志高两人去找你表哥，让他介绍你们在他的部队找个差事做。你看行吗？

黄　平　行，我去。

志　高　不！我不去，我要跟拔哥——

定　邦　你别装蒜吧！我看呀，你就舍不得那。（比划，指玉姑）

志　高　去你的吧，人家就不愿跟那帮走狗在一起。

拔　群　不是叫你去跟他们做坏事，是要你去做革命嘛！

志　高　那，怎么做法？

拔　群　你去了就有人告诉你。

黄　平　我看要当兵，叫少英去倒合适。

拔　群　他？（摇头）还是你们去。

（陈大妈从屋里出来。）

大　妈　粥煮好了，进屋吃吧！

拔　群　好吧，等会就吃，叫他们二人先吃，好赶路。（陈大妈下。）

定　邦　那，我们马上去找人找牲口就走吧，到田州跟谁去取？

拔　群　拿我的名片去向泰隆货栈取。我是把它当货运上来的，要保守机密，去的人要可靠。

秀　梅　我也去，连夜赶去。

（林升秀慌张上。）

升　秀　拔哥到了吗？

拔　群　我刚到。（审视对方）

升　秀　你什么时候离开南宁？

拔　群　今天是第五天了，怎么样？

升　秀　好彩数！迟两天你恐怕也挨了。

拔　群　（震惊）什么事？

升　秀　黄绍竑从上海拍了电报来，要当局马上实行清党，这两天南宁已经戒严，开始逮捕人，许多共产党员——陈勉、梁六度他们已经牺牲了。南宁现在是一片混乱。

拔　群　哪里来的消息？

升　秀　县里昨晚上收到的实行清党的电报，陈勉的事情是李小姐今早才给我拍的电报，她叫我——你看！（递电报）老杜现在的态度忽然变得活跃起来，昨晚他同罗营长开了一夜的秘密会议。

拔　群　他们商量什么，你没有打听到？

升　秀　没有。懒得管他们那些狐群狗党。政治这玩意，一阵风一阵雨的，真是一门不可捉摸的学问。你怎样？没有陷进那个漩涡总是万幸了。

定　邦　我们马上就去田州把枪搞到手，反动派要干就跟他干一场。

升　秀　去搞枪？（向拔群）是你带回来的吗？又演五年前那出戏？

拔　群　难道你不赞成吗？

升　秀　那不是我林某赞成不赞成，历史早已做了回答了。

拔　群　不,历史绝不会是绕圈子,而是螺旋式的发展。你不是常叨咕:识时务者为俊杰吗?希望你好好认识认识当今这个时务。

升　秀　不管怎样,我总以为这种过激的行动,值得慎重考虑。从报纸上看到,这次事变就是共产党方面近来在各地采取了过激手段所引起的。如果现在国共两党因不同的政见而诉之武力,事态扩大,势必酿成分裂局面,干戈不止,反使外人坐收渔利。拿东兰地区来说,已有前车之鉴,不得不三思。

拔　群　我反对你这种看法。第一,蒋介石这次屠杀共产党人,武装镇压革命群众,实质上是叛变了革命,是用反革命武装镇压革命的人民,目的是要维护大资本家大地主阶级的利益,实行独裁专制,绝不是共产党和工农群众的什么过激行动。第二,再重复的说,历史绝不会循环。我们东兰,有了五年前的经验,绝不会再走回头路。我们现在绝不会是把反动政权推翻就完了,而是一手把它推翻一手要建立工农专政,建立一个新中国。谁要不信,请他等着瞧好啦!

升　秀　我总以为既然为人民大众谋利益,干革命就不应以个人意气从事。

拔　群　你看我们谁是以个人意气从事?

定　邦　我看呀,升秀你倒是杨四郎遇见了铁镜女,被那个厅长小姐迷了。

志　高　升秀哥,你可别成了"癞蛤蟆想吃天鹅肉"咧。

升　秀　你混账。(愤然而下。)

拔　群　志高你这玩笑开大了。算啦,别管他。来,赶快商量我们的事。现在情况变得更复杂,更尖锐了。我们要立即行动。一定跟同志们宣传目前的局势:现在跟五年前根本不同,现在我们有了共产党领导,有全国广大工农群众一起干。毛所长在湖南也正在领导十多万农民起义,我们右江各县的农会的声势都很大,我们不再是孤军作战了,到处都有我们的弟兄。现在就是冬天的山林一样,只要点上火,马上把整片山都烧起来。城里老爷们的美梦做不长了。

定　邦　干吧,至大芭蕉叶。

(农大叔上,将纸片递给拔群,拔群拆开往下读。)

(韦定邦与农大叔耳语。)

（黄秀梅进屋。）

（志高同黄平下。）

拔　群　（念）

少怀天下志，慷慨赋悲歌；

岂知非同道，迷误惜灯蛾。

嘿，早料到他不会跟我们走到头的。

定　邦　谁？（向大叔）

大　叔　升秀叫送来的。

定　邦　他说什么？

拔　群　他不干了！

定　邦　去他的，不干拉屁倒。

拔　群　他还讽刺了我们一家伙，说我们是扑灯的飞蛾，哈哈！好，让历史作见证。

大　叔　我看他呀，嘿，倒是塘边的柳树，东摆西歪的，直不起腰来的软骨头。

（秀梅从屋内端米汤给拔群。）

（拔群接过来汤喝。）

（志高同黄平交谈上。）

志　高　那，我就同他（指黄平）一块去军队。

拔　群　你们现在都去把武器弄了回来再走。

（众人应声将下。接着覃家庆奔入。）

家　庆　拔哥，你快走。杜悦诚派人到各处路口等你回来，说你是共产党。说是省里来电告诉他，抓到你可以先斩后奏，对共产党宁可错杀三千，不可漏掉一个。他还说，他跟你是势不两立，不把你除掉，死不瞑目。现在有一排兵，从大路来，他们要到这村里，我绕着小道先走一步。

（众人慌张）

拔　群　（镇定）别慌。一排人就把我们吓倒啦！

（众人静默下来，注视韦拔群，期待他讲个什么，拔群正在盘算，舞台静默。）

拔　群　（决断）这样吧。谁换匹马给我。志高，你同玉姑把轿里东西藏到屋里去。马上动作,快!(向轿夫)你们搬两块石头放进轿里去,往东边去中和的山路走,看到反动派快追上来的时候,就把石头搬开,就说我往小河沟游水跑了。(向秀梅)你回家把"仇仇""爱爱"安顿好,就到西山找我。

秀　梅　我现在就跟你走!

拔　群　不行,有你在身边目标更大。我现在往西边去,你跟轿走,迷惑敌人。唔,给你支枪防身。(从腰上掏出勃朗宁手枪交给对方)

秀　梅　(接过手枪)你呢!

拔　群　我还有,你只管走吧。家庆,你到凤山去同那边农会联系,叫他们挑上三十个可靠的农会会员,到西山来找我取枪,叫他们组织农民自卫军。

家　庆　好,我去。这下我可是跟他们干了。

(将下)

拔　群　(对家庆)你等等。你留在这看看敌人什么动作到晚上再走。

玉　姑　拔哥,我呢?

拔　群　你回家去。

玉　姑　不,我要跟秀梅嫂在一块。

拔　群　她不是也要去你们西山吗?你现在先走,你先回告诉你爷爷多找刀伤药,打仗时就用得上了。(向定邦)你还等什么,快走(向大叔)大叔,你告诉升秀,千万不要做对不住百姓的事,不要给人灌了米汤。不然,将来这笔账不好算。(进屋)

众　人　拔群是个机灵人。(众人纷纷议论下。)

(韦拔群剃了胡子,换了志高的衣服出来。)

(一个青年进来。)

青　年　拔哥,刮了胡子都认不出来了。马给你换来了,我就把你的马骑走。

(陈大妈从屋内跟出来。)

拔　群　(对大妈)妈妈,东西藏好,今晚有人来取。

大　妈　(送韦出门)你要小心啊!(随即转回来,坐下剥玉米。)

(一会,几个凶神恶煞的兵上。)

兵　甲　老婆子,有人来过没有?

大　妈　你说谁？

兵　甲　韦拔群！

大　妈　你不长眼睛呀，人家大模大样坐大轿，刚出村，你没见到？

（兵甲上前扭住大妈的衣襟。）

兵　乙　往哪里去？

大　妈　鸡有笼，人有家。他到时候不回自己的家，还往哪边飞呀！

兵　甲　你这老婆子，你要胡说，回头再收拾你。走！（众兵下。）

大　妈　（怒视众兵）这些杂种，没父母养的家伙，看看报应吧。

（一会农大叔上。）

大　叔　那帮狗崽走了？

大　妈　走了，你看他（指拔群）不会叫他们撵上吧？

大　叔　吉人自有天相，拔哥这样的人，天公总会长眼睛的。

大　妈　你在这看看，我去看他留下的东西。

（进屋。）

（一会，官兵转回来上场。）

兵　甲　（向大叔）老婆子躲到哪儿去啦？

大　叔　（放意应声）大妈，来人找你啰。（大妈出现。）

兵　甲　（上前扭住大妈的衣襟）你给我说真话，韦拔群躲到哪？

大　妈　不是坐轿走了吗，那么大的轿子你不去追还问来问去。

兵　甲　嘿，你还说轿子，呐，就是这个玩意（举草帽）。他一定躲在你这，你不给我把他交出来！就要你——

兵　乙　搜！（将进屋）

大　妈　（奔向兵乙死拖住）老总，你……

兵　乙　（举枪托打击）你，想找死吧。

（大妈倒地。）

（兵甲乙进屋。）

大　叔　呵，救人啰，官兵打死人啰！（俯扶大妈）

（少英，罗强上。）

少　英　（问大叔）怎么啦？

大　叔　（与少英耳语）你进屋看他们。

（少英将下。）

（兵甲乙上。）

（大叔与罗强抬大妈进屋。）

兵　甲　（对少英）呵！你在这！（向兵乙示意）

兵　乙　（举枪顶少英胸口）不许动。

少　英　（惊慌）呵！老总，你别误会，我……

兵　甲　你也是共产党，走！

少　英　不，不，你，你高抬贵手。

兵　甲　我们打开窗子说亮话，你答应办点小事就没你的事，不然，嘿，对不起，先斩后奏。

少　英　但是，我什么也不知道呀！

兵　乙　你知不知道跟我们排长说去，走！

（将下）

（大叔和罗强出现在门口。）

（兵丙奔入。）

兵　丙　（向兵甲）报告，我们过小河沟找了，韦拔群并没有过河。

兵　甲　见鬼了！两个抬轿的呢？

兵　丙　跑了！

兵　甲　（对兵丙）笨蛋（向兵乙）走，把他（指少英）带上。

（幕后数声枪响。）

（覃家庆拿手枪上。）

家　庆　（向大叔）大妈呢？

（大叔，罗强无言）

家　庆　（震惊激怒）什么，大妈……

（急奔入屋。）

（幕急落）

第七场

时间　1932 年 9 月。

地点　东兰县城。

场景　廖雷行营公馆。一个陈设着乌木家具(八仙桌椅)的客厅。窗外有栏杆可见。两边有门可通内室和后室。现在是某天的上午。一个勤务兵少华用鸡毛掸掸扫桌椅上的灰尘。然后站在凳上去给挂钟上弦。黄平,一个警卫兵的装束,佩带驳壳枪上。

黄　平　少华,什么时候啦?

少　华　(跳下凳子)九点五分。

黄　平　(对自己的手表)他们还没起床呀?

少　华　谁?

黄　平　白副总司令和叶总参谋长。

少　华　总参谋长一早起来就骑马去了,白副总司令昨夜睡迟了,不知起来了没有?

黄　平　今天不是要开会吗?

少　华　是呀,等一会地方上的士绅要来开会。我现在去看水烧好没有。(下。)

(黄平看手上的表,再探头望窗外,有所期待,极力保持镇定,以掩饰其紧张。)

(秦参谋挟一皮包上。)

秦参谋　(对黄平)你今天值班吗?

黄　平　值班的弟兄今天有另外的任务,我同他替换。

秦参谋　今天白总座在这开会,要特别小心,不得疏忽。你是本地人,地方上的士绅都认得吗?

黄　平　东兰的都认得,凤山和都安的不熟悉。

秦参谋　反正你要小心,出了事要你脑袋! 去吧。

黄　平　是！（下。）

（秦参谋巡视一番，下。）

（一会，李银华领着叶总参谋长上，李银华比五年前丰润，贵夫人的装束。叶启是个矮胖的军人风度，骑马刚回，用手帕抹汗。）

叶　启　廖夫人，你五年前来过这儿？地方上的情况应该很熟悉的啰？

银　华　知道一点，谈不上熟悉。刚才走过的那条石桥他们叫霸陵桥，我们对面那座山，叫做羊角山，叶参座，你看像吗？

叶　启　我是打仗的人，看山水是从军事意义去看的。跟你们谈就煞风景了。

银　华　叶参座，你太谦虚了。人家都说你是文武双全的将军呢！

叶　启　那是廖军长。

银　华　他呀！我才不——他堂堂一个军长对付一个韦拔群都疲于奔命，还得劳驾白总座和总参谋长亲自出马。

叶　启　那，又当别论啰！唔，你五年前在这，见过韦拔群本人吗？

（廖雷引白宗琪及副官、侍从参谋等人上。）

宗　琪　哦，夫人在这嘛，以为你给韦拔群那帮匪徒劫走了呢！哈哈，你们谈什么？

叶　启　夫人她五年前就到过这地方做妇女运动呢！地方上的情况挺熟悉。

宗　琪　那，老廖有这样一位贤内助，剿灭韦拔群应该顺利一些嘛。

叶　启　我刚才正要问夫人，韦拔群是什么个人。她说五年前在这见过他的。

廖　雷　有什么特别，还不是两只眼一个鼻子，不信他有三头六臂。

银　华　那，你不能那样说，他可是跟别人不大一样：一个大高个子，满脸的胡子，大四方脸，两只眼有铜铃一般大，你看他，就跟小孩时候到城隍庙见到的菩萨，总觉得不舒服。

廖　雷　你也受愚昧的迷信传染了。

银　华　你没有见过，说什么？我是亲眼见过，就是有这样的感觉。

叶　启　从一九二二年算起，到今年整整十年。十年来，他一直在这一带闹农民暴动，颇能煽惑民众，所以张云逸的红七军北上江西，特地留下他在这地区继续搞苏联共产党那一套。这个人，可不敢小看。

宗　琪　“知己知彼，百战百胜”，这是兵家必守的信条，敌情要认真侦察。这个人确实不简单:他现在是毛泽东他们搞的中央工农苏维埃政府的中央委员之一,是张云逸红七军的廿一师师长,这人不仅是个政治家,而且机灵、果断,是个将校人才。

叶　启　他早年是在贵阳讲武堂毕业的,川军张毅很器重他,让他做过参谋。

廖　雷　他这些都还是闲事。他一个人再有本事,总抵不过我们全广西那么多将领吧。讨厌的是,这地方的老百姓都愿跟他跑,像一窝蜂,怎么打也打不散,叫你实在没有办法!(懊恼)

叶　启　这几天同白总座一路来一路观察,这地方山峦重叠,关险阡要。对他们说,那是很好的“地利”。老百姓如果都归向于他,那就“地利”“人和”都给他拿到手,想一下子消灭它,可是有点棘手!

廖　雷　所以,不能怪我廖某到此年余没有建树了。

叶　启　我倒想了一番,面对这样狡猾的敌人,完全凭武力恐怕难操胜算,不如采用别的手段做配合。比如,在瓦解他内部方面下点功夫。他们在山洞熬了两三年了,狗总免不了要吃屎,人嘛,哪个不为钱财?我不相信,他们的人腰杆都那么硬。最近听说有的人想下山了,我们何不拿出点钱去钓出几条鱼来,让他们自己狗咬狗,免得我亲自动手,岂不省事?不过,这只是一时之见,还未想得成熟。

宗　琪　这事是要用心想想。我想,要用兵,必须步步为营,运用“剥笋战术”,一层一层推进。现在敌人所凭借者,无非是老百姓。如果将那些便于掩护他们出没和取得给养的小村屯,通通把它合并在一个大村去,派重兵严守,杜绝山上与村民联系。塘水干涸了,鱼也就活不成了。

廖　雷　白总座所见极是。那些小村屯就是藏匿共匪的巢穴,干脆把它烧光。叫他们跟冬天的野鸡一样,没地方存身,捉起来就不难了。叶参座以为如何?这回该看你的了。你的“铁算盘”一拨,保准“旗开得胜”。唔,吃饭去吧。

叶　启　白总座所讲,比我们又高一筹。的确是:皮之不存,毛之焉附?这样一来,他们失去了凭借,是一个治本的良策。(各人先后下。)

(黄平悄悄进场,窥探周围,随即进内室。)

(韦拔群,化装成地方士绅,戴麦秸编的高帽,墨绿眼镜,穿绸长衫,手拿把扇子，从容而入。）

（黄平回进客厅。）

拔　群　（低声）黄平！

黄　平　（惊愕）谁？

（拔群除下眼镜）

黄　平　（亲热）拔哥！（回顾，改口气）呵！你是——

拔　群　我是凤山三区黄团总！

黄　平　黄团总，你坐吧。我叫黄立标。（低声）是你自己来，我以为是别的同志。

拔　群　你不知道，这几天交通给他们截断了，你们什么消息也送不去，敌人层层推进，你不出来，岂不被他瓮中捉鳖。反正是，不下深潭捞不到大鱼，不敢冒险干不了革命。你看，认不出来吧？他们原来是请凤山县来一个交界地方的团总。请帖落在我手上，我当然就不客气，做他一次座上客吧。

黄　平　只怕你讲话声音叫他们听得出来。

拔　群　我少讲就是了。白狐狸真是来了吗？

黄　平　来了，还有他的“铁算盘”叶启。

拔　群　叶启的助手是什么人？

黄　平　一个少校参谋。白狐狸也很看重他，商量机密他都在场，他的大皮包里装的就是作战部署和别的重要文件。

拔　群　志高呢，他在哪儿？

黄　平　他就在团部当号兵。

拔　群　这样吧，等开会时，你准备好三匹马放在路口，通知志高来附近等着照应，随时可以跑。再就是想办法把那个参谋的皮包弄到手！你注意我离开会场，就跟出来，手枪准备好。

黄　平　他的皮包怕弄不到，开会他总是带着的。

拔　群　他随身带着就行。走。（大声）请引路解个手！

（巩守义同县参议会的议长杜悦诚上。）

守　义　（抬头望钟）我的表总是提前拨五分钟，争取早到。（向杜悦诚）坐，杜议长，白总座此次莅临贵县，可是非同小可呀！等一会来的士绅，你都认识吧？

悦　诚　东兰的几个团总都是老熟人，凤山和都安的名字知道，人就没见过面。

守　义　我们处处都留心呵，昨天廖军长就特别交代了我，万一出了漏子，你我都是担待不起呀！韦拔群真是神机妙算、神出鬼没的家伙，可伤脑筋透了！

悦　诚　此次白总司令亲自出马，几个跳梁小丑，还不容易捉嘛。（呵欠）

（白宗琪、叶启和廖雷上。白见杜呵欠，表现反感，皱眉。）

叶　启　以我看，两个战术都可并用。对付他们那些藏身的山洞用剥笋方式层层清剿；对付足以使其取得给养的居民点，划作匪区，用廖军长的三光手段：烧光，抢光，杀光……

宗　琪　重要是要拔根子。根子就是韦拔群的脑袋。上回你们出了七千块银洋，不但换不到他的头来，反而叫他赚去了，真是低能！是巩团长上的当吧？（向巩）

守　义　（狼狈）是！

廖　雷　（向杜）你看他们这几天不敢捣乱吧？

悦　诚　军长放心，这，鄙人可担保。他们现在比老鼠还胆小，以白总司令军威所至，他们躲还怕躲不赢呢，哪敢出洞。

廖　雷　巩团长，前次你说的韦拔群与贵州军王海平的事，是杜议长那边的情报吧？

守　义　是的。

叶　启　是怎么回事？

守　义　是这样的事情：贵州军王海平部一个营，因被云南龙云部队攻打，逃到凤山一带来“避难”。我们曾经跟他联络，请他们共同剿灭韦拔群这股共匪，他们不大肯卖命，按兵不动。后来，听杜议长说，他们跟韦拔群有勾结。

悦　诚　（插言）韦拔群早年就是在贵州军干过的，与他们有同袍之谊。

叶　启　经过侦察确实吗？

悦　诚　是的。有人说王海平部暗中接济韦拔群的子弹。

守　义　“卧榻之旁岂容他人鼾睡。”如果让他们联合起来，岂不等于如虎添翅？所以要先下手为强，大前天给我们罗营一个密令，叫他相机行事。

叶　启　这事要慎重，我们现在正需要各方面联合才能剿平匪患。不管贵州或云南，对付共产党来说都是一致的。闹不好，把自己人的力量反而削弱了。

宗　琪　这事廖军长知道吗？

廖　雷　巩团长在电话上报告过一回。

叶　启　手令发出了没有？

悦　诚　交给自家的人带去的，保险出不了岔子。

廖　雷　杜议长，你的保险不大灵哩，几次都出了漏洞。这次是非同小可的机密，可不能马虎再出事。

悦　诚　军长放心，保在鄙人身上。

（叶启与白宗琪耳语，白端量杜。）

廖　雷　好，我们是公事公办，我还不知道是交地方上的人送这样的信。反正杜议长负责。

守　义　因为那天参议会正有人要去那边。

叶　启　以后，军队和地方的事要分开，混在一块，要吃大亏！

（秦参谋上。）

参　谋　报告，地方上的士绅都到了！

廖　雷　到了就请吧。

（秦参谋下。）

（白宗琪与叶启交谈，指划地图。）

（杜悦诚站起来，望门外。）

（黄平上，掀起竹帘，让秦参谋领县长和士绅们上，韦拔群插在士绅当中进场。）

廖　雷　先生们请坐！

（各人找位置坐。韦拔群坐在靠门口的角落。）

（白宗琪和叶启坐到会议桌的上首。）

廖　雷　诸位先生，我来介绍一下，这是白副总司令，这是叶总参谋长。白总司令关心我们东兰十几万民众，不辞辛劳，远途跋涉，莅临贵县，今天与诸位相见，为的是希望地方父老群策群力，协同我军早日平定匪乱，使民众得以安居乐业。现在请白总司令训话。

宗　琪　兄弟今天到贵县来，目标就是剿平匪患，绥靖地方……

（幕后突然一声报告，一副官手持一信，紧张地掀帘而入。）

（白停止讲话。静观会场动静。副官将信交与巩守义，巩守义拆开看，脸色立变。将信交给叶、廖，廖大惊失色。叶启与白耳语，白坐下，看信。）

廖　雷　（站立望杜悦诚，严厉地）杜议长，请当大家面前爽快的回答我：我的手令你到底交给了谁？

悦　诚　（震惊）是交给自家人带去的呀！

廖　雷　嘿！你什么自家人？你把我罗营全部都叫王海平的人吃掉了，你把我的刀柄交给了敌人！你！

悦　诚　（哆嗦）那，那，是怎么回事？

宗　琪　（冷酷无情，轻声）把他扣起来。

廖　雷　副官！把他带走！

副　官　是。（走向杜）走！

（副官押杜下。）

叶　启　这吃亏大了，韦拔群这只老麻雀是不好抓呀！他给我们来这一手，不但少了友军的协同力量，还损失了整整一个营的兵力。糟糕不糟糕。

廖　雷　都是我无能之过。

守　义　这个我应该受处分！

（白宗琪与叶启耳语。叶写条子给廖雷，廖雷点头。）

廖　雷　（站立）现在请白副总座讲话。

宗　琪　诸位不要误会。奖罚分明，这是军人的态度。杜议长过去的功劳，我们不会抹杀，但是，今天的事，我们却不能轻易放过。这事非同小可，必需查明原委。现在暂行休息，请诸位到前厅休息，我们先将这件事查明。

（白等相继下场。）

（众乡绅士下场，韦拔群留下，黄平上，左右环视。）

黄　平　（故意高声）怎么，会不开啦？

拔　群　你过来，（向黄低声）白狐狸好狡猾呀，他不敢在这些家伙面前透露他的军事部署了。

黄　平　那……怎么办？你不是白来……

拔　群　你不是说秦参谋挟的那个大皮包有……

黄　平　是。

拔　群　（沉思）这样，你进里屋把他叫到这儿来。（附耳）

（黄平下，随后与秦参谋出。）

参　谋　黄团总有什么事？

拔　群　想不到会有这样的事，兄弟对杜悦诚也早有怀疑，所以特地把一些蛛丝马迹禀告一下，也许可以顺踪找到韦拔群。

参　谋　（振奋）请黄团总赶快赐教。

（拔群故意拉秦至门边表示亲热状。）

（黄平突然拔出枪。）

黄　平　不许动！

拔　群　（怒视秦）你要出声就要你的命！走！

（二人挟持秦下。）

（内室唤秦声。）

守　义　（奔出）老秦，老秦，白总座要看地图。

（寂静，众皆出。）

副　官　（匆匆上）报告，团部的号兵和一个绅士挟持秦参谋骑马走了。

（全场震惊）

廖　雷　什么，来人！

（门口立时进来几个警卫兵。）

叶　启　不许乱动，副官长，立即派人追！

（白宗琪坐下，各人吓得哆嗦。）

（一个警卫兵上，手拿一件绸长衫。）

卫　兵　（向廖雷递信）信是从那个士绅的长衫口袋里拣出来的。

（李银华从内室出，惊慌不已。）

廖　雷　糟糕，我早就讲了，韦拔群这老麻雀可不好抓呀，伤脑筋透了。

银　华　是他？长的什么样？

绅　乙　大高个戴墨绿眼镜。

银　华　有胡子吧？

廖　雷　（不理睬银华的话）是他的笔迹不是？

绅　甲　是呀，是呀！

（叶启接信看。）

（王湘娥哭丧着脸上。）

湘　娥　（向银华）廖夫人，悦诚怎么的啦，你帮……

叶　启　（向银华）是什么人？（仍看信）

廖　雷　（向银华）去，去，你们都下去。

银　华　（对湘娥）走吧，下去谈。（二人同下。）

廖　雷　（望叶启）是他给杜议长留下的信？

守　义　（接过信念）

悦诚学长如晤：弟已遵命将巩信转达王营座，罗营之仇可报矣！闻白叶将莅东兰，吾兄乃系识时务者，万望善自为之……

廖　雷　（插话）杜悦诚给我耍两面刀啦？见他的鬼！

宗　琪　（暴怒）别上当。这是韦拔群的诡计。（向巩）别念了，你还不给我快追。不把秦参谋抢回来，你别来见我！

（幕后，枪声大作！）（众人惊惶混乱。）

（幕急落）

（幕开，二道幕前）

（志高、拔群押秦参谋过。）

志　高　（端盒子枪向挟着皮包的秦参谋）走！

拔　群　（向志高）把皮包拿过来！

志　高　（向秦）给我！（取过皮包交韦）

参　谋　放我回去吧！

拔　群　可以。不过，我们也讲个人情，今晚给你压压惊，明早还请你带个信给白总司令！表示谢意。

志　高　走吧！

（幕落）

第八场

时间　前场后一个半月。

地点　东兰西山某山洞。

场景　石山当腰的一个大洞口，山脚有小路可通。洞内两旁均有小洞通入山背后。

现在是一天的早晨。一个游击队员拿着步枪站在洞口放哨。

（陈志高上，挎着盒子枪，他现在是红军警卫排排长。）

志　高　（向哨兵）喂，放哨别打瞌睡呵，有什么动静没有？

哨　兵　放心吧，这时候保险没事。上月白狐狸亲自出马，结果给我们狠狠揍了一顿，还是夹起尾巴跑回柳州去了，剩下一个“红薯”巩守义，他还敢出洞？

志　高　那回伏击你去了吗？

哨　兵　不止是去了，一个戴两颗星的排长还叫我抓了活的。看，这（举出一个电筒）还是个纪念呢。

志　高　嚯，漂亮的电筒。还有电池吧？

哨　兵　早完了。

志　高　前两天少英进城，你没托他带点回来？

哨　兵　少英？他进城干吗？

志　高　韦师长有事派他去。

哨　兵　那，可是叫他瞌睡碰着枕头了。

志　高　是什么回事？

哨　兵　你还不知道呀，自从我们退出县城，回到山区坚持斗争，这一年多来，他老兄就同鸭子离了池塘似的，成天没精打采。只有谈到喝酒、抽烟，耍娘们才来了劲头，你现在派他去城里，当然是……

（韦拔群上。）

拔　群　你们谈什么？（警惕地审视哨兵）

志　高　我们正谈着少英，师长。

拔　群　看，你也叫我师长，哈哈。你当了几年国民党的兵，被他们同化了吧？唔，你说少英什么？

志　高　我们说这回派少英去城里。怕不合适？

拔　群　怎么，他——

哨　兵　他，一路来都是怕吃苦，最近更加厉害，他到城里去会不会……

拔　群　会什么？他会飞了呀，不，他不会的。我们这些同志经过那么多年在一起共患难了，亲兄弟都难得这样呢。保持警惕很必要，但，对自己同志过多疑神疑鬼，无形中会削弱自己的力量，不好。你们说是不是？

志　高　是。

（哨兵转向洞口瞭望。）

拔　群　（向哨兵）你是哪里的呀？也想家了吧？

哨　兵　想也没有可想的了！

志　高　他是三石区的，家里人叫反动派杀光了。

拔　群　是呀，反动派对待我们都差不多。革命队伍就是我们的家，同志们都是兄弟姐妹。将来，我们把革命闹成功了，社会进步了，每个人都有个幸福欢乐的新家庭。唔，（向志高）道平同志昨晚到来很迟，去告诉大家，不要嘈嘈，让他多睡一会。

志　高　他是从党中央派来的吧？

拔　群　别啰嗦，去吧。慢点，你转回来，今天是八月十五月圆圆，你跟玉姑的事怎么啦？

志　高　你刚才不是说，革命闹成功了，再……

拔　群　你们俩打个先锋，提前一下也行嘛。

志　高　你不是要派我到外县去活动吗？

拔　群　那，跟结婚是两回事。结了婚就不能分开一下呀？

志　高　组织批准，我们就结。

拔　群　我现在代表党组织祝贺你们百年偕老。

志　高　我向党保证：服从组织调动，坚决执行任务。（下。）

（韦定邦拿着步枪上。）

定　邦　（向拔群）昨晚来的程同志是中央派来的吗？

拔　群　你怎么知道？要和同志们交代一声，凡是自己不应该知道的事，不要乱打听。保持秘密是党员的天职。懂吗？特别是现在我们面临着这样严重而复杂的斗争，更是要特别警惕。

定　邦　我们这些人都是在炮火中筛来筛去剩下的种子，还能有什么问题？

拔　群　我也是这样想，不过，事情不是每一件都照你所想的一样。唔，有件事要跟你商量。打算把你撤出去！

定　邦　撤出去？这块洞场不要啦？

（程道平从右边小洞上。）

道　平　你们两位早呀？

拔　群　我介绍一下，这是党中央派来的程道平同志，这是我们师独立营营长韦定邦同志，早先是石匠，现在是神枪手，一颗子弹一个敌人，百发百中。

道　平　好呀，也是僮（壮）族吧，我是汉族人，反动派把僮汉造成冤家，革命却使我们成了兄弟。

定　邦　程同志到这地方来，路上不好走吧？国民党的狗越来越凶恶了。

道　平　我是化装卖山东绸的小贩来的。

定　邦　可辛苦了。

道　平　算不得什么。比起你们来,不知好了多少倍哪。

(一个战士,手提一只锦鸡上,几个战士跟后,拿着野菜野果进。)

拔　群　你们一早又搞什么去啦?

战士甲　搞到一只野鸡。

拔　群　又浪费子弹了吧。告诉同志们,子弹要留着消灭敌人,可不能拿去打鸟。不要以为上一个月白狐狸送来一批弹药,感到富裕了,大手大脚地把它消耗掉,往后是越来越艰苦的,可要省着用呀。

战士甲　这是我拿马尾编的圈套去装的。韦师长,这时候野鸡都爱到地里来寻食,我就在割了庄稼的地头装上一排马尾圈套,野鸡下来伸着脖子往圈套一窜(比划),勒住了脖子,想飞也飞不起了。就跟国民党的狗兵一样。

(众笑)

道　平　好呀,有这样的战士,保证能打赢敌人!(向拔群)同志们情绪不错呀!

拔　群　是呀,大家都是乐观主义者,环境虽然艰苦,个个还是生龙活虎的。(向战士们)你们搞到野鸡野菜,油盐有了吗?

战士乙　油,鸡肚里就有。盐嘛,昨天用完了,今天八月十五,月宫的嫦娥会叫人送给一点来过节的吧?

(定邦与战士们欢笑下。)

(秀梅抱婴儿和玉姑上。)

拔　群　(回头见秀梅)你怎么把他抱出来了?

道　平　她是?

拔　群　她是我老婆。

黄秀梅　(指玉姑)她是盘玉姑同志。

道　平　秀梅同志,听说了。(对玉姑)你们好。(看小孩)几个月了?叫个什么?

秀　梅　今天正好满月。还没有心机给他起名呢?

玉　姑　程同志给他起一个吧。

道　平　(看拔群)第几个啦?

拔　群　老三,他的哥哥和姐姐丢在家了。

玉　姑　哥哥叫"仇仇",姐姐叫"爱爱"。老三叫什么呀。

道　平　今天是八月十五日,如果是女的,叫"团团"倒合适了。

拔　群　叫"坚持"!

玉　姑　啊,好!好!(拍手)

道　平　唔,这名字妙,把我们的革命斗争联系起来了。

秀　梅　道平同志,张军长和邓政委他们到中央苏区都好吧?

(定邦,志高等人进场。)

道　平　很好。张军长和邓政委特别关心大家,叫我来向同志们问好!

志　高　首长,知不知有个同我差不多岁数的韦一清,他现在——

道　平　他现在是当了团首长啦。还有莫华和谢苏民他们都很好。

定　邦　还有原来我们右江苏维埃的雷主席他还在吧?

道　平　在!红七军的同志到了苏区以后,在中央统一领导下,参加了反国民党的第三次围剿,在几次粉碎敌人围剿当中,红七军的同志们都表现了英勇顽强,给蒋介石的三十万反动军队沉重的打击。反动派把我们广西的同志叫做"广西猴子",叫他们总也抓不住。哈哈。

志　高　好,气死狗日的反动派。

拔　群　(凑近道平)人来齐了,开会吧。

道　平　好。

拔　群　(向大家)同志们,找地方坐下。现在我们来开个党的活动分子会议。程道平同志从党中央苏区昨晚才到,有的同志还没见到。他是代表党中央来指导我们地区工作的。现在我们欢迎道平同志指示。

道　平　(站立)同志们,党中央这次派我来传达中央关于当前革命形势和党的斗争任务。在全国形势来说,日本对华侵略步步加紧,去年占了东三省,今年打了上海,广大人民抗日情绪形成了高潮。但是,蒋介石的反动政权,仍然坚持先安内后攘外的政策:对外一味实行不抵抗主义,最近同日本签订了淞沪停战协定,甘心出卖国家民族利益。对内,积极内战,从今年六月以来调动了六十万兵力对中央苏区进行第四次围剿,实行残暴的"三光"政策。白宗琪在我们右江一带,采取的这一套烧、杀、抢的残酷手段,实际上就是蒋介石对中央苏区实行三光政策的翻版。针对这一形势,中央决定,纠正了原来夺取大城市和固守一点的路线,采取外线作战,充分发动群众用乡村包围城市的战略方针。昨晚一来就听到同志们介绍这里最近的做法,派了一些同志到外县去到处点火,到处撒种。这样,敌人在小的范围包围我们,我们在更大的范围包围他们,同下围棋一样,他在这地方挤掉我们,我们到另一个地方去消灭他。这样,主动权永远掌握在我们手上。

定　邦　白狐狸就是这样叫我们打得顾得脑袋,顾不了屁股,搞得他小诸葛没办法。

道　平　是呀,拔群同志是个军事家,干得好。我这次路过柳州、南宁,听说狗官兵一听韦拔群的名字就害怕,上个月拔群同志做了不速之客,把白宗琪吓坏了。

拔　群　那是给他们开个玩笑。请道平同志讲完大家再讨论吧。

道　平　中央军委决定这里的二十一师番号改为独立师,师长还是韦拔群同志。我在这里时,政委的职务由我负责。右江苏维埃政府改为"右江革命委员会",主席是韦拔群同志兼。看大家有什么意见。

众　人　(高呼)赞成!拥护中央决定!

拔　群　我们现在就来商量一下,谁到外面去,谁留在这里坚持。

道　平　刚说的这些是不是让同志们讨论一下?

拔　群　好,定邦你叫各人回去按党小组讨论。我们几个现在就商量具体部署。

定　邦　各个小组长带领自己的同志回去讨论,晚上向支部汇报。

(各人纷纷往左右洞口下。)

拔　群　(向志高)拿地图来。

(志高从挎包取出地图摊开。)

拔　群　(指地图)田州一带就是右江的下游。已经派了覃家庆下去活动了。本来要他最近回来汇报一次的,说不定明后天就到。

道　平　就是那矮小个子吧,我在田州看到了。他还好,人挺机灵。

拔　群　现在就是要有人去河池那边活动。那里是广西、贵州交界,属于三不管的地带,反动派鞭长莫及,游击队容易活动。红七军北上时经过那地方,在百姓当中留下好的影响。定邦,你自己看,能不能去?

定　邦　可以呀。

拔　群　暂时先这样说说,不作最后定案。前几天派了黄少英到城里侦察,等他和覃家庆都回来,汇报当地的情况后再说。

道　平　也好。我刚到,不了解情况,也不好发言。

志　高　拔哥,你让我出去吧?

定　邦　你不能去!

志　高　为什么?

拔　群　你同我留下。

玉　姑　我呢?

秀　梅　你们个个都有任务,我们两个女的就不算数啦?

定　邦　(向玉姑)你跟他(指志高)今天不是要结婚吗?“秤不离砣公不离婆”,到外地去,你们两个都别想了。

(道平望玉姑一眼,然后向拔群想说什么,又没说出来。)

拔　群　(告诉道平)她跟志高今天要成亲。

道　平　好嘛,八月中秋,天上人间都团圆,大家来它一个联欢晚会。

(盘天锡背一萝筐上。)

拔　群　大叔你来了,后头没人跟吧。

天　锡　我就那样傻呀?我可不老照旧路来的呢。(向程道平)你这位同志……

玉　姑　他是中央首长。

天　锡　是从毛主席那边来的吧?哎,你不先到我家去歇一会。那么远来,要走半年三个月的吧?辛苦啦,中央没有忘我们这地方的百姓啊?国民党反动派真是把百姓糟蹋透了。这一个月来,把我们什么都烧光,抢光,人给拉去杀的杀,关的关。可我们就是不服这口气。

道　平　对,只要我们有这个志气就不怕他。

天　锡　这个志气没有,还能是人吗,死鸡还硬撑着脖子呢。

道　平　(向拔群指天锡)这老大爷真是个人物呢。

拔　群　他是玉姑同志的爷爷,是个草医,能把鸭脚接上鸡爪上,西医的外科手术还不如他呢。

道　平　哦,那好嘛,岂不是华佗再世啦。

天　锡　唔,人家送我的匾也是这样,可不知华佗是个什么样。

志　高　大爷,你到底带了什么来?

天　锡　你不会看看呀,光会张嘴巴叫唤。

定　邦　大爷你不知道(指志高)他今晚要跟玉姑自由结婚了。你做爷爷的人还不给他们送个礼呀?

天　锡　啊!他们要自由就由他自己自由去。我为爷的,他们连告诉都不告诉一声,有东西也不给他们。

志　高　(上前掏箩筐上的柴枝,取出东西来)哦,这可好啦,盐。

定　邦　(掏箩筐)还有酒和烟呢,嘿!

天　锡　今天不是八月节吗?我说,让同志们都过个节吧,反动派要困死我们,我们就硬挺给他们瞧。我们瑶话说的:“烧死芭蕉不死心。石头能碎不能软。”

拔　群　大叔想得很好呀。(向定邦)把东西拿下去,今晚我们会个餐,一来是欢迎道平同志,二来是恭贺玉姑和志高爱情结合,好不好?

众　人　好!

玉　姑　拔哥,就会开玩笑。

(一个战士匆匆上。)

战　士　报告师长,右边山坳发现敌情!

拔　群　敌情?黄平那里怎么没有送个信来?

定　邦　是呀,少英不是走了三四天了吗?

拔　群　不管它,立即通知前面防哨注意警戒,同志们马上作战斗准备!

(各人迅速下场。)

拔　群　(向道平)敌人要出动的话,可能比较有准备。他既然来了,就要招待一番吧。我看,我们就将计就计,派人到路边埋伏。敌人要来,就放他进来,跟装野鸡似的让敌人进入我们的埋伏圈后就把它的脖子勒住。(向秀梅)你赶快给小孩喂奶。在这里同他玩一回"捉迷藏"。

道　平　你倒是挺幽默啊。

(农大叔气吁吁跑来。)

大　叔　你们快走,他们狗官兵来了。(晕倒)

拔　群　(扶起大叔)大叔,你醒醒,他们来多少人。

大　叔　二三百都有了,好像巩守义亲自督战呢!他们……从羊角岩进……

(志高上。)

拔　群　(向志高)你把大叔扶下去。

(志高扶大叔下。)

(定邦带战士们上。)

(道平下,取出手枪复出。)

(玉姑将手枪交秀梅,接过婴儿。)

拔　群　(向定邦等)你们分两路,埋伏在两边山脚,让他们进来完了,就打它屁股,我们在这扼死它的脖子!

定　邦　是!同志们跟我来!

(定邦领战士下。)

拔　群　(向道平)来,我们从这边小洞下去,后面可通到山背后。

(玉姑抱着婴孩和道平跟拔群从左边洞下。)

(敌人随着声音上场。为首的是黄少英,他拿着盒子枪,鬼头鬼脑。)

(秀梅和盘天锡出来,发现敌人,迅速躲到石头后面。)

(敌人一个跟一个战战兢兢的端枪进场,巡逻一会,正要往拔群和道平下去的左边洞口进去,秀梅立即向敌人"叭"一枪,一人倒下,群兵慌乱。)

秀　梅　(往右边洞口跑,故意喊)拔群!

(天锡引敌人跟秀梅跑。)

敌　人　追！（黄少英带一个敌人往右边洞口追去。枪声响起。）

（巩守义带几个卫兵上，卫兵中有一个是黄平，他紧跟巩后。）

巩守义　（环顾）哈哈，韦拔群狡兔三窟，我们一个一个把他都堵死，看他往哪里躲。

（左边洞口，叭一声枪响，卫兵慌乱。）

巩守义　（向卫兵）给我打！

黄　平　（举枪口对巩）不许动！

（另一卫兵举枪对巩，副官把敌兵的武器解除。）

（洞外枪声大作。）

（韦拔群，程道平，玉姑从左洞出。）

拔　群　（见黄平惊喜万分）黄平！

黄　平　拔哥！

拔　群　（对巩守义）啊，巩团长，别来无恙？

巩守义　（傲慢）嘿！

（枪声继续。）

拔　群　（向巩守义）现在为了减少伤亡，还得借重一下，请到外面告诉你们的人放下武器。听候发落（向卫兵）带他下去。

（卫兵推巩下。）

拔　群　（向道平，指黄平）介绍一下，黄平是我们的人，在敌人那里工作。（向黄平指道平）程道平同志是党中央派来领导我们工作的。

道　平　（向黄平）是你把敌人诱来的吧？

黄　平　不，是这里有人去请来的。

拔　群　什么，有人去请？谁，覃家庆？不会吧？

黄　平　不，不是家庆，以前没见过。

拔　群　什么样子？

（黄少英挟受伤的黄秀梅上，黄少英发现韦拔群，放下秀梅，举枪对韦。）

黄少英　不许动！

（黄平回头开枪击中黄少英，黄少英负伤遁入左门，黄平追入，拔群、玉姑和程道平围住秀梅。）

拔　群　（扶秀梅）秀梅，你！

秀　梅　我……不……不要紧了，小孩，你把他……

玉　姑　（哭）秀梅嫂！

（拔群接过婴儿。）

（黄平绑黄少英出场。）

黄　平　是他，我亲眼见他同巩守义讲价钱，巩守义给他五百元光洋要他带路，如果拿到拔哥的头就得一万四千元。

拔　群　（站立）啊，是你，给我请来那么多的客人，可添了不少麻烦哩。嘿，你这个破落户，是狗总忘不了吃屎，把他带下，等候公审。

（众推黄少英下。）

（韦定邦和志高等上。）

定　邦　报告，战斗结束了。一共俘敌二百七十四名，步枪二百五十一枝，机关枪七挺……

拔　群　好了，详细数字等会再清点吧，你先把俘虏安顿下来。

志　高　除武器还缴获大堆给养！

拔　群　好，今晚过节，又是你的喜事，加上道平同志来到和黄平同志完成任务归来，我们来一个大联欢！

（众欢呼）

（覃家庆拿盘天锡的草帽，默默地上。）

拔　群　（回头见到覃家庆）嚯，你配合得真好，及时地赶到庆贺我们的胜利！

道　平　（与家庆握手）你好！怎么啦，你不舒服？

（家庆举起草帽、悲痛无言。）

玉　姑　（认出草帽）啊，爷爷他……

家　庆　他在岩下躺下了，我一个人背不了他。

志　高　我去。（将下）

家　庆　不一定扛回来了，我们大家都下去送送他吧。

玉　姑　呀！爷爷！

（全场肃穆，大家脱帽默哀。）

道　平　（戴帽）同志们，盘大爷为了掩护同志而牺牲了自己，这种舍己为人的崇高品质是光荣而伟大的。他生前为革命做过许多有益的工作，他的牺牲是我们革命事业的损失，为了弥补这个损失，我们要化悲痛为力量，坚持与反动派斗争到底。

家　庆　我简单向大家汇报一下，我这次到下游去，看到那边的同志斗争都很坚决，对革命充满胜利的信心。敌人把我们从县城挤到乡下，把我们从平原赶到山区，但是，我们到处都点了火，他扑灭这里，那里又烧起来了。现在，平治、那马、恩隆、奉议都有苏维埃，有农会，有武装的游击队。

拔　群　同志们，道平同志和家庆同志讲得非常对。我提议，为了我们死难烈士的遗愿，为了我们子孙万代的幸福，我们坚决在党的领导下团结一心，把革命坚持到底！

（众欢呼：团结一心，坚持革命到底！）

（歌声渐起）

（幕徐落）

1960年4月8日草稿

1960年6月12日初稿

张学良(草稿)

·五幕话剧·

序　幕

时间　1936年12月初,黄昏。

地点　陕西关中,东北军前线的碉堡内。

人物　东北军战士孙振声27岁;赵雄24岁;马胜三30来岁;红军战士郑耀华26岁。

场景　前线一个碉堡内。周围圆形砖墙,开数孔枪眼和炮眼。当中有一门供出入。墙上挂军用挂包,左角放一小桌,旁边生木炭火堆。外面冷风呼呼作响。

幕启　舞台光线薄暗,风声呼啸,炮眼处横飞进来细碎的雪花,一个战士抱一支步枪坐在火堆旁打盹,另外一个战士也提着枪从枪眼往外窥探。

孙振声　(以下简称孙。从枪眼处转回身来,烦闷地)够呛,雪越下越大了,棉袄还不知道多少日子才发哪,妈拉个屁,当兵就不是人干的玩意。

赵雄　(以下简称赵。懒散地抬起眼皮望对方)外面下雪啦?

孙　可不是怎的,可大哪!

赵　倒霉。不知哪一代修不好的阴功,这一辈子得了报应。

孙　别他妈的再讲什么迷信了吧,什么阴功报应的。(坐下,伸手去添木炭。)

赵　可不敢多添啦,夜晚还得烧呢。

孙　现在挨冻跟夜晚挨冻还不是一个样,烧完了拉倒。人命还说不定啥时候殁了呢,当兵人还能顾到那样长远?

赵　唉,你这人老是爱讲不吉利的话。你听我说,刚才我做了个梦,我已回到老家了。我妈妈还在,妹妹见我回来了,急急忙忙给我包饺子……

孙　得了得了,又是那一套。

赵　唉,你这人……唔,你听我说,前天我叫一个瞎子算了卦,他说明年交春我就能回家团圆了。老孙,你妈妈不还在家乡吗?不管怎的说,还是咱们东北地方好不是?

孙　(烦躁地站起)是,是,好又怎的,再好还是叫日本鬼子占了。你妹妹怕早他妈的叫鬼子拿去做小老婆了。

赵　不能全都一个样吧,算命的先生讲的,"人各有命,富贵在天"。

孙　(鄙夷地)见你的鬼吧。

赵　唉!你不信!早先我就听我母亲说过:有一回一个大风暴把一船人都给淹殁了。后来一个算命先生把那些人的八字算了算,都说是那么多个人的命里都合该死的。

孙　胡话,胡话。(嘲笑地)人都掉到水里去了,尸骸还不能捞到呢,哪来那么多人的八字?

赵　(领悟地)唔,不过……

(马胜三持酒瓶及一纸包上。头蒙一块麻包片上落满雪。)

马　怎的,小赵又想开家了吧?(顺手揭下头上麻包片)

赵　不,不。

马　(将酒瓶及纸包放桌上,在火炉边坐下烤手)亏你也吃了几年粮,当兵人管他妈的家不家。

孙　(走桌边去摸摸酒瓶和纸包)你这是什么?

马　酒……

孙　呵,猪蹄,好,好。陕西人说话,美的太!

马　小赵(拍赵肩),怎的啦,喝它两杯就好了。来来,老孙,把酒拿来!

孙　老马,你说说看,小赵说他前天算了卦,说是姓杨那瞎眼小子,告诉他明年交春能回家团圆了。他刚才还做了个梦。你看,见鬼吧。

赵　(猛抬头)照你说什么也不信,你跟人家当了十年兵,人家当了官,你还是离不开七斤半,那是怎么回事?

孙　对了,老马,小赵还说咱们这东北军这样遭罪,全是碰上一个气数不好。

马　鸡巴毛,什么气数不气数。老实说吧,如果不是咱们少帅"不抵抗",把咱们调到关里来,那小鼻子鬼子能把咱们东北占得那么欢?民国十五年中东铁路打那场大战,俄国老毛子都还怕咱们三分呢。

孙　我看也不是咱们少帅"不抵抗",是人家委员长下的命令。

马　不管是谁,反正不是什么气数不气数,也不是我老马和你老孙不敢打,都是他妈的当官的怕死。喝酒吧。

赵　我听说,咱们少帅这些日子也想家,想打回老家去!

马　别是刚才做梦听说的吧?哈哈!

孙　这倒是不一定做梦。我也听那边红军常常喊"拥护张学良抗日"。

赵　听!红军又唱歌了。(喜悦地)

(《松花江上》和《枪口对外》的歌声逐渐清晰响起。)

人声　东北军兄弟,跟你们合作打回家!要回家就得跟红军合作抗日!

(三人沉默静听,歌声又悠然响起。)

孙　(持枪到枪眼探望)唱什么,喂!

马　叫他们过来喝酒吧。

孙　喂,红军的弟兄们过来喝酒吧!

歌声　我的家,在东北松花江上

那里有森林煤矿,还有那满山遍野的大豆高粱。

……还有那衰老的爹娘……

赵　咱们为什么跟这些红军打仗呢？

孙　你说"咱们"是指谁讲呀？"咱们"？咱们这些丘八爷才不乐意打哪。

马　我看，当官的也不大乐意吧，一〇〇师和一〇九师一下子打成稀巴烂了，再打下去还要更赔老本。

赵　人家红军就是有能耐，中央军都撵不过，咱们……

孙　人家中央军就是知道红军厉害才拿咱们做挡箭牌嘛，凭良心讲，咱们亲眼看得见，红军有什么过错？人家就是为了要抗日从江西到了这儿。

马　这话谁说的？

孙　谁说？我听三连一个去学兵教导队回来的人讲的。他说他们的一个政治教官告诉他们的。听说早先给红军俘虏放回来的人也这样说。

赵　对了，我也听说红军对我们被俘虏的人都很好，当官的也都一样，都给放回来了。

孙　想起来，大伙都是中国人，干吗打来打去？

赵　可不是，干脆和了得了。

声音　**东北军弟兄，咱们跟你打回老家去！**

（三人又沉默着听。）

马　赵雄，你去请红军的弟兄过来咱们一起喝两杯。

赵　好。

（赵下。）

孙　（站起来到枪眼处探头往外喊）喂，红军弟兄，过来喝两杯。

马　想起来咱们真可怜。好吧，说吧。现在跟红军弟兄原是好好的，可是命令一下，大家就你死我活的干开了。狗打架还是为了自己抢骨头或是抢母狗，咱们当兵可是为啥事呢？

（赵领红军一人上，该人身穿旧棉袄，但整洁扎腰带，空手。）

马　只一个人来吗？

郑　对，只我一个人来。

马　老周怎的不来？

郑　今天不该他当班。

马　坐吧(坐下),到咱这儿来可不必客气。来,喝两杯。

(其余的人均围火炉坐。)

(郑环视室内不语。)

赵　你们已穿棉袄了。

郑　旧的。

孙　管它旧不旧,能顶冷就比没有的强呗。

马　别提这些了吧。喝酒,咱们没棉袄就拿酒顶寒。

郑　(喝酒)想不到你们中央队伍比咱们……

孙　可别提中央了。咱们可不是人家亲支嫡系,咱们是随娘的油瓶,啥也说不上。我刚才还跟老孙说呢,咱们跟你们红军弟兄,说起来都是中国人,又没有三辈祖宗的仇过不去,为什么要你死我活的打来打去?狗打架还是为了自己抢骨头,咱们可是为啥呢?

郑　可不是怎的。

孙　老郑,你说拥护咱们副司令抗日倒是真的不是?

郑　那当然不是假的。我们红军从来不说谎。就说我们不杀俘虏,优待俘虏,我们就真正办到。你问问被我们放回去的弟兄看看,我们是说真的不是。

赵　那为什么单单拥护咱们副司令抗日呢?

郑　就因为你们副司令本来有心要抗日的,又是东北人。不把日本鬼子赶走你们就回不了家。

马　这样说来,你们真心乐意跟咱们合作打日本?

郑　那当然,你们看,咱们还读这样小本子,叫大伙都记住这个抗日道理。

孙　(接过油印本子看)这个我在三连也看到过。

马　上面尽是讲的啥?

郑　就是劝大伙齐心合力打日本,不要杀自己人。

赵　只怕光是咱们东北军还不顶事吧,人家中央军……

孙　对了,中央军为什么不打日本?

郑　那是因为蒋介石人家要独裁当皇帝,哪能管得了咱们这些人的死活。

马　唔,他不管咱们死活,咱们也不管他死活,喝酒。

歌声　我的家——

在东北松花江上……

马　唱什么,叫他们都来喝酒吧。

(幕落)

第一幕

时间　1936年12月8日夜晚6点以后。

地点　张学良公馆。

人物　赵四小姐,刘鼎,张学良,王以哲,高崇民。

场景　公馆的客厅,中间摆设沙发、小圆桌、盆景之类。墙上悬挂一巨幅的岳飞手迹“还我河山”。另外还挂一些山水画。舞台中开大门,左角边有一小门通隔室。在右后角一间书房。空中悬一个五星聚奎的电灯。

幕启　赵四小姐正接电话。

赵　好!等会告诉他。刘先生来了,等你哪!

(刘鼎从大门出。手拿一本书。)

刘　是副司令的电话吧?

赵　是他。他等会能来。你坐吧,你拿的什么书?

刘　(坐下,合起书皮,将书示赵)是普列汉诺夫的《我的唯物论》。

赵　刘先生……

刘　(凝视)什么事?

赵　我有一个疑问,你们研究哲学的人总会给解答明白的吧?

刘　什么一个问题呢?说吧,咱也并不算什么高明。不过,跟李杜将军总算相熟,他叫我到这儿来跟副司令联络些公事,闲了也就顺便和副司令研究研究,其实都是学到些皮毛,见笑见笑。

赵　刘先生太客气了。

刘　哪里,哪里。事实胜于雄辩,果然如此。唔,你倒是什么个疑问呢?

赵　这倒是老生常谈的题目了。就是说说时势造英雄呢?还是英雄造时势?有时候想,时势造英雄是对的,可是回头又一想,英雄造时势也有它的道理。真是公说公有理,婆说婆有理,弄不清。

刘　不,不会弄不清的。“真理只有一个。”唯物辩证法的哲学观点就告诉了人们怎么去观察事物和规定了对宇宙的看法。比如你说的,时势造英雄,那是正确的、基本的,是根据实际现实的因素而产生的必然的结果。比如说,国父孙中山,该算是一个英雄了,可是他并不是凭空的就成为英雄的。而是由于当时满清的腐败,丧权辱国,西太后提倡什么“宁赠朋友,不送家奴”的媚外政策,老百姓的反对和愤怒,因为有了这些现实的因素,也就是说有了这样的时势,所以才产生了孙中山这个英雄。不过,看问题不能把它孤立起来看。英雄与时势,两者常常是互为因果的。比如说,孙中山那个时代,就算具备了革命因素,要没有人,没有一个领导者起来推动这个革命运动,那么,时势也不会改变。满清不会变成民国的。所以说,在这一点上来看,英雄造时势也有它的道理。

赵　那么说,英雄造时势是不是在哲学上讲的“主观能动性”?

刘　对。不论是个人的行为,还是一个团体的运动所以能够成功,除了客观条件的具备与成熟,必须加以主观的能动性。

赵　刘先生你说,历史上敢起来反对帝王的英雄,可是不少吧?

刘　不少吧。

赵　我读史记的时候,老是觉得项羽真是个英雄好汉。

刘　可惜他在鸿门宴失策了。

（张学良上。）

张　刘先生正谈些什么?怎的说失策了?

刘　没有什么,随便谈谈。

赵　我们刚才谈的楚霸王,刘先生说他在鸿门宴失策了。

张　刘先生,你这个哲学家又是历史学家。我这个学生该得做两份功课了。

哈哈。

(刘、赵两个沉默不语。)

张　怎的,你们不谈啦?

赵　刚才我们还谈了英雄造时势,还是时势造英雄的道理。

张　你说吧?到底是谁造了谁?

赵　唔,我可不懂你们什么因果关系,质量互变,否定肯定。不过,刚才刘先生一讲,我倒是像打开了窗户,看清了半个天了。就是说,没有一定的时势,英雄就是不能凭空产生的。但是有了一定的时势,也得有个英雄去推动。因为这个英雄就是大众的意志的集中表现。

张　你看我是个英雄不是?(诙谐,自得地)

(赵未及答,一个老妈子上。)

妈　四小姐,外头来了客。

赵　好,我就来。

(赵即下。)

刘　副司令刚从西京招待所来的吧?

张　可不是,这两天委员长一来,接着又是陈辞修,他们也来了,忙得我们的哲学顾不来学了。你这两天好吗?你们修学问的人老是爱愁眉苦脸的,比不得我们带兵的人痛快。

刘　这一回恐怕是该商量打回老家去的事了吧?

张　你也害了怀乡病了?!别焦急,咱们总会有一天吃上松花江的白鱼的,指望旁人是靠不住的,我张学良敢把弟兄们带来,一定得把大伙又带回去。(激烈而自信地)这倒不是我眼光窄只看到老家,而是老家到底是咱们中国的地方,不能让日本人霸占去。

刘　那么,陈诚他们这次来是为了……

张　为了什么他们倒是还没有谈,不过,从许多迹象观察,那是不难推测得到的。反正他们不是考古学家跑来发掘阿房宫和皇陵的古董,也不会因为华清池的温泉好洗澡。

刘　这样说,副司令准备怎样应付这个局面?

张　我还没有想一个妥善的办法。照你看,怎样办合适?

刘　副司令怎的犹豫起来了呢?记得民国十七年皇姑屯事变,八月六号那天晚上,副司令果断地拒绝了日本人的利诱,坚决改换青天白日旗的那种精神和气概,当时给我的印象是挺深刻的。今天更需要这样的气概,因为今天民族的危机更加深了。

张　刘先生!(沉痛地)有时我想起来,是对不起李杜将军的,他们在冰天雪地为民族国家做巨大的牺牲。也对不起东北老百姓,对不起东北的弟兄,对不起我的父亲。我们进关来,到底是干了什么呢?日本人在关外天天杀死、侮辱我们的同胞,我们在这儿天天和自已人残杀,进关来我们有四十万兄弟,今天十万也不够了!再打下去吗?

(马弁上。)

弁　报告,王师长在外边请见!

张　请他进来。

(马弁敬礼下。)

刘　我走了。(欲下,走至门槛。)

张　你别走,没关系,坐下!

(刘又转身,坐另外座位上。王以哲上,对张行军礼。)

张　请坐下!部队这两天怎么样?

王　还是老样子,振作不起来。(愁闷地)也难怪,快过年了,有的单位还没有棉袄穿,你想部队怎么个带下去。

张　照你看来,再打下去会得什么结果?

王　你说的是打红军吧?再打下去,将来都会变成红军。

张　为什么?

王　道理简单,人家官兵一致,不打不骂,人家要打日本,打回东北去。我们有个士兵被俘虏,人家要放回来,他不肯回,人家硬把他送过来了。最后,他还是偷偷地跑过去了。

张　那么,咱们也要抗日打回老家去,不就行了吗?

王　也许能好一些吧?其实,据俘虏回来说,红军有一个口号是,“欢迎张学良将军抗日”。

刘 这倒不光是红军这样，就是学生当中也是主张拥护副司令领导抗日的。

张 真是那样吗？我这不抵抗将军给人骂了那么多年，现在倒是有学生拥护了？！

刘 所谓水落石出，究竟谁是谁非，终会有人看得到的。现在大家也都学会从动的观点来看问题了。

张 好，只要人家明白我的苦衷，只要我能为民族国家做着有益的事，我个人成败利钝都在所不惜。

（电话铃响，四小姐上，接电话。）

赵 唔，唔，在！等下，他来了。（对刘）刘先生，你的电话。

（赵下。）

刘 （接电话）是，我就是。你……唔，是的，是的，我马上来。（刘匆忙取下大衣、呢帽）副司令，王师长，失陪了，我有点事情走了。

（刘下。）

王 （吸烟）关于补充的问题，副司令和委员长谈了吧？

张 谈过。

王 怎么样？

张 很坏！

王 怎么坏法，百分之六十，总该给吧？

张 百分之六十？你想得太好了，不单不补充，连两个师的番号也要取消了。

王 那能成？老实说，老蒋把咱们东北军调进关来是为了要替他打天下的，现在天下打得差不多了，就把我们当……副司令，如果再有什么不公道的措置，我王某先就不答应。东北军并不那样容易受欺负的。

张 以哲，这些都不用说了。谁不知道关东人的强悍呵。我张学良二十六岁当少帅，民国十七年我手下掌握四十万军队，凭着我当时的力量和气魄，我可以摇撼这个世界的。我可以狮子一样独步于中国的疆场。可是，我为着国家民族终于服从了国民政府的领导。

王 我看少帅今天也还不失当年的气概呵！

张　何以见得呢？

王　听不负责的谣言说是副司令要联合华北五省独立？

张　哈哈，这是两个月以前一些神经过敏的记者的设想。不过，以哲，假设这是事实，你又觉得怎样？

王　我觉得事情的估量就是要看与民族国家是否有利为依归。古人大义灭亲也不止一两回的事。现在中国的危机是严重了，日本已经不止把东北变成了满洲国，冀东二十三个县又改成什么日占区，天津的国民党党部也不让挂招牌了。绥远的百灵庙正在打得热闹，我们却在这里射击要求抗日救国的队伍。

（一卫兵上。）

兵　宋先生有请。

王　知道，我马上回去。

张　宋先生是谁？

王　就是东北大学生工作团的队长。

张　他们工作干得怎样？

王　挺好，我过去的糊涂脑筋给开导了不少，所谓旁观者清，人家看问题可是从大处来着眼。

张　好吧，你去叫他们好好地干！

（王下，张徘徊一会坐回，冥想片刻，赵四小姐轻轻地上。）

赵　（看手表）快十二点了。

张　你也还没睡？

赵　睡不着。

张　干什么，也是给《啼笑因缘》迷住了吧？

赵　哪有！人家早都不爱那些了。

张　那爱什么呢？

赵　这两天听刘先生讲的哲学，挺有兴趣的，往后我也要多看些那类的书吧。

张　我刚才听你们谈的哪是什么哲学，倒是谈楚霸王的事？

赵　那是人家谈的英雄造时势联想的哪。

张　照你看,历来的英雄数哪几个挺有大气魄?

赵　那,所谓盖棺论定,历史学家早已给他们下了断论了,还用得着我这妇人的口来讲什么呀?不过,比较起来,我还是佩服明末的李自成。

张　你觉得孙权怎样?我以为中国今天的局面真像三国时代。

赵　不,三国时代仅仅是一个民族的内争。今天中国除了内争还有强大的民族敌人。

张　那么,依你妇人之见,今天的局面是先解决内争还是先御外侮?

赵　(意味深长地凝视对方)我不知道!

(张起立徘徊,凝视墙上岳飞手书"还我河山"有顷。)

赵　委员长这次来该有重大的决策了吧?

张　不是他的决策就是我的决策了。

赵　你又有什么样的决策呢?

张　现在还不好下决心,你先给我摇个电话,请崇民来一下。

赵　现在已经一点过了,还……

张　(起立)啰嗦,(亲自去打电话)崇民吗?你也还没睡?你马上来我这儿有要紧的事跟你商量。

(张沉默焦躁地,思索。赵轻轻地从左角门下,张似未发觉,自对"还我河山"仰视。不久,高崇民上。)

张　崇民!

高　怎的?(坐下,张凑近他坐)

张　事情已经闹得很僵。

高　你们已经开了会了吗?

张　正式的会议还没有开,可是已经同委员长交换了一下初步意见了。

高　那,他到底怎么个意思呢?

张　我先是同他谈补充部队的问题。我说不管是先安内后攘外也罢,还是先攘外后安内也罢,总得把部队补充好,才能够打仗。可是,不但不给补充,干脆把一〇〇师和一〇一师的番号都给取消了。二百万军费扣七十万,现在中央军有八个师已在风陵渡过河准备到这儿来加强剿共,把西北军杨虎城和我调走。崇民,我过去的主张都是,拥护中央收复东北的。几年来我硬着头皮挨人家骂不抵抗将军,为了顾到他的声誉,不肯把秘密揭穿,想不到他待我们东北军竟这样!(言之泪下。)

高　那么,你现在照他的意志继续剿共,或者……

张　我现在要你来商量的就是这个问题。

高　我的意见早已经讲过了。

张　不过,崇民,共产党红军终归不是跟咱们走一块吧?

高　这你先别顾虑那么多。红军肯打日本,咱们就在这一点上跟他合作。把咱们东北收复了,就表示咱们为民族国家争了口气;让咱们流浪在关里的老乡都能够回到家乡去,就算完成了一件大事业了。人生最大的荣辱也就看他是否是为个人而欺世盗名,还是为国家民族而奋斗牺牲。

张　我何尝不是这样想……

高　现在是时候了!

张　现在是两点了,(张掏出一个金表看)这是在意大利墨索里尼给的纪念品。

高　我说不是今天的时间,我说的是目前中国的局势,要么就是准备永远做奴隶,要么就是来一个拼死的斗争,争取全民族的翻身。

张　好吧!听你的话,我来一次霹雳,干一场让大伙看看。

高　好!可是虎城那边怎样?

张　不成问题,他会听我的话。现在来不及了,明早同他谈。

(幕落)

第二幕

(第一场)

时间　在第一幕的第二天早晨,9点钟。

地点　与第一幕同。

人物　张学良，杨虎城，王以哲，孙铭九，赵四小姐，马弁。

场景　与第一幕同。

幕启　四小姐在客厅看报。

（马弁持名片上。）

弁　报告，杨主席来！

赵　请他进来。

（杨虎城上。）

赵　杨主席，请坐。（赵下。）

（张上。）

张　昨天回来同崇民谈很久，睡晚了。

杨　崇民的意见怎样？

张　他还是从前那样主张。

杨　那，你自己呢？

张　我自己有些改变。

杨　怎么个改变呢？（诧异）

张　我同意你的行动。

杨　好！咱们带兵的人就是要痛快！一不做二不休。把那一伙统统都……

张　我想还要做最后的努力怎样，等他正式开军事会议我再提出我们的主张看他们怎样的态度。

杨　照我看用不着了，你不是说委员长已表明态度吗？打铁就得趁热，不好再拖。

张　看一看吧。

杨　还考虑什么呢？现在我们可以一网打尽，保险一个逃不了。

张　好，等会我请王以哲来商量。

杨　那今晚上我听你们的消息。我有事走了。

（杨下。）

（孙铭九气冲冲上。）

孙　报告！

张　什么事，气得这样，说吧！

孙　少帅，咱再忍不下去了。宪兵三团那帮小子，专欺负人。刚才咱们东北军子弟学校学生要去参加“一二·九”纪念会，走到西城门，挨了他们开枪了。

张　宪兵三团团长就是蒋孝先那小子吧？岂有此理！

（刘鼎匆匆上。）

刘　副司令现在街上混乱极了，学生要准备到华清池去向委员长请愿，警察增加好多岗哨，恐怕有一场惨案发生。

张　他们要请的什么愿？

刘　我看他们的标语是：“停止内战，枪口一起对外”“援助绥远抗战”“拥护张学良将军抗日”……

张　啊，我张某也还有人拥护？哈哈！

（电话铃响，赵上接电话。）

赵　呵！是的，是的，我……他在这儿，马上就来……（转回头对张）华清池来的电话！

张　我，我是汉卿呀！委员长吗？什么？唔！听说！唔！唔！唔！

赵　刘先生今天好像有些心事？

刘　没有没有，不过——

张　（放下电话转回来对刘）刘先生，你刚才看到学生们已经出发了没有？

刘　出发倒是没有出发，不过，他们是决定了要去的。

张　糟糕。

刘、赵　怎的？

张　刚才是委员长的电话，他命令我镇压这次学生的行动……

（王以哲上。）

张　王师长也来了。你们那边的学生工作队没有参加今天的请愿吧？

王　参加了，他们都说一定要这样做。

张　哎！

王　怎么回事?

（张默思不答。）

赵　委员长来电话叫镇压学生运动。

王　学生请愿是应该的呀,为什么镇压?

张　他还叫不惜任何牺牲,一定阻止学生的行动。

王　刘先生,你看这可怪了吧,学生并没有犯法,他们只是爱国,叫大家不打自己人了,枪口一致对外。

张　孙营长,你出去看看,学生已经走了没有,到哪里了。

孙　是。（孙下。）

张　以哲,我昨天夜里和今天早晨跟崇民、虎城都交换了意见,我们要为东北人争口气,不能再受骗了。我有我的主张,回头咱们再商量一下。

刘　识时务者为俊杰,这个时代的确是需要一个英明果断的人才出来担当这个历史的使命了。

张　我张某说出来恐怕有人笑话,可是我的确想用我的胳膊来摇撼这个世界。我为什么不听听大多数人的呼声而倒听从一个人的意志来行动?

（孙铭九上。）

孙　报告副司令,学生们已经出了城门了!

张　那,不行,等会他们吃亏,我去!你去叫汽车夫准备车。

（孙先下。）

王　怎的,你亲自去?

赵　汉卿,你……

张　我得去,我不能让学生们白白给机枪扫射死!

（张匆匆下。）

刘　好!事情会闹大了!

（幕落）

（第二场）

时间　12 月 9 日下午 1 时。

地点　灞桥。

人物　张学良，孙铭九，马弁一人，学生若干。

场景　灞桥，一片雪地，有些枯柳之类。正下雪。

幕启　一大群学生吵闹，喊口号。汽车呜呜一停，张学良从汽车跳下，堵住学生的去路。

张　同学们，你们别去，听我讲……

学　不听，不听，咱们要冲过去，继续前进！喂，前面走呀！

张　（焦急地）同学们……

学　不要！咱们不要这种麻醉人的口头话。

张　我是张学良，副司令……

学　你什么副司令？咱们不要剿匪司令，咱们要抗战司令。

张　（低声问前面一个人）你叫什么？东大同学吗？你去告诉大家，我有话对大家讲。

学　好！你准备说什么？叫我们回学校去？好好读书？书读好了，咱们都变成日本的奴隶了，还能救国吗？咱们要请问委员长去，要他马上援助绥远抗战。

孙　喂，你们太不讲理了！我们副司令好意来跟你们想办法，你们却尽管胡闹。

学　谁胡闹?!

张　别生气，有话好好讲。

（有几个东大学生低声商量。）

学　（商量后说）同学们，副司令既然有话说，我们就听他讲讲看。

学　对，对！

（张站上汽车去。）

张　各位同学，雪下大了，你们露天站了那样久，为什么呀？

声　（我们要求政府抗日呀！）

张　对，你们的主张我张某赞成的。但是，你们要到华清池去，我是反对的，你们不能去！

声　我们去要求委员长抗战！

张　你们还要求什么？

声　我们都写在旗子上了，你看！

张　好，你们都回去听候！我用我个人的人格担保：一个礼拜后，我保证超预期地满足你们的要求！

（幕落）

第三幕

（第一场）

时间　1936年12月12日夜。

地点　陕西临潼华清池。蒋介石的行辕。

人物　蒋介石，陈诚，陈调元，邵元冲，蒋鼎文，邵力子，张学良。

场景　一间豪华的会议室，左门通外屋，右门通蒋卧室。室中陈以会议桌一列，两边散置沙发若干。

幕启　左前角的小圆桌坐着邵元冲跟陈调元下围棋，右后角陈诚、蒋鼎文与邵力子争辩。

诚　邵先生到底还没有脱掉文人的那套脑筋，你老想得太周到了，反而显得胆怯了。咱们带兵的人……

力　辞修，你听错了，我到不是为着个人的利害顾虑，而是为了民……

鼎　又是为了民族国家，哈哈！邵先生，我们已经不是十来岁的学生了，什么民族国家还不是叫叫好听。我敢说,我们没有国家一样能活下去,只怕没了钞票可就……嘿!

调　叫吃了!

冲　呵呵!我这个角被围了!算了吧,该开会了吧?(看看表)张汉卿怎的还不来?

(张学良上。)

张　诸位等久了吧?(注意环视各个人)

诚　哪里,哪里!

鼎　怎的,虎城没来?

张　他临时有事,让我对委员长说不必等了。

冲　汉卿,我看你的气色好像也有心事?

张　(稍窘)唔……

调　得啦,别胡说了吧,你又不是算命老先生专看气色的。快去请委员长开会吧!完了还得同你再下两盘。

冲　好。(冲下。)

力　汉卿这两天忙了?想去拜访,又……

张　没有什么,唔,没有什么。

(蒋及冲上。)

蒋　汉卿,虎城没有来吗?(傲慢地坐主席位,以手请大家入座)

张　他临时有事情不能来了,他说有什么决定他照着执行就是。

蒋　那,我们现在就开会吧!今天我们这会目的是想讨论出一个剿灭共匪的办法,希望大家在这方面多提意见。

诚　我提议,要解决这样一个战略,就得请教汉卿,让他把过去剿匪的经验和目前的情形讲一下。

调　对对,辞修提得对。

蒋　好吧,你讲一讲。

张　其实要谈经验,我是够不上的。辞修和宗南诸公从民国十六年打到现在,自然是比咱们丰富多了。

诚　以我看,共匪目前已经是到穷途末路的时候了,我们的进剿再能继续三个月就大功告成。如果我们自己泄气,就如古人说的:功亏一篑!

张　我讲我的意见。

蒋　好,你讲吧!

张　我以为今天最迫切的不是共匪好不好打的问题,而是日本打来了,我们如何对付的问题。

鼎　汉卿的话,简直是无的放矢,我们现在要解决的是对内问题,怎么扯到日本问题上去……

张　以我之愚见,如果我真所谓放矢,那应该针对着日本军射去,不应该再自己人射自己人了。"九一八"日本只占了咱们东三省,真正成了亡国奴,无家可归的才只限于关东人。今天,日本已在绥远打起来了,那边的老百姓马上就得做奴隶。咱们国民党党部在天津已经不得挂招牌,华北成了日本人走私的天下,请问咱们为谁来打仗呀!

蒋　汉卿,你冷静一点!你太小孩子气了。先安内后攘外的政策我无论如何不能改变。你要知道,日本只不过是皮肤之患,共匪却是心腹之患。我不把共产党消灭死也不瞑目。

张　如果这样,我声明一句,军队我再没法带下去了!

诚　如果东北军不肯打,中央军可以来接换防地继续打下去!

张　好!我失陪了。

(张愤愤下。全场愕然起立,邵力子及陈调元先起身追下。)

声　汉卿,汉卿!

(幕落)

(第二场)

时间　离第一场一刻钟。

地点　与第一场同,惟会议桌已移,右角处摆一麻将桌,左角前仍照旧摆围棋。

人物　张学良,歌伎数名,孙铭九,战士若干,其余与第一场同。

幕启　陈诚、蒋鼎文、邵力子坐在沙发闲谈，有数人打麻将，数名歌伎站旁边看打牌，有的哼哼唱流行歌。陈调元与邵元冲下棋，和第一场。

力　我说，方才张学良的意见是可以考虑的。

鼎　他的什么意见？他东北人当然希望打回老家不是？我们，嗨，要打日本，我看等不到日本来早就被共党闹得一团糟了。我们不能上这个当。

力　不过，咱们不打日本，日本会打来的，而且舆情实在越来越高涨。

诚　日本不会打到关里来的。

力　那又怎的回事？

诚　那就是萧振瀛所以到香港去的原因。

力　唔，不过看张学良的神气不大对头，这两天虎城对咱们也是……也许我多心了，我总觉得……

诚　嗨，你老想得太周到了！担心什么倒用不着的。他们还有多少力量呢？咱们八个师已经到潼关了。如果他们不打，咱们就来接防，再给我三个月，共匪不消灭我不姓陈了！

（麻将桌有人对着陈诚。）

声　辞修你打不打，我休息一下。

诚　好！我来，邵先生，你老别浪费脑筋了，咱们委员长已经有了决定。（说完走向麻将桌。）

（蒋鼎文走到左边茶几拧开收音机，音乐声悠扬而起。）

鼎　来，我的乖乖，跳一下！（鼎抱一伎作舞）

声　（麻将桌的人看舞者，喝彩）好！好！

（邵力子起立凑近邵元冲观棋，不语。）

调　完了，完了，力子来吧！（站起看舞者，慢慢移近麻将桌，拉一伎同舞。）

力　（坐与冲对面，冲正收棋子）哎！

冲　怎的，你们才谈了什么？

力　我以为刚才张学良的话值得我们反省。

冲　辞修他们是怎么说呢？

力　他说日本人不会打到关里来的。

冲　那根据什么呢？

力　他说萧振瀛到香港见某人，就是为这件事，这样看来，除非牺牲东北了。

冲　大概是吧，其实，不牺牲又能怎的呢？已经那么多年了。

诚　好！北风，三番！

声　哈哈，吃吃！来来，再来一次。

枪声　叭！叭！叭！（枪声愈来愈密，客厅大乱。）

（舞台光立暗，人影晃动。陈诚窜入沙发下。）

（灯光稍暗时，蒋穿一身衬衣，赤着脚，慌慌张张到舞台中走投无路，喊其马弁，不应。其假牙已不见。蒋从左门下。）

（孙铭九领战士两名从左门上。）

孙　搜，王八蛋爬到哪哈去了？

（两战士从右门下。）

孙　（孙走过收音机把它关掉，从桌上拣起歌伎用的手绢、粉盒子）操！什么东西，简直是窑子，看你们花天酒地也有今天！

兵　（上）报告，没有，找不着。

孙　什么？找不着？我来！（孙领一兵下。）

兵　（在会议厅东翻西翻，一边骂着）操他姥姥，老子这几年可受够洋罪了，今天该翻个筋斗倒转过来了吧！（使劲往沙发上坐下，觉得下边有东西梗住，愕然，俯身搜寻）呵！你是谁？有种的站出来，躬出屁股来谁操！（用手将裤带拉出）谁？你的大名？

诚　（抖索不已，语不成声）我……我陈……

兵　神，管你是神是鬼，吓，走！（兵押陈下。）

兵　我的乖乖。（一兵上，持一副假牙，摆弄一下，得意地将它装进挂包，即下。）

孙　（从左门出，窘恼地）妈拉个屁，坛里抓个王八还让跑了怎么办？

兵　（从大门上）孙营长，找到没有？

孙　找不见，真怪，我刚才摸他的铺盖还暖和，跑也不会跑多远。你去看十六辆汽车都齐不齐了？

兵　是。（下。）

声　来呀！有了，有了！

兵　(匆匆上)报告……

声　来呀,在后山上。

孙　好!(松一口气)

(孙及兵急下。)

(幕落)

第四幕

时间　离第三幕第二天。

地点　蒋介石的卧室。

人物　蒋介石,张学良,杨虎城,高崇民,孙铭九,宋美龄,端纳,周恩来。

场景　一间简单卧房,仅置一床、一椅、一桌。左边系一外屋,中间为一板壁隔开,外屋设两张沙发及一小圆桌。

幕启　蒋介石在卧房歪躺在床上,作愁思状。张学良及高崇民进入外屋。

高　你进去吧,我在这儿。(高随即在沙发坐下。)

张　好。(随即过卧房,走到蒋床前)委员长有什么话要讲吧?

蒋　(躺卧如故,激动地)没有什么说!你要承认你是我的部下,就服从我的命令,把我送回洛阳去。你要不承认,就把我毙了,没有什么话说!

张　部下不部下先不说,我就拿一个老百姓的资格来跟委员长说两句也不行吗?

蒋　不,不,我没有什么话说!(严峻地,两眼直瞅天花板)(张退出外屋。)

高　怎么样?

张　火大,火大!(笑)

高　他还没有吃过东西吧?

张　问问孙团长,孙团长!

(孙铭九应声上。)

张　他到现在还没吃东西吗？

孙　没有！什么东西送去他都不肯吃。

高　不会断食吧？

张　唔。（沉思）

孙　看他样子可是馋哪！

张　那，怎么回事？

高　我看，他那副假牙没有了吧？

张　对，一定是这个原因，孙团长，你去出个赏格，谁交出蒋的假牙，奖他二百块大洋！

孙　是！（下。）

声　报告！

高　进来！

（兵上。）

兵　报告副司令，杨主任说请回，说南京有人来。（下。）

（高及张下。）

（孙用托盘盛假牙上。）

孙　（走到蒋跟前）委员长，假牙找回来了！

蒋　唔！唔！（显喜悦）

孙　吃点东西吧！

蒋　唔！唔！

（孙下。）

蒋　（背向舞台自己安假牙，喃喃自语）倒霉，倒霉！

（孙领一兵端饭菜上。）

孙　委员长，请用饭！

蒋　唔！

（孙及兵将饭菜放下后，退出外屋坐下。）

兵　（偷视卧房蒋，蒋正狼吞虎咽）畜生，可饿得够受了！

孙　这回可没装蒜了吧，害得老子两天没睡上觉，只怕他绝食死了。

兵　升了官，两天没睡觉算个啥！

孙　别糟蹋人了吧！只要咱们能打回老家去，官不官倒是闲事了！

兵　这回可是回去成了吧！听说共产党周恩来也来了，这一下子不再是自个儿打自个儿了，乖乖隆的冬！

声　报告！

（一卫兵上。）

卫　有一个婆娘跟一个毛子要进来！你看这片子！

孙　（接名片看）好！叫她进来！

兵　什么人？

孙　别管！你去看吃完了没有，把东西收拾好！

兵　是！（兵将家俱收拾下。）

（宋美龄及端纳上。）

孙　夫人请，委员长在里屋！

蒋　你怎么敢到这儿来？（惊讶）

宋　什么敢不敢，你以为南京比这儿还太平吗？

蒋　什么？南京也……

宋　吓！

端　委员长身体……

蒋　没有什么，没有什么！（沉思）美龄，你刚才说……

宋　你别忙，我先问你，汉卿同你谈了什么？

蒋　我干吗跟他谈，唔，你要我同他谈什么？

宋　冷静一点吧！你现在不是人家的委员长了，而是人家的阶下囚。你这是同谁赌的气呀！你还不知道呢？南京正在唱戏哪！已经有人打电报叫汪精卫马上回国，何应钦人家秘密开了会，借故出兵救驾，可是骨子里，吓……反正你也能想得到！谁不是为自己打算盘！

蒋　唔！

宋　告诉你，这里的人，不一定打死你，你也许被何应钦他们派来的飞机炸死，看吧！

蒋　那怎么办？

端　依我的意见，唯一的出路就是答应这边的要求。

蒋　答应倒是容易，恐怕他们不会答应我的……

端　如果答应他们要求，生命问题不至于担忧。

蒋　只要我能活，什么条件，我也在所不惜！

宋　谁说不是呢，留得青山在，不怕没柴烧……

蒋　他们的要求包括哪些方面呢？

端　还没有谈得很具体，主要的还是要求停止剿共，一致抗日。

蒋　那是共产党的一套主张！

宋　管他共产党不共产党，反正生命要紧。

蒋　要是共产党他就不会饶我了！我民国十六年到现在，杀过他们多少人呀！

端　据说张学良派飞机把周恩来接来了，他们只要求抗日，其他都可以商量！

蒋　唔，你出去，让我好好想一下！

（宋、端退到外屋，坐下沙发。）

宋　端纳先生，累得你也瘦了！

端　瘦没有关系，只要夫人高兴，我马上会变胖的。（笑）

宋　你真会……

（电话机响。）

宋　（接过电话）喂，唔，是呀，你是谁？呵，来了吗？好，好！我们等着。（放下电话转向端不语）

端　怎么回事？

宋　张学良请我去，周恩来到了！他要到这儿和我先谈一下。（对端做商量状）

端　你是深得人心的人！

声　报告！（卫兵上。）

（卫兵交一封信给宋。）

宋　（阅信，对卫兵）好，请周先生进来！

（幕落）

第五幕

（第一场）

时间　在第四幕的第二天夜里。

地点　张学良公馆，与第一幕同。

人物　张学良，杨虎城，高崇民，王以哲，刘鼎，周恩来，孙铭九。

场景　与第一幕同。

幕启　张学良于室内徘徊独思，似有重大的负担压着。高崇民坐在沙发亦作沉思状。外屋传来一些乐曲。

张　崇民，事情已经闹成这个样了，你说怎么个解决？

高　那还不容易吗？就算他是一条狼吧，今天已经给装在笼里了，你爱怎么着就怎么着，他能怎的？

张　那当然，如果惩罚他个人，那是很简单，问题是要考虑到对民族国家是否有利？

高　你的意见呢？

张　没有考虑得成熟，正要同你商量看。

高　杨虎城他们怎么样？

张　意见都不一致，绝大部分都是主张杀。

高　杀了以后怎么办？

张　当然可以把枪口调转来打日本了。

高　共产党方面同意这样做吗？

张　还没有正式交换意见。现在是十点一刻，十一点我们约几个人来这里作最后的决定，提出我们的条件。

高　汉卿，我想过一下，这次举动关系到国家民族的存亡，东北之能否光复，中国之能否独立强盛，全看在这次举动的成败上了。既然以国家民族的命运担负在肩上，就要贯彻始终，不敢为一己的福利而叛逆了自己的初衷，这是万世千秋的一篇历史记载呵！愿你好自为之！我走了！

张　你老也可以在这一块商量的，不必走！

高　我自己还有些私事要办。唔，等下周恩来先生也参加吧？

张　有他！

高　那，你依他的主张准没错。好，我走了！

（下。）

（杨虎城，王以哲上。）

杨　汉卿等久了吧。崇民怎么走了？他不来和大伙商量吗？

张　他的意见已经告诉我了，他有旁的事。

杨　他的什么高见？——难怪他姓高，总是有高见的。

王　杨主任真会开玩笑。你名叫虎城，哈哈，以后可不敢到你的地盘来了。

杨　以后？以后该是咱们到人家那边去了，哈哈（笑声突止），怎么，汉卿今天……

张　虎城，照你昨天的意见，我觉得不十分妥当！

杨　嗨，你又忘了你东北人的豪爽劲了。我们是带兵的，做事大刀阔斧、干脆，我们不是一个哲学家，像刘鼎先生那样，左想右想。

张　依你意见，还是……

杨　那当然，斩草除根！免得……

张　（对王）你呢？

王　我个人觉得今天只有顺着舆情办事。现在绝大多数都主张把他杀掉！

杨　汉卿，你想想吧，民国十六年到现在，他杀过多少人了，他再有三条狗命，死都不算冤。

张　虎城，别忘了我们这次行动是为了要打日本，不是为了报私仇！

王　杀了他也并不妨碍抗日呀！

杨　对，杀他和抗日完全是两回事！

张　不。

杨　怎么不呢？假如我们东北军跟西北军又加上红军的，联合一起在中国可以无敌不摧，无攻不克了！现在他们那群虎牌将军都成了我们的俘虏了，只有何应钦这位亲日派也不过是以反共起家的将军，倘若咱们再联络山东的韩复榘，山西的阎锡山，广西的李、白，四川的刘湘他们，那，我们可以叱咤风云，保险你们可以回去东北老家吃大豆高粱了！

（刘鼎上。）

刘　（对张略作招呼后，瞥见杨，乃向之说话）杨主任也到了！怎么，今天把事情商量出一个结果来了吧？外边的谣言可是越来越多了。

张　什么样的谣言？

刘　有的说，何应钦打到临潼来了。有的说，委员长已经被割了脑袋拿到红军那里去示众……

张　胡说，胡说！

刘　那么，究竟怎么办呢？（对杨）

杨　我主张把他杀掉以免后患！

刘　假如杀了他，对国家有利那又何尝不可以！不过依我看……

王　放了他？

刘　那也看对国家是否有利，放也有放的条件！

杨　刘先生，这可不能这样说，什么条件也不能放，放了他，那简直等于把虎放回山去了！

王　我同意杨主任意见，不能放。

张　我看都别再争了，等下听共产党怎么个意见吧！

声　报告！

张　进来。

（一马弁上给张一名片，等候。）

张　（对马弁）请他进来！（对大家）周恩来先生来了！

（周恩来上，与张、杨握手。）

张　我来介绍，这是王师长，这是刘鼎先生，是李杜将军的秘书。

周　久仰，久仰！时间过了吧？刚才正跟蒋夫人交换了一些意见。你们诸公的意见大致差不多吧？

张　意见都不一致，大伙还是火气挺大，都主张采取硬的办法。

周　那为什么呢？（惊奇，冷静）

杨　就我们这方面的愚见，以为，蒋个人是罪恶的集中代表。只有把他推翻，国家民族才能复兴。而且我们今天已经做到这步田地了，一不做二不休，除了把他干掉还有什么办法？

周　唔！（沉吟，对王）王师长的意见呢？

王　我只是传达下边的意见，大家都一致赞成杀掉。许多战士都说他们回不了家，全是蒋害的。

张　说起蒋对咱们东北人，自然是可恨的。不过，我还是刚才的意见……

周　汉卿将军怎么主张呢？

张　我个人觉得只要对国家民族有利，我个人的成败利钝都在所不计。

刘　人家是问你对这个问题上你的具体主张，而不是抽象的什么理论。

周　对，我们需要谈得具体一些！

杨　那么，请问周先生与蒋夫人交换些什么意见？

周　意见倒是有点接触，不过，主要的是要听你们这儿的主张再作最后的决定。所以希望我们现在能够商量出具体的条件交给她去作回答。

杨　我刚才已经讲过，以为咱们三部分力量如果能结成一体，那，打日本，对付何应钦是不成问题的。因此，我们并没有想跟蒋谈什么条件。

周　我想汉卿将军的意思很好，我们今天要这样做就是为了国家民族的生死存亡，而不是为个人或某一个集团的私利。所以，对蒋的处理，要杀要放，全要根据国家民族利益出发。也就是说要看对抗日是否有利。诸公都很明白了，蒋从民国十六年就开始打我们共产党打到现在，其间我们牺牲的同志是难以计算的。今天如果我们为报复把他杀了，谁也不觉得过分吧。可是，我们到底不是为了个人或小集团的恩怨利害来报复和算老账。我们确实应该站在中华民族的立场来着想。虎城主任说的也有根据的。果然这样，以今天我们三方面的力量作核心，再加上旁的地方势力是可以应付得了何应钦他们的。不过，当我们把何应钦他们打垮了，旁边的日本鬼子就会到南京去的，东北军的兄弟更不可能回到老家了！现在在绥远这就打得很热闹！

王　（领悟地）那么……

周　你问你的长官汉卿将军吧？起初是为什么把蒋扣起来的？

张　主要的还是为了要他抗日。

周　既然为了抗日,那么,现在我们应该以抗日为商量的中心,就是要蒋如何答应我们抗日的主张!

张　虎城觉得怎样?

杨　我刚才所说的,当然也是为了抗日。只是办法不一样就是了。听了周先生一讲,我这个旧脑袋瓜也开了。真是我们就忘了"鹬蚌相争"的故事,一味是想到蒋的罪过了。糊涂糊涂!

周　我想,我们这方面赶快提出我们的主张,作为我们的条件,看他怎样回答。

杨　条件倒是好商量的。比如你们共产党《八一宣言》上的主张都是切实的抗日纲领,我杨某是赞成的。问题是在于:对蒋这个人既然不杀,那么囚禁起来作抵押还是放他回去?

张　我主张放掉他!

王　什么?那不是等于放虎……

周　要放那当然是有条件的放。

张　周先生那方面的意见怎样呢?

周　我们要提出的,第一条就是停止内战一致抗日;第二,取缔党禁;第三释放政治犯,暂时说到这儿为止。

张　好,刘先生,请你把它记下来!

刘　保障集会、结社自由……

杨　咱们东北军、西北军的待遇也得提一提。

张　没有了吧,刘先生你念一念,看一共有几条?

刘　(念)第……一共八条。

周　杨主任看还有什么补充吧!

杨　差不多了。

周　我看汉卿可以让人誊写后,给蒋夫人送去。

张　好!刘先生你代拿去找书记官办吧,写好拿来我们还再看一下。

刘　好。(下。)

王　大家猜猜看他能答应吗?

杨　不答应,吓,我要他的头!

周　最好还是希望他答应了。他的头实在没有什么意义的。主要还是中华民族要紧呵！

王　他要答应了，是不是放他回去？

张　那可以放！

周　不，那得看他拿什么方式来作保证！

（孙铭九慌张上。）

孙　报告副司令，外边有几个学生要进来！

张　什么事？

孙　他不说，就要见副司令！

张　你让他们到大客厅来，王师长你去跟他们谈谈我们的意思吧！

周　我还有些事先走了！文件写好后，请送到我们那里去看一下，再送给蒋夫人。

张　好！

杨　不送了！

（周下。）

张　（送周回身，感动地）周恩来，真是个人才。

杨　人家到底看问题比咱老粗深一层，只好佩服，没有话说！

张　听说前天他见了老蒋，第一句话就说"十年不见了，十年不见了！"蒋连忙说："是的，是的，你好，你好。"就同见了救命恩人一样，感激得不得了！

（幕落）

（第二场）

时间　在第一场的当天夜9时许。

地点　在第二场处。

人物　张学良，宋美龄，赵四小姐，孙铭九。

场景　如第一场。

幕启　张学良在小客厅支颐沉思。忽然为电铃响而醒。张望门口。随口应曰：

请进！门口进来的正是宋美龄。她今天特别穿的别致，神采也显见欢愉。

宋　怎的只是一个人吗？

张　唔……唔，请坐！

宋　我为你争了一下，到底把八条项目都圆满答复了！

张　那好，那好！（狂欢）反正都为了国……

宋　得了吧！别再说什么国家民族了，反正能保证人平安就是。

张　夫人请放心。只要委员长答应枪口对外一致抗日，他的性命可由我负责。不过，我们的八项条件委员长的承诺给什么作保证呢。

宋　拿什么都可以。我个人可以牺牲一切都不会失掉我的信义。你欢迎的话，我可以在这儿作担保！既然他答应了你们要求，就把他放回去了吧。

张　那，不能由我一个做主呵！得和大家商量看。

宋　什么？还不是你一个人爱怎的就怎的。

张　不，不。

宋　我的上帝，让他回去吧，明后天就是圣诞了，让他在复活节冲冲吉利吧。

张　这个我得考虑考虑看！好，我写一封信去（马上用钢笔在本子写一信）……喂，来人！

（一马弁应声上。）

张　你把信去秘书那里套个信套，马上送去杨主任那里给周先生。

（马弁接信下。）

宋　汉卿！

张　什么？

宋　我想问你一件事？

张　什么事尽管说吧！

宋　刚才进门来时候，我看你好像有好大的心事？

张　啊，那个！我正想着一个人！

宋　一个什么人呀？（诧异）

张　夫人……

宋　你说好了，那样吞吞吐吐，真急死人！

张　你知道，我张学良的阅历总不算狭小吧！

宋　那当然。

张　我所见过、接触过的人，不论是中国的，外国的，国家元首还是带兵的元帅，都没有他使我这样敬佩！

宋　难道墨索里尼也比不上他吗？

张　那是呀，墨索里尼满脑子尽是想的怎样杀害老百姓，想侵占殖民地来染红自己头上的顶子，这不能算作真正的英雄，那是太狭隘了。一个人应该博大，为一个民族……

宋　（以为张说的是蒋）那么，你不应该只限于敬佩，而应该援助他！

张　那是很光荣的，可惜，对于他来说，并不需要我……

宋　怎么不需要呀？

张　夫人，你恐怕猜错了！你还不知道我说的是谁吧？

宋　唔，还能有谁呢？（震惊）

张　是一个你们的敌人！

宋　啊！你说的（声音拖长）周——恩——来，是吧？哈哈！

张　怎的，你说他不值得敬佩吗？

宋　那倒不是说他值不值佩服，我只是觉得你过于菲薄了自己了。真是长他人的志气，灭自己的威风。其实，依我看，你赞佩他的那段话，倒是可以给我借来对你讲的。

张　不敢，不敢。

宋　怎么不敢呢？不瞒你说，当我年轻的时候……唔，我曾经想到关外去一趟……就为着想看看一个二十岁少帅的风采！（眼盯视对方。）

张　哈哈。夫人和委员长是天配良缘，幸福无疆。

宋　有多少幸福呀。不过，不讲了。

张　（沉思，凝视对方。）

宋　汉卿，于凤至小姐不在这儿吗？

张　她在青岛。她说这儿风沙太大了！

宋　我可不嫌这风沙，汉卿，趁天气好，陪我出去散一会步吧？

张　乐意奉陪，夫人。

（张和宋下。）

（赵四小姐上，她看看壁上时钟。随即，孙铭九匆匆上。）

孙　四小姐，副司令呢？

赵　我也不知他去哪儿了，什么事？

孙　信。

（赵接过信看信套，知是急信，望孙表示无可如何。最后，拆开。）

孙　什么事？

赵　没有什么。

孙　那，我走啦。

赵　好。

孙　（欲下又止）四小姐我问一下，听说咱们又不杀他了，究竟怎么回事？

赵　总是为了对抗日有利吧。

孙　那不见得。没有他咱们更打得欢。你看吧，嘿。

赵　反正人家共产党周先生是比咱们看得长远，他们双方互相打了十年，结下多少仇恨，都不计较了。咱们……

孙　咱们做了五年亡国奴也够受啦。

赵　别提了吧，不杀他也就是为了不再当亡国奴。

孙　好，如果这样我也不反对，我走了。（下。）

（赵又看信，沉思，下。）

（张和宋上。）

宋　汉卿，让他在圣诞节那天也得到快乐吧，只要他能回去，我就留在这儿也……

张　夫人你不用担心，我张学良做事情拿得起放得下，我既然有胆子扣留他，也有勇气放他。你也不用留在这儿了，就照你的意见，二十五号我陪你们一块回南京。

宋　我的上帝，哎，你真是一个顶天立地的大英雄豪杰！说话算数是吧？好了，我回去报喜讯，再见！

（下。）

（赵四小姐上。）

赵　周先生来了回信！（将信交张）

张　（不接）你读给我听听。

赵　（拆信念）汉卿将军阁下：来信知悉。蒋虽承认我方主张，仍不可立即放其回去。阁下欲送其回南京更需考虑，东北军如无阁下，军心恐难维系。且回南京后，难免不生意外，万望慎重！

张　什么时候送来的信？

赵　（看墙上的钟）半点钟以前。

张　为什么不马上给我？

赵　找不着你！

张　不管怎样，我都得那样做！

赵　怎么做？

张　我送他回南京去，圣诞节走。

赵　那……

张　我话说出来了，我一定得这样做！

赵　这样做对你要建立的事业……

张　不管了，我就是这样一个人——一个沙漠上的狮子。我敢于独来独往，有苦难独自承当，幸福我让给旁人！

（幕落）

尾　声

时间　1946年春季（离第五幕时十年以后）

地点　贵州息烽

人物　张学良，赵四小姐，莫德惠，特务。

场景　舞台的左角露出半个别墅式的房子，右边是面临一个小湖，湖滨有石凳石几，并植杨柳数株。舞台正为一带栏栅，中开一院门。

幕启　张同赵从别墅出。张拿一钓竿。赵提一香饵罐，左手还拿一本书。

赵　我说，咱们天天这样钓，再过几年把鱼都钓没了！

张　你相信咱们会把鱼钓完吗？

赵　会的。

张　那么，我还得做囚徒下去了，你是不是不耐烦了？（到石凳坐下）

赵　（亦坐）当然！

张　那你……

赵　别多心，我不耐烦的不是对你说，而是对加到你头上来的“严加管束”。

张　这个管束不会太久了吧？

赵　不会太久？这又根据什么？

张　我当然有我的根据。

赵　别乐观了吧，还是做你的“拾粪”的新诗好了。

张　反正我难……哎，你这人也太狭隘了。

赵　什么狭隘呢？

张　什么不是狭隘？你说为什么不该乐观呢？我张学良虽然牺牲了十年的自由，做了十年的囚犯，可是换来了民族大翻身，使东北四千万人又见到青天白日的国旗，这就是无比的快慰，至于我个人以后再做多少时候的囚犯，不在乎了。

赵　你倒是会夸功。人家在关外做了十四年的抗日，在关内也打了八年都不是功劳，就是你一个人发动了一次兵谏，有了大功了？

（忽然汽车声逼近，莫德惠挟一皮包上。）

赵　谁？（惊疑地对张）

张　（讶异回首望门外，慢慢起立作茫然迎迓）啊啊……

莫　记得吧！

张　啊！莫老，你好。（上前紧紧握手，激动地）

莫　你好吧，四小姐……

赵　好！

张　（对赵）你去找茶来喝吧。

(赵下。)

张　莫老咱们就在这坐着玩吧。

莫　好,你这儿倒清净。(见到钓竿)你们在干啥?啊,钓鱼,我可忘了,蒋主席叫我带根钓竿给你。

张　啊!

张　真是难得见到老朋友啊。我简直像土拨鼠一样过着日子,你坐下给我谈谈老朋友的情形吧。崇民现在做什么?

莫　这些年来他都是支持东北救亡总会的事情。救亡总算完成了,现在又积极参加民主同盟工作。他可能要回老家去了。

张　王以哲、孙铭九他们呢?

莫　怎么你还不知道?你到南京不多少日子,就发生了"二二事件",孙铭九那小子后来捣蛋把王以哲给杀了。刘鼎和宋黎他们都到了延安,万毅、吕正操后来也都先后到共产党那方面去,现在都回到老家去了。高崇民可能跟他们一道回去了。

张　唔。

莫　你这些年来都拿什么作消遣呢?

张　读书,我把明史都研究了一下,还有点心得。在今天看起来,明末的李自成倒是个革命家,就是刘宗敏坏了事。

莫　汉卿,我们在外边为了你的自由都奔走了一番,特别是周恩来他们也三番两次要求释放你和杨虎城。

张　我刚同四小姐才讲过,我觉得中华民族复兴了,我个人再做囚徒又有什么呢?只是他们也太残忍了是不是?

莫　要谈到这些是非来,可没个完了。我今天要到这儿来还经过左请示右请示的呢。来的时候,蒋主席给我一个任务,就是同你谈,要你答应交还他在"九一八"前后给你的一切电讯,都还给他。还要你……然后可以让你恢复自由。

张　那不行……再说那些文件都交于凤至保存。她现在到外国去了,我哪里拿来给他呢?再说要我声明"九一八"是我不抵抗,那是自欺欺人。我会受良心谴责。即使得自由,于心也不安,倒不如在这里钓鱼吧。我在这儿钓鱼心里倒是像水面一样怪平静，没有忏悔。

莫　汉卿，只要我们能做到，一定会为你出力的。你还是保重吧。

张　我知道。有两种可能我可以得到自由，一个是蒋主席当大总统的日子，一个就是一个新中国的出现。前一个希望近乎渺茫，像水底捞月亮。后一个呢，那在第一个失望后接着就会来的。不过，我今年已经五十岁了，只希望做一个公民就好了。

莫　把世界想得光明一点是对的。

（赵四小姐端茶盘上，后面一特务上。）

赵　请莫先生用茶。（把茶放石几上）

莫　我马上就要走了，不能久留。

张　（发现特务站旁，欲言又止）那……唔。

赵　为什么不多玩一会，难得来一次呵。

莫　嗯，不敢打搅了，我还有事情。

张　好，我为着报答委员长想起送我的钓竿，我这儿有一只怀表作为给他的纪念吧。（把表掏出交莫）这是我在意大利时墨索里尼给我的东西，今天他到底被愤怒的老百姓杀死了，我想表是时间的符号，而时间的集合就是历史。让蒋委员长在这现代的历史中得到借鉴吧！

莫　好，我代你给他！（站立）我走了！

（门外汽车响，莫下。）

赵　真是梦一样的人生。

张　可是有许多梦一样的想法却变成事实了。

（幕落）

草于1947年3月6日哈尔滨

图志

1950 年 6 月 29 日，参加广西省文艺工作者第一届代表会议，陆地（二排左起第五）时为广西省文协筹委会副主任

1954 年，陆地（前排左三）与中共广西省委宣传部同事合影

1957 年，陆地（前排左八）时任广西省委文教部副部长

1959 年 1 月，在南宁与参加广西群众民间文艺会演的演职人员合影（前排左三为陆地）

1979 年 11 月，全国第四次文代会上，前排左一为陆地

1979 年 11 月，出席全国第四次文代会的广西代表团合影（前排左七为陆地，时任广西代表团团长）

1980 年 1 月，中国作协副主席陈荒煤（左一）来邕，在自治区文联座谈会上讲话。右一为陆地

1980 年 11 月，梧州艺术节（二排左五为陆地）

1981 年 1 月 14 日，广西少儿文艺创作颁奖会合影（前排右四为陆地）

1981 年 11 月，柳州铁路局政工处负责同志陪同陆地（前排中）游览盘龙洞

1981 年，陆地（前排左六）在玉林地区参加创作会议时，和自治区文联的谭流（前排右 五）、谢敏（前排左 三）、樊篱（前排右 三）、陆里（前排右 四）、李竑（前排右 二）等与前来相见的地区负责同志合影

1981 年，陆地在文学创作学习班第一期学员结业留影。前排左起谢敏、徐君慧、李超鸿、陆地、袁似瑶、林道行、董启翔、王弋丁

1982 年 3 月，陆地（前排左二）同自治区党委宣传部文艺处长邓生才（后排右二）、自治区文化局处长党丁文（前排右 二）和百色文化局长陆成康（前排左 一）等于凌云县纳灵洞

1982 年 4 月 19 日，参加广西文艺评论工作座谈会（前排右六为陆地）

1982 年 4 月，陆地（前排右一）同云南王松（二排右一）、北京梁庭旺（三排右二）、邓达平（三排右 一）、黄勇刹（二排右二）、蒙光朝（三排右 三）等于魁星楼前

1982 年 6 月 15 日，陆地陪同中宣部顾问廖井丹游览桂林风光于叠彩山留影。左起袁兵、李瑞林、廖井丹、陆地、刘祖禹、穆东平

1982 年旧历 三月 三，陆地（前排中）同男高音马景勤（二排右 二）、韦洁晶（后排左 一）等访问歌手黄忠镇一家

1982年旧历三月三，陆地（中）和邓达平与巴马青年女歌手黄凤芝合影

1982 年旧历 三月，到革命老区东兰访问革命前辈韦拔群弟媳黄美莲

1982 年，长春电影制片厂与广西电影制片厂召开创作座谈会，前排有包玉堂（左三）、江滨（左四）、长影厂伍菸（左五）、陆地（右四）

1983 年 1 月，陆地与广西文联有关部门负责人合影。从右至左张辛、樊篱、黄勇刹、陆地、蓝鸿恩、农冠品

1984 年 4 月，陆地（前排左七）和参加柳絮笔会的全体人员合影

1984 年 9 月 9 日，在《三月三》笔会上讲话

1984 年 9 月 9 日，陆地（前排中）参加《三月三》文学期刊编委扩大会，与廖联原（前排右二）、余达佳（前排右一）、韦文俊（后排左二）、黄勇刹（后排右二）、蓝鸿恩（后排右三）、苏长仙（后排左一）等合影

1984 年 11 月 26 日，陆地（左二）同戏剧理论家李寅（右一）、书法艺术家帅立志（右二）路过贺县观赏古碑

1984 年 11 月，陆地（前排左八）以梧州市委宣传部第一任部长的身份应邀参加梧州市第一次艺术节

1986 年 7 月 16 日，陆地（后排中）率广西作家访问团在通什市黎族村寨前与黎族人家合影

1986 年 8 月 9 日，陆地（前排右七）与柳州长虹机械厂业余文学爱好者在一起

1986 年 8 月 10 日，柳州日报社记者廖家英（右）来访

1986 年 9 月 11 日，参加“陆地小说创作讨论会”时与文艺评论家雷猛发（左）、谭绍鹏（右）在一起

1986 年 9 月 11 日，“陆地小说创作讨论会”在南宁举行（前排左六为陆地）

1986 年 9 月 26 日，在广西民院与中文系学生合影（前排左四为陆地）

1986 年 9 月 26 日，在广西民院中文系与学生交流

1986 年 9 月，“陆地小说创作讨论会”（左二为陆地）

1986 年 9 月，“陆地小说创作讨论会”（左一为西虹，左二为陆地）

1986 年 12 月，广西作协第三届理事合影。前排左五为陆地

1987 年 3 月 30 日，“壮族当代文学讨论会”在南宁举行（前排左九为陆地）

1987 年 4 月，与登门拜访的日本岛根大学教授西胁隆夫（右）交谈

1988 年 5 月 24 日，陆地在贵阳西南五省区作家联谊会开幕式上讲话。右为四川诗人梁上泉、左为贵州省委秘书长

1988 年 5 月，陆地（右二）在贵阳国际青少年活动中心营地与四川作家高缨（左三）、青年女诗人傅天琳（左 一） 以及潘荣才（右四）、彭匈（右三）、韦一凡（左二）交谈

1988 年 5 月，在贵阳参加西南五省区作家龙宫笔会。前排右一为陆地，右二为马识途，右三为蹇先艾

1989 年“三月三”艺术节期间，陆地（左二）与广西文化厅党组书记李凡（右三）、南宁地委黄副书记(右四)、河池地委宣传部长韦优（右二）及桂林文化系统负责人等有关同志游览漓江

1989 年，陆地（右三）夫妇在柳州与当地青年作家合影

1990 年 10 月，陆地在桂柳笔会期间同四川马识途（右）、云南李乔（中）在桂林漓江游艇上

1990 年 10 月，西南五省区作家笔会在桂林召开，全体代表合影。前排右六为陆地

1991 年 1 月 16 日，陆地夫妇参加左江籍作家在崇左举办的笔会，在崇善旧城门留影的还有黄福林（右一）、黄钲（右二）、吴三才（右三）、陈肖人（左二）、李华荣（左一）

1991 年 1 月 20 日，陆地在宁明为花山壁画题词

1991 年 3 月 28 日，陆地（前排左一）参加防城港区对外宣传活动时，与《广西商报》史天聘、《经贸报》苏林、《电力报》张重纹、《法制报》农文扬合影

1991 年 3 月 28 日，陆地（左二）同《广西日报》副刊蓝阳春（左一）和《广西文学》副主编凌渡（右中）登门访问排尾村民温政家

1991 年 3 月 28 日，陆地参观桃花湾公园，应请题字——“入海不枯”

1991 年 4 月 3 日，陆地（前排右四）和广西作协新选出名誉主席、主席团及顾问合影

1991年4月，陆地和广西作协副主席韦一凡（右）和《南国诗报》编辑主任田丁（左）合影

1991 年 4 月，在广西作协代表会期间，陆地（右二）和青年作家柯天国（左）、聂震宁（右）和青年女诗人张丽萍（左二）交谈

1991 年 8 月 1 日，陆地（中）接受中国有色金属矿南宁分公司经理朱光恒（右）和公司党委书记科普文学作家杨鹤楼邀请，赴北海职工疗养院做客

1992 年 6 月 20 日，陆地（左一）在广西档案馆听黄昌俊馆长介绍情况

1992 年 10 月，参加广西文联集体旅游，在越南芒街留影

1995 年 11 月，陆地（前排左四）作品手稿捐赠仪式

1998 年，陆地八十寿辰暨六十周年文学生涯座谈会

1999 年，第三至第六届文联主席合影，左起韦其麟、陆地、武剑青、蓝怀昌

2002 年，家乡扶绥县领导来访（前排左二为陆地）

2002 年，扶绥县领导来访（左二为陆地）

1940 年 5 月 30 日，陆地于延安桥儿沟“鲁艺”文学系，左为浪淘（即曾扬清，新中国成立后曾任鞍钢公司副经理）

1946 年冬，《东北日报》副刊部同事。左起刘仲平（俄文翻译）、白朗（知名东北女作家）、陆地、刘和民（新中国成立后曾任大连外语学院院长）

1947 年秋，陆地（右）与同事们在哈尔滨《东北日报》社的阳台上

1948 年 3 月 3 日，在东北首届文代会期间，与军旅作家西虹（左）合影于哈尔滨街头

1948 年夏，《东北日报》副刊同事在哈尔滨游览太阳岛。左起严文井、华君武、白朗、刘和民、陆地

1951 年，在武汉参加中南文代会与广东省代表周国瑾、廖冰兄合影（右一为陆地）

1952 年 11 月 1 日，在广西省委宣传部。右起陆地、谭流、袁似瑶

1958年3月，在老虎岭水库。左起周钢鸣、黎海生、陆地、华山

1964年冬，与黄勇刹（右）在靖西

1964 年秋，与青年画家邓二龙（右）在靖西

1975 年 3 月，在广州与延安“鲁艺”同学、音乐家夫妇李鹰航（左）和陈晚柳（右）

1975 年 11 月，陆地在大藤峡鲶鱼滩，同玉林地区文化局长邓生才（右）、梧州市文化局长谭路（左）合影

1977 年 10 月，与延安“鲁艺”同学、中国作协书记处书记葛洛（左）在南宁

1979 年 11 月 15 日，陆地在全国第四次文化代表会开幕式上与延安“鲁艺”同学相见，左起宋华、安危、天兰、陆地、骆之

1979 年 11 月，与周良沛（左）在北京

1979 年，与画家书法家李骆公（右）在北京

1980 年 1 月，陆地与来访的香港作家刘文勇（右）

1980 年 9 月 30 日，与自北京远道而来的延安“鲁艺”同学、“部艺”学校同事高鲁（左）于南宁市南湖公园

1981 年 11 月 12 日，陆地（右）同“文革”难友俞定远（左）走访从天津下放至桂林的知名书画家李骆公（中）

1982 年 6 月，陆地（右）陪同中宣部顾问，原东北日报社副社长廖井丹（中）游览漓江

1982 年 11 月，陆地与 1938 年同奔延安的伙伴桂平人黄流（时任辽宁省商业厅副厅长，从沈阳专程来访）合影于桂林

1982 年，在成都望江楼与“鲁艺”老同学岳瑟（右）、叶石（左）合影

1983 年 1 月，陆地（左）与文艺理论家樊篱在广西文联大院合影

1983 年 8 月 14 日，大连黑石礁作家读书会。左起陆地、李定坤、葛洛、邹荻帆

1983 年 8 月 14 日，于大连黑石礁读书会。右起柯岩、陆地、黄勇刹、公刘

1983 年 10 月，与延安“鲁艺”老同学、铁道部政治部宣传部长洪流（左）合影于南宁

1984 年 4 日，同工人作家柯天国（左）在柳絮笔会见面

1984 年 8 月 13 日，陆地（右二）夫妇与著名作家刘知侠（右一）夫妇相会在泰山南天门

1984 年 11 月 20 日，陆地（中）与张报（右）、黄勇刹（左）在广西文联大院留影

1984 年，广西作协韦一凡（右）陪同中国作协吴桂凤（左）来访

1985 年 12 月，与青年作家柴立扬（右）合影

1986 年 6 月，陆地在桂林龙隐路干休所写作，到画家陈更新（左）新居门前观赏山水

1986 年 6 月，在桂林漓江出版社审定《陆地作品选》清样时，同副社长陈肖人（中）、责任编辑彭匈（右后）及美编甘武炎（右前）合影

1986 年 7 月 1 日，参加广西少数民族作家访问团赴粤参观，在广州红花岗革命烈士陵园门前合影。左起苏长仙、蓝鸿恩、陆地、黄堃、吴三才

1986年9月，“陆地小说创作讨论会”与作家徐君慧（左一）、文艺理论家丘振声（右二）、刘名涛（右一）合影

1987 年 12 月 4 日，与来访的延安“鲁艺”同学、北京《健康报》主编纪云龙（右）合影

1988 年 5 月 25 日，在贵阳同邢立斌（右）和田兵（左）合影于花溪公园

1989 年 4 月 13 日，原延安《部队生活报》和《东北日报》同事、中央国际广播电台顾问邹晓青（左）来访

1989 年 6 月 25 日，在柳州与工人作家柯天国（左）和青年作家陈涛（右）在一起

1990 年 10 月，桂林西南五省笔会期间，一同游览漓江。左起李乔、邢立斌、陆地夫妇

1990 年 10 月，和作家赵清学（左）、韦一凡（右）于漓江游艇上合影

1991 年 1 月 16 日，参加左江笔会期间，与自治区党委宣传部副部长张洋 (左一)、诗人包玉堂 (右二) 等游览左江石林

1991 年 4 月 2 日，在广西作协会上同广西作协副主席韦一凡 (右)、青年诗人刘成灰 (左) 交谈

1995 年春节，1950 年代省委宣传部的老同事樊篱（左一）、马伟（左二）来拜年

1997 年春节，作家李宝靖（右一）、潘荣才（右二）、凌渡（左一）来拜年

2000 年春节，在《今日广西》杂志社做客，前排为陆地，后排中为主编李延柱

2002 年春节，与友人覃芝馨（右）、白先智（左）在南宁市石门森林公园

2003年，著名散文诗作家、延安“鲁艺”同学柯蓝（左）来南宁江滨医院看望陆地

2006年11月，1950年代广西人民出版社的苏上杰（左一）和李文杰（右一）来祝陆地米寿

1944年，在延安部队生活报社任特派记者时的陆地

1946 年 1 月，于吉林省海龙县《东北日报》报社楼上

1948 年中秋，陆地与凤乡在哈尔滨兆麟公园

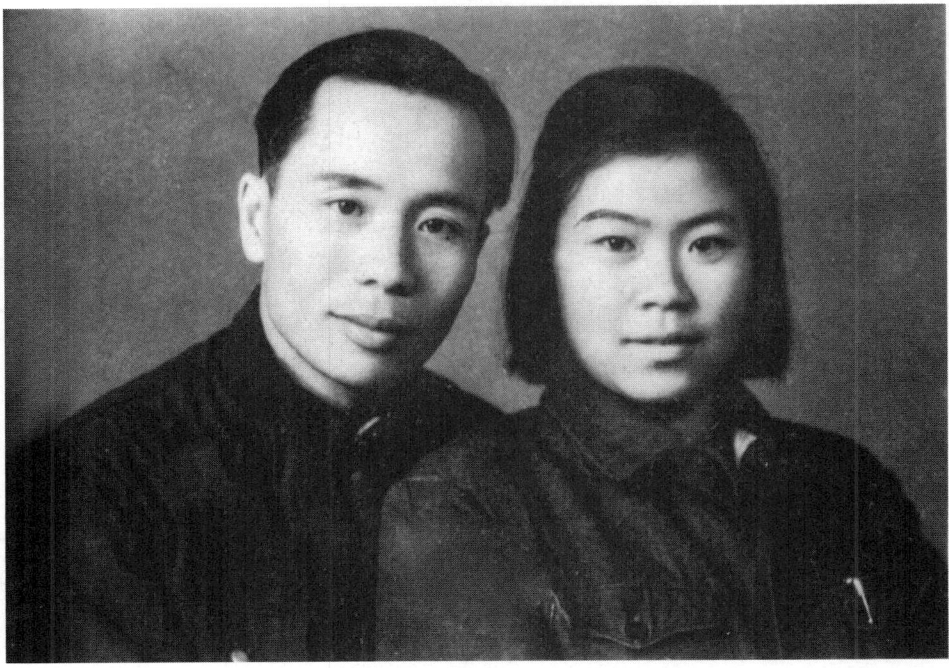

1949 年 5 月 1 日，在沈阳补拍的新婚合照

1950年，陆地母亲在家乡东门街

1954 年冬摄于南宁

1958 年春节于南宁

1959 年 5 月，陆地夫妇于桂林

1959 年国庆节，于南宁人民公园

1958 年 3 月，参观老虎岭水库

1961 年，酝酿长篇小说《瀑布》创作

1963 年 5 月 23 日全家福，前排中为孩子们的姥姥

1975 年 3 月上旬，与南南（右）和朵朵（左）摄于北京颐和园

1975 年 3 月下旬，和儿女于广州市越秀山孙中山读书治事处留影

1980 年春节全家福，摄于南宁市动物园

1982 年 9 月 25 日，陆地夫妇在南溪红光化工厂礼堂前同妹夫胡志峰两口相见时留影

1982 年 10 月 5 日，与于千摄于大雁塔

1983 年 11 月 2 日，陆地夫妇陪同从四川南溪来探亲的妹妹凤琴（前排左）和妹夫胡志峰（后右）到武鸣县广西壮校看望在那里进修壮文的田田（后左）

2001 年，侄子乃器、侄女陈虹到江滨医院探望（前排左起陈妮、陆地、于千，后排左起陈虹、陈乃器、陈南南、余春飞）

2008 年 11 月，迎来陆地 90 岁生日